U0026717

中國文學發達史
中華書局印行

第十七章　宋代的文學環境與文學思想

一　宋代的文學趨勢與社會環境

經過晚唐五代的混亂局面，由於趙匡胤（宋太祖）、趙光義（太宗）的軍事武力，完成全國一統的宋帝國。宋太祖本是一個很有才略的人，他看見唐的衰亡，完全由於中央政權的旁落。因此命令各州郡於度支所必需外，所有餘款，悉歸京師。特設轉運使，管理各路財賦，於是財政權盡歸中央。同時將文臣補藩鎮缺，各州的强兵，都升爲禁軍，直隸三衙。殘弱的兵隊才留守本州，謂之廂軍，不甚操鍊，名義雖爲兵，其實不過是給役而已。於是軍事的大權，也歸之於中央了。同時他在政治制度上，也有所改革。本來歷代的宰相，萬事都管。到了宋朝，則中書治民，三司理財，樞密主兵，各不相侵，而監察言路的權又非常大，最後的裁決，必得歸之於皇帝。這樣一來，於是無論軍事財政以及司法各種大權，都集權於中央。所以宋朝政治，是一個王權至尊的絕對專制主義的時代。這一種政治特質，是漢唐所不曾有的。

這種政治機構的能否推動，能否產生良好的成績，全在乎君主的良善與昏庸。太祖太宗以後，接着是眞宗仁宗的休養生息，樹立了穩固的基礎，餘澤所及，直至徽欽事變以前，北宋一百餘年，中原未受干戈之亂，人民安居樂業，因農工商業的大量發達，促成社會經濟的高度繁榮。工商業一發達，經濟一繁榮，便促成君主貴族以及市民追求享樂的歡狂，大都會的發達，倡樓伎院的林立，宮庭的奢侈，人民的晏樂；到了徽宗的時代，形成未曾有過的盛況。孟元老東京夢華錄序云：

『僕從先人宦遊南北，崇寧癸未到京師。……正當輦轂之下，太平日久，人物繁阜。垂髫之童，但習鼓舞，頒白之老，不識干戈。時節相次，各有觀賞。燈宵月夕，雪際花時，乞巧登高，敎池遊苑。舉目則青樓畫閣，綉戶珠簾。雕車競駐於天街，寶馬爭馳於御路。金翠耀目，羅綺飄香。新聲巧笑於柳陌花衢，按管調絃於茶坊酒肆。八荒爭湊，萬國咸通。集四海之珍奇，皆歸市易；會寰區之異味，悉在庖廚。花光滿路，何限春遊。簫鼓喧空，幾家夜宴。伎巧則驚人耳目，侈奢則長人精神。』

他在這裏將汴京的繁華狀態寫得多麼熱鬧。在這些文字裏，明顯的反映出當日工商業的盛況與一般市民的宴樂生活。其他如成都、揚州、河間諸大都市，也都與汴京一樣呈現着高度的繁榮與發展。再看張淏的艮嶽記前記云：

『徽宗留意苑囿。政和間，大興工役築山，號壽山艮嶽。命宦者梁師成專董其事。時有朱勔者，取浙中珍異花木竹石以進，號曰「花石綱。」專制應奉局於平江，所費動以億萬計，調民搜巖剔藪，幽隱不置。一花一木，曾經黃封。護視稍不謹，則加之以罪。斵山輦石，雖江湖不測之淵，力不可致者，百計以出之，而名曰神運。舟楫相繼，日夜不絕。……竭府庫之積聚，萃天下之伎藝，凡六載而始成。亦呼爲萬歲山。奇花美木，珍禽異獸，莫不畢集。飛樓傑觀，雄偉瓌麗，極於此矣。越十年，金人犯闕，大雪盈尺，詔令民任便斫伐爲薪，是日百姓奔往，無慮十萬人，臺榭宮室，悉皆拆毀，官不能禁也。』

這裏所寫的是宮庭奢侈的情形，我們再看一看徽宗自撰的艮嶽記和蜀僧祖秀的華陽宮記，便會驚訝那一次工程的富麗與靡費，幾乎在中國的歷史上是沒有過的。但同時在那裏埋伏着民衆對於荒君佞臣的反抗與憤怒的火，宋江方臘手底下的英雄，那時已是遍滿着各處了。因此金兵一動，便勢如破竹地陷了汴京，徽欽二帝被擄北去，民衆不僅不追懷歎息，反而憤恨的帶着刀劍，大斫其萬壽山的花木了。

當時的宮庭與社會的情形是如此，所謂詩人詞客之流，更是狎妓酣歌風流放浪，都是過着倚紅偎翠淺斟低唱的淫侈生活。

『宋祁多內寵，後庭曳羅綺者甚衆。嘗宴於錦江，偶微寒，命取半臂。諸婢各送一枚，凡十餘枚皆至。子京視之茫然。恐有薄厚之嫌，竟不敢服，忍冷而歸。』（東軒筆錄）

『余倅杭日，府僚湖中高會，羣妓畢集。惟秀蘭不來。營將篤之再三，乃來。僕問其故，答曰：「沐浴倦臥，忽有叩門聲急，起詢之，乃營將催督也。整裝趨命，不覺稍遲。」時府僚有屬意於蘭者，見其不來，恚恨不已，云必有私事。秀蘭含淚力辨，而僕亦從旁冷語，責其不恭。秀蘭進退無據，但低首垂淚而已。僕乃作一曲，名賀新郎，令秀蘭歌以侑觴，聲容妙絕，府僚大悅，劇飲而罷。』（蘇軾賀新郎自序）

『道君幸李師師家，偶周邦彥先在焉。知道君至，遂匿牀下。道君自攜新橙一顆，云江南初進來，遂與師師謔語，邦彥悉聞之，檃括成少年游云云。師師因歌此詞，道君問誰作，師師奏云周邦彥。道君大怒，宣諭蔡京，周邦彥職事廢弛，可日下押出國門。隔一二日，道君復幸李師師家，不見師師，問其家，知送周監稅。坐久至更初，李始歸，愁眉淚睫，憔悴可掬。道君大怒云：爾往那裏去？李奏臣妾萬死，周邦彥得罪，押出國門，略致一杯相別，不知官家來。道君問曾有詞否？李奏云：有蘭陵王詞，即「柳陰直」者是也。道君云：唱一遍看。李奏云：臣妾奉一杯，歌此詞爲官家壽。曲終，道君大喜，復召爲大晟樂正。』（貴耳錄）

『毛滂令武康，東堂鶱山溪詞最著。……迄今讀山花子剔銀燈西江月諸詞，想見一時賓主試茶，勸酒，競渡，觀燈，伐柳，看山，插花，劇飲，風流跌宕，承平盛事。試取「聽訟陰中苔自綠，舞衣紅」之句，曼聲歌之，不禁低徊欲絕也。』（詞林紀事）

這是當日皇帝詩人士大夫的浪漫生活。在前人的記載裏，這一類的風流韻事還不知道有多少。在那樣一種生活基礎的時代裏，正適合於妓女的歌唱，貴族文人的享樂，都市淫靡生活的歌詠，以及宜於作豔辭綺語的詞的興盛起來，自是必然的趨勢。因此在當日的文學作品裏，全都蒙上了一層酣沉聲色的享樂色彩，或是歌頌昇平的空氣。就是後來成爲白話小說的前身的話本，與有音樂有歌唱成爲戲曲的前身大曲，鼓子詞，諸宮調一類的東西，也都適應於宮庭貴族以及都城市井間的需要，而漸漸地產生成長起來了。他們的形式內容儘管有不同，但是作爲那些作品的生活基礎與社會環境，却是一致的。因當日商業經濟的發達，促成大都會的繁榮，造成貴族階級以及有產者生活的淫侈與放浪，於是那些作品，恰好成爲當日都會生活的反映，和上流階級的浪漫生活的寫實。

金兵的南下，徽欽的被擄，無異於大都市的中心，擲下一個炸彈，往日的繁榮與安逸，一切都毀滅了。國破家亡，妻離子散，街市變成了墟道，財產都成了灰燼。加以內地叛軍盜賊蜂起，殺人放火，爭城奪地，無所不爲。於是北宋時代的繁華，到這時都荒廢了。康與之的訴衷情詞云：『阿房廢址漢荒坵，狐兎又羣遊。豪華盡成春夢，留下古今愁。』又曾覿的金人捧露盤詞云：『到於今，餘霜鬢。嗟前事，夢魂中。但寒煙滿目飛蓬。雕欄玉砌，空餘三十六離宮。寒笳驚起暮天雁，寂寞東風。』現在反映在詞人眼裏的，不是花叢紅袖，不是妙舞清歌，是羣遊的狐兎故宮的禾黍了。姜夔揚州慢敍云：『淳熙丙申至日，余過維揚。夜雪初霽，薺麥彌望。入其城，則四顧蕭條，寒水自碧，暮色漸起，戍角悲吟……』在短短的幾句裏，把盛極一時的揚州的都市寫得多麼凋敝。再如北國汴京的情形，也就可想而知了。

政治社會上起了這麼大的變化，不僅經濟生活要衰微崩潰，而影響最大的，是人們心靈上所受的巨大的打擊。讀書人在那一個大時代裏，當然有所覺悟，有所感傷。雖說那時有不少的貪利的漢奸，主和的宰相，但由李綱、趙鼎、韓世忠、劉錡、岳飛們的呼號奮鬥，確也能表現一點民族的精神與壯烈的勇氣。把這一種精神與勇氣反映於文學上的，是張元幹、張孝祥、岳飛、辛棄疾、陸放翁，諸人的詩詞。在他們的作品裏，用着豪放悲壯的調子，描寫着故國山河之慟，歌頌着民族至上的精神，一掃過去那些綺羅香粉的色情和那種纏綿婉約的聲調了。

南渡以後，宋金雖也時常發生戰事，在外交政策上，究竟是主和派佔勝，總是以淮水大散關爲界，每年納銀幾十萬兩，絹幾十萬疋，稱臣稱姪，把國格喪盡了，無非是想圖一個偏安。就在這種情況下，南宋得到了將近百年的小康時期。江南一帶，本來是富庶之區。加以廣州泉州幾個大的國際貿易港，年年接濟大量的關稅，當日的財政，並不窘迫。自南渡以來，中原的衣冠貴族，學士文人，以及富商巨賈都隨之南下，於是在那小康時期，不僅把江南一帶造成了高度的經濟繁榮，同時形成了文化的中心地。

『今中興行都已百餘年，其戶口蕃息近百餘萬家。城之南西北三處，各數十里，人煙生聚，市井坊陌，數日經行不盡，各可比外路一小州郡，足見行都之繁盛。』（都城紀勝）

『一入新正，燈火日盛，皆修內司諸璫分主之。競出新意，年異而歲不同。……至二鼓，上乘小輦，幸宣德門觀鰲山，擎輦者皆倒行，以便觀賞。金爐腦麝，如祥雲五色。熒煌炫轉，照耀天地。山燈凡數百種，極其新巧。……

『翠簾鎖幕，絳燭籠紗。徧呈舞隊，密擁歌姬。脆管淸吭，新聲交奏，戲具粉嬰，鬻歌售藝者紛然而集。至夜闌，則有持小燈照路拾遺者，謂之掃街。遺鈿墮珥，往往得之，亦東都遺風也。……

『貴璫要地，大賈豪民。買笑千金，呼盧百萬。以至癡兒騃子，密約幽期，無不在焉。日靡

金錢，靡有紀極。故杭諺有「銷金鍋兒」之號，此語不為過也。』（武林舊事）

這裏所寫的杭州的繁華，幾有過於當年的汴京。工商業的發達，皇帝的享樂，人民的歡狂，都呈現着太平盛世的現象，北都滅亡的慘痛，徽欽被擄的大辱，賠款稱姪的奇恥，國勢的危急，這一切都被人們忘記了。所謂詩人詞客之流，又在倚紅偎翠，狎妓酣歌，大製其豔詞綺語了。

『張鎡能詩，一時名士大夫莫不交遊。其園池聲伎服玩之麗甲天下。……王簡卿侍郎嘗赴其牡丹會云：衆賓既集，坐一虛堂。命捲簾，則異香自內出，郁然滿座。羣妓以酒肴絲竹，次第而至。別有名姬十輩，皆衣白，凡首飾衣領皆牡丹，首帶照殿紅。一妓執板奏歌侑觴，歌罷樂作，乃退。復垂簾，談論自如。良久，香起捲簾如前。別十姬易服與花而出。大抵簪白花則衣紫，紫花則衣鵝黃，黃花則衣紅。如是十盃，衣與花凡十易。所謳者皆前輩牡丹名詞。酒竟，歌者樂者，無慮百數十人，列行送客。燭光香霧，歌吹雜作，客皆恍然如仙遊也。』（齊東野語）

『小紅，順陽公（范成大）青衣也。有色藝，順陽公之請老，姜堯章詣之。一日授簡徵新聲，堯章製暗香、疏影兩曲，公使二妓習之，音節清婉。堯章歸吳興，公尋以小紅贈之。其夕大雪，過垂虹賦詩曰：自作新詞韻最嬌，小紅低唱我吹簫。曲終過盡松陵路，回首煙波十四橋。堯章每喜自度曲，吹洞簫，小紅輒歌而和之。』（硯北雜志）

『都城自舊歲孟冬駕回，則已有乘肩下女鼓吹舞綰者數十隊，以供貴邸豪家幕次之翫，而天街茶肆，漸已羅列燈毬等求售，謂之燈市。自此以後，每夕皆然。三橋等處，客邸最盛，舞者往來最多。每夕樓燈初上，則簫鼓已紛然自獻於下。酒邊一笑，所費不多。往往至四鼓乃還。自此日盛一日，吳夢窗玉樓春詞深得其意態也。』（武林舊事）

在這一種花花的世界中，在這一種富麗的生活中，在這一種妻妾滿堂的環境中，我們的文學家，又回到了象牙之塔裏，閉着眼睛，在那裏雕章刻句，比聲協律，大做其描寫京都舞女的豔態的玉堂春，適合於青衣的歌喉的暗香、疎影一類的作品了。於是什麼詠蟋蟀詠蝴蝶詠新月詠雪詠梅花詠美人眉毛等類的東西，都應時而起了。結社塡詞，分題限韻，一味注意聲律的協調，字句的雕鏤，典故的堆砌，形成最無生氣的古典華麗的作風。所謂民族精神的表現，壯烈豪放的氣慨，在當日的作品裏，是完全消失了。剩下來的只是一種柔弱之音與衰颯之氣。作爲當日文壇的代表的，是姜夔、史達祖、吳文英們的詞和腐心於晚唐唯美詩風的四靈派諸人的詩。同時在這種上下一致的淫侈的生活環境之下，適應着宮庭貴族及一般市民的享樂的要求，於是歌舞雜劇平話小說一類的東西，也大量地發展起來了。

十三世紀初期，金人的勢力雖趨於衰落，然代之而起的，却是一個更强有力的蒙古。開始宋朝想和蒙古人勾結，想借外力來擊倒金人，藉此收復失地，以報國仇，不料金亡不久，蒙古兵便指戈南下了。當日的南宋在那樣一個沉溺於酣歌醉舞的情狀下，想同强悍的蒙古兵抵抗，自然是不容易的。終於是樊城、襄陽、武昌相繼淪陷，加以外將的不力，內相的昏庸，到了德祐二年（西曆一二七六年），元兵攻陷了臨安，虜恭帝北去。後來雖還有端宗卽位福州，帝昺立於崖山，都是曇花一現，無所作爲，南宋就是這麼亡了。這一次的政治變動，却與汴京的淪陷不同。汴京丢了，還有江南一帶的富庶之區，可以棲身託命。做皇帝的可以做皇帝，做官的可以做官，經商的可以經商，酣歌醉舞的可以酣歌醉舞。但臨安一陷，使你無可退避，你退福州追到福州，退崖山追到崖山，外族的大刀鐵馬，把所有的一切都毀滅得乾乾淨淨。燒房屋，搶金銀，奸淫女人，屠殺良民，眞是無所不爲，到現在大家才知道了國破家亡的苦痛，同時對於外族的反抗與憤恨，也燃起熱烈的火了。

『至正丙午，元兵入杭，宋謝全兩后皆赴北。有王昭儀名淸惠者，題詞於驛壁，即所傳滿江紅也。「太液芙蓉，渾不似舊時顏色。曾記得春風雨露，玉樓金闕。名播蘭簪妃后裏，暈生蓮臉君王側。忽一聲鼙鼓揭天來，繁華歇。　龍虎散，風雲絕。無限事，憑誰說？對山河百二，淚霑襟血。驛館夜驚鄉國夢，宮車曉碾關山月。願嫦娥相顧肯從容，隨圓缺。」後王抵上都，懇爲女道士，號冲華，以終。』（詞苑叢談）

『岳州徐君寶妻某氏，被掠來杭。居韓蘄王府。自岳至杭，相從數千里，其主者數欲犯之，而終以計脫。蓋某氏有令姿，而主者弗忍殺之也。一日，主者怒盛，將即强焉。因告曰：「俟妾祭謝先夫，然後爲君婦，不遲也。」主者喜諾。即嚴妝，焚香再拜默祝，南向飮泣，題滿庭芳於壁上，投池中死。其詞云：「漢上繁華，江南人物，尚遺宣政風流。綠窗朱戶，十里爛銀鈎。一旦刀兵齊舉，旌旗擁百萬貔貅。長驅入，歌樓舞榭，風捲落花愁。　淸平三百載，典章人物，掃地都休。幸此身未北，猶客南州。破鑑徐郎何在，空惆悵相見無由。從今後，斷魂千里，夜夜岳

陽樓。」』（輟耕錄）

這些詞是否眞出於王清惠、徐君妻之手，我們不必去管他，但在這些沉痛的句子裏，眞實地表現了亡國之慟，離亂之情，民衆的眼淚與哀愁。同時也可看出就是那樣手無寸鐵的弱女子，也都抱握着抗敵全身的正義感，情願遁入空門，或是投池自殺。因此這一類的作品，在宋末的文壇，放出異樣的光彩。他們的價值，並不在柳永、周邦彥、姜夔、吳文英之下。是的，那些詞家的作品，在音律與辭藻的藝術上，自然是要高雅典麗得多，但是他們却缺少淋漓鮮豔的血肉，活躍熱烈的生命，和全社會全民衆的情感。把這種色彩情調反映於文學裏的，是南宋遺民的作品。是的，那一般人雖不如歐陽修、黃庭堅、姜白石諸人有名，然而他們的作品，却都凄涼悲壯，沉痛而又有力量，決不是專在形式上講一點文采和裝飾的那般空泛，也不是專在作風上講什麼擬杜擬韓那麼的無聊。他們是拿着詩或詞，來表現心中的憤恨與哀傷，那憤恨哀傷中，有國恨，有家愁，有妻離子散的哭泣，有社會離亂的影子。因此當日的詩詞，顯得有骨有肉，顯得格外的悲壯沉痛了。

宋朝在政治上軍事上雖老是軟弱無力，然而我國的舊文化舊思想，無論好的壞的，都在那幾百年中成熟而凝固。因了過去長期的儒佛道三家的思想的發展與融化，到了宋朝，造成了在中國思想界最有名的理學運動。一方面因爲適應工商業的發達而產生出來的繁榮的社會生活的需求，帶着濃厚的色情的詞與貴族市民作爲娛樂消閑的雜劇與話本得以繁衍滋長，同時，同這些作品完全取着相反的方向，和當代的理學運動取着一致的步調的，是儒家道統文學思潮的建立，伴着這一個思潮而起的，是唐代韓柳曾提倡過，到了晚唐宋初，遭了挫折的古文運動，到了宋朝，得到了最好的成績，發揚了中國散文的光輝，成立了唐宋八家的堅固不拔的系統。詩到了宋朝，他的時代雖是過去了，但由於歐陽修、王安石、蘇軾、黃庭堅、陸放翁、范成大諸家的創作及南宋遺民的悲壯淒涼之音，也還各有其特色，決非明人專事擬古者可比。因了這種種現象，造成了宋代文壇的活躍與光彩。

二　宋代的古文運動

西崑體及其反動　中國文學的演進，自漢代以後經過兩晉、南北朝長期的自由與解放，完全脫離了實用的道德的束縛，超脫了現實社會與民衆生活的基礎，而趨於高蹈的浪漫主義與純藝術的唯美主義的發展，在內容上，是田園山水文學與色情文學的大盛，在形式上是駢體文與新體詩的興起，在風格上，是造成玄虛與淫靡。這一種風氣，一直繼續到了初唐的一世紀。後來當杜甫、張籍、白居易、元微之的社會詩，韓愈、柳宗元諸家的散文的提倡與對於六朝風氣的排擊，在文學思想上，才發生了一個大大的變動。杜甫、白居易、韓愈、柳宗元他們的思想以及他們所努力的工作雖不全同，但他們對於文學的態度，是要掃清文學上的脂粉而注重文學的實用，要把文學作品與現實社會和民衆生活聯繫起來的事，却是一致的。因此在文體上是反對駢四儷六的美文，而主張平淺實用的散體，同時要在文章裏，表現着人倫大道，以合乎諷勸教化之用。在詩教上是攻擊專寫風花雪月的色情文學的淫濫無用，要歸之於「爲時而著，爲事而作」的社會關係方面去。就是說，文學必是社會生活與時代影子的反映，文學必須顧全民衆，文學必須有益於人生。文學除了藝術的美的意義以外，還有實用的道德的重大的意義。韓柳的古文運動與杜白的社會詩歌的思潮，在唐代文壇上，確實造成了動人的光彩與偉大的成就。但一到了晚唐，這一種思潮又趨於逆轉，由於李賀、杜牧、李商隱、段成式、溫庭筠諸人的駢文豔詩的煽動，唯美文學得到了復活的機運，加以出於歌喉絃索的專寫色情的長短句的興起，更助長唯美文學的繁榮。於是韓柳提倡的散體，更變爲李商隱輩的豔麗絕倫的四六，杜白所創造的充滿着血肉與民衆情感的詩歌，又變爲李賀、溫庭筠輩的專寫宮妃妓女的詩詞了。到這時候，文學又由社會的入於個人的，又由民家苦痛的寫實入於宮庭貴族的享樂了。這一種風氣由於五代花間詞人的作品，到宋初西崑體的詩文，達到了極盛的狀況。

西崑體的領袖是楊億、劉筠與錢惟演。他們俱有文名，後同入館閣，遂主盟文壇，所作詩文，一以李商隱爲宗，極豔麗雕鏤之能事。那時候，正是帝國安定四海承平的盛世，他們那種典雅富貴的文字，正是臺閣體的典型。因此大家唱和，一時從風，這樣互相推演下去，於是那風氣愈演愈烈。現存西崑酬唱集二卷，爲楊億所編。參加酬唱者，除上述楊、劉、錢三人外，尚有李宗諤、陳越、李維、劉隲、丁謂、刁衎、張詠、錢惟濟、任隨、舒雅、晁迥、崔遵度、薛映、劉秉諸人。卷首楊億序云：

『予景德中忝佐修書之任，得接羣公之遊。時今紫微錢君希聖，祕閣劉君子儀，並負懿文，尤精雅道。雕章麗句，膾炙人口，予得久遊其牆藩，而資其模楷。二君成人之美，不我遐棄。博約誘掖，寘之同聲。因以歷覽遺編，研味前作。挹其芳潤，發於希慕。更迭唱和，互相切劘。而予以固陋之姿，參酬繼之末。入蘭遊霧，雖獲益以居多。觀海學山，嘆知量而中止。……取玉山策府之名，命之曰西崑酬唱集云爾。』

在這短短的序裏，可以看出他們作品的特色是「雕章麗句」，他們作品的產生，是由於「更迭唱和。」「雕章麗句」頂好的結果，是做到對偶工巧、音調和諧和字句的美麗而已，都是屬於作品的外形，一點沒有顧到文學的本質。「更迭唱和」，只是一種應酬的動機，誇奇鬥豔的遊戲，決沒有藝術的衝動，和民衆的情感的表現。一味在文字上用工夫，自然是沒有什麼價値的。四庫總目提要云：

『西崑酬唱集，宗法唐李商隱。詞取妍華，效之者漸失本眞，惟工組織，於是有優伶撏撦之譏。』

這批評是確當的。然而這一種風氣，因他們的地位，和當日承平的時代，却能在文壇上盛行三四十年。楊億序中所云「膾炙人口」，歐陽修所說「楊劉風采，聳動天下」，也就可知當日西崑勢力之盛了。

西崑風氣當日雖是風行天下，然而一般有文學思想的作者，並不感着滿意。他們在文壇的名望雖無楊劉輩的浩大，不容易激起大大的反動，他們仍是帶着嚴肅的態度，在那裏創造和西崑體完全相反的作品。如柳開、王禹偁、范仲淹諸人的古文，寇準、林逋、魏野諸人的詩，或以平淺質樸的散體說理記事，或以淸眞平淡之音，表現江湖處士田園隱逸的生活情調，一掃西崑臺閣體的富貴氣與浮豔氣。而歸於質樸無華不事虛語的眞實之境。他們因爲未曾在文學思想上和理論上積極地起來反抗西崑，只是在創作上消極地取着不合作的態度，故他們一時未能在當日的文壇，造成有力的運動。對於西崑派正式加以嚴厲的攻擊和討伐的，是由於理學家石介的怪說。

『昔楊翰林欲以文章爲宗於天下，憂天下未盡信己之道，於是盲天下人目，聾天下人耳。使天下人目盲，不見有周公、孔子、孟軻、揚雄、文中子、韓吏部之道；使天下人耳聾，不聞有周公、孔子、……之道。俟周公、孔子、……之道滅，乃發其盲，聞其聾，使天下惟見己之道，惟聞己之道，莫知其他。……

『周公、孔子、孟軻、揚雄、文中子、吏部之道，堯、舜、禹、湯、文、武之道也，三才九疇五常之道也。反厥常，則爲怪矣。夫書則有堯舜典、皐陶益稷謨、禹貢、箕子之洪範；詩有大小雅、周頌、商頌、魯頌；春秋則有聖人之經；易則有文王之繇，周公之爻，夫子之十翼。今楊億容妍極態，綴風月，弄花草，淫巧侈麗，浮華纂組，刻鏤聖人之經，破碎聖人之言，離析聖人之意，蠹傷聖人之道。使天下不爲書之典謨、禹貢、洪範；詩之雅頌，春秋之經，易之繇、爻、十翼，而爲楊億之容妍極態，綴風月，弄花草，淫巧侈麗，浮華纂組，其爲怪大矣。』（石徂徠集下）

他對於西崑派的領袖楊億的攻擊，是有力的，是革命的，但他在文學的思想上，却不如白居易的社會文學理論的嚴正，而處處將文學與聖道聯繫起來，處處壓制純文學的發展，將尚書、周易同三百篇一同視爲文學的正統，將堯、舜、周、孔一同視爲文學作家的典型了。宋代道統文學基礎由此建立，後來許多思想家對於文學的觀念，都是沿着這條路線發展演進而至於凝固。不過，西崑派的聲勢，確由此衰微而消滅了。質樸實用和平白如話的詩文，替代着駢文和豔詩的地位，於是由晚唐到宋初復活過來的唯美思潮，就在這時候告終了。

當日與石介取着同一的路線，對於文學上鼓吹着復古運動主張文道合一的思想的，還有柳開、孫復、穆修、尹洙諸人。他們雖非文學家，他們對於文學的見解，在文學思想史上，却有重大的影響。在他們的言論裏雖難免有繁複之處，歸納起來，不外「明道」「致用」「尊韓」「重散體」「反西崑」五點。總之，他們重視聖道與實用的意義與價值，是遠在藝術價值之上的。

明道這一個觀念，在荀子、揚雄、劉勰、文中子的作品裏，早已出現過，但其意義的解釋，尚可伸縮。到了韓愈，他一生學道好文，二者並重，於是道統與文統，緊緊地聯繫起來。他在原道中云：「堯以是傳之舜，舜以是傳之禹，禹以是傳之湯，湯以是傳之文、武、周公，文、武、周公以是傳之孔子，孔子傳之孟軻，孟軻之死，不得其傳焉。」他在題歐陽生哀辭後中又說：『愈之爲古文，豈獨取其句讀，不類於今者耶？思古人而不得見，學古道則欲兼通其辭。通其辭者，本志乎古道者也。』他在這裏明顯地畫出了一個道的系統，同時也就畫出了一個文的系統。韓愈自己是自命爲是這個道統與文統的承繼人。在道統上，是極力地排擊與儒道不相容的釋道思想，在文統上，是尊經重散，而壓制和減低純文學的活動與價值。宋代的文學思想，完全是承繼韓愈的運動，到後來更是變本加厲，而走到了道統的極端。因爲如此，他們第一重視的問題，便是明道這個觀點了。

『文章爲道之筌也，筌可妄作乎？筌之不良，獲斯失矣。女惡容之原於德，不惡德之原於容也。文惡辭之華於理，不惡理之華於辭也。』（柳開上王學士第三書，河東集五）

『故兩儀文之體也，三綱文之象也，五常文之質也，九疇文之數也，道德文之本也，禮樂文之飾也，孝悌文之美也，功業文之容也，教化文之明也，刑政文之綱也，號令文之聲也。聖人職文者也。君子章之，庶人由之。具兩儀之體，布三綱之象，全五常之質，敍九疇之數。道德以本之，禮樂以飾之，孝悌以美之，功業以容之，教化以明之，刑政以綱之，號令以聲之。燦然其君臣之道也，昭然其父子之義也，和然其夫婦之順也。尊卑有法，上下有紀，貴賤不亂，內外不瀆，風俗歸原，人倫既正，而王道成矣。』（石介上蔡副樞書，徂徠集上）

『夫學乎古者所以爲道，學乎今者所以爲名。道者仁義之謂也，名者爵祿之謂也。然則行過者所以兼乎名，守名者無以兼乎道。……有其道而無其名，則窮不失爲君子，有其名而無其道，則達不失爲小人。要其爲名達之小人，孰若爲道窮之君子。……學之正僞有分，則文之指用自得。』（穆修答喬適書，河南集卷二）

在這些文字裏，他們一致主張道是主體，文學只是道的附庸。「文章爲道之筌也」，這是他們共同的口號。因爲要達到明道的目的，因此便產出「文惡辭之華於理，不惡理之華於辭」的重質輕文的主張了。其次，他們對於文學的要求是致用。致用是合於實用，不只是限於精神的安慰或是享樂的消閑，要有勸導的教化的實際功用，那便是詩序上所說的那一種「經夫婦，成孝敬，厚人倫，美教化，移風俗」的積極的社會效能。

『文藝之生於今也久矣。天下有道則用而爲常法，無道則存而爲眞物，與時偕者也。夫所以觀其德也，亦所以觀其政也，隨其代而有焉，非止於古而絕於今矣。』（柳開上王學士第四書）

『文之作也必得之於心，而成之於言。得之於心者明諸內者也；成之於言者見諸外者也。明諸內者故可以適其用，見諸外者，故可以張其教。』（孫復答張洞書）

『介近得昌黎集，觀其述作，必本於教化仁義，根於禮樂刑政而後爲之辭。大者驅引帝王之道施於國家，敷於人民，以佐神靈，以浸蟲魚。次者正百度，敍百官，和陰陽，平四時，以舒暢之化，緝安四方。今之爲文，其主者不過句讀姸巧，對偶的當而已。極美者不過事實繁多，聲律調諧而已。雕鏤篆刻傷其本，浮文緣飾喪其眞，於教化仁義禮樂刑政，則缺然無髣髴者。』（石介上趙先生書）

文學能達到「明道」的地步，便可達到「致用」的目的。到這時候，「明道」與「致用」是發生着因果的聯繫作用，而成爲文學的最高準則。一切的藝術美、形式美，都在這準則下犧牲了。韓愈的文章是好的，同時他在作品中又大事宣傳聖道，排除異端，諫佛骨，驅鱷魚，在石介們看來，韓愈確實合了他們的標準，算得是道統與文統的繼承人，因此一致發出尊韓的論調，因此被晚唐宋初的唯美風潮壓抑了百年的韓愈的思想和作品，到這時候又復活起來了。我們試讀歐陽修、蘇軾、黃山谷諸家所寫的淺顯的散文和散文體的詩歌，便知道韓愈在宋代文壇的重要影響了。

『孔子爲聖人之至，韓吏部爲賢文之至。不知更幾千萬億年復有孔子，不知更幾千百年復有吏部。孔子之易、春秋，聖人來未有也。吏部原道、原人、原毀、佛骨表，自諸子以來未有也。嗚呼，至矣。』（石介尊韓）

『近世爲古文之主者，韓吏部而已。……吏部之文與六籍共盡。』（王禹偁答張扶書）

『唐之文章，初未去周、隋、五代之氣，中間稱得李杜其才，始用爲勝，而號專雄歌詩，道未極其渾備。至韓柳氏起，然後能大吐古人之文，其言與仁義相華實而不雜。如韓元和聖德，柳平淮西雅章之類，皆辭嚴義偉，製述如經，能卒然聳唐德於盛漢之表，蔑愧讓者，非二先生之文則誰歟？』（穆修唐柳先生文集後序）

他們對於韓愈這樣一致的推崇，因爲他一生學道能文，二者兼重，他持有着道統與文統的雙重資格。柳宗元雖沒有道統的地位，然因其對於古文運動的贊助以及其散文的優美成績，成爲韓派的重要同志，於是在宋代尊韓的思潮中，他也成爲一般人重視的對象了。「明道」「致用」既是文學的最高目的與準則，要達到這種目的與準則，他們認爲駢文新體詩是不適用的。穆修所說的「李杜專雄歌詩，於道未極其渾備」，這是他們對於純文學表示不滿意的態度。在這種態度下，認爲只有散體古文，才能達到「辭嚴義偉，製述如經」和明道致用的功效。所以他們不重視詩人李、杜、張、白之流，而只推尊古文家韓、柳了。

『子責我以好古文，子之言何謂爲古文。古文者非在辭澀言苦，使人難讀誦之。在千古其理，高其意，隨言短長，應變作制，同古人之行事，是謂古文也。子不能味吾書，取吾意，今而視之，今而誦之，不以古道觀吾心，不以古道觀吾志，吾文無過矣。吾若從世之文也，安可垂教於民哉？亦自愧於心矣。欲行古人之道，反類今人之文，譬乎遊於海者乘之以驥，可乎哉！苟不可，則吾從於古文。』（柳開應責）

柳開在這裏，把尊重古文的理由說得非常明白。古文的特點並非在其辭澀言苦，使人難讀，而在千古其理，垂教於民，高尚其意隨言短長的種種好處，並且他又宜於用質樸平淺的言語表達出來，不致於發生辭華於理的弊病。在他們這種「明道」「致用」「尊韓」「重散」四個主旨之下，對於當日風靡天下的「綴風月，弄花草，淫巧侈麗，浮華纂組」的西崑派的文風，自然是要一致地加以攻擊和破壞了。

『自翰林楊公唱淫詞哇聲，變天下正音四十年，眩迷盲惑，天下瞶瞶晦晦，不聞有雅聲。嘗謂流俗益弊，斯文遂喪。』（石介與君貺學士書）

『今夫文者以風雲爲之體，雕縷爲之飾，組繡爲之美，浮淺爲之容，華丹爲之明，對偶爲之綱，鄭衞爲之聲，浮薄相扇，風流忘返。』（石介上蔡副樞書）

『古道息絕不行，於時已久。今世士子習尙淺近，非章句聲偶之辭，不置耳目，浮軌濫轍，相跡而奔，靡有異途焉。其間獨敢以古文語者，則與語怪者同也。衆又排詆之罪毀之，不目以爲迂，則指以爲惑，謂之背時遠名，闊於富貴。先進則莫有譽之者，同儕則莫有附之者，其人苟無自知之明，守之不以固，持之不以堅，則莫不懼而疑，悔而思，忽焉且復去此而卽彼矣。噫！仁義中正之士，豈獨多出於古而鮮出於今哉。亦由時風衆勢，驅遷溺染之不得從乎道也。』（穆修答喬適書）

在這些文字裏，他們對於西崑派的攻擊固然是激烈厲害，但同時我們也可以看出當日西崑聲勢的浩大，而從事古文運動者，確是勢單力薄，幾乎是一種冒險的革命運動。如穆修所說，提倡古文的人，大衆都加以排詆罪毁，目爲怪異。既非富貴利祿之門，又得不到先輩師友的獎譽。加以這些人物，都是理學家，在創作上沒有多大的成績，雖說他們的理論都有相當的力量，對於當日的文風，究不發生什麼影響。因此，眞能復興韓柳的功業，傳佈石介、穆修諸人的理論，一掃西崑的作風，在文壇上捲起了巨大的變動的，是不得不待之於歐陽修了。

歐陽修與古文運動　歐陽修在這方面的成功，是因爲他不專發議論，同時在作品上表現了優美的成績。他不僅是古文大家，詩詞賦以及四、六駢文，他都是一代的名手。無論贊成他的或是反對他的，都會對他的作品表示欽佩，決不會把他看作是一個迂腐頑固的道學家。加之他在政治界學術界都有崇高的地位，樂於指導青年，獎勵後進，於是他成爲文壇的盟主，羣倫的領袖了。再有他的友朋輩尹洙、梅堯臣、蘇舜欽的切磋，門下士蘇軾、曾鞏、王安石之徒的推動，於是古文運動形成了一個强有力的集團，而達到較韓柳時代更成熟更普遍的成就。歐陽修在文學思想方面，遠與韓柳近與石穆諸人，大致都是相同的。看他說：

『夫學者未始不爲道，而至者鮮，非道之於人遠也，學者有所溺焉爾。蓋文之爲言，難工而可喜，易悅而自足。世之學者往往溺之。一有工焉，則曰吾學足矣。甚者至棄百事不關於心，曰：吾文士也，職於文而已。此其所以至之鮮也。……聖人之文，大抵道勝者文不難而自至也。』（答吳充秀才書）

『學者當師經，師經必先求其意，意得則心定，心定則道純，道純則充於中者實，中充實則發爲文者輝光。』（答祖擇之書）

『予讀班固藝文志、唐四庫書目，見其所別，自三代秦漢以來，著書之士，多者至百餘篇，少者猶三四十篇，其人不可勝數，而散亡磨滅，百不一二存焉。予竊悲其人，文章麗矣，言語工矣，無異草木榮華之飄風，鳥獸好音之過耳也。方其用心與力之勞，亦何異衆人之汲汲營營，而忽焉以死者，雖有遲有速，而卒與衆人同歸於泯滅。夫言之不可恃也蓋如此。今之學者，莫不慕古聖賢之不朽，而勤一世以盡心於文字間者，皆可悲也。』（送徐無黨南歸序）

他所說的「道勝者文不難而自至」，正是表明「有德者必有言，溺於文者必遠於道。」「學者當師經，……則發爲文者輝光。」正是表明他承認經文是文學的正統，忽視美文的價值。「勤一世以盡心於文字間者，皆可悲也。」更是進一步承認純文學的無用，而有近於道學家玩物喪志的頑固的論調了。在他這些文字裏，我們可以看出他的思想，正與石介、穆修諸人是走着同一的路線。

『予爲兒童時，得韓昌黎先生文集六卷。讀之見其深厚而雄博，然予猶少，未能悉究其義，徒見其浩然無涯之可愛。是時天下學者，楊劉之作，號爲時文，能取科第擅名聲，以誇耀當世，未嘗有道韓文者。予亦方舉進士，以禮部詩賦爲事。年十七，試於州，爲有司所黜，因取所藏韓氏之文，復閱之，則喟然歎曰：學者當至於是而止爾。……後七年舉進士及第，官於洛陽，而尹師魯之徒皆在，遂相與作爲古文。因出所藏昌黎集而補綴之，求人家所有舊本而校定之。其後天下學者亦漸趨於古，而韓文遂行於世，至於今蓋三十餘年矣。學者非韓不學也，可謂盛矣。」

（六一題跋）

可知石介、穆修他們雖是努力地鼓吹尊韓，但在那時候，一般人還都是從事楊劉的時文，以圖博取科第功名，不僅作韓文者少，就連昌黎文集，也並不流行。要等到歐陽修補綴校定，鼓吹提倡以後，韓愈的靈魂，才正式復活，韓文也就大行於世，而達到「天下學者非韓不學」的盛況了。那時候，西崑體已統治了宋初文壇將近半世紀，作風愈演愈卑，自然爲一般有思想的文學青年所不滿，急思有所改革，加之當日哲學思想漸漸由於醞釀而成熟，需要一種簡明的文體來作爲表達的工具，那種專事雕飾的駢體，自不爲時流所歡迎。並且因印刷術的應用，民衆教育，日漸發達，那種古典的文體，自不適宜於民衆的需要與實用。歐陽修處在這一個時代環境之下，他恰好抓住這一個成熟的機運，因此這一個文學的改革運動，在他的手下便成功了。再加以許多有力的同志，都從事這一個運動。如尹師魯、蘇舜欽、梅堯臣、三蘇、曾鞏、王安石諸家，或從事詩風的改革，或從事散文的創作，都是宋代文壇上有名的大人物。這樣推波助瀾，彼呼我應，於是詩風改變了，古文運動成功了。唐宋八家的散文系統由此建立，而成爲後人不可動搖的典型。這結果，在賦中由律賦產生了散文賦，就是那種「錦心繡口駢四儷六」的駢文，也變成散行古雅了。陳師道云：『歐陽少師始以文體爲對屬，又善敍事，不用故事陳言，而文益高。』清孫梅也說：『宋初諸公，駢體精敏工切，不失唐人矩矱。至歐公倡爲古文，而駢體亦一變其格。始以排奡古雅，爭勝古人。』至於宋詩的散文化與平淺化，那是人人所知道的宋代詩歌的特色。在這種地方，我們可以看出這一次的運動，在文壇上所發生的重大的影響了。這種功績，自然不能歸之於歐陽修一人，然而他實在是這一個運動的最有資格的領導者。難怪蘇軾敍六一居士集時，對歐陽修要大加稱頌的了。

『自漢以來，道術不出於孔子，而亂天下者多矣。晉以老莊亡，梁以佛亡，莫或正之。五百餘年而後得韓愈。學者以愈配孟子，蓋庶幾焉。愈之後三百有餘年，而後得歐陽子。其學推韓愈孟子以達孔氏。著禮樂仁義之實以合於大道。其言簡而明，信而通，引物連類，折之於至理，以服人心。故天下翕然師尊之。自歐陽子之存，世之不說者，譁而攻之，能折困其身，而不能屈其言。士無賢不肖，不謀而同曰，歐陽子今之韓愈也。宋興七十餘年，民不知兵，富而教之，至天聖景祐極矣。而斯文終有愧於古。士亦因陋守舊，論卑而氣弱，自歐陽子出，天下爭自濯磨，以通經學古爲高，以救時行道爲賢，以犯顏納諫爲忠，長育成就。至嘉祐末，號稱多士，歐陽子之功爲多。嗚呼！此豈人力也哉，非天其孰能使之……。』

蘇氏立論的範圍，雖極廣泛，却都是實言。歐陽子在轉移風俗與改革文學兩方面，確有不朽的功績，說他是宋朝的韓愈，是很適當的。不過在品格方面，韓愈還比不上他。凡是讀過他倆傳記的人，想都知道，在這裏無須多說了。

歐陽修及其同志們所提倡的文學運動，雖時時以明道致用等口號相標榜，但他們仍有文道兼營二者並重之意。故其理論雖有時稍嫌偏激，還沒有迂腐不堪之弊。三蘇在這一方面，更有重文的傾向，所以他們父子的議論也較爲活潑，而尤以東坡之論爲佳。

『所示書教及詩賦雜文，觀之熟矣。大略如行雲流水，初無定質，但常行於所當行，常止於不可不止，文理自然，姿態橫生。孔子曰，詞達而已矣。夫言止於達意，則疑若不文，是大不然。求物之妙，如繫風捕影，能使了然於心者，蓋千萬人而不一遇也，而況使了然於口乎？是之謂詞達，詞至於能達，則文不可勝用矣。』（答謝民師書）

『夫昔之爲文者，非能爲之爲工，乃不能不爲之爲工也。山川之有雲霧，草木之有華實，充滿勃鬱，而見於外，故雖欲無有，其可得耶？』（江行唱和集序）

他這些理論，都是說的藝術的境界，絕不是道的境界。所說的「文理自然，姿態橫生」的詞達，和「不能不爲之爲工」的現象，都是指的藝術的神妙自然的最高的成就。再如蘇洵蘇轍論文時，每喜以孟韓作例，然其所論，都是從其文的風格與氣勢而言，不是從其文的內容與道而言。試讀蘇洵的上歐陽內翰書和蘇轍的上樞密韓太尉書，這意思是很明顯的。其中如王安石的議論，雖稍覺偏激，有入於純粹功利主義的傾向，但以法家的思想和政治家的立場，他那種論調，自然是不足怪的了。

理學家的文學觀　宋代的文學思想，到了道學家，才正式建立起來道統文學的權威。他們是從韓歐的領域更進一步，而走到文學無用論和載道說的極端。他們一天到晚所講的心性哲學，似乎是玄妙空虛，但他們對於文學的要求，却限於最實際的功用與倫常。他們的議論，全都是屬於文學的內容與意識方面，從未觸及過修辭形式以及有關於藝術表現上的種種問題。因爲在道學家的眼裏，完全爲道學氣所掩蔽，把美與藝術的意義與價值，一掃無餘。韓歐論文，雖時以「志乎古道」和「道至而文亦至」爲言，還沒有正式說出「文以載道」的口號。載道之說，實始於道學家周敦頤。他在通書文辭一節中說：『文所以載道也。輪轅飾而人弗庸，徒飾也。況虛車乎？文辭藝也；道德實也。篤其實而藝者書之；美則愛，愛則傳焉。賢者得以學而致之，是爲教。故曰言之無文，行之不遠。』周敦頤雖是提出了「文以載道」的口號，但他的議論，却還不頂偏，他雖以載道爲第一義，同時還承認文學的意義與用處。只要載的是道，裝飾美麗的車子，也是要引起人們的愛好的，在這裏可知他是承認藝術的價值的。但一到了二程，連這一點也不肯承認，他們覺得美麗的車子，根本就不能載道，因爲車子裝飾太美了，那載的道，將爲那種美所蒙掩所破壞，道反而變爲附庸，而不爲人所尊重所注意了。在這種地方，他連前人所推尊的韓愈也發生不滿，而發出最偏執頑固的學文害道的倒學之說了。

> 『退之晚來爲文所得處甚多。學本是修德，有德然後有言，退之却倒學了。』（二程遺書卷十八）

前人所推崇韓愈的，是說他能「學文而及道」，但在二程看來，這是錯誤的。聖人有道德，自然就有言，我們所學的程序，應該是修道修德。道德是本，文章是末，世上那有學末而及於本之道理。正如劉敞所說：『道者文之本也。循本以求末易，循末以求本難。』（公是先生弟子記）文學觀念達到了這種境界，不僅純文藝的詩詞韻語爲他們所鄙視，自然是連韓愈歐陽修那一般人的作品和思想觀念，也都要感着不滿意了。他們這樣重視道，道便成爲一個至尊的神聖的東西，高出一切，落得文學與異端同類了。『今之學者有三弊：一溺於文章，二牽於訓詁，三惑於異端。苟無此三者，必趨於道矣。』（二程遺書卷十八）他這裏所說的文章，並不專指西崑派那類的麗詞綺語，就連歐蘇輩的文章，自然也是包在內面的了。文章既與異端並舉，自然學文好文之事，都是害道的了。

『向之云無多爲文與詩者，非止爲傷心氣也，直以不當輕作爾。聖賢之言不得已也。蓋有是言則是理明，無是言則天下之理有闕焉。……後之人始執卷則以文章爲先，平生所爲，動多於聖人，然有之無所補，無之靡所闕，乃無用之贅言也。不止贅而已，既不得其要，則離眞失正，反害於道必矣。』（伊川文集五）

『問作文害道否？曰害也。凡爲文不專意則不工，若專意則志局於此，又安能與天地同其大也。書曰：翫物喪志，爲文亦翫物也。呂與叔有詩云：學如元凱方成僻，文似相如始類俳。獨立孔門無一事，只輸顏氏得心齋。此詩甚好。古之學者惟務養情性，其他則不學。今爲文者專務章句，悅人耳目。既務悅人，非俳優而何？』（二程遺書卷十八）議論走到這種地步，自然是迂腐頑固極端之至了。他們否認文學一切的意義與價值，把作家看作是俳優，把文學看作是異端，把從事文學的工作，看作是翫物喪志的無聊事體了。程頤說過：『某素不作詩，亦非是禁止不作，但不欲此種閑言語。但如今言能詩者，無如杜甫，如云「穿花蛺蝶深深見，點水蜻蜓款款飛」，如此閑言，道出做甚？』（伊川文集五）在道學家看來，六朝淫風，西崑豔體，固不必說，就連韓愈的學文，罵爲倒學，杜甫的詩，評爲無用的閑言，其他的作品，自然是更可不必提了。

朱子本是一個最聰明最有判斷力的學者，他對於詩經的解釋，常有獨到之處，但他對於文學的基本觀念，正與二程相同。也可以說，宋代道統文學的建立，到了他，達到了最成熟最有權威的地步。他在語類中說：「文皆是從道中流出，豈有文反能貫道之理？文是文，道是道，若以文貫道，却是把本爲末，以末爲本，可乎？」這與周敦頤的載道說，二程的倒學說，是一氣的。因爲他們心目中只有周公、孔子，只有聖人、賢人，口裏只談理學王道。在這種空氣下，文學藝術的一點生機，全被這道學氣壓死了。他又說：

『歐陽子云：三代而上，治出於一，而禮樂達於天下。三代而下，治出於二，而禮樂爲虛名，此古今不易之至論也。然彼知政事禮樂之不可不出於一，而未知道德文章之尤不可使出於二也。夫古之聖賢，其文可謂盛矣。然初豈有意學爲如是之文哉。有是實於中，則必有是文於外。如天有是氣，則必有日月星辰之光耀。地有是形，則必有山川草木之行列。聖賢之心，既有是精明純粹之實，以旁薄充塞乎其內；則其著見於外者，亦必自然條理分明，光輝發越，而不可掩蓋。不必託於言語，著於簡冊，而後謂之文。但一身接於萬事，凡其語默動靜，人所可得而見者，無所適而非文也。姑舉其最而言，則易之卦畫，詩之歌詠，書之記言，春秋之述事，與夫禮之威儀，樂之節奏，皆已列爲六經，而垂萬世。其文之盛，後世固莫能及，然其所以盛而不可及者，豈無所自來，而世亦莫之識也。……孟軻氏沒，聖學失傳。天下之事，背本趨末。不求知道養德以充其內，而汲汲乎徒以文章爲事業。然在戰國之時，若申、商、孫、吳之術，蘇、張、范、蔡之辨，列禦寇、莊周、荀況之言，屈平之賦，以至秦漢之間，韓非、李斯、陸生、賈傅、董相、史遷、劉向、班固，下至嚴安徐樂之流，猶皆先有其實而後託之於言。唯其無本而不能一出於道，是以君子猶或羞之。及至宋玉、相如、王褒、揚雄之徒，則一以浮華爲尚，而無實之可言矣。雄之太玄法言，蓋亦長楊羽獵之流而粗變其音節，初非實爲明道講學而作也。東京以降，迄於隋唐數百年間，愈下愈衰，則其去道益遠，而無實之人亦無足論。韓愈氏出，始覺其陋，慨然號於一世，欲去陳言以追詩書六藝之作。而其敝精神縻歲月，又有甚於前世諸人之所爲者。然猶幸其略知不根無實之不足恃，因是頗泝其源而適有會焉，於是原道諸篇始作。而其言曰：「根之茂者其實遂，膏之沃者其光煜，仁義之人其言藹如也。」其徒和之。亦曰：「未有不深於道而能文者。」則亦庶幾其賢矣。然今讀其書，則其出於諂諛戲豫放浪而無實者，自不爲少。若夫所原之道，則亦徒能言其大體，而未見其有探討躬行之效。使其言之爲文者，皆必由是以出也。故其議論古人，則又直以屈原、孟軻、馬遷、相如、揚雄爲一等，而猶不及於董賈。其論當世之弊，則但以辭不已出而遂有神徂聖伏之歎。至於其徒之論，亦但剽掠僭竊爲文之病，大振頽風，教人自爲，爲韓之功，則其師生之間傳授之際，蓋未免裂道與文以爲兩物，而於其輕重緩急本末賓主之分，又未免於倒懸而逆置之也。自是以來，又復衰歇數十百年，而後歐陽子出。其文之妙，蓋已不愧於韓氏。而其曰「治出於一」云者，則自荀揚以下皆不能及，而韓亦未有聞焉，是則疑若幾於道矣。然考其終身之言，與其行事之實，則恐其亦未免於韓氏之病也。抑又嘗以其徒之說考之，則誦其言者，既曰：「吾將老矣，付子斯文矣。」而又必曰：「我所謂文，必與道俱。」其推尊之也，既曰：「今之韓愈矣」，而又必引「斯文不在茲者」以張其說。由前之說，則道之與文，吾不知其果爲一耶爲二耶？由後之說，則文王孔子之文，吾又不知其與歐韓之文果若是其班乎否也？嗚呼，學之不講久矣，習俗之謬，其可勝言也哉！……且如歐陽公到得晚年，自做六一居士傳，宜其所得如何，却只說有書一千卷，集古錄一千卷，琴一張，酒一壺，棋一局，與一老人爲六，更不成話說。分明是自敗納闕。如東坡一生讀盡天下書，說無限道理，到得晚年過海，做昌化峻靈王廟碑，引唐肅宗時一尼，恍惚升天，見上帝以寶玉十三枚賜之，云中國有大災，以此鎭之。今此山如此，意其必有實，更不成議論，似喪心人說話。其他人無知如此說尙不妨，你平日自視爲如何？說盡道理，却說出這般話，是可怪否？觀於海者難爲水，遊於聖人之門者難爲言，分明是如此了，便看他們這般文字不入。』（朱子語類）

這是一篇最有系統的道統文學的宣言，因其出於理學大家朱子之手，也就顯得格外有力量。現在不管對他的觀念，我們是否同情或反對，但在中國的文學思想史上，確是一篇與白居易的與元微之書同樣有力量的文字。他的議論，處處有他自己的思想爲根據，有條理，有系統，把中國過去的學術界文學界，作了一個總評。在這些文字裏，固然有極大的破壞性，同時也有極大的建設性。他不僅攻擊那樣俳優式的作家，專寫風花雪月的作品，連韓愈、歐陽修、蘇東坡也一概罵倒，這不能不佩服他有驚人的魄力。他們這種思想，因理學勢力的風靡天下，漸次浸潤人們的頭腦，由凝固成熟，而成爲權威。

『淳祐甲辰，徐霖以書學魁南省，全尚性理，時競趨之，即可以釣致科第功名，自此非四書、東西銘、太極圖、通書、語錄不復道矣。』（周密癸辛雜識）

這是道統文學對於當代官家教育的影響。西崑體盛行時，非時文不能干祿，現在非尚性理，非通書語錄不行了。加上了這種實際的用處，於是他們這種思想更普遍於社會，深入於民間了。師友間以此規勸，父子間以此教育了。作詩作詞，是玩物喪志，閱讀小說戲曲，都是輕薄惡劣的行爲，而成爲學校家庭所不許了。在一般人們的頭腦裏，只有周孔一類的聖賢偶像，只有四書五經一類的古典文獻了。這樣的一種觀念和現象，是宋代道統文學建立起來以後，所表現的成績，也就是道學對於純文學的迫害。羅大經的鶴林玉露中有一則云：

『東山先生楊伯子嘗爲余言，某昔爲宗正丞。眞西山以直院兼玉牒宮，嘗至某位中，見案上有時人詩文一篇。西山一見擲之曰：「宗丞何用看此？」某悚然問故。西山曰：「此人大非端士。

筆頭雖寫得數行，所謂本心不正，脉理皆邪。讀之將恐染神亂志，非徒無益。」某佩服其言，再三謝之。因言近世如夏英公、丁晉公、王岐公、呂惠卿、林子中、蔡持正輩，亦非無文章，然而君子不道者皆以是也。』

在這一段裏，道學家對於文學的惡劣態度與高壓手段，眞是可謂走到極端了。二程所說的文章與異端同科，到了這般理學家教育家，實行着掃蕩淸除的工作，不管那作品的內容如何，總是一擲了之了。所謂文學作品，大都是「本心不正，脉理皆邪，讀之將恐染神亂志，成爲學者教育界以及家長們的共同信條了。人人都想要做君子，不要做文人，因爲文人是俳優與浪子的別號，爲一般衛道者所不容了。程頤有一次偶然聽到人家讀晏幾道的豔句，『夢魂慣得無拘束，又踏楊花過謝橋。』他連忙搖手說：『鬼語鬼語。』高士陳烈遇着朋友們的綺筵豔曲時，嚇得跳橋而逃。在這種地方，道學家是把文學看爲邪魔外道，若一接觸，似乎就會損害他們的道行。他們這一種觀念與力量，中間雖曾有過元代與晚明間的衰微，在整體上說來，却是一直繼續到淸朝末年的。現在四十歲左右的人，少年時代因爲偷看小說詞曲一類的書籍，如何受家長先生們責備的事，到今天還是記得的罷。推究其根源，是要回頭到宋代這一個道統的文學思潮來的。屈指計算，前後已是八九百年悠長的歲月了。

第十八章　北宋的詞

一　宋詞興盛的原因

詞是宋代文學的靈魂。他繼承着晚唐五代詞體初興的機運，在那三百年中，經許多天才作家的努力創作，發揚光大，造成了光輝燦爛的成績。在中國的詩史上，他代替了舊詩的地位，而成爲那幾百年文學林中的代表作品了。在過去知識階級的眼裏，由於道統文學的觀念，比起詩來，他們是更要輕視詞的。試觀四庫全書所收詞集之少，便可看出他們這種輕視的眼光。朱彝尊說：「唐宋人詞，每別爲一篇，不入集中，故散失最易。」（詞綜發凡）在這種地方，也可知道當代的作家，自認詞的地位，是低於文章與詩的了。這一種觀念，雖說沒有阻礙詞的發展與隆盛，但在作品的流傳與保存，却是大有影響的。因此宋詞雖盛極一代，上至君王貴族，學士大夫，下至僧尼妓女，以及普通平民，都有作品流佈。但檢查現存的作品，則遠不如唐詩之富。並且在現存的作品中，有不少是由淸末幾個愛詞的專家收集起來的。由這一點，我們可以想見宋詞在過去的散失，一定不少。

我們現在由汲古閣刻的宋六十一家詞，侯文燦彙刻的名家詞，王鵬運的四印齋彙刻詞，江標刻的靈鶼閣名家詞，吳昌綬的雙照樓彙刻詞，朱祖謀刻的彊村叢書以及近人趙萬里的校輯宋金元人詞，易大厂編刊的北宋三家詞諸書看來，去其重複，可得二百五十家左右。雖其中多有三五首，甚至只有一首者，然由此也可想見宋詞在當代的盛況。再如無名氏的作品，散見於諸家筆記或詞話中者尤多。在會慥的樂府雅詞裏，無名氏的作品，就有一百首之多，並且這些作品，都是經過編者眼光的選擇而流傳下來的，他們的藝術價值，並不比那些學士大夫之作要弱多少，同時，那被編者淘汰的作品，想必是更多了。在那書中還有一些有主名的詞，那作者許多都是不見經傳的普通人，或是一首，或是兩首保存在那裏，這些都可算是平民階級的作品。因此，可以知道宋詞發展流行的普遍，他是上入宮庭，下入鄉村的。他一面是君王貴族的娛樂品，文士詩人的藝術品，一面又是倡樓妓女的歌曲，和民間的樂府歌謠了。詞在宋代能這麼地發達普遍，自有種種複雜的原因，言其大者，約有數端。

一、詞體本身的發展 詩自唐朝以後，無論形式音律以及內容風格，都是到了精華已盡完備無餘的地步。後來的人，雖是有心製作，亦難自出奇巧，獨成一家。因此他們的努力，只是學擬前人，工力高者偶有形似，然亦是乞人殘餘，並非獨創。等而下之，一味沿襲剽竊，那就更不足道了。這並不一定是後人之才性不如前人，實因『文體通行既久，染指遂多，自成習套。豪傑之士，亦難於其中自出新意，故遁而作他體，以自解脫。』（人間詞話）詞在宋朝，正是繼承詩之衰敝而新起的一種體裁，他由晚唐五代而入宋，恰好是青春的少年時代，恰好是一塊初闢的田園。他的幼小的生命正待發展，他的前途，是遼遠而又光明。小令雖在五代開了花，結了果，詞運還在初期。抒情寫恨的內容，雖在西蜀南唐詞人的筆下，成就了許多名篇，但那些傷時吊古寫景詠物說理談禪以及歌詠田園感傷國事的種種方面，都正待才人去開拓去創造。詞在宋代，正是一塊新天地，什麼人走進去，只要你肯努力，總多少有點收穫。因爲染指者不多，還沒有成爲一種習套，作者便容易顯出他的才情和創造力，時時有新的意境，新的辭句和新的風格。這一種環境，我們可以說是文體本身發展的歷史性，也可以說是文學的生物性。

二、君主的提倡

在君主集權的政治環境下，君主的好惡，對於文學的發展，自然會有重大的影響。漢代君主的好賦，唐代君主的愛詩，給與當代文學以何種影響的事，是我們都知道的。詞到了宋詞，是最流行的文體，於是當代的君主貴族競趨風尙。或能妙解音律，自製新篇，或是提倡獎勵，拔識詞人。因此士子以此干祿，奸佞以此獻媚。在這種名利誘惑之下，自然是上下從風，作者日衆，造成宋詞發展普遍的盛況。如『眞、仁、神三宗俱曉聲律，徽宗之詞，尤擅勝場，即所傳十餘篇，固已無愧作者。至於韓縝北使西夏，以離筵作鳳簫吟一詞，神宗忽中批步兵司遣兵爲搬家追送，而出疆使節，得以愛妾追隨。宋祁以鷓鴣天一詞，而蓬山不遠，遂拜內人之賜。蔡挺以喜遷鶯一詞，而有樞管之命，蘇軾以水調歌頭一詞，而獲愛君之嘆。至周邦彥以蘭陵王一詞，而追回爲徽猷閣待制，則事所或有也。……南渡以後，流風未泯。高宗能詞，有舞楊花自製曲，廖瑩中江行雜錄謂其漁歌子十五章，備騷雅之體，雖老於江湖者，不能企及。又復刻意提倡，獎掖詞才，康與之、張掄、吳琚之倫，皆以詞受知，賞賚甚厚。孝、光、寧三宗雖鮮流傳，而歌舞湖山，其遊賞進御各詞，至今猶有清響。則兩宋詞流之衆，多由君上之提倡，非啻一時風會已也。』（王易詞曲史）這種現實的環境，對於宋詞發展的推動，確有很大的力量。

三、詞的實用功能

詞在最初的階段，本與音樂發生密切的聯繫。他是一種合樂的給人歌唱的辭句。後來經許多人的創作開拓，內容日廣，體製日繁，雖也有許多完全離開音樂而成爲一種只是文學的作品，而詞的音樂性並沒有損傷，大部份的詞都是可歌的。柳永、周邦彥、秦觀的作品，我們固不必說，就是歐陽修、蘇東坡的詞，可歌的也還不少。由此，可知詞在宋朝，既有獨立的文學的存在性，同時又有積極的音樂的實用功能。當日詞的用處是廣泛的，朝廷的盛典，士大夫的筵宴，長亭離人的送別，倡樓妓女的賣唱，都是歌的詞，再如傳踏，鼓子詞及諸宮調的歌唱部份也是詞，再就是白話小說話本裏面，也雜用着不少的詞。在這種地方，宋詞能夠普遍於民間，能夠流行於下層社會，他那種音樂的實用功能，却有很大的關係。世間有井水處卽能歌柳永的詞。這裏所說的是「歌」，不是「讀」。讀是要瞭解其文學的意義，歌只要記誦其腔調，正如小孩們歌唱漁光曲大路歌一樣。把那腔調唱熟了，稍稍讀書識字的人，有時也能作一兩首。在宋人的筆記裏，時常記載着某某妓女所作的歌詞，都是由這種環境訓練出來的，並非由於文人學士的僞託。宋代雖與外患相終始，但始終是沉溺於酣歌醉舞的空氣裏，北宋的汴京，南宋的杭州，是兩個極度繁榮的大都市，在商業經濟的發達中，在君臣上下奢侈淫靡的生活中，在文人學士的蓄妾挾妓的浪漫生活中，在各種娛樂藝術蓬勃生長的空氣中，詞的用處愈是廣泛，詞的發達愈是迅速，詞人與作品也愈是增多了。在當代那一種社會環境之下，配合着詞的音樂的實用功能，實在是助長詞的興盛的一個重因。我們試看晏幾道、柳永、姜夔幾首膾炙人口的作品，都是爲歌兒市妓家姬而作，可知他們創作的最初目的，都不全是文學的，而是音樂的實用的。這一種態度，同梅堯臣、歐陽修、黃庭堅、陳無己諸人的作詩，自然是兩樣了。

四、道學的反影響

宋代的宮庭貴族以及學士大夫的生活，雖沉溺於酣歌醉舞的空氣裏，而居於思想界的領導地位的，却是那些講徵聖宗經正心誠意的道學家。道學家另有一幅面孔，另有一種派頭，他們盡力壓抑情慾，擴充理智，什麼事都要管，什麼事都愛批評。他們那種思想，反映於文學界，便是我在上章裏敍述過的道統文學觀。他們的主旨，是輕視美文，提倡散體，反對文學的唯美和表現風花雪月的豔情，鼓吹文學的實用與敎化。簡單地說起來，文學不是言情的，是載道的。這一種思想從宋初的穆修石介起，以至周敦頤、邵雍、二程、朱子諸人，構成一個極有力的系統。在這種思想的環境下，正統的文學界所受的影響，是非常明顯的。歐陽修、蘇東坡諸人的古文運動，色情脂粉一掃而空的宋詩，都是最好的明證。前人評宋詩，每以「喜發議論」「言理不言情」爲其弊端，殊不知這一點却正有他的思想界的背境。因此文有文敎，詩有詩敎，這兩個文學的部門，無形地或濃或淡地受了道學的指導與監督而屈服了。但人類的情慾與浪漫的情緒畢竟是不能完全壓住的，任你如何的阻住它，它總得要找出路。詞這一部門恰好是宋人情慾的出路。文要載道，詩要講詩敎，但詞是一種新興的歌辭，本來就是妓女口中的玩意兒，生來便具有淫靡豔麗的素質。載道也無從載起，講詞敎也無從講起。因此道學家便輕視了這一支文學界的遊擊隊，認爲它出身卑賤而把它放棄了。所以在宋代有道學古文家，有道學詩人，而不見有道學詞人。一來是詞這種東西本不便裝進道學，二來也是道學家看不起詞。於是詞在這種環境之下，於是便成爲浪漫才人發洩情慾的良田，爲士大夫脫去道學面孔以後，表現私生活的避難所，爲民間流行的樂府與歌謠，而日趨於繁盛發達之途，形成最自由最浪漫的新體詩了。晏幾道、柳永固不必說，即如范仲淹、司馬光、歐陽修、王安石們在詩文裏，都是講一些大道理，這一些正派話，但一到詞，便寫出綺語與豔情了。江西詩派的領袖黃山谷在作詩時，那樣反對豔體，反對俗淺，但在他的詞中，穢褻有過於柳永，俗語方言之使用，幾可與他詩中的奇文古字比美。在這種地方，我們可以看出他們作詩作文的態度是嚴肅的，作詞確實有幾分是浪漫的。到了南宋，這一種態度開始改變，一般詞家，都像黃山谷陳無己們作詩一樣，用盡苦心，極力鍛鍊，務求典雅工麗，於是詞也就走上古典的路。北宋詞雖有時感着粗野，然都有活氣，有情味，有個性，有力量，南宋詞則反是者，原因便在這裏。這種因道學觀念對於詩文的壓制，而反助成歌詞趨於浪漫自由的發展的機運，我們可以名之爲道學的反影響。

由上述種種事實的交相聯繫，互生作用，自然會釀成一種獨利於詞的發展的環境。因此，詞在宋代獨盛一時，名家輩出，而竟能普及民間，這並不是偶然的事。

二　宋初的詞壇

在宋代建國的初期，他們主要的工作是用兵征討殘餘，穩固國體，同時雖也開始文化建設，籠絡文人，但他們當日所努力的文化事業，却是太平御覽、太平廣記、文苑英華幾部大類書的編纂。因此，十世紀下半期的詞壇，是呈現着極度冷寂的狀態。除了幾位由前代過來的降王降臣如李煜、歐陽炯諸人之外，宋朝的潘閬、蘇易簡、王禹偁雖也作詞，那不過是偶爾點綴，質量都很貧弱，沒有什麼可注意的地方。到了十一世紀初期，宋帝國經過四五十年的休養生息，日趨隆盛，社會經濟，漸漸繁榮，人民的生活亦已安定。出生於宋代初期的人們，到這時期都已長大成人，都一個個步入政界與文壇了。這一批新青年的出現，一面在政治上佔領了重要的地位，同時在文壇上也一破前數十年的沉寂，增加了活潑的生氣，無論散文與詩詞，都現出了新氣象與新光輝。嚴格地說來，宋代的文學史，是要從十一世紀開始的。

最初出現於詞壇的都是幾位達官貴人：如寇準、韓琦、晏殊、宋祁、范仲淹、歐陽修等，都是一時的顯達。他們都有顯貴的地位與高尚的人格。因此他們的作品，大都有一種華貴雍容的大家風度，不卑俗，也不纖巧。言情雖纏綿而不輕薄，措辭雖華美而不淫豔。由那些作品，明顯地反映出特殊階級的高等生活和那種溫和含蓄的情緒。詞的形體與風格，都還是繼承着花間南唐的遺風，內容是單調的，形式是短小的，個性極不分明，因此他們的作品時時彼此相混，或與南唐詞人相混而無法分辨。這一時期的詞，我們可以說是南唐詞風的追隨時代，也可以說是集體創作的時代。

『波渺渺，柳依依。孤村芳草遠，斜日杏花飛。江南春盡離腸斷，蘋滿汀洲人未歸。』（寇準江南春）

『病起懨懨，庭前花影添憔悴。亂紅飄砌，滴盡眞珠淚。惆悵前春，誰向花前醉？愁無際，武陵凝睇，人遠波空翠。』（韓琦點絳唇）

『東城漸覺風光好，縠皺波紋迎客棹。綠楊煙外曉寒輕，紅杏枝頭春意鬧。　浮生長恨歡娛少。肯愛千金輕一笑。爲君持酒勸斜陽，且向花間留晚照。』（宋祁玉樓春）

他們都是國家柱石勳勞大臣，而所爲小詞，雖說作品不多，然無不婉麗精妙，情味無窮。范仲淹在這一方面，還有更好的成績。

『碧雲天，紅葉地。秋色連波，波上寒煙翠。山映斜陽天接水，芳草無情，更在斜陽外。　黯鄉魂，追旅思，夜夜除非，好夢留人睡。明月樓高休獨倚，酒入愁腸，化作相思淚。』（蘇幕遮）

『紛紛墜葉飄香砌。夜寂靜，寒聲碎。眞珠簾捲玉樓空，天淡銀河垂地。年年今夜，月華如練，長是人千里。　愁腸已斷無由醉，酒未到，先成淚。殘燈明滅枕頭欹，諳盡孤眠滋味。都來此事，眉間心上，無計相迴避。』（御街行）

『塞下秋來風景異，衡陽雁去無留意。四面邊聲連角起，千嶂裏，長煙落日孤城閉。　濁酒一杯家萬里，燕然未勒歸無計。羌管悠悠霜滿地，人不寐，將軍白髮征夫淚。』（漁家傲）

在這些詞裏，可以看出作者過人的才華。寫離情是纏綿細密，寫邊塞是沉鬱悲壯，一字一句，都是眞情流露，不加雕琢，所以都是詞中的上品。范仲淹一生功業彪炳，出將入相，他本無意在文場上爭名。因此他作詞不多，即有所作，也不愛惜保存，大都散佚了。據東軒筆錄云：『范希文守邊日，作漁家傲樂歌數闋，皆以「塞下秋來」爲首句，頗述邊鎭之勞苦。』（漁隱叢話前集引）又敬齋古今黈云：『范文正自前二府鎭穰下營百花洲，親製定風波五詞，第一首「羅綺滿城」云云。』今彊村叢書所收范詞一卷，連補遺二首，一共只有六首，可見范詞散佚之多了。他的作品的散佚，在宋代的詞史上，是一件太可惜的事。因為在他的詞裏，是兼長着婉約與豪放的兩種風格，對於後代詞風的發展，必有相當的影響。如中吳紀聞所載剔銀燈一闋果如范公所製，則蘇辛一派的詞，范實為其先導，同時也可見他的作品，是已超越南唐的藩籬，而啓示着詞境的開拓與解放的機運了。詞云：

『昨夜因看蜀志，笑曹操、孫權、劉備，用盡機關，徒勞心力，只得三分天地。屈指細尋思，爭如共劉伶一醉！　人世都無百歲，少癡騃，老成尩悴，只有中間些子少年，忍把浮名牽繫。一品與千金，問白髮如何囘避。』（與歐陽公席上分題）

詞中所表現的詼諧趣味與白話口氣，似與前面的幾首詞不大相像。不過他作這詞時，是在宴會席上，酒醉飯飽以後，同着友朋們說說笑話，自然可以的。這首詞的背境，同前面那些抒寫邊塞勞苦離愁別恨的境遇，完全是兩樣的，因為情感與心境既是這樣不同，因此反映於作品中的情調與色彩也就各異其趣了。

晏殊　眞能為宋初詞壇的領袖，在風格上充分地表現出南唐的遺風餘韻的，是晏殊與歐陽修。晏殊（西曆九九一？——一〇五五）字同叔，江西臨川人。他的學問豐富，天才早熟，七歲能文。眞宗景德初，他還是十三四歲的幼年，因張知白的推薦，以神童召試，賜同進士出身。得盡讀祕閣藏書，學問益博。仁宗時為宰輔，提拔後進，汲引賢才，號稱賢相。宋史說他『平居好賢，當世知名之士，如范仲淹、孔道輔皆出其門。及為相，益務進賢材，而仲淹與韓琦、富弼皆進用。』他在政治上雖無積極的建樹，但在人才的識別與汲引這一點上，確有大政治家的風度。宋史又說他的『文章贍麗，詩閑雅有情思，』這批評大致是對的。他那個時代，正是西崑詩文風靡一時，他位居臺閣，於應制唱和之間，自然難免要沾染一點西崑的風氣，因此他的詩文，很接近李商隱、楊億一派，大都是以典雅華麗見長。在他的詩中，富於情思的作品却不多見，因此在宋代的詩史中，他佔不着重要的地位。他的詞，雖也有富貴氣，也有贍麗的色彩，但其中却有情思，有風格，表現他個人另一面的生活與心境，深思婉出，風韻絕佳。一掃其臺閣重臣的面孔，呈現着詞人的眞情本色。他有珠玉詞一卷，約一百二十餘首。

葉夢得說：『元獻公性喜賓客，未嘗一日不燕飲，每有嘉客必留。亦必以歌樂相佐，談笑雜出。……稍闌，即罷遣歌樂，曰：汝曹呈藝已遍，吾當呈藝。乃具筆札，相與賦詩，率以爲常。』（避暑錄）在這裏，正好說明晏殊的生活性格和他的詩詞產生的環境。他愛賓客，愛歌樂，又愛談笑，在那裏自必有許多風流韻事。

他的政治生活是枯燥的，規則的，他的家庭生活是藝術的，浪漫的。他的珠玉一般的小詞，就產生在這個酒後歌殘的藝術浪漫的環境裏。他一生富貴，生活美滿，絕無憂恨悲苦去擾亂他的心懷。所以在他詞中所表現的，都是一刹那的情感，那一刹那的情感，都是新鮮的，美麗的。如「無可奈何花落去，似曾相識燕歸來，」如「雙燕欲歸時節，銀屏昨夜微寒，」如「樓頭殘夢五更鐘，花外離愁三月雨，」如「一場愁夢酒醒時，斜陽却照深深院，」都是偶爲外物所觸，發動一點靈感，他就把這一點表現出來，而成爲這些好句子。然而也就因爲這一點，他的作品的情調是溫和的，生命是平淡的，沒有李後主李淸照詞中所呈現的那種人生的苦痛，與淋漓的血淚，缺少有力量的沉鬱的情調。

『小閣重簾有燕過，晚花紅片落庭莎。曲欄干影入涼波。一霎好風生翠幕，幾回疎雨滴圓荷。酒醒人散得愁多。』（浣溪紗）

『金風細細，葉葉梧桐墜。綠酒初嘗人易醉，一枕小窗濃睡。紫薇朱槿花殘，斜陽却照欄干。雙燕欲歸時節，銀屛昨夜微寒。』（淸平樂）

『時光只解催人老。不信多情，長恨離亭，淚濕春衫酒易醒。梧桐昨夜西風急，淡月朧明，好夢頻驚，何處高樓雁一聲。』（采桑子）

『小徑紅稀，芳郊綠遍，高臺樹色陰陰見。春風不解禁楊花，濛濛亂撲行人面。翠葉藏鶯，朱簾隔燕，爐香靜逐遊絲轉。一場愁夢酒醒時，斜陽却照深深院。』（踏莎行）

『檻菊愁煙蘭泣露，羅幕輕寒，燕子雙飛去。明月不諳離別苦，斜光到曉穿朱戶。昨夜西風凋碧樹，獨上高樓，望盡天涯路。欲寄彩箋無尺素，山長水闊知何處。』（蝶戀花）

這些詞都是珠玉集中的上品。他的風格與形式都是南唐的。劉攽說他「喜延巳歌詞，其所自作，亦不減延巳。」（中山詩話）在上面這些作品裏，我們可以看出馮晏詞風的近似處。但在他的集中，却有不少的壽詞，頌詞，歌舞詞，雖也寫得富麗堂皇，大都缺少性情風趣，味同嚼蠟，確不能稱爲珠玉。然而他那種達官貴人的生活，心裏却在這些詞中反映得最明顯。正因爲他有這種華貴舒適的生活，使他的詞生出一種雍容的氣派，而不能走到深刻沉鬱的境地。

歐陽修　比起晏殊來，更接近馮延已的是歐陽修。歐陽修是宋代古文運動的領導者，是西崑詩體的改革者。在他的古文裏，是表現其徵聖宗經明道致用的正統理論，在詩裏，一洗過去的華豔色情，表現出清切自然的色彩，但在他的詞裏，却一反他的詩文的態度，用着幽香冷豔的字句，極有情致風韻的筆墨，活現出一位浪漫詩人的風釆和風流才子的心情。他現存的作品，有六一詞和琴趣外篇二種。六一詞中諸作，較爲莊重典雅，琴趣外篇諸作，較爲俗淺豔冶，在表面上，風格雖是不同，在骨子裏，雙方作品中的浪漫情緒，却都是一樣的。不過一種表現得較爲含蓄深刻，一種表現得較爲顯露而已。前人每以歐陽公爲一代儒宗，不會作那種言情言愛的綺語豔詞，遂斷定爲仇人所僞託。這一點實近於情感的壓迫與刼奪。一個人不能一天到晚老是板着道學家的面孔，老是談經說理，他還有他的私生活，他還有他私有的情感，他這種生活和情感，不能表現之於詩文，自然只能表現於詞了。曾慥說：『歐公一代儒宗，風流自賞，詞章要眇，此所矜式。當時小人或作豔語，謬爲公詞。』（樂府雅詞序）又羅泌云：『其淺近者，多謂是劉煇僞作。』（六一詞序）歐詞中有後人僞作混雜其間，原是可能的事，但我們却不能說凡是豔詞，都是出自小人或是劉煇之手。至於他的盜甥一案，及望江南雙調諸篇，前人辨證俱很完備，自然是不足信的了。因此我們研究歐詞時，寧可採取謹愼的態度，豔詞中寫得較爲輕薄猥褻，和他一貫的婉約清麗的詞風相反者，暫時放棄，這樣子較爲安心。但他並不是沒有浪漫生活和風流韻事的。侯鯖錄云：『歐陽公閒居汝陰時，有二妓甚穎，凡修歌詞盡記之。修於筵上戲與之約，言他年當來作守。去後數年，修果自維陽移汝陰，二妓已不復見矣。視事之明日，飲同官於湖上，種黃楊樹子，修因作詩留於擷芳亭云：「柳絮已將春色去，海棠應恨我來遲。」後三十年，東坡作守，見詩而笑曰：「是豈杜牧之落葉成陰之句耶？」修之放達率眞，皆此類也。』又堯山堂外紀云『錢文僖宴客後園，一官妓與永叔後至，詰之，妓云：「中暑往涼堂睡，覺失金釵猶未見。」錢曰：「乞得歐陽推官一詞，當即償汝。」永叔卽席賦臨江仙詞云，坐皆擊節，命妓滿斟送歐，而令公庫償錢。』在這種故事裏，我們很可知道歐陽修的私生活，並不是乾枯無味的了。如以理學名臣兼歷史大家的司馬光，尚有西江月情詞之作，那末像歐陽修這種完全是詩人氣質的人，寫有幾首豔詞，正好是他一點私人生活和浪漫情感的顯露，原是非常可愛的。前人完全以衞道的精神，把他這一點點情感的生機要全部掩沒，眞未免過於腐朽了。

歐詞是攝取花間南唐詞風而溶化之，然尤接近馮延已。他的蝶戀花諸作，同陽春集中的蝶戀花，其意境風格，以及用字寫情，幾是同一面貌，同一情調，令人無法分辨，因此他倆的詞，彼此混雜者甚多。王國維云：『馮正中玉樓春詞「芳菲次第長相續，自是多情無處足。尊前百計得春歸，莫爲傷春眉黛促。」永叔一生專學此種。』我們如果細讀馮歐二家詞，便會瞭解他這種話說得非常深刻。再如他的「綠楊樓外出鞦韆」一句（浣溪紗）甚爲前人稱道，然亦本馮詞上行杯中之「柳外秋千出畫牆」一語，不過他變換句法，更覺嫵媚而已。由此，可知六一詞比起珠玉詞來，是更要接近陽春集的，同時也可看出馮延已在宋初詞壇的勢力。

『候館梅殘，溪橋柳細，草薰風暖搖征轡。離愁漸遠漸無窮，迢迢不斷如春水。寸寸柔腸，盈盈粉淚。樓高莫近危欄倚。平蕪盡處是春山，行人更在春山外。』(踏莎行)

『庭院深深深幾許，楊柳堆煙，簾幙無重數。玉勒雕鞍遊冶處，樓高不見章臺路。雨橫風狂三月暮，門掩黃昏，無計留春住。淚眼問花花不語，亂紅飛過鞦韆去。』(蝶戀花)

『去年元夜時，花市燈如晝。月上柳梢頭，人約黃昏後。今年元夜時，月與燈依舊。不見去年人，淚濕春衫袖。』(生查子)

『鳳髻金泥帶，龍紋玉掌梳。走來窗下笑相扶，愛道「畫眉深淺入時無？」弄筆偎人久，描花試手初。等閒妨了繡工夫，笑問雙鴛鴦字怎生書。』(南歌子)

在上面這些詞裏，寫山水的是清爽瀟洒，寫情的是委婉纏綿，寫兒女態的是天眞活潑，無不曲盡其妙，情韻無窮。都是最上等的作品。

晏幾道　與晏歐先後同時，作詞者尙有王琪、謝絳、林逋、梅堯臣、聶冠卿諸人。不過他們都不專意爲詞，因此流傳下來的作品很少。其中如聶冠卿之多麗，已爲長調，頗可注意。林和靖的點絳脣，高遠淸雅，堪稱佳篇。此外作品既少，風趣略同，我們不必再來敍述了。但在這裏，還有一個重要的作家，我們不能忘記的，便是晏殊的幼子晏幾道。晏字叔原，號小山，生卒不詳，大約與柳永、蘇軾同時，因其詞的風格與形式，完全是屬於南唐的範圍，在敍述上，是應該放在這一個階段的。我們可以說，他是南唐詞風的最高表現者，也是這一派詞風的結束人。在小山詞裏，共二百餘首，稍長之作只有六么令、滿庭芳、泛清波摘遍三調，其餘全爲小令，並且他的藝術的最高造就，也全表現在他的小令裏。我們要瞭解他的詞，必先知道他的生活和性情。他雖是貴家公子，堂堂一代的宰相的少爺，但因爲他那種孤高自傲天眞浪漫的性情，對於實際的人生滋味缺少體驗，不懂得營生處世的法門，因此只做過潁昌許田鎭的小監官，到了晚年，弄到家人飢寒交迫，過着窮困落魄的生活。但他早年的境遇，是華貴的，在他的身畔，環繞着不少的歌兒舞女的風流影子，環繞着不少的美麗悅耳的聲音。到了晚年窮愁落魄的時候，在思前憶舊之中，自不免那種風物未改人事全非之感。因此在他的詞裏，一洗他父親那種雍容和婉約的氣味，而形成極度凄楚哀怨的作風。很明顯的，一個是出於富貴生活的歌詠，情調是快樂的，現實的，一個是出於往事的追懷，情調是哀傷的，回憶的。他們父子的詞，是同樣接近南唐，父親是近陽春，兒子則近後主。在這裏，我們可以看出生活環境對於文學作品的明顯的影響。

他有小山詞一卷，原名補亡，自跋云：

『始時沈十二廉叔，陳十君寵，家有蓮、鴻、蘋、雲、品，淸謳娛客。每得一解，即以草授諸兒。吾三人持酒聽之，爲一笑樂。已而君寵疾廢臥家，廉叔下世，昔之狂篇醉句，遂與兩家歌兒酒使俱流轉於人間。自爾郵傳滋多，積有竄易。』

又黃山谷序小山詞云：

『叔原固人英也。其癡亦自絕人。……仕宦之運蹇而不能一傍貴人之門，是一癡也。論文自有體，不肯一作新進士語，此又一癡也。費資千百萬，家人寒飢，而面有孺子之色，此又一癡也。人百負之而不恨，已信人終不疑其欺己，此又一癡也。』

在這兩段裏，我們可以知道小山詞產生的背景，同時又可看出他眞是入世不深天眞浪漫的貴家公子，他的性情與生活的盛衰，與李後主確有幾分相像。他們唯一的共同點，便是在他們的詞裏，塗滿了自己有血淚的生命和幸福或是悲傷的歷史。

『夢後樓臺高鎖，酒醒簾幕低垂，去年春恨卻來時。落花人獨立，微雨燕雙飛。記得小蘋初見，兩重心字羅衣。琵琶絃上說相思。當時明月在，曾照彩雲歸。』（臨江仙）

『醉別西樓醒不記，春夢秋雲，聚散眞容易。斜月半窗還少睡，畫屏閒展吳山翠。衣上酒痕詩裏字，點點行行，總是淒涼意。紅燭自憐無好計，夜寒空替人垂淚。』（蝶戀花）

『黃菊開時傷聚散，曾記花前，共說深深願。重見金英人未見，相思一夜天涯遠。羅袖同心閒結徧，帶易成雙，人恨成雙晚。欲寫彩箋書別怨，淚痕早已先書滿。』（蝶戀花）

『彩袖殷勤捧玉鐘，當年拚卻醉顏紅。舞低楊柳樓心月，歌盡桃花扇底風。從別後，憶相逢。幾囘魂夢與君同。今宵剩把銀釭照，猶恐相逢在夢中。』（鷓鴣天）

在這些詞裏，有一個共同的特徵，那便是對於往事的囘憶和落魄窮愁的抒寫。因此在他的全部詞句裏，飄動着春夢秋雲一般的恍彿的情調，和過去歡樂的失去的悲哀，以及舊影餘香的囘味的歎息。楊葉樓邊月下的舞，桃花扇影風前的歌，都成了舊夢，手彈琵琶身穿羅衣的小蘋也成了夢中的人。

往日的「金鞍美少年」或是戶外綠楊繫馬，或是牀頭紅燭呼盧，生活是多麼的熱狂浪漫，現在窮愁落魄，往事如煙，只落得「醉拍春衫惜舊香」「一春彈淚說淒涼」的可憐情景了。他有一首清平樂的後半首云：「眼中前事分明，可憐如夢難憑。都把舊時薄倖，只消今日無情。」這眞是把他的心情說盡了。因此他的詞在描寫方面有歐陽修的深細，而沒有他瀟洒快樂的風度，在措詞上有晏殊的婉妙，而沒有他的溫和現實的色采。然而他那種哀怨淒楚的情調，憶往傷今的心境，又非晏歐所有，所以他們的詞，雖同出南唐，在境界上，是各有不同。總之在宋初的南唐詞派的這個系統上，晏氏父子和歐陽修是鼎足而立的。

三 詞風的轉變與都會生活的反映

張先、柳永的出現，爲宋代詞風的一大轉變。他們在形體上，盛用着長調的慢詞，在作風上，脫去花間南唐的清婉，而喜用鋪敍的手法，盡心盡意的描寫。在內容上，則爲都會繁華生活的表現，以及沉溺於都會生活的男女淫樂心理的反映，因此在他們的作品裏，時用着市井俗語，大膽地描寫都會中的醜惡生活。如果以晏歐詞爲上流社會的貴族文學的代表，那末，張柳詞恰好是都市社會的通俗文學的典型。在上述的幾點特色裏，尤以柳永表現得更爲顯著，因爲張先時代較早，在他早年的作品裏，還有不少花間南唐的風采，也還有不少短小的形式。所以在詞風的轉變上，張先實是一度承先啓後的重要橋樑。陳廷焯白雨齋詞話云：『張子野詞，古今一大轉移也。前此則爲晏歐，爲溫韋，體段雖具，聲色未開。後此則爲秦柳，爲蘇辛，發揚蹈厲，氣局一新，而古意漸失。子野適得其中，有含蓄處，亦有發越處，但含蓄亦不似溫韋，發越亦不似豪蘇膩柳。』前人論詞，每以柳永爲宋詞轉變的第一人，其實這種轉變，始於子野，而大盛於耆卿，白雨齋詞話能看到這一點，却是值得注意的。

晏歐在詞中，盡了表現上流社會的生活與情調的任務，他們的作風溫和淸麗，正適合於那一個階級的身份。但他們所表現的範圍，是狹隘的，形式是短小的。到了張柳，因爲浪漫的生活，得到了豐富的人生經驗與廣泛的題材，於是他們的作品，由狹隘的上流社會的範圍，擴充到都市繁榮的描寫，太平盛世的謳歌，以及離恨窮愁的發洩，而尤集中全力表現嫖客妓女的生活與心理，以及那些沉溺於大都會中的男女形態。這一切，都是經濟繁榮政治苟安以及君臣上下迷戀於淫樂的十一世紀所產生的現象。把一個時代的生活意識，都會的文明或是罪惡，各方面都加以表現的，柳永得到了極大的成就。因爲他們所要表現的，無論內容情感較前都已複雜，所以他們採取長調的形式和鋪敍的手法。於是慢詞在他們的手下，發達興盛，在作風上也由意象的或是婉約含蓄的而變成直說的或是寫實的了。由晏歐變而爲張柳，我們一定要從這方面來考察，才可看到文學發展的實際情況。

晚唐五代的詞，大都是小令。長詞見於全唐詩者，有杜牧的八六子，鍾輻的卜算子慢。見於花間者，有薛昭蘊的離別難，尹鶚的金浮圖，李珣的中興樂。見於尊前集者，有後唐莊宗的歌頭，大都在一百字左右。杜鍾二篇，或有可疑，但花間尊前諸人所作，自然是可靠的。在五代十國那樣多的詞人裏，長調只有寥寥幾首，這雖可說長調萌芽於五代，但他們究係偶爾所作，詞壇並未風行，作者也沒有重視，在宋初的半世紀，更極少作長調者。十一世紀初期稱雄於詞壇的珠玉六一諸集，全係令詞。長調只有聶冠卿的多麗一首，故前人有「北宋慢詞，始於冠卿」之說。其實，多麗之作，正與尹鶚李珣之金浮圖中興樂相同，也是偶爾成篇，並非有心提倡長調和有意從事詞體解放的工作。因此，長調的大量使用，以及詞體解放工作的完成，是不得不歸功於張柳了。張先時代較早，集中雖大半仍為小令，但慢詞長調有山亭宴慢、謝池春慢、熙州慢、宴春臺慢、卜算子慢、少年遊慢、歸朝歡、喜朝天、破陣樂、沁園春、傾杯、剪牡丹、漢宮春等調。至樂章集九卷中，則全以長調為主體，而小令只是極少數。並且他們都洞曉音律，自製曲譜，故其詞集皆區分宮調，時造新聲。他們在詞體的發展史上，是有着重要的地位的。張柳以後，長調大行，作者日繁，篇什遂夥。宋翔鳳樂府餘論說：『一時動聽散播四方。其後蘇秦等，相繼有作，慢詞遂盛。』由此看來，無論從形體，從內容，從風格各方面講，張柳二家，實是握着當代詞風轉變的樞紐了。

張先　張先字子野（西曆九九〇—一〇七八），浙江吳興人。四十一歲登進士第，晏殊辟他為通判，曾知吳江縣。做都官郎中時，年已七十二。晚年優遊鄉里，卒時年近九十，是一個長壽的詞人。他的事蹟，雖多不可考，但他的生活和性情，却是一個十足浪漫風流的才子典型。他一生官運不大順利，歡喜尋花問柳，在他那種生活環境之下，因此他的作品，偏於都市淫樂生活的表現。石林詩話說他八十歲，視聽尚强，猶喜聲伎。因此東坡贈他的詩，有『詩人老去鶯鶯在，公子歸來燕燕忙』之句。他到了八十以上的高年，生活尚如此風流，他壯年時代的浪漫，可想而知。在東坡題跋中，也贊賞他『善戲謔，有風味。』這雖是說他的性情與風度，但在他的詞裏，也富於這種色彩。

『錦筵紅，羅幕翠。侍宴美人姝麗。十五六，解憐才，勸人深酒杯。　黛眉長，檀口小，耳畔向人輕道。柳陰曲，是兒家。門前紅杏花。』（更漏子）

『昨夜佳期初共，鬢雲低翠翹金鳳。尊前含笑不成歌，意偷期，眼波微送。　峽雨豈容成楚夢，依寒深翠簾霜重。相看還到斷腸時，月西斜，畫樓鐘動。』（夜厭厭）

『牡丹含露眞珠顆，美人折向簾前過。含笑問檀郎，花强妾貌强？　檀郎故相惱，剛道花枝好。花若勝如奴，花還解語無？』（菩薩蠻）

『繚牆重院，時聞有流鶯到。繡被掩餘寒，畫閣明新曉。朱檻連空闊，飛絮無多少。徑莎平，池水渺。日長風靜，花影閑相照。　塵香拂馬，逢謝女池南道。秀豔過施粉，多媚生輕笑。鬥色鮮衣薄，碾玉雙蟬小。歡難偶，春過了，琵琶流怨，都入相思調。』（謝池春慢，逢謝媚卿）

『聲轉轆轤聞露井，曉引銀瓶牽素綆。西園人語夜來風，叢英飄墮紅成徑。寶猊煙未冷，蓮臺香蠟殘痕凝，等身金，誰能得意，買此好光景　粉落輕妝紅玉瑩，月枕橫釵雲墜領。有情無物不雙棲，文禽只合常交頸。晝長懽豈定，爭如翻作春宵永。日曈曨嬌柔嬾起，簾押捲花影。』（歸朝歡）

『四堂互映，雙門並麗，龍閣開府。郡美東南第一，望故苑樓台霏霧。垂柳池塘，流泉巷陌，吳歌處處。近黃昏漸更宜良夜，簇簇繁星燈燭，長衢如晝。暝色韶光幾許，粉面飛甍朱戶。

和煦。雁齒橋紅，裙腰草綠，雲際寺林下路。酒熟梨花賓客醉，但覺滿山簫鼓。盡朋遊，同民樂，芳菲有主。自此歸從泥詔去，指沙堤南屏水石，西湖風月，好作千騎行春畫圖寫取。』（破陣樂）

他在這裏，一面鋪寫都會表面的繁華，一面暴露沈溺於都會的男女的淫樂的生活。他豔詞中的女主角，大都是倚門賣笑的妓女，那情調比起小山詞來，固然有哀怨與歡笑之分，同大晏歐公比較觀之，那雅俗的界限，是非常顯明的。他的小令，自然有許多好作品，同時也可看出他已經很用氣力作長詞。並且在他的詞裏，鋪敍的手法，和注意於鍛字練句的習氣也很顯然。如破陣樂的寫錢塘，宴春臺慢的寫東都，都極盡鋪敍的能事。再如他的「三影」的名句，是『雲破月來花弄影』（天仙子）『柳徑無人，墜輕絮無影』（舟中聞雙琵琶）和『嬌柔嬾起，簾押捲花影。』（歸朝歡）這是張先自己最得意的句子。然我們就這二首詞的全體講，並不覺得特殊的高妙。但那幾句，確是出於用力鍛鍊的好言語。可知詞到了張先，已漸漸離開小詞的境界，而入於誇張與工麗的趨勢。到了柳永的詞，更富於誇張與鋪敍，周邦彥的詞，全以工麗鍛鍊見長了。這兩點都由安陸詞開其端緒，是我們必得注意的。

柳永　以長調的形式與鋪敍的手法爲主體，將當日都會的繁榮與淫濫，以及當日男女的浪漫生活與病態心理，加以深刻的表現的，是那位浪子兼才人的柳永。柳字耆卿，初名三變，福建崇安人。生卒不可考，約生於十世紀末年，死於十一世紀中年。因爲他行爲放蕩，喜作豔詞，未能早登科第，到了仁宗景祐元年（西曆一〇三四）始及進士第，後來做了一個屯田員外郎的小官，故世號柳屯田。他是一個都會生活的迷戀者，肉的享樂的追求者。他心中從沒有什麼高遠的理想，也從不打算經營一點什麼事業，眞是一位都會浪人的典型。他的浪漫的人生觀同他的頹廢生活，溶成一片，於是倡樓妓院成爲他心身的歸宿，酒香舞影歌浪絃聲，成了他的糧食，而這一切又都是他文學作品的乳房。因此他終身落魄，窮愁潦倒，結果，是死了家無餘財，由幾個和他相好的妓女合資而葬，這情景眞是够悽慘了。

他有一首鶴冲天的詞云：『黃金榜上，偶失龍頭望，明代暫遺賢，如何向？未遂風雲便，爭不恣遊狂蕩。何須論得喪。才子詞人，自有白衣卿相。煙花巷陌，依約丹靑屛障。幸有意中人，堪尋訪。且恁偎紅倚翠，風流事，平生暢。青春都一餉。忍把浮名，換了淺斟低唱。』他的生活性格和人生觀，都在這詞裏暴露無遺。這位自稱爲白衣卿相的才子詞人，確實過了一生恣遊狂蕩偎紅倚翠的生活。並且他那時正是太平盛世，經濟繁榮，每當良宵佳節。宮庭貴族以及社會民衆，恣酣取樂，形成狂歌醉舞的盛況。在他的詞裏，有不少反映着這種情景的作品，我們讀他的迎新春、滿朝歡、木蘭花慢、看花回、長相思、破陣樂、抛球樂、傾杯樂、笛家、望海潮諸詞，便可以看出當日經濟繁榮和人民歡狂的狀態。

『……清明後水嬉舟動，禊飮筵開，銀塘似染，金堤如繡。是處王孫，幾多遊妓，往往攜纖手。……………帝城當日，蘭堂夜燭，百萬呼盧，畫閣春風，十千沽酒。……』（笛家）

『……慶佳節，當三五，列華燈千門萬戶。徧九陌羅綺香風微度，十里燃絳樹鼇山聳，喧喧簫鼓。漸天如水，素月當午，香徑裏絕纓擲果無數。更闌燭影花陰下，少年人往往奇遇。大平時朝野多歡民康阜。堪隨分良聚，對此爭忍獨醒歸去。』（迎新春）

『東南形勝，三吳都會，錢塘自古繁華。煙柳畫橋，風簾翠幙，參差十萬人家。雲樹遶堤沙。怒濤捲霜雪，天塹無涯，市列珠璣，戶盈羅綺競豪奢。　重湖疊巘清嘉。有三秋桂子，十里荷花。羌管弄晴，菱歌泛夜，嬉嬉釣叟蓮娃。千騎擁高牙，乘醉聽簫鼓，吟賞煙霞。異日圖將好景，歸去鳳池誇。』（望海潮）

或寫北方京城的繁榮，或寫南方都會的富庶。街上是燈燭輝煌，萬頭攢動。城外是水嬉舟動，禊飲筵開。喝的喝酒，賭的賭博，彈琴唱曲，賣笑釘梢。市民的富足豪奢，是到了「市列珠璣，戶盈羅綺」的地步。在這些文字裏，活畫出一幅朝野歡狂人民康阜的境象。十一世紀的宋帝國的太平盛世的面貌，和當日活躍着的男女生活狀態，只有在柳永的詞裏，反映得最明顯，表現得最深刻。在這種地方，他的作品，是呈現着時代的寫實的社會色彩，已經不是晏歐那種純粹個人的情調了。因此，他有時候，成爲民衆的代言人，對於維繫這太平境象的統治階層，發出祝頌的呼聲。如玉樓春、永遇樂、傾杯樂、御街行、醉蓬萊、透碧霄諸調中，便有不少這種作品。據錢塘遺事云：『耆卿作望海潮詠錢塘詞，有三秋桂子十里荷花之句。此詞流播，金主亮聞之，欣然起投鞭渡江之志。』由此，我們更可認識柳詞中所表現的物質生活的意義和他的影響了。

柳永在詞上的最大任務，還不在其都會外貌的表現，而在其大膽的深刻的將當日男女的肉慾的頹廢生活加以描寫。他用最通俗的語言和情調，恣無忌憚地加以描寫。他作品中的女人，都是那些操皮肉生涯的妓女，沒有一個大家閨秀，他的言情愛道別離的對像，也都是這些妓女們。在他的詞集裏，十之七八都是寫她們的，或是寫給她們唱的。不過我們要注意，那些詞中的男主角雖是柳永，其實那一個柳永並不是柳永個人的，是那一個時代的，是當日沉溺於都會生活中的千萬男人的類型，是十一世紀中年宋帝國社會所產生的浪漫青年的代表。我們對於柳永個人和他作品的考察，必要達到這一點，才會瞭解有井水處都能歌唱他的詞的普遍性和他的詞不能得到高遠的風格的因素。

『秀香家住桃花徑，算神仙才堪竝。層波細剪明眸，膩玉圓搓素頸。愛把歌喉當筵逞，遏天邊亂雲愁凝。言語似嬌鶯，一聲聲堪聽。 洞房飲散簾帷靜，擁香衾，歡心稱。金爐麝裊青煙，鳳帳燭搖紅影。無限狂心乘酒興。這歡娛漸入佳景，猶自怨鄰鷄，道秋宵不永。』（晝夜樂）

『當日相逢，便有憐才深意。歌筵罷偶同鴛被。別來光景，看看經歲。昨夜裏方把舊歡重繼。 曉月將沉，征驂已備，愁腸亂又還分袂。良辰美景。恨浮名牽繫。無分得與妳恣情睡睡。』（殢人嬌）

『洞房記得初相遇，便只合長相聚。何期小會幽歡，變作別離情緒。況値闌珊春色暮，對滿目亂花狂絮。直恐好風光，盡隨伊歸去。 一場寂寞憑誰訴，算前言，總輕負。早知恁地難拚，悔不當初留住。其奈風流端正外，更別有繫人心處。一日不思量，也攢眉千度。』（晝夜樂）

言情道愛之作，本以含蓄纏綿爲貴，而柳永所表現的，却是盡而又盡，淺而又淺，正是一種積極的直接表現法，也就因此，他這種作品，能投千萬人之所好，無論上等人下等人，讀書的不讀書的，都歡喜讀他唱他，而成爲最通俗的民衆歌曲了。葉夢得避暑錄話中說：『柳耆卿多游狹邪，善爲歌詞。敎坊得新腔，必求永爲辭，始行於世，於是聲傳一時。』又宋翔鳳樂府餘論云：『宋仁宗朝，中原息兵，汴京繁富，歌臺舞席，競賭新聲。耆卿失意無俚，流連坊曲，遂盡收俚俗語言，編入詞中，以便使人傳習。一時動聽，散播四方。』因爲他的作品的來源，是出自民衆的感情與社會的生活，宜其能四方散播聲傳一時的了。

在藝術的成就上，柳永的詞，是要以那幾首描寫旅況鄉愁和晚年反省的作品爲代表的。在這些作品裏，他脫去了那些輕薄的調子，俚俗的語句，而以美麗的風景畫面，深刻的情感，嚴肅的人生態度，襯托一個天涯流落者的影子與心境。如八聲甘州、傾杯樂（散水調）、夜半樂、訴衷情近、卜算子、歸朝歡、雨霖鈴以及少年遊中的幾首，確是樂章集中的上品。

『對蕭蕭暮雨洒江天，一番洗清秋。漸霜風淒緊，關河冷落，殘照當樓。是處紅衰綠減，苒苒物華休。惟有長江水，無語東流。　不忍登高臨遠，望故鄉渺邈，歸思難收。歎年來蹤跡，何事苦淹留。想佳人妝樓凝望，誤幾回天際識歸舟，爭知我倚闌干處，正恁凝愁。』（八聲甘州）

『寒蟬淒切，對長亭晚，驟雨初歇。都門悵飲無緒，方留戀處，蘭舟催發。執手相看淚眼，竟無語凝噎。念去去千里煙波，暮靄沈沈楚天闊。　多情自古傷離別，更那堪冷落清秋節。今宵酒醒何處，楊柳岸曉風殘月。此去經年，應是良辰好景虛設。便縱有千種風情，更與何人說。』

（雨霖鈴）

這一些作品，都是出自作者的性情。表現極深刻，情緒極眞摯，所以富於感人的力量。比起他那些只塗寫生活外層的豔詞來，這些作品的內容，自然是較爲充實，風格也較高了。陳質齋云：『柳詞格不高，而音律諧婉，詞意妥帖，承平氣象，形容曲盡，尤工於羈旅行役。』寥寥數語，對於柳詞的長短優劣，算是說盡了。由上面的敍述，我們可以看出宋詞由晏歐到張柳，無論內容形式以及風格，都起了明顯的轉變。在這轉變中，柳永的地位，尤爲重要。他的作品，普遍到上入宮庭，下入田舍，當代的詞人，也無不或濃入淡承受他的影響。從他以後，長詞成爲流行的詞體，土語方言，和鋪敍的寫法，詞人都普遍地使用着。事實雖是如此，但柳永以後，却不容易找到一個直接繼承他的詞人。這原因並非柳詞過於高妙，後人無法學習，而在於沒有他那種生活境遇，沒有他那種大膽的赤裸裸的描寫。秦少游、賀鑄、周邦彥都作豔詞，都作長調，受着柳永的影響，是很明顯的，但在風格上情采上表現上，都與柳永判若兩途。只有一個黃山谷，與柳永的作風相近。然而也只有他早年的詞是如此，他後期的作品，又跳出了柳永的藩籬。下面二詞是黃山谷的。

『把我身心，爲伊煩惱，算天便知。恨一回相見，百方做計，未能偎倚，早覓東西。鏡裏拈花，水中捉月，覷著無由得近伊。添憔悴鎮花銷翠減，玉瘦香肌。　奴兒又有行期，你去即無妨，我共誰向眼前常見，心猶未足，怎生禁得，眞個分離。地角天涯，我隨君去，掘井爲盟無改移。君須是做些兒相度，莫待臨時。』（沁園春）

『對景還銷瘦，被箇人把人調戲，我也心兒有。憶我又喚我，見我嗔我，天甚教我怎生受。看承幸廝勾，又是尊前眉峯皺。是人驚怪，冤我大攔就。拚了又舍了，一定是這回休了，及至相逢又依舊。』（歸田樂引）

黃山谷是江西詩派的領袖，他作詩的主旨，是最忌俗淺，最忌豔情，看了這種詞，眞不像是他作的。如千秋歲中云：『歡極，嬌無力。……奴奴睡，奴奴睡也，奴奴睡，』歸田樂引中云：『怨你又戀你，恨你惜你，畢竟教人怎生是。』這種肉感的強烈性與言語的粗劣性，確在柳永以上。再如晝夜樂、憶帝京、江城子、兩同心諸詞，都是這一類。就在黃集的一些小詞中，也有不少俚言俗語的引用，如少年心、好女兒、阮郎歸、卜算子諸詞都是。由此可知黃山谷的作品，確是帶着很濃厚的柳永的色彩。他序小山詞云：『余少時作樂府，以使酒玩世。道人法秀獨罪余以筆墨勸淫，於我法中，當下犂舌之獄。』（豫章文集）看他這種自述，知道他這些作品，大都是他青年時代浪漫生活的表現。但是他後來的作風轉變了，他有許多作品如水調歌頭、望江東、漁家傲、醉落魄諸詞，意境已近東坡，完全不是柳派了。這樣看來，黃山谷只能算是半個柳派詞人，他還有一半，是屬於蘇軾的。

四　蘇軾的出現與詞風的再變

睡在妓院裏過生活的柳永的詞，雖能音律諧婉，而爲全民衆所歡迎，但因其大膽地描寫性慾，措辭粗俗，情意顯露，究不能爲高級文人所重視。畫墁錄云：『柳三變旣以詞忤仁廟，吏部不放改官，三變不能堪，詣政府。晏公曰：賢俊作曲子麼？三變曰：祇如相公亦作曲子。公曰：殊雖作曲子，不曾道綵線慵拈伴伊坐。柳遂退。』又高齋詩話云：『少游自會稽入都，見東坡，東坡曰，不意別後，公却學柳七作詞。少游曰：某雖無學，亦不如是。東坡曰：銷魂當此際，非柳七語乎？』在這兩則故事裏，很可看出當日高級文人對於柳詞的輕視。由秦觀那一句回答，這意思表現得更明顯。他們並不是反對他詞中的豔情，而是反對他那種表現豔情的語句和手法，過於卑淺通俗，失去了文學的高貴與尊嚴。承應着這種機運，將柳永的詞風加以反動的轉變，無論詞的內容與境界，都爲之開拓與提高的，是那位稱爲詞壇怪傑的蘇軾。

蘇軾字子瞻（西曆一〇三六——一一〇一），四川眉山人。自幼聰慧，七歲知書，十歲便能作很好的文章，嘉祐二年，舉進士，還只有二十一歲。早年因與王安石政見不合，時受厄運，後因時謗之嫌，逮捕入京，終遭貶謫。晚年因新派得勢，黜廢舊人，他又以文字之罪，遠貶海南。他一生中雖也入京做過翰林學士，兵部尚書，但究以外任爲多。他所到的地方，有杭州、密州、徐州、湖州、黃州、登州、揚州、定州、惠州、昌化、廉州、永州，結果是死在常州。他的時代雖仍是一個經濟繁榮的太平盛世，但他個人所身受的，却是一個憂患失意的境遇。他那種豪爽的性格，和達觀快樂的人生觀，使他在文學上形成那種豪放不羈的作風。他的詩是如此，詞更是如此。同時，他絕不因一時的失意，就沉溺於酒色而不能自拔，他有高遠的理想，他善於在逆境中，解脫他的苦悶，拯救他的靈魂。山水田園之趣，友朋詩酒之樂，哲理禪機的參悟，都是他精神上的補藥。所以他無論處於何種難關，他都能保持他的正常的人生，絕不像柳永那樣，一不滿意，便墮於頹廢不振的生活。在這裏恰好呈現着他倆的人生觀以及詞風的異點。

詞到了蘇軾，表現出由歌者的詞變到詩人的詞的明顯的現象。由五代到柳永，詞的生命是音樂，詞的內容大都是豔意別情。故塡詞必以協律爲重要的條件，表意必以婉約爲正宗。蘇軾的詞却破壞了這傳統的精神，他用他那過人的天才，偉大的創造力，在詞壇上開闢了一個新世界。我們讀他的詞，可以發現如下的幾個特點。

一、詞與音樂的分離 詞本由合樂而產生，因此詞在最初的階段，音樂的生命重於文學的生命。自五代至於宋初，詞必協律，而成爲可唱的曲。到了蘇軾的詞，他未必完全廢棄詞的音樂性，但他並不重視詞的音樂性。他的作品，雖也有許多可歌。如蝶戀花之「花褪殘紅青杏小」朝雲所歌，賀新涼之「乳燕飛華屋，」秀蘭所歌，這是蘇詞爲他人所歌者。再漁隱叢話中說東坡改歸去來辭爲哨遍，使入音律。又章質夫家善琵琶者乞歌詞，取韓愈的聽穎師琴詩稍加隱括，使就聲律，作水調歌頭。這可證明蘇軾本人也是懂音律的。但他人部份的作品，並不注意歌唱。因此前人多以蘇詞不協音律爲病。晁无咎說：「東坡居士曲，世所見者數百首，或謂於音律小不諧，居士橫放傑出，自是曲子縛不住者。』李淸照在詞論中也說蘇詞「往往不協音律。」這樣看來，蘇詞雖未達到完全與音樂獨立的階段，但確有與音樂分離的趨勢。他並不是不懂音律，也不是不能作可歌的詞，他的與人不同處，是爲文學而作詞，不是爲歌唱而作詞，這一個轉變，是詞的文學生命重於音樂的生命。陸游說：『世言東坡不能歌，故所作樂府詞多不協。晁以道謂紹聖初與東坡別於汴上，東坡酒酣，自歌古陽關，則公非不能歌，但豪放不喜剪裁以就聲律耳』所謂豪放不喜剪裁以就聲律，正好作爲蘇詞不協律的正確解答，同時說明他那種豪爽的性格與浪漫的性情，反映於詞上的一種表現。

二、詞的詩化　詞的詩化，含有着兩種意義，一是以詩爲詞，於是詞的語氣與句法，都變了詩的樣子。二是以詞爲詩，那便是作詞非以歌唱爲目的，是以作詩那樣以文學爲目的的。於是詞變爲一種新詩的體裁了。蘇軾的詞，兼有着這兩種意義。關於詞與詩的區別，在形式上本易區分，但在句法上風格上，却不容易說明，只能細心體會。前人每有詞不能似詩，亦不可似曲，他有他自己的個性與風度。所謂「詩莊詞媚」似乎是大家公認的詩詞的界限。洪亮吉說：『詩詞之界最嚴，北宋之詞，類可入詩，以清新雅正故也。南宋之詩，類可入詞，以流豔巧側故也。』（北江詩話。）他在這裏，一面主張詩詞界限的嚴，一面說明淸新雅正與流豔巧側爲詩與詞的特色，也就正是莊與媚。但東坡的詞，却不遵守這正統的理論與因襲的精神，他一掃流豔巧側的嫵媚柔約，而以淸新雅正的字句，縱橫奇逸的氣象，形成了他的詩化的詞風。李淸照說：『蘇子瞻學際天人，作爲小歌詞，直如酌蠡水於大海，然皆句讀不協之詩耳。』（詞論）陳無己云：『退之以文爲詩，子瞻以詩爲詞。如教坊雷大使舞，雖極天下之工，要非本色。』（后山詩話）又坡仙集外紀云：『東坡問陳無己，我詞何如少游？無己曰：學士小詞似詩，少游詩似小詞。』可知在東坡的當代對於他的詞的詩化這一點，已經有人感着不滿了。因此前人每以蘇詞爲別格，而不能歸爲正宗。但在我們現在看來，所謂別格正宗，本是抽象的空話。只要能「極天下之工，」便完成了藝術家的任務。並且因了他詞的內容得以開拓，風格得以提高，羈絆得以解脫，這種革命的創造精神，是非常可貴的。

三、詞境的擴大　自五代至宋初的詞，範圍極小，限制亦嚴。到了蘇軾，始擴大詞的境界。他一面是放大詞的內容，無論什麼題材思想和情感，都可用詞來表現。一面又提高詞的意境，用豪放飄逸的作風，代替婉約與柔靡。前人專寫兒女之情，離別之感。等而下之，專寫色慾，造成輕薄的情調，卑俗的風格，最高的成就，也只能達到哀怨與細膩。在蘇氏的作品裏，他無所不寫。或弔古傷時，或悼亡送別，或說理詠史，或寫山水田園，或自傷身世，內容廣泛，情感亦隨之複雜。因他那種高尙的人格，豐富的學問，和曠達的人生觀，融和混合，形成他那種豪放飄逸的風格。這一種風格，是他的散文詩詞和書法所共有的。後人學蘇者，無論學那一樣，都只能得其形貌，而無其骨肉者，因爲不能具備他那種學問人格和人生觀的緣故。如劉過劉克莊的詞，雖大家稱爲蘇派，然亦只是故作壯語奇語，故作浪漫的風格，按其內容和骨肉，却全是空的，這一種地方，我們是萬萬不可忽略的。

四、個性的表現　蘇軾以前的詞，因描寫的內容同，因語氣句法同，因所表現的情調同，在藝術上雖有工拙優劣之辨，但作者和作品的個性，是極不分明。因此馮延己晏殊歐陽修們的詞，時常混雜，有許多作品，到現在也無法辨明。胡適以『詞的無題』與『個性不分明』爲五代至宋初的詞的二大特徵，實是不錯的。到了蘇軾的詞，每一首他都表現一件事體，內容很複雜，因此不得不在詞調下寫下題目，否則人家就看不懂。他表現時，有他自己的性格，有他自己的生活和情感，有他自己的語調和句法，於是分明地呈現出作者的和作品的個性了。東坡是東坡，東坡的詞是東坡的詞，決不會同馮延已和陽春集相混了。

『明月幾時有，把酒問青天。不知天上宮闕，今夕是何年。我欲乘風歸去，又恐瓊樓玉宇，高處不勝寒。起舞弄清影，何似在人間。　轉朱閣，低綺戶，照無眠。不應有恨，何事長向別時圓。人有悲歡離合，月有陰晴圓缺，此事古難全。但願人長久，千里共嬋娟。』（水調歌頭：丙辰中秋歡飲達旦，大醉作此篇，兼懷子由）

『大江東去，浪淘盡千古風流人物。故壘西邊，人道是，三國周郎赤壁。亂石崩雲，驚濤拍岸，捲起千堆雪。江山如畫，一時多少豪傑。　遙想公瑾當年，小喬初嫁了，雄姿英發。羽扇綸巾談笑間，强虜灰飛煙滅。故國神遊，多情應笑我早生華髮。人間如夢，一樽還酹江月』（念奴嬌：赤壁懷古）

『世事一場大夢，人生幾度新涼。夜來風葉已鳴廊，看取眉頭鬢上。　酒賤常愁客少，日明多被雲妨，中秋誰與共孤光，把盞淒然北望。』（西江月）

『夜飲東坡醒復醉，歸來髣髴三更。家童鼻息已雷鳴。敲門都不應，倚杖聽江聲。　長恨此身非我有，何時忘却營營。夜闌風靜縠紋平。小舟從此逝，江海寄餘生。』（臨江仙）

『十年生死兩茫茫，不思量，自難忘。千里孤墳，無處話淒涼。縱使相逢應不識，塵滿面，鬢如霜。　夜來幽夢忽還鄉。小軒窗，正梳粧。相顧無言，唯有淚千行。料得年年腸斷處，明月

夜，短松崗。』（江城子：乙卯正月二十日夜紀夢）

我們讀了這些詞，便會知道他的範圍大，境界高，打破詞的嚴格的限制和因襲傳統的精神，而是把詞當作是一種新詩體來創作的，並非爲歌唱而創作的了。由其詞的詩化，內容的擴充，風格的豪放飄逸，前人每擯蘇詞於正宗之外，而認爲是別格。徐師曾說：『論詞則有婉約者，有豪放者。婉約者欲其詞情蘊藉，豪放者欲其氣象恢宏。蓋雖各因其質，而詞貴感人，要當以婉約爲正。否則雖極精工，終非本色，非有識者之所取也。』（文體明辨）四庫提要也說：『詞自晚唐五代以來，以淸切婉麗爲宗。至柳永而一變，如詩家之有白居易，至蘇軾而又一變，如詩家之有韓愈，遂開南宋辛棄疾一派。尋溯源流，不能不謂之別格。然謂之不工則不可。故至今尙與花間一派並行而不能偏廢。』（東坡詞）別格正宗，我們不必去管他，蘇軾在詞史上，用着浪漫的精神與革命的態度，將當日的詞壇，捲起了巨大的轉變，盡了他的破壞與建設的雙重任務，而給後代的詞壇以重大影響的事，是任何人都要承認的。胡寅云：『柳耆卿後出，掩衆製而盡其妙，好之者以爲不可復加。及眉山蘇氏，一洗綺羅香澤之態，擺脫綢繆宛轉之度，使人登高望遠，舉首高歌。逸懷浩氣，超乎塵埃之外。於是花間爲皂隸，而耆卿爲輿臺矣。』（酒邊詞序）他這幾句話，能從文學的發展變化上立論，而不爭什麼正宗別格，可算是最有識見的了。總之，蘇軾是詞壇的革命者，是詩人的詞的代表，因了他的努力，替詞開闢了一個新局面。當代如王安石、黃庭堅、晁補之、毛滂諸人都與蘇詞的風格相近。今各錄一首於下。

『登臨縱目，正故國晚秋天氣初肅。瀟洒澄江似練，翠峯如簇。征帆去棹殘陽裏，背西風酒旗斜矗。綵舟雲淡，星河鷺起，畫圖難足。　念往昔豪華競逐。歎門外樓頭，悲恨相續。千古憑高，對此漫嗟榮辱。六朝舊事隨流水，但寒煙衰草凝綠。至今商女，時時猶唱後庭遺曲。』（桂枝香金陵懷古：王安石）

『瑤草一何碧，春入武陵溪。溪上桃花無數，枝上有黃鸝。我欲穿花尋路，直入白雲深處，浩氣展虹霓，祇恐花深裏，紅露濕人衣。　坐玉石，倚玉枕，拂金徽。謫仙何處？無人伴我白螺杯。我爲靈芝仙草，不爲降唇丹臉，長嘯亦何爲？醉舞下山去，明月逐人歸。』（水調歌頭：黃庭堅）

『曾唱牡丹留客飲，明年何處相逢。忽驚鵲起落梧桐。綠荷多少恨，回首背西風。　莫歎今宵身是客，一樽未曉猶同。此身應似去來鴻。江湖春水闊，歸夢故園中。』（臨江仙：和韓求仁南都留別。晁補之）

『溪山不盡知多少，遙峯秀疊寒波渺。攜酒上高臺，與君開壯懷。　枉做悲秋賦，醉後悲何處？白髮幾黃花，官裘付酒家。』（菩薩蠻：毛滂）

他們這些詞在風格上，或似蘇的豪放，或得蘇的飄逸，這是很顯然的。王安石有臨川先生歌曲一卷，補遺一卷，存詞共二十餘首。黃庭堅有山谷詞一卷，存詞百餘首。他有一部分詞是接近柳永的，上面已敍述過了。晁補之有琴趣外篇六卷，存詞百餘首。毛滂有東堂詞一卷，存詞近二百首。晁毛集中，雖有不少風格頗低的豔詞，但那些並非代表之作。他們雖無東坡的氣魄與品格，却深受着蘇詞那種開拓解放的影響。在他們的作品裏，豪放悲壯的風格固然是少，却很濃厚地呈現着飄逸與瀟洒的風度。到了南宋，蘇派的詞更形發展。由於朱敦儒、葉夢得、張孝祥、陸游、辛棄疾、陳亮、劉過、劉克莊諸家的努力，得與由姜夔一派代表的格律古典詞人，分庭抗禮，成着對立的形勢，這是大家都知道的事。

五　格律詞派的形成

晏歐的詞，因一味因襲南唐，範圍過狹，個性未顯。柳永諸作，雖能協律歌唱，普遍風行，然時人多病其風格卑弱，辭少雅正，東坡繼起，一洗前弊，以詩人豪放飄逸之筆，發爲歌詞，獨成一格，詞境始大。然時人又多病其矯枉過正不合音律，遂有「押韻之詩」與「要非本色」之譏。在當日的詞壇，承應着這種機運，將各家的風格內容，調和融化，取長去短，形成詞風的正體運動，建立格律詞派的，是由秦觀賀鑄開始，而由周邦彥集其大成。最後由女詞人李清照作一個光榮的結束。在秦周一派人的詞裏，是注重音律，精鍊字句，表情以婉約爲宗，措辭以雅正爲主。所以他們有南唐的風韻，而無其單調與狹小，有柳永的鋪敍手法，豔情描寫，俗語與長調的使用，而無其粗淺卑俗，有東坡作詞的態度，和詞中的個性，而無其放肆與大膽。因此，他們的作品。時時有南唐、柳永、蘇軾的面影，而又不能專屬於任何一派。前人評論詞，每以秦周諸家爲正宗詞派的代表，原因就在這裏。我們如果以蘇軾的作品爲詩人的詞，那末他們這些人的作品恰好是詞人的詞。

秦觀　秦觀字少游（西曆一〇四九——一一〇〇），揚州高郵人。少有文名，宋史文苑傳說他『少豪雋慷慨，溢於文詞。』蘇軾、王安石都很賞識他的文學。元祐初，因蘇軾的推薦，除太學博士，後兼國史院編修官。紹聖初年，章惇等當權，排斥元祐黨人，先後貶逐處州、郴州、橫州、雷州等處。徽宗立，放還，至藤州而卒。有淮海詞，又名淮海居士長短句，存詞約八十餘首。秦觀雖出自蘇門，並且蘇軾也最看重他，可是他倆的風格並不相似。他的作品雖說也感染着蘇氏的影響，但他却有他自己的成就和情調。如『怎得花香深處，作個蜂兒抱。』（迎春樂）和『丁香笑吐嬌無限，輕語低聲，道我何曾慣。』（河傳）這些句子，明明是接近柳永，然而他仍是沒有柳永的粗俗。再如他在品令滿園花的使用俗語，以及詞中的好鋪敍，也都與柳永相近。但他的長處，在於以歐陽、小晏婉約含蓄的情調來挽回柳詞的俗淺之病。同時他又能以蘇軾的飄逸沉鬱，來補救柔弱之弊。我們在他的浣溪紗、憶仙姿、點絳脣、阮郎歸諸詞裏，可以看出南唐的境界，在好事近、踏莎行、江城子、千秋歲諸章裏，又可看出蘇詞的氣格。再如他的望海潮、夢揚州諸首，音和句鍊，以工麗見稱，與周邦彥的作風相近。由此看來，秦觀的詞，是博觀約取，自成一家。在詞史的發展上，是由他而走到周邦彥的。詞經過晏、歐、張、柳、蘇軾，正呈現着衆流匯合的趨勢，由秦、賀到周，是這趨勢的成熟。

『玉漏迢迢盡，銀潢淡淡橫。夢回宿酒未全醒，已被鄰雞催起怕天明。　臂上妝猶在，襟間淚尚盈。水邊燈火漸人行，天外一鈎殘月帶三星。』（南歌子贈陶心兒）

『南來飛燕北歸鴻，偶相逢，慘愁容。綠鬢朱顏，重見兩衰翁。別後悠悠君莫問，無限事，不言中。 小槽春酒滴珠紅。莫忽忽，滿金鍾。飲散落花流水各西東。後會不知何處是，煙浪遠，暮雲重。』（江城子）

『山抹微雲，天粘衰草，畫角聲斷譙門。暫停征棹，聊共引離尊。多少蓬萊舊事，空回首煙靄紛紛。斜陽外，寒鴉數點，流水繞孤村。 消魂。當此際，香囊暗解，羅帶輕分。謾贏得青樓，薄倖名存。此去何時見也，襟袖上空染啼痕。傷情處，高城望斷，燈火已黃昏。』（滿庭芳）

『霧失樓臺，月迷津渡，桃源望斷無尋處。可堪孤館閉春寒，杜鵑聲裏斜陽暮。 驛寄梅花，魚傳尺素，砌成此恨無重數。郴江幸自遶郴山，爲誰流下瀟湘去。』（踏莎行郴州旅舍）

秦觀在當代的詞壇，有很高的聲譽。他的踏莎行，蘇軾寫在扇上，時時吟誦。他死後，蘇氏歎息說：『不幸死道路，哀哉！世豈復有斯人乎？』晁補之說：『近來作者，皆不及少游。』葉夢得也說他『語工而入律，知樂者謂之作家。』至於蔡伯世所說：『子瞻辭勝乎情，耆卿情勝乎辭，辭情相稱者，唯少游一人而已。』是暗示着秦觀在柳蘇以上了。平心而論，柳蘇的詞有創造建設的精神，有開拓發展的力量，給予後人很大的影響。秦詞却缺少這種創造性。若只就藝術的觀點上立論，無疑的他是一個最成功的作家。陳師道說：『今代詞手，唯秦七黃九耳，餘人不逮。』可見其推崇之盛了。

賀鑄 賀鑄字方回，（西曆一〇六三，夏承燾賀鑄年譜作一〇五二——一一二〇），河南衞州人。他是孝惠后的族孫，又娶宗室趙克彰之女，本可富貴終身的。但因他賦性耿介，尙氣使酒，有錢時揮金如土，扶貧濟困，很有義俠的風度。同時他又痛恨權貴，不善諂媚，始終得不着好官。先後通判泗州，倅太平州，總是悒悒不得志。晚年退居蘇杭一帶，自號慶湖遺老，生活困難，貧寒幾不能自給。他這種貴族生活的衰落，很有點像晏幾道。他藏書萬卷，手自校讎，故他能博聞彊記，學問豐富。老學庵筆記說他詩文俱佳，可惜他的詩文在宋時已不多見，所存者，惟其二百多首的東山詞了。賀鑄的作品，雖以美豔著稱，但他的面孔却是一幅怪相。宋史稱他『長七尺，眉聳拔，面鐵色。』陸游也說：『方回狀貌奇醜，色青黑而有英氣，俗謂之賀鬼頭。』這種面貌似乎與他的作品不大相稱，但與他那種耿介孤直的性格和近於義俠的行爲是很適合的。但他有一顆溫熱的心，一枝華麗的筆，一種慷慨熱烈的性格，所以他在詞上表現得那麼美麗，那麼深情。因爲他的生活和性情有些近似晏幾道，他的情詞，也接近晏而不接近柳。加以他那種名士氣和狂放氣，他詞中也時有蘇軾的飄逸和高傲。如水調歌頭、六州歌頭，確是蘇詞的後裔。同時他作詞，很注重音律。張文潛說：『方回大抵倚聲而爲之詞，皆可歌也。』並且他喜用前人詩辭舊句，脫胎換骨，變化運用，放在詞中，眞是巧妙無比，如將進酒、行路難、雁後歸諸首，都可以看出他融鑄前人舊句的技術。再如「雲想衣裳花想容」「飛入尋常百姓家」「玉人何處教吹簫」「十年一覺揚州夢」這些詩句，他一字不改，用在詞裏，因爲妥貼融和，完全成爲他自己的創作了。這一點，正與周邦彥同調。因此，他的長詞，在工麗協律與鍛鍊方面，如萬年歡、梅香慢、馬家春、慢下水船、石州引諸詞，又很近周邦彥。由此看來，秦賀二人的作品，在藝術上雖有細微的分別，但在整個詞史的發展上，確是取着同一的趨勢，而其歸結，也一同匯集於周邦彥了。

『凌波不過橫塘路，但目送芳塵去。錦瑟年華誰與度。月橋花樹，瑣窗朱戶，惟有春知處。碧雲冉冉蘅臯暮，綵筆新題腸斷句。試問閒愁都幾許？一川烟草，滿城風絮，梅子黃時雨。』（青玉案）

『松門石路秋風掃，似不許飛塵到。雙攜纖手別煙蘿，紅淚清泉相照。幾聲歌管，正須陶寫，翻作傷心調。巖陰暝色歸雲悄，恨易失千金笑。更逢何物可忘憂，爲謝江南芳草。斷橋孤驛，冷雲黃葉，想見長安道。』（御街行別東山）

『城下路，淒風露，今人犂田古人墓。岸頭沙，帶蒹葭，漫漫昔時流水今人家。黃埃赤日長安道，倦客無漿馬無草。開函關，掩函關，千古如何不見一人閒。六國擾，三秦掃，初謂商山遺四老。馳單車，致緘書，裂荷焚芰接武曳長裾。高流端得酒中趣，深入醉鄉安穩處。生忘形、死忘名，誰論二豪初不數劉伶。』（小梅花將進酒）

在這些詞裏，一面可看出他藝術的特色，同時也充分地表現出他的生活和人生觀。他一面否定富貴利祿的空虛，同時又對過去的歡樂，加以深深地追戀。他的描寫豔情，正如晏幾道一樣，多是回憶的舊夢一般的情緒。他自己說過：『吾筆驅使李商隱、溫庭筠，常奔命不暇。』這正是他的自供，但除李溫二家外，杜牧的詩，他吸收得最多，我們讀他的詞集，便會知道的。但因他有那種耿介豪爽的性格，因此同是作綺語表豔情，他能於華麗纏綿之中，現出一種陽剛遒勁之氣。這一點是他不同於晏幾道秦少游的地方。張文潛敍他的詞時，一面盛稱他的富麗和妖冶，同時又說他「幽潔如屈宋，悲壯如蘇李，」這並非矛盾之言。黃山谷有詩云：『少游醉臥古藤下，誰與愁眉唱一杯。解道江南腸斷句，祇今惟有賀方回。』在這小詩裏，黃氏的推重秦賀二家，眞是情見乎詞了。

六　格律詞派的代表周邦彥

周邦彥字美成（西曆一〇五七——一一二一），浙江錢塘人。靑年時代，北遊汴京，在太學讀了四五年書，後因獻汴都賦，由諸生升爲太學正，後出任廬州敎授，知溧水。徽宗時，頒大晟樂，召爲祕書監，進徽猷閣待制，提舉大晟樂府。後又出知順昌府，徙處州睦州，適方臘反，因設法還鄉。後居揚州。宣和三年卒，年六十六歲。他自號淸眞居士，有淸眞詞集。後來陳元龍爲之註釋，更名片玉。劉肅之敍云：『猶獲崑山之片珍，琢其質而彰其文也，因命之曰片玉集。』所以現在周氏的詞，仍保存這兩種名目。

周邦彥也如溫庭筠、杜牧之一樣，是那種人品不高生活浪漫的文人。他與妓女李師師、岳楚雲的風流故事，是大家都知道的。在他的詞裏，很多關於酒色的吟詠。宋史說他：『疏儁少檢，不爲州里推重，』其中雖稍有貶意，却正說出他的眞實性情。樓鑰在淸眞先生文集敍中，說他的人品怎麼高尙，怎麼憤恨權門，怎麼不愛富貴，甘於淸苦的生活，這些話未必可信，我們看他兩度獻賦，和他那種流戀風月的生活，如張端義貴耳集、王灼碧鷄漫志、周密浩然齋雅談諸書所記，便會知道他決不是那種「學道退然，委順知命，望之如木鷄」的山人高士（樓鑰語）。並且他留下來的那一百九十多首詞，正是他的生活和性格的最好說明。

前人論詞，每以柳周並稱。這意思是說他兩人的作風有些相類。張炎常說：『周情柳思。』近人馮煦也說：『屯田勝處，本近清眞。』不錯，在表面看來，周柳相類之處是很顯然的。喜用長調。長於鋪敘，好寫豔情，精於音律，這都是他們外表的相似處。但在其內部，在其藝術的表現上，他倆却有分明的界限。雖同用長調，調的自由與嚴整不同；同是鋪敘，鋪敘的手法不同；同寫豔情，表現的態度不同；同是精於音律，音樂的輕重性也不同。因爲這些關係，在風格上，他們形成兩個相反的成就。柳永的詞是浪漫的自由的，周邦彥是古典的格律的，柳是通俗的，周是唯美的。這一種分辨，我們必得注意。同時，他在表現方面，又具有南唐詞人那種婉約含蓄的特徵。他的作品雖缺少蘇軾那種豪放雄奇的氣勢，因爲他的學殖豐富，詩文俱佳，所以能具備「詩人的詞」的那種高尙的品質，與分明的個性。這樣看來，周邦彥的作品，是集衆家之長，作爲北宋詞壇的一個總結束了。周濟說「淸眞集詞之大成，」便是這種意思。

周邦彥在詞壇上的功績和他作品的特徵，可以從形式內容表現三方面來說。由這些形態，我們可以看出北宋的詞，經過晏、歐、柳永、蘇軾這幾個階段以後，到周邦彥的那種發展的趨勢。

一、形式　詞的形式，由晚唐五代至宋初，是小令獨盛的時期。慢詞至柳蘇而盛。但當日的慢詞多爲自度，在音律字句方面，尚未達到完整嚴格的階段。因此在樂章集中同調之詞，字句長短常有不同。如輪臺子二首，相差至二十七字，鳳歸雲二首，相差至十七字，滿江紅、鶴冲天、洞仙歌、瑞鷓鴣，亦各相差二三字，至傾杯一調，七首各不相同。這種情形，到了秦賀，漸趨謹嚴。及周邦彥出，始以其精通音樂的天才，和掌管音樂機關的權位與便利，再加以帝王的獎勵，從事審音調律的工作，而達到律度嚴整的完成。宋史稱他：『好音樂能自度曲，製樂府長短句，詞韻清蔚傳於世。』咸淳臨安志說：『邦彥能文章，名其堂曰顧曲。』又周密浩然齋雅談說：『宣和中，朝廷賜酺，師師因歌大酺六醜二解，上顧教坊使袁綯問。綯曰：「此起居舍人周邦彥作也。」問六醜之義，莫能對，召邦彥問之，對曰：「此犯六調，皆聲之美者，然絕難歌」』由此可知他對於音樂造詣的高深。以他這種才力，後來又得到提舉大晟府的機會，於是他在詞的音律上，做了許多重要的工作。張炎在詞源說：『自隋唐以來，聲詩間爲長短句，至唐人則有尊前花間集。迄於崇寧，立大晟府，命周美成諸人，討論古音，審定古調，淪落之後，少得存者。由此八十四調之聲稍傳。而美成諸人又復增慢曲引近，或移宮換羽，爲三犯四犯之曲案月律爲之，其曲甚繁。』這是周邦彥對於詞的音律上的偉大貢獻。在他的集中，慢引近犯之調甚多。稱慢者有拜星月慢、浪淘沙慢、浣溪紗慢、粉蝶兒慢、長相思慢等；稱引者有華胥引、蕙蘭芳引；稱近者有早梅芳近、隔浦蓮近、荔枝香近；稱犯者有側犯、倒犯、花犯、玲瓏四犯等。調名雖多從舊，但字句與音律，皆有法度與定型，是爲後人的軌範。故沈伯時樂府指迷說：『作詞當以清眞爲主。蓋美成最爲知音，故下字用韻皆有法度。』故宋代詞人方千里楊澤民之流，作詞悉以清眞爲準繩，不敢稍出其繩墨之外，各有和清眞全詞一卷行世。後代好事者合周詞刻之，名爲三英集。四庫提要說：『邦彥妙解聲律，爲詞家之冠。所製諸詞，不獨音之平仄宜遵，即仄字中上去入三聲，亦不容相混。所謂分寸節度，深契微芒，故千里和詞，字字奉爲標準。』宋代詞人本多通音律，但在才力上，都不如周邦彥的精深，在工作上，也不如周的成就。在這一方面的貢獻，周邦彥算是特出了。

二、表現　周詞的表現法，不注重意象與神韻，而傾力於刻劃與寫眞。以詩來比，不是陶淵明，而是謝靈運。以畫來比，不是寫意畫，而是工筆畫。所以在他的詞裏，沒有柳永的通俗與粗野，也沒有蘇軾的放縱與飄逸。他一筆一筆的鈎勒，一字一字的刻畫，一句一句的鍛鍊，形成他那種精巧工麗的古典作風，完全脫去了柳蘇詞中那種浪漫的風格。因此他歡喜用事，來增加他作品的典雅氣，歡喜融化改用前人的舊句，來增加字句的鍛鍊美。因爲讀書博，學力高，用事能圓轉組合，改用古句亦能翻陳出新。如六醜，詠落花中之用御溝紅葉故事，西河金陵懷古之櫽括劉夢得的詩句；夜游宮的改用楊巨源的詩句，都能融化渾成，別有風趣，不如賀鑄那樣，將前人句子，一字不改地用進去。陳質齋云：『美成多用唐人詩語，櫽括入律，渾然天成。』這話是不錯的。

三、內容　詞的內容的開拓，至蘇軾始大。我們讀東坡樂府，知道他是把詞當作詩來做，是無事不寫，無情不詠的。這一半是由於他的性格與學問，一半也是因爲他的生活豐富，人事繁雜，所以他的詞的內容，格外廣泛。在這一方面，周邦彥却不能繼承蘇軾。我們讀他的詞集，除了一部分描寫妓女的情愛以外，大都是無病呻吟的寫景詠物之作。如悲秋、春閨、秋暮、晚景、春景、閨情、秋懷、閨怨、春恨、詠眼、詠月、詠梳、詠梅、詠柳、詠雪、詠梨花、詠薔薇等等的題目，在他集中，到處皆是。由這一些題目，我們便可想見其內容。這些作品，大都不是表現他的性情思想的作品，而只是表現他的藝術技巧的作品。然因其律度嚴整，字句工麗，適於詞人的模擬學習，因此這一類的詞，最得人的重視與贊歎。由此看來，在內容方面，周詞是貧乏的，因而走到客觀的寫景與詠物方面去。這兩點，成爲南宋格律詞人的重要部門。

『章臺路，還見褪粉梅梢，試華桃樹。愔愔坊陌人家，定巢燕子，歸來舊處。　黯凝竚。因記箇人癡小，乍窺門戶。侵晨淺約宮黃，障風映袖，盈盈笑語。　前度劉郎重到，訪鄰尋里，同時歌舞，唯有舊家秋娘，聲價如故。吟箋賦筆，猶記燕臺句。知誰伴名園露飲，東城閑步，事與孤鴻去。探春盡是傷離意緒。官柳低金縷，歸騎晚，纖纖池塘飛雨。斷腸院落，一簾風絮。』（瑞龍吟）

『柳陰直，煙縷絲絲弄碧。隋堤上，曾見幾番，拂水飄綿送行色。登臨望故國，誰識京華倦客。長亭路，年去歲來，應折柔條過千尺。　閑尋舊蹤跡。又酒趁哀絃，燈照離席，梨花榆火催寒食。愁一箭風快，半篙波暖，回頭迢遞便數驛。望人在天北。悽惻。恨堆積。漸別浦縈迴，津堠岑寂。斜陽冉冉春無極。念月榭攜手，露橋聞笛。沉思前事，似夢裏，淚暗滴。』（蘭陵王）

『正單衣試酒，恨客裏光陰虛擲。願春暫留，春歸如過翼，一去無跡。爲問花何在。夜來風雨，葬楚宮傾國，釵鈿墮處遺香澤，亂點桃蹊，輕翻柳陌，多情更誰追惜。但蜂媒蝶使，時叩窗槅。東園岑寂。漸濛籠暗碧。靜繞珍叢，底成歎息。長條故惹行客，似牽衣待話，別情無極。殘英小，强簪巾幘，終不似一朵釵頭顫裊，向人欹側。漂流處，莫趁潮汐，恐斷鴻尙有相思字，何由見得。』（六醜薔薇謝後作）

『桃溪不作從容住，秋藕絕來無續處。當時相候赤闌橋，今日獨尋黃葉路。 煙中別岫青無數，雁背夕陽紅欲暮。人如風後入江雲，情似雨餘黏地絮。』（玉樓春）

在這些詞裏，都具備着上面所說的那幾種特徵。字句的鍛鍊，音調的和諧，格律的嚴整，鋪敍的詳贍，刻劃的工細，舊句的融化，都在他的作品裏得到最高的表現。周邦彥在詞史的工作，是以宮庭詞人的地位，結束浪漫自由的作風，而成爲格律派的古典詞的建立者。到了南宋的姜夔、史達祖、吳文英、王沂孫、張炎、周密諸人，都是繼承周的路線，盡雕琢刻劃的能事，造成格律派的古典詞的大盛。於是詞中的一點名士氣天眞氣與通俗情味，都喪失殆盡，只是一座無血肉無生命的粉雕玉琢的樓閣了。握着這轉變的鑰匙的，却是北宋的周邦彥。王國維說：『美成深遠之致，不及歐秦，惟言體情物，窮極工巧，故不失爲第一流之作者。但恨創調之才多，而創意之才少耳。』（人間詞話）在前人許多論周的評語裏，王氏之論，算是最有見解了。

周邦彥以外，還有万俟詠、晁端禮、田爲、晁仲之諸人，都是大晟府的製撰官，他們都精通音律，注重格調，因此他們的作風與對於詞的貢獻，大略與周相近。在他們的集子裏，自然也有許多精美的作品，不過在這一個宮庭詞人的集團裏，周邦彥成爲最適當的代表。因此那些人的作品，也不必再舉了。

七　女詞人李清照

李清照　李清照（西曆一〇八一——一一四〇？）是南渡前後的女詞人，也是中國過去文學史上唯一偉大的女作家。她的年代雖較晚於秦觀、周邦彥，但他的詞是被稱爲正宗一派的，她反對柳永的粗俗塵下，她非難蘇軾的不協音律的詩化的詞。她是遵守着詞的一切規約而寫詞的，她在詞的狹小的範圍裏，精心刻意地創作，成就她藝術上空靈高尚的品質。她重視音律，鍛鍊字句，在風格上，她是要屬於秦周這一個範圍的。但她有秦觀的細微婉約，却無他的淫靡，有周邦彥的工力，却沒有他那種詳贍的鋪敍，和露骨的雕琢。換言之，她的詞富於性情與生命的表現。在這一點，她接近李後主與晏幾道。因此她個人生活境遇的變化，在她作品中反映出明顯的情調。早年的歡樂，中年的黯淡，晚年的哀苦，是她生活史上的幕景，同時也就是她作品的界線。她的作品同她的生活聯繫融化得分不開。在她的漱玉詞中，充滿着歡樂時的笑容，和悲苦時的眼淚。這種情感分明的界限，只有在李後主晏幾道的作品才看得出來。因此，她的作品，都是用生命的血液寫成的。她生逢國變，世人驚怪在她的筆下，沒有表現現實，其實這是錯的。我們要知道她丈夫的死，她晚年的流浪貧窮，她改嫁事件的受冤，都是那個亂離時代直接給她的結果。她正是當日一個受難的平民的代表，她的生活情感，也正是當日難民的生活情感的代表。他雖說沒有直接表現當日的現實事件，但她所表現的却是當代千千萬萬的國破家亡的民衆的痛苦的精神。在北宋諸詞家的作品裏，從沒有像李清照詞中所表現的那種傷離感亂淒楚哀苦的心境與情調。我們明瞭這一點，便可知道漱玉詞與時代的影子要發生如何的聯繫了。

李清照號易安居士，是山東濟南人。父親李格非官禮部員外郎，家中藏書甚富，母親是王狀元拱辰的孫女，讀書很多。她生長在這種學術空氣濃厚的家庭裏，對於她後來在文壇上的成就，自然有很大的幫助。她廿一歲嫁給一個叫趙明誠的大學生，趙的父親，是當代有名的政治家趙挺之。他倆結婚以後的生活是極幸福的，把整個的生活建築在藝術的基礎上。除了詩、詞唱和以外，便是收集和研究古代的金石美術。在金石錄後序內，她敍述他倆的生活說：『德甫（明誠字）在太學，每朔望謁告出，質衣取半千錢，步入相國寺，市碑文果實歸。夫妻相對，展玩咀嚼，嘗謂葛天氏之民也。後二年從官，便有窮盡天下古文奇字之志。傳寫未見書，購名人書畫，古奇器。……及連守兩郡，竭俸入以事鉛槧。每獲一書，即校勘整集籤題。得書畫彝鼎，摩玩舒卷，指摘疵病，坐歸來堂烹茶。指堆積書史，言某事在某書在某卷第幾頁第幾行，以中否決勝負，爲飲茶先後。中則舉杯大笑，或至茶覆懷中，反不得飲而起。』他們這種藝術化的生活，不是一般人所能瞭解，也不是一般人所能做到的。他們的一點光陰和金錢，完全供獻在文化的工作上。可是不久，國內起了重大的變亂，外族人的兵甲毀滅了他們的美滿生活和藝術空氣。皇帝被擄了，朝廷南遷了，他倆也不得不把歷代收集的金石書畫拋棄了一大部，只帶了最精采的一小部分，怱怱地逃到江南了。再過四年，她的丈夫又患急病死了，她所受的悲痛與打擊，是無可形容的。加以戰禍日見迫切，社會更是離亂，幾乎不容許她傷心流淚。她只好抱着一顆破碎的心，無依無靠地，在貧困悲苦的環境中，東飄西泊，不知道流浪了多少地方，終找不着一個安身之所。就這麼望着淪陷的故鄉，念着死了的丈夫，在江南的旅居中寂寞地死去了。由此看來，他的生活，可分爲新婚的幸福，別離的輕愁；和寡居流浪的悲苦的三個階段的。她的作品，也現出這三階段的風格。第一期的是熱情浪漫活潑天眞。第二期是纏綿婉轉，失去前期的香豔，而入於傷感。第三期的是嚴肅與淒苦，而入於深沉的憂鬱，造成她在藝術上最高的成就。

『晚來一陣風兼雨，洗盡炎光，理罷笙簧，卻對菱花淡淡粧。　絳綃縷盡冰肌瑩。雪膩酥香，笑語檀郎，今夜紗幮枕簟涼。』（采桑子）

『繡幕芙蓉一笑開。斜偎寶鴨襯香腮。眼波才動被人猜。　一面風情深有韻，半箋嬌恨寄幽懷。月衫花影約重來。』（浣溪紗）

『淚濕羅衣脂粉滿。四疊陽關，唱到千千遍。人道山長山又斷，瀟瀟微雨聞孤館。　惜別傷離方寸亂。忘了臨行，酒盞深和淺。好把音書憑過雁，東萊不似蓬萊遠。』（蝶戀花）

『薄霧濃雲愁永晝，瑞腦噴金獸。佳節又重陽，玉枕紗廚，半夜涼初透。　東籬把酒黃昏後，有暗香盈袖。莫道不消魂，簾捲西風，人比黃花瘦。』（醉花陰）

『風住塵香花已盡，日晚倦梳頭。物是人非事事休。欲語淚先流。　聞說雙溪春尚好，也擬汎輕舟。只恐雙溪舴艋舟，載不動許多愁。』（武陵春）

『尋尋覓覓，冷冷清清，淒淒慘慘戚戚。乍暖還寒時候，最難將息。三杯兩盞淡酒，怎敵他晚來風急。雁過也，正傷心，却是舊時相識。　滿地黃花堆積。憔悴損如今有誰堪摘。守着窗兒，獨自怎生得黑。梧桐更兼細雨，到黃昏點點滴滴。這次第怎一個愁字了得。』（聲聲慢）

我們讀了這些詞，可以知道她是以白描的手法，平淺的字句，表現歡樂或是哀苦的情感，而達到清空靈妙的境界。她自己精通音律，又最瞭解作詞的艱苦，因此她對於詞的批評，也曾發出可貴的見解。她說：『柳屯田永，變舊聲，作新聲，出樂章集，大得聲稱於世，雖協音律，而詞語塵下。又有張子野、宋子京兄弟、沈唐、元絳、晁次膺輩繼出，雖時時有妙語，而破碎何足名家。至晏丞相、歐陽永叔、蘇子瞻，學際天人，所爲小歌詞，直如酌蠡水於大海，然皆句讀不葺之詩耳。又往往不協音律。……王介甫，曾子固文章似西漢，若作小歌詞，則人必絕倒，不可讀也。乃知詞別是一家，知之者少。後晏叔原、賀方回、黃魯直出，始能知之。而晏苦無鋪敍，賀苦少典重，秦少游專主情致而少故實。黃卽尚故實而多疵病。譬如良玉有瑕，價自減半矣。』（見易安居士事輯）她這段批評，雖未能盡眞，但以詞的傳統性格和詞的正宗的立場看來，她這些話是自有其理由的了。最後，我還要提一提她的改嫁問題。前人說她有在丈夫死後的晚年，改嫁張汝舟的事。於是許多衞道先生的僞善者認爲這是李清照的私人道德的缺點。到了近代，有俞理燮、陸心原、李慈銘諸人對她的生活，加以詳細地考證，證明這件事完全是假的。本來一個女人死了丈夫，同另一男子結婚，這是光明正大的合理行爲，一點沒有羞恥，於她的人品和藝術價值，絕無半點影響。不過，如果本無其事，而旁人定要虛設一件事來陷害她，那就是小人行爲，而不得不加以辯護了。

在蘇軾周邦彥稱雄詞壇的時代，同時還有許多人如張耒、李之儀、陳師道、謝逸、舒亶、王詵、趙令畤、葛勝仲、魏夫人、僧仲殊、宋徽宗（趙佶、）王安中、趙長卿、蔡伸、呂濱老、周紫芝、李祁、劉一止之流，都從事詞的創作，在他們流傳下來的作品裏，自然也有不少的佳句名篇。但他們的作品，大都爲柳永蘇軾周邦彥諸家的風氣所籠罩，而不能得到獨特的成就與發展，因此對於上列諸人，我想無須再敍述了。

第十九章　南宋的詞

一　時代的轉變

宋代的詞，經過了秦觀周邦彥以後，本可直接走上格律古典派的大路，但因爲靖康的變亂，使這一個文學的潮流，發生了挫折，得使蘇軾一派的詞風，重行擡頭，在南宋上半期的六七十年間，一掃格律古典派的習氣，而形成詩人的詞的極盛。金人的攻陷汴京，徽欽二帝的被擄，葬送了北宋一百多年來承平的享樂社會與享樂心理，都市的富麗與經濟的繁榮，一切都毀滅了。這一個在政治上所發生的慘烈的打擊，使當日的文人與民衆的精神生活與物質生活都失去了常態。胡馬的縱横踐踏，漢人的被殺被辱，土地的喪失，人民的流離，處處顯示着國破家亡的苦痛。在這一種時代，愛國的民族思想，慷慨悲歌的情調，代替了酣歌醉舞的享樂思想，與柔靡香豔的情調，而出現於文學中的事，自是必然的趨勢。在那時候，自然還有不少的賣身求榮的奸臣邪將，還有不少的塞耳閉目的享樂者。但那些熱烈的志士，憤世的詞人，看見國勢的危急，奸臣的當政，人民的苦痛，山河的破碎，無不感着悲痛與憤恨，將他們的感情表現於詞中，自然無暇顧及格調音律，也無暇講求字面句法，只是眞情的流露，自然的抒寫，以及憤恨與悲傷的發洩。這一種作品，一面是離開了音樂，一面又呈現着與詩歌散文融合的趨勢。這一種趨勢，加强了蘇軾作詞的精神，同時又擊倒格律古典派的傳統，而形成浪漫風氣的復活。此派的作者，有岳飛、張元幹、張孝祥、辛棄疾、陸游、陳亮、劉過諸人，而以辛棄疾爲代表。另外還有一些人，處在那危難的時代裏，心中雖有憂憤之氣，愛國之情，由於權奸的壓迫，既無力推翻現實，又不願靦顏事仇，於是都走入韜光遁世養性全眞的路上去，寄情山水，遁迹江湖，以此保全個人的純眞。因爲這一派人的態度是消極的，所以他們的作品，染上了灰色與放達的色彩，而沒有那種英武積極的精神和慷慨悲歌的氣慨。陶淵明的生活與人生觀，成了他們贊歎的對象。產生於這種環境以下的作品，自然同樣是浪漫主義的精神，而對於格律古典派的詞風，正取着相反的方向。同時，北宋詞中所表現的現實的快樂的色彩，在他們的作品裏，也消滅無蹤，而代以灰色的高蹈的情調了。此派的作者有葉夢得、向子諲、蘇庠、朱敦儒諸人，而以朱敦儒爲代表。由此看來，南渡前後的六七十年，因政治環境的慘變，在詞壇上產生了積極的民族思想與消極的高蹈思想的兩個潮流。因此，格律古典派的詞風，受了頓挫，使蘇軾的精神得以復活，形成詩人的詞的極盛。

二　朱敦儒及其他詞人

朱敦儒能爲高蹈派詞人的代表，實因爲他的生活性格和作品，都具有這方面的特徵的緣故。他字希眞，洛陽人，生卒年月，俱不可考。他詞中有『七十衰翁』(沁園春)、『屈指八旬將到』(西江月)、『今年生日慶一百省歲』(洞仙歌)等句看來，他是一個活到九十多歲的長命者，據胡適氏的考證，他約生於神宗元豐初年(約當西曆一〇八〇)，死於孝宗淳熙初年(一一七五)。他的生命，在南北宋各佔了一半。他性愛自由，不喜拘束，頗有西晉名士風度。科第功名，他都看不起，他有鷓鴣天詞云：『我是淸都山水郞，天敎懶慢帶疏狂。曾批給露支風敕，累奏留雲借月章。詩萬首，酒千觴，幾曾着眼看侯王。玉樓金闕慵歸去，且插梅花醉洛陽。』這是他性情的自由。但因他學問人品都好，靑年時代，即以布衣負重名，靖康時，召至京師，辭官還山，南渡後，高宗又給他官做，他又辭，後來避亂居南雄州，因朝廷屢次徵召，做過秘書省正字和兩浙東路提點刑獄，但不久他又辭去了。秦檜時做過鴻臚少卿，後人以此爲盛德之累，我們看他從前的行爲和人品，他這次的作官，難免不是受秦檜的壓迫。如果因此即加以附奸逆貪富貴的罪名，似乎有點過甚了。

他因爲生命很長，經歷過北宋繁榮時代的最後階段，又目擊和身受南渡時代的國破家亡的苦痛，而最後又生活於南渡以後的偏安社會，因此，他的作品，也現出這三個時期的色彩與情調。他初期以少壯之年，處於繁華的盛世，過的是『換酒春壺碧，脫帽醉靑樓。』（水調歌頭）的生活，他這期的詞，無論內容與辭藻，都染上北宋時代的穠豔。中年身當國變，離家南遷，禾黍之悲，山河之感，懷家鄉，悲故國，使他的作品，變爲沉咽淒楚之音，豪邁憤恨之氣。在『故國山河，一陣黃梅雨。』（蘇幕遮）『昔人何在，悲涼故國，寂寞潮頭。』（朝中措）『東風吹淚故園春，問我輩何時去得。』（鵲橋仙）『萬里東風，國破山河落照紅。』（減字木蘭花）『有客愁如海，空想故園池閣，卷地煙塵。』（風流子）在這些句子裏，可以看出他這一時期的哀感。到了晚年，他飽經世故，知道重回故鄉收復失地，都成了幻夢，熱情也沒有了，壯志也銷磨了，漸漸地變成一個逍遙自適的樂天安命者。他自己說：『此生老矣，除非春夢，重到東周，』（雨中花）『有奇才，無用處，壯節飄零，』（蘇幕遮）『老人無復少年歡，』（訴衷情）『壯心零落，身老天涯。』（芰荷香）在這種心境之下，自然會走到『萬事皆空，一般做夢』的境界了。將他這種解脫也是衰倦的心情，全皈依於安靜的自然，出現於他作品中的，是那種冲淡清遠的情調，建立中國詞中未曾有過的陶淵明的意境。他這一時期的詞，達到藝術上極高的成就，他用最淺近通俗的語言，最自由解放的句法，抒寫最眞實最純潔的情感，而形成他獨特的風格。汪莘說他的詞：『出塵曠達，有神仙風致。』他晚年的詞，確有這種意境。

『寶篆香沉，錦瑟侵塵，日長時懶把金鍼。裙腰暗減，眉黛長顰。看梅花過，梨花謝，柳花新。　春寒院落，燈火黃昏。悄無言，獨自銷魂，空彈粉淚，難托淸塵。但樓前望，心中想，夢中尋。』（行香子）

『扁舟去作江南客。旅雁孤雲，萬里煙塵，回首中原淚滿巾。　碧山對晚汀洲冷。楓葉蘆根，日落波平，愁損辭鄉去國人。』（采桑子）

『直自鳳凰城破後，擘釵破鏡分飛。天涯海角信音稀。夢回遼海北，魂斷玉關西。　月解重圓星解聚，如何不見人歸。今春還聽杜鵑啼。年年看塞雁，一十四番回。』（臨江仙）

『我不是神仙，不會鍊丹燒藥。只是愛閒耽酒，畏浮名拘縛。　種成桃李一園花，眞處怕人覺。受用現前活計，且行歌行樂。』（好事近）

『世事短如春夢，人情薄似秋雲。不須計較苦勞心，萬事原來有命。　辛遇三杯酒好，况逢一朵花新。片時歡笑且相親，明日陰晴未定。』（西江月）

『一個小園兒，兩三畝地，花竹隨宜旋裝綴。槿籬茅舍，便有山家風味。等閒池上飲，林間醉。　都爲自家胸中無事，風景爭來趁遊戲。稱心如意，賸活人間幾歲。洞天誰道在，塵寰外。』（感皇恩）

『老來可喜，是歷遍人間，諳知物外。看透虛空，將恨海愁山，一齊挼碎，免被花迷，不爲酒困，到處惺惺地。飽來覓睡，睡起逢場作戲。　休說古往今來，乃翁心裏，沒許多般事。也不修仙不佞佛，不學栖栖孔子。懶共賢爭，從教他笑，如此只如此。雜劇打了，戲衫脫與獃底。』（念奴嬌）

在上面這些詞裏，分明地現出三個時代，三種心境，三種不同的色彩和風格。在最後一期內，他創作了許多純粹的白話詞，但他用的白話，却又不是柳永黃庭堅所用的那種鄙俗無聊的字眼，所以他的詞格，仍是高遠的。不用說，格律古典派的詞人，自然不會認識他這種作品的價値。因此，他在過去的詞論中得不到重要的地位。其實他同辛棄疾，是南宋初期五六十年中蘇派詞人的兩大代表。並且他們決不是在文字語調上模擬蘇軾，他有他們自己的生活才氣和生命，他們只採取蘇軾作詞的精神，在某一部份，達到了蘇軾還沒有走到的境界。

葉夢得　葉字少蘊（西曆一〇七七——一一四八），吳縣人，紹聖四年進士，博學多才，南渡後，擔任過軍政界的重要職位。晚居吳興弁山，自號石林居士，有石林詞。他雖生於北宋，但在國變以後，他還生活了二十幾年。因此他的作品，早年的充滿了北宋承平的快樂情調，晚年的便由感傷而入於高蹈與曠達。關注謂其『妙齡詞風婉麗，綽有溫李之風，晚歲落其華而實之，能於簡淡時出雄傑，合處不減東坡。』他這種作風的轉變，實受了時代的影響。南渡前後，蘇軾詞風的再起，葉夢得實是一個重要的線索。他的作品雖時有雄傑之氣，然究不能列入辛棄疾一派。因爲他的人生思想，仍以消極的高蹈爲最後的歸宿。在他的念奴嬌一詞裏，把歸去來辭篇中句字，全部櫽括進去，很明顯地表現他的人生觀。他對於國事自然是很憤慨的，在他的水調歌頭、八聲甘州諸詞中，時時流露出朝中無人國勢日急的悲歎。而對於東晉時代抵禦强敵的謝東山，一再地表示欽慕與追戀。而他最後的歸結，仍是一邱一壑的水雲鄉土。因爲這一點，所以我將他歸於朱派了。

『秋色漸將晚，霜信報黃花。小窗低戶深映，微路繞欹斜。爲問山公何事，坐看流年輕度，拚却鬢雙華。徙倚望滄海，天淨水明霞。　念平昔，空飄蕩，徧天涯。歸來三徑重掃，松竹本吾家。却恨悲風時起，冉冉雲間新雁，邊馬怨胡笳。誰似東山老，談笑淨胡沙。』（水調歌頭）

『今古幾流轉，身世兩奔忙。那知一邱一壑，何處不堪藏。須信超然物外，容易扁舟相踵，分占水雲鄉。雅志眞無負，來日故應長。　問騏驥，空矯首，爲誰昂？冥鴻天際塵事，分付一輕芒。認取騷人生此，但有輕蓬短楫，多製芰荷裳。一笑陶彭澤，千載賀知章。』（同上）

其他如向子諲，在高宗朝曾官徽猷閣直學士，知平江府，晚年因忤秦檜意，退居淸江，逍遙物外，老於江鄉。有酒邊詞。蘇庠居丹陽之後湖，自號後湖病民，後隱居廬山，屢召不赴。他一生淡於名利，不喜拘束，故其詞亦多塵外之趣，有後湖集。楊旡咎自號清夷長者，高宗屢徵不起，以山居爲樂，有逃禪詞。集中雖多豔語，但仍以閑澹諸作爲佳。他們有的做過高官，有的是山人隱士，大都以陶彭澤、賀知章爲人生思想的歸宿。他們的作風雖未必全同，他們的人生態度却是一致的。現將諸人的作品，各舉一例於下。

『五柳坊中烟綠，百花洲上雲紅。蕭蕭白髮兩衰翁，不與時人同夢。　抛擲麟符虎節，徜徉月下林風，世間萬事轉頭空，個裏如何不動。』（向子諲西江月）

『屬玉雙飛水滿塘，菰蒲深處浴鴛鴦。白蘋滿棹歸來晚，秋著蘆花一岸霜。　扁舟繫岸依林樾，蕭蕭兩鬢吹華髮。萬事不理醉復醒，長佔煙波弄明月。』（蘇庠清江曲）

『休倩旁人爲正冠，披襟散髮最宜閑。水雲況得平生趣，富貴何曾著眼看。　低泊棹，稱鳴鸞，一樽長向枕邊安。夜深貪釣波間月，睡起知他日幾竿。』（楊旡咎鷓鴣天）

所謂塵外的想，神仙之趣，在這些詞裏，大略可看一點出來。這一種風趣，也不是勉强做作的，必要作者先有那種逍遙自適的人生觀和高蹈隱逸的生活基礎，才能得到成功的表現。

三　辛棄疾及其他詞人

處在同一亂離時代的環境裏，較之上述諸人的人生觀更爲積極熱烈，對於國破家亡的危難，想加以挽救，對於求和護國的權奸加以反抗，而在詞中發出激昂慷慨的呼聲來的，是那一羣有民族思想的詞人。這一羣人大都與秦檜不和，或遭身死之禍，或遇貶謫之悲。如岳飛之死；趙鼎的貶嶺南，因憂愁國事，不食而卒；胡銓的謫吉陽，都可看出他們所表現的正氣和熱烈愛國的精神。他們流傳下來的詞雖不多，但都是滿腔悲憤，古老蒼涼，內有國賊，外有强敵，壯志難伸，金甌已缺，那種磊落不平之氣，溢於字中，充分地表現出民族文學的特色。

『客路那知歲序移，忽驚春到小桃枝。天涯海角悲涼地，記得當年全盛時。花弄影，月流輝，水精宮殿五雲飛。分明一覺華胥夢，回首東風淚滿衣。』（鷓鴣天，趙鼎，有得全居士詞）

『怒髮衝冠，憑欄處蕭蕭雨歇。擡望眼仰天長嘯，壯懷激烈。三十功名塵與土，八千里路雲和月。莫等閒白了少年頭，空悲切。　靖康恥，猶未雪。臣子恨，何時滅。駕長車踏破賀蘭山缺。壯志飢餐胡虜肉，笑談渴飮匈奴血。待從頭收拾舊山河，朝天闕。』（滿江紅，岳飛）

『富貴本無心，何事故鄉輕別。空使猿啼鶴怨，誤薜蘿秋月。　囊錐剛要出頭來，不道甚時節。欲駕巾車歸去，有豺狼當轍。』（好事近，胡銓，有澹庵長短句。）

在這些詞裏，或是暗傷，或是明罵，或爲正義的呼號，藝術的作風，容有不同，心理的基礎，却是一致。由這些作品，很明顯的反映出當日國難時代的憤世詞人與愛國志士的民族意識。再如張元幹（字仲宗，長樂人）、張孝祥，（字安國，皖歷陽人）都是氣節之士，故其詞亦多忠義之氣。張元幹因送胡銓李綱詞獲罪，被秦檜除名。胡李當日是有名的抗戰派，爲秦檜所排，張元幹是他們的同志。

毛晉說他：『平生忠義自矢，不屑與奸佞同朝，飄然掛冠，』這可見他的人品。他有蘆川詞。張孝祥，紹興二十四年廷試第一，孝宗朝，官中書舍人，領建康留守。後爲秦檜所忌，因以入獄。他的詞駿發踔厲，以詩爲詞，雄放與飄逸，俱似東坡。有于湖詞行世。

『長淮望斷，關塞莽然平。征塵暗，霜風勁，悄邊聲，黯消凝。追想當年事，殆天數，非人力，洙泗上，絃歌地，亦羶腥。隔水氈鄉落日，牛羊下，區脫縱橫。看名王宵獵，騎火一川明。笳鼓悲鳴，遣人驚。　念腰間箭，匣中劍，空埃蠹，竟何成？時易失，心徒壯，歲將零。渺神京，干羽方懷遠，靜烽燧，且休兵。冠蓋使，紛馳騖，若爲情。聞道中原遺老，常南望翠葆霓旌。使行人到此，忠憤氣塡膺，有淚如傾。』（張孝祥六州歌頭）

『洞庭青草，近中秋，更無一點風色。玉界瓊田三萬頃，著我扁舟一葉。素月分輝，明河共影，表裏俱澄澈。怡然心會，妙處難與君說。　應念嶺表經年，孤光自照，肝肺皆冰雪。短鬢蕭疏襟袖冷，穩汎滄浪空濶，盡挹西江，細傾北斗，萬象爲賓客。叩舷獨嘯，不知今夕何夕。（張孝祥念奴嬌過洞庭）

『夢繞神州路，悵秋風連營畫角，故宮離黍。底事崑崙傾砥柱，九地黃流亂注。聚萬落千村狐兎。天意從來高難問，況人情易老悲難訴。更南浦，送君去。　涼生岸柳摧殘暑，耿斜河疏星淡月，斷雲微度，萬里江山知何處，回首對床夜語。雁不到，書成誰與？目盡青天懷今古，肯兒曹恩怨相爾汝。舉大白，聽金縷。』（張元幹賀新郎送胡邦衡待制赴新州）

『曳杖危樓去，斗垂天滄波萬頃，月流煙渚。掃盡浮雲風不定，未放扁舟夜渡，宿雁落寒蘆深處。悵望關河空弔影，正人間鼻息鳴鼉鼓。誰伴我？醉中舞。　十年一夢揚州路，倚高寒愁生故國，氣吞驕虜。要斬樓蘭三尺劍，遺恨琵琶舊語。謾暗拭銅華塵土。喚取謫仙平章看，過苕溪尚許垂綸否。風浩蕩，欲飛舉。』（張元幹寄李伯紀丞相，調同上）

在這些詞裏，那一種傷時憤世的情感，眞是溢於言表。但在蘆川、于湖兩集裏，除了這種長調外，頗多精美的小令。在小令中，他們同樣不多寫豔情，而隨意抒寫一點人生的感情，與瀟灑的情懷。如張元幹的：「風露濕行雲，沙水迷歸艇。臥看明河月滿空，斗掛蒼山頂。萬古只青天，多事悲人境。起舞聞鷄酒未醒，潮落秋江冷。』（卜算子）張孝祥的『問訊河邊春色，重來又是三年。春風吹我過湖船，楊柳絲絲拂面。世路如今已慣，此心到處悠然，寒光亭下水連天，飛起沙鷗一片。』（西江月）都是淸疏飄逸的好作品。

辛棄疾　在這一派詞人中，辛棄疾是最適宜的代表，他的人格、事業和作品，都能成爲這一派的領袖。他字幼安，號稼軒（西曆一一四〇——一二〇七），山東歷城人。他生性豪爽，尚氣節，有燕趙義俠之風。他生時北方已淪陷外族，目擊國破家亡的苦境，幼時卽抱有報國之志願。二十歲時，因金兵侵宋失敗，金主被殺，中原志士，多乘機起兵。耿京亦發難於山東，他遂投耿，爲掌書記，是他一生事業的開始。後歸南宋，高宗、孝宗都很賞識他，歷官湖北、湖南、江西、福建、浙江安撫使。行政治軍，俱有聲譽。我們看他同孝宗暢論南北的形勢，和論盜的奏疏，知道他有大政治家的風度和精透的見解。我們看他斬僧端義，擒張安國，和創飛虎營的種種故事，知道他有軍人的勇武精神，和敢作敢爲的魄力。再看他的葬吳交于，哭朱晦菴，知道他有輕財仗義的俠士精神。他雖未能實現他的收復中原的志願，但一生中也做了不少的事業，他的生命，總算沒有虛度。他有稼軒詞四卷（或作十二卷），約六百餘首。因爲他生活的複雜，創作力的强盛，學問的廣博，天才的過人，在他那六百多首詞中，無論內容形式及風格，幾乎無所不包。他用長調寫激昂慷慨的情緒，用小令寫溫柔傷感的情緒。他有時也寫山水之樂，有時也寫纏綿之情，但都雅潔高遠，絕少鄙俗淫靡之態。蘇軾作詞的精神，到了他，達到最高的成就。他把蘇軾在詞中解放與開拓的境界，再加以開拓與解放。他在詞中所表現的放縱與自由，所表現的浪漫精神，還遠在蘇軾之上。我們讀他的作品，可舉出下面的幾個特徵。

一、在形式上，是詩詞散文的合流。　前人作詞，詩詞的界限極嚴。東坡的詞偶有詩化的傾向，卽受當代人士的指摘，有『詞詩』之譏。到了辛棄疾，他不僅打破了詩詞的界限，並且走到詩詞散文的合流的狀態。因爲他讀書廣博，他將楚辭詩經莊子論語以及古詩中的語句，一齊融化在他的詞中，並且他用韻絕不限制，完全形成一種散文詞了。後人罵他掉書袋，就是因此。試看水龍吟的『人不堪憂，一瓢自樂，賢哉回也。料當年曾問，飯蔬飲水，何爲是栖栖者。』如『盃汝前來，老子今朝，檢點形骸。甚長年抱渴，咽如焦釜，於今喜溢，氣似奔雷。汝說劉伶，古今達者，醉後何妨死便埋。』都是散文化的詞。再如『何幸如之；』（一剪梅）『此地菟裘也，』（卜算子）『幾者動之微』『請三思而行可已，』（哨遍）完全是散文的句子。前人評他的詞爲『詞論』，使是說他的詞，如散文一般的議論暢達，這種在形式上的開拓與解放，比蘇軾的『詞詩』確是更進一步了。

二、在內容上是題材的廣泛　我們讀稼軒詞，便會知他內容的廣泛。在他的筆下，無論吊古傷時，說哲理，談政治，寫山水，道愛情，發牢騷，他無所不寫。嬉笑怒罵，皆成文章，稼軒詞眞有這種樣子。因爲他不僅以詩爲詞，並以文爲詞，形式擴大了，語句解放了，無論什麼思想，什麼情感，什麼事件，都可以在詞中自由表現出來。所以他的作品雖多，並不千篇一律，各有內容，各有生命。

三、在風格上是雄奇與高潔　辛棄疾由其英雄勇武的氣魄，救世報國的熱情，再加以過人的天才與廣博的學問，造成了他在詞中所表現的那種雄奇高潔的風格。他偶寫豔情，偶歌風月，但絕無輕薄卑俗之語，純以沉厚出之。如『今宵賸把銀釭照，猶恐相逢是夢中。』人皆稱爲豔句，但其中所表現的情感是多麼沉厚，多麼眞切。毛晉說他的詞『絕不作妮子態』（稼軒詞跋。）正是指此。其次，他用字造句，能獨出心裁，不用那些陳套俗語，如『香衾』『紅淚』『玉筯』『銀燭』等等字眼，因此他的作品，絕無李義山、溫庭筠那種金玉滿堂的富貴氣，也無張先、柳永的都會氣。所以他的風格，既能雄奇，又能高潔。這一點也只有蘇軾能和他比美。

『醉裏挑燈看劍，夢回吹角連營，八百里分麾下炙，五十絃翻塞外聲。沙場秋點兵。　馬作的盧飛快，弓如霹靂絃驚。了却君王天下事，贏得生前死後名。可憐白髮生。』（破陣子贈陳同甫）

『漢中開漢業，問此地，是耶非。想劍指三秦，君王得意，一戰東歸。興亡事，今不見，但山川滿目淚沾衣。落日胡塵未斷，西風塞馬空肥。　一篇書是帝王師，小試去征西。更草草離鋋，匆匆去路，愁滿旌旗。君思我，回首處，正江涵秋影雁初飛。安得車輪四角，不堪帶減腰圍。』（木蘭花慢，席上送張仲固帥興元）

『更能消幾番風雨，匆匆春又歸去。惜春長怕花開早，何況落紅無數。春且住，見說道天涯芳草無歸路。怨春不語，算只有殷勤畫簷蛛網，盡日惹飛絮。　長門事，準擬佳期又悞，蛾眉曾有人妬。千金縱買相如賦，脈脈此情誰訴。君莫舞，君不見玉環飛燕皆塵土。閒愁最苦。休去倚危欄，斜陽正在烟柳斷腸處。』（摸魚兒淳熙己亥自湖北漕移湖南同官王正之置酒小山亭賦）

『敲碎離愁，紗窗外風搖翠竹。人去後吹簫聲斷，倚樓人獨。滿眼不堪三月暮，舉頭已覺千山綠。但試把一紙寄來書，從頭讀。　相思字，空盈幅。相思意，何時足。滴羅襟點點，淚珠盈掬。芳草不迷行客路，垂楊只礙離人目。最苦是立盡月黃昏，闌干曲。』（滿江紅）

『明月別枝驚鵲，清風半夜鳴蟬。稻花香裏說豐年，聽取蛙聲一片。　七八箇星天外，兩三點雨山前。舊時茆店社林邊，路轉溪橋忽見。』（西江月，夜行黃沙道中）

『鬱孤臺下清江水，中間多少行人淚。西北望長安，可憐無數山。　青山遮不住，畢竟東流去，江晚正愁余，山深聞鷓鴣。』（菩薩蠻書江西造口壁）

『甚矣吾衰矣。悵平生交遊零落，只今餘幾。白髮空垂三千丈，一笑人間萬事，問何物能令公喜。我見青山多嫵媚，料青山見我應如是。情與貌，略相似。　一尊搔首東窗裏，想淵明停雲詩就，此時風味。江左沉酣求名者，豈識濁醪妙理。回首叫雲飛風起。不恨古人吾不見，恨古人不

見吾狂耳。知我者，二三子。』（賀新郎）

我們讀了這些詞，便知道辛棄疾的創作上的廣泛的成就。他能作豪壯語，能作憤激語，能作情語，能作幽默語，有的很放縱，有的很細密，有的很閑澹，有的很熱情，無論長詞小令，他都能得到成功。劉克莊說：『公所作，大聲鏜鞳，小聲鏗鍧，橫絕六合，掃空萬古。……其穠豔綿密者，亦不在小晏秦郎之下。』（辛稼軒集序）這些批評是正確的。辛稼軒雖是一個英氣勃勃的豪傑，但到了晚年，心灰意懶，也漸漸地走上陶淵明的路。他自己說的『老來曾識淵明，夢中一覺參差是』（水龍吟，）因此在他後期的作品裏，時時提到陶淵明，對於這位晉代的高士，表示最高的敬意。因此他的作風，又趨於淸疏與平淡。朱敦儒的詞，他也覺得愛好，在稼軒集中，有效朱希眞體之作，那是很顯然的。他晚年的生活和心境，在一首西江月中，表現得最分明。詞云：『萬事雲煙忽過，百年蒲柳先衰，而今何事最相宜，宜醉宜遊宜睡。早趁催科了納，更量出入收支。乃翁依舊管些兒，管竹管山管水。』（示兒曹以家事付之，）這是他晚年心境的表白，同時也是晚年詞風的代表。到這時候，他那種慷慨悲壯的詞風沒有了，他那種騎的盧馬補天裂之夢也不作了。

此外如韓元吉（字無咎，許昌人）、陳亮（字同甫，婺州人）、陸游（字務觀，山陰人）、劉過（字改之，吉州人）、袁去華（字宣卿，新奉人）、楊炎正（字濟翁，廬陵人）諸家，大都有憤世的熱情，與壯烈的懷抱，在詞的成就上雖不如稼軒，但其作風，都可歸之於辛派。劉過有龍州詞，頗負聲譽。但因故作豪語，不免有粗率平直之病，並有詠美人指甲、詠美人足這一類的詞，更覺遜色。故上列諸人，自以陸游的成績爲佳。他本是南宋最偉大的詩人，並且又最富於愛國的思想，故他的詞同他的詩一樣，常多悲懷家國之作。他晚年的生活，轉爲閑適，故其集中亦多歌詠自然情趣的詞。『蕭條病驥，向暗裏消盡當年豪氣。』這是他的自白。他的言情的小令，亦多佳篇，如釵頭鳳，卽爲膾炙人口者。楊愼云：『故翁纖麗處似淮海，雄快處似東坡。』（詞品）這話說得不錯。

『當年萬里覓封侯，匹馬戍梁州。關河夢斷何處，塵暗舊貂裘。胡未滅，鬢先秋，淚空流。此生誰料，心在天山，身老滄洲。』（陸游訴衷情）

『溢口放船歸，薄暮散花洲宿。兩岸白蘋紅蓼，映一蓑新綠。有沽酒處便爲家，菱芡四時足。明日又乘風去，任江南江北。』（陸游好事近）

『斗酒彘肩，風雨渡江，豈不快哉。被香山居士，約林和靖，與坡仙老，駕勒吾回。坡謂西湖正如西子，濃抹淡妝臨照臺。二公者皆掉頭不顧，只管傳杯。白云天竺去來。圖畫裏，崢嶸樓閣開。愛縱橫二澗，東西水繞，兩峯南北，高下雲堆。逋曰不然，暗香浮動，不若孤山先訪梅。須晴去，訪稼軒未晚，且此徘徊。』（劉過沁園春風雪中欲詣稼軒久寓湖上未能一往因賦此詞以自解。）

『堂上謀臣尊俎，邊頭將士干戈。天時地利與人和，燕可伐歟？曰可。今日樓臺鼎鼐，明年帶礪山河。大家齊唱大風歌，不日四方來賀。』（劉過西江月）

其次，如韓元吉的『凝碧舊池頭，一聽管絃淒切。多少梨園聲斷，總不堪華髮。杏花無處避春愁，也傍野花發。惟有御溝聲斷，似知人嗚咽。』（好事近）以哀怨的調子，寫故宮禾黍之悲。如陳亮的賀新郎、水調歌頭、念奴嬌諸詞都是憤世傷時的激昂之作。再如袁去華的『登臨處，喬木老，大江流。書生報國無地，空白九分頭。』（定王臺）劉仙倫的『追念江左英雄，中興事業，枉被姦臣誤。倚節長歎，滿懷清淚如雨。』（念奴嬌）都表示在那個國難危重的時代，一些書生民衆的愛國熱情和對於奸臣的憤恨。在北宋的詞裏，充滿着快樂的調子，太平景象的歌頌，都會繁榮的鋪敍，男女浪漫生活的描寫，到這時候，時代變了，社會生活和政治基礎都起了動搖，人民的精神意識也變了，在這些文學作品裏，我們可以看出這分明不同的色彩和情感。在南渡初期的詞壇，除上述諸家外，還有程垓、陳與義、康與之、李邴、侯寘、黃公度、葛立方、張掄、張鎡、范成大、楊萬里諸人，亦時有佳作。在這裏我不作各別的敍述了。

辛陸諸家以後，作品中表現着傷時的情感的，還有岳珂（岳飛之孫，字肅之）、方岳（字巨山，祁門人）、陳經國（字伯大，潮州人）、文及翁（字時學，綿州人）、李昴英（字俊明，番禺人）、劉克莊諸人。在他們的詞裏，都用豪壯的語調，抒寫憤世憂國的情感。其中如陳經國的沁園春，文及翁的賀新涼，實是最有價值的好作品。

『誰思神州，百年陸沉，青氈未還。悵晨星殘月，北州豪傑，西風斜日，東帝江山。劉表坐談，深源輕進，機會失之彈指間。傷心事，是年年冰合，在在風寒。　說和說戰都難算，未必江沱堪晏安。嘆封侯心在，鱣鯨失水，平戎策就，虎豹當關。渠自無謀，事猶可做，更剔殘燈抽劍

看。麒麟閣，豈中興人物，不盡儒冠。』（陳經國丁酉歲感事）

『一勺西湖水，渡江來百年歌舞，百歲酣醉。回首洛陽花石，盡烟渺黍離之地。更不復新亭墮淚。簇樂紅妝搖畫舫，問中流擊楫何人是。千古恨，幾時洗。　余生自負澄清志。更有誰磻溪未遇，傅巖未起。國事如今誰倚杖，衣帶一江而已。便都道江神堪恃。借問孤山林處士，但掉頭笑指梅花蕊。天下事，可知矣。』（文及翁西湖有感）

在這些詞裏，暴露着當日偏安局面下的君臣歡樂，社會民衆的苟安心理，對於靖康的國難完全是忘懷了。而同時又可看出那愛國的知識份子，對於危難的國勢和弄權的將相，是表示多麽的憤恨與悲痛。這一種作品，正可算是時代的影子，正義的呼聲。在當日由姜白石、吳文英一派的古典詞風統治的環境下，還能看見這種作品，眞可說是空谷之音了。在上述諸人裏，作品較多，成就較大，在宋末的詞壇能爲辛派的最後代表者，是劉克莊。

劉克莊　劉字潛夫，號後村（西曆一一八七——一二六九），莆田人。他是南宋後期的重要詩人，他在詩壇的地位，僅次於陸游、范成大與楊萬里。有後村別調。他爲人豪爽，很想做一番事業，結果沒有什麽成就。並且他晚年看見國勢日危，復興無望，故其詞中亦特多家國傷憤之情。所作小詞，亦復清新可喜。在詞的創作上，他也是採取以詩作詞的精神，他的態度是解放的自由的。決沒有古典派格律派的那種保守性和小家氣。

『北望神州路，試平章這場公事，怎生分付。記得太行山百萬，曾入宗爺駕馭。今把作握蛇騎虎。君去東京豪傑喜，想投戈下拜眞吾父。談笑裏，定齊魯。兩河蕭瑟惟狐兎。問當年祖生去後，有人來否？多少新亭揮淚客，誰夢中原塊土。算事業須由人做。應笑書生心膽怯，向車中閉置如新婦。空目送，塞鴻去。』（賀新郎送陳子華知眞州）

『束縕宵行十里强。挑得詩囊，抛了衣囊。天寒路滑馬蹄僵，元是王郎，來送劉郎。酒酣耳熱說文章。驚倒鄰牆，推倒胡牀。旁觀拍手笑疏狂。疏又何妨！狂又何妨！』（一翦梅余赴廣東王實之夜餞於風亭）

對於詞，劉克莊最贊賞稼軒，故其作品的精神與語調，亦與辛相近。惟氣勢稍弱，骨力略遜，故張炎評爲『乃效稼軒而不及者。』如集中沁園春、念奴嬌、水龍吟、賀新郎、滿江紅諸調，確能具備辛詞的神情與面影。在辛派的旗幟下，他與劉改之，是兩個重要的作家，故世稱『二劉。』

四　古典詞派的形成與極盛

南渡後過了十幾年混亂危難的局面，到了一一四一年，宋金成就了和議。南朝得了江南閩廣一帶的財富，社會經濟漸趨繁榮，人民生活日趨安定，在那偏安的狀態下，朝野上下，漸漸地忘了靖康的國耻，又步入酣歌醉舞的生活了。由武林舊事都城紀勝上的記載，杭州當日的繁華，宮庭的酣宴，士大夫以及民衆的歡狂，都遠勝於北宋時代的汴京。周密武林舊事敍云：『乾道淳熙間，三朝授受，兩宮奉親，古昔所無，一時聲名文物之盛，號小元祐。』在這個偏安一時的小康時期內，許多有識之士，雖都認識國難危機的潛伏，在文學裏，表示着憤激與警告，然終歸無用。如稼軒、放翁在詩文中所叫出來的壯烈的呼聲，仍爲當日的絃管所掩。文及翁所說的『渡江來，百年酣舞，百年酣醉。』（賀新涼）正是當日朝野上下淫侈生活的寫實。在這種狀態下，官僚富戶，又在那裏大起園亭，廣蓄歌妓，過那種偎紅倚翠的生活。如張鎡、范成大兩家聲伎之盛，園亭之勝，生活的奢侈，是大家都知道的。於是憂國傷時，只是少數人的事，而大部份的詞人，又回到歌兒舞女的懷抱，重度其雕章琢句審音協律的生活。並且因南渡之變，樂譜散失頗多，於是音律之講求與歌曲之傳習，不屬之於伶工歌妓，而歸之於淸客詞人，和貴家所蓄的家姬。往日爲雅俗共賞之歌詞，爲妓女歌兒所唱之歌詞，至此而爲淸客詞人所獨賞，爲受有相當訓練的家姬所獨唱。因此辭句務求雅正工麗，音律務求和協精密，結集詞社，分題限韻，做出許多精巧唯美的藝術品，於是由周邦彥建立起來的格律古典派的詞風，經了朱敦儒、辛棄疾諸人的挫折以後，到這時候，跟着時代的轉變，又復活起來，形成最堅固的陣容，龐大的勢力，統治朱、辛以後整個的南宋詞壇。明宋徵璧說：『詞至南宋而繁，亦至南宋而敝。』朱彝尊也說：『世人言詞必稱北宋，詞至南宋而極工，至宋季而始其變。』所謂極其工，就是走到最古典最唯美的路上去，結果是詞的生命必歸於衰敝。周濟說：『北宋詞，盛於文士，而衰於樂工，南宋盛於樂工，而衰於文士。』（論詞雜著）因北宋盛於文士，故詞中有名士氣，有詩人氣，有自由浪漫的精神，有活躍的生命與性格。因南宋盛於樂工，故詞中有音律美，有字句美，有形式美，有古典主義的精神，而缺少活躍的生命與性格。屬於這一派的作家，眞是多不勝舉。最重要者有姜夔、史達祖、吳文英、蔣捷、王沂孫、張炎、周密諸人。今分述於下。

姜夔　姜字堯章（西曆一一五五？——一二三五？），江西鄱陽人，後因寓居吳興之武康，與白石洞天爲鄰，愛其勝景，自號白石道人。他一生沒有作過官，是一位純粹的文學家。他精音樂古刻，善書法，詩文俱佳，而尤以詞著。他有瀟洒自由的性格，與清高雅潔的人品。他近於隱逸，而又能風流自賞。一生遊遍了湘、鄂、贛、皖、江、浙一帶的好山水，所以他的詩詞，都帶一種清雅之氣，他又寄情於聲色，但不敢放縱於肉慾的享樂。他自己的詩說：『道人野性如天馬，欲擺青絲出帝閑。』這是他的愛瀟洒自由的性情。又說：『自作新詞韻最嬌，小紅低唱我吹簫。曲終過盡松陵路，回首煙波十四橋。』這是他的藝術生活的表現。陳郁云：『白石道人氣貎若不勝衣，而筆力足以扛百斛之鼎，家無立錐，而一飲未嘗無食客。圖史翰墨之藏，汗牛充棟。襟期洒落，如晉宋閒人。』這話的批評是很確當的。因爲他的性格不塵俗，所以他的作品的風格很高遠，他的生活是藝術化的，所以他的作品是唯美。他雖沒有功名官位，但當日的名人如辛棄疾、范成大、蕭東父、陸游、葛天民、楊誠齋、葉適、樓鑰諸人，都與之交遊唱和。他雖依附豪貴，那只因嗜好相同趣味相投的關係，並非趨炎附勢，因此，並無損於他高貴的人品。在當時的文壇，他很負聲譽。楊誠齋稱他爲詩壇的先鋒，范成大說他的詩爲『裁雲縫月之妙手，敲金戛玉之奇聲。』他的詞尤爲人所贊賞。黃昇云：『白石詞極精妙，不減清眞，其高處有美成所不能及。』趙孟堅謂其爲『詞家之申韓。』張炎說他的詞：『如野雲孤飛，去留無迹。』這些話，雖有點空洞，也可看出他在當日是怎樣受人的推重了。他有白石道人歌曲集，存詞約八十餘首。

姜夔在詞上的貢獻，是繼承周邦彥的精神，對於審音創調與鍛鍊字句的工作，再加努力，而成爲南宋格律古典詞派的再建者，胡適氏稱這派人的作品爲詞匠的詞，以與蘇辛一派的詩人的詞對比，是非常適當的。我們若以周邦彥爲詞匠的先導者，那末，姜夔是這方面最好的代表。因此，在淸眞詞中所表現的特色與弊病，如協律創調，琢句鍊字，用典詠物種種方面，到了姜夔都進一步地表現着，形成格律古典詞派的高度發展。

一、審音創調 姜夔不僅是只通樂理，並且是善自演奏的音樂家。他看見南渡後樂典的散失，他蒐講古制，想補正廟樂。曾於慶元三年，上書論雅樂，進大樂議和琴瑟考古圖，五年又上聖宋鐃歌鼓吹曲。他當時雖無周邦彥得逢徽宗的知音的遭遇，而得展其才力，但大家都承認他用工頗精，留其書以備採擇。他在滿江紅敍中說：『滿江紅舊調用仄韻，多不協律。如末句云：「無心撲」三字，歌者將「心」字融入去聲，方諧音律。予欲以平韻爲之，久不能成。因泛巢湖聞遠岸簫鼓聲，問之舟師云：「居人爲此湖神姥壽也。」予因祝曰：「得一席風經至居巢，當以平韻滿江紅爲迎送神曲。」言訖，風與筆俱馳，頃刻而成。末句云：「聞珮環」則協律矣。』這一段故事，雖有些近於神話性，但由此可以看出他對於作詞上審音協律所用的苦工。又在長亭怨慢序中云：『余頗喜自製曲，初率意爲長短句，然後協以律，故前後闋多不同。』又在暗香序中說：『使工妓隸習之，音節諧婉，乃命之曰暗香、疏影。』再他在醉吟商小品、霓裳中序第一、角招、徵招諸詞的敍中，都詳細說明每一詞的調的音律性。由此，我們可以知他作詞時對於審音協律的注重。因爲他在音樂方面，有這種才力，所以他一面能創製新譜，一面又能改正舊調。他自製的新譜，共有十七支。

暗香　杏花天　惜紅衣　秋宵吟

疏影　揚州慢　淡黃柳　鬲溪梅令

角招　淒涼犯　翠樓吟　長亭怨慢

徵招　玉梅令　石湖仙　醉吟商小品

霓裳中序第一

柳耆卿、周邦彥諸人，精通音樂，善自製曲，在他們的詞調上，僅註明宮調。姜夔更進一步，除註明宮調外，並於詞旁，詳載樂譜，由此宋詞的音調與歌法，得傳一線於後世，這一點，在中國的音樂史上，有重要的價值。

二、琢鍊字句　在清眞詞裏，已呈現着琢句鍊字的唯美色彩。到了姜夔，更在這方面大用工夫，達到用字最精微深細，造句最圓美醇雅的階段。他的全首詞，有些不好的，但每首詞裏總有許多最深刻最可愛的句子。如：

『二十四橋仍在，波心蕩冷月無聲。』（揚州慢）

『嫣然搖動，冷香飛上詩句。』（念奴嬌）

『長記曾攜手處，千樹壓西湖寒碧。』（暗香）

『孤舟夜發，傷心重見，依約眉山黛痕低壓。』（慶宮春）

『誰念我，重見冷楓紅舞。』（法曲獻仙音）

像這些句子，無論何人讀了都知道是好言語。這些決不是脫口而出的語句，是下了千搥百鍊的工夫，慢慢地融化出來的。他在慶宮春序中云：『賦此闋，過旬塗稿乃定。』可知作詞所費的時間與精力，和他認眞求美的態度，眞可與賈島、陳師道諸人作詩相比了。

三、用典詠物　因爲姜夔作詞過於講典雅與工巧，他生怕有俗淺輕浮之病，他一面除琢鍊字句外，同時又愛用典故，來作爲描寫和表現他的情感和事物的象徵。這一點，是白石集中的特色，也可說是最大的弊病。因爲用典過多，等於遮掩了一層幕布，意義雖較含蓄，但詞旨反晦澀含糊，情趣反而減少了。如他最有名的暗香、疏影二闋，張炎譽之爲『前無古人，後無來者，自立新意，眞爲絕唱。』（詞源）但分析二詞，只是用許多梅花和古代幾個美人的典故，湊合起來。但字句確美麗，音調確和諧，讀了下去，確令人可喜。然而，按其內容，既無意義，又無情感，只是一件沒有生命意識的藝術品，這一點，是姜派詞中的共有性。除用典外，他歡喜詠物。姜夔是如此，姜派的詞人如史達祖、吳文英之流，更是如此。因爲在詠物的詞上，他們可以盡量使用他們的技巧，引用他們的典故，藉此可以誇耀文筆和博學。但詞中的一點生命和情趣，便由此斷送了。在白石的集子裏，如暗香，疏影的詠梅，齊天樂的詠蟋蟀，小重山令的賦紅梅，都是前人最贊賞的作品，認爲是詠物詞的典型。但我們現在看來，覺得這些詞，在藝術的技巧上，固然是成功，但在內容與情感上是非常空虛的。

『燕雁無心，太湖西畔隨雲去。數峯淸苦，商略黃昏雨。第四橋邊，擬共天隨住。今何許，凭欄懷古，殘柳參差舞。』（點絳唇丁未過吳淞作）

『淮左名都，竹西佳處，解鞍少駐初程。過春風十里，盡薺麥青青。自胡馬窺江去後，廢池喬木，猶厭言兵。漸黃昏淸角吹寒，都在空城。　杜郞俊賞，算如今重到須驚。縱豆蔻詞工，青樓夢好，難賦深情。二十四橋仍在，波心蕩冷月無聲。念橋邊紅藥，年年知爲誰生？』（揚州慢『淳熙丙申至日，余過維揚，夜雪初霽，薺麥彌望，入其城則四顧蕭條，寒水自碧。暮色漸起，戍角悲吟。予懷愴然，感慨今昔。因度此曲，千巖老人以爲有黍離之悲也。』）

『芳蓮墜粉，疎桐吹綠，庭院暗雨乍歇。無端抱影銷魂處，還見篠牆螢暗，蘚堦蛩切。送客重尋西去路，問水面琵琶誰撥。最可惜一片江山，總付與啼鴂。　長恨相從未欵，而今何事，又對西風離別。渚寒煙淡，棹移人遠，縹緲舟行如葉。想文君望久，倚竹愁生步羅襪。歸來後，翠尊雙飲，下了珠簾，玲瓏閑看月。』（八歸湘中送胡德華）

『衰草愁烟，亂鴉送日，風沙回旋平野。拂雪金鞭，欺寒茸帽，還記章臺走馬。誰念飄零久，謾贏得幽懷難寫。故人靑眄相逢，小窗閑共情話。　長恨離多會少，重訪問竹西，珠淚盈把。雁磧波平，漁汀人散，老去不堪遊冶。無奈苕溪月，又照我扁舟東下。甚日歸來，梅花零亂春夜。』（探春慢）

『舊時月色，算幾番照我，梅邊吹笛。喚起玉人，不管淸寒與攀摘。何遜而今漸老，都忘却春風詞筆。但怪得竹外疎花，香冷入瑤席。　江國，正寂寂。歎寄與路遙，夜雪初積。翠尊易泣，紅萼無言耿相憶。長記曾攜手處，千樹壓西湖寒碧，又片片吹盡也，幾時見得。』（暗香）

『庾郎先自吟愁賦，淒淒更聞私語。露濕銅鋪，苔侵石井，都是曾聽伊處。哀音似訴，正思婦無眠，起尋機杼。曲曲屏山，夜涼獨自甚情緒。　西窗又吹暗雨。爲誰頻斷續，相和砧杵。候館迎秋，離宮吊月，別有傷心無數。豳詩漫與，　笑籬落呼燈，世間兒女。寫入琴絲，一聲聲更苦。』（齊天樂詠蟋蟀）

我們讀了這些詞，便可看出格律古典詞派的眞面目。由了他的作風，替南宋的詞壇，開了一條道路。大家跟着他走，都只在字面形式用工夫，極力地講究技巧與唯美，於是因音律而犧牲內容，因用典而使意義晦澀，因過於雕琢字句而損傷情趣，因詠物而變成無病呻吟的遊戲。這幾點，起於周邦彥，盛於姜夔，而大倡於史達祖、吳文英諸人。周姜二家，因學問廣博，才力尤高，而又帶着濃厚的詩人趣味，所以他們的詞風，雖是如此，仍能保持高遠的詞格，等而下之，那眞是詞匠的製品了。朱彝尊云：『詞莫善於姜夔，宗之者張輯、盧祖皋、史達祖、吳文英、蔣捷、王沂孫、張炎、周密、陳允平，皆具夔之一體。』（黑蝶齋詞序）朱氏本是淸代姜吳派的領袖，他這意見，可以作爲宋後格律古典詞派的代表。王國維說：『南宋詞人，白石有格而無情。……近人祖南宋而祧北宋，以南宋之詞可學，北宋不可學也。』又說：『白石寫景之作，雖格韻高絕，然如霧裏看花，終隔一層。』（人間詞話）所謂『有格無情』，所謂『可學』，所謂『終隔一層』，正好說明格律古典詞派的特徵與弊病。

史達祖　史字邦卿（西曆一一五五？——一二二〇？），河南開封人。他沒有功名，因事權奸韓侂胄，掌文書，頗有權勢，一時無恥士大夫趨其門，呼梅溪先生，後韓敗，史亦貶死（見浩然齋雅談）。可見他的人品，遠不如白石，但他的詞典雅工巧，却與姜作相近。汪森云：『姜夔出，句琢字鍊，歸於醇雅，史達祖等羽翼之。』（詞綜序）他有梅溪詞一卷，約百餘首。

『做冷欺花，將煙困柳，千里偸催春暮。盡日冥迷，愁裏欲飛還住。驚粉重蝶宿西園，喜泥潤燕歸南浦，最妨他佳約風流，鈿車不到杜陵路。　沉沉江上望極，還被春潮晚急，難尋官渡。隱約遙峯，和淚謝娘眉嫵。臨斷岸新綠生時，是落紅帶愁流處。記當日，門掩梨花，剪燈深夜語。』（綺羅香春雨）

他的詠物詞很多，這首是他有名的代表作。詞中缺少性靈和內容，是不必說的，然而我們也可看他的修辭造句的技巧，唯美文學的本色。張功甫說他的詞「妥帖輕圓」，姜夔說他「奇秀清逸」，都是說其表形。並沒有觸到文學的內質。這一點，是我們必得注意的。

吳文英　吳字君特，號夢窗（西曆一二〇五？——一二七〇？），浙江四明人。他的事蹟不詳，由他的作品看來，他是一個雲遊各地，寄倚權貴的食客，大都是做一點掌管文筆的小職務。因此他的生活很不得意，由他自己說：『幾處路窮車絕，』（喜遷鶯）可知他是一個窮困落魄的詞人。他有夢窗甲乙丙丁稿四卷，約存詞三百餘首。吳文英的才力雖遠不及周邦彥，人品不及姜夔，但其詞的鍛鍊之工，實又過之。有了他，把格律古典的詞，發展到了極端。協律、用典、詠物、修辭種種條件，都在他的詞裏，更加以强化。他說：『音律欲其協，不協則成長短句之詩，下字欲其雅，不雅則近乎纏令之體，用字不可太露，露則直突而乏深長之味，發意不可太高，高則狂怪而失柔婉之意。』（見樂府指迷）在這幾句話裏，很明顯看出他對於詞的主張，是要協律、醇雅、深長與柔婉。這些條件，是後代正宗詞派所尊奉的最高教旨，而又都是柳、蘇、朱、辛詞中所缺少的。因爲重音律，所以他的詞，讀去格外和諧悅耳。因爲醇雅，覺得他的字面特別美麗。因爲表意過於含蓄，遂使其詞旨晦澀，莫知所云。因爲表情過於柔婉，故其詞的氣勢極弱。他的詞的好處與壞處，成功與失敗，都在這些地方。因此，後人對於他的批評，時常發出相反的論調。尹煥說：『求詞於吾宋，前有淸眞，後有夢窗，此非煥之言，天下之公言也。』（夢窗詞集序）馮煦云：『夢窗之詞麗而則，幽邃而綿密。脈絡井井，而卒焉不得其端倪。』周濟的宋四家詞選，以周邦彥、辛棄疾、王沂孫、吳文英爲宋代詞壇的四大領袖，以餘人爲附庸。可見他們對於夢窗的推重。但沈伯時說：其失在用事下語太晦處，人不可曉。』張炎說：『夢窗如七寶樓臺，眩人眼目，拆碎下來，不成片段。』張惠言的詞選，並未收錄他的作品，在這種地方，雖未免有愛惡之情的偏見，但沈、張二人的評語，確能指出夢窗詞的弊病。一個是說他詞意太晦，一個是說他只顧到堆砌辭藻，注重外形的美麗，而失却內部的連貫與融和。我們讀他詠玉蘭花的瑣窗寒，那只是大堆的套語和典故的湊合，一時說到「返魂騷畹」，一時又說到「送客咸陽」，一時又說到鴟夷與吳苑，這些典故，眞不知與玉蘭花有何相干。如在詞調下不註明是「詠玉蘭，」那意思是無人知道的。所以吳文英的詠物，大半都是詞謎。這一點正是沈伯時所說的「用事下語太晦」

之失。再看他的詠落梅的高陽臺，外面眞是美麗非凡，眞是眩人耳目的七寶樓臺，但仔細一讀，便發現兩句一節，三句一節，可以分成六七節，前後的意思不連貫，前後的環境情感也不融和，好像是各自獨立的東西，不是一首拆不開的詞，他在這裏，失却了文學的整體性與聯繫性。這正是張炎所說的只有外形而無連貫的弊病。但他的鍊字之工，造句之巧，形式音律的和美，使他在格律古典詞派中，得到了重要的地位的事，無論如何，我們是不能否認的。

『殘寒正欺病酒，掩沈香繡戶。燕來晚飛入西城，似說春事遲暮。畫船載淸明過却，晴煙冉冉吳宮樹。念羈情遊蕩，隨風化爲輕絮。　十載西湖，傍柳繫馬，趁嬌塵軟霧。遡紅漸招入仙谿，錦兒偸寄幽素。倚銀屏春寬夢窄，斷紅濕歌紈金縷。暝堤空，輕把斜陽，總還鷗鷺。　幽蘭旋老，杜若還生，尙水鄉寄旅。別後訪六橋無信，事往花萎，瘞玉埋香，幾番風雨。長波妒盼，遙山羞黛，漁燈分影春江宿，記當時短楫桃根渡。青樓彷彿，臨分敗壁題詩，淚墨慘澹塵土，危亭望極，草色天涯，歎侵鬢半苧。暗檢點淚痕歡唾，尙染鮫綃，嚲鳳迷歸，破鸞慵舞。殷勤待寫，書中長恨，藍霞遼海沉過雁，漫相思，彈入哀箏柱。傷心千里江南，怨曲重招，斷魂在否？』（鶯啼序）

『剪紅情，裁綠意，花信上釵股。殘日東風，不放歲華去。有人添燭西窗，不眠侵曉，笑聲轉新年鶯語。　舊樽俎，玉纖曾擘黃柑，柔香繫幽素。歸夢湖邊，還迷鏡中路。可憐千點吳霜，寒消不盡，又相對落梅如雨。』（祝英臺近）

我所選的，是不用典故而純任白描的幾首，也可以說是夢窗集中的上品。再如八聲甘州中的『問蒼波無語，華髮奈山青。水涵空闌干高處，送亂鴉斜日落漁汀。』這些句子自然都是好言語，但全詞中頗多套語湊合之處，未免美中不足，因此沒有選錄。四庫提要云：『文英天分不及周邦彥而研練之功則過之。詞家之有吳文英，亦如詩家之有李商隱也。』我們如果以蘇、辛爲詩家之太白、昌黎，那末以吳文英比李商隱，無論其作品的風格與面貌以及在文學思潮發展之過程上，眞是最確切的了。

蔣捷、王沂孫、周密、張炎同有亡國的身世，而在詞史上，是被稱爲遺民的。因此，他們的詞風，雖是屬於姜吳的古典一派，但其情調較爲淒楚哀痛，加以外力的重重壓迫，不敢把那種傷時悼國的情緒露骨的表現出來，只好用着象徵比擬的手法加以抒寫，雖在表面似有霧裏看花之感，其中蘊藏的情緒，却是很沉痛的。所謂『亡國之音哀以思，』想就是這種境界。

蔣捷　蔣字勝欲（西曆一二三五？——一三〇〇？），江蘇宜興人。德祐中舉進士，宋亡隱居不出。他有竹山詞一卷。約存詞九十餘首。他的事蹟不詳，由他許多作品看來，可以想到他是一個瀟洒自由的人。他的詞雖脫不了姜吳一派的古典影響，但他却染着蘇辛詩人的詞的色彩。他有許多詞，破壞規律的限制，和傳統的習慣，時時呈現着一種新精神，他的水龍吟連用「些」字韻，「聲聲慢」連用「聲」字韻，瑞鶴仙連用「也」字韻，一面可以看出他那種嘗試的精神，同時也可看出稼軒詞給他的影響。水龍吟下，自註着「效稼軒體」這是最好的證明。因此，他的作品，在姜吳那一個範圍裏，是最爽快最有生氣的了。尤其是他的小詞，淸麗秀逸，在晚宋詞壇，是少見的。

『黃花深巷，紅紙低窗，淒涼一片秋聲。豆雨聲來，中間夾帶風聲。疏疏二十五點，洒譙門不鎖更聲。故人遠，問誰搖玉佩，簾底鈴聲。　彩角聲隨月墮，漸連營馬動，四起笳聲。閃爍鄰燈，燈前尙有砧聲。知他訴愁到曉，碎噥噥多少蛩聲。訴未了，把一半分與雁聲。』（聲聲慢秋聲）

『一片春愁待酒澆。江上舟搖，樓上帘招。秋娘渡與泰娘橋。風又飄飄，雨又瀟瀟。　何日歸家洗客袍，銀字笙調，心字香燒。流光容易把人拋。紅了櫻桃，綠了芭蕉。』（一剪梅舟過吳江）

『少年聽雨歌樓上，紅燭昏羅帳。壯年聽雨客舟中，江濶雲低，雁斷叫西風。而今聽雨僧廬下，鬢已星星也。悲歡離合總無情，一任階前，點滴到天明。』（虞美人聽雨）

前一首的修辭造句，雖不脫姜吳古典派的氣息，但典故套語，一概不用，全在用力描寫。通首用「聲」字押韻，更覺新奇。至於後兩首，純任白描，語句的工，情韻的好，可說是竹山詞中的上品。決不是那些專講字面格律的詞匠所能寫出的。再他的詠物詞，有許多描寫活躍，托意深厚，沒有那種詩謎遊戲的弊病。

周密　周字公謹，號草窗（西曆一二三二——一三〇八，）濟南人。宋室南渡，其祖遷居湖州。後宋亡，居杭，以著作自娛。與王沂孫、王易簡、張炎諸人結詞社，互相唱和。他的著作很多，如齊東野語、癸辛雜識、浩然齋雅談、武林舊事諸書，或記文壇掌故，或敍社會風俗，或記文物制度，都是很重要的史料。他的詞集名蘋洲漁笛譜，又名草窗詞，約存詞一百五十餘首。他的詞工麗精巧，善於詠物，頗近夢窗，因此，他與吳文英世稱爲『二窗。』但因其身經亡國，故其晚年之作，頗多沉咽淒楚之音，又與張炎相近。

『步深幽，正雲黃天淡，雪意未全休。鑑曲寒沙，茂林煙草，俯仰今古悠悠。歲華晚，飄零漸遠，誰念我同載五湖舟。磴古松斜，崖陰苔老，一片淸愁。 回首天涯歸夢，幾魂飛西浦，淚洒東州。故國山川，故園心眼，還似王粲登樓。最負他秦鬟妝鏡，好江山何事此時遊。爲喚狂吟老監，共賦消憂。』（一萼紅登蓬萊閣有感）

『松雪飄寒，嶺雲吹凍，紅破數枝春淺。襯舞臺荒，浣妝池冷，淒涼市朝輕換。嘆花與人凋謝，依依歲華晚，共淒黯，問東風幾番吹夢，應慣識當年，翠屏金輦。一片古今愁，但廢綠平烟空遠。無語銷魂，對斜陽衰草淚滿。又西泠殘笛，低送數聲春怨。』（法曲獻仙音弔香雪亭梅）

草窗集中，工於詠物者頗多。如水龍吟之詠白蓮，國香慢的詠水仙，齊天樂的詠蟬，都是前人一致推賞之作。我在這裏所選的，是幾首表現淒楚之情亡國之痛的作品，可知在那一個國破家亡的環境裏，當日的詞人，無論如何沉溺於典雅細巧之中，這一點時代的愁恨，總是無法掩藏的了。

王沂孫 王字聖與，號碧山（西曆一二四〇？——一二九〇？）浙江會稽人。他雖說是宋亡以後，在各處流浪了一回，但結果仍是做了元朝的順民，元至正中，做過慶元路學正（見延祐四明志）。這樣看來，他又不能算是眞正的遺民了。他有花外集一卷，又名碧山樂府，約存詞六十餘首。他的詞，清朝人很重視他，朱彝尊、張惠言、周濟都一致推崇。周濟並以他爲宋代詞壇四大領袖之一。並且批評他說：『詠物最爭托意，隸事處以意貫串，渾化無痕，碧山勝場也。』同時他們都是一致承認他的詞是寄情比興，借詠物的外形，而寓以黍離君國之憂戚。說眉嫵詠月，是指君有恢復之志，而歎惜無賢臣。高陽臺詠梅花，是指君臣晏安天下將亡的寓意，這些都過於機械，很有點像詩序解詩的把戲。但若將他那一點傷時悼國的情感，一概抹殺，又不應該，在他的詞裏，見景生情，因物起興，時時流露出一點傷痛的情緒來，因此容易使人去穿鑿附會。如清末端木埰解他的齊天樂詞云：『乍咽涼柯，還移暗葉，重把離愁深訴。慨播遷也。西窗過雨，怪瑤佩流空，玉箏調柱。傷敵騎暫退，燕安如故也。餘音更苦，甚獨抱淸商，頓成淒楚。言遺臣孤憤哀怨難論也。』（見花外集跋）這種詩序式的註釋，難怪胡適要罵信口開河，白日見鬼了。他的詠物隸事兩項，周濟雖加以『托意』與『渾化無痕』的好評，但我們讀起來，覺得仍是與吳文英一樣的晦澀堆砌，時有『不連貫』和『莫知所云』的地方。這一點是成了這一派詞人不可藥醫的病根。

『殘雪庭陰，輕寒簾影，霏霏玉管春葭。小帖金泥，不知春在誰家。相思一夜窗前夢，奈個人水隔雲霞。但淒然，滿樹幽香，滿地橫斜。江南自是離愁苦，況遊驄古道，歸雁平沙。怎得銀箋，殷勤與說年華。如今處處生芳草，縱凭高不見天涯。更消他，幾度東風，幾度飛花。』（高陽台）

『白石飛仙，紫霞淒調，斷歌人聽知音少。幾番幽夢欲回時，舊家池館生靑草。風月交遊，

山川懷抱，憑誰說與春知道。空留離恨滿江南，相思一夜蘋花老。』（踏莎行題草窗詩卷）

在這些詞裏，我們不能否認他那種家國哀傷之情。因爲他表現得非常隱約，故其情調亦顯出一種哀蟬淒楚之音。如岳飛、辛稼軒那些慨慷激昂之詞，可以引起讀者的興奮，至於這一種作品，只能引起一種歎息和淒涼，眞是什麼希望也沒有了。

張炎　張炎字叔夏，號玉田（西曆一二四八——一三二〇？），原籍甘肅天水人，南渡時，家隨之南來，寓杭州。南宋的功臣循王張俊是他的先祖，詞人張鎡是他的曾祖，祖張含，父張樞，都工文學，精曉音律。可知張炎是在一個貴族生活和文學環境的家庭中長大的。元兵破臨安時（一二七六），他快三十歲了。所以他早年是過的花花公子的富貴生活，湖邊醉酒，小閣題詩，在他的集子裏，這一種快樂華美的調子也還不少。因着國亡家破的大變亂，他以功臣貴族之後，自然不能靦顏事仇，在那一時代的詞裏，表現了家國悲痛的情緒。因此生活入於窮困，東走西遊，一無結果。袁桷贈張玉田詩註道：『玉田爲循王五世孫，時來鄞設卜肆。』他就這麼落魄而死了。詞集名山中白雲詞，共二百四十餘首。

張炎是從晚唐到宋末這幾百年來的歌詞的結束者，形式由小令而到長調，風格由浪漫自由而入於格律古典，表現的方法由意象與白描，而走到深密的刻劃與字句的雕琢。從通俗的民衆性，變爲雅正的貴族性，由隨意的抒寫，而形成種種嚴格的規律與限制，這些方面，在張炎的作品裏，走到極端。他的詞源，表現他在這方面的理論。在文學發展史上，無論詩文，大都有這種傾向，詞在宋末得到這種凝固的狀態，也可以說是必然的趨勢，詞的生命到這裏是算完了，也可以說是走盡了路，到這時候已入了窮途。後日的詞人，無論如何有才力有學問，總無法跳出這些人的藩籬。不歸之於花間、南唐，則歸之於蘇、辛，或歸之於清眞、白石、夢窗、玉田諸家了。他們成了詩中的陶潛、李白、杜甫、韓愈、李義山了。就在這裏，宋代的詞壇，也可以說是中國的詞壇，從此告了一個結束。我們先看他在詞源上發表的重要意見。

一、協音合律　協音合律本是格律古典詞派的第一信條，到了張炎，他更是認眞了。他自己說，他在這方面用了四十多年的工夫。『昔在先人侍側，聞楊守齋、毛敏仲、徐南溪諸公，商榷音律，嘗知緒餘，故好爲詞章，用功踰四十年。』『先人曉暢音律，有寄閒集，旁綴音譜，刋行於世，每作一詞，必使歌者按之。稍有不協，隨卽改正。曾賦瑞鶴仙有句云，粉蝶兒，撲定花心不去。此詞按之歌譜，聲字皆協，惟「撲」字稍不協，遂改爲「守」字乃協。始知雅詞協音，雖一字亦不放過。又作惜花春起早云：「瑣窗深，」「深」字意不協，改爲「幽」字，又不協，再改爲「明」字，歌之始協。』（詞源）由這看來，張炎的精於音律，固大半由於他自己的用功，但前輩的指示，家教的影響，也有重大的關係。但同時我們要注意的，他這一段自述，正是尊重音律犧牲內容的好證明。「撲」「守」意義不同，「深」「幽」「明」相差更遠，只以求於協音，不惜改變意義，眞是削足適履，眞可算是詞匠了。

二、雅正　雅正便是典雅高貴，而無通俗粗淺之氣味。那就是貴族的，而不是大衆的。他說：

『古代樂章，皆出於雅正。』又說：『詞欲雅而正，志之所之，一爲情所役，則失其雅正之音矣。』柳永、張先的詞，他們看來自然是不雅正。辛稼軒、劉改之的作品也不是雅詞，就連周邦彥的，也還沒有達到雅正之路。他覺得詞要雅正：一、要協音，二、要隱意，三、要修詞。協音上面說通了。所謂隱意，便是含蓄，不要明說出來。在這一方面，他們提倡用典，以影射象徵的方法，來表達情意。如沈義父云：『詠物詞最忌說出題字，如清眞梨花及柳，何曾說出一個梨柳字。』又說：『如說桃花不直說破桃，須用紅雨、劉郎等字，如詠柳不可直說破柳，須用章臺、灞岸等事。又用事如日銀鈎空滿，便是書字了，不必更說書了；玉筯雙垂，便是淚了，不必更說淚。如綠雲繚繞，隱然髻髮，困便湘竹，分明是簟，正不必分曉。往往淺學俗流，多不曉此妙用，指爲不分曉，乃欲直拔說破，都是賺人與耍曲矣。』（樂府指迷）這雖出於沈義父，他也是同時代的人，並且他這些意見，都得之於吳夢窗，却正是他們共同的意見。因爲他們都要這樣含隱，所以詞都變成了詩謎。修辭、便是琢句鍊字，這是他們的拿手戲。詞源中所論的『字面』『字眼』『句法』『虛字』等等，都是屬於這方面的枝節問題。

三、清空　清空是張炎提出來的詞的最高境界。他說：『詞要清空則古雅峭拔，質實則凝澀晦味，姜白石詞如野雲孤飛，去留無迹，吳夢窗詞如七寶樓臺，眩人眼目，拆碎下來，不成片段，此清空質實之說。』可知他所說的清空，就是空靈神韻，同嚴羽論詩的意見相同。在他們看來，所謂詞詩、詞論一類的蘇、辛詞，都是詞中的別支，不能算爲正宗的了。樂府指迷云：『近世作詞者不曉音律，乃故為豪放不羈之語，遂借東坡、稼軒諸賢自諉。』在這裏正好暗示出他們對於蘇、辛的態度。

『接葉巢鶯，平波卷絮，斷橋斜日歸船。能幾番遊，看花又是明年！東風且伴薔薇住，到薔薇春已堪憐。更淒然萬綠西泠，一抹寒烟。　當年燕子何處，但苔深葦曲，草暗斜川，見說新愁，如今也到鷗邊。無心再續笙歌夢，掩重門，淺醉閑眠。莫開簾，怕見飛花，怕聽啼鵑。』（高陽臺西湖春日有感）

『記玉關踏雪事清遊，寒氣脆貂裘。傍枯林古道，長河飲馬，此意悠悠。短夢依然江表，老淚灑西州。一字無題處，落葉都愁。　載取白雲歸去，問誰留楚珮。弄影中洲。折蘆花贈爔，零落一身秋。向尋常野橋流水，待招來，不是舊沙鷗。空懷感，有斜陽處，最怕登樓。』（八聲甘州別沈堯道）

『聽江湖夜雨十年燈，孤影尚中洲。對荒涼茂苑，吟情渺渺，心事悠悠。見說寒梅猶在，無處認西樓。招取樓邊月，同載扁舟。　明日琴書何處，正風前墜葉，草外閑鷗。甚消磨不盡，惟有古今愁。總休問西湖南浦，漸春來烟水接天流。清游好，醉招黃鶴，一嘯高秋。』（八聲甘州）

『楚江空晚，悵離羣萬里，怳然驚散。自顧影欲下寒塘，正沙淨草枯，水平天遠。寫不成書，只寄得相思一點。料因循誤了殘氈擁雪，故人心眼。　誰憐旅愁荏苒。謾長門夜悄，錦箏彈怨。想伴侶猶宿蘆花，也曾念春前去程應轉。暮雨相呼，怕驀地玉關重見。未羞他雙燕歸來，畫簾半捲。』（解連環孤雁）

詠物詞到了張炎，可以說到了最高的境地，他細心地體會，深微的刻劃，凡物的神情面貌以及性格，都能委婉曲折地表現出來，如南浦的詠春水，水龍吟的詠白蓮，解連環的詠孤雁，探春的詠雪霽，綺羅香的詠紅葉，眞珠簾的詠梨花，都是他的詠物詞的代表作。時人以張春水、張孤雁目之，可見這些詞在當日是如何的膾炙人口了。

詞到了張炎精華殆盡，技巧已窮，令後來者已無立足之地。音律典則以及作法的種種講求，桎梏性靈，犧牲內容，詞運便無可挽救了。在那國亡家破的環境中，詞的生命，也同時宣告了結束。後代的作者，在這方面只是擬古，而在詩歌的歷史上，另有新興的散曲，來替代這僵化凝固的詞。在當日這一個古典詞風極盛的思潮中，樂府指迷（沈義父），詞源（張炎）、作詞五要（楊守齋）、詞旨（陸輔之）這些著作，是他們論詞的代表。同時也就是後代姜張門徒們的聖經。其次，當日屬於這一派的詞人，較著者還有高觀國、盧祖皋、張輯、陳允平諸人，因爲他們的作品，都在白石、梅溪、夢窗、玉田的籠罩之下，頗少特創之處，故都略而不論。其他的小詞人，也不知道還有多少，只好一概割愛了。至於劉辰翁（字會孟，廬陵人，有須溪詞）、文天祥（字宋瑞，吉水人，有文山樂府）、李演（字廣翁，有盟鷗集）、汪元量（字大有，錢塘人，有水雲詞）諸家，或以豪放激昂之筆，抒寫家國之痛，或以沉咽之語，表現淒苦之音。在藝術技巧上，雖無碧山、玉田的工麗典雅，但一種忠義的正氣，憤恨的哀情，却躍然紙上。現在各選一首，作這一章的結束。

『送春去，春去人間無路。秋千外，芳草連天，誰遣風沙暗南浦。依依甚意緒，慢憶海門飛絮。亂鴉過，斗轉城荒，不見來時試燈處。　春去，最誰苦。但箭雁沈邊，梁燕無主，杜鵑聲裏長門暮。想玉樹凋零，淚盤如露。咸陽送客屢回顧，斜日未能渡。　春去，尚來否？正江令恨別，庾信愁賦，蘇隄盡日風和雨。嘆神遊故國，花記前度。人生流落，顧孺子，共夜語。』（劉辰翁蘭陵王送春）

『水空天闊，恨東風，不惜世間英物。蜀鳥吳花殘照裏，忍見荒城頹壁！銅雀春情，金人秋淚，此恨憑誰雪？堂堂劍氣，斗牛空認奇傑。　那信江海餘生，南行萬里，送扁舟齊發。正爲鷗盟留醉眼，細看濤生雲滅。睨柱吞嬴，回旗走懿，千古衝冠髮。伴人無寐，秦淮應是孤月。』（文天祥大江東去驛中言別友人）

『笛叫東風起，弄尊前楊花小扇，燕毛初紫。萬點淮峯孤角外，驚下斜陽似綺。又婉婉一番春意。歌舞相繆愁自猛，捲長波一洗人間世。空熱我，醉時耳。　綠蕪冷葉瓜州市。最憐予洞簫聲盡，闌干獨倚。落落東南牆一角，誰護山河萬里。問人在玉關歸未？老矣青山燈火客，撫佳期漫洒新亭淚。歌哽咽，事如水。』（李演賀新涼）

『金陵故都最好，有朱樓迢遞。嗟倦客又此憑高處，檻外已少佳致。更落盡梨花，飛盡楊花，春也成憔悴。問青山，三國英雄？六朝奇偉？　麥甸葵邱，荒台敗壘，鹿豕銜枯薺。正潮打孤城，寂寞斜陽影裏。聽樓頭，哀笳怨角，未把酒愁心先醉。漸夜深月滿秦淮，烟籠寒水。　悽悽慘慘，冷冷清清，燈火渡頭市。慨商女不知興廢，隔江猶唱庭花，餘音亹亹。傷心千古，淚痕如洗。烏衣巷口青蕪路，認依稀王謝舊鄰里。臨春結綺，可憐紅粉成灰，蕭索白楊風起。　因思疇昔，鐵索千尋，漫沉江底。揮羽扇，障西樓，便好角巾私第。淸談到底成何事。回首新亭，風景今如此。楚囚對泣何時已，嘆人間今古眞兒戲。東風歲歲還來，吹入鍾山，幾重蒼翠。』（汪元量鶯啼序重過金陵）

或出於象徵，或由於直寫，詞旨旣不晦澀，表情非常眞切，令人讀了，眞有心酸淚下的力量。這些自然是最感人的好作品。在詞藻上，雖受有古典派的影響，但在氣勢上，是偏於蘇、辛一派的了。

第二十章　宋代的詩

一　宋詩的特色與流變

在詩的發展史上，到了宋朝，他已經步入衰頹的地步，詩的地位，已讓給新起的詞了。當日許多天才的作者，都在詞的方面，表現了光輝燦爛的功業，雖也有不少人同時努力於詩的創作，究難翻陳出新產生特殊驚人的成績。但較之元、明、淸各代來，宋詩也還有其特色，在文學史上，仍能佔着相當的地位。

在明代前後七子標榜「文必秦漢，詩必盛唐」的擬古思潮裏，宋詩陷於最冷落的命運。後來由公安派的提倡鼓吹，仍然沒有達到宋詩復興的命運。吳之振在宋詩鈔序中說：『自嘉隆以還，言詩尊唐而黜宋。宋人集覆瓿糊壁，棄之若不克盡。故今日蒐購最難得。黜宋詩者曰腐，此未見宋詩也。宋人之詩，變化於唐，而出其所自得，皮毛落盡，精神獨存。不知者或以爲腐。後人無識，倦於講求。喜其說之省事而地位高也。則羣奉腐之一字，以廢全宋之詩，故今之黜宋者，皆未見宋詩者也。』宋詩鈔爲吳之振、呂留良同輯，是一部復興宋詩的重要文獻。宋犖漫堂詩話云：『明自嘉隆以後，稱詩家皆諱言宋，至舉以相訾謷。故宋人詩集，庋閣不行。近二十年來，乃專尙宋詩。至吾友吳孟舉宋詩鈔出，幾於家有其書矣。』這裏所說的吳孟舉，就是吳之振。可知淸初宋詩的由晦而顯，吳的功勞是不小的。清代中葉，宋詩的勢力雖一度低落，但到晚年；由於曾國藩、何紹基、鄭珍、莫友芝的提倡鼓吹，又呈現着興盛的狀況。當日流行的同光體，可以說是宋詩的別名。近人如鄭孝胥、陳三立、陳衍之流，都是宋詩的擁護者，中國的舊詩，也就由他們告了結束。

前人對於宋詩的指責，大多集中在「多議論」「言理不言情」「詩體散文化」「俚俗而不典雅」這幾點上。這種情形，雖不能說宋代詩人都是如此，但那幾位代表詩人，如歐陽修、王安石、蘇東坡、黃山谷和那些道學家的作品，或此或彼，總帶着這種傾向。嚴羽滄浪詩話云：『本朝尚理而病於意。』何大復漢魏詩序云：『宋詩言理。』李東陽懷麓堂詩話云：『宋人於詩無所得。所謂法者，不過一字一句對偶雕琢之工，而天眞興致，則未可與道。』陳子龍與人論詩云：『宋人不知詩而強作詩，其爲詩也，言理而不言情，終宋之世無詩。』吳喬圍爐詩話及萬季野詩問的議論更是激烈。他說：『宋以來詩，多傷淺薄。』又說：『唐人以詩爲詩，宋人以文爲詩，唐詩主於達性情，故於三百篇近。宋詩主於議論，故於三百篇遠。』他更進一步說：『宋人詩集甚多，不耐讀，而又不能不讀，實爲苦事。』他們所說的雖有些稍稍過激，確也有相當的理由。宋詩在情韻與境界方面，實遠不如唐詩。至如所說「好議論」「散文化」以及「淺露俚俗」的幾點，一面是宋詩的缺點，同時也就是宋詩的長處。因着散文體的運動，與理學的盛行，當日的詩壇受了這種影響，避開典雅華麗的雕鏤，而走到散文式的明白淺顯，避開美人香草的私情愛意，而入於各種議論的發揮，這正好給予宋詩一種解放的良好機運。也就在這種地方，宋詩因此形成一種特殊的風格，使得後人攻擊他，或是愛好他。在詩史上，建立了一個相當有力量的派別。

關於宋詩的演變，前人論者甚衆，然有故分流派立論繁雜之弊。其中以全祖望在宋詩紀事序中所言者最爲扼要。他說：『宋詩之始也，楊、劉諸公最著，所謂西崑體者也。慶曆以後，歐、蘇、梅、王數公出，而宋詩一變。涪翁以崛奇之調，力追草堂，所謂江西詩派者，而宋詩又一變。建炎以後，東夫之瘦硬（蕭德藻），誠齋之生澀（楊萬里），放翁之輕圓（陸游），石湖之精緻（范成大），四壁俱開。乃永嘉徐趙諸公（徐照、徐璣、趙師秀），以淸虛便利之調行之，則四靈派也。而宋詩又一變。嘉定以降，江湖小集盛行，多四靈之徒也。及宋亡，而方謝之徒（方鳳謝翺），相率爲迫苦之音，而宋詩又一變。』在這一段短小的文字裏，把三百多年的宋詩壇，畫出了一個明顯的輪廓。由西崑而歐蘇，而黃山谷，而南宋四家，而遺民詩，確是宋詩演變的重要路線，研究宋詩的人，是應該注意的。

二　由西崑到歐蘇

宋初由楊億、劉筠、錢惟演領導的西崑詩派，一味追縱李商隱，重對偶，用典故，尙纖巧，主研華，造成那種僅有外表絕無內容和個性的虛浮作風。這些作品，同當日那般館閣學士的身分和那種太平盛世的宮庭社會的環境，正相適合。朝庭以此取士，師友互相講求，在宋初的詩壇，佔領了半世紀以上。當代和西崑詩風相反的，如王禹偁、王奇、魏野、寇準、林逋、潘閬諸家，或學樂天，或尊賈島，但在詩歌上也沒有多大的成績，不能形成一種轉變詩壇的力量和運動。其中以在西湖栽花養鶴的林和靖處士最負盛名。然而我們現在細讀他的詩集，其中充滿了柔弱與做作，同時又囿於近體的格律，缺少豪氣與魄力。他最膾炙人口的梅花詩句：「疏影橫斜水清淺，暗香浮動月黃昏」，「雪後園林纔半樹，水邊籬落忽橫枝」，雖是寫得極其纖巧清新，那也只是一種賦物詩的典型，沒有什麼寄託與感慨，所以也不能形成一種高遠的境界，和悠悠不盡的餘味。但他的品格是高尚的，在那個人人貪求富貴利祿的時代，他能潔身自愛，排除一切名利的引誘，自樂自得於山水花木禽鳥蟲魚的自然環境，比起那些以文干祿因詩得寵的人們來，自然是可貴多了。

『湖上山林盡不如，霜天時候屬園廬。梯斜晚樹收紅柿，筒直寒流得白魚。石上琴尊苔野淨，籬蔭雞犬竹叢疏。一關兼是和雲掩，敢道門無卿相車。』（離興）

這雖不能稱是好詩，然也因其很明顯地表現出高貴的品格和堅定的人生觀，使我們對作者更進一步的認識和親近，因此對於他那些專寫山水花鳥的作品，個人主義者的思想，也能進一步地瞭解了，然而這一類作品，是缺少轉變風氣的破壞性與革命性。因此在宋代的詩壇，眞能一掃西崑的華豔，由柔弱的格律中解放出來，給予詩風一大轉變的，是不得不待之於歐陽修。

歐陽修　歐陽修是宋代文學改革運動的領導者，同時又是散文詩詞各方面的大作家。詩風的轉變，古文的復興，都在他的手中完成。蘇東坡說他是宋朝的韓愈，無論從他在文學運動上的地位，或是從他作品的特色與風格，這評論都很恰當。他在散文與詩體的創作上，都是承繼着韓愈的路線。就是他自己，於詩於文，亦時以韓愈自命。他曾以石曼卿比盧仝，蘇子美比張籍，梅堯臣比孟郊。梅堯臣在和永叔澄心堂紙答劉原甫詩中說：『退之昔負天下才，掃掩衆說猶除埃。張籍盧仝鬭新怪，最稱東野爲奇瑰。歐陽今與韓相似，海水浩浩山嵬嵬。石君蘇君比盧籍，以我待郊嗟因嗟。』可知他們這志同道合的一羣，都以韓孟張盧自許，是想對當日淫靡的詩壇，做一點「掃掩衆說猶除埃」的工夫。終於由他們的努力奮鬭，這運動得到了成功。

韓愈是散文家，他喜用作散文的方法作詩，故詩中時多議論。他又反對陳言俗語，故用硬句奇字，因而有矯枉過正之弊。然而韓詩的長處在於氣格雄壯，而不流於柔弱。歐陽修對於韓愈是推崇備至的。他在六一詩話中說：『退之筆力無施不可，其資談笑，助諧謔，敍人情，狀物態，一寓於詩，而曲盡其妙也。』他這樣稱贊他，因此他的作詩，全是走的韓愈那一條路，確是矯正當日西崑體的良藥。

『寒雞號荒林，山壁月倒掛。披衣起視夜，攬轡念行邁。我來夏云初，素節今已屆。高河瀉長空，勢落九州外。微風動涼襟，曉氣清餘睡。緬懷京師友，文酒邀高會。其間蘇與梅，二子可畏愛。篇章富縱橫，聲價相磨蓋。子美氣尤雄，萬竅號一噫。有時肆顚狂，醉墨洒霧霈。勢如千里馬，已發不可殺。盈前盡珠璣，一一難柬汰。梅翁事清切，石齒漱寒瀨。作詩三十年，視我猶後輩。文詞愈清新，心意難老大。譬如妖韶女，老自有餘態。近詩尤古硬，咀嚼苦難嘬。初如食橄欖，眞味久愈在。蘇豪以氣礫，舉世盡驚駭。梅窮獨我知，古貨今難賣。二子雙鳳凰，百鳥

之嘉瑞。雲烟一翱翔，羽翮一摧鎩。安得相從遊，終日鳴噦噦。問胡苦思之，把酒對新蟹。』（水谷夜行寄子美聖兪）

『黃河一千年一淸，岐山鳴鳳不再鳴。自從蘇梅二子死，天地寂默收雷聲。百蟲壞戶不啓蟄，萬木逢春不發萌。豈無百鳥解言語，喧啾終日無人聽。二子精思極搜抉，天地鬼神無遁情。及其放筆騁豪俊，筆下萬物生光榮。古人謂此覷天巧，命短疑爲天公憎。昔時李杜爭橫行，麒麟鳳凰世所驚。二物非能致太平，須時太平然後生。開元天寶物盛極，自此中原疲戰爭。英雄白骨化黃土，富貴何止浮雲輕。唯有文章爛日星，氣凌山岳常崢嶸。賢愚自古皆共盡，突兀空留後世名。』（感二子）

在這些作品裏，可以看出歐陽修的詩，是具備韓詩的特點的。他處處是用散文的方法，來製作詩歌，因此無論字句意義，都如說話一般的明淺通達，好像在淸水中洗浴過似的，絲毫沒有西崑體的那種脂粉氣與富貴氣。同時他又不像韓愈那樣故作盤空硬語，奇文怪字，弄到那種艱苦險僻的無味地步。

石延年、蘇舜欽與梅堯臣　他們三個都是歐陽修的詩友，也是他當日文學運動中的三大羽翼。當日詩風的轉變，他們都盡了相當的力量。他們的詩風不盡同，然對於崑體的華豔，晚唐的柔弱，是一致表示不滿的。因此他們都朝着古硬淸新雄放奇峭的路上走，大體是以韓愈、張籍、孟郊爲宗，而各有所得。石延年字曼卿（西曆九九四——一〇四一），其先幽州人，徙家宋城，舉進士，官至太子中允。自少以詩酒豪放自得，詩風勁健，卓然自立。蘇子美序其集說：『祥符中操筆之士，率以藻麗爲勝。而曼卿之詩，時震奇發秀，獨以勁語蟠泊，而復氣橫意舉，洒落章句之外，其詩之豪者歟？』歐陽修也說他的詩：『時時出險語，意外研精粗。窮奇變雲煙，搜怪蟠蛟魚。』（哭曼卿）可知他的詩風也是韓愈那一路。可惜他的集子，早已散佚，現在我們能看見的，已是很少了。

『激激霜風吹黑貂，男兒醉別氣飄飄。五湖載酒欺吳客，六代成詩倍楚橋。水樹漸清含晚意，江雲初白向春驕。前秋亦擬錢塘去，共看龍山八月潮。』（送人遊杭）

這雖是一首律詩，却有一種勁語盤空氣橫意舉的雄放，絕無柔弱纖巧之病。再如他的偶成首陽諸篇，同樣形成這種格高氣壯的作風。再如籌筆驛中有句云：『意中流水遠，愁外遠山青』，意境佳，情味遠，確是詩中的上品，難怪歐陽修要用澄心堂紙請曼卿親筆寫上，稱爲詩書紙三絕，而視爲家寶的了。

石曼卿早死，蘇舜欽與梅堯臣更是歐陽修的詩歌運動中的兩位重要同志，蘇字子美（西曆一〇〇八——一〇四八），原籍梓州人，後徙家開封。景祐中進士，官集賢校理監，因事廢，隱居蘇州，築水亭，名爲滄浪，終於湖州長史。有蘇學士集十六卷。梅堯臣字聖俞（西曆一〇〇二——一〇六〇），宣城人，嘉祐初詔賜進士，歷尚書都官員外郎。有宛陵集六十卷。他倆雖同爲崑體的矯正者，但在詩風上，却不盡同。蘇詩以豪放奇峭勝，梅詩則以清新平淡見長。六一詩話云：『聖俞、子美齊名於一時，而二家詩體特異。子美筆力豪儁，以超邁橫絕爲奇。聖俞覃思精微，以深遠閒淡爲意。各極其長，雖善論者，不能優劣也。』這批評是很精當的。

『去年春雨開百花，與君相會歡無涯。高歌長吟插花飲，醉倒不去眠君家。今年慟哭來致奠，忽欲出送攀魂車。春暉照眼一如昨，花已破蕾蘭生芽。唯君顏色不復見，精魄飄忽隨朝霞，歸來悲痛不能食，壁上遺墨如棲鴉。嗚呼生死遂相隔，使我雙淚風中斜。』（蘇舜欽哭曼卿）

在上面的詩裏，可以看出他那種熱烈的情感。梅堯臣評他的詩云：『君詩狀且奇，體逸思益峭。』（寄子美）歐陽修也有句云：『其於詩最豪，奔放何縱橫。間以險絕句，非時震雷霆。』（答子美離京見寄）所謂奇壯、逸峭、奇放、縱橫、確是說盡了蘇詩的特徵。這一些特徵，都與韓愈相近。集中如大霧、大寒有感、吳越大旱、城南歸值大風雪、大風、往王順山值暴雨雷霆諸篇，喜用奇僻的字句描寫恐怖的場面，形成一種陰鬱的顏色，更近於韓愈的盤空硬語了。

我們來看看梅堯臣的詩。

『秋月滿竹舟，秋蟲響孤岸。豈獨居者愁，當今客心亂。展轉重興嗟，所嗟時節換。時節不苦留，川塗行已半。霜落草根枯，淸音從此斷。誰復過江南，哀鴻爲我伴。』（舟中聞蛩）

讀了這種詩，可知平淡淸新，確是梅詩的特徵。『因吟適情性，稍欲到平淡。』（和晏相公）『作詩無古今，惟造平淡難。』（讀邵學士詩卷）這都是他自己的口供。因此他在古代的詩人裏，歡喜陶潛、王維、韋應物一類的人。他這種風格的養成，大半由於他的生活環境和因這種環境而形成的那種逍遙自適的人生觀。漁隱叢話稱其詩『工於平淡，自成一家。』風月堂詩話說他早年專學韋蘇州。但我們現在讀他的集子，却也有許多韓愈體的作品。如余居御橋南夜聞祅鳥鳴一篇，自己註明「效昌黎體」，可知他是用力學過韓詩的。但梅氏的性格與筆法，究不宜於韓，因此還得以他那些淸新平淡的篇章，爲其代表作。六一詩話引梅氏論詩的意見云：『詩家雖率意，而造語亦難。若意新語工，得前人所未道者，斯爲善也。必能狀難寫之景，如在目前，含不盡之意，見於言外，然後爲至矣。』寥寥數語，却是從艱苦體驗中得來，決非那些率爾執筆出口成篇對於藝術毫無深切之理解者所能道出的。

王安石　經過了石、蘇、歐、梅諸人的破壞與建設，奠定了詩風改革運動的基礎。接着王安石、蘇軾的出現，一面繼承歐陽諸人的精神與習尚，同時對於古代詩人，博觀約取，融會貫通，使詩歌的內容更加豐富，藝術更見進步，由他們的努力，完成了這個運動的最後功業。王安石字介甫，號半山（西曆一〇二一——一〇八六），江西臨川人，慶曆二年進士，數執朝政，因變法事，釀成宋代最有名的黨爭，致於失敗。然而他却是一個最有思想的前進政治家，反對一切傳統的舊精神舊習慣。解經務出新意，不用先儒傳注，痛詆春秋爲斷爛朝報，反對用詩賦取士的考試制度，在這些地方，都可看出這個人的堅强性格和新穎思想。因爲他是一個法家式的政治工作者，所以他對於文學的見解，自然會流於絕對的功利主義。但他在創作上，於文於詩，都有優美的成績。他的詩的優點，正如他的爲人一樣，是有魄力，有骨格，有不同流俗的個性。譬如一樹蒼松翠竹，外表雖不華豔奪人，然他却有他的生命力與傲然獨存的耐寒的性格。這一種特徵，決不是那些夭桃豔李所能有的。

王安石於唐代詩人最尊杜甫、韓愈，於宋代最推崇歐陽修。李白的天才他雖是贊賞不置，覺得他的作品，全都是美人醇酒的歌詠，沒有多大意思。對於西崑體的華豔，更是深惡痛絕。他在張刑部詩序中云：『楊、劉以文詞染當世，學者迷其端原，靡靡然窮日力以摹之。粉墨青朱，顚錯龐雜，無文章黼黻之序，其屬詞藉事，不可考據也。方此時，自守不汚者少矣。』可知他在文學思想上，正與歐陽修一致。他早年遊於歐陽的門下，感受着他的精神與習尙，所以在詩的創作上，無論形式作法與風格，都濃厚地呈現着韓歐一派的特徵。如虎圖、酬王伯虎、泉、秋熱、賦龜、酬王詹叔奉使江南、白鵠吟諸篇，全是用的古體。字句韻脚的奇險怪僻，散文句法的大量應用，入眼便可看出他們的來源。不過這一些並非王安石的代表作，在他的集子裏，還有許多格調高古情味俱佳的好作品。

『西安春風花籠樹，花邊飲酒今何處。一盃塞上看黃雲，萬里寄聲無雁去。世事紛紛洗更新，老來空得滿衣塵。青山欲買江南宅，歸去相招有此身。』（寄朱昌叔）

『獨山梅花何所似，半開半謝荆棘中。美人零落依草木，志士憔悴守蒿蓬。亭亭孤雁帶寒日，漠漠遠香隨野風。移栽不得根欲老，回首上林顏色空。』（獨山梅花）

這些詩的意境都很高遠。前人常以「格高意妙」評王詩，確是公允之論。他晚年罷政退休，隱居金陵之蔣山，日與山水詩文爲友。年齡已老，心境日衰，壯年時代的豪放雄奇之氣，日趨淡薄，於是詩風爲之一變，由學韓而學杜，詩律趨於謹嚴細密，風格入於閑適平淡之境了。在這種環境下，因此產生許多和他早年的作風完全相反的小詩。黃山谷說：『荆公詩暮年方妙』，便是指他退休時代的作品。

『南浦隨花去，迴舟路已迷。暗香無覓處，日落畫橋西。』（南浦）

『江水漾西風，江花脫晚紅。離情被橫笛，吹過亂山東。』（江上）

『溪水清漣樹老蒼，行穿溪樹踏春陽，溪深樹密無人處，惟有幽花渡水香。』（天童山溪上）

這些詩在藝術的造就上，比起他早年的作品來，是要精美多了。賓退錄云：『荊公詩歸蔣山後乃造精絕，其後比少作如天涯相絕矣。』他的小詩的雅麗精絕，誠令人有一唱三歎之妙，在宋代諸詩人裏幾乎無人可以勝過他。難怪蘇東坡、黃山谷、楊誠齋、嚴羽諸人，對於他的絕句，都要加以最高的贊歎了。

蘇軾　與王安石同出歐陽修的門下，上承歐陽氏的志趣，下開宋詩發展的機運，給予宋詩以新生命新境界，而成爲當日文壇的盟主的，是那位才高學富的蘇軾。他在思想的表面，雖與歐陽修同樣主張文學復古，大發其徵聖宗經明道致用的種種議論，但在另一面，他却是一個最浪漫最熱情最愛自由的詩人。他愛老、莊，愛陶淵明，他晚年大讀佛經道藏，他常與和尙道士們交遊，他娶妾狎妓，他飲酒酣歌，他瞭解人生，也瞭解藝術。他覺得無論什麼事，都不能過走極端，一入極端，凡事都索然無味。他這種中庸哲學，使他在人生上得到了解脫，使他在許多痛苦悲傷中得到了人生意義的悟解。因此他雖是浪漫熱情，而不流於縱慾殉情，他雖愛自由高蹈，而不趨於厭世避世。他有他的世界，有他的人生觀，他能夠獨立自存，而不感覺過份的苦惱。

蘇軾在詩上最高的成就，是七言古體。因爲他那種豪放奔馳的性格，要在長短自由的體裁內，才可儘量發揮他的天才，格律的遵守，對偶的講求，在他固然是優爲之，然而這些，並不能表示他的特性。我們現在讀他的七言長詩，總覺得波瀾壯闊，變化多端，眞如流水行雲一般地舒卷自如，確是李杜以後所沒有見過的。

『我家江水初發源，宦遊直送江入海。聞道潮頭一丈高，天寒尙有沙痕在。中冷南畔石盤陀，古來出沒隨濤波。試登絕頂望鄉國，江南江北靑山多。羈愁畏晚尋歸楫，山僧苦留看落日。微風萬頃靴文細，斷霞半空魚尾赤。是時江月初生魄，二更月落天深黑。江心似有炬火明，飛燄照山棲鳥驚。悵然歸臥心莫識，非鬼非人竟何物。江山如此不歸山，江神見怪驚我頑。我謝江神豈得已，有田不歸如江水。』（遊金山寺）

『江上愁心千疊山，浮空積翠如雲煙。山耶雲耶遠莫知，煙空雲散山依然。但見兩崖蒼蒼暗絕谷，中有百道飛來泉。縈林絡石隱復見，下赴谷口爲奔川。川平山開林麓斷，小橋野店依山前。行人稍度喬木外，漁舟一葉江吞天。使君何從得此本，點綴毫末分清姸。不知人間何處有此境，徑欲往置二頃田。君不見武昌樊口幽絕處，東坡先生留五年。春風搖江天漠漠，暮雲卷雨山娟娟。丹楓翻鴉伴水宿，長松落雪驚醉眠。桃花流水在人世，武陵豈必皆神仙。江山清空我塵土，雖有去路尋無緣。還君此畫三歎息，山中故人應有招我歸來篇。』（書王定國所藏煙江疊嶂圖）

除七言長詩外，蘇軾的七律七絕，也有許多好作品。沈德潛說：『蘇詩長於七言，短於五言』，

（說詩晬語）這是不錯的。在他的律詩裏，他同樣表現他的豪放不羈的精神，雄奇的氣勢，他不屈服於對偶平仄的種種規律，而有所損傷他詩歌的情意。在這裏正顯示出他的浪漫自由的性格。

『我行日夜向江海，楓葉蘆花秋興長。平淮忽迷天遠近，青山久與船低昂。壽州已見白石塔，短棹未轉黃茆岡。波平風軟望不到，故人久立煙蒼茫。』（出潁口初見淮山是日至壽州）

『東風未肯入東門，走馬還尋去歲村。人似秋鴻來有信，事如春夢了無痕。江村白酒三杯釅，野老蒼顏一笑溫。已約年年爲此會，故人不用賦招魂。』（正月二十日與潘郭二生出郊尋春忽記去年是日同至女王城作詩乃和前韻）

這些詩都親切有味，寫境抒情，俱臻上乘。不用奇字怪句，一點沒有苦心雕琢刻劃的痕跡，好像不加思索地脫口而出，隨隨便便地寫了下來，其中却有無限的工巧與自然的神韻，所以是最優美的作品。我們再看他的絕句：

『竹外桃花三兩枝，春江水暖鴨先知。蔞蒿滿地蘆芽短，正是河豚欲上時。』（惠崇春江曉景）

『餘生欲老海南村，帝遣巫陽招我魂。杳杳天低鶻沒處，青山一髮是中原。』（澄邁驛通潮閣）

『野水參差落漲痕，疏林欹倒出霜根。扁舟一棹歸何處，家在江南黃葉村。』（書李世南所畫秋景）

第一首完全是客觀的寫景，他能够深深地觀察體會，用二十八字，把那時的春江曉景，寫得生意蓬勃，呈現着自然界活躍的生命與美麗的靈魂。一切都是那麼調和，那麼自然，那顏色又點綴得那麼相宜，成爲一幅小小的充滿着生機的圖畫。第三首，也是寫景，他借着紙上的色彩，意象靈感化，再注入着作者的情感，表現着濃厚的秋情，形成一首餘味悠悠的小詩。第二首是由景入情，因物寄慨，一面抒寫自己的飄零身世，同時寄託着懷念故國之思。最眞切又沉痛，好處是把那情感表現得隱約，令人細細地吟咏，格外感着有味。沈德潛批評蘇詩說：『胸有洪爐，金銀鉛錫，皆歸熔鑄。其筆之超曠，等於天馬脫羈，飛仙遊戲，窮極變幻，而適如意中所欲出。韓文公後又開闢一境界也。』（說詩晬語）趙翼也說：『大概才思橫溢，觸處生春。胸中萬卷繁富，又足以供其左抽右旋，無不如意。其尤不可及者，天生健筆一枝，爽如哀梨，快如幷剪，有必達之隱，無難顯之情。此所以繼李杜爲一大家也。』（甌北詩話）這些評語，並非溢美之辭。當日如黃庭堅、秦觀、晁補之、張耒都隸於蘇門，稱爲四學士。還有他的弟弟蘇轍，中表文與可，以及孔文仲、唐庚、孔平仲、張舜民、參寥子諸人，都感染他的影響，受着他的領導。於是他繼承歐陽修的地位，成爲當日詩壇的盟主了。

三　黃庭堅與江西詩派

在宋代的詩壇，眞能形成一種派別，形成一種集團的勢力，而左右當日的潮流的，前有西崑，後有江西。西崑風行於館閣，多出於應酬倡和之間，易於風行，也易於消滅。江西體則爲一般眞正愛好文學者所歡喜所學習，他們對於藝術的態度，都嚴肅而認眞，因此這種勢力和派別一形成，便能師友傳授地繼續延長下去。於是在歐蘇以後，宋代的詩壇，幾乎全被江西詩派所支配。就是南宋那幾位出色的詩人，如陸游、楊萬里、范成大之流，也無不感受他們的影響。後來的四靈、江湖諸詩人，雖以學唐號召，藉以反對，但終以力量氣魄不够，未能掃清江西派的餘威，給與當日詩壇什麼轉變和新的生命。一直等到宋末，由那些遺民的血淚哀吟，詩歌方重現出一點光輝，可是已經到了「夕陽無限好、只是近黃昏」的末日了。

黃庭堅 江西派的創始者，是黃庭堅。黃字魯直（西曆一〇四五——一一〇五），江西分寧人。嘗遊山谷寺，喜其勝境，自號山谷，後貶四川涪縣，故又號涪翁。他雖出東坡門下，但爲詩與東坡齊名，時稱蘇黃。蘇對於他，也特加贊賞。『其詩文超逸絕塵，獨立萬物之表，世人久無此作。』因此名譽益高。在宋代的詩史上，除了蘇東坡，他實在是一個最有特性最有創作力的大詩人。蘇詩才大學富，對於前人博觀約取，不喜立新標異，在藝術上雖有極高的成就，在詩體上究沒有一種特殊的格調，因此不能形成一個宗派。但黃山谷則不同，他有他的體裁，他有他的方法，他也有他的作詩的態度，因此他能形成一個有力的宗派。滄浪詩話云：『宋詩至東坡、山谷，始出己意以爲詩，唐人之風變矣。山谷用工尤爲深刻，其後法席盛行，海內稱爲江西宗派。』又劉克莊江西宗派小序云：『豫章會萃百家之長，究歷代體製之變。蒐獵奇書，穿穴異聞，作古律，雖隻字半句，不輕出。』由這些話，我們很可看出黃詩的來源特質，以及他能成爲一個宗派的原因。「會萃百家之長，究歷代體製之變」，是他的新體裁的創製的來源，這新體裁便是那有名的拗體。這一種拗體，前人偶有所作，但不普遍，到了黃山谷，他再加以組織，造成各種各樣的拗體，後來經江西派的門徒研究起來，奉爲主臬，給以「單拗」「雙拗」「吳體」種種的名目了。「蒐獵奇書，穿穴異聞」，是黃氏作詩時修辭造句和取材用典的方法，這一些他又得之於韓愈、孟郊、李商隱以及西崑諸人。風月堂詩話云：『黃魯直獨用崑體功夫，而造老杜渾全之境，禪家所謂更高一着。』所謂「作詩雖隻字半句，不輕出」，正說明他作詩的認眞和嚴肅，很像孟郊、賈島們的苦吟。這一點，江西詩派的代表人物，大都有這種態度。石林詩話云：「世言陳無己每登覽得句，即歸臥一榻。以被蒙首，惡聞人聲，謂之吟榻。家人知之，即貓犬皆逐去。嬰兒稚子亦抱寄鄰家。徐徐詩成，乃敢復常。」黃山谷有詩云：「閉門覓句陳無己，對客揮毫秦少游」，在這裏正好將蘇黃二派的作風，畫了一個明顯的對照。蘇詩是信筆直書的，黃詩是在艱苦中做出來的，因此一個是流爽暢達，有如天津雪梨，一個是艱澀古硬，有似百合橄欖了。細細讀過這兩家詩集的人，想都有這種感覺。

黃詩既能自成宗派，而能爲後人所崇奉，他對於作詩的主張與方法，自必有許多特點。

一、活的模擬　詩做到宋朝，經過長期的時代與無數詩人的努力，在那幾種形式裏，眞是什麼話也說完了，什麼景也寫完了，任你如何聰明智慧，想造出驚人的言語來，實在是難而又難。但要在詩壇上立足，又不能不推陳出新，獨寫己意。在這種困難的情形下，黃山谷創出了換骨與脫胎兩種方法。他說：『詩意無窮，人才有限，以有限之才，追無窮之意，雖淵明、少陵不能盡也。然不易其意而造其語，謂之換骨法。規模其意而形容之，謂之脫胎法。』（野老紀聞）換骨是意同語異，用前人的詩意，再用自己的言語出之。脫胎是因前人的詩意而更深刻化，造成自己的意境。點竄古人詩句，借用前人詩意，以爲自己的作品，這一種方法，江西派門徒，無不奉爲金科玉律，即如陳後山、楊萬里、蕭東夫這些較有地位的詩人，也都大談其脫胎換骨了。李白有詩云：『人煙寒橘柚，秋色老梧桐。』黃只改「煙」「寒」爲「家」「圍」便稱爲己作。白居易有詩云：『百年夜分半，一歲春無多』，黃增四字云：『百年中去夜分半，一歲無多春再來。』王安石有詩云：『祇向貧家促機杼，幾家能有一鉤絲？』黃詩改換五字云：『莫作秋蟲促機杼，貧家能有幾鉤絲？』這些都是脫胎或是換骨的好例子。也就因此造成摸擬剽竊的惡習。王若虛滹南詩話云：『魯直論詩，有脫胎換骨、點鐵成金之喻，世以爲名言，以予觀之，特剽竊之黠者耳。』這批評是對的。

二、拗的格律　前人作詩，無論造句調聲，都依成法。但杜甫的七律，已有拗體。據瀛奎律髓云：『拗字詩，老杜七言律一百五十九首，而此體凡十九出，不止句中拗一字，往往神出鬼沒雖拗字甚多而骨格愈峻峭。』可知拗體始於老杜，不過他偶一爲之，並沒有重視這種體裁。後來到了韓愈，作詩喜獨出心裁，尤其在句法方面，形成種種的新形式。普通五言句，大都是上二下三的組織，他却要組成上三下二，或上一下四的樣子。七言句大都是上四下三，他却要做成上三下四或上二下五的拗句，有時造成七字全是名詞或全是動詞的怪樣。在這種地方，也無非是想推陳出新，標奇立異，想借此造成一格，勝過旁人。拗律是平仄的交換，使詩的音調反常，拗句是句法的組織改變，使文氣反常。這兩種現象，雖始於杜韓，在其他人的作品裏，雖偶爾見之，究不普遍，但到黃山谷，他把這兩種方法，大量應用於詩的創作方面，於是拗體成爲黃詩的特創，也就成爲江西詩派必具的作風了。前人對於此點，無不推崇備至，視爲山谷獨得之秘。至於說什麼「出句中平仄二字互換者」，謂之「單拗體」，「兩句中平仄二字對換者」，謂之「雙拗體」，「大拗大救，於每對句之第五字以平聲諧轉者」，謂之「吳體。」巧立名目，分列體格，這自然是出於後日江西派的門徒，這與黃山谷是無干的了。

三、去陳反俗，好奇尚硬。去陳反俗，是黃山谷作詩的最高信條，好奇尙硬，是黃詩的法與格。他覺得詩做到李、杜、韓、蘇以後，什麼言語都說盡了，若要卓然自立，必要設法排除陳言，反對俗調。人家常用的字眼，俗鄙的調子，一概要洗除得乾淨，方可顯出自己的特性。他說過：『寧律不諧，不使句弱。寧用字不工，不使語俗。』（漁隱叢話引）所以在他的詩裏，那種鴛鴦、翡翠、紅淚、香衾、飄零、相思的字眼是少有的，那些美人香草綠意紅情的色情的歌詠也是少有的。他無非是想達到去陳反俗的目的。因此他造句用字，無不刻意求奇。在體製上用拗律，在句法的組織上用拗句，在押韻上用險韻，在用事與用典上，用奇事怪典。歲寒堂詩話云：『魯直專以補綴奇字爲詩』，臨漢隱居詩話云：『黃氏專求古人一二未使之事而成詩。』又圍爐詩話云：『山谷專意出奇』，可知好奇一事，確是黃詩的一個特徵。其次便是尙硬，硬是古硬。韓愈詩云：『橫空盤硬語，妥貼力排奡』，韓詩本以此見長，後歐陽修取之，以矯崑體柔弱綺靡之風。因爲盤空硬語，確有一種雄厚奇峭之氣，而不流於俗套濫調。山谷旣主反俗，他便在這方面大用工夫，所以他的詩雖然缺少性靈情韻，有時難免有粗獷生野之病，但他的風格，富於氣勢而不柔弱，長於奇巧而不淫靡，便是這個原故。朱竹垞說：『涪氏厭格詩近體之平熟，務去陳言，力盤硬語。』（石園集序）這些批評都是不錯的。因爲他的詩能去陳反俗，好奇尙硬，不作色情之歌，不寫淫豔之語，所以當日的道學家，對於他的詩也一致寄以好評了。陸象山云：『豫章之詩，包含欲無外，搜抉欲無秘。體製通古今，思致極幽眇，貫穿馳騁，工夫精到，雖未極古之原委，而其植立不凡。斯亦宇宙之奇詭也。開闢以來，能自表見於世若此者，如優鉢曇華時一現耳。』（見羅大經鶴林玉露）黃詩得着理學家的贊賞支持，因此他的詩風更是普遍，形成更大的勢力。所以許多理學家從事詩歌，都以學黃爲正軌。如呂本中、曾幾之徒，一面精於理學，同時又是江西詩派的健將，這是大家都知道的事。黃詩能風行那麽長久，能够普及於社會，普及於家庭私塾，因爲得着教育界的權威的理學家們的宣傳支持，實是一個重要的因素。

由此看來，黃詩能成爲一個宗派，也不是偶然的了。無論好壞，他的確有許多特徵。言其長處，一爲詩境的開拓，二爲絕高的風骨與新奇的語句，三爲一掃脂粉淫靡的柔弱風氣。這幾點，我們是都得承認的。但他的短處也不少，一爲乏情寡味，也就是缺少性靈。隨園詩話云：『黃詩瘦硬，短於言情。』二爲不自然，不自然便是過於做作，奇字奇句奇韻奇事的使用，時時顯出矯揉詰屈粗怪險僻之病。唐宋詩醇中評他，『多生澀而少渾成』，便是說的這一點。三爲好用典故，使詩意由於晦澀而至於枯槁。四爲倡脫胎換骨之法，引起沿襲摸擬之習，而流於剽竊的惡習慣。關於這幾點，我想就是江西詩派的門徒，也是無法掩辯的。

黃氏長於七言，無論古體律絕，都有極好的作品，五言則弱，這已成爲前人的公論，不必細說了。

『落星開士深結屋，龍閣老翁來賦詩。小雨藏山客坐久，長江接天帆到遲。燕寢清香與世隔，畫圖絕妙無人知。蜂房各自開戶牖，處處煮茶藤一枝。』（題落星寺）

『我居北海君南海，寄雁傳書謝不能。桃李春風一杯酒，江湖夜雨十年燈，持家但有四立壁，治病不蘄三折肱。想得讀書頭已白，隔溪猿哭瘴溪藤。』（寄黃幾復）

『今人常恨古人少，今得見之誰謂無。欲學淵明歸作賦，先煩摩詰畫成圖。小池已築魚千里，隙地仍栽芋百區。朝市山林俱有累，不居京洛不江湖。』（追和東坡題李亮功歸來圖）

『淮南二十四橋月，馬上時時夢見之。想得揚州醉年少，正圍紅袖寫烏絲。』（寄王定國揚州）

『投荒萬死鬢毛斑，生出瞿塘灧澦關。未到江南先一笑，岳陽樓上對君山。』（雨中登岳陽樓望君山）

這些都是黃山谷集中最優秀最具特殊個性特殊風格的作品。好處是清新奇峭，風骨特高，而又沒有那種不自然過生野以及乏情寡味的弊病。因了這些作品，使得黃詩別成一體，演成一個宗派，在宋代詩壇上，形成一個最大的勢力。當日山谷之友人如高荷、謝逸、夏倪、李谷等，山谷之親如徐俯、洪朋、洪炎、洪芻以及他的親友之親友，如李錞、謝邁、林敏修、汪革等人，在詩的創作上，或直接受黃氏的指點，或間接受其影響，於是漸漸形成一個宗派。當日有名的陳師道，初從曾鞏學文，中年入蘇東坡門，後見黃山谷詩，遂傾心焉。他贈黃詩有云：『陳詩傳筆意，願列弟子行』，由此也可知黃詩在當日詩壇的勢力。但江西詩派這個名目的成立，黃山谷成爲這一派的宗主的確定，却始於呂本中江西詩社宗派圖的撰述。他雖是一個理學家，却是能詩能文。他於詩最愛山谷，生雖較遲，雖未親見山谷，然黃的親友如洪炎、謝逸、徐俯以及其他的黃派詩人如潘大臨、晁冲之、韓駒之流，皆爲本中的師或友。因此他成爲這個江西詩派的創造者。漁隱叢話云：『呂居仁近時以詩得名，自言傳依江西，嘗作宗派圖，自豫章以降，列陳師道、潘大臨、謝逸、洪芻、饒節、僧祖可、徐俯、洪朋、林敏修、洪炎、汪革、李錞、韓駒、李彭、晁冲之、江端本、楊符、謝邁、夏倪、林敏功、潘大觀、何覬、王直方、僧善權、高荷，合二十五人以爲法嗣，謂其源流皆出豫章也。』在這裏，呂本中自己的名字沒有列進去，大概是謙虛之故。然由這一批名字看來，也可知當日黃詩聲勢之盛。不用說，當日受他的影響，而未將其名字列進去者，想必大有人在，如與呂本中往返很密，而詩亦爲黃派，並爲後人所稱道的曾幾，亦未列入，就可想而知了。在宗派圖中呂本中有序云：

『古文衰於漢末，先秦古書存者，爲學士大夫剽竊之資。五言之妙，與三百篇離騷爭烈可也。自李杜之出，後莫能及。韓柳孟郊張籍諸人，自出機杼，別成一家。元和之末無足論者，衰至唐末極矣。然樂府長短句有一唱三嘆之致。國朝文學大備，穆伯長尹師魯始爲古文，盛於歐陽氏。詩歌至於豫章始大，出而力振之。後學者同作並和，盡發千古之秘，亡餘蘊矣。錄其名字曰江西宗派，其源流皆出豫章也。』（見雲麓漫鈔）這無疑是江西宗派正式成立的宣言。經他這麼一提倡鼓吹，於是師友間以此傳授，文士間以此切磋，於是黃山谷便成爲黨魁與教主了。於是江西宗派詩集一百十五卷，江西續宗派詩二卷，流行於社會，而成爲學詩人的教科書了。（宋史藝文志載正集編者呂本中，續集編者曾紘。但據陳振孫直齋書錄解題只載江西詩派一百三十七卷，續派十三卷，並未說明二書的編者。）不管那些書是否出自呂曾之手，總之是黃詩盛行以後，由江西詩派的門徒所爲，而成聖經或是課本的事，是無可疑的了。

陳師道 宗派圖中二十五人的詩，我們無須細說，其中的代表，自然是陳師道。陳字無己，又字履常，號后山（西曆一〇五三——一一〇一），彭城人。一生境遇極劣，因中年結交蘇軾，蘇薦他爲徐州教授，除太學博士，後以蘇黨之嫌罷免。結果因貧病而死。他爲文師曾鞏，爲詩學山谷。他自己說：『僕於詩初無詩法，然少好之，老而不厭，數以千計。及一見黃豫章，盡焚其稿而學焉。』他又說：『寧拙毋巧，寧樸毋華，寧粗毋弱，寧僻毋俗，詩文皆然。』（后山詩話）這與黃山谷的意見是一樣。他的才氣雖不甚高，但極肯用功夫。因此他的作詩，他有絕句云：『此生精力盡於詩，末歲心存力已疲。』又卻掃編云：『陳無己之詩揭之壁間，坐臥哦吟，有竄易至一月十日乃定。有終不如意者，則棄去之。故平生所爲至多，而見於集中者，才數百篇。』由此我們可以知道他愛好藝術重視藝術的態度與精神。

『惡風橫江江卷浪，黃流湍猛風用壯。疾如萬騎千里來，氣壓三江五湖上。岸上空荒火夜明，舟中坐起待殘更。少年行路今頭白，不盡還家去國情。』（舟中）

『歲晚身何託，燈前客未空。半生憂患裏，一夢有無中。髮短愁催白，顏衰酒借紅。我歌君起舞，潦倒略相同。』（除夜）

這些詩有黃的清新之氣，而無其生硬折拗之習。紀昀序陳后山詩鈔說：『五古鑱刻堅苦，出入郊、島之間，意所孤詣，殆不可攀。其生硬杈枒，則不免江西惡習。七古多效昌黎，而雜以涪翁之格，語健而不免粗，氣勁而不免直，以折拗爲長，而不免少開闔變動之妙，篇什特少，亦知非所長也。五律蒼堅瘦勁，實逼少陵，其間意僻語澀者，亦往往自露本質，然胎息古人，得其神髓，而不掩其性情。七律嶔崎磊落，矯矯獨行，惟語太率而意太竭者，是其短。五七言絕則純爲少陵遺興之體，合格者十不一二矣。大抵絕不如古，古不如律，律又七言不如五言，要不失爲北宋巨手。』在他這一段評論裏，對陳后山的作品的優劣長短，一一指出，算是最客觀最公允的了。

陳與義　陳與義字去非，號簡齋（西曆一〇九〇——一一三八），洛陽人。他與呂本中、曾幾往返唱和，故其詩亦祖杜宗黃，而成爲江西詩派後期的代表作家。方回編撰瀛奎律髓時，唱一祖三宗之說，一祖爲杜甫，三宗爲黃庭堅、陳師道與陳與義，由此可見他在江西詩派中的地位了。但他才情頗高，對於前賢作品，博觀約取，善於變化。因此他作詩並不株守黃派的成規，他能參透各家，融會貫通，創造自己的生命。他愛黃山谷、陳師道，同時也愛蘇東坡；尊杜甫，同時又尊陶潛、韋應物。所以他的風格，較爲圓活，而不專以奇峭拗硬見長。他初學詩於崔德符，崔告訴他作詩的要訣說：『凡作詩工拙所未論，大要忌俗而已。天下書不可不讀，然不可有意於用事。』這幾句教訓，是他作詩時常常記在心中的。忌俗本是江西詩派的信條，但用事又是黃詩的特點。他的先生囑咐他最要忌俗，不可有意用事，確是一種取長去短的好教訓。因此陳與義的詩，既無鄙俗之弊，亦無抄書之病。在這種地方，正可看出他是江西詩中的改革派。他自己也說過：『詩至老杜極矣，蘇黃復振之。東坡賦才也大，解縱繩墨之外，而用之不窮。山谷措意也深，游咏玩味之餘，而索之益遠。近世詩家，知尊杜矣。至學蘇者乃指黃爲强，而附黃者亦謂蘇爲肆。要必識蘇黃之所不爲，然後可以涉老杜之厓矣。』（簡齋詩集引）可知他的志氣很大，決不以專學某家而滿意，是自己想另創造一個地位的。詩法萃編說他學杜，是『師意不師辭』，這恰好說明他作詩的態度。因爲這樣，他便成爲江西詩中的改革派。這種改革，本起於呂本中。到了簡齋，他才有意爲之，因此他的成就也較大。加以他目睹北宋之亡，晚年又身經湘南流落之苦，故其詩時多感憤沈鬱之音。滄浪詩話說：『陳簡齋詩亦江西詩派而小異』，我們看了上面的敍述，便知道這「小異」的原故了。

『萬里平生幾蛇足，九州何路不羊腸。只應綠士蒼官輩，却解從公到雪霜。』（絕句）

『門外子規啼未休，山村日落夢悠悠。故園便是無兵馬，猶有歸時一段愁。』（送人歸京師）

這些詩自然是陳與義的代表作。詩中有寄託，有感慨，有諷寓之意，有傷離感亂之情。決不是只在字意上講什麼脫胎換骨，也決不是只在格律上講什麼拗體正體那套玩意了。四庫提要云：『與義在南渡詩人之中，最爲顯達。然皆非其傑構。至於湖南流落之餘，汴京板蕩以後，感時撫事，慷慨激越，寄託遙意，乃往往突過古人。』他這種評論，我們是完全同意的。

到了南宋，江西詩派，仍保存着極大的潛勢力。不過在風格上，經過呂本中陳與義們的變化以後，面目已有不同。當日如楊萬里、陸游、范成大、蕭德藻諸名家，亦無不與江西詩派發生淵源，但他們都能融化變通，自成體格，有以自立。嘉定以降，江西詩漸爲人所厭，而有四靈派的興起，但當日稱爲「二趙」的趙汝讜、汝談兄弟，以及「二泉」的趙章泉、韓澗泉，仍守着江西詩派的藩籬，在詩壇上也還有相當的力量。接着江湖派風行天下，江西詩幾絕，但到了宋末，又有劉辰翁、方回兩人出來，成爲江西詩派最後的餘火，並且由他們兩人，把這種風氣，帶到了元朝。由此看來，在宋代的詩壇，江西詩派的勢力，由元祐黃、陳，以迄宋末劉、方，延長到二百年間的長期，並且南渡以後，大詩人無不蒙受其影響。朱竹垞云：『宋自汴梁南渡，學者多以黃魯直爲宗。……終宋之世，詩集流傳於今者，惟江西最盛。』（裘司直集序）可見這一派聲勢的盛大了。

四　南宋的代表詩人

汴京失陷，皇室南遷，這在政治上是一個極大的變動。國破家亡之慟，山河改色之悲，對於當日的文人，自然不能無所影響。但因當日的當權宰相，大半都是無氣節的貪利小人，只知道同外族敷衍妥協，以圖一時的偏安，劃水爲界，賠款結歡，而同時對於激烈的民氣，加以高壓。在這種情境下，於是形成一派人是滿懷憤激，情感熱烈，但是心有餘而力不足。另一派人，得到了高官厚祿以後，到了晚年，退隱湖山，寄情詩酒，成爲高蹈之徒。在當日的詩壇上，也很分明地可以看出這兩種情調的反映。如以陸放翁爲前者的代表，那末范成大恰好是後者的典型。他們的人生觀以及作品的風格，都與這情調非常適合。這一點是我們必得注意的。

前人論南宋詩者，俱以陸游、楊萬里、范成大、尤袤爲四大家。方回跋尤袤詩云：『自中興以來，言詩者必稱尤、楊、范、陸。』但楊萬里嘗言，『范、陸、尤、蕭皆其所畏。』尤袤亦云：『范、楊、蕭、陸亶有可觀。』可知除上述四家外，蕭德藻（東夫）亦爲當代的名詩人。但尤蕭兩家的集子，現今不傳，難於詳述。由其一鱗半爪以及前人之議論觀之，大抵尤詩平淡，蕭詩瘦硬。因蕭學詩於曾幾，故其江西詩派的影響較爲濃厚。朱竹垞說：『蕭詩過生。』（書劍南集後）沈德潛說他：『刻意求新，而入於澀。』（說詩晬語）這都是黃山谷的弊病。五人中去了二位，現在只剩得陸、范、楊三家了。在三家中陸的成就最大，他在南宋的地位，正如蘇軾在北宋，稱他爲南宋詩壇的領袖，是毫無疑義的。

陸游　陸游字務觀（西曆一一二五——一二一〇），山陰人。十二三歲便能詩文。中年遊蜀，爲范成大參議官，以文字相交，不拘禮法，人譏其狂放，因自號放翁。又因愛好蜀中山水，故題其生平所爲詩曰劍南詩稿。他作詩私淑呂本中，師事曾幾，呂、曾俱爲江西詩派中人物，因此他的詩亦與江西發生關係。但他却有一個狂放不羈的性格，一股慷慨激昂的熱情，李白、岑參的面貌多，黃山谷、陳師道以及道學家的氣質少，加以才情勃發，興會淋漓，因此他的詩的風格，不流於抒寫憤激的奔放，便入於抒寫山水田園的閑淡了。像那種斤斤計較於字句與格律的黃、陳詩風，是無法拘束這位狂放的詩人的創作的。他對於前代的詩人，最推崇陶潛、杜甫、李白與岑參。愛田園山水的樂趣，長於描寫自然界的意境，這種地方像陶，傷時愛國，不忘世事，這種地方像杜。至於其性情的狂放，詩風的雄奇，又像李、岑。如果有人想用「江西詩派」這名目去籠罩陸游，那眞是未免小看他了。他的詩風，有三個明顯的演變。早年作詩，承受江西派的師訓，步步摹倣，務求工巧。他後來有示子遹詩云：『我初學詩日，但欲工藻繢。中年始稍悟，漸欲窺宏大。』中年入蜀從戎，一面接觸雄奇壯麗的山水，一面身歷時危世亂之苦痛，於是熱烈的情感，憂憤的氣慨，發之於詩，而形成他那種豪宕奔放的風格。他自述詩云：『我昔學詩未有得，殘餘未免從人乞。力孱氣餒心自知，妄取虛名有慚色。四十從戎駐南鄭，酣宴軍中夜連日。打毬築場一千步，閱馬列廐三萬匹。華燈縱博聲滿樓，寶釵豔舞光照席。琵琶絃急冰雹亂，羯鼓手勻風雨疾。詩家三昧忽見前，屈、宋在眼元歷歷。天機雲錦用在我，剪裁妙處非刀尺。世間才傑固不乏，秋豪未合天地隔。放翁老死何足論，廣陵散絕還堪惜。』這首詩把他中年詩風的轉變，說得最清楚。到了晚年，年齡老大，心境自然也趨於淡漠。壯年的熱情與豪志，到這時候也漸漸地變成了煙雲的餘影，只能在回憶中細細地吟味了。兒孫膝下之歡，田園山水之趣，酒味花香，湖光樹影，成了這位老詩人的另一世界。我們讀他的居室記、東籬記諸文，便可看出那位老頭子的晚年生活與心境。在他八十一歲的那年，闢舍東隙地，插竹爲籬，名曰東籬，作東籬記以紀其事。他在那種境遇裏，詩風自然是要脫去中年的憤慨熱烈與奔放縱橫之氣，而入於閑適恬淡的境界。嘯吟湖山，流連景物，成為他詩中的主體了。

『初報邊烽照石頭，旋聞胡馬集瓜州。諸公誰聽芻蕘策，吾輩空懷畎畝憂。急雪打窗心共碎，危樓望遠淚俱流。豈知今日淮南路，亂絮飛花送客舟。』（送七兄赴揚州師幕）

『耿耿孤忠不自勝，南來春夢繞觚稜。驛門上馬千峯雪，寺壁題詩一硯冰。疾病時時須藥物，衰遲處處少交朋。無情最是寒沙雁，不為愁人說杜陵。』（衢州道中作）

『衣上征塵雜酒痕，遠遊無處不銷魂。此身合是詩人未？細雨騎驢入劍門。』（劍門道中道遇微雨）

『江上荒城猿鳥悲，隔江便是屈原祠。一千五百年間事，只有灘聲似舊時。』（楚城）

在這些作品裏，一面可以看出陸放翁的藝術的成就，同時也可看出他的性格與志趣。他決不像陳無己那樣的閉門覓句，只在文字技巧上用死工夫，他的作品，另有一種內容，一種懷抱，作為他人格與詩格的代表。由這些詩，他得到了愛國詩人的稱呼，他確是一個念念不忘家國，時時在做着恢復中原的夢的志士。他示兒詩云：『王師北定中原日，家祭無忘告乃翁』，這是一個多麼傷心的遺囑，這一種精神又是多麼壯烈。他太息詩云：『死前恨不見中原』，他雖是這麼悲痛地希望着期待着，這遺恨成了永遠的遺恨，在他死後的六十幾年，宋朝又亡於另一個外族了。

楊萬里 楊萬里字廷秀（西曆一一二四——一二〇六），吉水人。紹興二十四年進士。通經學，重名節，是一位人品極高的儒者。他一生服膺張浚的正心誠意之學，遂名其室曰誠齋，並以爲號。宋史列他於儒林傳，就是因這緣故。但他同陸放翁一樣，却是一位多產的詩人，他曾作詩二萬餘首（說詩晬語），如果全都流傳下來，可以說是中國詩人中第一個多產者。現誠齋集中，尙存江湖集、荆溪集、西歸集、南海集、朝天集、江西道院集、朝天續集、江東集、退休集九種，共詩四千餘首，這數目也就不少了。

楊誠齋的詩，開始也是學江西，專以摹擬求工巧。到了五十歲左右，棄江西而學唐。由此博觀約取，融會變通，而走到自成一體的創造時期，便是當世所稱的誠齋體。江湖集序云：『余少作有詩千餘篇，至紹興壬午，皆焚之，大概江西體也。今所存曰江湖集者，蓋學后山、半山及唐人者也。』荆溪集序又云：『予之詩，始學江西諸君子，旣又學后山五字律，現又學半山老人七字絕句，晚乃學絕句於唐人。戊戌作詩，忽若有悟，於是辭謝唐人及王、陳、江西諸君子，皆不學而後欣如也。口占數首，則瀏瀏焉無復前日之軋軋矣。』在這一自述裏，可以知道他的詩風，有過三次的演變。我們現在讀他的詩，覺得有兩個重要的特色。一、是有幽默詼諧的趣味，二是以俚語白話入詩，形成通俗明暢的詩體。關於第一點，中國詩歌中，最缺少這種幽默和詼諧。杜甫的七絕，偶然有一點，那色彩也非常淡。王梵志、寒山拾得的詩句裏，時有這種情味，但每每流於說理，走到極端，便成了歌訣。可知要在詩中表現幽默和詼諧，本是一件難事，不像在散文中那麼容易。誠齋雖是一規規矩矩的儒者，但在詩中，却時時充滿着詼諧與幽默，有時雖也有流於說理的弊病，但許多確寫得很自然很有趣味，令人讀他的詩，感到另外一個世界。

『野菊荒苔各鑄錢，金黃銅綠兩爭妍。天公支與窮詩客，只買淸愁不買田。』（戲筆）

『書莫讀，詩莫吟，讀書兩眼枯見骨，吟詩箇字嘔出心。人言讀書樂，人言吟詩好。口吻長作秋蟲聲，只令君瘦令君老。君瘦君老且勿論，旁人聽之亦煩惱。何如閉目坐齋旁，下簾掃地自焚香。聽風聽雨都有味，健來卽行倦卽睡。』（書莫讀）

這些詩用俚語寫成，好像有點近於油腔，但通俗而不鄙，平淺而不滑，所以還是好詩。在每一首的背後，都蘊藏着一點幽默與詼諧，讀者都能深深地體會。逢入說笑，尋事開心，這一種態度，使得楊誠齋的詩，濃厚地呈現新感覺派的手法與情調。前人不明瞭這一點，或評其詩麤俚（四庫提要），或評爲『輕儇佻巧，令人厭不欲觀，此眞詩家之魔障。』（石洲詩話）但我們倒覺得這一點是他的作品的特色與生機，反而使我們歡喜他。因爲自己不能欣賞這種趣味，便說出「詩家之魔障」一類的惡評了。

范成大　范成大字致能（西曆一一二六——一一九三），吳郡人，紹興二十四年進士，出使金國，後歷帥西廣、成都、四明、金陵，拜參知政事，加大學士，是一個官品極高的人。他有別墅叫作石湖，是皇帝替他題的，他晚年隱居於此，自號石湖居士。楊誠齋說：『石湖山水之勝，東南絕境。』可知他的環境與王維的隱居輞川相同，並非什麼眞正逃名避世的高士，只是一種名利雙收以後的退休者。因此雖說他們的作品，無論怎樣描寫田園山水的情趣，總屬於客觀的，而不像陶潛那樣是屬於主觀的。陶與山水田園是融化調和成爲一體，王、范一流，是把自己放在主人的地位，將田園山水當作娛樂品而歌詠着的。在這種地方，顯出他們的詩品，和作詩的態度，都比不上陶淵明。

他的詩雖也從江西派入手，但結果也是離開江西的。看他的律詩，是有杈枒折拗之處，古詩時有奇字怪韻，誠不脫山谷之習。四庫提要云：『石湖追溯蘇、黃遺法，而約以婉峭，自爲一家。』他早年中年的作品，確是如此，到了晚年，他却是以白香山的通俗，陶淵明的情趣，描寫田園生活山水美境的情趣，使他的作風起了轉變。

『柳花深巷午鷄聲，桑葉尖新綠未成。坐睡覺來無一事，滿窗晴日看蠶生。』

『高田二麥接山青，傍水低田綠未耕。桃杏滿村春似錦，踏歌椎鼓過清明。』

『社下燒錢鼓似雷，日斜扶得醉翁回。青枝滿地花狼藉，知是兒孫鬬草來。』

『晝出耘田夜績麻，村莊兒女各當家。童孫未解供耕織，也傍桑陰學種瓜。』

『千頃芙蕖放棹嬉，花深迷路晚忘歸。家人暗識船行處，時有驚忙小鴨飛。』

『秋來只怕雨垂垂，甲子無雲萬事宜。穫稻畢工隨曬穀，直須晴到入倉時。』

這都是他的田園雜興中的好作品。他自註云：『淳熙丙午，沉痾少紓，復至石湖舊隱。野外卽事，輒書一絕，終歲得六十篇，號四時田園雜興。』可知他在病後療養的愉快心境中，日與農夫樵子爲友，靜心觀察體會農村的生活，隨時隨地寫了下來，他本無意求工，却無不自然活潑，清新有味。並且在這些詩裏，沒有一點刻意用心的痕跡，大都是用最通俗的文句，歌詠那種田園男女的日常生活，和自然界的情境，很有一點樂府體的民歌風趣。我們讀他的集子，五古雖時有佳篇，但究不如他的七絕的成就。他絕詩的好處，是韻味悠長，文字極其清新美麗，而又一點不落俗套。

『卓筆峯前樹作團，天平嶺上石成關。綠陰匝地無人過，落日秋蟬滿四山。』（自天平嶺過高景菴）

『霜入丹楓白葦林，橫煙平遠暮江深。君看雁落帆飛處，知我秋風故國心。』（題山水橫看）

『土橋茅屋兩三家，竹裏鳴泉漱白沙。春色惱人無畔岸，亂飄風袖拂梅花。』（牧馬山道中）

這些詩中有景有情，耐人尋味，境界亦復高遠，絕無塵俗之氣，在藝術的觀點上講，他們是要勝過田園雜興諸章的。至於他五古中所寫的四川山水，却近似大謝的刻劃，覺得過於用氣力用工夫，反而沒有這些小詩中的情味，與表現的自然了。

五　江西詩派的反動

江西詩派在南宋雖仍持有着盛大的潛勢力，但當日一般較有作爲的詩人，不能始終屈服於那種生野僻澀的風格，結果都是脫出藩籬，自謀生路，如上面所講的陸楊之徒，雖都從江西派入手，而其成就，並不能算是江西派。楊萬里在江湖集序中所說的，把學江西詩的作品一千餘首，一概付之丙丁，表示他是多麼的不滿意。尤袤說：『近世文士，喜言江西。溫潤有如范致能者乎？痛快有如楊廷秀者乎？高古有如蕭東夫，俊逸有如陸務觀者乎？是皆自出機杼，亶有可觀者，又奚以江西爲。』（白石詩稿序引）這裏明明顯露出來當日詩人對於江西詩派的不滿。許多有創作力的詩人，大都想自出機杼，不願專事依傍他人，這裏沒有自己的生命。可知在這時候，江西詩風的反動，已在暗中發育滋長，漸漸有廣大的傾向了。

姜夔　在這種趨勢裏，有一個詩人，我們不得不注意的，便是以詞名家的姜夔。他學詩於蕭東夫，並娶蕭女爲妻，與范成大、楊萬里、尤延之是詩友，互相唱和，往還頗密。他開始作詩，也是從江西派入手的。他的詩集自序說：「三薰三沐，學黃太史。」後來他覺悟了，知道走錯了路，所以他又說：「居數年，始大悟學卽病，顧不若無所學之爲得，雖黃詩偃然高閣矣。」他有詩說一卷，雖沒有明白地反對江西派，但其立論，無不是針對江西的弊病。他的主張，歸納起來約有三點：

一、貴獨創　自黃山谷倡脫胎換骨之法以後，江西詩派中人，無不奉爲圭臬。卽陳后山、陳簡齋諸人，亦時有沿襲之病。等而下之，至於剽竊，於是演成一種專事摹擬的惡習。姜白石有見於此，極言摹擬之害與獨創之可貴。他說：「作者求與古人合，不若求與古人異。求與古人異，不若不求與古人合，而不能不合，不求與古人異，而不能不異。彼惟有見乎詩也。故向也求與古人合，今也求與古人異，及其無見乎詩也，不求與古人合，而不能不合，不求與古人異，而不能不異。其來如風，其止如雨，其蘇子所謂不能不爲者乎？」（自敍二）這裏所說的，是以作者不要心中預存一種擬古人學古人的念頭，也不要心中預存一種反古人的念頭，只是隨着自己的靈感與才性創作下去，不管是異於古人合於古人，那詩總是你自己的，有你自己的個性與生命，這種詩便有意義了。

二、貴高妙　高是高遠，妙是巧妙。詩的最後地步，便是要達到高妙的境界。他說：『詩有四種高妙；一曰理高妙，二曰意高妙，三曰想高妙，四曰自然高妙。礙而實通，曰理高妙。出事意外，曰意高妙。寫出幽微如淸潭見底，曰想高妙。非奇非怪，剝落文彩，知其妙而不知其所以妙，曰自然高妙。』（詩說）他所講的雖稍覺繁複，然以自然高妙一點爲藝術最高的造就，正與莊子所說的庖丁解牛的境界相同，這是很合理的。

三、貴風格　詩的優劣，在乎風格。風是風味，格是格調。風味要悠長含蓄，格調要高古而不卑弱。他說：『意格欲高，句法欲響。只求工於句字亦末矣。故始於意格，成於句字。句意欲深欲遠，句調欲清欲古欲和，是爲作者。』（詩說）又說：『一家之語，自有一家之風味。如樂之二十四調，各有韻聲，乃是歸宿處。模倣者雖似之，韻亦無矣。』（詩說）在這種地方，可以看出他對於當日那些專求字句的精巧與形似而輕視自己的個性忽略作品的風格的摹擬詩人，是表示如何的不滿意了。

他的作品，雖未能實踐他的理論，但江西詩派的習氣，却是洗得乾乾淨淨，一點生硬杈枒的影子也沒有了。他那些充滿着詞的情韻的詩句，格調雖不能說是高古，但滋味確是悠然不盡，耐人吟哦。他的七絕，更能表現這種特長。

『渺渺臨風思美人，荻花楓葉帶離聲。夜深吹笛移船去，三十六灣秋月明。』（過湘陰寄千巖）

『細草穿沙雪半銷，吳宮煙冷水迢迢。梅花竹裏無人見，一夜吹香過石橋。』（除夜自石湖

歸苕溪）

『闌干風冷雪漫漫，惆悵無人把釣竿。時有官船橋畔過，白鷗飛去落前灘。』（釣雪亭）

這些詩都是清新而不纖巧，美麗而不淫靡，因爲他精於音律，善自製曲，所以他的詩中的音調，格外和諧。他隱居吳興的白石洞天附近，日以山水爲樂，故其詩中絕少煙火氣味。讀他的詩，好像身遊郊外湖邊，鼻中眼底，都是新鮮的清氣與秀色，一掃你心中的塵俗與雜念。他詩的成績，並不弱於范楊，只因詞名過大，遂爲所掩，很少有人注意他的詩了。後人將他列入江湖集內，其實他的詩風和人品，都是不適合的。

姜夔以外，對於江西詩正式加以反抗，而獨成一局面的，是以晚唐標榜的四靈派。四靈爲徐照字靈暉，徐璣字靈淵，翁卷字靈舒，趙師秀字靈秀，因爲他們的名字都有一「靈」，詩的習尙又是一致，故時人稱爲四靈。又因他們都是永嘉人，故又稱爲永嘉派。四靈詩風以晚唐的賈島、姚合爲宗，注重律體，尤重五言。而以較量平仄鍛鍊字句爲作詩的能事。四庫題要云：『四靈之詩，雖鏤心鉥腎，刻意雕琢，而徑太狹，終不免破碎尖酸之病。』這些批評都是很對的。

緊接着四靈，在詩壇另成一個集團的，便是那以江湖集得名的江湖派。那時有一羣人，在政治上得不着地位，於是都裝着山人名士，到處流浪，說大話，遊山水，作詩唱和，成爲一種習氣。有一書店老闆，叫做陳起，錢塘人，也能寫詩作文，附庸風雅，是一個半商人半名士，自號爲陳道人。因與那些江湖詩人交遊，於是出錢刊售江湖詩集、續集、後集等書，當日也風行一時，後人以集中諸人的風氣習尙相似，詩風亦略同，故稱爲江湖詩派。江湖諸集，散佚頗多，經清四庫館人之整理，得江湖小集九十五卷，後集二十四卷，共百零九人。劉克莊本是江湖派的領袖，現集中無其名，但瀛奎律髓說：『劉潛夫南嶽稿亦與焉。』可知集中諸人，已非陳道人書中的眞面目了。

他們對於詩，並沒有確定的主張，雖不滿意江西詩派，（戴復古有詩云：『舉世吟哦推李杜，時人不識有陳黃。）但也有學江西詩者，雖不滿意四靈，但許多也感染四靈的影響。四庫題要云：『宋之末年，江西一派與四靈一派合併爲江湖派，猥雜細碎，如出一轍，詩以大敝也。』這話是批評得不錯的。由此可知這一羣人數雖多，但在南宋的詩壇，並沒有發生多大的作用，也沒有什麼特殊的成績。其中只有戴復古、劉克莊、劉過、方岳諸人，還有幾首可讀的詩。等而下之，都是庸碌不足道的了。並且這羣江湖名士有一種惡習氣，便是人品的低落，他們每以詩文干謁公卿，以作求利祿獲名位的手段。如無所得，便繼以毀謗要挾，醜態百出。輕者是打秋風，重者無異於敲竹槓。詩人到了如此地步，眞是墮落到了極點，自然不會有什麼好成績了。方回生當其世，耳聞目覩，所知甚多。他說：『江湖遊士，多以星會相卜，挾中朝尺書，奔走閫台郡縣餬口耳。慶元嘉定以來，乃有詩人爲謁客，龍州劉過改之之徒，不一其人，石屏亦其一也。相率成風，至不務舉子業，干求一二要路之書爲介，謂之閼匾，副以詩篇，動獲數千緡，以至萬緡，如壺山宋謙父自遜，一謁賈似道，獲楮幣二十萬緡，以造華居是也。錢塘湖山，此輩什百爲羣。阮梅峯、秀實、林可、山洪、孫花翁、季蕃、高菊磵往往雌黃士大夫，口吻可畏，至於望門倒屣。』詩人的品格墮落到了這種程度，眞是可歎。錢牧齋云：『

詩道之衰靡，莫甚於宋南渡以後。而其所謂江湖詩者，尤塵俗可厭。蓋自慶元嘉定之間，劉改之、戴石屏之徒，以詩人啓干謁之風，所謂處士者，其風流習尙如此。彼其塵容俗狀，塡塞於腸胃，而發作於語言與文字之間，欲其爲淸新高雅之詩，如鶴鳴而鸞嘯也，其可幾乎？』（王德操詩集序）雖說錢老先生自己的人品並不比江湖詩人高了多少，但這一段批評，却正是我們要說的。

嚴羽與滄浪詩話　在這一個詩風衰靡的時代，能以淸新有力的理論，對於江西詩派表示反抗，同時對於四靈、江湖都表示不滿意，而標榜着盛唐的，是以滄浪詩話著名的嚴羽。滄浪詩話雖是一本小書，然却很有組織，很有見解。共分詩辨、詩體、詩法、詩評、詩證五門，末附與吳景仙論詩書一篇。其中以詩辨一門，最有積極的主張，對於當日衰靡的詩風，宗派的模擬，加以嚴厲的批判。他自己說：『僕之詩辨，乃斷千百年公案，誠驚世絕俗之譚，至當歸一之論。其間說江西詩病，眞取心肝劊子手。』（答吳景仙書）又說：『雖獲罪於世之君子，所不辭也。』（詩辨）他這種挑戰的態度，批評家的精神，是值得我們欽佩的。他對於詩的主張，最要者，有下列數點：

一、崇盛唐　嚴羽看見當日江西詩派的門徒，一味是學習黃陳，四靈又專學晚唐，弄得詩風日趨衰靡，他覺得這都不是正道。補救之法，唯有推崇盛唐，而上溯漢魏，始可以自立。故他說：『學詩以識爲主，入門須正，立志須高，以漢、魏、晉、盛唐爲師，不作開元天寶以下人物。若自退屈，卽有下劣詩魔入其肺腑之間。先須熟讀楚騷漢、魏五言，卽以李、杜二集枕藉觀之，如今人之治經，然後博取盛唐名家醞釀腦中，然後自然悟入，雖學之不至，亦不失正路。』他又說：『近人獨喜晚唐詩，一時自謂之唐宗。……旣唱其體曰唐詩矣，則學者謂唐詩誠止於此耳，得非詩道重不幸耶？故予不自量度，輒定詩之宗旨，截然謂當以盛唐爲法。』他主張尊盛唐，因爲盛唐的詩有特殊的長處，這長處是什麼呢？他說：『詩者吟咏情性也。盛唐詩人，惟在興趣。羚羊挂角，無迹可求。故其妙處透澈玲瓏，不可湊泊。如空中之音，相中之色，水中之月，鏡中之像，言有盡而意無窮。』他從藝術的立場，境界的體會，來說明盛唐詩的優美，實是非常動聽的見解。

二、主妙悟　詩與散文，雖有形式上明顯的分別，但最重要的，一爲說明的，一爲領會的，每每一首好詩，其中的意義，分析起來，空無所有，然而在那些文字中，却能釀成一種最優美的境界。要達到這種境界，就在於妙悟。這一種妙悟，不完全依賴着學力，大半是偏於才情。關於這一點，嚴羽發表了很好的意見。『禪道在妙悟，詩道也在妙悟。孟襄陽學力下韓退之甚遠，而其獨出退之上者，一味妙悟而已。惟悟乃爲當行，乃爲本色。然悟有淺深，有分限，有透澈之悟，有但得一知半解之悟。漢魏尙矣，不假悟也。謝靈運至盛唐諸公，透徹之悟也。他雖有悟者，皆非第一義也。天下有可廢之人，無可廢之言，詩道如是也。若以爲不然，則是見詩之不廢，參詩之不熟耳。』他又說：『詩之極致曰入神，詩而入神，至矣盡矣。……夫詩有別材，非關學也，詩有別趣，非關理也。然非多讀書，多窮理，則不能極其至。所謂不涉理路，不落言筌者，上也。』他這種意見，與唐代司空圖所說的「不著一字，盡得風流」，大略相同。但嚴羽說得更週到，更透澈。他以「不涉理路不落言筌」爲詩之極致，實是精確之論。

三、反議論與用典　因為他主妙悟主入神，因此多發議論，亂用典故，都是作詩的大毛病。宋詩自西崑至歐蘇，至黃陳，或此或彼，都脫不了這些弊病。所以他說：『近代諸公，乃作奇特解會，遂以文字為詩，以才學為詩，以議論為詩，夫豈不工，終非古人之詩也。』又說：『近代諸公，多務使事，不務興致。用字必有來歷，押韻必有出處，末流甚者，叫噪怒張，殊乖忠厚，殆以罵詈為詩，詩至此可謂一厄』。又說：『詩有詞理意興，南朝人尚詞而病於理，本朝人尚理而病於意興，唐人尚意興而理在其中，漢、魏之詩，詞理意興無迹可求。』以宋人來批評宋詩，他這態度算是最客觀最忠實的了。

嚴羽論詩的見解雖是高人一等，但他在創作上，却是眼高手低。我們讀他的滄浪詩話，雖也偶有清新之作，然和他所理想的妙悟入神無迹可求的境界，相隔尙遠。李東陽評他云：『識得十分，只做得八九分，其一二分乃拘於才力，其滄浪之謂乎？』四庫提要也說：『羽所自為詩，獨任性靈，掃除美刺。清音獨遠，切響遂稀。……志在天寶以前，而格不能超大歷之上。由其持詩有別才，不關於學，詩有別趣，不關於理之說，故止能摹王、孟之餘響，而不能追李、杜之鉅觀也。』這些話都批評得不錯。嚴羽對於詩的意見，影響後代的詩論確甚大。雖有馮班作嚴氏糾繆一卷，至詆為囈語，但胡應麟則比之達摩西來，獨闢禪宗。再如袁中郎袁枚的性靈說，王漁洋的神韻說，無疑都是感受着滄浪詩話的影響。總之，在南宋那一個詩風衰靡、派別分立的時代，嚴羽的意見，是值得我們尊重的。四庫提要云：『要其時，宋代之詩，競涉論宗，又四靈之派方盛，世皆以晚唐相高，故為此一家之言，以救一時之弊。後人輾轉承流，漸至於浮光掠影，初非羽之所及知，譽者太過，毀者亦太過也。』對於滄浪詩話的批評，這幾句，要算是最公允了。

六　遺民詩

劉克莊死後不到十年，南宋就亡了。蒙古人對於漢人的壓迫和虐待，是中國歷史上最慘酷的一幕。那一次的政變，與北宋的滅亡有些兩樣，那時徽欽雖是北去，剩下來的皇室貴族，仍可南渡成業，得着苟延殘喘的偏安局面，因此對於一般人的心靈上的影響，雖一時受着震動，但不久就平復了。這一種起伏的思潮與心境，表現在文學上的，也非常明顯。至於南宋的覆滅，那是連根本也推翻了的，就是連那苟延殘喘的偏安局面，也求之不得了。加以元兵加於漢人的恐怖政策，使得一般知識階級，眞實地嘗到了亡國奴的恥辱與苦痛。在這種環境下，讀書人只有兩條路可走：一條是賣身賣心，或爲漢奸，或爲順民，一條是反抗到底。在第二條路中又有二種：一種是積極的表現，而至於身死殉國，一種是消極的不合作，遁跡山林，埋名隱姓，以求個人的心安。做漢奸做順民的可以不必說。走第二條路的那兩種人，行爲上略有不同，但他們的情感却是熱烈憤恨，品格都是忠信高潔。由他們那種心境與感情，造成了宋末文學濃厚的民族色彩，一掃宋詩那種摹擬的惡習，而形成一種新精神，新力量。當日如文天祥、謝翺、方鳳、林景熙、汪元量、謝枋得、許月卿、鄭思肖、眞山民諸人，或身死殉國，或遁身世外。所發爲詩，大都以憤恨哀怨之筆，抒寫其亡國之痛，離亂之情，表現宋代最後一點民族的精神與正氣，實是非常可貴的。我們研究宋詩，若只注意什麽蘇、黃、陸、范幾大家，什麽西崑、江西、四靈諸宗派，而忽視這一階段的遺民詩，那眞有遺珠之歎了。

文天祥　文字宋瑞，號文山，江西吉安人，寶祐四年進士第一。元人渡江，奉詔舉兵。後奉使北軍，爲所拘，未幾遁歸福州，奉益王登祚，出兵江西，敗而被執，囚於燕京，四年不屈，遂被殺，年四十七（西曆一二三六——一二八二）。爲人忠義節烈，不可一世。其詩沈鬱悲壯，氣象渾厚，完全是他的人格的表現。我們讀他的古體正氣歌、過平原作諸篇，便可想見其志趣與爲人。長谷眞逸農田餘話云：『宋南渡後，文體破碎，詩體卑弱。惟范石湖、陸放翁爲平正。至晦菴諸子始欲一變時習，模倣古作，故有神頭鬼面之論。時人漸染既久，莫之或改。及文天祥留意杜詩，所作頓去當時之凡陋。觀指南前後錄可見。不獨忠義貫於一時，亦斯文閒氣之發見也。』（四庫提要引）他這批評是不錯的。

『草舍離宮轉夕暉，孤零飄泊復何依。山河風景元無異，城郭人民半已非。滿地蘆花和我老，舊家燕子傍誰飛。從今別却江南日，化作啼鵑帶血歸。』（金陵驛）

謝翶　謝字皋羽，福建長溪人。元兵破宋，謝率鄉兵投文天祥，爲諮議參軍。後文山被執，乃逃亡，改姓換名，漫遊各地，所至輒感慨哭泣。登嚴子陵釣臺，設文天祥主，再拜慟哭，著西臺慟哭記，甚爲有名，卒年四十七（西曆一二四九——一二九五）。所著有晞髮集，任士林稱其詩云：『所作歌詩，其稱小，其指大，其辭隱，其義顯，有風人之餘，類唐人之卓卓者，尤善敍事云。』（謝翶

傳）

『殘年哭知己，白日下荒臺。淚落吳江水，隨潮到海迴。故衣猶染碧，后土不憐才。未老山中客，唯應賦八哀。』（西臺哭所思）

汪元量 汪字大有，號水雲，錢塘人。以善事謝后，宋亡，隨宮留燕甚久，後南歸爲道士，終於山水之間，著有水雲詩集、湖山類稿。其詩悽愴哀婉，多故宮禾黍之悲。李玨書水雲詩後云：『紀其亡國之戚，去國之苦，間關愁歎之狀，盡見於詩。微而顯，隱而章，哀而不怨，唐之事紀於草堂，後人以詩史目之，水雲之詩，亦宋亡之詩史也。』元兵南下，皇室北遷，其中種種苦痛的境狀，皆爲水雲所身歷目睹，因此在他的詩中所表現的情感所描寫的事實，也更爲眞實更爲沉痛了。稱其詩爲宋亡之詩史，是很確切的。

『蔽日烏雲撥不開，昏昏勒馬度關來。綠蕪徑路人千里，黃葉郵亭酒一杯。事去空垂悲國淚，愁來莫上望鄉臺。桃林塞外愁煙起，大漠天寒鬼哭哀。』（潼關）

汪水雲因爲身居宮中，亡國的痛苦，和那些滿朝朱紫的醜態，他都身歷其境，因此他的作品，最富於眞實性。所以在遺民詩裏，除以哀苦的詩風見長以外，他是還具有歷史性的價值的。

鄭思肖 鄭字憶翁，號所南。在他這些名字裏，都暗寓不忘故國之意。福州連江人，宋末太學生，宋亡，隱居吳下，坐臥不北向，有所南集。扁其堂曰：『本穴世界』，影射『大宋』之義，畫蘭不畫土，意謂土已爲外族奪去，其愛國之熱誠，有如此者。其詩皆清遠絕俗，用象徵暗寫的手法，表現懷戀故國的情緒。

『扣馬凝心諫不休，旣拚一死百無憂。因何留得首陽在？只說商家不說周。』（夷齊西山圖）

此外如謝枋得、林景熙、眞山民諸人，時有悲苦之作。今各舉一例如下：

『十年無夢得還家，獨立青峯野水涯。天地寂寥山雨歇，幾生修得到梅花。』（謝枋得武夷山中）

『山風吹酒醒，秋夜入燈涼。萬事已華髮，百年多異鄉。遠城江氣白，高樹月痕蒼。忽憶凭樓處，淮天雁叫霜。』（林景熙京口月夕書懷）

『一舸下中流，西風兩岸秋。櫓聲搖客夢，帆影掛離愁。落日魚蝦市，長煙蘆荻洲。篙人夜相語，明發又嚴州。』（眞山民蘭溪舟中）

其他如許月卿方鳳輩，人品雖高，而其詩頗重刻鏤，尚不脫四靈江湖模擬之習，所以我想不在這裏再舉例了。另有谷音一卷，存詩近百首，俱爲宋代遺民之作。此書爲杜伯原所編（杜事見元史隱逸傳），集後有蜀郡張渠跋云：『右詩一卷，凡二十三人，無名者四人，共一百首，乃宋亡元初節士悲憤幽人淸詠之辭。京兆先生，早遊江湖，得於見聞，悉能成誦，因錄爲一編，題曰谷音，若曰如山谷之音也。』這裏所說的京兆先生，便是杜伯原，他是元朝的隱士，對於這些遺民，自然是格外同感的了。在這些作家裏，大都是沒有名望的窮苦讀書人，一旦遭了亡國的慘變，不願屈節投降，於是有的披髮入山。有的閉戶不出，或寄生於漁樵，或苦死於飢餓。因其人格的高超，故發之於詩，無不沉鬱悲壯，感慨悽涼，較之那些朱紫的降臣，賣身的賊子，這些人的作品，自然是山谷之音了。因爲作者過多，不能一一遍舉，但歡喜研究宋末遺民詩的人，谷音自然是一本重要的材料。錢牧齋云：『至於少陵，而詩中之史大備，天下稱之曰詩史。唐之詩入宋而衰，宋之亡也，其詩始盛。皐羽之慟西臺，玉泉之悲竺國，水雲之苕歌，谷音之越音，古今之詩莫變於此時，亦莫盛於此時。……考諸當日之詩，則其人猶存，其事猶在，殘篇嚙翰，與金匱石室之書，並懸日月。』（序胡致果詩）錢氏後來雖然變了節，他畢竟是遺民，他體驗過遺民的生活與心情，身受過亡國的苦痛，因此他能深切地瞭解宋末這一羣人的人品與詩品，以及他們忠義正直的精神，加以尊敬贊歎，使他們在文學史上得到了一點應得的地位。

七　北國詩人元好問

宋詩論畢，我在這裏還要附着討論一位北國最出色的詩人元好問。元字裕之，號遺山，太原秀容人。金興定三年進士，官至行尚書省左司員外郎，金亡不仕，卒年六十八。他的政治身份是金朝，他的籍貫是太原，確確實實是一位北國的詩人，金亡不仕，又是一位遺民，而其時代正當南宋末年，我現在把他附論在這裏，想是很適合的了。元遺山雖作金朝的官，因爲他是漢人，所以他的文化源流同宋代的讀書人完全是一個系統。他的人生觀是儒家的人生觀，他的古文，是繼承韓歐的遺緒，詩學杜甫，詞學周邦彥，他在這幾方面，都有卓然的成就，是金代學術界的權威，文壇的代表。

在他的詩集中，有論詩絕句三十首。在這些詩裏，他從漢魏的古詩，到宋代的詩人，他都發表了批評的意見。從杜甫的論詩六絕以後，他這些作品，是最有系統有見解的佳作，研究中國文學批評的人，是値得注意的。他主張最好的詩，要有風骨，要能高古，要掃除兒女之情，要富有風雲悲壯之氣。他有詩云：

『曹劉坐嘯虎生風，四海無人角兩雄。可惜幷州劉越石，不敎橫槊建安中。』

『鄴下風流在晉多，壯懷猶見缺壺歌。風雲若恨張華少，溫李新聲奈爾何？』

劉琨之詩，本以悲壯見長，所以他特別賞識，詩品也說劉越石詩有『淸剛之氣。』張華的詩，鍾嶸批評他兒女情多風雲氣少，但在他看來，比起李義山、溫庭筠來又要好得多了。可知他是以建安風力爲論詩的準則，以淸剛勁健之氣爲詩格的上品了。所以他又說：

『慷慨歌謠絕不傳，穹廬一曲本天然。中州萬古英雄氣，也到陰山敕勒川。』

他不滿意南方兒女文學的華豔淫靡，格卑調弱，因此他對於子夜歌一類的南方情歌，都看不起，他推重的只是斛律金那首敕勒歌。他覺得這種作品，纔是値得贊賞的，慷慨的，有英雄氣的歌謠，可惜流傳絕少，成爲空谷之音了。在這種原則下，他不歡喜齊梁的詩，也不歡喜沾染齊梁習氣的初唐詩人。他說：

『沈宋橫馳翰墨場，風流初不廢齊梁。論功若準平吳例，合着黃金鑄子昂。』

他不滿意齊梁，自然也不滿意宋之問、沈佺期那一般人，因此他對於那位起衰復古的陳子昂，發出最高的贊歎了。其次，他主張作詩宜以自然爲主，講音律聲調排比鋪陳，都是細流末節，終難成爲大家。再如苦吟雕琢，抄書用典，都是詩家之病。『一語天然萬古新，豪華落盡見眞淳。』這是他對於淘淵明的詩的贊賞。做詩能達到這種天然眞淳的境界，才是詩之極致。『切響浮聲發巧深，研磨雖苦果何心？』這是他對於音律聲病的反抗。

『百年纔覺古風迴，元祐諸人次第來。諱學金陵猶有說，竟將何罪廢歐梅。』

『奇外無奇更出奇，一波纔動萬波隨。只知詩到蘇黃盡，滄海橫流却是誰？』

『古雅難將子美親，精純全失義山眞。論詩寧下涪翁拜，未作江西社裏人。』

他覺得宋初的詩壇，爲西崑淫靡之風所籠罩，端賴梅聖俞、歐陽修諸人的努力，始收振衰復古之功。後來詩人各立宗派，對於幾位開山先輩反不重視，他覺得很不公平，加以歐論詩主自然，梅主清切，正與元遺山論詩的旨趣相合，所以他在宋代詩人裏，獨有推尊歐梅之意。至於那些江西派門徒的模擬做作，四靈派的小家氣，江湖派的油滑氣，他自然更是看不上眼的。他題中州集云：『北人不拾江西唾，未要曾郞借齒牙。』因此，他說出寧願崇拜黃山谷本人，而不加入江西詩社的訣絕之語了。

他的論詩三十絕句，爲文學批評史上的重要資料。他的作品，以七古七律爲最佳。

『南朝辭臣北朝客，棲遲零落無顏色。陽平城邊握君手，不似銅駝洛陽陌。去年春風吹雁迴，今年雁逐秋風來。春風秋風雁聲裏，行人日暮心悠哉。長江大浪金山下，吳兒舟船疾如馬。西湖十月賞風煙，想得新詩更瀟洒。』（送張君美往南中）

『河外青山展臥屛，并州孤客倚高城。十年舊隱拋何處？一片傷心畫不成。谷口暮雲知鄭重，林梢殘照故分明。洛陽見說兵猶滿，半夜悲歌意未平。』（懷州子城晚望少室）

沈德潛云：『裕之七言古詩，氣王神行，平蕪一望，常得峯巒高插，濤瀾動地之概。又東坡後一能手也。』（說詩晬語）趙翼云：『蘇陸古體詩，行墨間尚多排偶。一則以肆其辨博，一則以侈其藻繪，固才人之能事也。遺山則專以單行，絕無偶語。構思窅妙，十步九折，愈折而意愈深，味愈雋，雖蘇陸亦不及也。七言律則更沈摯悲涼，自成聲調，唐以來律詩之可歌可泣者，少陵十數聯外，絕無嗣響，遺山則往往有之。』（甌北詩話）由他們一致的推崇與解釋，更可知道他在中國詩史上的地位以及他的詩風的特色了。

第二十一章　宋代的小說與戲曲

上篇　宋代的小說

一　志怪傳奇的文言小說

宋代小說，在志怪傳奇方面，無論內容文體，多沿襲舊風，頗少新創。李昉主編的太平廣記一書，共五百卷，爲當日降臣文士所編修，集前代野史傳記小說諸家言而成，用書多至三百四十四種，分爲五十五部，舉凡神仙鬼怪僧道狐虎之類，都網羅殆盡，末附雜傳記九卷，則爲唐代之傳奇。這一部書，可謂集古代文言小說的大成了。宋人自己在這方面的創作，志怪者有徐鉉之稽神錄，吳淑之江淮異人錄。徐、吳俱仕南唐，後同李煜降宋，後亦爲太平廣記之重要編纂人。徐、吳以後，尚有張君房之乘異記，張師正之括異志，聶田之祖異志，秦再思之洛中紀異，畢仲詢之幕府燕閒錄，洪邁之夷堅志等書，俱屬於此類。其中以夷堅志爲最有名。全書共四百二十卷，因作者學問淹博，頗有文名，書中時有佳篇。但以卷帙過繁，成書過急，有以五十日寫十卷者，故在文字上難以詳加潤飾，在內容上亦時有重複之處，這是本書的弊病。

傳奇文的作者，首推樂史。樂史字子正，撫州人，原仕南唐，後入宋爲官，所作有綠珠傳、楊太眞外傳二篇。綠珠傳敍述孫秀石崇交惡和綠珠墮樓殉情的故事，太眞外傳爲長恨傳長恨歌的重述，從貴妃入宮寫至明皇的死，其中除加入一些小故事外，別無新意，文字亦遠不如陳鴻的簡潔。其作法亦與唐代傳奇無異，每於篇末，顯露出一點規勸之意。如綠珠傳結段云：『今爲此傳，非徒述美麗，窒禍源，且欲懲戒辜恩負義之類也。』又太眞外傳云：『唐明皇之一誤，貽天下之羞，所以祿山叛亂，指罪三人。今爲外傳，非徒拾楊妃之故事，且懲禍階而已。』樂史又長於地理，所著有太平寰宇記二百卷，引書至百餘種，雖偶雜小說家言，然不失爲一精審之作。

樂史以外，有秦醇者，亦作傳奇。秦字子復，亳州譙人。所作今存趙飛燕別傳、驪山記、溫泉記、譚意歌傳四篇，俱見北宋劉斧所編之青瑣高議前集及別集，可知秦醇爲北宋人。前三篇敍漢、唐宮闈舊事，與太眞外傳同體，最後一篇，乃寫當時男女戀愛故事，內情略似蔣防之霍小玉傳，但以團圓作結，而變爲喜劇。各篇中雖偶有雋語，但大體蕪弱，去唐人傳奇聲貌頗遠。此外有大業拾遺記二卷，開河記一卷，迷樓記一卷，海山記二卷，不知何人所作，俱記煬帝開運河，幸江都，以及種種荒恣淫樂的故事，文筆亦時有可觀。海山記見青瑣高議中，必是北宋人作，餘篇的時代，大略相同。尚有無名氏之梅妃傳一篇，寫江采蘋與楊貴妃爭寵見放的故事，無作者名。跋者自云與葉夢得同時，想跋者即爲作者，那已是南渡前後時的作品了。明人題爲唐曹鄴作，不可信。

二　宋代白話小說的興起

宋代小說最可注意的，並不是這些用文言寫成的志怪與傳奇，而是那些出自民間的白話小說。這一些東西，當時人所稱為話本或是平話的。這種白話小說的產生，在中國的小說史上，是一件極可紀念的事。因了他們，結束了文言小說的生命，替未來小說的成長與發展，無論長篇與短篇，開闢了一條新路線。數百年以來，許多用白話文體寫成的小說，同正統的文言文學，一直流傳到現在，成為民間的精神食糧。

宋代白話小說的產生，並不是偶然的，他具有文體的來源，社會的環境，和其本身實用的功能三方面的關係。我在下面，應該將這些關係，加以簡明的敍述。

一、文體的來源　因唐代講唱兼用散韻夾雜的變文的傳播，於是民間釀成許多變文體的通俗文學。有的為韻文，有的為韻散合體，有的為純粹散文，如季布歌、董永行孝歌、列國志中的伍子胥、明妃傳、唐太宗入冥記和秋胡小說等，都是受傳播佛經的變文的影響而產生的通俗文學。在這些作品裏，都有離開純粹典雅的文言文，而漸漸地入於白話文的傾向。季布歌、董永行孝歌，雖全是詩體，那白話化的成份已很濃厚。伍子胥與明妃傳的散文部份，本已淺顯通俗，已間有用純粹白話的地方。至於唐太宗入冥記、秋胡小說，則白話的成份更為濃厚。如

『……判官懆惡，不敢道名字。帝曰：卿近前來。輕道：姓崔名子玉。朕當識。言訖，使人引皇帝至院門。使人奏曰：伏惟陛下且立在此，容臣入報判官速來。言訖，使來者到廳拜了。啓判官，奉大王處，太宗皇生魂到，領判官推勘，見在門外，未敢引。……崔子玉旣□□拜了，對帝前□書便讀，子玉讀書已了，情意更無君臣之禮。』（節錄唐太宗入冥記）

『秋胡辭母了，手行至妻房中，愁眉不盡。……秋胡啓娘子曰：夫妻至重，禮合乾坤，……附骨埋身，共娘子俱爲灰土，今蒙娘敎，聽從遊學，未知娘子聽許已不？其妻聽夫此語，心中淒愴，語裏含悲。啓言道：郎君，兒生非是家人，死非家鬼。……女心向外，千里隨夫。今日屬配郎君，好惡聽從處分。郎君將身求學，此愜兒本情。學問雖達一朝，千萬早須歸舍。辭妻了，道服得十種文書，便即發程。……』（秋胡小說）

太宗入冥記，記太宗魂遊地府的故事（事見朝野僉載太平廣記一四六卷引。）秋胡小說，記秋胡辭別家庭，出外求學，後得仕回家，在途中調戲一采桑女子，此女即其妻的故事（事見列女傳），可惜兩篇都前後殘闕過甚，不能窺見其眞實面目。而就此殘文看來，白話文的成份，已非常濃厚，問答談話，全是說話人口氣。這種前人從不重視的通俗作品，自然要看作是宋代白話小說的先聲。由入冥記、秋胡等作，進而爲宋代的話本平話一類純白話作品，在這裏，正好顯示着文體進化的線索。同時，在宋代的白話小說裏，大量地夾雜着詩詞，或稱爲詞話，如也是園書目的宋人詞話十二種，或稱爲詩話，如大唐三藏取經詩話，並且每逢着美人風景或恐怖場面的描寫，也時時雜以純粹的駢文，這種韻文的部份，無論他有沒有歌唱的效能，但這種體裁，確是由變文脫胎而來，那是無可懷疑的事。並且這一種形式，便成爲後代小說界的定型。

二、宋代白話小說的實用功能　宋代白話小說的興起，是職業的實用的，而不是文學的藝術的。現在流傳下來的那些宋人話本，都是當日說話人的底本。說話的借此謀生，創作者不管是說話人本人或是另一種人，他創作的目的，是以抓住民衆的趣味爲主旨，開始是沒有文學的意義的。當日這種底本的門類當然很多，有影戲的，有雜戲的，有宣傳佛教的，有講故事歷史的。在這些部門裏，除了宣傳佛教的，稍稍有點勸善的宗教意義以外，其餘都是帶着職業的伎藝的性質而活動着的，正如現在唱大鼓演雙簧唱彈詞的伎人一樣。影戲的底本，自然是注重動作，雜劇的底本，自然是注重歌唱，唯有講故事的這一部門，是以鋪敍描摹爲能事，同時聽衆大都是平民，要求其普遍的瞭解，自然是要用最流行的白話，婦女的面貌，神鬼的恐怖，風景的美麗，社會的狀態，都得用口語細細地描摹出來，於是這一種底本，便成爲完全白話的形式，除了原來的職業的實用的意義以外，漸漸的又帶有濃厚的文學意義了。他們的內容，比起六朝與唐代的志怪與傳奇來，雖無多大的差別，但因其用口語的詳細敍述，維妙維肖的形容，因此無論從那方面看，都形成兩個絕不相類的本質與精神。

三、社會的環境　我們知道宋代的白話小說，大都是說話人的底本。但這種說話，在唐朝末年，便是有了的，段成式酉陽雜俎云：『予太和末，因弟生日觀雜劇，有市人小說，呼扁鵲作褊鵲，字上聲……』李商隱驕兒詩云：『或謔張飛胡，或笑鄧艾吃。』在這裏，我們可以知道在唐代已有講說三國故事的事體，在當時，『說話』似乎只是雜劇中的一部份，是要到了宋朝，才成爲一種與影戲雜戲平行的獨立職業。宋代的歷史，雖與外患相終始，但北宋時代由仁宗到徽宗，南宋的乾道淳熙年間和以後的偏安局面，因社會經濟的發展，民衆生活的安樂。大都市的繁榮，造成君臣上下極度享樂的空氣。在張先、柳永、毛滂、張鎡、吳文英、張炎諸人的詞裏，我們可以看出當代文人的生活和對於社會繁榮的描寫。再如孟元老的東京夢華錄，周密的武林舊事諸書的記載，更明顯地表現出北宋的汴京、南宋的杭州的熱鬧的面目。

在這些都市裏，到處都是倡樓酒館，到處都是遊戲場所，遊人之多，消費之大，都在我們的想像之中，有了這種社會經濟的基礎，享樂生活的環境，那些演影戲的，唱雜戲的，講故事的，玩雜耍的，自然都乘機而起，而且又是生意興隆的了。據東京夢華錄，北宋的伎藝，其中已有『孫寬、曾無黨、高恕、李孝祥等講史，李慥、楊中立、張十一、徐明、趙世亨、賈九等小說，吳八兒合生……霍四究說三分，尹常賣五代史。』其中合生一項，重在歌唱，與雜戲的關係較深。還有說諢話一種，大概是滑稽表演，無關重要。剩下來的只有小說與講史二類。這些人名字，一定是當日社會上有名的角色。到了南宋，這一種風氣，更加興盛起來。灌園耐得翁都城紀勝、吳自牧夢粱錄、周密武林舊事諸書裏，對於「說話人」俱有很詳細的記載。他們的分門別類，雖微有不同，但最重要者，仍只有小說講史二家。在都城紀勝裏，把小說分成幾種子目：一、煙粉靈怪傳奇；二、說公案，皆是搏刀趕棒及發跡變泰之事；三、說鐵騎兒，謂士馬金鼓之事。再在武林舊事裏，歷記各種說話人的姓名，說小說者有五十二人，說史事者有二十三人，說佛事者有十七人，說合生者只一人。由此看來，民衆最歡迎的，也只有「小說」與「講史」二類。這二類最得民衆歡迎，自然生意最好，學習這方面的人自然也最多。於是大家聯絡組織，成就了「雄辨社」和「書會」一類的職業團體。因此，這種民衆藝術，日益進步，產生了許多名角，於是這一類人，就漸漸地進入宮庭與貴族之家了。夢粱錄云：『有王六大夫，元係御前供話，爲幕客請給，講諸史俱通。於咸淳年間，敷演復華篇及中興名將傳，聽者紛紛。蓋講得字眞不俗，記問淵源甚廣耳。』又郎瑛七修類稿云：『小說起宋仁宗，蓋時太平甚久，國家閒暇，日欲進一奇怪人事以娛之。』又古今小說序云：『南宋供奉局有說話人，如今說書之流。』由此看來，當日的「說話」，是上自宮庭下至民間，是非常普遍的了。但由上面的文字看來，宮庭豪家所歡迎者，也還是「小說」與「講史」二類。因爲這種種原因，於是「小說」「講史」二類的底本，在文字上必較爲精美，在數量上必較爲豐富。所以現在流傳下來的，無論長篇短篇，大都是屬於這兩類的作品。在當日，小說與講史在職業的界限上必很分明，但在文學的立場上，只是一類，因此後代通稱爲小說了。

現存的宋代小說，可分爲短篇與長篇二類。短篇的都爲純粹的白話，並且白話文運用的技巧，已達到極成熟的階段，而得到了文學的價値。長篇的大都爲淺近的文言與不十分成熟的白話夾雜合用，在語言的工具上，比起短篇來，都幼稚得多。但他們無論在內容上結構上，都替後代的長篇小說，立好一個基礎，關於這一點，我們是不能輕視他們的價値的。

三　宋代的短篇小說

關於宋代白話短篇小說的發現與確定，原是近年來的事。錢曾的也是園書目的戲曲部中，列有宋人詞話十二種，其目爲：

燈花婆婆　風吹轎兒　馮玉梅團圓　種瓜長老
錯斬崔寧　簡帖和尚　紫羅蓋頭　山亭兒
李煥生五陣雨　女報寃　西湖三塔　小金錢

這一種通俗文學，本爲古代正統文學家所輕視，故除見於也是園書目以外，從來不再見人提過，這種書也不見流傳於世，於是連其內容文體，都無法知道。王國維作戲曲考原時，以錢曾的戲曲部目錄爲據，把這些東西，看作是宋人雜劇金人院本一類的東西。他在曲錄後跋云：『右十二種，錢曾編入戲曲部，題曰「宋人詞話。」遵王藏曲甚富，其言當有所據。且其題目與元劇本體例不同，而大似宋人官本雜劇段數，及陶宗儀輟耕錄所載金人院本名目，則其爲南宋人作無疑矣。』王氏這種推測，雖近情理，但實際完全錯了。但這種錯誤，應該由錢曾負責。他編書目時，想必是很怱忙，加以藏書過富，不能一一入目，因此顧名思義，隨便地歸入戲曲部了，其實這些都是宋代的白話小說，也就是宋代說話人的底本。

京本通俗小說的出現，在中國小說史上是一件極可紀念的事。因了他，使我們知道也是園書目中的「宋人詞話」的眞實面目，使我們得到許多討論白話小說的寶貴材料。這些材料的發現與刊布，不得不歸功於近人繆荃孫氏（江東老蟫）。他得到這些話本後，於民國四年，刋入他的煙畫東堂小品中，凡二冊，是一個卷十至卷十六的殘本，其中共有話本七種。他在短跋中云：『余避難滬上，索居無俚。聞親串裝奩中有舊鈔本書，類乎平話，假而得之，雜庋於天雨花、鳳雙飛之中，搜得四冊，破爛磨滅，的是元人寫本。首行京本通俗小說第幾卷，通體皆減筆小寫，閱之令人失笑。三冊尚有錢遵王圖書，蓋卽也是園中物。錯斬崔寧，馮玉梅團圓二囘，見於書目。……尚有定州三怪一囘，破碎太甚，金主亮荒淫兩卷，過於穢褻，未敢傳摹。』在這裏可以看出這些作品的發現，眞是出於偶然。他所說的破碎太甚的定州三怪，後來發現在警世通言中，題目改爲崔衙內白鷂招妖，過於穢褻的金主亮荒淫，後來被葉德輝氏刻了出來，並且醒世恆言中也有這一篇，題爲金海陵縱慾亡身。於是繆荃孫所發現的殘本京本通俗小說中的九種，都存在人間了，但由原書的卷數看來，自然還是散佚了不少。

這幾篇小說，（缺定州三怪）後來由亞東書局印出來，名爲宋人話本八種。其書目如下：

碾玉觀音（原書第十卷）　菩薩蠻（原書第十一卷）

西山一窟鬼（原書第十二卷）　志誠張主管（原書第十三卷）

拗相公（原書第十四卷）　錯斬崔寧（原書第十五卷）

馮玉梅團圓（原書第十六卷）　金虜海陵王荒淫（原書第二十一卷）

胡適序云：『我們看了這幾種小說，可以知道這些都是南宋的平話。馮玉梅篇說：「我宋建炎年間，」錯斬崔寧篇說：「我朝元豐年間，」菩薩蠻篇說：「大宋紹興年間，」拗相公篇說：「我宋元氣都爲熙寧變法所壞，」這些都可證明這些小說產生的時代是在南宋。菩薩蠻與馮玉梅篇都稱高宗，高宗死在一一八七年，已在十二世紀之末了。故知這些小說的年代，是在十三世紀。』他這種判斷，我們認爲是可信的。但是宋代的白話小說存在人間的還不只這幾篇。自明人洪楩編刻的淸平山堂話本，茂苑野史編輯的古今小說及馮猶龍編輯的警世通言、醒世恆言諸話本叢書在日本及國內先後發現，經愛好者刋布以後，我們還可以找出許多宋代的小說來。如清平山堂話本中的簡帖和尚，西湖三塔記（也是園書目有簡帖和尚與西湖三塔）、古今小說中的張古老種瓜娶文女（也是園書目作種瓜張老）、警世通言中的萬秀娘仇報山亭兒、崔衙內白鷂招妖（也是園書目作山亭兒與定州三怪，）是比較可靠的。再如陳巡檢梅嶺失妻記、合同文字記、洛陽三怪記、五戒禪師私紅蓮記（見淸平山堂話本）、新橋市韓五賣春情（見古今小說）、三現身包龍圖斷寃、計押番金鰻產禍、福祿壽三星度世（見警世通言）諸篇，也有令人相信是宋作的證據。不過這些作品，雖其中地名及年代，都是屬於宋代的，但經晚明人編輯刋印，難免在文字上有增飾修改，頗難保存宋代原本的眞面目。如果繆荃孫所說的京本通俗小說：『的是影元人寫本』的話可靠，那末我們討論宋代的白話小說時，自然應該以那幾篇爲主體了。

宋人的小說，因爲都是說話人的底本，無論出自說話人的口述或是低級文人的製作，他們只以聽衆的趣味爲主。故事敍述的組織，因爲要適應職業的環境，在聽衆尙未到齊之前，總是用一個引子做開場。這種引子有的用詩詞，有的用故事。如碾玉觀音、西山一窟鬼的引子是詩詞，馮玉梅團圓、錯斬崔寧的引子是故事。這種引子，當時說話人名爲「得勝頭迴。」如錯斬崔寧開篇說：『這回書單說一個官人只因酒後一時戲笑之言，遂至殺身破家，陷了幾條性命。且先引一個故事來，權做個「得勝頭迴。」』魯迅說：『頭迴猶云前回，聽說話者多軍民，故冠以吉語曰得勝。』胡適則以得勝迴頭爲曲調之名，轉爲得勝頭迴，是說話時用的開場鼓調，這話似乎比較可信。這種用一個相同的或是相反的故事作爲引子，隨後引入正文的方法，變爲後代小說的公式。短篇如今古奇觀、醉醒石，長篇如水滸傳、紅樓夢等，都保存着這種形態。其次，後代章回小說中的分章，亦原於這種話本。當代說話人每說一個故事，大都爲生意着想，不是一次說完，逢到故事中一個緊張場面時，他暫時作一結束，留給聽衆一個未完的趣味，好讓他們第二次再來聽講，這種情形，正如章回小說中的『欲知後事如何，且聽下回分解。』碾玉觀音分爲上下兩回，上回止於崔寧的被人識破，正是一個緊要關頭，說話的，他偏偏在這裏作結，用兩句七言詩下場了。下回却又用劉兩府的一首鷓鴣天詞開始，再慢慢來敍述那緊要關頭以後的故事。再如西山一窟鬼、陳巡檢梅嶺失妻記，都可看出這種明顯的線索。

這樣看來，這一種話本，雖說組織不嚴密，內容很雜亂，思想不正確，在藝術的價值上沒有十分重大的意義，但在白話文體發展的歷史上，却是非常重要的資料。更可注意的，是南宋時代，白話文運用的技巧，已達到成熟的階段，那些話本的作者，能用這種活的語言，代替上流文人通用的文言，去敍述神怪人情的故事，而得到了很好的成就。因了他們這種功績，替後代的小說作家，預備了一套新工具，使他們創作小說時，知道白話遠勝於文言，因而在那文言正統的權威下，產生許多偉大的白話小說，從那時以後，白話便成爲小說家的專用品了。從這地方說來，宋代話本的產生，實是中國文學史上一種文字工具的大革命，一種大可紀念的事。

『話說東京汴州開封府界身子裏，一個開線鋪的員外張士廉，年過六旬，媽媽死後，孑然一身，並無兒女。家有十萬貲財，用兩個主管營運。張員外忽一日拍胸長歎，對二人說：「我許大年紀，無兒無女，要十萬家財何用？」二人說：「員外，何不取房娘子，生得一男半女，也不絕了香火。」員外甚喜，差人隨卽喚張媒李媒前來。員外道：「我因無子，相煩你二人說親。」張媒口中不道，心下思量道：「大伯子許多年紀，如今說親，說甚麼人是得，教我怎地應他？」則見李媒把張媒一推，便道容易。臨行又叫住了道：「我有三句話。」媒人道：「不知員外意下如何？」張員外道：「有三件事說與你兩人；第一件要一個人材出衆，好模好樣的。第二件要門戶相當。第三件，我家下有十萬貫家財，須着個有十萬貫房奩的親來對付我。」兩個媒人肚裏暗笑，口中胡亂答應道：「這三件事都容易，」當下相別員外自去。張媒在路上與李媒商議道：「若說得這頭親事成，也有百十貫錢撰。只是員外說的話，太不着人。有那三件事的，他不去嫁個少年郎君，却肯隨你這老頭子。偏你這幾根白髯鬚是沙糖拌的。」李媒道：「我有一頭，到也湊巧，人材出衆，門戶相當。」張媒道：「是誰家？」李媒道：「是王招宣府裏出來的小夫人。王招宣初娶時，十分寵幸，後來只爲一句話破綻些，失了主人之心，情願白白裏把與人。只要有個門風的，便肯。隨身房計，少也有幾萬貫。只怕年紀忒小些。」張媒道：「不愁小的忒小，還愁老的忒老。這頭親，張員外怕不中意！只是雌兒心下必然不美。如今對雌兒說，把張家年紀瞞過了一二十年，兩邊就差不多了。」李媒道：「明日是個相合日，我同你先到張宅講定財禮，隨到王招宣府一說便成。」是晚各歸無話。……』（志誠張主管）

『劉官人馱了錢，一步一步捱到家中敲門，已是點燈時分。小娘子二姐獨自在家，沒有一些事做。守得天黑，閉了門在燈下打瞌睡。劉官人打門，他那裏便聽見。敲了半晌，方纔知覺，答應一聲「來了，」起身開了門。劉官人進去，到了房中，二姐替劉官人接了錢，放在桌上，便問：「官人何處挪移這項錢來？却是甚用？」那劉官人一來有了幾分酒，二來怪他開得門遲了，且戲言嚇他一嚇，便道：「說出來，又恐你見怪。不說時，又須通你得知。只是我一時無奈，沒計可施，只得把你典與一個客人。又因捨不得你，只典得十五貫錢，若是我有些好處，加利贖你回來。若是照前這般不順溜，只索罷了。」那小娘子聽了，欲待不信，又見十五貫錢堆在面前，欲待信來，他平白與我沒半句言語，大娘子又過得好，怎麼便下得這等狼心辣手？疑狐不決，只得再問道：「雖然如此，也須通知我爹娘一聲。」劉官人道：「若是通知你爹娘，此事斷然不成。你明日且到了人家，我慢慢央人與你爹娘說通，他也須怪我不得。」小娘子又問：「官人在何處吃酒來，」劉官人道：「便是把你典與人，寫了文書，吃他的酒纔來的。」小娘子又問：「大姐姐如何不來。」劉官人道：「他因不忍見你分離，待得你明日出了門纔來。這也是我沒計奈何，一言爲定。」說罷，暗地忍不住笑，不脫衣裳，睡在床上，不覺睡去了。……』（錯斬崔寧）

我們讀了這兩段，便會驚訝白話散文，在南宋時代已達到這種成熟的境地。對話的漂亮，描寫的深刻，人物個性的活躍，民衆心理的表現，決非那種典雅的文言所能辦到的。其內容意識雖與前代的志怪傳奇沒有多大分別，但因其表現的工具不同，完全成爲兩種不同的類型了。在這些話本裏，他們的故事，是無須介紹的，因爲都是一些人事加神鬼的敍述，那見解和思想也都非常幼稚。拗相公一篇，其中雖也雜有神鬼報應的敍述，因爲他是一篇有用意的小說，所以在思想方面，還能形成一貫的主旨。全篇用各種各樣刻毒的方法，來攻擊新法的領袖王安石，或是出自文士之手，這種文士，又無疑是同情元祐黨人的晚輩。其次是錯斬崔寧，無論在文字上在內容上，都是最好的一篇。全篇沒有雜半點神鬼的敍述，完全是描寫一件普通的人事，並且這種事件，在社會上是常有的。那故事是說有一位劉官人，有一妻一妾。某日與妻同至岳家，岳丈給他十五貫錢，叫他囘家作生意。那晚他一人醉酒囘來，二姐（他的妾）見了錢，問他那裏來的，他酒後戲言說，把你當了。隨後就醉倒在床上。二姐聽了，便私自跑囘娘家去告訴父母，不料那夜劉官人家來了强盜，搶去了錢，把官人也殺了。第二天族人知道這件事，便去追二姐，恰好二姐正同一路人崔寧在山中同行，於是崔寧便以洗不清的罪名送了性命。作者用最純粹的白話，把這件事原原本本地敍述出來，後面加以破案的結局，在組織上，也合於短篇小說的結構。在宋代的話本裏，這一篇和拗相公，可算是兩篇較成功的社會小說。至於金虜海陵王荒淫，雖文字過於穢褻，然在暴露當日君主的荒淫和宮庭的黑暗這一點上，也還有他的意義。他用寫實的筆，把宮庭君主的種種醜態，留下了眞實的影子。我在這裏所論的，是以京本通俗小說中所見者爲主，其他見於清平山堂話本、古今小說、警世通言中諸篇，都沒有討論，這原因我在前面已聲明了。

四　宋代的長篇小說

宋代的長篇小說，現流存於人間者，有新編五代史平話、宣和遺事和大唐三藏取經詩話三種。關於這幾種書的年代，雖說到現在，還不能絕對的確定，但我們把這些作品歸之於宋末元初的時代上，是沒有什麼可疑的。

新編五代史平話，爲當日說話人的講史的底本。敍述梁、唐、晉、漢、周五代的歷史，每代二卷。都以詩起詩結，中間用散文敍述史事。散文部份，大半爲淺近的文言，而亦有純粹白話者。梁、漢二史，俱缺下卷。所敍史事，重要者皆本正史，對於個人的性情雜事以及戰事場面，則大加點染，加以誇張滑稽的描寫和鋪敍，頗具歷史小說的規模。如梁史開卷一段，敍歷代興亡之事，加以種種怪誕的因果說，藉以增加故事的效力。再如劉知遠、郭威、黃巢、朱溫等人的描寫，也都生動有趣，有幾段白話，也寫得很是漂亮。東京夢華錄說，當日說話人中，有尹常等以講五代史爲專業，那末這一些平話，必是當日說五代史的底本了。本書爲清末曹元忠所發現，後經董康影印行世，於是這罕見的祕籍，得以流傳人世。在純粹文學的意義上講，這書自然沒有多大的藝術價值，但由此演進下去，便產生後代那些三國演義、隋唐演義一類的歷史長篇小說，這一點，我們是必得特別注意的。

其次，同樣帶有歷史的性質，而多雜以社會的故事的，是大宋宣和遺事，全書分前後二集，共爲十節。一、敍歷代帝王的荒淫，二、敍王安石的變法，三、敍蔡京的當權，四、敍梁山濼宋江諸英雄的起義，五、敍徽宗與李師師的戀愛故事，六、敍林靈素道士的進用，七、敍京師的繁華，八、敍汴京的失陷，九、敍徽欽二帝的被擄，十、敍高宗的都南。此書係節抄舊籍而成，故體例全不一致，有最典雅的文言，有流利的白話。結構上亦無嚴密的組織，不是說話人的本子，想是宋末（或出於宋亡以後）憤世文人，擬話本而爲者。中國小說史略有云：『近講史而非口談，似小說而無捏合。……雖亦有詞有說，而非全出於說話人，乃由作者掇拾故書，益以小說，補綴聯屬，勉成一書，故形式僅存，而精采遂遜。』他這種批評頗爲確切。書末結段云：『世之儒者謂高宗失恢復中原之機會者有二焉。建炎之初失其機者，潛善、伯彥偸安於目前誤之也。紹興之後失其機者，秦檜爲虜用而誤之也。失此二機，而中原之境土未復，君父之大仇未報，國家之大恥不能雪，此忠臣義士之所以扼腕，恨不食賊臣之肉而寢其皮也。』這種口吻，自然不是出於說話人，而必是出於憤世傷時的文人。我們說他是話本的擬作，是比較可信的。

本書貞集錄劉後村詠史詩一首，作全書結束。劉卒後不到十年，宋卽滅亡。則此書之成，必在劉後。又元集敍述宋太宗與陳摶論治道云：『太宗欲定京都，聞得華山陳希夷先生精於數學，預知未來之事，宣至殿下，太宗與論治之道，留之數日。一日太宗問：朕立國以來，將來運祚如何？陳摶奏道；宋朝以仁得天下，以義結人心，不患不久長。但卜都之地，一汴二杭三閩四廣。太宗再三詰問，摶但唯唯不言而已。』由這一段話，足見本書的作者，是見過遷閩遷廣的事實的。陸秀夫負帝赴海而死的悲劇，必定使這位作者非常痛心，所以他在結論裏，說出「此忠臣義士之所以扼腕，恨不食賊臣之肉而寢其皮也」的憤激的話了。由這一點，我們可以推測本書的編撰者，一定是宋代的遺民，而在文學的思潮上，同那些遺民的哀傷亡國的詩詞的情調是一致的。

宣和遺事雖是一本掇拾舊籍文體不純的書，但在時代生活與意識的表現上，却有重大的意義。作者有一貫的主旨和思想，決不像那些話本的作者只以民衆的趣味爲主，只以神鬼靈怪爲材料。他是一個愛國主義者，他痛恨那些君主的荒淫，攻擊那些奸臣的當權，不滿意新法的擾民，和道士怪人的參政，同時對於那些斬草除奸的叛黨寄以同情。這幾種觀點，在這一本書裏，始終是一貫的。作者在書的末尾，流露出一點眞意，同時代表當日苦於亡國的民衆，發出了一點怨恨和責罵。我們對於宣和遺事的研究，必得要注視這方面，才可認識他在文學上的眞實意義。

其次，宣和遺事中所敍的梁山濼故事，即是後日水滸傳的底本。在這一段裏，已經有楊志賣刀，晁蓋等刼掠禮物，宋江殺閻婆惜，題反詩而逃，在玄女廟內看見題有三十六人姓名的天書，最後朝庭招降宋江等，命討方臘，因有軍功，封節度使。惟吳用作吳加亮，盧俊義作李進義，人名雖偶有異同，但故事的骨幹，已大部形成。因此這一段，可以看作是水滸傳最初的本子的，並且本段中的白話文，也寫得較爲精采。由此我們可以推測，在當初，這是一本獨立的書或是一部話本，由宣和遺事的編撰者，將他抄錄進去，成爲那書中的一節，或在文字上有所增删，也說不定。這樣看來，水滸傳的故事，不僅在南宋的民間已很流行，並已有人編寫成書，或作爲說話人的底本了。

最後要講到的長篇小說，便是大唐三藏取經詩話。此書又名大唐三藏法師取經記。全書分三卷，共十七章，可爲中國章回小說之祖。卷末有「中瓦子張家印」六字，王國維氏考定中瓦子爲宋臨安府的街名，乃當日說話人的所在地。書中有詩有話，故名爲詩話。第一章已缺。第二章，行程遇猴行者處。第三章，入大梵天王宮。第四章，遇獅子林及樹人國，第六章，過長坑大蛇嶺處。第七章，入九龍池處。第八章，缺前段。第九章，入鬼子母國處。第十章，經過女人國處。第十一章，入王母池之處。第十二章，入沉香國處。第十三章，入波羅國處。第十四章，入優鉢羅國處。第十五章，入竺國度海之處。第十六章，轉至香林寺受心經本。第十七章，到陝西王長者妻殺兒處。由上面這些題目看來，便知道書中的浪漫成份與幻想情調，這無疑是受了印度文學的影響的直接產物。全書敍述玄奘與猴行者西天取經的故事。當日的猴行者雖是一個白衣秀才，但已經是神通廣大，文武雙全，正替後代西遊記中的齊天大聖立好一個基礎。如

『偶於一日午時，見一白衣秀才，從正東而來，便揖和尚。「萬福萬福，和尚今往何處？莫不是再往西天取經否？」法師合掌曰：「貧道奉敕，爲東土衆生未有佛教，是取經也。」秀才曰：「和尚生前兩回去取經，中路遭難，此回若去，千死萬死。」法師云：「你如何得知？」秀才曰：「我不是別人，我是花果山紫雲洞八萬四千銅頭鐵額獼猴王。我今來助和尚取經，此去百萬程途，經過三十六國，多有禍難之處。」法師應曰：「果得如此，三世有緣。東土衆生，獲大利益。」當便改呼爲猴行者』(行程遇猴行者處第二)

『行者以杖擊石，先後現二童子。一云三千歲，一五千歲，皆揮去。……又敲數下，偶然一

孩兒出來。問曰「你年多少？」答曰：「七千歲。」行者放下金鐶杖，叫取孩兒入手中，問和尚你喫否？和尚聞語，心驚便走。被行者手中旋數下，孩兒化成一枚乳棗，當時呑入腹中，後歸東土唐朝，遂吐出於西川，至今此地中生人參是也。』（入王母池之處第十一）

可知西遊記中的那一隻神力廣大的猴子，在宋末已經構成了。到了元朝，用這個故事來寫戲曲的人也很多，再演變下去，便成就了吳承恩的那一部偉大的浪漫作品。但我們不能因其文字的拙劣，敍事的簡略，每章字數的不稱，便忽視他的價值，他正如五代史平話、宣和遺事一樣，都是後代長篇小說的種子，白話文學的先聲。在中國小說的發展史上，是有極重要的意義的。至於在永樂大典中所發現的那一段夢斬涇河龍的西遊記，（見大典一三一三九卷，引書標題作西遊記，）共有一千二百餘字，就其文字的技巧與故事的組織上看，顯然呈現着進步的姿態，這無疑地是出自取經詩話以後的了。

下篇 宋代的戲曲

在政治的地位上，宋金是兩個單位。但在文化的狀態下，在文學發展的時代下，金朝恰好包括在宋代的範圍裏。因此，關於宋金的戲劇史料，我放在這一個時代中來敍述。

一 中國戲曲的起源與演進

戲曲最初的階段，原是舞蹈音樂歌唱的混合形式。因此，周頌這一種作品，一面可看作是詩歌最早的材料，同時也可以看作是戲曲最早的材料。因爲在周頌裏，包含着大量的舞蹈音樂的成分的事，我在本書的第二章裏，已詳細地說過了。擔任着這種舞蹈的角色，便是當日的巫覡。他們能歌能舞，是以媚神娛鬼爲專業的。在初民時代，由對於自然與神鬼的敬畏與信仰，因此發生種種表示，獻媚和禮拜的方式，於是戲曲性的歌舞，便在這神鬼觀念之下產生了。王國維說：『歌舞之興，其始於古之巫乎？』（宋元戲曲史）這話是非常精確的。歌舞的起源，也就是戲曲的起源。

這一種情形，在九歌裏表現得更是明顯。九歌的文字雖是美麗的詩句，但就其全體看，却是一套完整的舞曲。關於這一點，我在本書第四章裏，論南方的文學時，敍得很是詳細，現在不多說了。楚國本是一個巫風大盛的地帶。王逸說：『楚國南郢之邑，沅湘之間，其俗信鬼而好祠，其祠必作歌樂鼓舞以樂諸神。』（楚辭章句）這正是一個產生媚神鬼的舞曲的良好環境。楚辭中的九歌，便是當日宮庭中所表演的一套完整的宗教舞曲。全篇共有十一個節目，由莊重的天神雲神開場（東皇太一、雲中君，）接着兩個浪漫的場面（湘君、湘夫人，）接着又是幾個莊重的場面（大司命、小司命、東君，）下去又是兩個浪漫的場面（河伯山鬼，）最後一場，是追悼陣亡的將士，用國殤來作爲悲壯的收場。禮魂是全劇的尾聲，是用着合樂合舞合唱的熱鬧空氣，結束全局。『成禮兮會鼓，傳芭兮代舞，姱女倡兮容與。』（禮魂）在這幾句裏，一面表示着在九歌中所含的舞蹈音樂動作成分的豐富，同時又暗示着這一套舞曲的表演，必在舉行什麼典禮的紀念日的事，也是很明顯的。這樣看來，九歌一方面是詩的資料，同時也是戲曲的資料，那是全無可疑的了。

九歌中所謂的靈或靈保，便是古代的巫覡，如『靈偃蹇兮姣服，芳菲菲兮滿堂，』（東皇太一）『靈連蜷兮既留，爛昭昭兮未央。』（雲中君）『思靈保兮賢姱』（東君）他們或作爲娛神的演者，或作爲神靈的象徵，但在衣服形貌上，都有戲曲的適應性，在舞蹈動作上，都有戲曲的表演性，那是無可疑的。故王國維說：『至於浴蘭沐芳，華衣若英，衣服之麗也。緩節安歌，竽瑟浩倡，歌舞之盛也。乘風載雲之詞，生別新知之語，荒淫之意也。是則靈之爲職，或偃蹇以象神，或婆娑以樂神，蓋後世戲劇之萌芽，已有存焉者矣。』（宋元戲曲史）

因着社會經濟的發展，統治勢力的擴張，人權思想的興起，藝術由神鬼的祭壇下，而漸漸地轉入於人事的娛樂，這是必然的趨勢。由媚神娛鬼的宗教舞曲，而變爲人類的娛樂品了。代替着巫覡靈保而起的，是那些倡優侏儒一類的滑稽角色。列女傳云：『夏桀既棄禮義，求倡優侏儒狎徒，爲奇偉之戲，』此說出於漢人，自不可信。但晉的優施，楚的優孟一類的人物，確是後代俳優的濫觴，他們或善於歌舞，或長於調戲。優施舞於魯君之幕下，孔子加以辱君的罪名，優孟之爲孫叔敖衣冠，楚王欲以爲相。可知他們於言語調戲之外，必加以滑稽的動作。這一種情形，與後世的戲劇演員，是有幾分近似了。

到了漢代，隨着統治階層勢力的固定，與經濟的繁榮，於是俳優一類的人，成爲一種專門人材，作爲獻媚君主貴族而謀生的一種職業。漢書禮樂志載：『郊祭樂人員，初無優人。惟朝賀置酒陳前殿房中，有常從倡三十人，常從象人四人（孟康云：象人若今戲魚蝦獅子者也。韋昭云：著假面者也。）

詔隨常從倡十六人，秦倡員二十九人，秦倡象人員三人，詔隨秦倡一人。』這一大批倡人，他們所表演的我們雖無從知其詳情，或是帶着假面具，裝着魚蝦獅子的樣子，或是唱歌跳舞，或是戲謔滑稽，藉以取笑於君主與貴族，這是無疑的。由巫覡靈保所表演的媚神的舞曲，到這時候，是進一步而變爲樂人的滑稽表演了。

角抵戲是武帝時代由西域傳到中國來的（見史記大宛傳）。角抵是指着角力角技及射御比賽等等的遊戲，但到了後來繁衍下去，範圍日廣，連假面戲和歌舞等等，也都包括在內。張衡在西京賦，描寫平樂觀的角抵戲說：『烏獲扛鼎，都盧尋橦。衝狹燕濯，胸突銛鋒。跳丸劍之揮霍，走索上而相逢。……巨獸之爲曼延，含利之化仙車，吞刀吐火，雲霧杳冥。……總會仙倡，戲豹舞羆。白虎鼓瑟，蒼龍吹篪。……女娥坐而長歎，聲淸暢而委蛇。洪厓立而指揮，被毛羽而襳襹。度曲未終，雲飛雪起……』再在李尤的平樂觀賦裏，對於當日的角抵戲，也有很活躍的敍述。這樣看來，當日的角抵戲，範圍極廣，是集俳優歌舞角力雜耍於一爐，而成爲無所不包的百戲了。

魏晉在戲劇方面，只沿襲漢代，沒有什麼進步。然可注意者，有出於後趙的參軍戲。據趙書所載：『石勒參軍周延爲館陶令，斷官絹數萬疋，下獄，以八議宥之。後每大會，使俳優著介幘，黃絹單衣……以爲笑。』（太平御覽卷五百六十九引）唐段安節樂府雜錄亦載此事，云起於漢和帝時。但王國維以後漢尚無參軍官名，故以趙書爲是。這一種參軍戲，雖只以戲謔爲主，但已扮演時事，比起往日的傀儡戲，象人戲來，是稍稍有點不同了。並且盛行於唐代的參軍戲，即起源於此，這是値得我們注意的。

到了北朝，在戲劇方面，有比較重要的進展。這進展的事實，便是當日的俳優，能合着歌舞，去表演一種故事，在扮演方面將歌舞和故事聯繫起來，漸漸地走近戲曲的領域。這原因不得不歸功於外族音樂舞曲的輸入與影響。他們表演的事雖極簡單，但已經是現實社會上的事情，決不是漢朝那種裝禽獸玩木偶的把戲。當日這種戲，在文獻中可考者，有代面、踏搖娘、撥頭三種。

代面　代面始於北齊，是一種有歌舞有動作有故事又有化裝的舞曲。舊唐書音樂志云：『代面出於北齊。北齊蘭陵王長恭，才武而面美，常着假面以對敵。勇冠三軍，齊人壯之，爲此舞以效其指揮擊刺之容，謂之蘭陵王入陣曲。』可知代面這一種東西，一面是扮演蘭陵王的故事，同時又是以歌舞爲主體的了。再如教坊記及樂府雜錄，俱載此事，其中雖偶有差異，但對於北齊的時代及男主角帶假面英勇應敵之事，所載一致。則代面的起源，完全由民衆崇拜心理的模倣。

踏搖娘　踏搖娘一作蘇中郎。教坊記謂起於北齊蘇鮑鼻，樂府雜錄謂起於後周士人蘇葩，舊唐書音樂志則謂蘇爲隋末河內人。但三書中所載故事，則全相同。教坊記所載最詳，或較可信。其詞云：『北齊有人姓蘇鮑鼻，實不仕而自號爲郎中。嗜飲酗酒，每醉輒毆其妻。妻銜悲訴於鄰里。時人弄之。丈夫著婦人衣，徐步入場。行歌，每一疊，旁人齊聲和之。……以其且步且歌，故謂之踏搖。及其夫至，則作毆鬥之狀，以爲笑樂。』這樣看來，代面與踏搖娘，都是合着歌舞，扮演一種社會上的實事。一是出於崇拜的心理，一是出於嘲諷的戲謔，其中的故事與動作，雖非常簡陋，但在心理的構成上，與人事的表演上，同後世的戲劇，已是很接近的了。

撥頭　撥頭爲國外戲劇輸入中國之一種，一名鉢頭（樂府雜錄）。北史西域傳有拔豆國，或卽此也。舊唐書音樂志云：『撥頭者，出西域胡人，爲猛獸所噬，其子求獸殺之，爲此舞以象之也。』撥頭有歌與否，雖不能知，但其動作部份，必更爲繁複。由此看來，北朝時代的代面、踏搖娘、撥頭等曲，雖無劇本的存留，雖無有情有節的內容，但在創作的動機與材料的表現，都入於有意識的人事的階段，這一點，不能不說是一種大進步。

除此而外，漢魏以來的百戲，在南北朝及隋代也很盛行，尤盛於北方。在魏書樂志、隋書音樂志中，都有記述。據隋書柳彧傳所載：『於端門外建國門內，綿亘八里，列爲戲場，百官起棚夾路，從昏至旦，以縱觀，至晦而罷。伎人皆衣錦繡繒綵，其歌舞者多爲婦人服，鳴環佩，飾以花毦者，殆三萬人……鳴鼓聒天，燎炬照地，人戴獸面，男爲女服。倡優雜伎，詭狀異形。』在隋煬帝那種荒淫的政治狀態下，這種作爲娛樂的百戲的發達是必然的，觀其熱鬧的情形，實遠過於張衡在西京賦中所描寫的了。

唐代的歌舞戲，如代面、踏搖娘、撥頭、參軍等，均本於前代，但參軍戲最爲流行。如樂府雜錄、趙璘因話錄、范攄雲溪友議中，都有參軍戲的記載。如黃幡綽、張野狐、李仙鶴、周季南、周季崇、劉採春女士等，都是扮演參軍戲的名角。並且當日的參軍戲，已較北朝時代進步。在那種戲裏，已有『參軍』和『蒼鶻』兩種固定的脚色，這在戲劇的表演上，是一種很重要的進展。五代史徐世家云：『徐氏之專政也，楊隆演幼懦，不能自持。而知訓尤凌侮之。嘗飲酒樓上，令優人高貴卿傳酒。知訓爲參軍，隆演鶉衣髽髻爲蒼鶻。』又姚寬西溪叢話卷下所引吳史，亦有同樣記載。可知晚唐時代的參軍戲已有固定的角色，所謂參軍，便是戲中的正角，蒼鶻便是丑角一類的配角了。又李義山驕兒詩云：『忽復學參軍，按聲叫蒼鶻，』在這裏，可以看出參軍戲這種遊藝，在當日是如何的普遍了。歌舞戲除上敍四種外，尚有樊噲排君難戲一種，又名樊噲排闥戲，見唐會要及樂書，盛行於晚唐，是一種扮演項羽、劉邦在鴻門相會的歷史故事，是唐人自製的。戲中的詳情，雖不知道，但由其表演的故事看來，較之代面、踏搖娘一類的東西，自必是要稍加繁複了。

唐代的歌舞戲雖止於此，但滑稽戲則較爲進步。這種戲不一定表演故事，不雜歌舞，大都以諷刺戲謔爲主，演者可以隨時隨地自由扮演之。如資治通鑑（卷二百十二）、舊唐書文宗紀，孫光憲北夢瑣言卷六卷十四及高彥休唐闕史諸書中，俱有這種滑稽戲的記載。尤以唐闕史所載者最爲有趣。『咸通中，優人李可及者，滑稽諧戲，獨出輩流。雖不能託諷匡正，然智巧敏捷，亦不可多得。嘗因延慶節緇黃講論畢，次及倡優爲戲。可及乃儒服險巾，褒衣博帶，攝齊以升講座。自稱三教論衡。其隅坐者問曰：既言博通三教，釋迦如來是何人？對曰：是婦人。問者驚曰：何謂也。對曰：金剛經云：敷座而坐。若非婦人，何煩夫坐，然後兒坐也。上爲之啓齒。又問曰：太上老君何人也？對曰：亦婦人也。問者益所不喻。乃曰：道德經云：吾有大患，是吾有身。及吾無身，吾復何患。倘非婦人，何患乎有娠乎？上大悅。又問文宣王何人也？對曰：婦人也。問者曰：何以知之？對曰：論語云：沽之哉，沾之哉，吾待賈者也。倘非婦人，待嫁奚爲？上意極歡，寵錫甚厚。翌日，授環衞之員外職。』（唐闕史卷下）這種滑稽戲雖沒有歌舞，雖專以言語爲主，但也可以看作是參軍戲的變形。在這一戲中，李可及是主角，正是參軍的脚色，那位隅坐者，無疑是蒼鶻一類的配角了。在這裏雖沒有說出「參軍」「蒼鶻」固定的脚色的名目，但在組織上，却正是兩個脚色的對立，與晚唐時代的參軍戲的構成，是相同的。同時這一種戲，也就是宋代雜戲之所本。其次，這一種滑稽戲，不僅盛行於民間，同時供奉於宮庭，偶爾得到君主的啓齒破顏，便可得物品與官祿的賞賜。有了這種環境，這一種遊藝，自然可以很快地發展起來。所以一到了宋代那個酣歌醉舞的朝廷裏，所謂官本雜戲那種東西，便如雨後春筍一般地興盛起來了。

二 宋代的各種戲曲

上面所說的，是宋代以前的中國戲曲發展的大略情形。嚴格的說來，那一些都不好算是眞正的戲曲。但在戲曲發展的過程上，却又是不能忽視的材料。到了宋朝，隨着歌詞小說的興起，社會經濟的繁榮，宮庭的享樂，於是作爲娛樂品的戲劇，得到了重要的進展。無論滑稽戲、歌舞戲以及歌唱戲等等，在脚色和故事方面，都較唐代進步得多。在南宋時代，這些東西，大都是叫作雜劇，在金人是叫作院本，那包括的範圍是非常廣泛的。這些雜劇和院本，雖說還沒有達到眞正的戲曲的階段，同元代的雜劇，仍是兩種不同的東西，但他們相隔的距離已是不遠了，他們確是元代戲曲的基礎和雛形，戲曲的基本條件，差不多都已具備，所缺少的只剩着由敍事體的講唱到代言體的扮演那一個重要的轉變了。

宋代初期的雜劇，大概都是指的那些滑稽戲、歌舞戲一類的東西，大都歸之於大曲。陳暘樂書云：『讌時，皇帝四舉爵，樂工道詞以述德美，詞畢再拜，乃合奏大曲。五舉爵，琵琶工升殿，獨奏大曲。曲上，引小兒舞伎，間以雜劇。』又夢粱錄說：『向者汴京教坊大使，孟角球曾做雜劇本子，葛守誠撰四十大曲』又宋史樂志說：『眞宗不喜鄭聲，而或爲雜劇詞，未嘗宣布於外。』這樣看來，雜劇與大曲開始是截然不同的兩物。可惜當日流行的雜劇本子和四十大曲，現在一本也沒有流傳下來，使我們無從比較。但就上面的文字看來，大曲是以歌舞爲主，雜劇是以調戲滑稽爲主，由唐代的參軍戲變化而出，想必是無疑的。後來各種表演的藝術漸漸進步，彼此調和混雜，於是專以歌舞爲主的大曲，開始敍述故事，而雜劇一類的東西，也雜以歌舞，因此雜劇與大曲漸漸合而爲一了。在夢粱錄卷三及卷二十裏，說到雜劇演唱的情形，則說以滑稽念唱敍述故事爲主，同時又說到種種音樂跳舞混合，這情形是非常明顯的。到這時候，於是雜劇成爲各種戲劇的總稱，而包含着滑稽戲、歌舞戲以及競技雜耍各種遊藝在裏面了。試看武林舊事卷十所載官本雜劇共二百八十本，其中用大曲者一百有三，用法曲者四，用普通詞調者三十有五，用諸宮調者二。再如有稱「爨」者四十三本，稱「孤」者十七本，稱「酸」者五本，以及稱「打調」、「三教」、「訝鼓」者十數本。所謂大曲、法曲、諸宮調以及普通詞調，是屬於歌舞與講唱的，至於「爨」、「孤」、「酸」、「打調」、「三教」、「訝鼓」等等，大都是滑稽雙簧調戲雜耍一類的東西。這樣看來，南宋時代的雜劇，確是無所不包，同北宋時代代表滑稽戲的意義的雜劇，是成為兩個不同的名詞了。這二百八十本的雜劇，他題為官本，自然是出演於宮庭的作品，可惜現在都失傳了，無從知其眞實面目。但我們從古書的記載，以及文人的作品裏，還可找到許多材料，供我們的研究，我在下面，分作滑稽戲、歌舞戲、講唱戲三類來敍述。這三個部門，全都可以歸於宋代廣義的雜劇的範圍內。

一、滑稽戲 宋代的滑稽戲，與唐代的參軍戲相似，但在脚色與布置方面，較為複雜與進步，其內容大都以詼諧諷刺為主。宋人每稱此種滑稽戲為雜劇，這雜劇的意義是狹義的，我在上面已說過了。呂本中童蒙訓云：『作雜劇者打猛諢入，却打猛諢出。』又洪邁夷堅志丁集云：『俳優侏儒，固技之下且賤者，然亦能因戲語而箴諷時政，有合於古矇誦工諫之義，世目為雜劇者是已。』又吳自牧夢粱錄云：『雜劇全用故事，務在滑稽。』在這些話裏，很明顯地可以看出當日稱為雜劇的滑稽戲的眞實面貌。他同當日流行的歌舞戲、講唱戲是完全不同的了。

『祥符天禧中，楊大年、錢文僖、晏元獻、劉子儀以文章立朝，為詩皆宗李義山。後進多竊義山語句。嘗內宴，優人有為義山者，衣服敗裂，告人曰，吾為諸館職撏撦至此。聞者歡笑』（劉攽中山詩話）

『優人常設三輩為儒道釋，各稱頌其教。儒者曰：吾之所學，仁義禮智信，曰五常，遂演暢其旨，皆采引經書，不雜媟語。次至道士曰：吾之所學，金木水火土曰五行，亦說大意。末至僧，僧抵掌曰：二子腐生常談，不足聽，吾之所學，生老病死苦曰五化。藏經淵奧，非汝等所得聞。當以現世佛菩薩法理之妙，爲汝陳之，盍以此問我。曰敢問生。曰：內自太學辟雍，外至下州偏縣，凡秀才讀者盡爲三舍生。華屋美饌，月書季考，三歲大比，脫白掛綠，上可以爲卿相，國家之於生也如此。曰敢問老。曰老而孤獨貧困，必淪溝壑，今所立孤老院，養之終身，國家之於老也如此。曰敢問病。曰不幸而有疾，家貧不能拯療，於是有安濟坊，使之存處，差醫付藥，責以十全之效，其於病也如此。曰敢問死。曰死者人所不免，惟貧民無所歸，則擇空隙地爲漏澤園，無以斂則與之棺，使得葬埋。春秋享祀，恩及泉壤，其於死也如此。曰敢問苦，其人瞑目不應，陽若惻悚然。促之再三，乃蹙額答曰，只是百姓一般受無量苦。徽宗爲惻然長思，弗以爲罪。』（洪邁夷堅志）

『史同叔爲相日，府中開宴，用雜劇人。作一士人念詩曰：滿朝朱紫貴，盡是讀書人。旁一士人曰：非也。滿朝朱紫貴，盡是四明人。自後相府有宴，二十年不用雜劇。』（張端義貴耳集）

由上面這些記載看來，滑稽戲的演出，雖以幽默笑言爲主，但其內含的意義，是相當嚴肅的；或嘲笑文人的偸竊義山詩句，或借佛說來哀訴民衆的疾苦，或譏諷當權的宰相的任用鄉人，都表現着現實的社會的意識，並不是專說一兩句笑話，以供統治者的娛樂。在這種地方，確實是有着言者無罪聞者足戒的意義的。同時，這種戲的表演者，必有相當的知識與眼光，對於時事，對於學術政治，都得有相當的瞭解。看他們所說的話，所表現的意見，絕非那些無知無識的俳優所能做到。故岳珂說：

『蜀伶多能文，俳語率雜以經史。凡制帥幕府之燕集，多用之。』（程史）這樣看來，這一種滑稽戲，只能盛行於宮庭與貴府，在民間未必普遍。因爲他們所說的話所暗示的諷刺，都不容易爲大衆所欣賞。在民間表演起來，是不大有什麼趣味的。

其次是傀儡戲與影戲。這兩種戲與歌舞戲的性質固然不同，但與上面所講的那種滑稽戲，也不一樣，但廣義的說來，他們是會有着多少的滑稽的意味的，因此，我也附論在這裏了。傀儡戲就是木偶戲，起源於周代列子時。六朝唐代已演故事，據封氏見聞記所載，唐代的木偶戲，表演尉遲公作戰，項羽劉邦鴻門宴的故事，「機關動作，不異於生。」到了宋朝，傀儡戲大盛，種類亦極繁。據東京夢華錄、武林舊事諸書所載，當日有懸絲傀儡、走線傀儡、杖頭傀儡、藥發傀儡、肉傀儡、水傀儡種種名目。夢粱錄云：『凡傀儡敷衍煙粉靈怪鐵騎公案史書歷代君臣將相故事話本，或講史，或作雜劇，或如崖詞。……大抵弄此，多虛少實。』由此看來，當日的傀儡戲實有很大的進步，他能表現各種長篇的故事，並且還有演戲的底本，宜乎他能與「小說」「講史」兩種說話人，同樣的受民衆歡迎，而大大地興盛起來了。

影戲始於宋朝。事物記原云：『宋仁宗時，市人有能談三國事者，或採其說加緣飾，作影人，始爲魏吳蜀三分戰爭之象。』東京夢華錄所載，『京瓦伎藝，』有影戲與喬影戲之目。到了南宋，影戲更日益進步。夢粱錄云：『有弄影戲者。汴京初以素紙雕簇，自後人巧工精，以羊皮雕形，以彩色裝飾，不致損壞。……其話本與講史書者頗同，大抵眞假相半。公忠者雕以正貌，奸邪者刻以醜形，蓋亦寓褒貶於其間耳。』由易損的紙人，變爲堅固的羊皮，由質素的形狀，變爲顏色的裝飾，同時能在面貌上，加以公忠與邪惡的表情的分別，這是臉譜的應用，這種種現象，都是非常明顯的進步。他也與傀儡戲一樣，有獨用的話本。胡適之說：『南宋的說話人有小說、講史、傀儡、影戲四大派，各有話本。』（宋人話本八種序）這樣看來，當日的說話人，無論屬於那一派，在其表現的性質上，在其職業的身份上，都是屬於戲劇的了。

傀儡戲與影戲，雖說不是人所表演，但他却具備着戲曲的形態與內質。他能夠表現一個有頭有尾的故事，有固定的戲本，有面貌上的表情，有衣服上的顏色裝飾，較之上面所說的那種盛行於上流階級專以詼諧諷刺爲主的滑稽雜劇，是較有趣味。因爲如此，他才能夠引起民衆的愛好與歡迎，而能在當日說話的陣營中，佔着秋色平分的地位。

二、歌舞戲　宋代的歌舞戲，雖仍不能算作眞正的戲劇，但較之前述的那種專以滑稽詼諧爲主的雜戲來，是較爲進步的，他配合着樂曲歌舞言語動作，以表演一個故事，其組織與形式，已相當複雜。但他缺少戲劇上一個最重要的特質，便是在故事的表演上，是敍事體而不是代言體。

甲、轉踏　轉踏（見曾慥樂府雅詞）亦名「傳摭」（見王灼碧鷄漫志），或名「纏達」（見夢梁錄，）皆一音之轉，實際是相同的。他的組織，是用一曲連續歌唱，有每首詠一事者，有多首合詠一事者。如樂府雅詞中所載的晁無咎的調笑轉踏，分詠西施、宋玉、大堤、解佩、回文、唐歌兒、春草等七事。鄭彥能的調笑轉踏，分詠羅敷、莫愁、卓文君、桃花源十二事，無名氏的調笑集句轉踏，分詠巫山、明妃、班女、文君八事。這都是每首詠一事，合多首詠多事的轉踏。開始是一小段駢文，叫作勾隊詞，此後以一曲一詩相間。詩爲七言，曲則以調笑爲主。最後則以放隊詞作結。據碧鷄漫志卷三所載，謂石曼卿作拂霓裳轉踏述開元天寶遺事，自是多首合詠一事者，可惜其詞不傳。再如樂府雅詞中的九張機，其中雖無具體的故事，也是具備着多首合詠一事的形式。今舉鄭彥能的調笑轉踏爲例：

『良辰易失，信四者之難幷。佳客相逢，實一時之盛會。用陳妙曲，上助淸歡。女伴相將，調笑入隊。

秦樓有女似羅敷，二十未滿十五餘。金環約腕攜籠去，攀枝折葉城南隅。使君春思如飛絮，五馬徘徊芳草路。東風吹鬢不可親，日晚蠶飢欲歸去。歸去。攜籠女。南陌春愁三月暮。使君春思如飛絮，五馬徘徊頻駐。蠶饑日晚空留顧，笑指秦樓歸去。

石城女子名莫愁，家住石城西渡頭。拾翠每尋芳草路，採蓮時過綠蘋洲。五陵豪客青樓上，醉倒金壺待淸唱。風高江闊白浪飛，急催艇子操雙槳。雙槳，小舟蕩。喚取莫愁迎叠浪，五陵豪客青樓上。不道風高江廣，千金難買傾城樣，那聽遶梁淸唱。

…………

放隊

新詞宛轉遞相傳，振袖傾鬟風露前。月落烏啼雲雨散，游童陌上拾花鈿。』

由上面的引子看來，知道這一種轉踏，是一種短小的適合於宴會的舞曲。他們如何歌法，如何舞法，雖不知其詳，但由『用陳妙曲，女伴相將，』和『傾鬟振袖，游童拾鈿』等等形容的文句看來，可想見其中的人物和樂舞之盛。保存於樂府雅詞中的諸轉踏，大都出於高級文人之手，所以文字格外典雅美麗。去其歌舞的性質，而其文字，也還能保持其獨立的詩詞的生命。另有無名氏的調笑集句轉踏一篇，編者曾慥云是九重傳出，可知當日宮庭所表演者，與士子文人所製作者，無論形式與文字，體例是相同的。

轉踏而外，還有一種歌舞相兼的舞曲，用以侑賓客者曰隊舞。因爲他的組織以歌舞者一隊爲單位，故名曰隊舞。據宋史樂志，隊舞有小兒隊與女弟子隊之分。小兒隊凡七十二人，分柘枝隊、劍器隊等十種，女弟子隊凡一百五十三人，分菩薩蠻隊、佳人剪牡丹隊、採蓮隊等十種。其衣服的顏色與裝飾的形狀，俱適合於其隊名的性質而各不相混。這種大規模的組織，自然是宮庭才能辦到。在表演的性質上看來，較之轉踏，隊舞似乎是較爲貴族化的。王國維氏推想這兩種東西，是一種名異實同的舞曲。在性質上似乎是不錯，但在表現的組織上，隊舞必較爲大規模與複雜性的。還有一點，隊舞必偏重於舞蹈，而歌唱的成份比較少。因此，我們若把轉踏和隊舞看作是一種東西，似乎有些不妥了。

乙、大曲　宋代的歌舞戲，除轉踏外，還有大曲。大曲便是一曲多遍合樂合舞的一種舞曲。『大曲自南北朝已有此名。至唐而雅樂、清樂、燕樂、西涼、龜茲、安國、天竺、疏勒、高昌樂中，均有大曲。然傳於後世者，唯胡樂大曲耳。其名悉載於教坊記，其詞尚略存於樂府詩集近代曲辭中，宋之大曲，卽自此出。』（王國維宋元戲曲史）由此可知大曲的來源已久，並且也是宮庭中的一種主樂。到了宋代，取用大曲的樂調，敍述一件故事，而變成一種歌舞的戲曲性質，雖仍是敍事體，然而較之從前那種專以樂曲爲主的大曲來，自然是大爲進步了。碧鷄漫志卷三云：『凡大曲有散序、靸、排遍、攧、正攧、入破、虛催、實催、衮徧、歇拍、殺衮，始成一曲，謂之大徧。予曾見一本有二十四段，後世就大曲製詞者，類從簡省，而管絃家又不肯從首至尾吹彈，甚者學不能盡。』可知一個正式的大曲的組織，是非常繁複的，表演於宮庭者，必能依其規矩，而具備着那大規模的結構。至於流行宮庭以外的大曲，一面因依曲製詞的文人，類從簡省、裁截用之，二因管絃家，不肯從首至尾吹彈，於是大曲的徧數變成長短不定了。如曾布的水調大曲（載王明清玉照新志），詠馮燕事，只有排徧第一、排徧第二、排徧第三、排徧第四、排徧第五、排徧第六帶花徧、排徧第七攧花十八等，共爲七段。史浩的採蓮大曲（鄮峯眞隱漫錄，）只有延徧、攧徧、入破、衮徧、實催、衮、歇拍、煞衮等，共爲八段。再如董穎的薄媚大曲（樂府雅詞），爲最長者，也只有排徧第八、排徧第九、第十攧、入破第一、第二虛催、第三衮徧、第四催拍、第五衮徧、第六歇拍、第七煞衮等，共爲十段。可知宋代的大曲，徧數雖多至數十，但文人的製作，往往簡省截用，變成長短自由的形式了。今試舉董穎薄媚的前二段云：

排徧第八

『怒潮卷雪巍岫布雲，越襟吳帶如斯。有客經遊，月伴風隨。値盛世觀此江山美，合放懷何事却興悲。不爲回頭舊谷天涯。爲想前君事，越王嫁禍獻西施，吳卽中深機。闔廬死有遺誓，勾踐必誅夷。吳未干戈出境，倉卒越兵，投怒夫差，鼎沸鯨鯢。越遭勁敵，可憐無計脫重圍。歸路茫然，城郭邱虛，飄泊稽山裏，旅魂暗逐戰塵飛。天日慘無輝。

排徧第九

『自笑平生，英氣凌雲，凛然萬里宣威。那知此際，熊虎塗窮，來伴麋鹿卑棲。既甘臣妾，猶不許，何爲計，爭若都燔寶器，盡誅吾妻子，徑將死戰決雄雌。天意恐憐之。偶聞太宰正擅權，貪賂市恩私。因將寶玩獻誠，雖脫霜戈，石室囚繫，憂嗟又經時，恨不如巢燕自由歸。殘月朦朧，寒雨瀟瀟，有血都成淚，備嘗險厄反邦畿，冤憤刻肝脾。』

後面還有八段，都是這樣排列下去，什麼引子尾聲，動作舞蹈的表示，以及說明故事的散文都沒有。但陳暘樂書云：『優伶舞大曲，惟一工獨進，但以手袖爲容，踏足爲節。其妙串者，雖風鶱鳥旋，不踰其速矣。然大曲前緩疊不舞，至入破則羯鼓襄鼓與絲竹合作，句拍益急，舞者入場，投節制容，故有催拍、歇拍、姿勢俯仰，百態橫出。』在這些話裏，可知大曲中歌舞之盛。因他是以歌舞爲主，故其中雖敍故事，而這種故事，反居於不重要的地位，散文的部份，或者就因此而失去了。（惟鄮峯眞隱漫錄中之採蓮，與此不同。）

丙、曲破　舞曲最詳備者，爲曲破。曲破始於唐五代，當時只偏於樂舞，到了宋朝，始藉以表演故事。現存於史浩鄮峯眞隱漫錄中之劍舞，即爲當日曲破之底本。現節錄於下：

『二舞者對廳立裀上。（下略）樂部唱劍器曲破。作舞一段了。二舞者同唱霜天曉角。瑩瑩巨闕，左右凝霜雪。且向玉階掀舞，終當有用時節。唱徹，人盡說，寶此剛不折。內使奸雄落膽，外須遣豺狼滅。

樂部唱曲子，作舞劍器曲破一段。舞罷，分立兩邊，別二人漢裝者出，對坐，桌上設酒桌，「竹竿子」念。

伏以斷蛇大澤，逐鹿中原。佩赤帝之眞符，接蒼姬之正統。皇威既振，天命有歸。……

舞部唱曲子，舞劍器曲破一段。一人左立者上裀舞，有欲刺右漢裝者之勢。又一人舞進前，翼蔽之。舞罷。兩舞者並退，漢裝者亦退。復有兩人唐裝者出。對坐。桌上設筆硯紙。舞者一人，換婦人裝，立裀上，「竹竿子」念。

伏以雲鬟聳蒼壁，霧縠罩香肌。袖翻紫電以連軒，手握青蛇而的皪。花影下游龍自躍，錦裀上蹌鳳來儀。……

樂部唱曲子，舞劍器曲破一段，作龍蛇蜿蜒曼舞之勢。兩人唐裝者起，二舞者一男一女對舞，結劍器曲破徹。「竹竿子」念。

項伯有功扶帝業，大娘馳譽滿文場。合茲二妙甚奇特，欲使嘉賓釂一觴。……歌舞既終，相將好去。

念了，二舞者出隊。』

在這種舞曲裏，有念白，有化裝，有人指揮，有人表演，並且有男女合演的場面，次序姿勢，都很完備，可算是宋代舞曲中最進步者。在鄧峯眞隱漫錄中，還有表演武陵源故事的大淸舞等曲，其形式組織與劍舞完全相像。而史浩一律題爲大曲，可知「大曲」「曲破」到了史浩時代，其界限已不分明，已是互相接近而混合了。宋史樂志云：『太宗洞曉音律，凡製「大曲」十八曲，「曲破」二九。』在北宋時代，「大曲」與「曲破」是完全不同的。張炎的詞源云：『大曲則倍以六頭管品之，其聲流美，卽歌者所謂曲破。』由此可知到了南宋，這兩種樂曲，已經混而爲一，沒有甚麼大分別了。

三、講唱戲 講唱戲正如現在的淸唱，他是以歌唱與故事爲主，伴奏着音樂，其中雖也有表情的動作，却缺少正式的跳舞。最初的形式，只是詞的重疊，以詠一事。如歐陽修的采桑子十一首，詠西湖風景之勝。前有短序，作爲開場。序云：

『昔者王子猷之愛竹，造門不問於主人；陶淵明之臥輿，遇酒便留於道上。況西湖之勝概，擅東潁之佳名。雖美景良辰，固多於高會，而淸風明月，幸屬於閒人。並遊或結於良朋，乘興有時而獨往。鳴蛙暫聽。安問屬官而屬私；曲水臨流，自可一觴而一詠。至歡然而會意，亦旁若於無人。乃知偶來常勝於特來，前言可信；所有雖非如己有，其得已多。因翻舊曲之辭，寫以新聲之調。敢陳薄技，聊佐淸歡。』

接着序文，是排着十一首采桑子的詞。這種短短的形式，作爲宴集時候的歌唱，是非常合式的，這與前述的轉踏，有點相像。比采桑子的西子詞較爲進步的，是趙令畤的商調蝶戀花。他用着十二首詞，歌詠會眞記的故事。進步的地方，是他採用散文歌曲間用的新形式。這一點似乎是得自變文的啓示或影響。因爲他用着這種新形式，於是他的商調蝶戀花，雖與采桑子同是詞的重疊，但已是較爲戲曲化了。

元微之崔鶯鶯商調蝶戀花詞

『夫傳奇者，唐元微之之所述也。以不載於本集而出於小說，或疑其非是。今觀其詞，自非大手筆，孰能與此。……惜乎不被之以音律，故不能播之聲樂，形之管絃。今於暇日，詳觀其文，略其煩褻，分之爲十章。每章之下，屬之以詞。或全摭其文，或止取其意。又別爲一曲，載之傳前，先敍前篇之義。調曰商調，曲名蝶戀花。句句言情，篇篇見意。奉勞歌伴，先定格調，後聽蕪辭。

麗質仙娥生月殿，謫向人間，未免凡情亂。宋玉牆東流美盼，亂花深處曾相見。　密意濃歡方有便，不索浮名，旋遣輕分散。最恨多才情太淺，等閒不念離人怨。

傳曰：余所善張君，性溫茂，美豐儀，寓於蒲之普救寺。適有崔氏孀婦將歸長安，路出於蒲，亦止茲寺。……是歲，丁文雅不善於軍，軍人因喪而擾，大掠蒲人。崔氏之家，財產甚厚，旅寓惶駭，不知所措。先是張與蒲將已黨有善，請吏護之，遂不及於難。鄭厚張之德甚，因飾饌以命張，中堂讌之。……乃命其女曰鶯鶯，出拜爾兄。……久之乃至，常服睟容，不加新飾。……張問其年。鄭曰，十七歲矣。張生稍稍詞導之，不對，終席而罷。奉勞歌伴，再和前聲。

錦額重簾深幾許，繡履彎彎，未省離朱戶。强出嬌羞都不語，絳綃頻掩酥胸素。黛淺愁紅妝淡注，怨絕情凝，不肯聊回顧。媚臉未勻新淚汙，梅英猶帶春朝露。

張生自是惑之，願致其情，無由得也。崔之婢曰紅娘，生私爲之禮者數四，乘間道其衷。……婢曰：崔善屬文，往往沉吟章句，怨慕者久之。君試爲偷情詩以亂之，不然，無由得也。張大喜，立綴春詞二首以贈之。奉勞歌伴，再和前聲。

懊惱嬌癡情未慣，不道看春，役得人腸斷。萬語千言都不管，蘭房跬步如天遠。廢寢忘餐思想遍，賴有青鸞，不必憑魚雁。密寫香箋論繾綣，春詞一首芳心亂。

是夕，紅娘復至，持彩箋而授張曰，崔所命也。題其篇云：明月三五夜。……奉勞歌伴，再和前聲。

庭院黃昏春雨霽，一縷深心，百種成牽繫。青翼驀然來報喜，魚箋微諭相容意。待月西廂人不寐，簾影搖光，朱戶猶慵閉，花動拂牆紅萼墜，分明疑是情人至。

……………………………………』

趙令畤本是宋朝作豔詞的名手，這種風流浪漫的材料，落到他的手裏，自然是寫得有聲有色。他採用着一段散文一首歌詞的形式，一面可使人領會歌唱的美妙，一面又可使人瞭解故事的情節，這在表演上，是更可增加戲劇的效果的。看他每段結束時，必寫『奉勞歌件，再和前聲』兩句看來，那表演時，講述故事和唱曲者的職務是分開的，若奏樂的人是獨立的，那末至少是需要三個人了。

比這種鼓詞的組織更廣大，音樂的變化更複雜的，便是諸宮調。歐陽修的西湖詞，趙令時的會眞記，雖也要歌唱十幾曲，但前後總是采桑子、蝶戀花那樣翻來覆去地歌着，在音樂的性質上，是缺少變化繁複的美感的。同時那種簡短的形式，也不便詳細地敍述一個長篇的故事。諸宮調的興起，便救了這種缺陷。

在歌唱與音樂表演的性質上，諸宮調得了最大的進步。他一反他種歌唱戲的單調性，他採取一個宮調中的幾支曲子，合成一套，再連合着許多的套數，成爲一個整體。在這一個長短自如的組織中，可以隨意表演或長或短的故事，而在音樂上，又能呈現着變化繁雜的美感。他組織的形式，正和趙令時商調蝶戀花相似，是以散文歌詞夾雜而成。王灼碧鷄漫志云：『熙豐元祐年間，澤州有孔三傳者首創諸宮調古傳，士大夫皆能誦之。』又吳自牧夢粱錄云：『說唱諸宮調，昨汴京有孔三傳，編成傳奇靈怪，入曲說唱。今杭城有女流熊保保及後輩女童，皆效此說唱。』再如東京夢華錄及都城記勝，都有類似的記載。由此可知北宋的元祐年間，已有諸宮調，而其創作者，並非出自高級文人，而是出自民間作家孔三傳之手。孔氏的生平事蹟，現在無從知道，由上列諸書的記事看來，他或者是當日汴京瓦肆中的一個賣技者。因爲他創出的諸宮調，能集合音樂故事之長，使得雅俗共賞，所以士大夫都很賞識他，因此這一種文體，流行一時，許多人以此爲專業，同那些說小說講史的，演傀儡影戲的，在汴京瓦肆中，佔得一席地了。看夢粱錄和武林舊事的記載，知道南宋時代，說唱諸宮調的藝人，還有不少的專家。可惜他們所用的諸宮調的底本，今都散佚不存，再武林舊事所載「官本雜劇段數」中的諸宮調覇王、諸宮調卦鋪兒二本，亦不傳世。再有劉知遠諸宮調一本，不知何人所作，但已殘闕不全，現藏俄京亞洲博物館。現在可供我們研究的最完備的資料，只有一本北方文人的作品董西廂了。董西廂爲董解元所作，董之生平事蹟，一無所知。鍾嗣成的錄鬼簿中注明他是金章宗時人（西曆一一九〇——一二〇八），這一點想必可信。這樣看來，他是一位南宋中期的北國文人。

北宋末年的大亂，中原的文化，雖是大量地南遷，但這種屬於遊藝性質的民衆，和那種流行於當日社會的各種遊藝，自然還有一部份遺留在那些地方。這種遺留，便成爲北國文化的種子。在遼遠的北國，能產生董西廂那樣偉大的諸宮調的創作，並不是一件沒有根源的事。再如劉知遠諸宮調的殘本，想也是北方人的作品。

董西廂是諸宮調中一部最偉大最成熟的作品，他把會眞記那件風流案，加以種種合理的組織化，用最美麗最深刻的詞句，描寫出來，使那故事格外顯得哀惻動人。在這裏，正表現作者的豐富的想像力與組織力，和他那種超人的詩歌的天才。會眞記的故事，由元微之到趙令畤，再到董解元，達到了文學化與通俗化的最高點，成爲中國才子佳人戀愛故事中的典型，這一對陷於戀愛苦悶的男女，在中國青年的心目中，永遠留下着活躍的影子。這一種情形的造成，雖不得不歸功於後來王實甫的西廂記，但我們今日不得不在這裏揭穿這一個祕密，董西廂實是王西廂的底本。因王作之行世，致使董作湮沒無聞，這在中國文學史上，無疑是一個小小的悲劇。

『西廂記雖出唐人鶯鶯傳，實本金董解元。董曲今尚行世，精功巧麗，備極才情，而字字本色，言言古意，當是古今傳奇鼻祖。金人一代文獻盡此矣。』（胡應麟少室山房筆叢）

『王實甫西廂記，全藍本於董解元。談者未見董書，遂極口稱道實甫耳。如長亭送別一折，董云：「莫道男兒心似鐵，君不見滿川紅葉，盡是離人眼中血。」實甫則云：「曉來誰染霜林醉，總是離人淚。」淚與霜林，不及血字之貫矣。又董云：「且休上馬，苦無多淚與君垂，此際情緒你爭知。」王云：「閣淚汪汪不敢垂，恐怕人知。」兩相參玩，王之遜董遠矣。……前人比王實甫爲詞曲中思王太白，實甫何敢當，當用以擬董解元。』（焦循易餘籥錄）

董解元確是十三世紀初期中國北方一位最偉大的詩人，最有戲劇組織力的天才詩人。他能夠把會眞記那一篇簡短的故事，加以剪裁，加以穿插，加以近於人情的分離聚合的波折與團圓，使這故事完成了最有戲劇性的發展，同時使他這作品成爲一本最完美的詩劇。我在下面，選錄送別一段爲例：

『大石調（玉翼蟬）　蟾宮客，赴帝闕，相送臨郊野。恰俺與鶯鶯鴛幃暫相守，被功名使人離缺。好緣業，空悒怏，頻嗟歎，不忍輕離別。早是恁悽悽涼涼受煩惱，那堪値暮秋時節。　雨兒乍歇，向晚風如凜冽，那聞得衰柳蟬鳴悽切。未知今日別後，何時重見也。衫袖上盈盈搵淚不絕，幽恨眉峯暗結，好難割捨，縱有半載恩情，千種風情，何處說。

（尾）莫道男兒心似鐵，君不見滿川紅葉，盡是離人眼中血。

……生與鶯難別。夫人勸曰，送君千里，終有一別。

仙呂調（戀香衾）萬萬征塵動行陌，杯盤取次安排，三口兒連法聰外更無別客。魚水似夫妻正美滿，被功名等閑離拆。然終須相見，奈時下難捱。君瑞啼痕汚了衫袖，鶯鶯粉淚盈腮。一個止不定長吁，一個頓不開眉黛。君瑞道閨房裏保重，鶯鶯道路途上寧耐。兩邊的心緒，一樣的愁懷。

（尾）僕人催促，怕晚了天色。柳堤兒上把瘦馬兒連忙解。夫人好毒害，道孩兒每回取個坐車兒來。

生辭夫人及聰，皆曰好行。夫人登車，生與鶯別。

大石調（驀山溪）離筵已散，再留戀，應無計。煩惱的是鶯鶯，受苦的是淸河君瑞。頭西下控着馬，東向馭坐車兒，辭了法聰，別了夫人，把罇俎收拾起。臨行上馬，還把征鞍倚，低語使紅娘，更告一盞，以爲別禮。鶯鶯君瑞彼此不勝愁，廝覷着，總無言，未飮心先醉。

（尾）滿酌離杯長出口兒氣，比及道得個我兒將息。一盞酒裏，白冷冷的滴彀半盞來淚。

夫人道：教郎上路，日色晚矣。鶯啼哭，又賦詩一首贈郎。

黃鐘宮（出隊子）最苦是離別，彼此心頭難棄捨。鶯鶯哭得似癡呆，臉上啼痕都是血。有千種恩情何處說。夫人道天晚教郎疾去，怎奈紅娘心似鐵，把鶯鶯扶上七香車，君瑞攀鞍空自攧，道得個宛家寧耐些。

（尾）馬兒登程，坐車兒歸舍。馬兒往西行，坐車兒往東拽。兩口兒一步兒離得遠如一步也。

仙呂調（點絳脣纏令）美滿生離，據鞍兀兀離腸痛。舊歡新寵，變作高唐夢。回首孤城，依約青山擁。西風送，戍樓寒重，初品梅花弄。

（瑞蓮兒）衰草淒淒一徑通，丹楓索索滿林紅。平生蹤跡無定著，如斷蓬。聽塞鴻啞啞的飛過暮雲重。

（風吹荷葉）憶得枕鴛衾鳳，今宵管半壁兒沒用。觸目悽涼千萬種，見滴流流的紅葉，淅零零的微雨，率刺刺的西風。

（尾）驢鞭半裊，吟肩雙聳，休問離愁輕重，向個馬兒上駝也駝不動。

離蒲西行三十里，日色晚矣。野景堪畫。

仙宮調（賞花時）落日平林噪晚鴉，風袖翩翩催瘦馬，一徑入天涯。荒涼古岸，衰草帶霜滑。瞥見個孤林端入畫，離落蕭疏帶淺沙。一個老大伯捕魚蝦，橫橋流水，茅舍映荻花。

（尾）駝腰的柳樹上有漁槎，一竿風旆茅簷上挂，澹煙瀟灑，橫鎖着兩三家。

生投宿於村舍……』

在上列這一段裏，可看出諸宮調組織的形式。在許多曲子裏，用了六個宮調，每一宮調中，都有尾聲，合成一套，再連合許多套數，成爲一個整體。偶然也有沒有尾聲的。一套或數套之間，夾雜着散文，散文有長有短，十之九爲古文，也時時雜用極淺的白話。全書的組織都是如此。在全文中，有許多寫景極美的句子，有許多寫情極纏綿極深刻的句子，也有許多用白話寫成的韻文，以描摹種種姿態和語氣，格外顯得活潑有力，神情畢露，宋人的諸宮調作品，一點沒有遺留下來，而這一部北國的作品，獨能完美地流傳人世，自然是因其藝術的特殊優秀，被人愛好而得到保存的命運的。自宋代的大曲、鼓詞一類的東西，而步入元代的雜劇，諸宮調實是一座不可缺少的橋梁。在這種地方，董解元的絃索西廂，更顯出在中國戲劇史上的地位了。

在歌唱的組織上，不限一曲，取一宮調之曲若干，合爲一個整體，在表面略似諸宮調者，還有賺詞。賺詞亦可敍述故事，但規模甚小，用之於宴會中的演奏，最爲相宜。事林廣記所載遏雲歌社的賺詞一則（見王國維宋元戲曲史），只有短短的九曲，中間沒有散文的敍述，上面注明是用於宴會的。據耐得翁都城記勝云：『唱賺在京師，只有纏令、纏達。有引子尾聲爲纏令，引子後只以兩腔遞且循環間用者爲纏達。……凡賺最難，以其兼慢曲、曲破、大曲、嘌曲、要令、番曲叫聲諸家腔譜也。』但因現存的賺詞過少，我們無法認識他的眞面目。至於他的產生的過程，說他源於轉踏大曲，再受影響於諸宮調的事，這一種推論，想是很近情理的。

由於上面的敍述，關於盛行當日的各種戲曲，想可略明大概了。至於宋金雜劇院本表演的脚色，比起唐代的參軍戲來，也大有進步。夢梁錄云：『雜劇中末泥爲長，每四人五人爲一場。……末泥色主張，引戲色分付，副淨色發喬，副末色打諢。又或添一人裝孤。』又輟耕錄云：『院本則五人。一曰副淨，古謂之參軍。一曰副末，古謂之蒼鶻。一曰引戲，一曰末泥，一曰裝孤，又謂之五花爨弄。』唐代的參軍戲，只有參軍、蒼鶻二色，到了宋金，都進步爲五個脚色了。並且雜劇與院本的脚色的人數與性質，正是一致的。所謂末泥引戲所擔任的主張分付的事，正如現在舞臺上所流行的編劇導演指揮監督一類的職務，其自身並不演戲。出場表演之人物，爲發喬的副淨，打諢的副末。王國維云：『發喬者蓋喬作愚謬之態，以供嘲諷，而打諢則益發揮之以成一笑柄也。』裝孤並不重要，只是偶然添上去的配角而已。這一種情形，正適合於當日滑稽雜劇的表演，至於其他的歌舞戲，自必要另外加入跳舞歌唱與奏樂的演員們，司指揮監督之職的，自然還是「引戲」「末泥」一類的人擔任。在歌舞戲中，那名目又變爲「竹竿子」「花心」一類的東西了。我們看了鄧峯眞隱漫錄中的諸舞曲，便更可瞭然了。

最後，我還要談一談宋代的「戲文，」作爲本節的結束。戲文本是元明南戲的始祖，在中國戲曲史上，原是非常重要的。前人每以爲這種戲文，起於元代的雜劇，但現在我們都知道他在宋朝早已出現，他的產生時代，是在元雜劇之前。元周德淸中原音韻云：『南宋都杭，吳興與切鄰，故其戲文如樂昌分鏡等，唱念呼吸，皆如約韻。』又劉一淸錢塘遺事云：『戊辰己巳間（度宗咸淳四五年間，西曆一二六八——九年，）王煥戲文，盛行於都下。』可知戲文之起於宋，殆無可疑，到了宋末，已經由民間而盛行於京都了。祝允明說：『南戲出自宣和以後，在南渡時，名爲溫州雜劇。』（猥談）又徐渭南詞敍錄：『南戲始於宋光宗朝，永嘉人所作趙二貞女王魁二種實首之。』他們所說的雖時代稍有前後，但由戲文在宋末已盛行於京都的事實看來，戲文產生於十二世紀，是無可疑的了。又明初葉子奇的草木子說：『俳優戲文，始於王魁，永嘉之人作之。』這樣看來，戲文的出生，是起於溫州的民間，漸漸地向北方發展的，故後人名之爲南戲。

宋人作的戲文，所可考者，有趙貞女蔡二郎、樂昌分鏡、王煥、王魁、陳巡檢梅嶺失妻五種。前二者隻字無存，後三種，略有殘文留於沈璟的南九宮譜中。然所存者，只是一點詞曲，無從窺見其形式的組織，因此我們在這裏無法說明宋代戲文的眞實形態。近年來在永樂大典中發現張協狀元、小孫屠、宦門弟子錯立身三種，這些戲文大家雖都推斷是元代的作品，但無疑都是宋代戲文的直接後身。由這幾種資料的考察，也可看出戲文，在形式上音律上是同元代的雜劇，確是兩個不同的流派。而在中國戲劇史上，他確是明代傳奇之祖。關於這些問題，在下面論明代戲曲的一章裏，再來敍述。

第二十二章　元代的散曲

一　元代的新局勢與新文學

蒙古民族的崛起，在漢人的政治上，是一齣最難忍受的悲劇。外族對於漢人的壓迫，本是歷代皆有，如兩晉，如南北朝，如遼金，算是最嚴重的了。但在那些不利的形勢之下，漢人還能在南方保持一部分實力，獨成一個對峙的局面。這樣子，一面使我國固有的文化得着逃避與保存，同時在民族的精神心理上，也還能存在着一點最後勝利的自尊的信心。到了元朝吞金滅宋以後，這種情形就完全變了。漢人的全部土地與民族，整個歸之於外族統治者的手下了。他們推翻摧毀了中國古代傳統的禮樂制度，把漢人降低到人民階級中最低的一種，從前看作是上品的讀書人，現在歸之於妓女、乞丐一流了。於是全部的漢人，都變成了蒙古人的奴隸。這一種空前未有的悲劇場面，在中國史上，繼續了九十年，一直等到朱元璋起來，剷平羣雄，建立明帝國，才告一結束。

蒙古族散居塞外沙漠之地，精騎善射，强悍好戰，原是一種逐水草而居的遊牧民族。宋時由鄂爾渾河流域移居博爾罕山麓，勢漸强盛。十三世紀初，成吉思汗吞大漠南北諸部族，舉兵南下，奪了金的黃河以北的地方，再乘勝轉兵西征，由中亞細亞各國，而入俄羅斯。勢如破竹，後來凱旋東歸時，把西夏也滅了。由成吉思汗之幾次强大武力的收穫，替元帝國打好了基礎，同時也增加了他們進攻南方肥沃土地的野心。這種南進政策，到了成吉思汗的兒子窩濶台（太宗），實現了第一步，他在一二三四年，成就了滅金的大業。從此以後，衰弱的南宋，面對着這興起的强敵了。當時宋朝的君臣，雖盡力的採用着綏靖政策，稱臣納幣，避免戰爭，然這只能苟延殘喘於一時，終非抗敵圖存的善法。結果，到了元世祖忽必烈時，擧兵南下，一二七六年陷了臨安，宋朝的殘兵敗將，節節南退，最後退到了廣東崖山，强敵仍是進逼不已，最後由陸秀夫負着帝昺投海殉國的一幕，結束了宋帝國的命運，那時正是西曆的一二七九年。

元帝國的基礎完全建築在强大的武力上。他用强大的武力來摧毁人民的生命，掠奪財貨與土地。耶律公神道碑云：『自太祖西征以後，倉廩府庫，無斗粟尺帛，而中使別迭等簽言，雖得漢人，亦無所用，不若盡去之，使草木暢茂，以爲牧地。公（耶律楚材）卽前曰，夫以天下之廣，四海之大，何求而不得，但不爲耳，何名無用哉？』（元文類卷五七）雖因耶律公之言，而未使中國化爲牧場，人民變爲枯骨，但在這幾句話裏，可以看出遊牧民族的君臣的幼稚與野蠻。因此，他們的子孫，後來一統治中國，便實行那種高壓的奴化政策。把統治的人民分爲蒙古人、色目人、漢人、南人四等級。蒙古人最高，政治軍事上的高官大吏，都是他們，色目人（西域歐洲各藩屬人）次之，漢人（遼金舊人及遼金統治下的華北人）又次之，南人最下（南宋統治下的南方漢人）。元史百官志序說：『世祖卽位。……酌古今之宜，定內外之官。……官有常職，位有常員。其長則蒙古人爲之，而漢人南人貳焉。』可見在當日，被征服的諸民族裏，最受壓迫的，要算是漢人了。在這一種遊牧民族的統治下，那些君主王公只知掠奪土地與金錢。他們除了儘量的採用和享受漢人的物質文化和便於統治與組織的制度以外，對於精神文化的建設與發揚，自然是無人顧問的。從前書生看作是進身之階的科舉考試，自元滅金以後，僅於太宗九年，舉行過一次。從此廢而不行，至七十八年之久。因此一般讀書人都斷絕了生路，於是往日被人稱爲高貴的書生，變爲社會上卑賤無用的人了。謝枋得送方伯載歸三山序云：『滑稽之雄，以儒爲戲者曰：我大元制典，人有十等，一官二吏，先之者貴之也。七匠八娼九儒十丐，後之者賤之也。吾人品豈在娼之下丐之上者乎？』又鄭思肖大義略序云：『韃法：一官，二吏，三僧，四道，五醫，六工，七獵，八民，九儒，十丐，各有所統轄。』他們所說的雖微有不同，但當日元人輕視和壓迫書生，以及書生在當日地位的低微，是非常明顯的事。在這一種情狀下，中國的學術思想，遭遇了最黑暗的時期。任何一本中國的哲學史或學術史，在這一世紀中，都留下了一頁空白。然而立在文學史的觀點上，元代却是一個重要的時期，因爲在這個新政治的局面下，在這個舊精神舊信仰的崩潰下，文學得到了新的發展的機運和自由，他可以從舊的圈套和舊的束縛中解脫出來，前人所視爲卑不足道的民衆文學，大大地擡起頭來，代替了正統文學的地位，而放出了異樣的光彩。這一種新文學，並非是姚燧、吳澄、虞集、劉因、楊載、范椁、揭傒斯、薩天錫、張埜、楊維楨諸人的古文詩詞，而是那些寫給大衆欣賞的曲子與歌劇。在那些稱爲大家的古文詩詞裏，並不是沒有一兩篇佳作，但無論如何，他們文學的精神與形式，都是承襲前代的作品，跳不出唐、宋諸賢的圈子。唯有這些新起的曲子與歌劇，無論其形式精神與音調，都賦予有力的新生命與創造性，在當日的詩壇與劇壇，造成了革命性的建設，與明顯的進步。因此，我們可以說元曲是元代文學的靈魂。至於元代的白話小說，多爲宋代話本的擬作，沒有產生偉大的作品。如三國演義、水滸傳等巨著，雖是草創於元代，但都到了明代才完全成熟。並且元代的原作，今已無存。因此，關於元代的小說史料，將放在明代一道來敍述了。

所謂元曲，實包含兩部份。一是散曲，一是雜劇。散曲可以說是元代的新詩，雜劇是元代的歌劇。他們在文字的性質上雖是同源，但在文學的性質上，却是異體。雙方的關係固然非常密切，但他們却各有詩的與戲劇的獨立的生命。前人研究元雜劇時，只注意其中的曲辭，用這種曲辭去代表元雜劇全部的生命，因此許多選本如詞林摘豔、雍熙樂府一類的書，只選錄其曲辭，而把那些劇本的生命全部毀滅，於是劇本中的曲辭與散曲混雜起來，在這一種情狀下，元曲便成了散曲與雜劇的總稱。現在爲得要分明雙方的界限，因此我在下面是分作兩部份來敍述。

二　散曲的產生與形體

曲的產生　曲是詞的替身，無論從音樂的基礎上，或是形式的構造上，都是從詞演化出來的。廣義的說，他是元代的新詩，這情形正如詞在宋代的詩壇一樣。曲的產生與興盛，他能繼着五代兩宋的詞運，一躍而成爲元代韻文史上的主流，決不是偶然的現象。求其原因，有如下述。

一、詞的衰落　詞本起於民間，流傳於妓女歌伶之口，既便於書寫情懷，又宜於歌唱，原是一種通俗文學。五代及北宋初期，詞正呈現着活躍有力的清新生命。後來文人學士作者日多，體裁內容日益豐富，於是對於音律修辭，亦日益講求，這樣一來，原起於民間流傳於歌女口中的詞，變爲文人的專利品，通俗的歌詞，變爲雅正典麗的美文，不僅民衆看不懂，唱不來，連那些非精於詞學的專家，也不能染指了。這種情形到了南宋姜白石、吳文英、王沂孫、張炎諸人的作品，算是達到了頂點。我們只要讀一讀沈義父的樂府指迷和張炎的詞源，便知道了塡詞已成了一種專門學問，和民間完全絕緣，於是詞的生命也由此而衰亡了。汪森在詞綜序中說：『鄱陽姜堯章出，句琢字鍊，歸於醇雅。於是史達祖、高觀國羽翼之，張輯、吳文英師事之於前，趙以夫、蔣捷、周密、陳允平、王沂孫、張炎效之於後。譬之於樂，舞劍至於九變，而詞之能事畢矣。』這樣看來，宋末的詞，正如後世的試帖詩同樣，無論字面如何雅正，音律如何協調，運用典故如何巧妙，刻畫事物如何細微，但詞的原來的生命喪失了，同民衆是隔離了，再沒有發展下去的餘地了。處在這個詞的僵化與貴族古典化的局面下，都市中的娼妓歌伶，並不因此就閉住了口。他們仍舊要賣唱謀生，要歌唱以寄抒情意，於是他們在舊的歌曲中求變化，在新起於民間的小調中求資料，在這種去舊翻新的工作中，曲子便慢慢的產生。接着有樂師來正譜，文人來修辭。後來作者漸多，曲調日富，漸漸地形成一種與詞不同的體裁，而成爲一種繼詞而起的新興文學了。

二、外樂的影響　上面所說的，是文學上新陳代謝的內在的原因，這裏所說的，是外在的環境的刺激與適應。我們都知道詞曲的產生，與音樂發生最密切的關係。當音樂界發生大變動的時候，那些播於管絃出於歌喉的歌詞，必得適應外來的環境而發生變質的事是無可疑的。北宋末年，金人入中原，接着又是蒙古民族的南下。在這一長期中，外族的音樂得以大量輸入的機會。所謂胡樂番曲，腔調歌辭，固然不同，所用的樂器也是兩樣。曾敏行獨醒雜志卷五云：『先君嘗言，宣和末客京師，街巷鄙人，多歌番曲，名曰異國朝、四國朝、六國朝、蠻牌序、蓬蓬花等，其言至俚，一時士大夫亦皆可歌之。』這裏雖說是北宋末年的事，然而我們也由此可以看出外樂在中原流行的狀態。因爲其言至俚，所以開始是流行於街巷鄙人，後來是入於士大夫之口了。在這種地方，正可看出因了外樂的影響，歌詞漸漸地趨於轉變的趨勢。到了元代，大批的新樂器與新歌曲的輸入，在當日的音樂界，自然會發生更大的變動。王驥德曲律卷四云：『元時北虜達達所用樂器，如箏、蓁、琵琶、胡琴、渾不似之類。其所彈之曲，亦與漢人不同。』據輟耕錄所載，他們的曲有

大曲：哈八兒圖、口溫、崇口搖落四、阿耶兒桑、起土苦里……

小曲：哈兒火失哈赤、洞洞伯、曲律買、牝疇兀兒、把擔葛失……

回回曲：伉俚、馬里某當當、清泉當當。

由上面這些名字看來，知道都是純粹的外曲，舊詞是不能合奏的，再以樂器不同，音調節拍各異，歌詞的舊調又是不能合演的了。在這種環境下，自然有製作新聲新詞的必要。於是一面接受外族音樂的影響，一面從舊有詞裏變化翻造，而形成一種適應環境的新文學，這種新文學便是曲子。王世貞藝苑卮言云：『宋末有曲也。自金、元而後，半皆涼州豪嘈之習，詞不能按，乃爲新聲以媚之，而

一時諸君，如馬東籬、貫酸齋、王實甫、關漢卿、張小山、喬夢符、鄭德輝、宮大用、白仁甫輩，咸富有才情，兼喜音律，遂擅一代之長，所謂宋詞元曲，信不妄也。』又徐渭南詞敍錄云：『今之北曲，蓋遼金北鄙殺伐之音，壯偉很戾，武夫馬上之歌，流入中原，遂爲民間之日用。宋詞既不可被絃管，世人遂尙此，上下風靡。』他們在這裏用外樂的影響來說明曲的起源，我們完全是同意的。

散曲的體裁　大凡一種新文學體裁的發展，都是由簡而繁，由不規則而趨於規則。散曲中最先產生的是小令，由小令而變爲合調，再變而爲套曲。小令就是民間流行的小調，經過文學的陶冶，便成爲曲中的小令。元芝奄論曲說：『街市小令，唱尖新情意。』又王驥德曲律說：『所謂小令，蓋市井所唱小曲也。』他們這種解釋，是很正確的，一面說明小令的來源，同時又說明了小令的通俗性。這一種短短的小曲，正如唐代的絕句，五代北宋的小詞，他有着獨立的詩的生命，可以寫景言情，自由活潑，實是散曲中最可愛的一種。

『前村梅花開盡，看東海桃李爭春。寶馬香車陌上塵，兩兩三三見遊人，淸明近。』（馬致遠靑哥兒）

『雲冉冉，草纖纖，誰家隱居山半崦。水烟寒，溪路險，半幅靑帘，五里桃花店。』（張可久迎仙客括山道中）

『影兒孤，房兒靜，燈兒照，枕兒欹，牀兒臥，幃屏兒上靠。心兒裏思，意兒裏想，人兒俏。不能彀牀兒上被兒裏懷兒抱。怎生捱今宵，夢兒裏添煩惱。幾時捱得更兒靜，月兒落，鷄兒

叫。』（無名氏塞鴻秋）

我們看了這些小曲的形式，描寫的方法，以及文辭上的通俗與逼眞，比起唐、宋的詩詞來，確有他獨自的生命與精神。然而我們必得承認，這是從前代歌辭中蛻化出來的一種新詩，是唐、宋以後詩壇上最有力的代表。從這種最簡單的小曲，漸漸的變爲較長的雙調。雙調亦名帶過曲，即作者塡一調畢，意有未盡，再塡他一調以續成之，恰好這兩調之間的音律能互相銜接。有時兩調不足，也有連用三調者，但最多只能以三調爲限，而以二調相合爲最通行。

『畫梁間乳燕飛，綠窗外曉鶯啼，紅杏枝頭春色稀，芳樹外子規啼，聲聲叫道不如歸。 雨過處殘紅滿地，風來時落絮沾泥。醞釀出困人天氣，積攢下傷心情意，怕的是日遲，柳絲影裏，沙暖處鴛鴦春睡。』（無名氏沽美酒帶太平令）

『無情杜宇閒淘氣，頭直上，耳根低，聲聲聒得人心碎。你怎知，我就里，愁無際。 簾幕低垂，重門深閉，曲闌邊，彫簷外，畫樓西。把春醒喚起，將曉夢驚回。無明夜，閒聒噪，廝禁持。 我幾曾離這繡羅幃，沒來由勸我道不如歸，狂客江南正着迷，這聲兒好去對俺那人啼。』（曾瑞閨中聞杜鵑、罵玉郎帶感皇恩、採茶歌）

前一首是由沽美酒和太平令二調合成，後一首是由罵玉郎、感皇恩、採茶歌三調合成，並且前後各調的音節都能調和銜接，令人讀去，覺得渾然一體，毫無不自然之處。這一種合調，與唐詩中的排律，宋詞中的引近相似。在文學體裁的演進上，這種由簡趨繁的現象，是非常自然的。因爲前面那種簡短的小曲，字數過少，不容易包含較長的敍述和描寫，於是出現這一種合調了。在古人的書籍內，將那種小曲和合調，俱名爲小令，在形式上講固無不可，但在體裁上的發展上，他們有產生的先後，這是讀者必得注意的。

由小令合調再進一步，將曲的形式再擴大其組織的，是謂套曲，通稱爲套數，亦名散套，也有稱爲大令的。其組成之情形，最要者有三點。

一、由同一宮調中之曲調多首連合而成一整體。

二、全套各調必須同韻。

三、每套最後必有尾聲，以表示一套首尾的完整，同時又表示全套之音樂已告完結。

由此看來，套曲是便於敍述繁複的內容的要求，由小令合調的形式，擴展而形成的曲子的集體。他可因其情節的繁簡，伸縮其長短。短者只有三四調，長者如劉致上高監司正宮端正好一套，有三十四調之多。

『正宮月照庭　老足秋容，落日殘蟬暮霞，歸來雁落平沙。水迢迢，烟淡淡，露濕蒹葭。飄紅葉，噪晚鴉。

幺　古岸蒼蒼，寂寞漁村數家。茶船上那個嬌娃。擁鴛衾，倚珊枕，情緒如痲。愁難盡，悶轉加。

六幺序　記當時，枕前話，各指望永同歡洽。事到如今兩離別，褪羅裳憔悴因他。休休自家緣分淺，上心來淚搵濕羅帕。想薄情鎭日迷歌酒，近新來頓阻鱗鴻，京師裏，戀煙花。

么　哭啼啼自咒罵，知他是憶念人麼？驀聞船上撫琴聲，遺蘇卿無語嗟呀。分明認得雙解元，出蘭舟繡鞋忙屧，乍相逢欲訴別離話。惡恨酒醒馮魁，驚夢杳天涯。

鴛鴦兒煞　覺來時痛恨半霎，夢魂兒依舊在蓬窗下。故人不見，滿江明月浸蘆花。』（無名氏正宮月照庭套）

上面五個曲調，都屬於正宮，連合起來，成爲一套，並且各調的用韻是相同的，後面有尾聲作結。因爲有長短伸縮的自由，便於敍述繁複的內容。這種形式，與詩中的古體，詞中的慢，稍稍有點相像。由上面的敍述看來，散曲的種類名稱，以及各種體裁演進的情形，想可以明瞭了。我在下面要說的，是詞與曲的異點。

三　詞與散曲

詞曲同爲合樂的歌辭，形式同爲長短句，故在稱呼上，時相混合。如元周德淸中原音韻論作詞十法及定格四十首的舉例，趙子昂所謂：『倡夫之詞名綠巾詞』的詞，如明涵虛子的詞品所評者都是指的曲。再如燕南芝庵唱論中所舉的大樂十首，都是晏元叔、張子野、蘇東坡諸家的詞。由此看來，在元代散曲完全形成的時代，詞曲的稱呼，還是相混的。然按其實際，詞曲無論在形式音韻以及精神方面，都有不可相混的地方。

一、詞曲在形式上雖同爲長短句，同爲在不整齊中形成整齊與規律。但比較言之，在長長短短進化的形式中，曲是極盡其長短變化的能事，與長短形式的自由與美麗。換言之，在韻文中，曲是最長短句化的。如一字二字之句，三百篇以後，詩中絕無，詞中除最冷僻之調，與長調換頭處所用者外，亦不多見。但在曲中，則與五字七字參互合用，最爲普遍。曲中最長之句，有至二三十字者。如關漢卿黃鍾煞調云：『我却是蒸不爛煮不熟搥不匾炒不爆響噹噹一粒銅豌豆，誰教你子弟們鑽入他鋤不斷砍不下解不開頓不脫慢騰騰千層錦套頭。』短者一二字，長者數十字，這是詞中所沒有的。再加以曲中加用襯字，於是能在規則的曲譜範圍以內，給作者一種自由，因此這種有規律的長短句，變爲活潑自由的形式了，這一點，在中國最講格律最受限制的詩詞裏，都是未曾有過的現象。這給與創作者很大的便利，使他不至於因形式的限制，而傷害他的文學的生命。

『體態是二十年挑剔就的 溫柔，姻緣是 五百載該撥下的 配偶，臉兒有 一千般說不盡的 風流。』

（馬致遠漢宮秋第二折梁州第七）

上三句中大形的是正字，爲曲譜所有，塡詞時不可少者，小形的是襯字，爲作家所加者。上面幾句，是漢宮秋劇中描寫王昭君的美貌，如果取去那些襯字，則都變爲死句，變爲文言，一有襯字，則活潑清新，繪聲繪影，曲盡其妙，最要緊的，使這幾句呆板的文字，變爲最通俗的口語文學。在這種地方，可知襯字既於音樂無損，對於創作者的自由的益處，是極大的了。這一點是詞中所無，也可以說長短句的詩體中的一大進步。

二、其次，在音韻上，詞曲也有相異之點。曲調中之用韻，較他種長短句爲密。平仄四聲之外，又有陰陽清濁之說，這些嚴密的格律，未必起於金、元之際的曲子的初期。但曲中通首同韻，絕無換韻之例，並且通體句句押韻者，亦時有所見。沈德符顧曲雜言云：『元人周德清評西廂云：「六字中三用韻，如玉宇無塵內「忽聽一聲猛驚。」……然此類凡元人皆能之，不獨西廂爲然。如春景時曲云：「柳綿滿天舞旋」，冬景云：「醉烘玉容微紅」，私情時曲云：「玉娘粉粧生香」，……俱六字三韻，穩貼圓美。他尚未易枚舉。』在這些地方，我們可以看出曲韻的精密。但在這精密中，却又開放一條自由之路，那便是平上去三聲互叶。如詞中平韻則全調皆平，仄韻則全篇皆仄，若用平仄二韻，則必換韻。這一點是曲與詩詞大不同的地方，與上面所說的襯字，同爲中國韻文史上的兩大解放，也可以說兩大進步。

『東風柳絲，細雨花枝，好春能有幾多時。韻華迅指，芭蕉上鴛鴦字，芙蓉帳裏鸞鳳事，海棠亭畔鷓鴣詞，問鶯兒燕子。』（査德卿醉太平）

『釣錦鱗，棹江雲，西湖畫舫三月春。正思家，還送人，綠滿前村，煙雨江南恨。』（張可久迎仙客湖上送別）

讀了上面的兩首曲，便可知道曲中的平上去三聲互叶，一面可以使作者得着抒情寫事的自由，不致於因韻脚的限制而損傷創作的生命。同時又可使音調發生高低抑揚的變化，增加一種音節美。更適宜於自然音韻的旋律，歌唱時更可悅耳動聽。至於形式上的長短變化的自由，與押韻的解放，在曲的文學效果上，最大的特色，便是造成適宜於通俗文學的體裁。關於這一點，任中敏說得最好。

『顧句法極盡長短變化之能一事，與韻脚平上去三聲互叶一事，二者之於曲，果有何種利益與成效可言乎？曰，有之。蓋如此方得接近語調而便用語料也。孔穎達詩正義謂風雅頌者有一二字爲句及至八九字爲句者，所以和以人聲而無不協也。足見人聲實爲長長短短之句，文章句法則極盡長短變化之能，自於人聲無不協矣。人但知元曲之高，在不尙文言之藻彩，而重用白話，於方言俗語之中，多鑄繪聲繪影之新詞，以形成其文學之妙，而不知果欲如此，必先有接近語調之曲調發生，然後調中方便於盡量採用語料。倘金、元樂府仍舊存南宋慢詞之長短句法，整而不化，凝而不疎，靜而不動者，則雖鑄就甚多語料之新詞在，亦格格不得入也。……凡韻語中一經平上去互叶，讀之便覺低昂婉轉，十分曲合語吻，亦卽十分曲達語情，此亦爲他長短句所不可及，而獨讓之與金、元之曲者。而且曲中亦非如此不足以口氣逼眞，形成所謂代言之制，更非如此不能一切語料作活潑之運用也。此實爲吾國韻文方法上之大進展。』（散曲概論）

人人都知道元曲是通俗文學，却很少有人知道元曲成爲通俗文學的原因。口語方言用在詩詞中，便覺得不自然，而用在曲中便覺得活潑美麗，情趣橫生。這原因便是由於曲體的形式與音節的自由，得以接近語調而又宜於採用語料。曲子中的敍事言情，能曲盡其妙，其音調能婉轉低昂，適合自然音律的和美，我們是必得在這種地方來求解答的。

三、除形式音韻以外，在文學的表現上，詞曲也有不同的地方。這一種不同，雖不是具體的，但細細體會，他們却有着顯然不同的精神。我們都知道在詩詞的表現上，無論是述事言情，總以象徵的手法，以達到含蓄隱藏的弦外之音的境地。曲子則與此恰是相反。他是採取直說白描的手法，總以情意無餘爲妙。在文字上，詩詞以雅正莊重爲貴，而曲中則以題材爲準。如題材是雅的，他的文字也雅，題材是俗的，文字也就俗。寫山水時，顯得非常秀麗，寫隱居時，顯得非常閑適。寫倡夫伎女，是一種語調，寫公子小姐，又另是一種語調，總以繪聲繪影曲合某一種題材爲能事。因此他能莊能諧，能滑稽，能嘲笑戲謔，能作性慾最大膽的描寫，能作各種人物口調的描摹。在這種地方看來，詩詞是較爲象徵的，曲子完全寫實的了。我們讀元曲時，覺得有些作品，是多麼的雅麗與淸俊，有的又是多麼的淺俗與淫穢，原因便在這地方。因爲如此，曲所能描寫的範圍也較詞爲廣泛，描寫的程度，也較爲逼眞。我想讀過元曲的人，這一點想已是體會的了。楊恩壽詞餘叢話云：『或問曲本中多用哎喲、哎也、哎呀、咳呀、咳也諸字，同乎異乎字異而義略同，字同而呼之有輕重疾徐，則義各異。重呼之則爲厭辭，爲不然之辭。輕呼之爲幸辭，爲嬌羞之辭。疾呼之爲惜辭，爲驚訝之辭。徐呼之爲怯辭，爲悲痛辭，爲不能自支之辭。以此類推，神理畢見。』即此一端，便可知道曲的寫實性的濃厚，同時也表現了他的通俗文學的眞精神。由敍事體的戲劇變爲代言體的戲劇，決非宋詞所能勝任，必要待之於曲子成熟的事，這原因也就可以明白了。

散曲產生的時代　至於散曲的產生時代，因爲古代書籍的散佚以及古人對於此種文體的不加重視，很難得到確定的答案。據我們的推測，大概是起源於十一世紀末年，發育成長於十二世紀，到了十三世紀初年，便達到成熟的黃金時代。據王灼碧鷄漫志所載，北宋熙寧元祐年間，諸宮調已經產生（西曆一〇六八——一〇九三）。那種諸宮調的本子現在我們不能見了，無法知其內容，但大半是詞調的應用，決無成熟的曲調，但我們可以說這是曲的萌芽時代，說是由詞遞變到曲子的初期，是無可疑的。此後外樂跟着外人的武力一步一步地進入中原，深入民間，所謂胡樂番曲，與詞譜混合融化而形成一種新形體，這便是曲的成長發育之期。到了董解元的西廂（十二世紀末），曲在格律上，雖還未達到嚴密的境地，但在形體上，無論小令套數，俱已相當成熟，最重要的，詞曲已完全分野，得着各自獨立的生命與精神了。並且元好問也作過喜春來驟雨打新荷的小令。可知在那時已進展到了高級文人的筆下，開始侵入正式的詩壇了。金末元初的時代，王實甫、關漢卿、白仁甫諸大曲家相繼出現，於是曲步入全盛之境。

四　元代前期的散曲作家

曲初起於民間，傳唱於妓女、伶工之口，比起正統派的詩文來，曲多視爲別途外道。加以作者多爲潦倒文人，和無名之士，因此曲的作品既易散佚，卽存名之作家，其生卒年代及其生平事蹟，亦多不可考。這在元曲的研究上，眞是一種大損失。近年來，治曲者日多，往日難見之曲本，如陽春白雪、樂府羣玉、詞林摘豔、雍熙樂府諸書，亦出現人世，於是研究曲之資料，日益豐富。任中敏所編的散曲叢刋，成爲研究散曲者的重要典籍。據散曲概論第六章所計，（任仲敏著）元人散曲作家可考者，共二百二十七人，另外還有許多無名氏的作品。其中如官吏遺民，才人名公以及倡夫妓女，均有作品，由此可知曲子在元代的流行，而成爲一代詩壇的主體了。

關於元代散曲的研究，由其作品的藝術與精神的發展看來，我們可以分爲前後二期。這兩期的界限，約在西曆一二九〇年左右，正當元代統一中國不久的時代。前期的作品，雜曲的初期不遠，充分的表現着曲中特有的那種民衆文學的通俗性和白話語氣，同時北方文學中所表現的直率的精神，質樸自然的美麗，也都在前期的作品中顯示出來。宋亡以後，由於南北文學的合流，由於文學自然藝術的演進，後期的作品裏，漸漸的離開了民衆文學的通俗精神，在修辭和表現方面，吸取了南方文學含蓄琢鍊的手法，而步入於雅騷典麗的階段。在文字的技巧上，後期或者是進步的，但前期作品中那種特有的高遠的意境，清新的言語，活躍的生命，到了後期是漸漸地消失了。我們讀了關漢卿、馬致遠諸家之作，再讀張可久、喬吉之作，這一種變遷的狀態，是非常明顯的。在這兩期間，在作風上，可作爲承前啓後的橋梁的，是盧摯、姚燧、張養浩、貫雲石諸人的作品。我將依着這幾個段落，來敍述元代散曲發展的過程。

前期的散曲　關漢卿號已齋叟，大都人，他是元代的歌劇大家。他的散曲雖是不多，但在前期的散曲史上，却有重要的地位。他的重要處，是在他的極少數的精彩作品裏，最能表現曲的本色與精神。因爲他度着長期的浪漫生活，同優伶妓女老混在一起，彈琴唱曲，跳舞吟詩，件件都會，眞是一個風流浪子的典型，他自己說：『我玩的是梁園月，飲的是東京酒，賞的是洛陽花，扳的是章臺柳。

我也會吟詩，會篆籀，會彈絲，會品竹。我也會唱鷓鴣，舞垂手，會打圍，會蹴踘，會圍棋，會雙陸。你便是落了我牙，歪了我口，瘸了我腿，折了我手。天與我這幾般兒歹症候，尚兀自不肯休。只除是閻王親令喚，神鬼自來勾。三魂歸地府，七魄喪冥幽。那其間不向這烟花路兒上走。』（不伏老、南呂、一枝花套。）在這一調裏，是他全生活全人格的自招。他的浪漫生活，眞有過於柳永、溫庭筠了。因爲他在烟花叢中混得太久，對於那一個圈子中的男男女女的生活性格以及言語情態，都體會得非常眞切，他的作品，也在這一方面表現最成功。

『碧紗窗外靜無人，跪在床前忙要親。罵了個負心回轉身。雖是我話兒嗔，一半兒推辭一半兒肯。』（一半兒題情）

『俏寃家，在天涯，偏那裏綠楊堪繫馬。因坐南窗下，教對淸風想念他。蛾眉淡了教誰畫，瘦巖巖羞戴石榴花。』（大德歌）

『自送別，心難捨，一點相思幾時絕。凭欄拂袖楊花雪。溪又斜，山又遮，人去也。』（四塊玉別情）

這眞是最優美的小令。言語尖新，音調和美，在女人的情態與心理上的描寫，尤爲深刻。他用最通俗的言語，寫最活動的情意，一面顯露着曲的本色而同時又充滿着美麗的詩情，這是旁人不容易達到的境界。我們再舉他的一首套曲。

『雙調新水令　楚臺雲雨會巫峽，赴昨宵約來的佳期話。樓頭棲燕子，庭院已聞鴉。料想他家，收針指晚粧罷。

喬牌兒　款將花徑踏，獨立在紗窗下，顫欽欽把不定心頭怕。不敢將小名呼咱，只索等候他。

雁兒落　怕別人瞧見咱。掩映在酴醾架。等多時不見來，只索獨立在花陰下。

掛搭鉤　等候多時不見他，這的是約下佳期話。莫不是貪睡人兒忘了那，伏塚在藍橋下。意懊惱恰待將他罵。聽得呀的門開驀見如花。

豆葉黃　髻挽烏雲，蟬鬢堆鴉，粉膩酥胸，臉襯紅霞。嬝娜腰肢更喜恰，堪羨堪誇。比月裏嫦娥，媚媚孜孜，那更淨達。

七弟兄　我這裏覓他，喚他。哎！女孩兒，果然道色膽天來大。懷抱裏摟抱着俏寃家，搵香腮悄語低低話。

梅花酒　兩情濃，興轉佳。地權爲床榻，月高燒銀蠟。夜深沉，人靜悄，低低的問如花，終是個女兒家。

收江南　好風吹綻牡丹花，半合兒揉損絳裙紗，冷丁丁舌尖上送香茶。都不到半霎，森森一向遍身麻。

尾　整烏雲欲把金蓮屧，紐回身再說些兒話，你明夜個早些兒來。我等聽着紗窗外芭蕉兒上打。』（雙調新水令套）

要像這樣才算是眞正的白話文學，不像那些白話詩白話詞，只是一些淺近的文言。在這些曲子裏，眞是用純粹的口語，對話的語調，合着自然的音節，而組成的一種新詩。用白描寫實的手法，用大膽而又深刻的筆力，把那一對私會的男女的心理動作以及各種情態，得到了最活躍最成功的表現，可算是繪聲繪影，曲盡其妙了。以關漢卿那種浪漫性格和風月生活的體驗，自然最適合於這種題材。柳永的於宋詞，關漢卿的於元散曲，無論其人的性格和生活，以及作品的精神，都有同樣的意義。同時，關也如柳一樣，並不是完全沒有婉麗的句子。如『落花流水何處？想思一點，離愁幾許，撮上心頭』，（離情青杏子）『春閨院宇，柳絮飄香雪，簾幙輕寒雨乍歇。東風落花迷粉蝶，芍藥初開，海棠才謝。』（侍香金童）可稱是很婉麗的例子，不過這些不是關曲的本色，我們是必得要用上面那些作品，作爲他的代表的。

白樸　白樸字仁甫，與關漢卿同樣，也是由金入元的大戲曲家。因爲他受着元遺山的薰陶，得有古典文字深厚的根底，在他的天籟集裏，表現他在詞上有良好的成績。他的生活嚴正，品格很高。在他的詞裏，時現着故宮禾黍之悲。如石州慢中云：『少陵野老，杖藜潛步江頭，幾回飲恨吞聲哭，歲暮意何如？』在這些句子裏，可以看出他的人品和哀情。因爲這種種關係，所以他的散曲，沒有關漢卿那種淺俗，那種清新活潑的野氣。

『知榮知辱牢緘口，誰是誰非暗點頭。詩書叢裏且淹留，閒袖手，貧煞也風流。』（喜春來知幾）

『黃蘆岸白蘋渡口，綠楊隄紅蓼灘頭。雖無刎頸交，却有忘機友，點秋江白露沙鷗。傲殺人間萬戶侯，不識字煙波釣叟。』（沉醉東風漁父詞）

『春山日暖和風，闌干樓臺簾櫳，楊柳秋千院中。啼鶯舞燕，小橋流水飛紅。』（天淨沙春）

『孤村落日殘霞，輕煙老樹寒鴉。一點飛鴻影下，青山綠水，白草紅葉黃花。』（天淨沙秋）

前兩首極蕭疎放逸之至，這正反映出他那種厭惡政治寄情山水的生活與性格。後兩首寫景細密，文字雅麗，自是由詞句中融化出來，而成爲後來張、喬騷雅一派的先聲。就是在情愛的描寫上，他也是採取較爲斂隱的字句的。

『獨自寢，難成夢，睡夢來懷兒裏抱空。六幅羅裙寬褪，玉腕上釧兒鬆。』（德勝樂）

『獨自走，踏成道，空走了千遭萬遭。肯不肯急些兒通報，休直教到擔擱得大明了。』（同上）

『紅日晚霞在，秋水共長天一色。寒雁兒呀呀的天外，怎生不捎帶個字兒來。』（同上）

在這些曲裏，正可看出白樸的文學精神，因爲他有豐厚的古典文字的修養，無論在某種題材的表現上，總是偏向於較爲文雅的路上去。在這種地方，恰好顯露出民衆文學入於文士之手以後漸漸轉變的趨勢。因爲還在初期，所以他的作品，仍然保存着曲的本色與生命，而成爲前期的重要作家了。

馬致遠　在前期的曲壇，馬致遠是一位領袖羣英的大家。他也是大都人，生平事蹟已不可考，只知道他做過江浙行省務官。但在他的曲裏，時時描寫他自己的身世。我們知道他青年時代，迷戀過功名，後來爲黑暗時代所失望，因此隱居於山水之間，寄情於酒色，成爲一個嘯傲風月玩世不恭的名士。看他自己說：

『空巖外，老了棟梁材。』（金字經）

『困煞中原一布衣。悲。故人知不知。登樓意，恨無上天梯。』（同上）

『世事飽諳多，二十年漂泊生涯。天公放我平生假。剪裁冰雪，追陪風月，管領鶯花。』（青杏子）

『當日事，到此豈堪誇。氣慨自來詩酒客，風流平昔富豪家。兩鬢近生華。』（同上）

『半世逢場作戲，險些兒誤了終焉計。白髮勸東籬，西村最好幽棲，老正宜。……旁觀世態，靜掩柴扉。雖無諸葛臥龍岡，原有嚴陵釣魚磯。成趣南園，對榻青山，遶門綠水。』（哨遍）

在上面這些句子裏，畫出了他的性格。他有富豪公子的身世，懷才不遇的心情，中年過着「酒中仙」「風月主」的浪漫生活，晚年歸於「林間友」「塵外客」的閒適心境。他這種生活與性格，使他在曲上得到最高的成就。據任中敏所輯的東籬樂府，得小令百有四，套數十七，在前期的作家裏，他的作品，算是留存得最豐富的了。馬致遠在曲壇的價值，是在他擴大曲的範圍，提高曲的意境，以他那種特出的才情，瀟洒的氣概，表現於曲中者，眞是揮洒自如，機趣絕妙。他的長處，是能適應各種題材的特性，而表現各種不同的風格。他的作品，雖多爲豪放之作，但也有極閒適恬靜的，也有極清麗細密的，因了他複雜的風格，更足表示他在曲壇的廣大。他在元代散曲的地位，正如李白之於唐詩，蘇軾之於宋詞，都是代表那一個時代的浪漫派的大詩人。

『西村日久人事少，一箇新蟬噪。恰待葵花開，又早蜂兒鬧。高枕上夢隨蝶去了。』（清江引野興）

『酒旋沽，魚新買，滿眼雲山畫圖開。淸風明月還詩債，本是個懶散人，又無甚經濟才，歸去來。』（四塊玉恬退）

『枯藤老樹昏鴉，小橋流水人家。古道西風瘦馬，夕陽西下，斷腸人在天涯』（天淨沙秋思）

『夕陽下，酒旆閑，兩三航未曾著岸。落花水香茅舍晚，斷橋頭賣魚人散。』（壽陽曲遠浦帆歸）

『雲籠月，風弄鐵，兩股兒助人淒切。剔銀燈欲將心事寫，長吁氣一聲吹滅。』（同上）

『因他害，染病疾，相識每勸咱是好意。相識若知咱究裏，和相識也一般憔悴。』（同上）

『布衣中，問英雄，王圖霸業成何用？禾黍高低六代宮，楸梧遠近千官塚，一場惡夢。』（撥不斷）

東籬樂府中的作品，無論小令套數，幾乎全是好的。說散曲至東籬意境始高，範圍始廣，實不是溢美之辭。最要緊的，是因了他的作品，提高了散曲的地位，繼着唐詩宋詞，而成爲當代詩壇的代表，說散曲是元代的新詩，意義就在這地方。

散曲的轉變　在年代上略後於關、馬的，是盧摯、姚燧、張養浩、貫雲石諸人。他們都是高官學士，除貫雲石以外，那三位又都是正統派的高級文人。散曲到了他們的手裏，風格上必然要發生變化。因此他們的作品，雖然一部份還保存着前期諸家蕭爽俊逸的情趣和白描生動的本色，但另一部份已趨於騷雅文弱，形成後一期的雕琢唯美的作風。這一種演化發展的過程，是我們必得注意的。

盧摯　盧摯（西曆一二三五？——一三〇〇）字處道，號疏齋，河北涿郡人。至元五年舉進士，大德初授集賢學士，持憲湖南，後爲翰林學士，遷承旨。他的詩文，與姚燧、劉因齊名，可知他在元初是一位官位顯達舊學深厚的文人。這在散曲作家中是較爲少見的。也就因爲這種環境，使他的曲，偏向於典雅蘊藉的路上去，那種使用口語粗言的俚俗之作，自然是少見的了。

『想人生七十猶稀，百歲光陰，先過了三十。七十年間，十歲頑童，十載尫羸。五十歲除分晝黑，剛分得一半兒白日，風雨相隨，白髮相催，仔細思量，都不如快活了便宜。』（折桂令）

『弄陽人，玉溪先占一枝春。紅塵驛使傳芳信，深雪前村，冰梢月一痕。雲初褪瘦影向紗窗上印。香來夢裏，寂寞黃昏。』（殿前歡）

『江城歌吹風流，雨過平山，月滿西樓。幾許華生，三生醉夢，六月涼秋。按錦瑟佳人勸酒，捲珠簾齊按涼州。客去還留。雲樹蕭蕭，河漢悠悠。』（折桂令揚州汪右丞席上即事）

前一首的豪放與本色語，還顯露着關、馬的精神，但後兩首，却偏於騷雅與細密，這痕跡是非常明顯的。在他現存的數十餘首小令中，十之八九是屬於後者。貫雲石評他的曲媚嫵如仙女尋春（陽春白雪序），正是指的這一類的作品而言。

姚燧　姚燧（西曆一二三九——一三一四）字端甫，號牧庵，洛陽人。官至翰林學士承旨，集賢大學士。他是元代的古文大家，著有牧庵集。宋濂撰元史，稱其文『閎肆該洽，豪而不宕，剛而不厲，有西漢風。』黃宗羲明文案序云：『唐之韓柳，宋之歐曾、金之元好問，元之虞集、姚燧，其文皆非有明一代作者所能及。』由此可知他在正統文派的地位。可是這一位正統文派的作者，他也染指散曲，可知散曲到了這時代，已不被人輕視，已爲高官學士，古文大家所愛好，而成爲韻文中的一種新體裁了。

『岸邊烟柳蒼蒼，江上寒波漾漾。陽關舊曲低低唱，只恐行人斷腸。』（醉高歌）

『欲寄君衣君不還，不寄君衣君又寒。寄與不寄間，妾身千萬難。』（凭欄人寄征衣）

『兩處相思無計留，君上孤舟妾倚樓。這些小蘭舟，怎裝如許愁。』（同上）

這些小曲，雖是寫得情緒纏綿，讀去却像詩中言語，這正是高級文人的手筆。曲子經過這些手筆後，作風上也必得要起變化的了。

張養浩　張養浩（西曆一二六九——一三二九）字希孟，號雲莊，山東濟南人。元史有傳，爲御史時，上疏論政，爲當局所忌，遭陷罷官。仁宗時應召再出，官至禮部尙書，後以父老，退職家居。他的散曲有雲莊休居自適樂府一卷，是他歸田以後的心境的抒寫。紅繡鞋云：『纔上馬齊聲兒喝道，只這的便是那送了人的根苗，直引到深坑裏恰心焦，禍來也何處躲，天怒也怎生饒，把舊來時威風不見了。』這是他做官的苦痛的體驗。比起陶潛的五斗米折腰的話來，是更深刻更有感慨了。因此他從那苦痛的樊籠，一旦解放到自然的天地，他的心境是如何的舒適。所以他在這方面所抒寫的最眞實最自然，決非那些身在江湖、心懷魏闕的假名士故作閑適者可比。

『挂冠棄官，偸走下連雲棧。湖山佳處屋兩間，掩映垂楊岸。滿地白雲，東風吹散，却遮了一半山。嚴子陵釣灘，韓元帥將壇，那一個無憂患。』（朝天子）

『柳堤，竹溪，日影篩金翠。杖藜徐步近釣磯，看鷗鷺閒遊戲。農父漁翁，貪營活計，不知他在圖畫裏，對着這般景致坐的，便無酒也令人醉。』（同上）

『一江烟水照晴嵐，兩岸人家接畫簷，芰荷叢裏秋光淡。看沙鷗舞再三，捲香風十里珠簾。畫船兒天邊至，酒旗兒風外颭，愛殺江南。』（水仙子詠江南）

『可憐秋，一簾疏雨暗西樓。黃花零落重陽後，減盡風流。對黃花人自羞，花依舊，人比黃花瘦。問花不語，花替人愁。』（殿前歡）

前兩首確是顯露豪放的風格，後兩首則是婉麗柔美，有少游、易安的詞風，漸漸的失去曲的生動淺俗的本色，一步步走上雕琢唯美的路，這現象是很明顯的。並且這一類的作品，在他的曲中，也是佔着多數。涵虛子評他爲「玉樹臨風」（太和正音譜），正是指此而言。

貫雲石　貫雲石（西曆一二八六——一三二四），畏吾人。他是一個外族精通漢文的作家。蔣一葵堯山堂外紀云：『貫父名貫只哥，遂以貫爲氏，名小雲石海涯，自號酸齋，時有徐甜齋失其名，並以樂府擅稱，世稱酸甜樂府。』甜齋是徐再思，我們現在讀他的作品，覺得遠不如酸齋。現在他們的散曲，由任中敏輯成酸甜樂府一冊，爲散曲叢刊第六種。畏吾元時服屬蒙古，所以貫雲石做過翰林侍讀學士。但因爲他深受着中國思想與文學的影響，使一個外族人的生活與性格都變了質。他愛慕江南柔美的自然，他憧憬恬靜閑適的生活，於是辭官不做，隱居江南，改名易服，在錢塘賣藥爲生，自號蘆花道人。在這地方，可知他是一個浪漫派的名士。他的才情極高，他能把中國的文學精神，完全消化在他的肚裏，使他的作品，成爲最純粹的漢人情調，幾乎沒有一點外人的色彩。他的散曲現存小令八十六首，套曲九首，是元代曲壇重要作家之一。論他的年代，本可放在後期內，因爲他的作風兼有南北之長，很可看出承前啓後的趨勢，所以我就把他放在這一階段了。

『棄微名去來心快哉！一笑白雲外。知音三五人，痛飲何妨礙。醉袍袖舞嫌天地窄。』（清江引）

『挨着靠着雲窗同坐，偎着抱着月枕雙歌，聽着數着愁着怕着早四更過。四更過，情未足，情未足，夜如梭。天那，更閏一更兒妨甚麼。』（紅繡鞋）

清江引的豪放飄逸，紅繡鞋的俚俗生動，恰是關、馬的本色，這是酸齋樂府中最有前期精神的作品。再如壽陽曲、殿前歡、塞鴻秋的十幾首，中間雖有些句子很華美很刻畫仍顯露着那掩不住的豪放生動的機趣。但如他的金字經、凭欄人、折桂令、小梁州諸章文字寫得非常美麗，音調非常柔和，情感也非常細密纏綿，濃厚的現出南方文學的柔美色彩。

『隔簾聽，幾番風送賣花聲。夜來微雨天階淨，小院閑庭，輕寒翠袖生。穿芳徑，十二闌干凭。杏花疏影，楊柳新情。』（殿前歡）

『蛾眉能自惜，別離淚似傾。休唱陽關第四聲。情。夜深愁寐醒。人孤另，簫簫月二更。』（金字經）

『晚粧窗下醉離觴，月色蒼蒼，來時雖暮去時忙。空惆悵，無計鎖鴛鴦。殘雲剩雨陽臺上，空贏得兩袖餘香。春夜長，東風旺，桃花飄蕩，何處覓劉郎。』（小梁州）

我們用後三首和前二首比讀起來，才會明瞭那兩種不同的風格與精神。面前的文字雖不美麗，覺得他們有力有生氣，有那種質樸直率的神情。一讀下去，立刻會感到是曲子。後面的文字雖是美麗，總覺得他們很柔弱很隱約，讀去好像是讀唐代的宮體詩和宋詞中的小令似的。但這並不是否認這種作品的文學價值，要能體會出這種境界，才會知道散曲在風格與精神上的演化情形。無論一種什麼起自民間的新文體，經過學士大夫長期的創作以後，都是要發生這種變化的。

五　元代後期的散曲作家

散曲經過了上述的演進，終於達到了拘韻度講格律的唯美的階段。初期曲由詞蛻化出來，現在又轉入一種詞曲混合的趨勢。初期曲中的俚俗生動質樸直率的種種特色，到了這時，漸漸地喪失殆盡了。初期的作家，大半爲北方人，到這時，作家爲南方人所領導了。如喬吉雖籍屬太原，但他是杭州的寓客，也完全受了南方文學的同化。這種種情形，是我們研究元代後期的散曲者所必要注意的。在這一時期中，曲學批評以及曲律的研究的書籍也出現了。周德清中原音韻，就是這種書籍的代表。那書雖是以曲韻爲主，末附務頭正語作詞起例，專論務頭及作曲法，並在定格舉例中，夾雜着許多評語，正可看出他對於曲的批評與認識，完全是以對偶修辭和聲韻爲標準，而完全走入格律的古典派。賈仲明云：『周德清，高安人，號挺齋，宋周美成之後，工樂府，善音律，病世之作樂府，有逢雙不對，襯字尤多失律俱謬者，有韻脚用平上去不一而唱者，有句中用入聲拗而不能歌者，有歌其字音非其字者，令人無所守，乃自著中州韻一帙，以爲正語之本，變雅之端，……使用韻者隨字陰陽，各有所協，則清濁得宜，上下中律，而無淩犯逆物之患矣。又自製樂府甚多。詠頭指甲云：朱顏如退却，白雲恐成空，有言外之意。切對有殘梅千片雪，爆竹一聲雷，雪非雪，雷非雷，皆佳作也。長篇短章，悉可爲人作詞之定格。故人皆謂德清之韻，不但中原，乃天下之正音也。德清之詞，不惟江南，實天下之獨步也。』（錄鬼簿續編）在這一段話裏，恰好說明中原音韻這本書的內容，和造成這本書的環境，也就是當代曲壇的風氣。試看周德清評張可久的紅繡鞋與朝天子云：『二詞對偶音律語句平仄，俱好，前詞務頭在人字，後詞妙在口字上聲，務頭在其上，知音傑作也。』又評醉太平感懷云：『窘字若平，屬第二著。平仄好，務頭在三對，末句收之。』又評山坡羊春睡云：『平仄俱好，止欠對耳。』在這些話裏，知道他品曲的標準，只以音律韻脚對偶爲第一義，完全只是注意那些瑣碎的技巧問題，對於曲的許多重要點，完全忽略盡了，在這裏表現出元代散曲到了這時期，在風格上是起了大的轉變。在這一期的作家裏如張可久、喬吉、徐再思、曹明善、趙善慶、吳西逸、王仲元、錢霖、任昱、周德淸諸家，雖不能說他們沒有一兩首豪爽生動的作品，但騷雅蘊藉成爲他們的代表作風，確實走上唯美的格律的階段了。只有劉致一人的作品，能在這時期表現一種社會寫實文學的精神，總算是例外了。

張可久　張可久字小山，浙江慶元人。他的生卒不詳。在他的集中，有湖上和疏齋學士、紅梅和疏齋學士，以及酸齋學士席上諸作，俱在其早期作品今樂府中。考疏齋於成宗朝（一二九七——一三〇七）授集賢學士，那已是疏齋近死之年。又酸齋於仁宗朝（一三一二——一三二〇）拜翰林學士。再鍾嗣成的錄鬼簿成於至順元年，小山列於極後。由此看來，張可久生於十三世紀下半期，在十四世紀初期的三十年代，是他在文學上最活躍的時期。張小山是元代散曲的專家，他畢生的精力，全獻之於散曲。他在元代的曲壇，享受着盛大的聲譽。他的作品，在元代刋行者，已有今樂府、蘇隄漁唱、吳鹽、新樂府三卷，外集一卷，小山樂府各本。今有任中敏所輯小山樂府六卷本，收羅最全，爲散曲叢刋第五種。共得小令七百五十一首，套數七套，元人散曲之富，無有過於小山者。

小山的生平不詳，錄鬼簿云：『可久以路吏轉首領官。』李中麓云：『即所謂民務官，如今之稅課局大使，』小山仕履可考者只此而已。他生性愛遊山水，故集中寫景之作特多。他一生足跡，就其作品看來，到過湖南、江西、安徽、福建、江、浙諸省，故江南一帶名山勝水，俱有題詠。杭州吳門足跡尤繁，題詠更富，故有蘇隄漁唱、吳鹽的結集。他的生平雖是不詳，但在他的曲中，時時顯露出自己的身世。如：

『十年落魄江濱客，幾度雷轟薦福碑。男兒未遇氣傷懷。』（喜春來）

『天南地北，塵衣風帽，漫無成數年馳驟。』（同上）

『悶來長鋏為誰彈。當年射虎，將軍何在，冷淒淒霜凌古岸。』（同上）

『人生底事辛苦，枉被儒冠誤。讀書圖駟馬高車，但沾着者也之乎。區區牢落江湖。』（齊天樂）

這樣看來，他是一個江湖落魄懷才不遇的江南才子式的文人。因為他困於仕途，於是以山水之樂，聲色之歡來消磨他的一生。如『西風又吹湖上柳，畫舫攜紅袖。鷗眠野水閑，蝶舞秋花瘦。風流醉翁不在酒。』（清江引）再如『罷手，去休，已落在淵明後。百年心事付沙鷗，更誰是忘機友。洞口魚舟，橋邊村酒，這清閒何處有。樹頭錦鳩，花外啼春晝。』（朝天子）前一首畫出他風流醉翁的生活，後一首寫出他出樊籠返自然的閑適心境。他自己雖只做過小官，想必以盛大的文名，以及名士的資格，得以與當日的高官要人交遊，在他的集中，有崔元帥席上、梅元帥席上、寧元帥席上、胡使君席間、酸齋學士聽琴一類的作品很多。同時他又喜與禪師道人交往，集中這一類的訪贈的作品也很不少。由此看來，張小山這一個人的生活性格，我們也就得知大半了。

散曲由關、馬而盧、貫，經過許多學士大夫的創作以後，在作風上已經起了變化的事，我在上面已加說明。張可久的產生，是元代散曲後期的最高表現。散曲到了他，在韻文壇上，已壓倒了詩詞，而得到正統的地位。我們由他的作品看來，有幾點很可注意的。

一、在小山樂府中，常有分韻分題之作。如酒邊分得卿字韻、分得金字、席上分題、湖上分得詩字韻諸首都是。由這一點，可知曲到這時候，已失去了前期的直抒情意的精神，而成爲誇才耀藻互作應酬的一種東西了。這一點不能不說是曲的墮落。

二、曲到了小山，曲的範圍實在廣泛極了。在他七百多首小令中，眞是無所不包。寫景、言情、送別、懷古、說理、談禪、詠物、贈答，是樣樣都有。他眞是把曲看作是一種詩體來製作，將他全部的生活情感，全部寄託在這裏面了。

三、他承繼曲風轉變的機運，加以他那種南方人的氣質，和舊文學的素養，因此他的作品，極力地運用詩詞中的句法，以雕琢字句爲能事，以騷雅蘊藉爲最高境界，形成他那種唯美婉麗的作風。如：

『落紅小雨蒼苔徑，飛絮東風細柳營。可憐客裏過清明。』（喜春來）

『屏外氤氳蘭麝飄，簾底惺忪鷓鴣嬌。暖香繡玉腰，小花金步搖。』（凭欄人）

前例的婉約，似少遊浣溪紗詞，後例的濃豔，似溫庭筠菩薩蠻中語，這是非常明顯的。只要對於詞曲稍有領悟的人，讀了上面那些句子，便會知道詞的情味多，曲的境界少。楊愼詞品云：『張小山小桃紅詞云：「蔞蒿春雪動，楊柳索春愁，山谷詩也。此詞用之，改饒爲愁，不惟無韻，且無味矣。』在這地方，正好看出張小山在曲的製作上，是把詩詞融和混合，藉以離開淺俗，而入於騷雅。再如：

『湖山外，楊柳邊，歌舞醉中天。雲軃橫珠鳳，花寒怯繡鴛。露冷濕金蟬，愛月佳人未眠。』（梧葉兒）

『荷盤敲雨珠千顆，山背披雲玉一蓑。』（喜春來）

鍊琢之工，對仗之巧，作者是費了不少的心力。這類句子，俯拾卽是。不用說，這一種作品，我們固然不能否認他的美麗與藝術性，但却可以說這完全喪失了曲的本色與機趣。因爲他的作風是如此，所以他把曲從俚言俳語中搶了過來，歸之於雅正，而得與正統派的詩詞並列。所以到了明初，他的作品，獨能得着宋濂、方孝孺這般高級士大夫的青眼，替他校正出版，而視爲樂府正音的了。劉熙載評他的『小令騷雅，不落俳語，』（藝概）許光治說他，『儷辭追樂府之工，散句擷宋、唐之秀。惟套曲則似涪翁俳詞，不足鼓吹風雅也。』（江山風月譜序）這樣看來，俚俗與白描的喪失，我們認爲是小山樂府的缺點，而前代的批評家，却以騷雅爲他的唯一特色，給以最高的讚譽，這是不足怪的。在明、清兩代儒家的正統文學批評的統制下，這是必然的現象。

話雖這樣說，張小山在元代的散曲史上，仍有堅固的地位。他與馬致遠，是元代曲壇的兩顆巨星。藝術的成就是多方面的，風格精神也是多方面的。東坡、稼軒的詞是藝術品，白石、玉田的詞，同樣也是藝術品，他們各有其特色與精神。這一種歧異，雖由於作者的性格，但大半決定於文藝本身的演進性，也可以說是文學發展的歷史性。這是研究文學史的人，所不能忽視的。

『萋萋芳草春雲亂，愁在夕陽中。短亭別酒，平湖畫舫，垂柳驕驄。一聲啼鳥，一番夜

雨，一陣東風。桃花吹盡，佳人何在？門掩殘紅。』（人月圓春晚）

『對春山强整烏紗，歸雁橫秋，倦客思家。翠袖殷勤，金杯錯落，玉手琵琶。人老去西風白髮，蝶愁來明日黃花。回首天涯，一抹斜陽，數點寒鴉。』（折桂令九日）

『青苔古木蕭蕭，蒼雲秋水迢迢。紅葉山齋小小，有誰曾到，探梅人過溪橋。』（天淨沙魯卿菴中）

『翩翩野舟，汎汎沙鷗。登臨不盡古今愁。白雲去留，鳳凰臺上青山舊，秋千牆裏垂楊瘦，琵琶亭畔野花秋。長江自流。』（醉太平懷古）

『江村路，水墨圖，不知名野花無數。離愁滿懷難寄書，付殘潮落紅流去。』（落梅風江上寄越中諸友）

前人說小山樂府騷雅蘊藉，不落俳語，讀了上面這些曲，想都體會得到。涵虛子評他云：『如瑤天笙鶴，淸而且麗，華而不豔，有不食烟火氣，可謂不羈之才。若被太華仙風，招蓬萊海月，詞林之宗匠也。』所謂不羈之才，於他雖不十分相稱，但「淸而且麗，華而不豔」八字，確是小山樂府的特色。

喬吉　在曲的風格上，同張可久取着同一的趨勢，得着優美的成績，而成爲張氏的羽翼的，是稱爲惺惺道人的喬吉。喬吉（西曆一二八〇——一三四五）字夢符，號笙鶴翁，原籍太原，流寓杭州。錄鬼簿云：『喬美容儀，能詞章，以威嚴自飭，人敬畏之。居杭州太乙宮前，有題西湖梧葉兒百篇，名公爲之序，江湖間四十年欲刊所作，竟無成事者，至正五年二月病卒於家。』這是記載喬吉事蹟唯一的文獻。在這一段短文裏，我們知道他也是一個作客異鄉終身落魄的文人。一生窮困，因此在江湖流浪了四十年，自己的作品，也無法刊行問世。在他的作品裏，也時時流露出這種窮愁潦倒的心情。

『離家一月，閒居客舍，孟嘗君不費黃虀社。世情別，故交絕，牀頭金盡誰行借。今日又逢冬至節，酒何處賒，梅何處折。』（山坡羊，冬日寫懷）

『不占龍頭選，不入名賢傳。時時酒聖，處處詩禪。烟霞狀元，江湖醉仙。笑談便是編修院。留連，批風切月四十年。』（綠么遍自述）

『肝腸百鍊爐中鐵，富貴三更枕上蝶。功名兩字酒中蛇，尖風薄雪，殘杯冷炙，掩清燈竹籬茅舍。』（昇平樂悟世）

在這三首曲裏，我們可想見喬吉是一個很洒脫的人。他雖爲功名窮愁所困，却能以詩酒煙霞笑談風月來消磨他的生命。因此他的作品中，充滿了快樂自適的情調，沒有半點困苦的哀音。他和張可久一樣，同樣地受了西湖柔美山水的薰陶，他們的小曲，顯出清麗華美的色彩。他的散曲，在元、明時有惺惺道人樂府、文湖州集詞及喬夢符小令三種。散曲叢刊中任輯之夢符散曲三卷，最爲完備。存小令近二百首，套數十套。張可久外，在元人散曲中，他所存的作品要算是最富的了。

『冬前冬後幾村莊，溪北溪南兩履霜。樹頭樹底孤山上。冷風來何處香？忽相逢縞袂衣裳。酒醒寒驚夢，笛悽春斷腸。淡月昏黃。』（水仙子）

『垂楊翠絲千萬縷，惹住閑情緒。和淚送春歸，倩水將愁去，是溪邊落紅昨夜雨。』（清江引卽景）

『瘦馬馱詩天一涯，倦鳥呼愁村數家。撲頭飛柳花，與人添鬢華。』（凭欄人金陵道中）

上面這些例子，可看出喬吉曲中所表現的雅正蘊藉的風格。在他的曲裏，他也歡喜引用或融化前代詩詞的舊句。如沉醉東風題扇頭一首云：『萬樹枯林凍折，千山高鳥飛絕。兎徑迷，人蹤滅，載梨雲小舟一葉，蓑笠漁翁耐冷的，獨釣寒江暮雪。』這是把柳宗元的一首五絕，做成一首曲子，總不如原作的清新警鍊。再如他的天淨沙卽事云：『鶯鶯燕燕春春，花花柳柳眞眞。事事風風韻韻，嬌嬌嫩嫩，停停當當人人。』全曲用疊字組成，另成一格，由此可看出他在字句的琢鍊與音調的和美上所用的工夫。因此，前人論元散曲者，總是張、喬並稱。因其雅正而俱以此二家爲散曲界的正統。明李中麓並以張、喬比之唐代詩壇的李、杜。其實這比喻是錯的。因爲元代的散曲，由關、馬、盧、貫諸家以來，已趨於唯美格律的風格，離開曲的本色，離開民衆，日益遙遠。這情形，已走到了晚唐詩與南宋詞的境界。王驥德曲律云：『李中麓序刻喬夢符、張小山二家小令，以方唐之李、杜。夫李則實甫，杜則東籬，始當。喬、張則長吉、義山之流。然喬多凡語，似又不如小山更勝也。』他在這裏，以長吉義山比喬、張，在文學精神上，眞是超人之見了。至如以實甫方李却不甚當，無論從其性格以及作風的飄逸與放縱上說，用關漢卿來比李白是較爲相宜的。所謂喬多凡語，這也是實情，因爲小山一味求雅，夢符集中，仍有一些俚俗之作。不過他的俚俗處，也遠不如關、馬那樣的靈活純眞，因爲他喜歡在俚俗的語句中，插入一些非常文雅的對偶的句子，反而把那統一性破壞得無餘了。

劉致　與張可久同時，在曲的內容與風格上，表現着異樣的色彩的，是劉致。劉字時中，號逋齋，江西南昌人。他做過翰林待制浙江行省都事等官，工文章，很得當代古文家姚燧的賞識。在小山樂府中，有與劉時中唱和之作，可知張、劉是同代人，可能劉致比張小山年長一點。他的散曲，現存小令六十餘首。其中雖偶有豪放俚俗之作，然大都清麗雅正。如

『春光荏苒如夢蝶，春去繁華歇。風雨兩無情，庭院三更夜。明日落紅多去也。』（清江引）

『和風鬧鶯燕，麗日明桃杏。長江一線平，暮雨千山靜。　載酒送君行，折柳繫離情。夢裏思梁苑，花時別渭城。長亭，咫尺人孤另。愁聽陽關第四聲。』（雁兒落帶得勝令送別）

這種作品，與小山、夢符所作情調相同。但是他有兩章上高監司、端正好套曲，却在元代散曲中，表現着異樣的形式與精神。前一套描寫南昌的大旱災，長十五調，後一套描寫當時庫藏積弊，吏役弄奸的情狀。長至三十四調，在元人的套曲中，算是最長的了。他在這兩套中，一掃當代專以曲子來描寫風月離情山水詠物的舊習，而擴展到描寫人情風俗，政教治蹟，以及一般的民衆生活，暴露着政治的黑暗，這眞是曲中僅見的社會文學了。我們先看他描寫旱災時人民的慘狀：

『滾繡球　去年時正插秧，天反常，那裏取及時雨降。旱魃生四野災傷。穀不登，麥不長，因此萬民失望。一日日物價高張，十分料鈔加三倒，一斗粗糧折四量。煞是淒涼。

倘秀才　殷實戶欺心不良，停塌戶瞞天不當，吞象心腸歹伎倆。穀中添粃屑，米內插粗糠。

怎指望他兒孫久長。

滾繡球　甑生塵老弱飢，米如珠少壯荒。有金銀那里去典當。盡枵腹高臥斜陽。剝榆樹餐，挑野菜嘗。吃黃不老勝如熊掌，蕨根粉以代餱粱。鵝腸苦菜連根煮，荻筍蘆蒿帶葉咗。只留下杷柳株樟。

倘秀才　或是捶麻柘稠調豆漿，或是煮麥麩稀和細糖。他每早合掌擎拳謝上蒼。一個個黃如經紙，一個個瘦似豺狼。塡街臥巷。

滾繡球　偸宰了些濶角牛，盜斫了些大葉桑，遭時疫無棺活葬。賤賣了些家業田莊，嫡親兒共女，等閑參與商，痛分離是何情況，乳哺兒沒人要撇入長江。那里取廚中剩飯杯中酒，看了些河裏孩兒岸上娘。不由我不哽咽悲傷。

叨叨令　有錢的販米穀，置田莊添生放，無錢的少過活分骨肉無承望。有錢的納寵妾買人口偏興旺，無錢的受飢餒塡溝壑遭災障。小民好苦也麼哥，小民好苦也麼哥，便秋收鸞妻賣子家私喪。』

在十五調中，我選了六調。這些作品，眞是寫實的社會文學。他完全用客觀的眼光，去描寫災民種種的慘況。窮人吃樹根泥土，賣兒鬻女，老的少的，倒臥在街頭巷口，或跳在水裏自殺，而那些從事囤積的富豪大賈，正在利用這機會，買田置產，販米娶妾，過着奢華淫侈的生活。劉時中能用當日新興的曲子，描寫這種社會事件，是他的過人之處。他在另一套裏，把當日庫藏的積弊和吏役狼狽爲奸的情形，也寫得非常詳細。他痛恨當日那些商人胸無點墨，只有了幾個臭錢，便結交官吏，無惡不作，而更要附庸風雅，假裝文雅之士。『只這素無行止喬男女，都整扮衣冠學士夫。一個個膽大心粗。』（滾繡球）這些人都是米店肉店油店飯店的老闆。有了他們來狼狽爲奸，自然是『餓虎當途壞盡國家法度』了。

劉致這一種描寫現實社會的作品，雖是不多，然只要有這兩個長篇，已足確定他在元代曲壇的重要地位。套曲最長的形式，是他創立的，散曲中的社會文學，也是他創立的。這樣看來，說他是曲中的白居易，眞是最適宜的了。

在這一時期，其風格不出小山、夢符範圍之外者，尙有王仲元（杭州）、徐再思（嘉興號甜齋）、曹明善（衢州）、趙善慶（饒州）、錢霖（松江）、任昱（四明）、周德淸（江西高安）、吳西逸諸家，全都是南方人。他們的作品，傳世者雖不多，但就其存者觀之，大都以淸麗見長。關、馬那種蕭爽生動的機趣，在他們的作品裏，已不易見了。其中雖有徐再思的作品較富，其造就亦較高，是這一羣人中的翹楚，當日曾與貫雲石並稱。玆各舉一例。

『樹杈枒，藤纏掛。衝煙塞雁，接翅昏鴉。展江鄉小墨圖，列湖口瀟湘畫。過浦穿溪沿江汊，問孤航夜泊誰家？無聊倦客，傷心逆旅，恨滿天涯。』（王仲元普天樂）

『水深水淺東西澗，雲去雲來遠近山。秋風征棹釣魚灘。烟樹晚，茅舍兩三間。』（徐再思喜春來皇亭晚泊）

『桃花月淡胭脂冷，楊柳風微翡翠輕。玉人欹枕倚雲屏。酒未醒，腸斷紫簫聲。』（徐再思喜春來春情）

『春雲巧似山翁帽，古柳橫爲獨木橋。風微塵軟落紅飄。沙岸好，草色上羅袍。』（曹明善喜春來）

『稻粱肥，蒹葭秀，黃添籬落，綠淡汀洲。木葉空，山容瘦，沙鳥番風知潮候。望烟江萬頃沉秋。半竿落日，一聲過雁，幾處危樓。』（趙善慶普天樂江頭秋行）

『夢回晝長簾半捲，門掩荼蘼院。蛛絲掛柳棉，燕嘴粘花片。啼鶯一聲春去遠。』（錢霖清江引）

『新亭館相迎相送，古雲山宜淡宜濃。畫船歸去有漁蓬。隨人松嶺月，醒酒柳橋風。索新詩紅袖擁。』（任昱紅綉鞋湖上）

『半池暖綠鴛鴦睡，滿徑殘紅燕子飛。一林老翠杜鵑啼。春事已，何日是歸期。』（周德清喜春來）

『長江萬里歸帆，西風幾度陽關。依舊紅塵滿眼，夕陽新雁，此情時拍闌干。』（吳西逸天淨沙）

『江亭遠樹殘霞，淡烟芳草平沙。綠陽陰中繫馬，夕陽西下，水村山郭人家。』（同上）

上面這些曲子，我們不能不說是好作品。字句的琢鍊，對仗的工整，寫情的深密，寫景的秀雅，在技術上講，確實都是很成功的。但也就因爲他們過於琢鍊工整，過於含蓄文雅，因此所表現出來的情韻，與宋詞的小令相近，曲的俚俗的本色與白描的語調，反而喪失殆盡了。在這種地方，正可看出元代散曲在風格上演變的趨勢。唐詩是如此，宋詞也是如此，散曲自然不會例外的。

元代散曲作家，可考者二百餘人，上面所論及者，不過十數人。此外如元末的楊朝英、鍾嗣成二家，亦多佳作。再有無名氏作品甚多，佳作尤夥，在那些作品裏，民歌的色彩最爲濃厚，有大膽的肉慾描寫，有趣味橫生的嘲笑戲謔，有鄉村生活的素描，有山水風景的圖畫。有小令，也有套曲，這也是元曲中很重要的一部份。只因爲時代不明，不便敍述，只好割愛了。

第二十三章　元代的雜劇

元代的戲曲，可分爲兩個部門。一類是起於北方的雜劇，一類是發展於南方的南戲。故前人有南曲、北曲之稱。在元代的劇壇，是以雜劇爲主體，因作家輩出，名作甚多，足爲這一時代文學的代表。南戲在元代雖亦盛行，但多爲民間扮演之用，作品大都散佚不全，即偶有存者，其文字結構俱未臻完備之境，在戲曲的藝術上，未能與雜劇抗衡。至元末明初始有拜月、琵琶諸代表作出現，成爲明朝南戲全盛時代的先聲。在這一章裏，只論雜劇，關於元代南戲的資料，留着論明代的戲曲時再說。

一　雜劇的產生

人人都知道中國眞正的戲曲，始自元代的雜劇。因這種雜劇的產生，在中國的戲曲史上，成立了一個新紀元。但這種雜劇，並不是偶然出現的，也不是一兩個天才作家所創造出來的。他是由前代各種舞曲歌詞漸漸演化而成。我在前面所敍述的那些宋金時代的戲曲史料，雖都不能算是眞正的戲曲，雖還都缺少戲曲中的要素，但在他們的發展上，却都一步一步與戲曲接近的事，是非常明顯的。宋代歌舞戲中如大曲、曲破等項，所用曲調，雖單純少變化，所述情節雖爲敍事體，但其中有歌有舞，有念白表演，到了諸宮調的出現，在戲曲史上，顯出了很大的進步。據董西廂看來，戲曲的形式，初步形成。而最重要的，在董西廂的散文中，已帶了代言體的傾向。由董西廂轉入元劇，實已相差不遠了。吳梅說元劇的來歷，遠祖是宋時大曲，近祖是董詞，這是不錯的。戲曲爲表演於舞台上的綜合藝術，音樂歌舞，雖爲其中之要素，但動作與對話，却是戲曲必備的條件。更爲重要者，因爲要把一件故事活躍地在舞台上表演出來，故戲曲的體裁必爲代言體。宋金的雜戲院本，不能稱爲眞正的戲曲，便是缺少這些完整的條件。到了元代的雜劇，純粹是代言體。有動作。有賓白，有歌曲，再加以脚色化裝及佈景的講求，於是由從前歌唱說話分工的大曲、曲破等舞曲，由坐而說唱的諸宮調，而變爲登場扮演的舞台藝術了。

將前代未完成的戲曲加以改革，由敍事體而入於代言體，完成元劇的體裁者，前人多歸功於關漢卿。錄鬼簿列關於雜劇之首。涵虛子太和正音譜評關云：『觀其詞語，乃可上可下之才，蓋所以取者，初爲雜劇之始，故卓以前列。』因此前人都承認關漢卿是元劇的創始者。但是由文體形成的公例，以及關氏的時代看來，關創雜劇一說，却不能令人相信。我們看詩詞各種體裁的形成，無不是由多人多時積累合作而成，決非某一人所獨創。至於關的時代，經近人胡適氏的考證，我們知道他不是金的遺民，金亡時，他還是一個十三四歲的小孩子。據我們的考查，現存的雜劇，時代最早者，當推王實甫的四丞相高會麗春堂。此劇敍金章宗右丞相樂善的故事。開場唱道：

『仙呂點絳唇　破虜平戎，滅遼取宋。中原統，建四十里金鏞，率萬國來朝貢。』

又收場唱道：

『太平令　歌金縷淸音嘹喨，品鸞簫餘韻悠揚。大筵會公卿宰相，早先聲把烟塵掃蕩，從今後四方八荒萬邦，齊仰賀當今皇上。』

由首尾這兩節曲辭看來，這個戲本的時代，雖不能說在金章宗時，但在金亡以前是無疑的。這樣看來，金亡以前，已有那樣完整的雜劇，那末金亡時還不滿十三四歲的關漢卿決不是元劇的創始者，是無須細說的。同時雜劇雖盛於元時，但在金代末年就完全成立了的事，我們也可以斷定了。

這樣看來，雜劇非創始於關漢卿，自然也非創始於王實甫。我們由五言詩、宋詞起於民間的公例，雜劇也是起於民間的。加以戲曲是民衆娛樂的藝術，與民衆發生更密切的關係，在文人沒有佔領以前，完全是民衆創作民衆欣賞的一種東西。據輟耕錄所載金院本六百九十種，可見當代戲曲盛行於民間的盛況。在這種情形下，爲供應這種需求，有所謂專編戲本的才人所組織的書會產生。錄鬼簿中賈仲明所補弔詞云：『元貞書會李時中、馬致遠、花李郎、紅字公四高賢合捻黃粱夢。』李時中、馬致遠都做過官，花李郎、紅字李二皆是教坊伶人。據賈詞所說，則他們都是大都書會中人。又弔蕭德祥詞云：『武林書會展雄才。』蕭是杭州的醫生，據此他也是書會中人。這樣看來，當代的元劇作家，或許大半都是書會中人。這些人便是改良舊劇創作新劇的中堅。他們所編的劇本的好壞，與劇場的生意及伶人的名譽衣食，都有關係。在這種環境下，各書會的編劇者，自然都是彼此競爭。並且他們都與舞台時時接觸，自然都有豐富的舞台經驗，他們由這種實際的經驗，知道舊劇本有什麼缺點，有什麼好處，要怎麼樣才能迎合民衆，要用什麼材料才能吸引看客。在這種彼此競爭的狀態中，劇本爲適合於舞台表演而獲得較好的聲譽與報酬，自然是時時刻刻在改進中。這一種改進的工作，也不是一時成功的，也不是一人成功的，是當代許多戲團經理，各種演員樂工，以及許多無名編劇家合作多時的成績。這種工作的成熟，便是雜劇的產生。

在輟耕錄所載院本名目中，謂『教坊色長魏、武、劉三人鼎新編輯。魏長於念誦，武長於筋斗，劉長於科汎。』可知這些人，都是當時有名的演員。王國維、胡適俱疑心其中的劉，便是教坊劉耍和。據錄鬼簿所載花李郎、紅字李二俱爲劉耍和的女婿，他們同是優伶，並且都寫過四個劇本。這樣看來，王、胡所推測者，雖無法證明其必然，但却很合情理。我們不管魏、武、劉三人中的劉，是不是劉耍和，但由此使我們明瞭當代教坊中人，有如魏、武、劉者，正在那裏熱心從事改良戲曲的工作。劉耍和自然也是參加工作的一員，所以他選的女婿，也都是能執筆寫劇的人物，決非那些庸俗的演員可比。在這戲曲改進的情境下，別於金代院本諸宮調的雜劇，漸漸形成。同時有許多那些愛好戲曲的浪漫的或貧窮的文人，也加入這種工作的集團，如日與妓女優伶爲伍的關漢卿，同劉耍和的兩個女婿合作黃粱夢的馬致遠，都是最好的例。這樣一來，於是雜劇在文學上的地位提高了，音樂的配置，結構的形式，也日趨於嚴密，從此雜劇便日趨於發達隆盛的機運。這樣看來，我們可以總結一句，元劇起於教坊行院的伶人樂師以及和他們合作的無名編劇者，革新改良舊劇而成，最早的雜劇，都是些無名氏的作品，那些作品是很幼稚的，所以都不傳了。等到文人出來爲教坊行院寫劇時，才展開戲劇史上的黃金時代。因此我們可以說雜劇是創立於金末，而其黃金期，則開始於元代滅金以後。

二　雜劇的組織

上面說明了雜劇的起源，現在要說的，是雜劇的組織。

一、歌曲　雜劇中的歌曲部分，以散曲中的套曲組成之。上章論散曲時，曾說明套曲是由一宮調中的多數曲調連合而成者。在雜劇中，每一個套曲，稱爲一折，相當現代劇中的一幕。每一個雜劇，以四折爲通例。唯有紀君祥的趙氏孤兒，則有五折，此爲元劇中的變例。但四折外，多有用楔子者，楔子有在劇前者，也有用在各折之間的。大抵用仙呂賞花時或端正好二曲，西廂記第二劇中之楔子，則用端正好全套，與一折相等。可知楔子是一種有自由伸縮性的東西。關於楔子的意義，近人解釋研究者甚多，然多爲穿鑿附會之談。雜劇中的楔子，不是全劇的序幕，與南戲中的家門全爲兩物。我想楔子的產生與應用，完全因爲雜劇限於四折的格律，藉此得有一種伸縮補充的餘地，而使其餘的四折，得到平衡的原故。作者遭遇到有些內容不能在某折中包含時，他可以來一個楔子，補救這種困難，因此他的地位是極其自由的，在劇前也可以，在折間也無不可。劇中不用楔子固然可以，用一個或用兩個也無不可。如羅李郎、抱妝盒、馬陵道三種，俱有二楔子。這樣看來，雜劇中的楔子，在藝術的意義，相當於曲中的用襯字。襯字的應用，無非是解除曲譜限制塡調的困難，楔子也是解除四折的規律限制作劇的困難。如果元曲沒有四折的限制，楔子或許不會產生。如果說楔子在雜劇中的應用，有什麼藝術的意義，有什麼巧妙的手法和一定的規則，這完全是捕風捉影之談。

元劇中的歌曲，每折俱由一人獨唱。其他的演員，只有對白，但在楔子中，亦偶有他員歌唱的。並且還有許多劇本，全劇四折，由一人獨唱到底。如最有名的梧桐雨漢宮秋等作，都是一人獨唱的。負歌唱責任者，大都爲劇中的要角「末」或「旦」，故有「末本」「旦本」之稱。但此亦有例外，如關漢卿之蝴蝶夢第三折，本爲正旦所唱，到了折末時，那副角王三忽然唱了一句『腹攬五車書』，於是另一副角張千便責問他說：『你怎麼也唱起來了呀？』王三說：『這不是曲尾嗎？』張千聽了不再說話，王三便把端正好、滾綉球二調唱完了。這樣看來，元劇每折一人獨唱是通例，在曲尾可有他員歌唱的變例，似乎是大家都知道的。不過在元劇中，這種變例也極少。至於西廂記中的歌唱方式，與此又大不同，留在後面再說。一人獨唱的方法，現在看來，實在是元劇的大缺點，這或是諸宮調的一種遺形。他的壞處是：一、因爲過於單調，易引起觀衆的厭倦；二、不能表演多數演員的情緒及其歌唱的藝術。如漢宮秋、梧桐雨中，昭君與楊貴妃都只有白，歌唱全由漢帝明皇擔任，這是非常不合理的。三、獨唱者過於勞苦。最奇怪的，是這種惡劣的制度，這種於作者、演員以及觀衆三方面都不方便的方法，在長期元劇中，一直採用着，無人加以改良，這實在是一個令人不能相信的問題。

二、賓白　賓白就是台詞，明姜南抱樸簡記云：『兩人相說曰賓，一人自說曰白。』可知白是獨白，賓是對話。元劇中的有台詞，是元劇進步的第一要素，是別於宋金舊戲的最大特點。賓白是戲曲的生命，沒有他便不能稱爲戲曲，也便不能在舞台上表演。但前人只重視劇中的曲辭，而多忽略劇中的白，把曲辭當作詩詞一般的來硏究，這是莫大的錯誤。徐渭說曲辭爲主，白爲賓，故稱爲賓白。前人重曲輕白的觀念，完全顯露出來了。因此產生賓白爲伶人臨時自撰的怪說。臧氏元曲選序云：『或謂元取士有塡詞科。……主司所定題目外，止曲名及韻耳。其賓白則演戲時伶人自爲之，故多鄙俚蹈襲之語。』賓白中常有鄙俚蹈襲之語，是無法否認的，若是因此一概抹煞其價值，說是演員臨時所爲，這是不通之論。一個複雜的故事，要以歌曲表現出來，作曲當然是重要的部份，但其中情節的穿插，前後的照應，若曲白不是同時寫作，這如何可以成功。這種曲白相生相依爲命的現象，是非常明顯的。元劇中之對話，雖多蹈襲之語，但佳者極多。如關漢卿之救風塵，康進之的李逵負荆，武漢臣的老生兒諸作中，都有很長的說白，並且在那些對話裏，把人物的個性情緒都表現得非常活躍。又使那些劇本在舞台上的表演，得到有力的效能。那些文字既簡潔，又通俗，都是極好的語體文。在這些劇本裏，若去其白，則曲全成爲廢物。這樣看來，元劇作家只作曲而不作白的話，是絕不可信的了。至於元刋本雜劇三十種中，科白多有省去，不重要演員的白，刪削殆盡，只「外末云了」，「外末問了」的記着。就是正末正旦的白，也只存其大意。我想這必是一種坊間所刋的元劇的簡本給演員或是觀客用的。因爲曲辭要合樂，字句不能增減，並且那些文字也比較深，不容易記，必得要有一種簡本，以供演員們熟讀之用，同時，台詞都是白話，人人能懂，曲辭配着音樂，聽者不解，正如我們今日聽崑曲京戲一樣。有了這種簡本，聽戲的人就便利多了。所以我們如以元刋本雜劇中存曲省白一事作爲元劇作家作曲不作白的證據，也是不可靠的。據王驥德說他所見的元人劇本，在卷首中，詳記全劇中所用的角色和衣裝用品（曲律卷三），又近年來所發現的脉望館校鈔本古今雜劇中，有數十種，都附有「穿關」，指明劇中人物的服裝和鬍鬚式樣等等。由此可見當時劇本是如何的完備，同時，我們也可以相信，在元劇的完本中，賓白決無省去的了。

三、脚色及其他　元劇因扮演的故事複雜，故演員自必增加。宋金舊戲中的脚色，已不够用。現讀元劇，其中脚色名目至夥。而重要者，有末、旦二大類。末有正末、副末、冲末、外末、小末之分，旦有正旦、副旦、貼旦、外旦、小旦、大旦、老旦、花旦、色旦、搽旦之別。正末、正旦爲劇中之男女主角，其餘各角，俱爲副員。都是以年齡性情身分配合之。此外又有孤、卜兒、孛老、徠兒、邦老等稱，這些名詞，想必都是社會上的普通用語，不是脚色的專名，正如我們現在所說的老太婆、小大姐、老頭之類，他們都是不重要的配角。由他們所代表的身分看來，孤是官員，孛老是老頭子，卜兒是老太婆，徠兒是小孩子，邦老是强盜或是流氓。這些稱呼，必爲當代全社會通用的語言，是人人所能懂的。這樣看來，元劇中的脚色，這樣細密地分類而增加，自然可以增加舞台表演的效能，而給觀衆以故事的眞實性，比起宋金舊戲來，是進步得多了。

元劇中表演動作的叫做科。一個完整的劇本，要在舞台上表演，專靠唱白還不够，必要有做作夾雜其間，才能把一件故事活靈活現的表現在觀衆之前。元劇在心理的表情上，雖無顯著的表示，但普通的動作，都有記載。如某某做見科，某某哭科，某某睡科，某某醉科。有了這些動作，於是唱白才能發生聯繫。所謂『武長於筋斗，劉長於科汎』，這都是說他們在舞台上特長於做作一門。又說：『魏長於念誦』，這必是說他特長於說白。這樣看來，當時表演戲劇，除唱曲成爲主要部門外，說白和動作，也很爲人所重視，在這兩方面，也有專門的人才。

砌末一名，爲劇中所用之物。焦循易餘籥錄云：『元曲殺狗勸夫祇從砌末上，謂所埋之死狗也。貨郎旦外旦取砌末付淨科，謂金銀財寶也。……』他這解釋是對的。其次，在劇本的末尾，照例寫着幾句對話，叫做題目正名。前人認爲這是白的一部分，屬於雜劇的本體的。據元刊雜劇三十種在其卷尾，多寫作這樣的形式。

……散場

題目　曹丞相發馬用兵　夏侯敦進退無門

正名　關雲長白河放水　諸葛亮博望燒屯

散場表示劇本及表演終結，就是閉幕的意思。題目正名都放在散場的後面，可知與白絕無關係。這樣看來，題目正名，是作者把劇本寫成以後，另把劇本的內容，再詳細的說出來；以便於劇場招貼廣告。杜善夫有一首詠農夫聽戲的散曲，題爲莊家不識勾闌。中云：『見吊個花碌碌紙榜。』可知元代劇場，在門外是掛着紙榜的。所謂題目正名一定是寫在紙榜戲名的下面，作爲詳細的廣告，以便利觀衆的罷。

三　雜劇興盛的原因

元劇是元代文學的代表，是當代最流行的一種新文學，英才輩出，盛極一時。文人固無論矣，文官如吳仁卿，武將如楊梓，商人如施惠，醫生如蕭德祥，優伶如趙文殷、張國賓、紅字李二、花李郎，俱爲作者。在現存的元劇中，無名氏之作至數十本之多，這些必都是社會民衆的作品。由此可知元劇在當代的流行，同時作曲這種相當艱難的工作，在當代的民衆，傳染得如何普遍。戲曲本是一種扮演於舞台的民衆藝術，各處表演，各處也都在寫作，在那一百多年中，究竟產生多少劇本，這是無從統計的。鍾嗣成在至順元年所編的錄鬼簿，是中國戲曲史上第一個重視戲曲而留下的重要文獻。在那目錄中，著錄元劇四百五十八本，明初涵虛子作太和正音譜，卷首錄元人雜劇五百三十五本。因爲他的年代稍後，在數目上是較爲增加了。不用說，元劇爲他們所遺漏的，自然是不少的，我想最有名的或是在社會上較爲流行的作品，十之八九，必爲他們所採入了。不過，這五百多本元劇，並沒有完全流傳下來。王國維在二十年前所作的統計，元劇存者，只有一百十六種（見宋元戲曲史）。但二十年來，前人不見的祕籍，日有發現。現由息機子編刊的元人雜劇選，臧晉叔編刊的元曲選，玉陽仙史編刊的正續古名家雜劇，尊生館刊的陽春奏，孟稱舜編刊的古今名劇合選、柳枝集、酹江集，李開先改定先賢傳奇、脈望館鈔校本古今雜劇以及顧曲齋雜劇，元明雜劇諸書中所收的元劇，重複者與明初人之作去之，實存全本的在一百六十種左右。這數目也就不算少了。

關於雜劇興盛的原因，前人所論極多，茲舉其要者於下。

一、新文體的發展　在文學發展史的公例上，文學也具備着生物的機能。某種文體，俱有其萌芽成熟全盛而至衰落的幾個階段。由前面所述的騷賦詩詞看來，都逃不出這個公例。一種文體經過多少年多少人的創作以後，內容必至於陳腐，精華必至於消歇，而漸漸失去他在文壇上的生命與活力，到這時候，必又醞釀一種新文體來代替。這個新生的幼兒，他的內容形體，都是嶄新的，他的生命，正待人製造培植，他有着光明的前途。宋金的戲曲，形體粗備，但還是一個出生不久的嬰兒。他的文學生命，正等待新人的創造與發揚。接着來的，恰好是元代，而元代又正是發展戲曲的最好環境。

二、利於戲曲發展的環境　元朝有一個最宜於戲曲發達的環境，這一環境，由物質與精神雙方所造成。我們知道戲曲雖是文學中的一種，但他却持有獨特的性質，不像詩文那樣是個人的，他是羣衆的，他如果不在舞台上表演，沒有大量的觀衆來參加，他便失去了生命。所以他除了寫在紙上的劇本以外，還需要演員、戲場、用具和觀衆。這一切都須賴於資本，都須賴於繁榮的社會經濟與富饒的大都市。若沒有這種經濟背景與都市環境來支持，戲劇運動便無從發達。元朝雖爲遊牧民族的蒙古人所統治，文化很低，但因其把歐亞打成一片，國際交通四通八達，造成中國商業資本空前的發展。當代商業工藝的發展，國家的富强，貴族官吏生活的奢侈，外商來往的頻繁，使當日歐洲先進國的代表馬可波羅大爲驚訝。在他的遊記中說：『城市既大而富，商人衆多，商業工藝之民，大多數製造絲業武器與鞍韉以及各種商品。』在這種商業資本高度的發展之下，自然要造成多數繁榮的大都市。據他說：當時富饒的都市，可以千百計。現在的北平當日稱爲汗巳乃克，便是大都市的代表。看他記北平的狀況說：

『彼處營業之妓女，娼好者達兩萬人。每日商旅及外僑往來者，難以數計，故均應接不暇。

至所有珍寶物品之數，更非世界上任何城市可比。余首述印度輸入者，如寶玉珍珠及其他珍品。中國及其他區域之精美珍貴物品，均會萃於此，以供奉此地之皇室貴婦諸侯將佐及大汗朝中之臣僚。故余謂此間之富裕，及所用之珍奇寶貨，爲世界上其他城市所無。商品之交易亦至繁多。每日所到之絲，何只千車。並製造金絲呢絨及絲織品等。而此間四週之城市，遠近計二百，均購買所需者。』

這樣看來，當日的北平，是全世界最富最繁榮的國際都市，在中國的地位，正如今日之上海。在那樣一個都市裏，妓館戲場以及各種娛樂的場所，才能得着經濟觀客的支持，而可興隆起來。外人雖多不通漢語，逛妓院，進戲場，以作半日的遊樂，所謂醉翁之意不在酒的事，是無問題的。上海的外國電影，至少有一半觀客是不懂英語的，就是連中國普通人也不容聽懂的梅蘭芳的京戲，也可在美國大賣其座。這樣看來，戲曲這種娛樂藝術，只能在人口多經濟發達的都市裏，才可興盛，胡人外族都是好顧客。顧客多生意就好，經營戲場的人可以得利，對於演員與劇本的報酬也可以增加，於是舞台設備的改進，與劇本的精求，自是必然的事。在這種環境下，劇本必感着大量的需要，於是那些困苦於元代政治制度下的窮苦文人，或是那些日與倡優爲伍的浪漫文人，都參加劇本編製的工作。文人參加者日多，劇本的產量自然增多，在質上也大有進步。於是好的作家與作品就一天天的產生了。就在這時候，從前純粹作爲娛樂品的戲曲，變成一種文學的戲曲，而成爲替代唐宋詩詞的一種新文學了。

這樣說來，元代的國際都市與商業資本，實在是造成元劇興盛的物質原因，同時我們也可以知道，戲曲這一種東西，決不是個人的案頭的貴族文學，而是都會的民衆的通俗文學。說到這裏，雜劇發達於北方的大都，大作家十之八九都是大都人的事，也在這裏得到圓滿的解決了。

其次當代的精神環境，對於元劇的發展也是極爲有利的。元代的文壇，是一個最自由最放任的時代。因爲儒家思想的衰微，在唐宋時代樹立起來的載道的文學理論，完全銷聲匿跡，在文壇上，完全失去了理論的指導監督與批評。戲曲本是載道派認爲是卑不足道的東西，恰好在這個自由時代出現，加以當代物質環境的佳良，於是便成爲春風中的野草，蓬勃的發展起來了。並且蒙古民族雖兇强好戰，却歡喜聲色歌舞的娛樂，南宋孟珙的蒙韃備錄記金末的蒙古風俗說：『國王出師，亦以女樂隨行。率十七八美女，極慧黠，多以十四絃等彈大官樂，四拍子爲節，甚低，其舞甚異。』國王如此，其臣僚貴族和民衆亦必如此。他們南下以後，四書、五經不重視，高級的文人不重視，那些妓女優伶，舞歌戲曲，自必爲他們所歡迎，加以提倡和鼓勵，有的作爲大衆的娛樂品，有的作爲王侯貴族的御用品了。這些地方，也間接給與戲曲發展不少的助力。

三、科舉廢行　沈德符野獲編及臧晉叔元曲選序俱有或謂蒙古時代，曾以戲曲取士，故以此爲元劇興盛之因，此乃誕妄之說。蓋元人滅金以後，只行科舉一次，此後廢去垂八十年，絕無戲曲取士之事。而科舉之廢行，適爲助長雜劇發展的原因。科舉時代，士子日夜研究詩賦古文，以求干祿之道，或進而探討孔孟之言，以作經世之用。元代輕儒生鄙文士，廢考試，於是昔日的教育制度，完全破壞，往日作爲教科書的詩賦古文以及聖賢之書，都成爲無用之物了。適此時雜劇興起，既可抒情怨，寫故事，又可作爲娛樂的實用藝術，最合苦悶時代中浪漫與憂鬱文人的口味。於是羣以往日作詩賦古文之精力從事於此，雜劇的藝術得以進步，大作家與好作品，應運而生。王國維說：『唐宋以來，士之競於科目者，已非一朝一夕之事，一旦廢之，彼之才力無所用，而一於詞曲發之。且金時科目之學，最爲淺陋，此種文士，一旦失所業，因不能爲學術上之事，而高文典册，又非其所素習也。適雜劇出，遂多從事於此，而又有一二天才出於其間，充其才力，而元劇之作，遂爲千古獨絕之文字。』（宋元戲曲史）由此可知科舉之廢，確爲元劇興盛起來的一個原因了。

雜劇起於北方，而以大都爲中心。在現在有作品流傳的初期作家，三十一人中，全爲北籍。以省籍計之，河北十八人，山東五人，山西六人，河南及皖北各一人。而大都獨佔十人，得總數三分之一。這樣看來，在元代統一之前，雜劇完全發展於北方，成爲北方獨有的一種新興文學。因爲他有這種地方性，所以在雜劇中所表現的北方文學的特質與精神，最爲濃厚與顯明。文字的質樸與表情的直率一也。現實色彩的濃厚與社會生活的描寫二也。北方的口語方言以及外族的言語的雜用三也。上列數端本爲北方文學的特色，可於北朝時代的北方民歌中見之。因此全爲北方作家的初期元劇，也最能發揚這一種精神與色彩。那一種風格和境界，決非後來南方人所能摹擬得到的。由此可知元劇的代表作家與代表作品，幾乎全是出於初期的北方，也不是偶然的了。

雖說同是北方人，雖說同是一樣文體，要在作品上表現出完全統一的風格，是不可能的。因爲作者生活環境的異同，古典文學修養的厚薄，以及個人性格的差異，無論在文字上、精神上、題材上都顯出不同的風格。因此在初期的元劇作家中，我們大略可以分爲王實甫與關漢卿兩派。王派的人對於古典文學的修養較爲豐富，提筆作文，比較注重辭藻，有時又喜歡用典引書，而又趨於雅正。同時他們取材，歡喜描寫才子佳人的戀愛，宮庭中的風流豔行，古代學士文人的浪漫故事，以及神仙隱逸的思想，因此，這派人的作品，比較富於浪漫的情調，與貴族的精神。並且由他們那樣的辭藻與那種題材的配合，自然而然的使他們的戲曲現出一種文雅性。這種文雅性，雖不利於舞台，雖不能爲大衆所欣賞，但却爲後代的批評家及知識界多所贊美，所以他們的作品，能在中國戲曲史上得着最高的地位，而普遍流傳於士林。這一派的作家，王實甫、白樸、馬致遠是三大代表，吳昌齡、李壽卿、石子章、張壽卿等人屬之。關漢卿一派所受古典文學的影響較淺，他們盡力採用土語方言，文采雖不如前派，但在表現各種人物的性格與口吻上，更能逼眞與生動。他們的取材，多爲富於現實性的社會家庭事件，或從古史及小說中，找取那些富於悲壯的武俠的資料，有時寫得很滑稽，有時又寫得很嚴肅，但都有舞台的效果和迎合民衆的趣味。因此他們的作品，比較富於現實的色彩與通俗的精神。由他們那樣的文字，配合於那樣的題材，使他們的作品，現出一種俚俗性，這一種俚俗性，雖爲當代的觀衆所歡迎，但却不能得到後代的文人學士的重視。太和正音譜評關漢卿說：『觀其詞語，乃可上可下之才』，因爲這樣不滿意他，把他放在馬致遠、白仁甫、王實甫等八九人之下。他對於關漢卿尚且如此，其他的人不必說了。他評王曲如「花間美人」，評白曲「風骨磊塊，詞源滂沛」評馬曲「淸雅典麗」，可知他批評的觀點，完全着眼於辭的妍麗，忽視了戲曲整體的生命，這實在是不對的。然而也就因了這一些批評家的意見，把王、白、馬諸人的地位提得更高，論元劇者，都以他們爲偶像了。若純粹的就戲曲的立場而言，關派的作家與作品，是更富於戲曲的性質，生命與精神的。這一派的作家，關漢卿以外，較著者有楊顯之、武漢臣、紀君祥、高文秀諸家。初期的元代劇壇，我將照上面所述者，分敍下去。

四　元劇初期的王派作家

王實甫　王字德信，大都人，生平未詳，曾作雜劇十餘種，今全存者，有田丞相歌舞麗春堂、崔鶯鶯待月西廂記、呂蒙正風雪破窰記三種。存一套者，有韓彩雲絲竹芙蓉亭及蘇小卿月夜販茶船三種。麗春堂成於金亡之前，上文已說過了，在藝術上雖無大的成就，在內容上雖是皇室貴族的歌誦，但論其年代，確是雜劇史上最早的一種，這是値得我們注意的。

使王實甫名垂不朽的，是他的西廂記。不用說，他是以董西廂爲底本，在形體上由諸宮調改編爲雜劇。元劇俱以四折一本爲通例，王西廂寫成五本，可算是元劇中獨有的長篇了（西遊記雖爲六本，據孫楷第氏考證，爲明人作品）。前人多謂王實甫作西廂，作完第四本草橋驚夢而死，最後張君瑞慶團圓一本，爲關漢卿所續。這都是明清人所說，絕無根據。錄鬼簿的時代最早，關的名下，並無西廂記的記載。明初的正音譜，也說王作西廂五本，這是最可信的。元劇都是每折一人獨唱，只有西廂有好幾處是合唱的。第一本第四本的第四折都有張生鶯鶯合唱，第五本第四折，有張生鶯鶯紅娘合唱，這種地方是原來如此，還是爲明人所改，雖不得而知，但在形體上，很明顯地這五本戲曲，是有統一性的，而必爲一人所作無疑。

董西廂在文學上本有很高的成就，我在介紹諸宮調時已說過了。王實甫改作於後，寫同一故事，寫同一場面，在文字上有因襲之處，是免不了的。但這並不能減低王作的價値，他以他的過人的天才，特宜於描寫男女戀愛的心理的技巧，美麗而又婉轉的筆調，把那時苦於戀愛困於環境的才子佳人的悲歡離合的浪漫故事，寫得哀楚動人。因了他這一部作品，董西廂被遮掩無聞，七百年來，在我們中國知識青年男女的心理上，張生鶯鶯，成爲一對最普遍的愛神，書中除了最美麗的曲辭以外，還有最合戲劇原理的完整的結構。在那五本中，一二三本敍述男女主角的結合與種種的波折，一步緊一步地到第四本達到最高點，造成最哀慘的長亭送別與草橋驚夢的場面。全劇最緊張之處，在這一本，曲辭最眞實最動人，最哀怨的也在這一本。最後一本，以鄭恆之死，與崔張結婚的團圓作結。雖說把悲劇寫成了喜劇，但這種悲劇的喜劇，在觀衆的心理上，最無缺陷，在舞台的表演上，極有效果，在戲劇的結構上，也極爲合理。會眞記的故事，到了王實甫寫得最戲劇化，首尾也組織得最完密了。

西廂記的曲詞，眞是美不勝收。寫初見，寫相思，寫矛盾的心理，寫色情的苦悶，寫幽會的情境，寫別離的哀怨，無不美豔絕倫，哀怨欲絕。在用韻文寫成的中國的戀愛文學中，西廂記的成就是無比的。我現在試舉第四本中的長亭送別一段爲例：

『正宮端正好　（旦唱）碧雲天，黃葉地，西風緊，北雁南飛。曉來誰染霜林醉，總是離人淚。

滾繡球　恨相見得遲，怨歸去得疾，柳絲長玉驄難繫。恨不倩疏林掛住斜暉。馬兒慢慢的行，車兒快快的隨，卻告了相思迴避，破題兒又早別離。聽得一聲去也，鬆了金釧。遙望見十里長亭，減了玉肌，此恨誰知？

叨叨令　見安排着車兒馬兒，不由人熬熬煎煎的氣，有什麼心情花兒臉兒，打扮得嬌嬌滴滴的媚，准備着被兒枕兒，則索昏昏沉沉的睡。從今後衫兒袖兒，都搵做重重疊疊的淚。兀的不悶殺人也麼歌，兀的不悶殺人也麼歌，久已後書兒信兒索與我恓恓惶惶的寄。

……………………………………

四邊靜　霎時間杯盤狼籍，車兒投東，馬兒向西。兩意徘徊，落日山橫翠。知他今宵宿在那裏，有夢也難尋覓。

耍孩兒　淋漓襟袖啼紅淚，比司馬青衫更濕。伯勞東去燕西飛，未登程先問歸期。雖然眼底人千里，且盡生前酒一杯。未飲心先醉，眼中流血，心裏成灰。……

三煞　笑吟吟一處來，哭啼啼獨自歸。歸家若到羅幃裏，昨宵個繡衾香暖留春住，今宵個翠被生寒有夢知。留戀你別無意，見據鞍上馬，閣不住淚眼愁眉。……

一煞　青山隔送行，疏林不做美，淡烟暮靄相遮蔽，夕陽古道無人語，禾黍秋風聽馬嘶，我爲什麼懶上車兒裏，來時甚急，去後何遲？

收尾　四圍山色中，一鞭殘照裏。遍人間煩惱塡胸臆。量這些大小車兒，如何載得起！』

王實甫確是一位寫情的聖手。西廂記不必說，在他殘留下來的販茶船、芙蓉亭兩套裏，對於男女葛藤之描寫，其深刻生動，與西廂誠有異曲同工之妙。更可注意的，是在這兩套中，語調較爲俚俗，文字更爲本色，充分的顯露出元劇初期的精神。我想西廂記中有些過於華麗過於雕琢的句子，恐是明人修飾的。

西廂中的說白雖不多，但也有幾段很好的對話，如第三本第一折中：

『旦　這般身子不快呵，你怎麼不來看我？

紅　你想張？

旦　張什麼？

紅　我張着姐姐哩！

旦　我有一件事，央及你咱。

紅　什麼事？

旦　你與我望張生去走一遭，看他說什麼，你來回我話者。

紅　我不去，夫人知道不是耍。

旦　好姐姐，我拜你兩拜。你與我去走一遭！

紅　請起，我去則便了，說道張生你好生病重，則俺姐姐也不弱。』

再如第四本楔子中云：

『旦　紅娘，收拾臥房，我睡去。

紅　不爭你要睡呵！那裏發付那生？

旦　什麼那生？

紅　姐姐，你又來也。送了人性命，不是耍處。你若又番悔，我出與夫人，你着我將簡帖兒約下他來。

旦　這小賤人倒會放刁。羞人答答的怎生去？

紅　有甚的羞，到那裏則合着眼者。（催鶯鶯）去來去來，老夫人睡了呀！（鶯鶯走科）

紅　俺姐姐語言雖是強，脚步兒早先行也。

……紅娘敲張生的門。

張　是誰？

紅　是你前世的娘！』

在這些對話裏，眞是幽默傳神極了。鶯鶯情慾如火，偏要裝腔作勢，擺出小姐的架子，紅娘是一位經驗豐富的婢女，走一步路，說一句話，都是入情入理，有的是譏諷，有的是恐嚇，也有的是安慰。把鶯鶯紅娘的身分個性以及矛盾心理的發展，都比在曲詞裏，還要表現得分明。這些對白出現於舞台上，使這劇本更有效果，使那些歌曲更有生命，那是無疑的。

白樸 白樸（一二二六——一二八五？）在元劇作家中是一個古典文學最有修養的人。少年時代，致力於律賦，原來是預備考試的，又從元遺山學詩詞古文，他在這方面也有很好的成就。他是河北眞定人，字仁甫，後改太素，號蘭谷。金亡時，他只有七歲，他父親白華，是金代的高官，加以受了元遺山愛國思想的薰陶，到了元朝，幾次有人薦他做官，都堅辭不就。於是放浪形骸，寄情山水，與友朋以詩酒相娛。兩湖江西安徽及江浙，他都到過，金陵住得較久。到了暮年，北返故里。那時已是八十以上的老年了。他有瑞鶴仙詞云：『百年孤憤，日就衰殘，麋鹿難馴，金鑣縱好，志在長林豐草間。』白樸的性情志趣，在此數語中已說盡了。

白樸作雜劇共十六種，今全存者只有梧桐雨、牆頭馬上、東牆記。殘本有流紅葉、射雙雕二種，其餘只存目錄。梧桐雨寫明皇貴妃故事，因爲這是一個宮庭劇的材料，作者要鋪張襯托，文字上難免有過於富貴華麗之處。同時他又過於着力描寫明皇失戀後的心理，在最後一幕，把雨聲的淒涼，景物的蕭瑟，寫得非常用力，於是詩的效果增多，戲劇的效果反而減少了。他那描寫雨聲的文句，專在曲辭的藝術上講，自然是成功的，前人的盛稱梧桐雨，也就只在這一些曲辭上。如第三折云：

『駐馬聽　隱隱天涯，剩水殘山五六搭，蕭蕭林下，壞垣破屋兩三家。秦川遠樹霧昏花，灞橋衰柳風瀟洒。煞不如碧窗紗，晨光閃爍鴛鴦瓦。

鴛鴦煞　黃埃散漫悲風颯，碧雲黯淡斜陽下，一程程水綠山靑，一步步劍嶺巴峽。唱道感歎情多，恓惶淚洒，早得升遐，休休却是今生罷。這個不得已的官家，哭上逍遙玉驄馬。』

又如第四折云：

『叨叨令　一會價緊呵似玉盤中萬顆珍珠落，一會價響呵似玳筵前幾簇笙歌鬧，一會價淸呵似翠岩頭一派寒泉瀑，一會價猛呵似繡旗下數面征鼙操。兀的不惱殺人也麼歌，兀的不惱殺人也麼歌，則被他諸般兒雨聲相聒噪。

倘秀才　這雨一陣陣打梧桐葉凋，一點點滴人心碎了，枉着金井銀床緊圍繞，只好把潑枝葉做柴燒鋸倒。』

這些曲辭，眞是淸俊爽直，在散曲中，確是上品，但是並不能決定梧桐雨的戲曲性的全部價值。加以此劇中的對白，大半用的是文言，並且還有些駢驪的句子，這也是本劇的一個缺點。因此在白樸的雜劇中，是應當推他的牆頭馬上爲代表的了。

牆頭馬上是一個最富於社會性的婚姻問題的劇本。在這劇本裏，提出了一個婚姻自主戀愛自由的社會問題。內容敍述貴公子裴少俊在外面認識少女李千金，由熱愛而自由結婚，生了一對兒女。少俊怕他做尚書的父親知道，把兒女私藏在一所花園裏。七年之後，偶然被他父親發現了，大怒之下，痛罵這女人是倡妓，留下那對兒女，把女人逼出去了，少俊無論怎樣說他們的結合是正當的，終歸無用，於是這對自由結婚的少年夫婦，就在不合理的名教之下拆散了。後來幸而少俊考試及第，做了大官，再去找李千金，李千金想到往日離開裴家的恥辱，不願回去。這時候裴尚書夫婦，帶着禮物和孫子們一齊到來，說了許多奉承話，叫她回去做媳婦。李千金仍是不去。她說：『你們從前罵我是倡妓，罵我無恥，玷辱了你家門楣，現在你兒子做了官，我便變好了嗎？其實我也是世家的女子，最懂得道理，從沒有做過半件不規矩的事。我同你兒子戀愛結婚，也是正正當當的行爲。你做尙書大官，國家的大事不管，偏要來管這兒女的婚姻。你從前逼着兒子休了我，你現在又要我回去，我偏不回去。』這樣一來，把那老尙書說得啞口無言，結果還是兩個孩子的哭聲，純眞的母子的愛情，戰勝了李千金的理智，就在這緊張空氣之中，那一個家庭算是團圓了。

劇中對於李千金這個少女的描寫，是最用力，也是最成功的。在第一幕裏，他一見裴少俊便愛上了，便以自動的姿態去追求他，結果是拋棄自己的家庭，同少俊私奔，除了愛情以外，置一切於不顧，同鶯鶯的嬌羞退縮隱藏的態度，完全是兩個典型。後來被逐時，她用激烈的言語，責備少俊的柔弱，和翁姑的不當，最後一幕，在她的談話和唱詞裏，盡量的發揮自由戀愛的正當和父母干涉的無理。結果她是勝利了。她這種堅强的個性與革命的姿態，在中國的舊文學裏眞是少有的。世人談牆頭馬上。只把他看作一個不重要的桃色喜劇，這是錯誤的。

牆頭馬上的結構很完整，對白也較梧桐雨爲通俗，就是各折中的曲辭，也是俊語如珠，並不在梧桐雨之下。如第二折寫他們的幽會：

『罵玉郎　相逢正是花溪側，也須穿短巷過長街。又不比秦樓夜宴金釵客，這的擔着利害，把你那小性格，且寧奈。

感皇恩　咍這大院深宅幽砌閒堦，不比操琴堂，沽酒舍，看書齋。敎你輕分翠竹，款步蒼苔，休驚起庭鴉喧，鄰犬吠，怕院公來。

隔尾　我推粘翠靨遮宮額，怕綽起羅裙露綉鞋。我忙忙扯的鴛鴦被兒蓋，翠冠兒懶摘，畫屏兒緊挨，是他撒滯殢把香羅帶兒解。』

再如第三折中寫她被逐離別兒女的情形：

『甜水令　端端共重陽，他須是你裴家枝葉。孩兒也啼哭的似癡呆，這須是我子母情腸，廝牽廝惹，兀的不痛殺人也。

鴛鴦煞　休把似殘花敗柳寃仇結，我與你生男長女塡還徹。指望生則同衾死則同穴。唱道題柱襟胸，當罏的志節。也是前世前緣，今生今業。少俊呵與你乾駕了會香車，把這個沒氣性的文君送了也。』

這些曲辭，比起梧桐雨中那些富貴曲麗的文句來，是較爲本色較爲通俗的事，是很顯明的。這樣看來，就戲曲的價值上說，牆頭馬上實要勝過梧桐雨了。

馬致遠　馬致遠是元代散曲的大家，他與張可久，成爲散曲前後兩期的代表。他以蕭爽的態度，浪漫的作風，成就他在散曲中獨創的意境。他在散曲中的地位，正如蘇、辛在詞壇的地位一樣。關於這些，我在前章裏已說過了。太和正音譜批評他說：『東籬之詞，如朝陽鳴鳳，其詞典雅淸麗，可與靈光、景福而相頡頏。有振鬣長鳴，萬馬皆瘖之意，又若神鳳飛鳴於九霄，豈可與凡鳥共語哉？宜列羣英之上。』因此正音譜的作者，將他列爲第一，而以張可久次之。可知他所論者，只就曲辭而言，並非就戲曲的整體而言。而世人不明此中底細，即以馬致遠爲元代戲曲作家之冠，其實這是不公平的。

一、他作品的精神，是貴族的，在他現存的七本劇裏，有四本是屬於仙道的材料。在那裏面，寫出種種無聊的神話，指點神仙得道爲人生最後的歸宿，與現實的社會，全不發生關係，這一種作品，與其說是浪漫劇，還不如說是宗教劇。正音譜中所舉雜劇有十二科，並以「神仙道化」爲首，馬致遠確是這一科的創始者。

二、在他的作品裏，普遍的流露着一點讀書人的失意與憤慨，不用說，這是作者自己的情感，和他自己的影子。如半夜雷轟薦福碑第一折云：『這壁攔住賢路，那壁又擋住仕途，如今這越聰明越受聰明苦，越癡呆越享了癡呆福。越糊突越有了糊突富。這有銀的陶令不休官，無錢的子張學干祿。』(么篇)『我想那今世裏眞男子，更和那大丈夫，我戰欽欽撥盡寒爐。則這失志鴻鵠，久困鰲魚。倒不如那等落落之徒，枉短檠三尺挑寒雨，消磨盡這暮景桑榆。我少年已被儒冠誤，羞歸故里，懶覩鄉閭。』(六么序)他借着張鎬的口，說出了自己的心事。他一面表現着得道升天的神仙思想，一面又寫出這種熱中富貴功名的感情，表面似乎矛盾，其實是調合的。有官做就走官路，無官做便走仙路。富貴是現實的快樂，神仙是幻想的安慰。他這一種貴族的精神，與失望的憤慨，最能投合那些失意的士大夫的心理。因此他的作品，反能避開關漢卿的俚俗的惡名，而得到學士文人的讚美。同時他在取材上，除神仙道士以外，便歡喜寫文人，如范仲淹、白居易、孟浩然之流。所以在戲曲的精神上說來，他的作品，是屬於文人學士的階層，而不是屬於民衆的了。

三、他無論作曲作白，歡喜引書用典。這種方法出於詩詞，已令人生厭，出於戲曲，自然是更非所宜。如西華山陳摶高臥第三折云：『陛下道君子周而不比，貧道呵小人窮斯濫矣。俺須索志於道，依於仁，據於德，本待用賢退不肖，怎倒做舉枉錯諸直，更是不宜。』（倘秀才）再如半夜雷轟薦福碑云：『則這斷簡殘編孔聖書，常則是養蠹魚。我去這六經中枉下了死工夫，凍殺我也論語篇、孟子解、毛詩註；餓殺我也尚書云、周易傳、春秋疏，比及道「河出圖洛出書」，怎禁那水牛背上喬男女，端的可便定害殺這個漢相如。』（油葫蘆）像這種例，在他的作品裏，眞是俯拾卽是。不用說，他對於成語的驅使與融化的力量，原是很巧妙的，不過，這究非戲曲的本色。也不僅曲辭是如此，對白也多是如此。試舉陳摶高臥鄭恩所說一段爲例：『先生，聖人有云：「食色性也，好色之心，人皆有之。」又云：「吾未見好德如好色者也。」先生獨非人乎，獨無人情乎？』鄭恩原是一個粗野之人，他說出這種話來，既不合人物的身分，也不像對話的語氣。

四、馬致遠以漢宮秋一劇，得享盛名。漢宮秋寫漢元帝與王昭君的戀愛故事，其取材與寫法，與白樸的梧桐雨正是一樣。他倆都以皇帝與美人的色情糾紛，當做一件風流韻事在那裏用力地描寫，在劇中同樣沒有表現出什麼正確的思想來。在昭君出塞貴妃自縊時，兩位皇帝雖都罵過臣僚們的庸弱無能，但其責備的焦點，只在失去兩個美女的痛惜，並未顧到社會民生的苦痛與國難的嚴重。至於他們在結構上，寫成悲劇，而未落那種大團圓的舊套，這是比較可取的。其次如青衫淚一劇，寫白居易與琵琶女的悲歡離合，在前一半，對於妓院與茶商的描寫，稍稍有一點社會性，而最後一幕，弄出什麼皇帝來斷婚，那眞是近於兒戲了。

『蔓青菜　白日裏，無承應，教寡人不曾一覺到天明。做的個團圓夢境。却原來雁叫長門兩三聲。怎知道更有個人孤零。

滿庭芳　又不是心中愛聽，大古似林風瑟瑟，嵓溜泠泠。我只見山長水遠天如鏡，又怕誤了你途程。見被你冷落了瀟湘暮景。更打動我邊塞離情。還說什過留聲。那更堪瑤階夜永，嫌煞月兒明。

十二月　休道是咱家動情，你宰相每也生憎。不比那雕梁燕語，不比那錦樹鶯鳴。漢昭君離鄉背井。知他在何處愁聽。

堯民歌　呀呀的飛過蓼花汀。孤雁兒不離了鳳凰城。畫簷間鐵馬響丁丁，寶殿中御榻冷清清。寒也波更。瀟瀟落葉聲。燭暗長門靜。

隨煞　一聲兒遶漢宮，一聲兒寄渭城。暗添人白髮成衰病，直恁的吾家可也勸不省。』（漢宮秋）

『叨叨令　我這兩日上西樓，盼望三十徧。空存得故人書，不見離人面，聽的行雁來也，我立盡吹簫院。聞得聲馬嘶也目斷垂楊線。相公呵，你元來死了也麼歌，你元來死了也麼歌。從今後越思量越想的寃魂兒現。

一煞　輿奴也！你早則不滿梳紺髮挑燈剪。一炷心香對月燃。我心下情絕，上船恩斷，怎捨他臨去時，舌姦至死也心堅。到如今鶴歸華表，人老長沙，海變桑田。別無些掛戀。須索向紅蓼岸綠楊川。

二煞　少不的聽那驚回客夢黃昏犬，聒碎人心落日蟬。止不過臨萬頃蒼波，落幾雙白鷺，對千里青山，聞兩岸啼猿。愁的是三秋雁字，一夏蚊雷，二月蘆煙。不見他青燈黃卷，却索共漁火對愁眠。』（青衫淚）

前幾節漢宮秋的曲，是昭君出塞後，漢元帝思想成夢，醒後聞天空雁叫聲所唱，其表現的方式與梧桐雨中唐明皇聽雨所唱的一段相似。兩劇的作者，同樣在男主人的戀愛心理上，極力描寫，又同以悲劇的詩情作結。青衫淚中的曲，是琵琶女興奴受了人的騙，聽說白居易死了，改嫁茶商劉一郎，剛要上船時所唱。在這些文字裏，沒有引書用典，純以白描出之，故格外顯得眞實和自然。馬致遠所作雜劇，今全存者除上述之漢宮秋青衫淚外，尚有呂洞賓三醉岳陽樓、馬丹陽三度任風子、西華山陳摶高臥、半夜雷轟薦福碑、邯鄲道省悟黃粱夢（此劇爲馬與李時中、花李郎、紅字李二諸人合作）共爲七種。另有孟浩然踏雪尋梅一本，爲明初朱有燉作，息機子元人雜劇選題爲馬撰。其雜劇存目尚有王祖師三度馬丹陽、風雪騎驢孟浩然等七種，可知他的戲曲產量也不算少了。

王派作者，除上述三家外，尚有吳昌齡、李壽卿、石子章、張壽卿諸人。吳昌齡，西京人，生平未詳，所著雜劇十餘種，今全存者，只有張天師斷風花雪月及花間四友東坡夢二種，唐三藏西天取經，只存二套。西遊記六本，據孫楷第氏之考證，爲明楊景言作。前人歸於吳者，誤以西天取經與西遊記性質相同也。風花雪月寫人神戀愛，東坡夢寫東坡在夢中與柳梅竹桃相會的浪漫故事。兩劇文辭俱極工麗，而同樣雜着濃厚的仙佛說教的宗教色彩。李壽卿太原人，做過縣丞。作雜劇十種，今存者只有月明和尙度柳翠、說鱄諸伍員吹簫二種。度柳翠寫月明和尙度柳翠的故事，其精神與馬致遠、吳昌齡的神道劇是一樣，沒有什麼可注意的地方。他的伍員吹簫，寫伍員投吳復仇的故事，結構很緊湊，文字都很有力量，這劇與紀君祥的趙氏孤兒，可稱爲元代復仇歷史劇的雙璧。石子章大都人，作劇二本，全存者爲秦脩然竹塢聽琴，另有黃貴娘秋夜竹窗雨一劇，尙存一套在詞林摘豔中。張壽卿東平人，浙江省掾吏，雜劇存者有謝金蓮詩酒紅梨花一種。竹塢聽琴與紅梨花都是寫少男少女的戀愛，同樣穿插着神鬼，以免那兩位男主角因戀色而荒廢科第，等到他們考取以後，都由鬼囘復人的眞面目，結婚團圓。所不同者，竹塢聽琴的女主角鄭彩鸞是女道士，紅梨花的謝金蓮是妓女而已。兩劇的曲辭，都極工麗，而紅梨花更爲華豔。正音譜評吳詞「如庭草交翠」，評李詞「雍容典雅」，評石詞「如蓬萊除草。」由此看來，他們作品的精神，文字的風格，却是要歸於王、馬這一部門的了。

五　元劇初期的關派作家

關漢卿　關漢卿號己齋叟，大都人。前人都說他做過金朝的太醫院尹，國亡不仕。並且太和正音譜，推他爲雜劇之祖。近年來胡適氏在他的關漢卿不是金遺民和再談關漢卿的年代二小文裏，他以關作大德歌十首（大德爲元成宗年號，由一二九七——一三〇七）爲根據，證明他死當在一三〇七年左右，生年當在一二二〇到一二三〇左右，金亡時他只有十三四歲。同時他的南呂一枝花，題爲杭州景的套曲裏，開口就唱着「大元朝新附國，亡宋家舊華夷」，這絕不是金朝遺老的口氣。並且把杭州寫得是「滿城的綉幕風簾，一鬨地人烟湊集，百十里街衢整齊，萬餘家樓閣參差。」這也不是杭州新破的情形。可知他的南遊杭州，總在一二八〇年以後了。胡氏這種意見，我們完全贊同。試把關漢卿的散曲，與雜劇全讀一遍，便可發現這一個人絕沒有遺民的國家思想，國亡不仕的品格，也沒有那種文人學士的保性全眞的退隱的心境。他同白、馬完全另是一種人。馬致遠雖也同伶人來往，合作編劇，然而在他的作品裏，時時流露出一種讀書人的失意的憤慨。關漢卿却沒有這種影子，他是一個澈底的風流浪子，浪漫才人。在一枝花裏，他說他自己玩梁園月，飲東京酒，賞洛陽花，扳章台柳，會吟詩篆籒，會彈絲品竹，會唱歌跳舞，會打圍蹴踘，你就打斷了他的腿，他還是要向烟花路兒上走。他的生活人品，他自己說得最明白了，他是一個日夜在妓院劇場中度生活的人，同他來往最密的，想就是妓女和戲子。元曲選卷首說他『躬踐排場，面敷粉墨，以爲我家生活，偶倡優而不辭。』可知他不僅作劇，還參加過演劇。他在這一種環境中生活着，一面得着豐富的舞台經驗，一面得着社會人事的體驗與題材。因此他所寫的，不僅是給文人學士們所欣賞的佳人才子的風流豔事，也不是那些神仙道化的神祕思想，他都取材於現實的社會，或在傳說中，找取民衆熟知的故事，寫成民衆都能瞭解的通俗戲曲。他或是專靠編劇來生活的，因此他作劇在六十種以上，在產量上，元代作家，沒有人比得上他。

我們說關漢卿是元雜劇的代表作家，並不是誇張。他是劇壇的通人，其成就也是多方面的。所取的題材，非常廣泛，有壯烈的英雄，有浪漫的戀愛，有社會家庭的實事，有官場的公案。同時在形式上，他並不全採用那種大團圓的公例，有的是喜劇，有的是悲劇，喜劇中多充滿着幽默滑稽的風趣，悲劇中則加强社會環境的黑暗與個人生命力的薄弱。我們讀了玉鏡台、救風塵與竇娥寃，便可體會出這種情狀。並且，他的文字的風格，與描寫的技巧，都能適應於某種題材，要雄壯的雄壯，要嫵媚的嫵媚，要俚俗的俚俗，要豔麗的豔麗，如：

『新水令　大江東去浪千疊，趁西風，駕着那小舟一葉。纔離了九重龍鳳闕，早來探千丈虎狼穴。大丈夫心烈，大丈夫心烈，覷着那單刀會，賽村社。

駐馬聽　依舊的水湧山疊，依舊的水湧山疊，好一個年少的周郎，凭在何處也，不覺灰飛烟滅。可憐黃蓋暗傷嗟，破曹檣艣，恰又早一時絕。只這鏖兵江水猶然熱，好教俺心慘切。這是二十年流不盡英雄血。』

上舉二曲，爲單刀會中關羽所唱，音調的雄奇，氣勢的豪放，同那位英雄本色的關公恰好相合。西蜀夢也是如此。再看：

『么篇　不枉了開着金屋空着畫堂，酒醒夢覺無情況。好天良夜成疎曠，臨風對月空惆悵。怎能轂可情人消受錦幄鳳凰衾，把愁懷都打撇在玉枕鴛鴦帳。

六么序　兀的不消人魂魄，綽人眼光，說神仙那的是天堂，則見脂粉馨香，環佩丁當，藕絲嫩新織仙裳，但風流都在他身上，添分毫便不停當。見他的不動情你便都休强，則除是鐵石兒郎，也索惱斷柔腸。

賺煞尾　恰纔立一朵海棠嬌，捧一盞梨花釀，把我雙送入愁鄉醉鄉。我這裏下得階基無個頓放。畫堂中別是風光，恰纔則掛垂楊一抹斜陽，改變了黯黯陰雲蔽上蒼，眼見得人倚綠窗，又則怕燈昏羅帳。天那，休添上檐間疎雨滴愁腸。』

上面三曲，是玉鏡台中學士少年溫嶠看見他表妹劉倩英時所唱，這種風流嫵媚的文字，巧與那少年的身分和那浪漫的題材相合，其華豔之處，並不在西廂之下。再看：

『賞花時　捲地狂風吹塞沙，映日疎林啼暮鴉，滿滿的捧流霞，相留得半霎，咫尺隔天涯。

么　行色一鞭催瘦馬，你直待白骨中原如亂麻，雖是這戰伐，負着個天摧地塌，是必想着子母每早來家。

油葫蘆　分明是風雨催人辭故國，行一步一歎息，兩行愁淚臉邊垂，一點雨間一行恓惶淚，一陣風對一聲長吁氣。百忙裏一步一撒嗨，索與他一步一提，這一對繡鞋兒分不得幫和底，稠緊緊粘粺粺帶着淤泥。

上列三曲爲拜月亭中王尚書女兒王瑞蘭送別父親以後同母親帶雨逃難時所唱。其意境的高遠，辭句的奇俊，只有白、馬二家的散曲，可與比擬。再看：

『鬥蝦蟆　空悲戚，沒理會，人生死，是輪迴，感着這般病疾，値着這般病勢。可是風寒暑濕，或是飢飽勞役，各人證候自知。人命關天關地，別人怎生替他，壽數非干一世，相守三朝五夕，說甚一家一計，又無羊酒緞疋，又無花紅彩禮。把手爲活過日，撒手如同休棄。不是竇娥忤逆，生怕旁人論議。不如聽咱勸你，認箇自家悔氣。割捨的一具棺材，停置幾件布帛，收拾出了咱家門裏，送入他家墳地。這不是那從小兒年紀指脚的夫妻。我其實不關親，無半點悽愴淚。休得要心如醉，意似癡，便這等嗟嗟怨怨，哭哭啼啼。』

這是竇娥冤中張老頭被毒死以後，竇娥對她的婆婆所唱，眞是明白如話，一點沒有文雅之氣，然這種俚俗本色的言語，正好適合那戲中人物的身分。因那戲中的人物，全是幾個惡漢和無知無識的人，因此全劇的文字，都是用的最通俗的語言，然而他的好處，也就在這種本色與自然。王國維說：『元劇實於新文體中自由使用新言語，在我國文學中，於楚辭內典外，得此而三。』於新文體中使用新言語，是元劇文學的一大特色，但這種新言語用得最廣泛最成熟的，無人比得上關漢卿。由此看來，關漢卿的作品，實包有各家之長，說他是元劇的代表作家，並非誇語了。

關氏共作雜劇六十餘種，今全存者，尚有趙盼兒風月救風塵、錢大尹智寵謝天香、杜蘂娘智賞金線池、包待制三勘蝴蝶夢、感天動地竇娥冤、望江亭中秋切膾旦、溫太眞玉鏡台、閨怨佳人拜月亭、詐妮子調風月、關張雙赴西蜀夢、關大王單刀會、劉夫人慶賞五侯宴、鄧夫人苦痛哭存笑、山神廟裴度還帶、狀元堂陳母教子、錢大尹智勘緋衣夢等十六種。另有包待制智斬魯齋郎一種，元曲選題爲關撰，但錄鬼簿及正音譜俱未著錄，尚有可疑。再有殘本春衫記、哭香囊二種，在北詞廣正譜中，存有曲文數支。他的作品散佚者雖有四十餘本之多，但其流傳下來的數目，在元劇作家中，也要算是最豐富的了。我們現在無法把他流傳下來的作品，一一地加以敘述，且舉他的救風塵、竇娥冤兩個劇本來作他作品的代表。

救風塵是一個社會喜劇。寫妓女宋引章本與一位忠厚的秀才安秀實訂婚，但引章年紀青，經驗淺，貪戀富貴，她棄了安秀才，另外嫁給一個花花公子周舍。引章的結拜姊妹趙盼兒是一位年事稍長瞭解人生的妓女，極力勸她不要同周舍結婚。無奈引章不聽，結果，他們結婚不久，周舍暴露本性，虐待引章，引章寫信給盼兒求救。盼兒得信後，自己裝作美豔風流的樣子，去勾引周舍，周舍不知是計，迷戀盼兒，引章故作嫉妒，盼兒教唆周舍同引章離婚，等到周舍正式宣告離婚以後，於是趙盼兒帶着宋引章逃走了。這是一個充滿着滑稽趣味同時又是結構非常巧妙的喜劇。但雖是喜劇，中間却蘊藏着妓女們精神上深沉的悲苦，和被人踐踏的哀情。這一種悲哀，年青的引章開始是不知道的，只有趙盼兒才深深地瞭解：

『油葫蘆　姻緣簿全憑我共你，誰不待揀個稱意的。他每都揀來揀去百千回，待嫁一個老實的，又怕盡世兒難成對。待嫁一個聰俊的，又怕半路里輕抛棄。遮莫向狗溺處藏遮，莫向牛屎裏堆忽地，便喫了一箇合撲地，那時節睜着眼怨他誰。

寄生草　他每有人愛爲娼妓，有人愛作次妻，幹家的乾落得淘閑氣，買虛的看取些羊羔利，嫁人的早中了拖刀計，他正是南頭做了北頭開，東行不見西行例。

元和令　做丈夫的便做不的子弟，那做子弟的他影兒裏會虛脾，那做丈夫的太老實。那廝雖穿着幾件虼蜋皮，人倫事曉得甚的。

勝葫蘆　你道這子弟情腸甜似蜜，但娶到他家裏，多無半載週年相棄擲，早努牙突嘴，拳椎脚踢，打的你哭啼啼。

么篇　恁時節船到江心補漏遲，煩惱怨他誰，事要前思免後悔，我也勸你不得，有朝一日准備着搭救你塊望夫石。

在這裏，一面表現着妓女們生活與心理的苦痛，一面表現着她們嫁人的哲學，眞是再深刻也沒有了。在這一個現實性的題材裏，宋引章的幼稚，趙盼兒的練達，周舍的那種厭舊喜新玩弄女性的性格，寫得眞而又分明。這一種女人和男人，仍是遍滿着在現代的社會裏。不用說，這劇表面雖是一個喜劇，但在作者，是把他作爲一個最嚴重的社會問題來描寫的。

竇娥寃是一個家庭悲劇。戲中敍述財主蔡婆婆與年青寡媳竇娥相依爲生，某日蔡婆婆到盧醫生家去討錢，盧付不出，引他到郊外，想用繩勒死她。剛要動手時，恰好兩個惡漢張家父子走來，救了她的性命，但張家父子便因此威脅她，老張要娶蔡婆婆爲妻，小張要娶竇娥爲妻，同時佔住在蔡婆婆家裏，要等着成親。竇娥是一個清潔自守的女子，無論如何不許她婆婆做這種沒廉恥的事。小張知道她從中作梗，在羊湯裏放下毒藥，想把蔡婆婆毒死，歸罪於竇娥，藉此吞沒她家的財產。不料這羊湯反毒死了張老頭，結果是竇娥送到官廳，判了毒害人命的死刑。她臨死時，一面哭着同婆婆告別，同時對天發下三個誓願。

『鮑老兒　念竇娥服侍婆婆這幾年，遇時節將碗涼漿奠。你去那受刑法屍骸上烈些紙錢，只當把你亡化的孤兒薦。婆婆也再不要啼啼哭哭煩煩惱惱怨氣冲天。這都是我做竇娥的沒時沒運不明不闇負屈銜寃。

耍孩兒　不是我竇娥罰下這等無頭願，委實的寃情不淺，若沒些靈聖與世人傳，也不見得湛湛青天，我不要半星熱血紅塵灑，都只在八尺旗鎗素練懸，等他四下裏皆瞧見，這就是咱萇弘化碧，望帝啼鵑。

二煞　你道是暑氣暄，不是那下雪天，豈不聞六月飛霜因鄒衍，若果有一腔怨氣噴如火，定要感的六出冰花滾似綿，免着我屍骸現。要什麼素身白馬，斷送出古陌荒阡。

一煞　你道是天公不可期，人心不可憐，不知皇天也肯從人願，做什麼三年不見甘霖降，也只爲東海曾經孝婦寃，如今輪到你山陽縣，這都是官吏每無心正法，使百姓有口難言。』

後來她這三願都靈驗了。最後一幕，由竇娥託夢給她多年不見現在做了大官的父親，替她昭雪，這裏雖穿插一點神鬼的情節，但在當代那種善惡報應的觀念統治人心的社會裏，在那官吏專橫百姓有口難言的時代裏，只能借用神鬼的出現，才能加强戲劇的效果，才能給官吏以制裁，給百姓以安慰。這種地方，比起那些神仙道化的題材來，精神是完全不同的。作者在這劇裏，一面盡力描寫社會的黑暗，和那些謀財害命欺凌弱寡的惡漢的兇毒的行爲，同時又攻擊官吏政治的腐敗，不能給善良人民絲毫的保障。於是善良的民衆，成了孤苦的無援者，永遠在惡霸與貪官的爪牙下，度着非人的生活，稍有違反，便會含寃而死。這兩個劇本，曲辭都是明白如話，沒有一點故作文雅雕琢的地方。對白也全是用的純粹的口語，對於每一個不同的人物能給以適合身份的語調。由那些美妙活潑的台詞，把各種人物的性格和心理，表現得非常顯明，由此看來，關漢卿確是一個人生社會的寫實者，是一個民衆通俗的劇作家了。

楊顯之 楊顯之，大都人，與關漢卿爲莫逆交，凡有所作，必與關氏商討，世稱爲楊補丁。所作雜劇八種，今存者只臨江驛瀟湘秋夜雨、鄭孔目風雪酷寒亭二劇而已。臨江驛寫崔通嫌貧愛富，停妻再娶的故事，他的前妻張翠鸞找着他時，他爲討好新妻，誣賴翠鸞是他家的婢女，從前偸了東西逃出去了的，並且當面痛打她，還在她的背上刺着逃犯二字，充配到沙門島，預備在途中害死她。不料在瀟湘夜雨的臨江驛，無意遇見她以爲早已死去的父親張天覺，替她復了仇，結果還是格於一女不嫁二夫的倫理觀念，崔通翠鸞仍爲夫婦，苦的是崔通的新夫人降爲妾婢的地位了。全戲結構緊湊綿密，確爲佳作。加以劇情富於現實，尤覺親切有味。翠鸞帶枷走雨，和臨江驛夜哭等段文字，確是眞情眞境，格外動人。如

『刮地風　則見他努眼撑睛大，叫乎不鄧鄧氣夯胸脯。我濕淋淋只待要巴前路，哎，行不動我這打損的身軀。我捱一步又一步，何曾停住。這壁廂，那壁廂有似江湖，則見那惡風波，他將我緊當處，問行人蹤跡消疎。似這般白茫茫野水連天暮，你着我女孩兒怎過去。

〔四門子〕告哥哥，一一言分訴，那官人是我的丈夫，我可也說的是實，又不是虛，尋着他指望成眷屬。他別娶了妻，道我是奴，我委實的銜寃負屈。

〔端正好〕雨如傾，敢則是風如扇。半空裏風雨相纏，兩般兒不顧行人怨。偏打着我頭和面。

〔滾繡球〕當日個近水邊，到岸前，怎當那風高浪捲。則俺這兩般兒景物凄然。風刮的似箭穿，雨下的似甕瀽。看了這風雨呵，委實的不善，也是我命兒裏惹罪招愆，我只見雨淋淋，寫出瀟湘景，更和這雲淡淡，粧成水墨天，只落的兩淚漣漣。

〔笑和尚〕我我我捱一夜似一年，我我我埋怨天，我我我敢前生罰盡了凄涼愿，我我我哭乾了淚眼，我我我叫破了喉咽。來來來，哥哥，我怎把這燒餅來嚥。』

這都是有性情有血肉的好文字，比起梧桐雨中的明皇聽雨，漢宮秋中漢帝聞雁的兩段來，是更要沉痛的。

酷寒亭寫鄭嵩與妓女蕭娥同居，鄭妻氣死，蕭娥後又與人姦淫，鄭嵩殺之，因而得罪充軍，在途中遇舊友宋彬得救的故事。戲的結構雖比不上臨江驛，但在妓女淫亂的性情，與虐待前妻的兒女的惡毒上，描寫是很成功的。這劇在當日的舞台上必很流行，因爲這種家庭悲劇，演出來最合民衆的口味，所以在元人的雜劇裏，時常把這戲的故事，當作典故使用着。如石君寶的曲江池中，有『又不曾虧負了蕭娘的姓命，雖同姓儞又不同名。儞本是鄭元和也上酷寒亭。』無名氏的貨郎旦中，有『那其間便是儞鄭孔目，風流結果，只落得酷寒亭，剛留下一個蕭娥。』秦簡夫的東堂老中，有『勿勿勿，少不得風雪酷寒亭。』由此可知酷寒亭這一件風流案，在民間是如何的普遍了。

武漢臣　武漢臣，濟南人，生平未詳。世人治元劇者，多不注意他。我現在特別提出他來的，是因爲他的散家財天賜老生兒一劇，很值得我們重視。本劇的取材，是一件舊家庭常有的事件。敍述一個財主劉從善，到了六十歲還沒有兒子，他把家產分一半給他的女兒引章和女婿張郎。同時廣行慈善，救濟窮人。他還有一個侄兒，名引孫，本很愛他，無奈劉夫人和張郎交相妒恨，逼得引孫只好離開劉家，到外面去流落受苦。不久，劉財主的妾小梅懷孕了，不料張郎心術太壞，恐怕他生了男兒，不能獨得劉家的財產，因此想害死小梅，以絕其嗣。引章不以丈夫的陰謀爲然，又不敢公然地反對他，於是設法把小梅藏在鄉下的親戚家裏，瞞着丈夫和父親，只說她是私奔了。後來小梅果然生了一男，長到三歲，引章才把他們母子帶囘劉家，劉財主非常感謝她的女兒，同時覺到他的晚年得子，是慈善事業的報應。這故事說起來雖很平凡，但作者純是用寫實的手法，不雜一點神怪仙道的穿插，把舊家庭那種重男輕女的觀念，爭財奪產的家庭醜惡，女太太偏袒女婿的心事，和鄉下土財主到了老年無子，用着慈善事業去求子的心情，在這劇裏，表現得極爲深刻。這劇中的人物和家庭，一直還存留在現在的社會裏。同時在戲曲的結構上，也非常緊湊。他以侄兒引孫的掃墓，及小梅的私奔爲波瀾，使這戲曲不成爲平鋪直敍的形式，在劇情的發展，增加着變化與曲折。在這裏正表現作者作劇的技巧。

其次是當代雜劇的作者，大都傾全力於曲辭的製作，對於台詞，總不十分看重。武漢臣則反是，他在老生兒裏，是把劇本的生命，集中於對白方面的。第一幕的楔子，只有一支短曲，對白有二千多字。其後四折，也只有三十五支小曲，對白則都是長篇大段。並且對白所用的文字，沒有文言，全是用的純粹北方的口語。在那些對白裏，把劇中人物的性格，劇情的發展，表現得最爲活潑與眞實。不用說，老生兒一劇，對白是主，曲辭是賓，這種形式，在元雜劇裏，是極少見的。我們對於老生兒的重視，也就在此。現舉第二折的一段爲例：

劉侄　自從我那伯娘，把我趕將出來，與我一百兩鈔做盤纏，都使的無了也。如今在這破窰中居住，每日家燒地眠炙地臥，喫了那早起的無那晚夕的。聽知我那伯伯，在這開元寺裏散錢，大乞兒一貫，小乞兒五百文。各白世人，尙然散與他，我是他一個親侄兒，我若到那裏，怎麼不與我些錢鈔。我去便去，則怕撞着那姐夫，他見了我呵，必然要受他一場嘔氣，如今也顧不得了。……姐夫！姐夫！

劉婿　那裏這麼一陣窮氣，我道是誰，原來是引孫。這個窮弟子孩兒，你來做什麼？

劉侄　窮便窮，甚麼窮氣？姐夫，我來這裏叫化些兒。

劉婿　錢都散完了，沒得與你，你快去。

劉翁　是誰在門首？

劉婿　是引孫。

劉妻　他來做什麼？

劉婿　他來叫化些錢哩。

劉妻　他也要來叫化，偏沒得與他。

劉翁　婆婆，和那叫化的爭什麼？

劉妻　老的也，如今放着這些錢財，那窮弟子孩兒看見，都要將起來，怎麼得許多散與他？（劉妻藏錢科）

劉翁　婆婆，不問多少，借些與他去。

劉妻　引孫，你要借錢，我問你要三個人，要一個保人，要一個見人，要一個立書人。……

劉翁　哎！自家孩兒，可要什麼文書。

劉妻　他猛地裏急病死了，可着誰還我這錢？

劉婿　母親，正是這等說……

在這些對話裏，劉財主的懦弱，劉妻的惡毒，劉婿的幫兇，劉侄的窮苦，都寫得個性分明，活躍紙上。這些情狀，要用曲辭表現出來，自然得不到這種效果，這是非常顯明的。武漢臣所作雜劇有十餘種，今存者只有這一種了。另有李素蘭風月玉壺春、包待制智勘生金閣二種，元曲選俱歸武作。但錄鬼簿及正音譜俱未著錄。及錄鬼簿續編出，始知前劇爲賈仲明作，後劇爲無名氏撰。並且在文字與風格上看來，老生兒與此兩作亦全不相類，這無疑是元曲選的錯誤了。

紀君祥與高文秀　紀君祥，大都人，作雜劇六種，現只存寃報寃趙氏孤兒一種。此劇所述，爲晉靈公時屠岸賈專權，殺害趙盾家三百口，只剩下趙朔的遺腹子一人，屠亦欲殺之，以絕其嗣，後爲程嬰、公孫杵臼設計救出，卒復大仇。此事詳載於新序說苑之節士篇及復恩篇中，爲中國人所熟知者。情節本極動人，經紀君祥劇化後，成爲元雜劇中最有名的歷史劇的一種。作者借着韓厥、程嬰、杵臼的口，極力暴露姦臣權貴的禍國殃民，及其兇殘橫暴的行爲，同時强調着那兩位義士的犧牲精神與壯烈人品。儒家一千多年來所釀成的忠臣孝子的人生觀念，在這劇裏，算是表現出成爲一個具體的典型。這個劇譯成德文法文以後，很受西方人士的讚美。他們除鑑賞其藝術以外，自然是還要作爲東方的人生哲學的材料來研究的。

高文秀山東東平人，或作都下人，早卒，作戲有三十餘種之多，時人稱爲小漢卿。現全存者有黑旋風雙獻功、好酒趙元遇上皇、須賈誶范叔、保存公徑赴澠池會、劉玄德獨赴襄陽會五種。高文秀喜歡用歷史中小說中的武俠英烈爲題材，而尤喜描寫黑旋風李逵的故事。寫李逵的劇本，除上舉雙獻功外，尙有黑旋風詩酒麗春園、黑旋風大鬧牡丹園、黑旋風敷衍劉耍和、黑旋風鬥鷄會、黑旋風喬放學、黑旋風窮風月、黑旋風借屍還魂七種。此外有寫項羽的，有寫班超的，有寫樊噲的，有寫伍子胥的，有寫廉頗的，有寫武松的，有寫劉備的。我們由這些題材看來，知道作者的性格，不偏於情愛的描摹，與名士文人的敍述。他所寫者，是以動武的、滑稽的、壯烈的故事爲主體，在文辭的表現上，都出之於俚俗與淺顯，正適應於他的題材，使民衆都能瞭解而感着趣味。其次如李文蔚、高進之二家，也曾用水滸的材料寫劇本。李文蔚，眞定人，有同樂院燕靑博魚。康進之，山東棣州人，有梁山泊李逵負荆。燕青博魚因枝葉稍繁，結構較爲散漫，頗覺減色。李逵負荆是一個好的喜劇，作者描寫李逵粗魯的行爲，善良的心境，極爲成功。對白雋美幽默，尤爲出色。李文蔚除燕青博魚外，尙全存張子房圯橋進履和破苻堅夢神靈應二種。

鄭廷玉　鄭廷玉，彰德人，太和正音譜評其曲如「佩玉鳴鑾」，但我們細讀他的作品，並無馬白一派的典雅。取材多爲社會上窮苦人民的生活和姦殺謀財一類的公案，沒有才子佳人的浪漫故事，也沒有文人學士的風雅生活。因此在他的作品裏，無論賓白曲辭，很濃厚地表現着通俗性與社會性。許之衡謂其能「樸實見長，不事雕琢，用筆老辣」，這是很不錯的。由他作品的風格與內容看來，都應當屬於關漢卿這一範圍。他作曲共二十四種，今存於臧晉叔元曲選者尙有五種。一爲楚昭公疎者下船，二爲布袋和尙忍字記，三爲包龍圖智勘後廷花，四爲看錢奴買寃家債主，五爲崔府君斷寃家債主。存於脈望館鈔校本古今雜劇者，有宋上皇御斷金鳳釵一種。然散失的尙有十數種之多，眞是不少了。就鄭廷玉現存的六種雜劇觀之，有四種是寫的公案。公案中都雜著神鬼報應與仙道點化的迷信，在思想上眞是一無可取，不過他在人物個性的描寫上是成功的。因爲他對於劇本中的對話，特別用力，如看錢奴買寃家債主和崔府君斷寃家債主二劇，用長篇的對話，純粹白話的文體，活躍地表現人物的個性，無疑地增强了舞台上的效果，這一點是我們必得注意的。在他的作品中，極力地刻劃守財奴的慳吝，深刻而又幽默地暴露那些守財奴的可笑可恨的眞面目。看錢奴買寃家債主的主角賈仁病重時，對他的兒子說：『我兒也，你不知我這病是一口氣上得的。我那一日想燒鴨兒吃，走到街上，那一個店裏正燒鴨子，油滌滌的。我推買那鴨子，着實的搵了一把，恰好五個指頭搵的全全的。我來到家，我說盛飯來吃，一碗飯我哑一個指頭，四碗飯哑了四個指頭。我一會瞌睡上來就躺在這板橙上，不想睡着了，被個狗餂了我這一個指頭，我着了一口氣，就成了這病。罷罷罷，我往常間一文不使半文不用，我今病重，左右是個死人了……』這是多麼活動深刻的文字，這一種好文章，只有在儒林外史中才可以看得見。我們讀鄭廷玉的雜劇，比起他的曲辭來，我是更重視他的對話的。

元劇初期作家除上述諸人外，有作品流傳者，還有不少人。如張國賓（大都人）、王仲文（大都人）、費唐臣（大都人）、尙仲賢（眞定人）、戴善甫（眞定人）、李好古（保定人）、王伯成（涿州人）、李直夫（滿州人）、石君寶（平陽人）、狄君厚（平陽人）、史久敬先（眞定人）、岳伯川（濟南人）、孟漢卿（亳州人）、孔仁卿（平陽人）、李取進（大名人）、趙明道（大都人）諸家，都有作品遺世，多者二三種，少者一二套。他們在藝術上的成就，遠比不上前面所評述的那些作家，因此我在這裏，不想多說了。還有些完全的無名氏的作品，因爲其年代不詳，也只好不介紹了。

六 雜劇的南移及其代表作家

在宋亡以前，雜劇的發展，完全在北方，作家也全是北方人，關於那些情形，我在上面已經說過了。等到元朝統一中國，跟着蒙古民族武力政治的南侵，雜劇也由北而南，征服了南方的劇壇。當日的戲文，雖說還在南方的民間流行，但雜劇無疑是得了正統的地位。由靑樓集所載八十個女伶名妓，以雜劇名者有三十三人，以南戲名者只有三人。由此可推想雜劇獨盛的狀況。在這種環境下，於是南方人都從事雜劇的製作，結果造成了一反初期元劇爲北方人所獨佔的狀態，到了這時期，雜劇作者大都是南方人了。宮天挺、喬吉、鄭光祖諸人，雖是北籍，但也是南方的寓公。至於楊梓、金仁傑、范康、蕭德祥、王曄、曾瑞、陸登善、鮑吉甫、周文質都是浙江人。羅本原籍太原，秦簡夫、朱訊籍貫不詳，但也都是寄寓江南的。這樣看來，元朝一統以後，雜劇的發展，完全移到南方，北方幾乎中絕了。據我們推想起來，這種事實未必可靠。雜劇雖是南移，但北方不能從此就無人作劇。這大概是錄鬼簿的編者（他雖是河南人，但是僑寓杭州）編撰那個戲目時，除了普遍流傳的北方初期的作品以外，對於後期的作品，他只集中於耳聞目見的南方作品。當日交通的不便，新興作品的流傳不廣，這樣現象是免不了的。因爲他自己住在杭州，他所收的後期的作家，十分之九是杭州人，由此更可推想此中的消息。不過就元劇現存的作品看來，確是呈現一北一南的決定的狀態。在北方是以大都爲中心，在南方是以杭州爲中心，由此，也可看出戲曲這種文學的生命，是要寄託於都市的了。

雜劇的南移，一面是靠着劇團。因爲政治統一，北方的貴族官兵南下，爲了適應這種環境的需要，雜劇團體跟着南來，圖謀擴展地盤，發展生意，這是自然的趨勢，杭州繁華之區，正是他們理想的好地點。其次，是北方作家的南遊。如馬致遠、戴善甫、尙仲賢、趙天錫、姚守中、張壽卿都在南方作官，再如關漢卿、白樸也都遊歷江南一帶。由於雙方的媒介與推動，於是雜劇的重心移於南方，造成了南盛北衰的局面。這一期的作家，雖大多數都是杭州人，但代表作家，如鄭光祖、喬吉、宮天挺秦簡夫之流，都是僑寓江南的北客。那一批杭州作家的作品，實在沒有什麼特色。可知雜劇這種文學，本是北方人的特長，言語是北方的，氣質是北方的，音樂是北方的。一入南方人的掌握，便喪失了他本來的風度與精神，而步入了衰頹的機運。在這雜劇衰頹的機運中，只好等待快要興起的南方傳奇，來在戲曲史上接管他的地位。

鄭光祖 鄭字德輝，山西平陽人。錄鬼簿云：『鄭以儒補杭州路吏，爲人方直，不妄與人交，故諸公子鄙之，久則見其情厚，而他人莫之及也。病卒，火葬於西湖之靈芝寺。』他是這一期王實甫派的代表作家。他歡喜採用浪漫風流的戀愛故事，而又出以豔麗文采的辭藻，使他的作品，顯得格外嫵媚而柔弱。迷青瑣倩女離魂、㑳梅香騙翰林風月二劇，可算是西廂記的嫡派。倩女離魂據唐陳玄祐的離魂記而作，寫張倩女與王文舉的悲歡離合，事情荒謬，結構平直，但曲辭豔麗奪目，膾炙人口。試舉數曲於下。

『元和令　盃中酒和淚酌，心間事對伊道。似長亭折柳贈柔條，哥哥，你休有上梢沒下梢，從今虛度可憐宵，奈離愁不了。

上馬嬌　竹窗外響翠梢，苔砌下深綠草。書舍頓蕭條，故園悄悄無人到。恨怎消，此際最難熬。

游四門　抵多少彩雲聲斷紫鸞簫，今夕何處繫蘭橈。片帆休遮西風惡，雪捲浪淘淘，岸影高，千里水雲飄。

勝葫蘆　你是必休做了冥鴻惜羽毛，常言道好事不堅牢。你身去休教心去了，對郞君低告，恰梅香報道，恐怕母親焦。

後庭花　我這裏翠簾車先控着，他那裏黃金鐙嬾去挑。我淚濕香羅袖，他鞭垂碧玉梢。望迢迢，恨堆滿西風古道，想急煎煎人多情人去了，和靑滿滿天有情天亦老，俺氣氳氳喟然聲不定交。助疎剌剌動羈懷風亂掃，滴撲簌簌界殘妝粉淚抛，洒細濛濛浥香塵暮雨飄。

柳葉兒　見淅零零滿江干樓閣，我各剌剌坐車兒嬾過溪橋。他矻蹬蹬馬蹄兒倦上皇州道，我一望望傷懷抱，他一步步待迴鑣，早一程水遠山遙。』

這是王文舉上京應試，倩女送行時所唱。戲曲的組織與西廂長亭一幕完全一樣。這幾支曲辭，確是寫得柔情婉轉，美麗動人。㑳梅香騙翰林風月，更是西廂的縮影。戲中敍白敏中和裴小蠻已有婚約，不料小蠻之母，只令以兄妹之禮相見，婢女樊素設法使他倆相會，爲裴母撞見，敏中被逐，乃赴京應試，得中狀元，後乃與小蠻結婚。敏中是張生，小蠻是鶯鶯，樊素是紅娘，裴母便是鶯鶯的母親。淸梁廷柟舉戲中之關目科白與西廂記符合者二十事，說他是有意的抄襲（曲話卷二）。王世貞也說他『賓白皆剽西廂』，（藝苑巵言）這情形是很明顯的。但因其曲辭的美麗，仍不失爲一本言情的佳作。醉思鄉王粲登樓，由王粲的登樓賦而作，中間夾雜着許多不倫不類的故事，結構也極散漫無奇。但戲中曲辭確有許多絕好的作品，如第三折云：

『迎仙客　雕簷外紅日低，畫棟畔彩雲飛。十二欄干，欄干在天外倚。我這裏望中原，思故里，不由我感歎酸嘶，越攪的我這一片鄉心碎。

紅綉鞋　淚眼盼秋水長天遠際，歸心似落霞孤鶩齊飛。則我這襄陽倦客苦思歸。我這裏憑欄望，母親那裏倚門悲。怎奈我身貧歸未得。

普天樂　楚天秋山疊翠，對無窮景色，總是傷悲。好教我動旅懷難成醉，枉了也壯志如虹英雄輩，都做助江天景物淒其。氣呵做了江風淅淅，愁呵做了江聲瀝瀝，淚呵彈做了江雨霏霏。

石榴花　現如今寒蛩唧唧向人啼，哎，知何日是歸期。想當初只守着舊柴扉，不圖甚的倒得便宜。則今山林鐘鼎俱無味。命矣時兮，哎，可知道枉了我頂天立地居人世。（許達云：仲宣今年貴庚了。）老兄也，恰便似睡夢裏過了三十。』

這是王粲寄寓荆州，一面是思母之情，一面是懷才不遇的憤慨，同友人許達登樓醉酒時所唱。情感的眞摯，意象的高遠，又在倩女離魂、翩風月之上。周德淸在中原音韻中激賞其才。明何良俊更以鄭曲當在關、馬、白之上，他說：『王粲登樓第三折，摹寫覊懷壯志，語多慷慨，而氣亦爽烈，至後堯民歌十二日，託物寓意，尤爲妙絕。豈作調脂弄粉語者，可得窺其堂廡哉。』（曲論）錄鬼簿說：『公之所作，名聞天下，聲振閨閣。伶倫輩稱鄭老先生，皆知其爲德輝也。』因爲他長於描寫戀愛，所以能聲振閨閣。他曾作劇十餘種，今全存者，除上述三種外，尙有輔成王周公攝政、立成湯伊尹耕莘、鍾離春智勇定齊、虎牢關三戰呂布、程咬金斧劈老君堂五種。這些歷史劇，寫得都無生氣，不必多說了。

喬吉　喬吉是元代散曲的大家，他與張可久稱爲元代後期散曲的雙璧。他雖是山西人，因僑住杭州，在作品上，無形中感染着南方文學的柔美的彩色。他的散曲是如此，戲曲也是如此。他曾作戲十一種，今全存者，有玉簫女兩世姻緣、杜牧之詩酒揚州夢、李太白匹配金錢記三種，由這些題目看來，我們便知道他所寫的，都是一些文人的風流豔事，題材既不新穎，結構也無特色。正如鄭德輝的作品一樣，想找着什麼社會問題和時代意識，是沒有希望的，但他們同樣用着最工麗華美的文句，描寫豔情，在文字上得到唯美的成就，而使讀書人愛好。所以他也是王實甫的跟從者。兩世姻緣寫韋皐與妓女韓玉簫的戀愛，揚州夢寫杜牧與歌女張好好的戀愛，金錢記寫韓翃與王柳眉的戀愛，這種才子佳人的戀愛劇翻來覆去，千篇一律。上者不能比西廂，下者流於淫濫。在文學的價値上，喬吉的戲曲，是不如他的散曲的。

宮天挺　宮字大用，大名人，歷學官，除釣台書院山長，卒於常州。上述的鄭、喬二家，屬於王實甫一派，宮天挺則近於馬致遠。他作品中表現的那種失意文人的憤恨，韜光退隱的思想，以及引書用典的習氣，都與馬氏相像。他作雜劇六種，現只存生死交范張鷄黍一本。再有嚴子陵垂釣七里灘一本，見古今雜劇未著作者名氏，錄鬼簿宮天挺名下有嚴子陵釣魚台一種，想卽是此劇，若此可信，則宮氏雜劇全存者有兩種。范張鷄黍寫范巨卿與張元伯爲生死交，同樣憤恨權奸當政，不茍仕進，而以隱逸爲高。後元伯病死，巨卿遠道至其家代爲料理喪事，太守重其義，薦他爲官。七里灘寫光武稱帝後，嚴子陵避讓名利，垂釣灘邊，閒談過活。一面誇寫退隱之高，一面描寫朝市之鄙。文字都高爽淸俊可喜，較之鄭、喬二家那些紅情綠意的豔體文字，別是一格。其情調其意象，與馬致遠的薦福碑、陳摶高臥諸作甚爲近似。

『天下樂　你道是文章好立身，我道今人都爲名利引。怪不着赤緊的翰林院，那夥老子每錢上緊。他歪吟的幾句詩，胡謅下一道文，都是要人錢諂佞臣。

那吒令　國子監裏助教的尙書是他故人，秘書監裏著作的參政是他丈人，翰林院應舉的是左丞相的舍人，則春秋不知怎的發，周禮不知如何論，制詔誥是怎的行文。

鵲踏枝　我堪恨那夥老喬民，用這等小猢猻。但學得些粧點皮膚子曰詩云。本待要借路兒苟圖一箇出身，他每現如今都齊了行不用別人。

寄生草　將鳳凰池攔了前路，麒麟閣頂殺後門。便有那漢相如獻賦難求進，賈長沙痛哭誰偢問，董仲舒對策無公論。便有那公孫弘撞不開昭文館內虎牢關，司馬遷打不破編修院裏長蛇陣。

么篇　口邊廂你腥也猶未落，頂門上胎髮也尙自存。生下來便落在那爺㜸娘飯長生運，正行着兄先弟後財帛運。又交着夫榮妻貴催官運。你大拚着十年家富小兒嬌，也少不得的一朝馬死黃金盡。

六么序　你子父每輪替着當朝貴，倒班兒居要津，則欺瞞着帝子王孫。猛力如輪，詭計如神。誰識你那一夥害軍民聚斂之臣。現如今那棟樑材平地上剛三寸，你說波，怎支撐那萬里乾坤。都是些裝肥羊法酒人皮囤。一個個智無四兩，肉重千斤。』

讀書人的憤慨，朝廷的黑暗，在這些文字裏，表現得眞是痛快淋漓。這一種情狀，在中國本來是歷代如此，不過在元朝，更爲顯著而已。錄鬼簿說宮天挺『爲權豪所中，事獲辯明，亦不見用』，可知他劇中所表現的牢騷憤恨以及韜光退隱的思想，正是他自己心情的反映，劇中的范巨卿和嚴子陵，也就是他自己的影子。

秦簡夫　秦之居里不詳，大約是北方人，曾到杭州來遊歷過。他的雜劇現全存者有東堂老勸破家子弟、宜秋山趙禮讓肥、陶母剪髮待賓三種。秦的作品，文辭本色，結構亦俱緊湊，他是元劇後期關派的要角，東堂老是他的代表作品。本劇寫揚州富商趙國器，有一個敗家子叫做揚州奴，日與無賴子爲友，狎妓飲酒，屢戒不聽。其父死時，托之於密友李實，因李爲仁厚長者，人稱爲東堂老。揚州奴自其父死後，更加放縱，不聽東堂老之約束，以至家產蕩盡，流爲乞丐。而其往日之友朋，皆棄而不顧。他從此痛改前非，籌借少許資本，賣菜爲生。東堂老看見他眞的改過自新，於是把他從前出賣的家產，一齊還了他，使他成爲一個富家子弟，重度着優裕的生活。本劇的重心，是描寫遺產制度的罪惡。富貴家的子弟，養尊處優慣了，倚靠着豐富的財產，不求上進，專與浪子惡人爲伍，狎妓飲酒，無事不爲，不到幾年，便把家產蕩盡，自己也陷於毁滅，或淪爲乞盜，或死於病，這種公子哥兒，這種結局，在社會上眞是觸目皆是。作者採取這種現實性的題材，雖無才子佳人的情愛，雖無英勇武俠的行爲，然他以最忠實最深刻的筆，盡力描寫家庭社會的黑幕，使這戲曲成爲一個最有力的寫實劇。揚州奴的醉生夢死。他那兩個無賴朋友的奸詐陰惡，東堂老的忠厚信義，社會人士的勢利無情，都寫得活躍紙上，情景逼眞。不能不說是元劇後期一個最有力的作品。曲辭雖無特殊美妙之處，然大都本色自然。至於賓白，則篇幅獨多，且出以純粹的口語，描摹戲中各種人物的語氣與性情，極其幽默有味。在元劇中，以賓白見勝者，武漢臣的天賜老生兒外，就只有秦簡夫的東堂老了。我們重視此劇，也就在此。

『…………………………

東堂老　老兄病體如何？

趙國器　老夫這病，只有添，無有減，眼見的無那活的人也。

東堂老　曾請良醫來醫治也不曾。

趙國器　嗨！老夫不曾延醫，居士與老夫最是契厚，請猜我這病症咱。

東堂老　老兄着小弟猜病症，莫不是害風寒暑濕麼？

趙國器　不是。

東堂老　莫不是爲飢飽勞逸嗎？

趙國器　也不是。

東堂老　莫不是爲些憂愁思慮嗎？

趙國器　哎喲，這纔叫做知心之友，我這病正從憂愁思慮得來的。

東堂老　老兄差矣。你負郭有田千頃，城中有油磨坊解典庫，有兒有婦，是揚州點一點二的財主。有什麼不足，索這般深思遠慮那？

趙國器　嗨！居士不知，正爲不肖子揚州奴，自成人以來，與他娶妻之後，他合着那夥狂朋怪友，飲酒爲非，日後必然敗我家業，因此上憂懣成病，豈是良醫調治得的。

東堂老　老兄過慮。父母與子孫成家立計，是父母盡己之心，以後成人不成人，是在於他，父母怎管的他到底，老兄這般焦心苦思，也是乾落得的。

……………

柳隆卿　自家柳隆卿，兄弟胡子傳，我兩個不會做什麼營生買賣，全憑這張嘴，抹過日子。在城有一個趙小奇揚州奴，自從和俺兩個拜爲兄弟，他的勾當，都憑我兩個。他無我兩個，茶也不喝，飯也不喫。我兩個若不是他啊，也都是飢死的。

胡子傳　哥，則我老婆的褲子，也是他的；哥的網兒也是他的。

柳隆卿　哎喲！壞了我的頭也。

胡子傳　哥，我們兩個喫穿衣服，那一件兒不是他的。我這幾日不曾見他，就弄得我手裏都焦乾了。哥，咱茶房裏尋他去，若尋見他，酒也有，肉也有，喫不了的，還包了家去，與我渾家喫哩。』

這劇的對白，都是長篇大段。由上面選錄幾個小節，也可看出口語文的警鍊。人物的個性，寫得尤爲分明活潑。無賴的朋友，紈袴的子弟，憂家的財主，溫文的長者，他們的口調語氣，都表現得恰到好處。有粗鄙的，有文雅的，有倨傲不講禮貌的。這是本劇最值得重視的地方。若專以美麗的曲辭而論，鄭、喬二家，自然容易受人的讚美，若就戲曲的整體而論，我反於是更要看重秦簡夫的了。趙禮讓肥根據後漢書趙孝傳所作。寫趙孝、趙禮兄弟二人奉母山居避亂，某日，趙禮爲賊所擄，將剖腹剜心，其母與兄跑去了。都爭着要死說：『我的身體肥胖，殺了我罷。』羣盜大爲感動，謝罪釋之。在中國的孝悌舊道德之下，這種事並非不可能。作者用生動的文筆，把這種孝悌的德性，無抵抗的精神，發揮盡致，終於戰勝了盜賊們的暴行。結構也很緊密，也可算是一個好作品。

楊梓與蕭德祥　楊梓，海鹽人，曾同元軍征爪哇有功，官至嘉議大夫，杭州路總管。他作雜劇有忠義士豫讓吞炭、霍光鬼諫，敬德不伏老三種，今皆全存。豫讓吞炭，寫豫讓爲智伯報仇，暗殺襄子不遂而致自殺。此故事載於戰國策及史記刺客列傳中，本極動人。作者寫出，更有壯烈之感。霍光鬼諫寫霍光愛國諫君的故事，人鬼交雜，頗少情趣。不伏老寫得很使人感動。蕭德祥名天瑞，號復齋，杭州人，以醫爲業。曾作南曲戲文，今未見。楊氏女殺狗勸夫一劇，錄鬼簿題爲蕭德祥作，但正音譜及元曲選俱題無名氏，又明鈔本錄鬼簿未著錄，則此劇是否爲蕭所作，尚有可疑。劇中敍述孫榮兄弟不和，孫妻楊氏欲感悟其夫，用殺狗之計使兄弟得歸和好。文辭俚俗本色，描寫亦極活動，此作在民間必很流行，到了後來，便演成了有名的南戲殺狗計了。

元劇的後期，除上述諸人外，尚有作品傳世者，今列於下，因俱無特色，不想細說了。

范康，字子安，或作子英，杭州人。　陳季卿悟道竹葉舟

金仁傑，字志甫，杭州人。　蕭何追韓信

王曄，字日華，或作日新，杭州人。　桃花女破法嫁周公？（錄鬼簿王曄名下有破陰陽八卦桃花女，王國維認爲卽此作。但明鈔本錄鬼簿未著錄，錄鬼簿續編作無名氏。）

陸登善，字仲良，杭州人。　河南府張鼎勘頭巾？（明鈔本錄鬼簿未著錄）

羅本，字貫中，太原人，號湖海散人。　宋太祖龍虎風雲會

朱凱，字士凱。　昊天塔孟良盜骨？（明鈔本錄鬼簿未著錄，續編作無名氏）

其他如鮑天佑（杭州）、周文質（杭州）、朱經（杭州）諸人之作，俱只有殘文一二折。至如王月英元夜留鞋記及都孔目風雨還牢末二劇，元曲選以前戲爲曾瑞作，後戲爲李致遠作，正音譜均作無名氏，這自然是不可靠的了。元人雜劇，除上文敍述介紹者外，尚有無名氏作品多種，散見各家散集

中。此等作品，並非全無佳篇。如風雨像生貨郎旦的描寫社會家庭的黑暗，情緒至爲悽慘。妓女一入家庭，便弄得家敗人亡，李妻之氣死，李彥和被推落水而死，李兒春郎的被賣，房產的被燒，金銀的被盜，都是李彥和迷戀妓女張玉娥而娶入家中爲妾所引起。這一種情形，社會上眞是到處皆有。作者用着巧妙的組織法，把這一件家庭罪案，表現得極爲生動。曲辭本色自然，可算是無名氏中的第一佳作。其他如張千替殺妻、凍蘇秦衣錦還鄉、蘇子瞻醉寫赤壁賦、錦雲堂暗定連環計諸篇，或以結構巧妙稱，或以文辭典麗勝，都是值得我們注意的作品。

元劇本爲歌劇，其要素與效果，全注重於歌唱。若以現代的散文戲曲繩之，則幾乎無一劇能令人滿意者。但我們若把眼光囘到七百年前的古代，批評就不應過嚴了。由宋金的雜劇院本，走上元雜劇的路途，其進步其價値是任何人所不能否認的。王國維說：『元之文學，固未有尙於其曲者也。元曲之佳處何在？曰自然而已矣。古今之大文學，無不以自然勝，而莫著於元曲，蓋元劇之作者，其人均非有名位學問也。其作劇也，非有藏之名山傳之其人之意也。彼以興之所至而爲之，以自娛娛人。關目之拙劣，所不問也，思想之卑陋，所不諱也。人物之矛盾，所不顧也。彼但摹寫其胸中之感想與時代之情狀，而眞摯之理與秀傑之氣，時流露於其間，故謂元曲爲中國最自然之文學，無不可也。明以後傳奇無非喜劇，而元則有悲劇在其中。就其存者言之，如漢宮秋、梧桐雨、西蜀夢、火燒介子推、張千替殺妻等，初無所謂先離後合始困終亨之事也。其最有悲劇之性質者，則如關漢卿之竇娥寃，紀君祥之趙氏孤兒，劇中雖有惡人交構其間，而其赴湯蹈火者，仍出於其主人翁之意志，即列之於世界大悲劇中，亦無愧色也。元劇關目之拙，固不待言，此由當時未嘗重視此事，故往往互相蹈襲，或草草爲之。……然元劇最佳之處，不在其思想結構而在其文章。其文章之妙，亦一言以蔽之，曰有意境而已矣。何以謂之有意境，曰寫情則沁人心脾，寫景則在人耳目，述事則如其口出者也。古詩詞之佳者，無不如是。』（元劇之文章）這批評是很公正的。

第二十四章　明代的文學思想

一　正統文學的衰微

元人統治中國，將近一世紀，除了世祖、仁宗兩朝政治稍見清明，其餘實在都是游牧酋長的性質，壓迫漢人，摧殘中國的文化，無所不爲。滅宋之後，過了三十七年，才恢復科舉，然而蒙古、色目和漢人、南人分爲二榜，出身就職，待遇也完全不同。漢族的讀書人到這時候都是走頭無路，自歎自嗟。那些趨炎附勢的士大夫，改蒙古姓，剃蒙古頭，胡服胡語，變成十足的胡人，弄到一官半職沾沾自喜的，不知有多少。在這一時期，中國舊的文化固然受了一大頓挫，讀書人的氣節廉恥，也墮落到了極點，不過專恃武力來統治一個有歷史有文化的民族是不會長久的。一有動搖，便難收拾。到了荒淫無度的順帝，於是內亂頻仍，民變四起，和尚出身的朱元璋，便乘此機會，削平羣雄，驅逐元室，定都南京，建立了漢族的明帝國。

朱元璋雖不精通詩書，究竟是漢人。他一做了皇帝，便要恢復漢制。洪武元年的實錄說：『詔復衣冠如唐制。初元世祖自朔漠起，盡以胡俗變易中國之制，士庶咸辮髮椎髻，深襜胡帽，無復中國衣冠之舊。甚至易其姓名爲胡名，習胡語。俗化既久，恬不知怪。上久厭之，至是悉令復舊。衣冠一如唐制。士民皆以髮束頂。其辮髮椎髻，胡服胡言胡姓，一切禁止。於是百有餘年之胡俗，盡復中國之舊。』他一面剷除胡俗，一面又積極的獎勵中國的舊文教。聘前朝遺老，修明禮樂制度，置收書監丞，搜集各方圖籍。立學校，行科舉，用程朱的儒家理論，統治當日的思想，永樂年間，命胡廣等撰修五經、四書、性理大全共二百餘卷，又以兩千一百餘人的精力，編輯永樂大典二萬餘卷，爲歷代文獻的總匯。這樣一面固可籠絡鼓舞讀書人的心情，同時對於文化的恢復與建設，也有很大的效果。並且明代的君主皇族，頗喜藝文，詩文歌曲，時有創作。獎勵文學，優遇作者。李開先張小山樂府序云：『洪武初年，親王之國，必以詞曲千七百本賜之。』又明太祖批評琵琶記說：『五經、四書，布帛菽粟也，家家皆有，琵琶記如山珍海錯，富貴家不可無。』（徐渭南詞序錄）皇族中能文之士更多，寧獻王朱權、周憲王朱有燉二人，尤爲特出。寧王的太和正音譜至今爲製曲者所稱，周王爲明雜劇的大家，作品有三十餘種。李夢陽有詩云：『齊唱憲王新樂府，金梁橋外月如霜。』想見當日文學空氣的濃厚。在這種環境中，明代的文學步入了復興的機運。

前人評論文學，多侈談唐、宋，對於明代，每薄其淺陋，毫不足觀。就正統文學的詩詞而言，確有此感。黃宗羲明文案序上云：

> 『有明之文，莫盛於國初，再盛於嘉靖，三盛於崇禎。……然較之唐之韓、杜，宋之歐、蘇，金之遺山，元之牧菴、道園，尚有所未逮。蓋以一章一體論之，則有明未嘗無韓、杜、歐、蘇、遺山、牧菴、道園之文，若成就以名一家，則如韓、杜、歐、蘇、遺山、牧菴、道園之家，有明固未嘗有其一人也。』

『論詞於明並不逮元、金，遑言兩宋哉？蓋明詞無專門名家，一二才人如楊用修、王元美、湯義仍輩，皆以傳奇手為之，宜乎詞之不振也。其患在好盡，而字面往往混入曲子，去兩宋蘊藉之旨遠矣。』（吳衡照蓮子居詞話）

明代二百七十年，文人與作品實也不少，專看朱彝尊編的明詞綜，所收多至三千四百餘家，這數量並不弱於唐、宋。數量雖多，其本質精神，實遠遜前代。論其原委，不得不歸咎於八股文。

『議者以震川為明文第一，似矣。試除去其敍事之各作，時文境界，間或闌入，求之韓、歐集中，無是也。此無他，三百年人士之精神，專注於場屋之業，割其餘以為古文，其不能盡如前代之盛者，無足怪也。』（黃宗羲明文案序）

『事之關係功名富貴者，人肯用心，唐世功名富貴在詩，故唐世人用心而有變，一不自做，蹈襲前人，便為士林中滯貨也。明代功名富貴在時文，全段精神，俱在時文用盡，詩其暮氣為之耳。』（吳喬答萬季埜詩問）

『詞至明代，可謂中衰之期。討其根源，有數端焉，開國作家，沿伯生、仲舉之舊，猶能不乖風雅。永樂以後，兩宋諸名家詞，皆不顯於世，惟花間、草堂諸集，獨盛一時。於是才士模情，輒寄言於閨闥。藝苑定論，亦楬櫫於香奩。託體不尊，難言大雅，其蔽一也。明人科第，視若登瀛。其有懷抱沖和，率不入鄉黨之月旦，聲律之學，大率扣槃。迨夫通籍以還，稍事研討，而藝非素習，等諸面牆，花鳥託其精神，贈答不出臺閣。庚寅攬揆，或獻以諛詞，俳優登場，亦

寵以華藻。連章累牘，不外應酬，其蔽二也。』（吳梅詞學通論）

古文詩詞之不振，他們一致歸之於八股。明史選舉志中說：『科目者沿唐、宋之舊，而稍變其試士之法。專取四子書及易、書、詩、春秋、禮記五經命題試士，蓋太祖與劉基所定。其文略倣宋經義，然代古人語氣爲之，體用俳偶，謂之八股，通謂之制義。』又說：『四書義一道，二百字以上。五經義一道，三百字以上。取書旨明晳而已，不尚華采也。』像這種規定體制限定字數代古聖人立言的八股文，自然是人類思想感情的監牢，文學發展的陷阱。一代讀書人都在八股上死用功夫，以求升官發財。要自己稍有餘力，才從事文藝，在這種環境下，古文詩詞的衰落，八股文的興起，乃是必然的事。焦循說：『有明二百七十年，鏤心刻骨於八股。如胡思源、歸熙甫、金正希、章大力數十家，洵可繼楚騷漢賦唐詩宋詞元曲以立一門戶。而李、何、王、李之流，乃沾沾於詩，自命復古，殊可不必者矣。』（易餘籥錄）他這意見雖稍偏激，却很有道理。

我們不要因此而就輕視明代在中國文學史上的地位。『一代有一代之所勝，』我們不要『捨其所勝，』明代文學所勝，一是稱爲傳奇的歌劇，一是白話小說。再如繼承元代的散曲，以及民間的歌謠，可以補救舊詩詞的缺陷。晚明的新興之散文，一新舊文壇的耳目。至如擬古、浪漫兩派文學思想的鬪爭，新文學理論的建設，其見解也遠在唐、宋之上。這些都是我們研究明代文學所必須注意的。

二　擬古主義的極盛

明代文學思想的主潮，大家都知道是擬古主義，就是前後七子所倡導的文必秦、漢，詩必盛唐的擬古主義。這一種思潮，並非起自李夢陽、何景明，在明初諸家已開其端。明史文苑傳序說：『明初文學之士，承元季虞、柳、黃、吳之後，師友講貫，學有本原。宋濂、王褘、方孝孺以文雄，高、楊、張、徐、劉基、袁凱以詩著。其他勝代遺逸，風流標映，不可指數，蓋蔚然稱盛已。』話雖說得好聽，細按內容，他們的作品，實在都無偉大的氣魄，特創的精神。宋濂、高啓是明初詩文的兩大代表，宋濂的文章，只可算做得雍容典雅，可以算是臺閣體的先驅。高啓的才情，確在宋濂之上，然而他的詩歌，都是擬古之作。四庫提要說：『其於詩擬漢魏似漢、魏，擬六朝似六朝，擬唐似唐，擬宋似宋，凡古人之所長，無不兼之，振元末纖穠縟麗之習，而返之於古，啓實爲有力。然行世太早，殞折太速，未能鎔鑄變化，自爲一家，故備有古人之格，而反不能名啓爲何格。特其摹倣古調之中，自有精神意象存乎其間。』又說：『啓詩才富健，工於摹古，爲一代巨擘。』這話說得很明顯，他作詩處處在摸擬，都是寄人籬下，所以喪失了自己的精神個性，不能自成一格。因他確有才情，在他的集子裏，還有些可讀的詩。

高啓作詩，雖重摹擬，還是普遍的，所謂六朝、唐、宋，界限尚不分明。到了林鴻、高棅漸漸形成了專重盛唐的觀念。林鴻是明初閩派詩人的代表，在當代的詩壇，擁有相當的勢力。他論詩的意見，是『漢、魏骨氣雖雄，而菁華不見，晉祖元虛，宋尙條暢，齊、梁以下，但務春華少秋實，惟唐作者可謂大成。然貞觀尙習故陋，神龍漸變常調，開元天寶間，聲律大備，學者當以是爲楷式。』（明史文苑傳）他這意見，比起高啓來，要具體多了。高棅是林鴻的共鳴者，編輯唐詩品彙百卷，建立詩必盛唐的軌則。他以初唐爲正始，作爲唐詩的開端，將盛唐分爲正宗、大家、名家、羽翼，定爲唐詩的正統，中唐爲繼承，晚唐爲餘響。此書之前，元朝楊士宏的唐音，雖有些相像，但唐音究因流傳不廣，宣傳不力，沒有發生大影響。高棅這部書，出生於這時代，那就完全不同，據明史文苑傳說：『所選唐詩品彙，終明之世，館閣宗之。』可知這書在當代文壇的影響了。林鴻他們的主張既然如此，作品自然是摹擬居多。李東陽批評說：『林子羽鳴盛集專學唐，袁凱在野集專學杜，蓋能極力摹擬，不但字句效法，並其題目亦效之，開卷驟視，宛若舊本，然細味之，求其流出肺腑，卓爾自立者，指不能一再屈也。』（懷麓堂詩話）這批評實在不錯。袁凱是以白燕詩著名的，他雖不是閩派詩人，但其摹擬的手法，則無異。由此看來，擬古的風氣實起於明初，不過到後來更激烈一點而已。

從永樂到成化的幾十年中，明代政治比較安定，文學上所出現的，是由宰輔權臣所領導的臺閣體。那一種作品，沒有思想，沒有氣度，只是一些歌功頌德，溫厚和平的應酬的詩文，比起高啓們的作品來，是更不如了。不過在那太平時代，那一種文體，確是風行一時，然流弊所及，千篇一律，索然無味。當日的代表，是稱爲三楊的楊士奇、楊榮和楊溥。還有就是那稱爲「茶陵詩派」的李東陽。東陽立朝五十年，推獎後進，門生滿天下，他當時是文壇的領袖。他的作品，人家都說是以深厚雄渾之體，洗滌嘽緩冗沓之習。較之三楊雖稍勝一籌，其實他也只是臺閣體的典型，毫無生氣。在這一種平庸衰弱的文學空氣之下，青年的作家，是不能滿意的，當日對於臺閣派的文風，表示着反抗，繼承明初的復古觀念，自成派別，正式提出擬古主義而相號召的，是稱爲前七子的李夢陽、何景明、徐禎卿、邊貢、王廷相、康海和王九思，而李、何實爲領袖。李夢陽字獻吉，慶陽人（一四七二——一五二九），有空同集。何景明，字仲默，信陽人（一四八三——一五二一），有大復集。他倆在擬古的文學運動上雖佔有極高的地位，但是他們却都沒有寫下一册或一篇專門論文的文章，只是在序跋尺牘裏，寫出一些零碎的文句。就因這些零碎的文句。推動了當日的文壇，造成了擬古主義的大潮流。一時天下風從，萬人景仰，前人比他們爲唐朝的韓、杜，宋朝的歐、蘇。還有他們的門徒，說出『太白、少陵以後，數百年來二人而已』的誇張的言語，由此也可見李、何當日的聲勢了。

李、何論文的意見，歸納起來，最要者有二。

一、文崇秦、漢，詩必盛唐　他們擬古的目標，文章是以秦、漢爲準則，五言古詩擬漢、魏，而及於六朝，七古與近體詩則以盛唐爲依歸。李夢陽說：

『夫詩，宣志而道和者也。故貴宛不貴險，貴質不貴靡，貴精不貴繁，貴融洽不貴工巧，故曰，聞其樂而知其德。故音也者，愚智之大防，莊詖簡侈浮孚之界分也。至元、白、韓、孟、皮、陸之徒出，始連聯鬬押，纍纍數千百言不相下，此何異於入市攫金，登場角戲也。』（與徐禎卿書）

這是李夢陽復古文學的原理。大凡復古派的人，大都不瞭解文學進化的道理，死守着文學是古代的好，所以他反對險，反對靡，反對華美，反對工巧。把元、白、韓、孟之徒，看作是入市攫金登場演戲的角色。對於宋代文學，更是看不起。所謂『宋儒興而古之文廢，』所謂『詩至唐古調亡矣，然自有唐調可歌詠，高者猶足被管弦。宋人主理不主調，於是唐調亦亡。』這是李夢陽的得意語調。何景明的意見也差不多。他說：

『夫文靡於隋，韓力振之，然古文之法亡於韓。詩溺於陶，謝力振之，然古詩之法亦亡於謝。』（與夢陽書）

『詩必以盛唐爲尙，宋人似蒼老而實疎鹵，元人似高峻而實淺俗。』（同上）

由此他們得到一致的結論，便是秦、漢以後無文，盛唐以後無詩，從事文學的青年，爲要達到文學的正路，萬不可讀唐代以後的作品。

二、摹擬爲創作文學的途徑　他們認爲秦、漢的文，盛唐的詩，雖是各家風格不同，光彩自異，但他們都有一種方法，後人應該遵守此種方法，好像學字臨帖一般，一字一句地摹擬下去，漸漸可得到古人的神髓，而自成名家。非如此，文學便無成就之望。

『古之文者，一揮而衆善具也。然其翕闢頓挫，尺尺而寸寸之，未始無法也。所謂圓規而方矩也。……古人之作，其法雖多端，大抵前疏者後必密，半闊者半必細，一實者必一虛，疊景者意必二，此余之所謂法，圓規而方矩者也。故曹、劉、阮、陸、李、杜，能用之而不能異，能異

之而不能不同，今人只見其異而不見其不同，宜其謂守法者爲影子，而文離失眞者以舍筏登岸自寬也。』（覆景明書）

這是擬古主義者說明從事文學必須摹擬的理論。他告訴他的門徒說：『今人摹臨古帖，不嫌大似，詩文何獨不然。』像他這麼摹擬下去，結果自己做了古人的奴隸，作品變成了古作的影子。他這種情形，到後來連何景明也覺得太過一點，表示出反對的論調，寫信譏笑他說：『子高處是古人影子耳。其下者已落近代之口。未見子自築一堂奧，突開一戶牖，而以何急於不朽也。』又說：『空同刻意古範，鑄形宿模，而獨守尺寸。僕則欲富於材積，領會神情，臨影構結，不做形跡。詩曰：「惟其有之，是以似之。」以有求似，僕之愚也。』擬古主義的作品，頂好的變作古人的影子而已，怎能有獨創的風格和精神，而能自築一堂，獨成一派呢？

擬古主義的思潮，當日能風行一時，也自有其背景。一是臺閣文體的空洞無物，早爲一般人所厭棄。其次，讀書人獻力於八股，心中除幾篇時文範本以外，就只抱着四書和五經，不識其他著作，李、何輩想挽救當日文壇的淺陋，因此提出文必秦、漢詩必盛唐的口號，一新人士的耳目，加以他們才情雄健，氣節頗高，因此能造成一個大運動。四庫提要云：『明自洪武以來，運當開國，多昌明博大之音，成化以後，安享太平，多臺閣雍容之作，愈久愈弊，陳陳相因，遂至嘽緩冗沓，千篇一律。夢陽振起痿痺，使天下復知有古書，不可謂之無功。而盛氣矜心，矯枉過直。……平心而論，其詩才力富健，實足以籠罩一時，而古體必漢、魏，近體必盛唐，句擬字摹，食古不化，亦往往有之。其文則故作聱牙，以艱深文其淺易，明人與其詩並重，未免忧於盛名。』這評語算是最公平的了。他們的功罪，都能顧到，態度客觀，這是難得的。

當李、何一派人的詩文風靡文壇的時候，也還有些卓然自立不傍門戶的作者，如楊愼、沈周、文徵明、唐寅諸人，在詩文上都能表現一點浪漫的情趣。不過他們對於擬古派還是取着妥協的態度，所以不能形成什麼反動的力量。比較有組織有意識對於李、何表示着反抗的，是嘉靖年間王愼中、唐順之的宋文運動。正如陳田明詩紀事所說：『城中高髻，里婦捧心。下士趨風，有識走避。』他們覺得李、何一派的文章，死摹秦、漢，詰屈聱牙，既不通順，又無生趣，乃倡爲宋代歐、曾通順的文體，以矯何、李之弊，後來茅坤、歸有光爲之羽翼，聲勢頗盛。李、何的氣燄，一時大爲挫折。他們這派的文學理論，可舉唐順之的答茅鹿門知縣論文書爲代表：

『今有兩人：其一心地超然，所謂具千古隻眼人也；卽使未嘗操紙筆呻吟學爲文章，但直抒胸臆，信手寫出，如寫家書，雖或疎鹵，然絕無烟火酸餡習氣，便是宇宙間一樣絕好文章。其一人猶然塵中人也；雖其顓顓學爲文章，其於所謂繩墨布置則盡是矣，然翻來覆去，不過是這幾句婆子舌頭語，索其所謂眞精神與千古不可磨滅之見，絕無有也，則文雖工而不免爲下格。此文章本色也。卽以詩爲喩：陶彭澤未嘗較聲律，雕句文，但信手寫出，便是宇宙間第一樣好詩。何則？其本色高也。自有詩以來，其較聲病，雕句文，用心最苦而立說最嚴者，無如沈約，苦却一生精力，使人讀其詩祇見綑縛齷齪，滿累卷牘，竟不曾道出一兩句好話。何則？本色卑也。本色卑，文不能工也，而況非其本色者哉！且夫兩漢而下之文之不如古者，豈其所謂繩墨轉折之精之不盡如哉？秦、漢以前，儒家有儒家本色，至如老、莊家有老、莊本色，名家、墨家、陰陽家，皆有本色；雖其爲術也駁，而莫不皆有一段千古不可磨滅之見，是以老家必不肯勦儒家之說，縱橫家必不肯借墨家之談，各自其本色而鳴之爲言，其所言者其本色也，是以精光注焉，而其言遂不泯於世。唐、宋而下，文人莫不語性命，談治道，滿紙炫然，一切自託於儒家，然非其涵養畜聚之素，非眞有一段千古不可磨滅之見，而影響勦說，蓋頭竊尾，如貧人借富人之衣，莊農作大賈之飾，極力裝做，醜態盡露，是以精光枵焉，而其言遂不久湮廢。』

他這見解，實在比李、何們要高明得多。一，他認淸了文學的時代性與作家的個性；二，他主張好的作品不在乎較聲律，雕句文，邯鄲學步式的婆子舌頭語，而在乎直抒胸臆，信手寫出如寫家書一般有內容有骨肉有情感的文字。他這種本色論的文學觀，正是後來公安派主張性靈文學的先聲。這次的文學運動，本可順利的發展，不料後七子接着起來，造成擬古主義的復興，使得他們推動的那種思潮，受了一個大挫折。而李、何的文風又佈滿天下。後七子是李攀龍、王世貞、謝榛、宗臣、梁有譽、徐中行、吳國倫。領袖原來是謝榛，後來爲李攀龍、王世貞所奪。他們彼此唱和，聲勢極盛。使得當代談論文學的青年，心目中只有李、何、李、王四大偶像了。

李攀龍字于鱗，歷城人（西曆一五一四——一五七〇），有滄溟集。王世貞，字元美，太倉人（西曆一五二六——一五九〇）有弇州山人四部稿。他們頗有聰明，博聞強記，擁護前七子的主張，反對唐順之一派的理論，結社宣傳，狂傲偏激，爭取文壇的領導權。他們的種種醜態，明史文苑傳中說得極詳：

『李攀龍、王世貞輩結詩社，謝榛爲長，攀龍次之。時攀龍名大熾，榛與論生平，頗相鐫責，攀龍遂貽書絕交，世貞輩右攀龍，力相排擠，削其名於七子之列。』（謝榛傳）

『諸人多少年，才高氣銳，互相標榜，視當世無人，七才子之名，播天下。攀龍謂文自西京詩自天寶而下，俱無足觀，於本朝獨推李夢陽，諸子翕然和之，非是則詆爲宋學。攀龍才思勁鷙，名最高，獨心重王世貞，天下並稱王、李，又與李夢陽、何景明，並稱何、李、王、李。其爲詩務以聲調勝，所擬樂府，或更古數字爲己作，文則聱牙戟口，讀者至不能終篇，好之者推爲一代宗匠。』（李攀龍傳）

『世貞始與李攀龍狎，主文盟，攀龍沒，獨操柄二十年。才最高，地望最顯，聲華氣息，籠蓋海內，一時士大夫及山人詞客衲子羽流，莫不奔走門下，片言褒賞，聲價驟起，其持論文必西漢，詩必盛唐，大曆以後書勿讀，而藻飾太甚。晚年攻者漸起。』（王世貞傳）

在這些文字裏，把他們的態度思想、聲勢以及作品的缺點，都說得很詳細，可以知道他們與前七子同出一轍，而其摹擬的醜形，作品的虛僞，更遠過之。偏要恃才傲世，結社訂盟，自吹自打，惟我獨尊，把持文壇，壓迫公論。自己的作品，偏又原形畢露，百病叢生。文學界的新進之士，對於這種狀況自然不能滿意。於是乘機而起，對於這風靡了一百多年的擬古思潮，加以激烈的反抗，而持以新的文學理論的，是公安派的浪漫主義。

三　公安、竟陵的新文學運動

晚明浪漫思潮的起來，一、自然是擬古派詩文的腐化的直接反動；其次是受了當代浪漫哲學的間接影響。王陽明一派的心學，無非是提倡個人良知的自由，所謂『夫學貴得之心，求之心而非也，雖其言之出於孔子，不敢以爲是也。』（傳習錄）這是多麼大膽的宣言。這種獨立自由的浪漫精神，便是哲學文藝革新的動機。所以他在前七子時代，他的詩文，絕不和他們同流。這一種學說，對於放棄自我的精神，專於摹倣偶像的擬古主義絕不相容，解放思想的束縛是很有力量的。王陽明死後，稱爲王學的左派，更能發揮這種浪漫的精神。由王龍溪、王近溪到何心隱、李卓吾，弄到儒、禪不分，正如梁任公所說都變成酒肉和尚了。這些酒肉和尚，在當日君主專制的宗法社會，自然不能安容，以排毀聖教有傷風化的罪名，受到了致命的攻擊。不過他們的著作還在人間，稍稍翻閱，便知道他們的人品很好，思想很新，說話稍爲激烈一點而已，李卓吾說：

『夫天生一人，自有一人之用，不待取給於孔子而後足也。若必待取足於孔子，則千古以前無孔子，終不得爲人乎？』（答耿中丞）

『前三代吾無論矣。後三代漢、唐、宋是也。中間千百年而獨無是非者，豈其人無是非哉？咸以孔子之是非爲是非，故未嘗有是非耳。然則余之是非人也，又安能已。夫是非之爭也，如歲時然，晝夜更迭，不相一也。昨日是而今日非矣，今日非而後日又是矣，雖使孔子復生於今，不知作如何是非也。』（藏目紀傳目錄論）

他所反對的是那些擬古拜孔的僞道學，他所要求的是眞是眞非，是個人思想的自由。不過在四百年前的晚明，究竟比不上二十世紀的五四時代，所以他們的書一再被焚，自己也被殺或自殺了。書焚人死，並不能阻止思想的運行。稱爲公安派的三袁都是卓吾的弟子，繼承卓吾的思想，表現於文學的理論中，造成强有力的反擬古愛自由的浪漫精神。尤其是袁中郎更是自覺的帶着革命的態度，向着擬古的陣營，加以鬭爭的。他說：『弟才雖綿薄，至於掃時詩之陋習，爲末季之先驅，辯歐、韓之極寃，擣鈍賊之巢穴，自我而前，未見有先發者，亦弟得意事也。』（答李元善）這種勇猛的鬭爭態度，熱烈的少壯的浪漫精神，是何等可貴。

三袁是袁宗道、袁宏道、袁中道三兄弟，湖北公安人，因此稱爲公安派。三袁中袁宏道最有名，袁宏道字中郎，號石公（西曆一五六八——一六一〇），有中郎全集。明史文苑傳云：『先是王、李之學盛行，袁氏兄弟獨心非之。宗道在館中，與同館黃輝力排其說，於唐好白樂天，於宋好蘇軾，名其齋曰白蘇。至宏道益矯以清新輕俊，學者多舍王、李而從之，目爲公安體。』所謂公安體究竟是怎樣一種體，這一派的文學理論，究竟是怎樣一種文學理論呢？

一、文學是進化的　歷代文學的變遷，各有其時代的特性，創作或是批評，都要明瞭這種時代的特性，才不違反文學進化的原理。拜古賤今，一字一句，都要去擬古，這是戕害文學的生命，而喪失作者的個性。所以他們說：

『文之不能不古而今也，時使之也。……夫古有古之時，今有今之時，襲古人語言之迹，而冒以爲古，是處嚴冬而襲夏之葛者也。騷之不襲雅也，雅之體窮於怨，不騷不足以寄也。後之人有擬而爲之者，終不肖也，何也？彼直求騷於騷之中也。至蘇、李述別及十九首等篇，騷之音節體致皆變矣，然不謂之眞騷不可也。……古人之法，顧安可概哉。夫法因於敝而成於過者也。矯六朝駢驪飣餖之習者，以流麗勝；飣餖者，固流麗之因也，然其過在輕纖。盛唐諸人，以闊大矯之；已闊矣，又因闊而生莽，是故續盛唐者以情實矯之；已實矣，又因實而生俚，是故續中唐者，以奇僻矯之；然奇則其境必狹、而僻則務爲不根以相勝，故詩之道，至晚唐而益小。有宋歐、蘇輩出，大變晚習，於物無所不收，於法無所不有，於情無所不暢，於境無所不取。滔滔莽莽，有若江河，今之人徒見宋之不唐法，而不知宋因唐而有法者也。如淡非濃，而濃實因於淡，然其敝至以文爲詩，流而爲理學，流而爲歌訣，流而爲偈誦，詩之弊又有不可勝言者矣。』（袁宏道雪濤閣集序）

『口舌代心者也。文章又代口舌者也。展轉隔礙，雖寫得暢顯，已恐不如口舌矣。況能如心之所存乎？故孔子論文曰，辭達而已矣。達不達，文不文之辨也。唐、虞三代之文無不達者。今人讀古書不即通曉，輒謂古文奇奧，今人下筆不宜平易。夫時有古今，語言亦有古今，今人所詫謂奇字奧句，安知非古之街談巷語耶？』（袁宗道論文上）

這議論多麼透徹，眼光多麼高超。從社會的時代的立場，說明文學變遷的過程，而各代的文學，有優有劣，那種優劣的對立，正是相反相成的兩種力量，作爲新思潮推動的基力。『夫法因於敝而成於過者也。』這是一切學術思潮形成衰頹的原理，能明乎此，就不會貴古賤今，也不會尊今屈古了。

二、反對摹擬　文學既是進化的，因此對於擬古，自然要加以激烈的反抗。

『近代文人始爲復古之說以勝之。夫復古是已。然至以勦襲爲復古，句比字擬，務爲牽合，棄目前之景，摭腐爛之辭。有才者詘於法，而不敢自申其才，無之者，拾一二浮泛之語，幫湊成詩。智者牽於智，而愚者樂其易。一唱億和，優人騶從，共談雅道，吁，詩至此抑可羞哉！』（袁宏道雪濤閣集序）

『蓋詩文至近代而卑極矣。文則必欲準於秦、漢，詩則必欲準於盛唐，勦襲摸擬，影響步趨，見人有一語不相肖者，則共指以爲野狐外道。曾不知文準秦、漢矣，秦、漢人曷嘗字字學六經歟？詩準盛唐矣，盛唐人曷嘗字字學漢、魏歟？秦、漢而學六經，豈復有秦、漢之文，盛唐而學漢、魏，豈復有盛唐之詩？惟夫代有升降，而法不相沿，各極其變，各窮其趣，所以可貴，原不可以優劣論也。』（袁宏道小修集序）

還有比這說得更痛快的嗎？因爲反對臺閣體的空虛無物的詩文而倡復古之說的前後七子，本無可厚非，若只勦襲剽竊爲復古，只勸人不讀秦、漢以後文，不讀天寶以後詩爲復古，那就是『糞裏嚼查，順口接屁，一個八寸三分帽子，人人戴得』的假古董了，自然會走到『一唱億和，優人騶從，共談雅道』的境地，這樣的文壇，還有什麼不可羞哩！

三、獨抒性靈不拘格套　擬古的人，處處有一個偶像在，只有古人，沒有自己。小心翼翼，遵守古格古律，絲毫不肯放縱，刻苦用力，只想一章一句與古人神似。絕非從自己性情中流出，那些作品，怎有獨創的精神，和分明的個性，既無精神與個性，便無存在的價値。所以袁中郎批評小修的詩說：

『弟足跡所至，幾半天下，而詩文亦因之以日進。大都抒性靈，非從自己胸臆流出，不肯下筆，有時情與境會，頃刻千言，如水東注，令人奪魂。其間有佳處，亦有疵處，佳處自不必言，卽疵處亦多本色獨造語。然余則極喜其疵處，而所謂佳者，尙不能不以粉飾蹈襲爲恨，以爲未能盡脫近代文人氣習故也。……且夫天下之物，孤行則必不可無，必不可無，雖欲廢焉而不能，雷同則可以不有，可以不有，則雖欲存焉而不能。』（小修集序）

『蘇子瞻酷嗜陶令詩，貴其淡而適也。凡物釀之得甘，炙之得苦，雖淡也不可造，不可造是文之眞性靈也。濃者不復薄，甘者不復辛，唯淡也無不可造，無不可造，是文之眞變態也。』（袁宏道敍咼氏家繩集）

『余與進之遊吳以來，每會必以詩文相勵，務矯今代蹈襲之風。進之才高識遠，信腕信口，皆成律度，其言今人之所不能言，與其所不敢言者。』（雪濤閣集序）

『獨抒性靈』便是文學要發抒個人的情感，言志的而不是載道的，是表現個人的而不是無病呻吟的，這與唐順之的文學本色論大略相同。不拘格套，便是充分發揮文學創作的自由精神，不拘泥於古代的格調格律，而傷害作者的個性。所謂『信腕信手皆成律度，』說得最好。這與唐順之所說的『信手寫出，如寫家書，』完全相同。文學作品能『獨抒性靈，不拘格套，』自然不會與人雷同，『雖欲廢焉而不能』了。所以他說：『文章新奇，無定格式，只要發人所不能發，句法、字法、調法，一一從你自己胸中流出，此眞新奇也。』（答李元善）這是多麼好的見解。四、文學作品不能沒有內容　他所說的內容，並非聖人的人倫大道，是指有血肉，有情感，有思想，是充實的，不是無病呻吟的。像前後七子擬古樂府的那些得意之作；都只是有文無質的沒有內容的假古董。他說：

『物之傳者必以質，文之不傳非曰不工，質不至也。樹之不實，非無花葉也，人之不澤，非無膚髮也。文章亦爾。行世者必眞，悅俗者必媚。眞久必見，媚久必厭，自然之理也。故今之人所刻畫而求肖者，古人皆厭離而思去之。古之爲文者，刋華而求實，敝精神而學之，唯恐眞之不極也。……夫質猶面也，以爲不華而質之朱粉，妍者必減，媸者必增也。噫，今之文不傳矣。嘉、隆以來，所爲名公哲匠者，余皆誦其詩讀其書，而未有深好也。古者如贋，才者如莽，奇者如吃，摸擬之所至，亦各自以爲極，而求之質無有也。』（行素園存稿引）

他並不反對有質的文，是反對無質的文。無質的文是醜臉塗脂粉，愈塗愈醜，還不如不塗爲好。若果然是美女，再加以脂粉，自然是更嫵媚了。正如劉勰所說：『鉛黛所以飾容，而盼倩生於淑姿；

文彩所以飾言，而辯麗本於情性』明乎此，便知文與質是如何相附相依了。

五、重視小說戲曲的文學價值　我國過去的文學界，文藝學術的界限，一向不很分明，經史古文，視爲正統，對於詩詞，視爲小道，小說戲曲加以輕視，不能入於文學之林。不僅漢、唐如此，就是在小說戲曲漸漸興起的宋、元，其觀念亦未改變，一直到了李卓吾、袁中郎們出來，才打破這個傳統的不合理的觀念，對於純文學的小說戲曲以及民間歌謠，加以重視，給與文學上的新價值。李卓吾說：

『無時不文，無人不文，無一樣創造體格文字而非文者。詩何必古選，文何必先秦，降而爲六朝，變而爲近體，又變而爲傳奇，變而爲院本，爲雜劇，爲西廂曲，爲水滸傳……皆古今至文，不可得而時勢先後論也。』（童心說）

『拜月西廂，化工也；琵琶，畫工也。』（雜說）

『水滸傳者，發憤之所作也。蓋自宋室不競，冠履倒施，大賢處下，不肖處上，馴致夷狄處上，中原處下，一時君相，猶然處堂燕鵲，納幣稱臣，甘心屈膝於犬羊，已矣。施、羅二公，身在元，心在宋，雖生元日，實憤宋事。是故憤二帝之北狩，則稱大破遼以洩其憤。憤南度之苟安，則稱滅方臘以洩其憤，敢問洩憤者誰乎？則前日嘯聚水滸之强人也。欲不謂之忠義不可也。是故施、羅二公傳水滸而復以忠義名其傳焉。』（忠義水滸傳序）

在中國古代的文學批評史上，李卓吾這種見解，無異於投一磅炸彈。以傳奇院本雜劇西廂、水滸與秦、漢文六朝詩同比，稱爲古今至文，從前有誰說過。水滸傳是發憤之所作，前人稱爲梁山泊的强盜，他看作是抗外敵淸內奸的革命英雄，前人認爲是强盜的無聊的小說，他看作是一部最有時代性有社會心理的絕好作品，這種可愛的大膽的見解，從前何處有過。袁中郞受了他的影響，見解也與他相同。他說：

『吾謂今之詩文不傳矣。其萬一傳者，或今閭閻婦人孺子，所唱擘破玉、打草竿之類，猶是無聞無識眞人所作，故多眞聲。不效顰於漢、魏，不學步於盛唐，任性而發，尙能通於人之喜怒哀樂，嗜好情慾，是可喜也。』（敍小修詩）

『今人所唱銀絲柳、掛枝兒之類，可一字相襲不？』（與江進之書）

『傳奇則水滸傳、金瓶梅爲逸典。』（觴政）

前人以爲誨淫誨盜的金瓶梅、水滸傳，他視爲逸典，與六經、離騷、史記諸書，並列書架，加以研賞，這是何等新奇大膽的意見。打草竿、掛枝兒一類的歌謠，他認爲比那些擬古的才子之作，要高明得多，可以與國風同比，可以流傳後世，這又是何等新奇大膽的意見。我們看了這些，才知道金聖歎以『水滸、西廂列爲才子書，』不過是拾李、袁的唾餘而已。

上面將公安派的文學理論，大略的講到了，因爲篇幅有限，各家的文字，不能詳細徵引，如雷思霈、湯義仍、江進之、陶望齡、黃輝諸人，俱與三袁互通聲氣，彼此唱和，於是擬古主義的思潮頓息，公安體又風靡一時。我們回顧中國過去的文學史上，眞能形成有力的浪漫派的思潮的，只有三個時期，一個是魏、晉，一個是晚明，一個是五四。魏、晉的文學雖是其本質中充滿着浪漫的氣息，未曾有意識的造成革命的浪漫的文學理論，葛洪的思想，雖是淸新可喜，究竟他自己不是一個文學作家，所以成就不大。後來唐、宋都有文學運動，主持的是韓愈、歐陽各大家，但他們的理論，在文學批評史上，價値不高，講來講去無非是幾句載道貫道的話，學術文藝老是分不開，結果是純文學弄得毫無地位。晚明公安派的議論，精神是浪漫的，態度是革命的，一反傳統的拜古的思想，而建立重個性重自由重內容重情感的新理論，把從來爲人輕視的小說戲曲民歌，與六經、離騷、史記相提並論，給予文學上最高的評價，引起明末馮夢龍、金聖歎一般人研究和批評俗文學的風氣，這種浪漫的精神，絕非韓愈、柳宗元、歐陽修輩所有。這與五四時代的文學運動精神完全相同，這是我們必得注意的。但是正統派的批評家，對於這些思想界的叛逆者，自然是要深惡痛絕，加以筆誅墨伐的。四庫提要說：『三袁詩文變板重爲輕巧，變粉飾爲本色，致天下耳目於一新，又復靡然而從之。然七子猶根於學問，三袁則惟恃聰明。學七子者不過贋古，學三袁者乃至於矜小慧，破律而壞度，名爲救七子之弊，而弊又甚焉。』破律壞度，在正統派的眼裏，自然成爲公安的罪狀，然而我們所喜者也就在此，可惜破壞的程度還不够，不能整個從體式與語言上加以革命，所以成就不大。至於沈德潛一輩老頭子所說的『公安袁氏出，詩教衰而國祚亦爲之移矣，』那眞是怪論了。公安以後，接着起來的，是鍾惺和譚元春領導的竟陵派。

鍾惺字伯敬（西曆一五七二——一六二四），有隱秀軒集。譚元春字友夏，名輩後於鍾惺，因爲他倆同選了古詩歸、唐詩歸兩書，風行一時，故世稱鍾譚，他兩都是竟陵人，故又稱竟陵體。明史文苑傳說：『自宏道矯王、李之弊，倡以清眞，鍾惺復矯其弊，變而爲幽深孤峭。』這樣好像公安、竟陵是兩個不同的派別。其實不然。關於文學的理論，公安、竟陵沒有什麼差別。中郎全集四十卷爲鍾惺所編，袁中郎續集，譚元春作序，對於作者推崇備至。看見當日青年，王、李盛時，人人王、李；中郎盛時，人人中郎。鍾、譚在文中，自然應當加以譏笑。這與中郎本身絲毫無損。正如錢牧齋所說：『此乃後人之罪也。』至於公安所昌言「反擬古，」「反傳統，」「獨抒性靈，不拘格套，」「文學要有眞情，」這些公安的主要理論，鍾、譚無一不贊同。鍾、譚在作品上，看見公安體確實有些過於膚淺，想以「幽深孤峭」的風格去補救他。用怪字，押險韻，文字的安置，故意顚倒，造成一種冷僻苦澀的詩文。在作品上我們可以這樣說，在文學運動上，他們是同一個潮流，同一個反擬古的文學運動，同樣充滿着反傳統的浪漫精神。因爲如此，關於竟陵派的文學理論，不必在這裏抄引了。不用說正統派的批評家，對於鍾、譚的責罵，自然是不遺餘力的。試舉靜志居詩話作例：

『禮云：國家將亡，必有妖孽。非必日蝕星變，龍漦鷄禍也。惟詩有然。萬曆中，公安矯歷下、婁東之弊，倡淺率之調，以爲浮響，造不根之句，以爲奇突，用助語之辭，以爲流轉。著一字務求之幽晦，構一題必期於不通。詩歸出而一時紙貴。閩人蔡復一等既降心以相從，吳人張澤、華淑等復聞聲而遙應，無不奉一言爲準的，入二豎於膏肓。取名一時，流毒天下，詩亡而國亦隨之矣。』

這種沿天大罪，自然是無所遁逃。結果是公安、竟陵一派作品，全部列爲禁書，而他們的思想著作，也就在人間消聲匿跡了。不過，在當時的數十年間，他們的思想，確實深入人心，稱爲公安派、竟陵派的人們固不必說，就是派別不同的人們，也無形中接受他們的意見，成爲他們的宣傳者。如推崇歸有光的艾南英說：『弘治之世，邪說始興。至勸天下士無讀唐以後書，又曰非三代兩漢之書不讀，驕心盛氣，不復考韓、歐大家立言之旨。太倉、歷下兩生，持北地之說而又過之。持之愈堅，流弊愈廣，後生相習爲腐剿，至於今而未已。』（羅文肅公集序）又說：『後生小子，不必讀書，不必作文，但架上有弇州前後四部稿，每遇應酬，傾刻裁割，便可成篇。驟讀之，無不濃麗鮮華，絢爛奪目，細按之，一腐套耳。』對於李夢陽、王世貞輩擬古的攻擊，不是更過於公安嗎？錢牧齋是明末清初文壇的代表，他雖責備鍾、譚，但其議論，確是公安一派。他說：『萬曆中，王、李之學盛行，黃茅白葦，彌望皆是，中郎昌言排擊，大放厥辭，論出而雲霧一掃。其功偉矣。』（明詩綜引）對於中郎的推崇可知。又說：『近代之學詩者，知空同、元美而已矣。其哆口稱漢、魏稱盛唐者，知空同、元美之盛唐而已矣。自弘治至於萬曆，百有餘歲，空同霧於前，元美霧於後，學者冥行倒植，不見日月。甚矣，兩家之霧之深且久也。以余所見才人志士，踔厲風發，可以馳騁古人者多矣。惟其聞見習熟，抑沒於兩家之霧中，而不能自出，如昔人所謂有下劣詩魔入其肺腑者，夫是以少而眩，長而堅，老而無成，而終不自悔也。』（黃子羽詩序）在列朝詩集中，在他的文集中，錢牧齋對於才子們擬古派的詩文，無不加以攻擊。其態度的痛烈，遠過於公安。說他們的作品，『句摭字拾，興會索然。三百年來，推爲冠冕。然舉其字則三十餘字盡之矣。舉其句則數十句盡之矣。』（明詩綜引）這批評眞是嚴厲到了極點。這樣看來，公安派的浪漫主義的運動，抗古革新的精神，並沒有完全落空，一面暴露了擬古者的眞面目，同時又遺留了許多熱情與思想在後起的青年的頭腦裏。在聖教昌明樸學獨盛的清初，在金聖歎、李漁、袁枚的生活態度中，言論作品中，還表現出一點這派的光芒與精神，他們在正統派的眼裏，自然是邪說異端，因此經他們一擊，便又銷聲匿跡了。

四　晚明的小品文

晚明新興的散文——那些清新流麗的小品文，是公安、竟陵新文學運動的直接產物，也可以說是那次運動的唯一收穫。上面已經說過，因拘於舊的形式和格律，三袁、鍾、譚他們的詩，並無多大的成就。他們在小品文上，才眞正實踐了「獨抒性靈，不拘格套」的理論。這些作品並不是代聖人立言的大塊文章，所以不講義理，不講形式，上至宇宙，下至蒼蠅，遊山玩水，說理抒情，隨筆直書，多寫便長，少寫便短，隨心所欲，毫無滯礙，因此這些決不是應世干祿的文字，與高文典冊不同，歷來爲正統的文學家所輕視。大概在政治混亂，學術思想失了統制的力量，文藝稍稍自由的時代，小品文才可以起來。兩晉六朝人的文字裏，我們可以看出來一點小品文的影子，就是這原因。或是一個有才學有風趣的作家，他扳起面孔可以作雍容典雅的堂皇的大文，但酒後燈前，也可以寫清新流麗的小品，如陶潛、白居易、蘇軾、陸游這類的人就是如此。總之，小品文不是載道的，是言志的，不是集團的，是個人的，周知堂說：『一到了頹廢時代，皇帝祖師等等要人沒有多大力量了，處士橫議，百家爭鳴，正統家大歎其人心不古，可是我們覺得有許多新思想好文章都在這個時代發生。小品文則在個人的文學之尖端，是言志的散文。他集合敍事說理抒情的分子，都浸在自己的性情裏，用了適宜的方法調理起來。』（近代散文鈔序）晚明正是皇帝祖師等等要人失了力量的頹廢時代，正是小品文發展興盛的好環境。再如袁中郎、張岱那些有風趣有才學沒有道學氣頭巾氣的作者，最宜於利用小品文這種體裁來抒寫他們的胸懷，因此表現出優美的成績。

當時感染公安、竟陵的作風而從事小品的人，實在很多，我現在只舉出袁中郎、譚友夏、劉同人、王季重、李流芳、張岱六人作爲代表，以見當代新興散文的作風。

中郎爲人，洒脫自由，不俗不滯，他的人生最高的理想，是莊子的逍遙，陶潛的適性。旁人是求官，他是求去官，求去而不可得，至於生病。爲什麼呢？他只是求解脫求自由。在他的尺牘，充分的表現他這種人生觀。後來官果然辭了，自由自在的遨遊山水，讀書作文，過一點性情中的生活。在這種情態下，他寫下許多小品文，都是極好的作品。

『聞長孺病，甚念念。若長孺死，東南風雅盡矣。能無念耶？弟作令備極醜態，不可名狀。大約遇上官則奴，候過客則妓，治錢穀則倉老人，諭百姓則保山婆。一日之間，百煖百寒，乍陰乍陽，人間惡趣，令一身嘗盡矣，苦哉毒哉！家弟秋間欲過吳，亦只好冷坐衙齋，看詩讀書，不得如往時攜胡孫登虎邱山故事也。近日遊性發不？茂苑主人雖無錢可增客子，然尙有酒可醉，茶

可飲，太湖一勺水可遊，洞庭一塊石可登，不大落寞也。』（寄丘長孺）

『弟屈指平生別苦，惟少時江上別一女郎，去年湖上別一老，合今而三耳。女郎以情，長老以病，此別非情非病，亦復塡膺之盛，卽弟亦不知所以也。讀扇頭詩，字字涕淚。再見何期，令人腸痛。』（寄王子聲）

『高梁橋在西直門外，京師最勝地也。兩水夾堤，垂楊十餘里，流急而淸，魚之沉水底者，鱗鬣皆見。精藍棋置，丹樓珠塔，窈窕綠樹中，而西山之在几席者，朝夕設色以娛遊人。當春盛時，城中士女雲集，縉紳士大夫非甚不暇，未有不一至其地者也。三月一日，偕王生章甫，僧寂子出遊。時柳梢新翠，山色微嵐，水與堤平，絲管夾岸。趺坐古根上，茗飲以爲酒，浪紋樹影以爲侑，魚鳥之飛沉，人物之往來以爲戲具。堤上遊人見三人枯坐樹下，若癡禪者，皆相視以爲笑。而余等亦竊謂彼筵中人，喧囂怒詬，山情水意，了不相屬，於樂何有也。少頃，遇同年黃昭質拜客出，呼而下，與之語，步至極樂寺，觀梅花而返。』（高梁橋遊記）

『西湖最盛，爲春爲月。一日之盛，爲朝烟，爲夕嵐。今歲春雪甚盛，梅花爲寒所勒，與杏花相次開發，尤爲奇觀。石簣數爲余言，傅金吾園中梅，張功甫家故物也。急往觀之，余時爲桃花所戀，竟不忍去湖上。由斷橋至蘇堤一帶，綠烟紅霧，彌漫二十餘里，歌吹爲風，粉汗爲雨。羅紈之盛，多於堤畔之草，豔冶極矣。然杭人遊湖，止午未申三時，其實湖光染翠之工，山嵐設色之妙，皆在朝日始出，夕舂未下，始極其濃媚。月景尤不可言。花態柳情，山容水意，別是一

種趣味，此樂留與山僧遊客受用，安可爲俗士道哉！』（晚遊六橋待月記）

這些文字，有兩點特長，一、文中有人。作者的個性情感人品，都活躍在紙上，讀其文如見其人，絕不是那些說假話講聖道的大文章所能有的。二、文字確實流麗清新，深入淺出，算是實踐了他自己所說的『文章新奇，無定格式，一一從自己胸中流出，此眞新奇也』的理論。尺牘固是活潑有情趣，山水小品，也是情景相生，有人有物，也絕不是那些活吞經史拘守義法的大書信長遊記所能有的。袁小修說：『先生詩文如錦帆、解脫，意在破人之執縛，故時有遊戲語，亦其才高膽大，無心於世之毀譽，聊以抒其意所欲言耳。黃魯直曰：「老夫之書，本無法也，但觀世間萬緣如蚊蚋聚散，未嘗有一事橫於胸中，故不擇筆墨，遇紙則書，紙盡則已，亦不暇計人之品藻譏彈，譬如木人舞中節拍，人稱其工，舞罷又蕭然矣，」此眞先生言前意也。』（中郎全集序）用之評中郎的小品文，更爲恰當。

竟陵文體，是以幽深孤峭，矯公安的淸眞，所以讀他們的作品，沒有像中郎的作品那麼流利。用字造句，有時候組織得很新奇，初看去似乎不好懂，再看一遍，覺得也另有一種情趣，這就是一般人所說的幽深孤峭。現在舉譚元春、劉侗的文作例：

『昔人言，秋冬之際，尤難爲懷。以之命篇，非是之謂也。何嘗快，獨無憂，余之爲懷良易矣。然則曷取焉。夫已冬而秋，不猶之方春而夏乎哉。鷃花藻野，則春全在夏矣；紅黃振谷，則秋不遽冬矣。故君子際之以答歲也。況獨往苦少，同志苦多，汎則方舟，登或共屐，非其喑滯，其何默焉。然當斯際也，以遊則山澹澹而不至於癯，水岩岩而不至於嬉，故淵明所謂「良辰入奇

懷，」靈運所謂「幽人嘗坦步，」每臨境下筆，皆抱此想矣。』(自題秋冬之際草)

劉侗字同人，湖北麻城人，與譚元春、于奕正友善。他的文章因爲寫得奇怪，被人彈劾。麻城縣志云：『劉侗初爲諸生，見賞於督學葛公，禮部以文奇奏參，同竟陵譚元春、黃岡何閎中降等，自是名著聞……客都門，取燕人于奕正所抄集著爲書，名帝京景物略。』由此我們可以知道帝京景物略是劉、于二人合著的。

『德勝門東，水田數萬畝，溝澮川上。堤柳行植，與畦中秧稻，分露同烟。春綠到夏，夏黃到秋。都人望有時，望綠淺深，爲春事淺深，又爲秋事淺深。望際，聞歌有時，春揷秧歌，聲疾以欲。夏桔槔水歌，聲哀以囀。秋合酺賽社之樂歌，聲譁以嘻。然不有秋也，歲不輒聞也。有台而亭之，以極望，以遲所聞者。三聖庵，背水田庵焉。門前古木四，爲近水也，柯如青銅亭亭。台庵之西，台下畝，方廣如庵。豆有棚，瓜有架，綠且黃也，外與稻楊同候。台上亭曰觀稻，觀不直稻也，畦隴之方方，林木之行行，梵宇之厂厂，雉堞之凸凸，皆觀之。(三聖庵)

『白石橋北萬駙馬莊焉，曰白石莊。莊所取韻皆柳。柳色時變，閑者驚之；聲亦時變也，靜者省之。春黃淺而芽，綠淺而眉，深而眼，春老絮而白。夏綠迢迢以風，陰隆隆以日，秋葉黃而落，而墜條當當，而霜柯鳴於樹，柳溪之中，門臨軒對。一松虬，一亭小，立柳中。亭後，台三累，竹一灣，曰爽閣，柳環之。台後池而荷，橋荷之上，亭橋之西，柳又環之。一往竹籬內，堂三楹，松亦虬，海棠花時，朱絲亦竟丈。老槐雖孤，其齒尊，其勢出林表。後堂北，老松五其與

槐引年。松後一往爲土山，步芍藥牡丹圃良久，南登鬱岡亭，俯翳月池，又柳也。（白石莊）

這種文體，確實有點怪僻。無一難字，無一典故，無一經文，但讀去覺得有些不順口，要稍稍細心，才感着滋味。公安文似梨，竟陵文似橄欖，這譬喻是恰當好處。

在文字裏以詼諧見長的，是王思任。王字季重，號謔菴，浙江山陰人。著有王季重十種。關於他的生平，在張岱的瑯嬛文集裏，有一篇王謔菴先生傳，記得很詳細。他生性滑稽，對人常是調笑狎侮，不加檢點。但每逢大事，却又氣宇軒昂。弘光敗走時，馬士英稱皇太后制，奔逃至浙，王季重寫信痛罵他，當時人心大快。張岱云：『五十年內，强半林居，乃遂沉湎麴孽，放浪山水，且以暇日，閉戶讀書。自庚戌遊天台、雁宕，另出手眼，乃作游喚，見者謂其筆悍而膽怒，眼俊而舌尖，恣意描摩，盡情刻劃，文譽鵲起。蓋先生聰明絕世，出言靈巧，與人諧謔，矢口放心，略無忌憚。』（王謔菴先生傳）這把他的性情作風都說出來了。他遊過不少的地方，寫了不少的遊記，那些都是他的代表作品。

『越人自北歸，望見錫山，如見眷屬。其飛青天半，久喝而得漿也，然地下之漿，又慧泉首妙。居人皆蔣姓，市泉酒獨佳，有婦折閱，意閑態遠，予樂過之。買泥人，買紙雞，買木虎，買蘭陵面具，買小刀戟，以貽兒輩。至其酒，出淨磁許先嘗論値。予丐冽者淸者，渠言燥點擇奉，吃甜酒尚可做人乎，寃家，直得一死。沈丘壑曰：「若使文君當壚，置相如何地也。」謔菴孫田錫於卷頭註曰「日齒清歷，」似有一酒胡在內，呼之或出耳。』（遊慧錫兩山記）

『隆恩寺無他奇，獨大會明堂有百餘丈，可玩月。門生曾雪臥其間者十日。逕下有雲深庵，會以五月啖其櫻桃，八月落其蘋果。櫻桃人啖後則百鳥俱來，就中有綠羽翠鴿者，有白身朱咮者，語皆侏儷鴂舌，嘈雜清妙。蘋果之香在於午夜，某曾早起臭之，其逸品入神，謂之清香，清不同而香更異，老師不可不訪之。』（上黃老師）

這些文字，固不同於公安，與竟陵亦不相像。施愚山評他云：『入鬼入魔，惡道岔出，鍾、譚之外，又一旁派也。』所不同的地方，譴菴是於幽冷孤峭之中，再加了一點詼諧，使他的文字更生動有趣。

兼有各派之長，同時又把小品文所描寫的範圍擴大，而可稱爲晚明小品文的代表的，是以陶庵夢憶、西湖夢尋和瑯嬛文集著稱的張岱。張岱字宗子，一字石公，別號陶庵，浙江山陰人（一五九七——？），他是品行極高，個性最强的人。關於他的生平，最好是看他自作的墓誌。

『少爲紈袴子弟，極愛繁華，好精舍，好美婢，好孌童，好鮮衣，好美食，好駿馬，好華燈，好煙火，好梨園，好鼓吹，好古董，好花鳥，兼以茶淫橘虐，書蠹詩魔，勞碌半身，皆成夢幻。年至五十，國破家亡。避迹山居，所存者破床碎几，折鼎病琴，與殘書數帙，缺硯一方而已。布衣蔬食，常至斷炊。回首二十年前，眞如隔世。……好著書，其所成者有石匱書、張氏家譜、義烈傳、瑯嬛文集、明易、大易用、史闕、四書通、說鈴、昌谷解、快園道古、傒囊十集、西湖夢尋、一卷冰雪文行世。生於萬曆丁酉八月二十五日卯時。……明年，年躋七十有五，死與葬其日月尙不知也。故不書。』

他一生的境遇，由此可知大概。著作這麼多，現在流傳的，只有夢憶、夢尋、文集數種。他自己最重視的，是石匱書，這是一部前後寫了二十七年的明史。他作此書的原因，一是『第見有明一代，國史失譜，家史失諛，野史失臆，』所以他下決心要寫一部比較眞實的歷史。二是他家三世『聚書極多，苟不稍事纂述，則家藏將化爲烟草，』豈不可惜。因此他自『崇禎戊辰，遂泚筆此書，十有七年而遽遭國變，攜其副本，屛跡深山，又研究十年而甫成此帙。幸余不入仕版，旣鮮恩仇。不顧世情，復無忌諱，事必求眞，語必務確，五易其稿，九正其訛。稍有未核，寧闕勿書。』（石匱書序）這種作史的認眞態度，多麼可敬。後來這一部書，被浙江提學使谷應泰以五百金買去，作爲明紀事本末的底本。

陶庵是一個最富於情感的人，同時又最富於正義感。他以前半世的富貴生活，而突然墮於國破家亡衣食不足的貧困環境，他能從容不迫地過下去，以著書爲樂。不憂生，不畏死，去世之前，自己作好墓地，作好墓誌，一天不死，一天還是讀書著書，這是何等寬容的態度，他一生最愛陶潛、蘇軾，他確是陶、蘇一流的人物。亡國以後，處在那種暴力下，自然是絕無辦法，他胸中的憤怒，怎能消滅，懷國傷家之念，怎能消滅，做得再沉默，裝得更達觀，那些情感與懷念，自會時時滋長。家道衰落，朋輩死亡。『葛巾野服，意緒蒼涼。語及少壯穠華，自謂夢境。』（山陰縣誌張岱傳）我們想見那葛巾野服的老人，處在那慘痛的環境裏，怎能不意緒蒼涼。在那蒼涼裏，是灑着家國之淚的。所謂少壯穠華，一切是家庭的，故國的，到那時自然都變成夢境。李後主所說的「往事已成空，還如一夢中。」「小樓昨夜又東風，故國不堪回首月明中」的心境，正是張岱的心境。他在這種心境裏，寫成了陶庵夢憶和西湖夢尋兩本絕好的書。他在夢憶序中說：『因想余生平繁華靡麗，過眼皆空，五十年來皆成一夢。……偶拈一則，如遊舊徑，如見故人，城郭人民，翻用自喜，眞所謂癡人前不得說夢矣。』這表示對他的故國老家，是何等的追戀。杜甫詩云：『國破山河在，城春草木深。感時花濺淚，恨別鳥驚心。』我們一定要用讀這種詩的意念，去讀夢憶、夢尋，才有意義。若只當一則一篇的尋常記事文去讀，那眞是有負作者了。

他的詩文，開始確是學過公安、竟陵；但後來他融和二體，獨成一家之言。他自己說：『余少喜文長，遂學文長詩。因中郎喜文長，而並學喜文長之中郎詩。文長、中郎以前無學也。後喜鍾、譚詩，復欲學鍾、譚詩，而鹿鹿無暇。……予乃始知自悔，舉向所爲文長者悉燒之，而滌骨刮腸，非鍾、譚一字不敢置筆。刻苦十年，乃問所爲鍾、譚者又復不似。』（瑯嬛詩集序）不過他未能爲公安、竟陵所囿，他能汲取倆家之所長，棄其短，而造成張宗子特有的文體。而其文學理論，並不與公安背，因他同樣主張反擬古，抒性靈。在小品文上的成就，高出晚明各家之上，其範圍也並不像其他諸人，只集中於描畫山水，到了他，才眞的做到記事說理抒情各方面，而各方面都好。讀過夢憶、夢尋的人，便會知道。並且任何體裁，到他手中，都解放了，如序跋、像贊、碑銘、這些文體，出之三袁、鍾、譚，也都扳起面孔規規矩矩地寫，到了他，也寫得滑稽百出，情趣躍然，同時也是用的小品文體。這不能不說是散文上一大進步。

『功名耶落空，富貴耶如夢。忠臣耶怕痛，鋤頭耶怕重。著書二十年耶而竟堪覆甕。之人耶有用莫用。』（自題小像）

『余家自太僕公稱豪飲，後竟失傳，余父余叔不能飲一蠡殼，食糟茄面即發頳，家常宴會，但留心烹飪，庖廚之精遂甲江左。一簋進，兄弟爭啖之立盡，飽即自去，終席未嘗舉杯，有客在，不待客辭，亦即自去。山人張東谷，酒徒也，每悒悒不自得。一日起謂家君曰，爾兄弟奇矣，肉只是吃，不管好吃不好吃，酒只是不吃，不知會吃不會吃。二語頗韻，有晉人風味。而近有傖父載之舌華錄曰，張氏兄弟賦性奇哉，肉不論美惡，只是吃，酒不論美惡，只是不吃。字字板實，一去千里，世上眞不少點金成鐵手也。東谷善滑稽，貧無立錐，與惡少訟，指東谷爲萬金豪富，東谷忙忙走愬大父曰，紹興人可惡，對半說慌，便說我是萬金豪富，大父常舉以爲笑。』（張東谷好酒夢憶）

『西湖七月半，一無可看，止可看看七月半之人。看七月半之人，以五類看之。其一，樓船簫鼓，峨冠盛筵，燈火優傒，聲光相亂，名爲看月而實不見月者，看之。其一，亦船亦樓，名娃閨秀，攜及童孌，笑啼雜之，環坐露台，左右盼望，身在月下而實不看月者，看之。其一，亦船亦聲歌，名妓閒僧，淺斟低唱，弱管輕絲，竹肉相發，亦在月下，亦看月而欲人看其看月者，看之。其一，不舟不車，不衫不幘，酒醉飯飽，呼羣三五，躋入人叢，昭慶、斷橋，嘄呼嘈雜，裝假醉，唱無腔曲，月亦看，看月者亦看，不看月者亦看，而實無一看者，看之。其一，小船輕幌，淨几煖爐，茶鐺旋煮，素瓷靜遞，好友佳人，邀月同坐，或匿影樹下，或逃囂裏湖，看月而人不見其看月之態，亦不作意看月者，看之。杭人遊湖，巳出酉歸，避月如仇。是夕好名，逐隊爭出，多犒門軍酒錢，轎夫擎燎，列俟岸上。一入舟，速舟子急放斷橋，趕入勝會。以故二鼓以前，人聲鼓吹，如拂如撼，如魘如囈。如聾如啞，大船小船，一齊湊岸，一無所見。只見篙擊篙，舟觸舟，肩摩肩，面看面而已。少刻興盡，官府席散，皂隸喝道去，轎夫叫，船上人怖以關門，燈籠火把如列星，一一簇擁而去。岸上人亦逐隊趕門，漸稀漸薄，頃刻散盡矣。吾輩始艤舟近岸，斷橋石磴始涼，席其上，呼客縱飲。此時月如鏡新磨，山復整粧，湖復頮面，向之淺斟低唱者出，匿譽樹下者亦出，吾輩往通聲氣，拉與同坐，韻友來，名妓至，杯箸安，竹肉發，月色蒼涼，東方將白，客方散去。吾輩縱舟，酣睡於十里荷花之中，香氣拍人，清夢甚愜。』（西湖七月半夢憶）

這些文字，是何等可愛的眞，是何等可愛的野，又是何等活潑與新鮮。在韓、柳、歐、曾的集子裏見過沒有？這是晚明特有的文字，是張宗子特有的文字。有中郎的淸新，有竟陵的冷峭，又有王謔庵的幽默。我們可以大膽的說，在晚明的新文學運動中，在新興的小品文中，張宗子是第一個成功的作家。

第二十五章　明代的戲曲

一　南戲的源流與形式

我們都知道宋、元的南戲，是明朝傳奇的前身，由文字粗俗、形式散漫的宋元時代的南戲，漸漸進步而爲優美完整的長篇鉅製的傳奇，是需要着相當的時期的。因此，在敍述明代傳奇之前，關於宋、元南戲發展的情態，必得先加以說明。但因材料太少，這說明未必能滿意。

所謂南戲，就是南曲戲文，是用南方的言語南方的歌曲所組成的一種戲曲。這種戲曲發生很早，在宋徽宗到光宗年間（十二世紀）就產生了。開始起於浙東溫州的民間，漸漸向各處蔓延，到宋末已盛行於南都了。這一種戲曲的組成，一部分是宋詞，一部分是流行的小曲，也沒有嚴整的宮調組織，是最適合於民衆舞台的扮演與社會大衆的欣賞。當日供奉於宮庭的是官本雜戲，所以這種通行於民間的戲曲，叫作溫州雜戲，後來要與盛行於北方的雜劇分別，因此又叫作南戲。

這種南戲的本子，在宋朝一定是很多的，但是却沒有流傳下來一個完本。這原因一面固然是由於宋末兵亂的喪失，最重要的，還是在南宋時代南戲還只是民間的產物，高級文士，正在專力於詩詞，對於戲曲尚未染指，沒有產生偉大作品的原故。因此現在我們能確定爲宋代的南戲的，只有趙貞女蔡二郎、王煥、樂昌分鏡、王魁、陳巡檢梅嶺失妻五種。前一種已隻字無存，後四種尙有殘文存於南九宮譜中，但也只有幾支曲子，無法認識宋代南戲的眞實形態，這是非常可惜的。到了元代，雜劇雖是當日宮庭的寵物，北方戲場的霸王，但南戲並沒有衰亡，他仍然在江南一帶，得着大量低級趣味的民衆支持，在各處劇場流行。永樂大典與南詞敍錄中所收的當代南戲目錄，還有好幾十種。近年來南戲的研究，在學界很流行，因爲古代許多秘籍的發現，使他們得到很好的成績。如錢南揚的南戲百一錄、陸侃如的南戲拾遺、趙景深宋元戲文本事，都是研究南戲的收穫。他們根據南九宮譜、新編南九宮詞、雍熙樂府、九宮大成南北詞宮譜、詞林摘豔、盛世新聲、吳歈萃雅、南音三籟、九宮正始諸書，輯得淹沒了好幾百年的元代南戲一百二十餘種。在這裏，使我們知道，在雜劇盛行的元代，南戲也是同樣的流行，在明初的琵琶、拜月之前，還有那麼多的南戲存在着，不用說，這一百多種作品，自然只是當代南戲的一部分，由此可知宋亡以後，南戲衰亡的話，完全是不可信的了。

可惜這一百多種南戲，都不是完本，只是留存一些曲文。沒有說白動作，我們仍是無法認識南戲的形態。但是由這些曲文裏，顯露出幾點南戲的特徵。

一、曲文無論是用的詞牌或流行的小曲，在文字的藝術與情調上，完全是南方文學的情調。

二、南戲的歌曲中有合唱的，如詩酒紅梨花中的一曲云：『催花時候，輕暖輕寒雨乍收。和風初透，園林如繡。楚煙前後，是誰人染胭脂把海棠裝就？含嬌半酣如中酒，闌干外數枝低湊。（合唱）咱兩個把草來鬭，輕兜繡裙，把金釵當籌，遊賞到日晚方休。』（九宮正始正宮過曲長生道引第二格）

三、韻律宮調不如雜劇之嚴明，如陳光蕊江流和尚中的拗芝蔴一套云：

『拗芝蔴　崎嶇去路賒，見疊疊幾簇人烟風景佳。遣人停住馬。扁舟一葉丹青畫，一抹翠雲掛，遠霧罩汀沙。見白鷗數行飛，見人來也，驚起入蘆花。小舟釣艇，收綸入浦，弄笛相和。動人萬般淒楚，離情怎躲？偶覩前村，水遶人家，畫橋風颭酒旗斜。好買三杯，消遣倦煩。西山日漸沉，此不過暑氣炎宜趲步，早去尋安下。相將閉柴門，牧童歸草舍。古寺鐘敲數聲，野水無人渡。

尾聲　綠楊影裏新月挂，孤村酒館兩三家。借宿今宵一覺呵！』

這一套南曲，明康對山以屬仙呂宮，鈕少雅九宮正始又以屬道宮，這自然是後人勉强作古的辦法。南戲曲在宋、元時代，本爲小曲俚歌雜合而成，根本就沒有嚴整宮調，各曲的相聯，大都以聲調調和爲準則。徐渭南詞敍錄說：『南曲固無宮調，然曲之次第，須用聲相鄰，以爲一套，其間亦自有類輩不可亂也。如黃鶯兒則繼之以簇御林、畫眉序則繼之以滴溜子之類，自有一定之序。』他這說是對的。後來作者都跟着這種方式，漸漸形成一種定律，形成一種南宮曲譜了。同時在上曲中，魚模家麻歌戈諸韻並用，可知他的用韻，非常自由。這種情形，不僅元代的南戲是如此，就是明初的名著如琵琶、金印也是如此。故南詞敍錄又說：『永嘉雜劇，即村坊小曲爲之，本無宮調，亦罕節奏，徒取其畸農市女順口可歌而已。諺所謂隨心令者，卽其技歟。間有一二叶音律，終不可以例其餘，烏有所謂九宮。』可知南戲的初期，無論用韻造曲，都是完全出於自由，所謂『順口可歌，』把當代的南戲大衆化的精神說盡了。講什麼九宮，講什麼音韻，那都是南戲入於士大夫之手，成爲貴族式的純文藝作品以後，那已是明朝後期的時代了。

二十八年前（一九二〇），葉恭綽在倫敦發現了第一三九九一卷的永樂大典，內有小孫屠、張協狀元及宦門弟子錯立身三種戲文。後來這些戲文，由古今小品書籍印行會出版，於是我們得讀到最古的南戲的全本，在中國戲曲史上，確是最重要的文獻。他們的藝術地位雖不高，但在南戲形體組織方面的考察，是非常重要的。

小孫屠題爲古杭書會編述，宦門弟子錯立身題爲杭才人新編，張協狀元戲中說是九山書會所編，可知這些作品，都是出自社會大衆之手。其年代雖不可考，必是溫州雜戲盛行於杭州以後的事。因此說是產生於元代，是較爲可靠的。小孫屠是描寫兄弟的葛藤，宦門弟子錯立身是描寫父子的葛藤，中間都雜着一個妓女在內面，張協狀元是描寫三角戀愛的糾紛。情節雖也有可取之處，但矛盾不自然的地方很多，無須在這裏介紹了。前二種篇幅很短，白少曲多，後篇較長，又因科白過多，在藝術上講，無論那方面，都比不上雜劇。由此，我們也可以推想到，南戲在當日只能流行於民間，雜劇能得到文人的支持，產生許多偉大的作品，壓倒南戲，而成爲劇壇代表，原因便在此。

這三本戲文值得我們重視的地方，並不在其藝術上的成就，而在其南戲形體上的表現。使我們明瞭明代傳奇的前身，畢竟是一種什麼樣子。

一、題目正名　南戲如雜劇一樣，也有題目正名。如小孫屠的題目是『李瓊梅設計麗春園、孫必貴相會成夫婦。朱邦傑識法明犯法，遭盆弔沒興小孫屠。』形式語氣，都與雜劇相像，不過南戲的是放在前面，到了明代的傳奇，戲名由繁冗變爲簡鍊，如琵琶記、幽閨記一類的戲目了。

二、家門　南戲沒有楔子，開場便有「家門，」或叫「開場」「開宗，」是全戲的序幕。把全劇的情節在「家門」中作一概括說明。用的都是詞牌。如小孫屠的家門云：

『末白　滿庭芳　白髮相催，青春不再，勸君莫羨精神。賞心樂事，乘興莫因循。浮世落花流水，鎭是會少離頻。須知道轉頭吉夢，誰是百年人。雍容絃誦罷，試追搜古事，往事閑憑。想像梨園格範，編撰出樂府新聲。喧嘩靜，竚立歡笑，和氣藹陽春。

（後行子弟不知敷演什傳奇？衆應遭盆弔沒與小孫屠）

再白　滿庭芳　昔日孫家，雙名必達，花朝行樂春風。瓊梅李氏，賣酒亭上幸相逢。從此聘爲夫婦，兄弟謀苦不相從。因外往瓊梅水性，再續舊情濃。暗去梅香首級，潛奔他處，夫主勞籠。陷兄弟必貴盆弔死郊中。幸得天教再活，逢嫂婦說破狂蹤。三見鬼一齊擒住，迢斷在開封。

末下』

明傳奇都採取着這種形式，可知「家門」並非明人所創，在元代的戲文裏就有了。

三、長短自由　雜劇中俱以四折爲限，南戲則長短自由，不分折，也不分齣。戲的分齣與有齣目，想都是起自明朝。這自然是戲曲組織上的進步。因爲元代的南戲，已無長短的限制，因此便進展爲明代四五十齣組成的長戲了。

四、科白與脚色　南戲與雜戲同樣，有科有白。科爲動作，南戲中於科處多作介，亦有作科介者。如小孫屠中云：『末作聽科介，』『末行殺介。』南詞敍錄云：『戲文於科處皆作介，蓋書坊省文以科字作介字，非科介有異也。』南戲先唱而後白，雜劇先白而後唱。雜戲中的白，雖偶有淺近的文言，十之八九是純粹的口語，比較純正。南戲中則時常有駢偶的句子，如張協狀元中云：『末白，小客肩擔五十秤，背負五十斤。通得諸路鄉談，辦得川、廣行貨。衝烟披霧，不辭千里之迢遙，帶雨冒風，何惜此身之跋涉。』一個做生意的人，說出這種句子，與劇中人的身分，全不相稱。這明明是南戲中的大缺點，然而明人却認爲是典雅，演成後來傳奇中很多比這更要駢偶的句子。南方人的歡喜賣弄文筆，無論在什麼文體上，都是要表現一下的。關於脚色，據南詞敍錄，有生、旦、外、貼、丑、淨、末等色，大體上與雜劇相同。但在職務的分配上，雜劇中擔任主角的末，退爲配角，而其地位由生來代替。可知生脚的由來是很古了。

到了元代中末之期，雜劇南移以後，北戲南戲的競爭必很激烈。在這種環境下，無形中南戲蒙受北戲的影響，而漸加改進的事，是無疑的。據錄鬼簿所載：『范居中有樂府及南北腔行於世。沈和以南北調合腔。蕭德祥又作南曲戲文。』他們三個都是杭州人，同時也是南方的雜劇作者。他們所作的南北合腔及南曲戲文，現在雖不可見，但他們在那裏盡力改良南戲的工作是可想像得到的。從事這一種工作的人，當然不只這三個，王世貞所說的『王應稍能作新體，號爲南曲。高則誠遂掩前後』（藝苑卮言附錄一）可知王應這個人也是當時改良南戲的要角，可惜他的作品，現在一點也不存了。有了這些人的努力，南戲在藝術上才得到進步，形體才得到完成。到了明初，南戲的代表作品，如拜月、琵琶等記便應運而生，於是便走到了前人所謂的傳奇時代。傳奇二字唐、宋人專用以指短篇文言小說。元代有用以指戲曲的，如錄鬼簿所云：『前輩已死名公才人有所編傳奇行於世者，』專指南戲，則見於小孫屠及宦門弟子錯立身的戲辭中。到了明代，傳奇便成了南戲的專稱。從此「南曲戲文」這個名詞廢而不用，於是他的歷史也漸漸淹沒了。

由上文所述，關於南北戲曲不同的地方，歸結其要點於下：

一、雜劇每折一人獨唱，南戲可以獨唱對唱和合唱。

二、雜劇每本以四折爲限，南戲長短自由。

三、雜劇每折限用一宮調，一韻到底。南戲每齣無一定的宮調，可以換韻。

四、南北戲曲因地方氣質的不同，以及樂器樂譜的各異，於是曲的音調與精神也各異其趣。徐渭說聽北曲則神氣鷹揚，有殺伐之氣，聽南曲則流麗婉轉，有柔媚之情（南詞敍錄）。魏良輔說：『北主勁切雄麗，南主淸峭柔遠。北字多而調促，促處見筋；南字少而調緩，緩處見眼。北則辭情多而聲情少，南則辭情少而聲情多。北力在絃，南力在板。北宜和歌，南宜獨奏。北氣易和，南氣易弱。』（曲律）關於南北曲調曲情的分別，這說得最明白了。

二 元末明初的傳奇

上面說過，到了元代末年，南戲受了雜劇的刺激，從事改良的人漸多，如沈和、蕭德祥、王應們都是。書會中人不必說，就是官吏文人，也漸加染指，因此便促進南戲的改良與興盛。他的文學地位，也由此而提高，從前只是爲低級趣味的民衆所欣賞的作品，現在爲文人貴族所歡喜的東西了。前人所稱的殺狗記、白兎記、拜月亭、琵琶記、荆釵記五大傳記，就在這種環境下產生了。

殺狗記　殺狗記全劇三十六齣，淸朱彝尊以爲是徐畛作。徐字仲由，淳安人，洪武初，徵秀才。這話是靠不住的。南詞敍錄以此戲歸宋、元舊篇，很可相信，我們從他的曲白的俚俗本色上看，可以推想這是一部元末的民間作品，是一部傳奇戲曲的初期產物，他的年代，必在拜月、琵琶之前。因此後來雖經過徐時敏、馮夢龍諸人的潤飾，戲中仍保存着濃厚的民衆文學色彩。戲的內容，寫孫華夫婦與其弟孫榮的失和與團圓。其中的大意，可由第一齣家門中見之。『孫華家富貴，東京住結義兩喬人。詆語讒言，從中搬鬪，將孫榮趕逐，投奔無門。風雪裏救兄一命，將恩作怨，妻諫反生嗔。施奇計，買王婆黃犬，殺取扮人身。　夫回猛地驚魂，去浼龍卿、子傳，托病不應承。再往窰中，試尋兄弟，移尸慨任，方辨疎親。淸官處喬人妄告，賢妻出首，發狗見虛眞。重和睦，封章褒美，兄弟感皇恩。(鴛鴦陣)』這故事是由蕭德祥的雜劇殺狗勸夫而來。

殺狗記晚明人都很輕視，大半是說他詞語鄙俗，不堪入目，又說他調律不明，不成規範。這都是後代格律派辭藻派的偏見。我覺得殺狗記的好處，正是他們所說的壞處。在這戲裏，有兩種特色，是必得注意的。一，戲的題材，他是寫的一件舊家庭的黑幕，元人雖有雜劇在先，但經作者的改編，却成爲一個最有時代性的社會題材，同那些歷史宮庭戲佳人才子戲完全不同。戲中把孫華、孫榮、楊月貞、柳龍卿、胡子傳五個人的性格，寫得極其分明，都成爲各種人格的典型。孫華、楊月貞是一派，是舊禮教養成的代表，孫華是遊蕩公子的典型，柳、胡二丑是流氓惡漢的代表。二，戲曲是大衆的舞台藝術，除文字藝術之外，必要顧到他的通俗性。殺狗記的說白，都是用的淺明的口語，並能適合各人的身分個性，這是非常可取的。就是全戲的曲文，無不流暢如話，一點不做作，不雕飾，完全出於本色。無論說白唱曲，民衆都能瞭解，這和後代的駢曲儷白，只能給士大夫們欣賞的作品比較起來，這明明一是社會的文學，一是貴族的文學了。今舉第六齣中那兩個惡漢設法陷害孫榮的對白爲例。

『淨　我且問你，昨日花園中，結義幾人？

丑　是三人。

淨　孫大哥你我，更有何人？……

丑　家裏人，外頭人。

淨　家裏人。

丑　嗄，是了，前日淸風亭上結義，只有吳忠在那裏，敢是吳忠？

淨　呸，破蒸籠，不盛氣。他是孫大哥家裏使喚的。我每喫酒，他來服事。到與他來做朋友，沒志氣。……

丑　這等猜不着。

淨　就是在書房中，終日子曰子曰的。

丑　可是孫二麼？

淨　着！着！

丑　前日孫大哥說，不要倸他，慮他怎麼？

淨　兄弟，你不曉得，那孫大嫂是極賢慧的。他見大哥疎薄了孫榮，必然勸諫。常言道妻是枕邊人，十事商量九事成。萬一大哥醒悟了，他們弟兄親的只是親的，我和你疎的只是疎的。倘或和順了，我和你兩個網巾圈撇在腦後，要見面也是難了。

丑　二哥說得是，必須尋一條計策來弄斷了他。我與你衣飯長久。……

淨　有理。……我有一計。我和你今日到他家，只說謝酒。說昨夜囘去，打從小巷裏走，只見令弟頭裹儒巾，身穿藍衫，脚穿皂鞋，與一個挑船郎中說話。手裏拿一包銀子，說我家耗鼠太多。要贖些蜈蚣百脚、斷腸草、烏蛇頭、黑蛇尾、陳年乾狗屎、糖霜蜜餞楊梅乾。……一贖贖了十七八包。他看見我們兩個，脚根上紅起，直紅到頭髮上去，囘身便走，一走走了一個彎，兩個彎，三三九個彎，在無人之所，雙手拿了藥，對天跪下，告道：天地天地，我孫榮被哥哥孫華，嫂嫂楊月貞强占家私，如今贖這藥囘去，酒裏不下飯裏下，飯裏不下茶裏下，一藥藥死了哥哥，這家私都是我的。

丑　阿哥，這是你幾時見的？

淨　啐，說了半日，對木頭說了。這是我每說謊。
丑　說謊，這等像得緊。倘或大哥不信，怎麼處？
淨　孫大哥極慈心，我和你須要假哭。
丑　我沒有眼淚出，怎麼好？
淨　這是要緊的，官場演，私場用，我和你演一演。（演介）』

這種生動逼眞的對白，殺狗記中到處都是。在戲曲的整體上，他是重要的一部門，前人評曲，只以曲辭爲首，完全成爲曲辭的奴隸。對於說白一項，也都以文雅爲貴。稍涉猥鄙俚俗，不似文人口吻，便加以惡評。這是古典文人的通病，所以我覺得殺狗記的好處，不在曲而在白，不在典雅而在俚俗，不在格律的整嚴而在自由，要這樣，才能表現戲曲不只是文字的藝術，而是舞台上的大衆藝術。

白兎記　白兎記亦爲元、明之際的民間作品。其故事敍述劉知遠窮困從軍，因功立業，其妻李三娘在娘家受逼，操工度日，磨房產子。後經種種磨折，得以團圓。這戲的來源甚古，金時已有劉知遠諸宮調。全戲三十二齣，開宗云：『五代殘唐、漢劉知遠，生時紫霧紅光。李家莊上，招贅做東床。二舅不容完聚，生巧計拆散鴛鴦。三娘受苦，產下咬臍郎。知遠投軍，卒發跡到邊疆。得遇繡英岳氏，願配與鸞凰。一十六歲咬臍生長，因出獵識認親娘。知遠加官進職，九州安撫，衣錦還鄉。』此戲的全部情節，在這首滿庭芳詞裏，說得很淸楚了。劉知遠因爲做過幾天皇帝，因此在他的身上生出種種無聊的神話。戲中這種不自然的地方固然很多，但李三娘因爲丈夫窮困，在娘家受舅子們的壓迫，叫他挑水推磨，想因此逼她改嫁一個富人，這實是中國舊家庭的一般醜態。這一部分，是全戲中最精彩處。

『慶青春　冷清清，悶懷感感傷情。好夢難成，明月穿窗，偏照奴獨守孤另。

集賢賓　當初指望諧老年，和你廝守百年。誰想我哥哥心改變，把骨肉頓成抛閃。凝眼望穿，空自把闌干倚遍。兒夫去遠。悄沒個音書回轉。常思念，何日裏再團圓。

攪羣羊　嫂嫂話難聽，激得我心兒悶。一馬一鞍，再嫁傍人論。夫去投軍，誰敢爲媒證。那有休書，誰敢來詢問。你如何交奴交奴再嫁人？

鎖南枝　星月朗，傍四更，窗前犬吠鷄又鳴。哥嫂太無情，罰奴磨麥到天明。想劉郎去也，可不辜負年少人，磨房中冷清清，風兒吹得冷冰冰。

鎖南枝　叫天不應地不聞，腹中遍身疼怎忍。料想分娩在今宵，沒個人來問。望祖宗陰顯應，保母子兩身輕。』

前三曲爲逼迫改嫁時三娘所唱，後二曲爲磨房產子時三娘所唱。後人謂白兎曲俗韻亂，正如惡評殺狗一樣。不錯，這種曲文，確實是質樸無華，毫無雕琢辭藻可言。然其情感是眞實的，是豐富的，生命是充實的，比那些華貴典雅的文字，更有力量，更能使大衆了解而感動。另有富春堂刋行的白兎記一種，題「豫人敬所謝天佑校，」想卽爲謝君改作，文字富麗堂皇，原作中的本色質樸元氣，喪失殆盡，想已是晚明之作了。

拜月亭 拜月亭一名幽閨記，何元朗曲論、王世貞藝苑巵言、王伯良曲律都說是元施惠君美所作。君美，杭人，錄鬼簿謂君美詩酒之暇，唯以塡詞和曲爲事，並未言及拜月亭。錄鬼薄雖只錄雜劇，然有南曲戲文者，亦必兼及，如沈和、蕭德祥是也。若此長篇優美的拜月南戲果出之君美、鍾嗣成沒有不提到的。因此，與其說拜月出於施惠，倒不如說出自無名氏，較爲妥當。拜月本關漢卿閨怨佳人拜月亭雜劇而作，以金代南遷的離亂時代爲背景，叙述蔣志隆、瑞蓮兄妹及少女王瑞蘭、少年興福的種種悲歡離合的波折，而終成爲兩對夫婦的故事。全戲共四十齣，「開場始末」云：『蔣氏世隆，中都貢士，妹子瑞蓮。遇興福逃生，結爲兄弟，瑞蘭王女，失母爲隨遷。荒村尋妹，頻呼小字，音韻相同事偶然。應聲處，佳人才子，旅館就良緣。岳翁瞥見生嗔怒，拆散鴛鴦最可憐。歎幽閨寂寞，亭前拜月，幾多心事，分付與嬋娟。兄中文科，弟登武舉，恩賜尚書贅狀元。當此際夫妻重會，百歲永團圓。』（沁園春）這是全戲的梗概。

關漢卿的拜月雜劇，曲文很高妙。把他改編爲南戲的作者，自然得到許多便利。正如王實甫西廂與董西廂的關係同樣，在曲文上有因襲之處是免不了的。如傳奇中之第十三齣，第三十二齣，大都本關作第一折第二折，其痕跡非常顯明。但作者才情很高，並非一味生吞活剝，仍表現着濃厚的創作精神。他由四折的短劇，擴展爲四十齣的長篇，故事的編排與穿插，增加許多有趣味的場面，使劇情更充實更完整。曲文皆本色自然，非徒事藻繪者可比。戲中對白，亦極美妙。如遇盜、旅婚、請醫諸齣，作者能以市井江湖口吻出之，情景逼眞，最適合戲中人物的身分。而評者以爲「科白鄙俚，聞之噴飯，」這是不懂得文學眞實性的原故。綠林盜賊，言語自是粗魯，旅店茶房，言語自是鄙俗。作者能以粗魯鄙俗出之，才顯得眞是盜賊眞是茶房。若從彼等口中，說出高雅古文，四六儷語，這如何要得。後代作家，不懂得這種道理，一味典雅，反而醜態百出，眞是可笑極了。這些對白，都因太長，不便備錄，今舉幾段曲文爲例。

『剔銀燈　（老旦）迢迢路不知是那裏。前途去安身何處。（旦）一點點雨間着一行行悽惶淚。一陣陣風對着一聲聲愁和氣。（合）雲低。天色傍晚，子母命存亡兀自尚未知。

攤破地錦花　（旦）繡鞋兒，分不得幫和底。一步步提，百忙裏褪了跟兒。（老旦）冒雨盪風，帶水拖泥。（合）步難移，全沒些氣和力。

廝婆子　（老旦）路途路途行不慣，心驚膽顫摧。（旦）地冷地冷行不上，人慌語亂催。（老旦）年高力弱怎支持，（倒科，旦扶科，旦唱）泥滑跌倒在凍田地，款款扶將起。（合）心急步行遲。』（第十三齣，相泣路歧）

『高陽台　（生）凛凛嚴寒，慢慢肅氣，依稀曉色將開。宿水餐風，去客塵埃。（旦）思今念往心自駭，受這苦誰想誰猜。（台）望家鄉，水遠山遙，霧鎖雲埋。

山坡羊　（生）翠巍巍雲山一帶，碧澄澄寒流幾派。深密密煙林數簇，滴溜溜黃葉都飄敗。一陣兩陣風，三五聲過雁哀。（旦）傷心對景愁無奈，回首家鄉，珠淚滿腮。（合）情懷，急煎煎悶似海，形骸，骨巖巖瘦似柴。

念佛子　（生旦）窮秀才，夫和婦，爲士馬逃難登途。望相憐，壯士略放一路。（衆）捉住。枉自說閒言語。買路錢留下金珠，稍遲延，便教你身喪須臾。』（第十九齣，偸兒擋路）首三曲爲王夫人同女兒王瑞蘭逃難走雨時所唱，後二曲爲蔣世隆與王瑞蘭遇盜時所唱。字字本色，句句自然，雖爲南戲，却有雜戲曲辭的高古質樸之趣。寫情的哀感動人，寫境的意境高遠，論其價值，又高出殺狗、白兎二記了。

琵琶記　上面所敍述的三種作品，大都是出自民間，故皆以通俗本色見長，絕無賣弄文墨之弊。琵琶記的出現，是高級文人染指傳奇以後所遺留下來的一部最偉大的產品。作者高明，字則誠，溫州瑞安人，他是元末至正四年的進士，在浙江、江西、福建都做過官，很有文名，有柔克齋集。明姚福清溪暇筆說：『元末，永嘉、高明避世鄞之櫟社，以詞曲自娛。見劉後村有「死後是非誰管得，滿村聽唱蔡中郎」之句。因編琵琶記，用雪伯喈之恥。』這樣看來，琵琶之作，當在元亡以前。並且，他作此戲，是有目的的。大概南宋以來流行的那本趙貞女蔡二郎的戲文，把蔡邕寫得太不像樣，高明有意要在戲中宣傳一點忠孝節義的思想，故意把戲中的男女主角，都寫成爲完人。他在戲中的開場，說明他這種意見。『秋燈明翠幕，夜案覽芸編。今來古往，其間故事幾多般。少甚佳人才子，也有神仙幽怪，瑣碎不堪觀。正是不關風化體，縱好也徒然。論傳奇，樂人易，動人難。知音君子，這般另作眼兒看。休論揷科打諢，也不尋宮數調，只看子孝共妻賢。正是驊騮方留步，萬馬共爭先。（水調歌頭）』在這一首詞裏，明顯地表現出高明的文學觀念。（按劉後村詩，亦見陸放翁集。）

一、他是一個人生的藝術論者。他主張好的作品，必得要關風化，合乎教化的功用，不僅要使人快樂，還要使人感動。因此那些專寫佳人才子的戀愛戲，專寫神仙幽怪的浪漫戲，他認爲都是「瑣碎不堪觀」的東西。

二、因爲他的作品，要表現思想，描寫人生社會的問題，所以他輕視規律。尋宮數調的事，他並非不能做，是他不願這樣做。同時他又不願意故作滑稽的言語與動作，去迎合觀衆。所以他的創作態度是嚴肅的，創作的動機是有目的的。後代人都不明瞭他這種主張，都罵他是亂調亂律的罪人，那眞是胡說了。

這樣看來，高明在中國戲劇史上，確是一位特出的人才。他是第一個認識戲劇的價值與功用的人，也是第一個有意識的利用戲劇來作宣傳工具的人。他的作戲，並不是僅僅敷衍故事，賣弄才華，取悅貴族，迎合民衆，他是另有他的高尚的目的在。我們讀琵琶記，這是最先要注意的一點。全劇共四十二齣，戲中情節，可由開場沁園春一詞見之。『趙女姿容，蔡邕文業，兩月夫妻。奈朝廷黃榜，遍招賢士，高堂嚴命，强赴春闈。一舉鰲頭，再婚牛氏，利綰名牽竟不歸。饑荒歲，雙親俱喪，此際實堪悲。　堪悲，趙女支持，剪下香雲送舅姑，把麻裙包土，築成墳墓。琵琶寫怨，逕往京畿。孝矣伯喈，賢哉牛氏，書館相逢最慘悽。重廬墓，一夫二婦，旌表門閭。』他戲中所表現的思想，現在看來，當然是錯誤的，但在古代却是最倫理的。他在這戲裏，最用力地描寫三點。

一、把趙五娘作爲一個舊代理想女性的代表，孝道節義，盡力而爲。對公婆，對丈夫，對後妻，都能忍受無窮的痛苦而無一怨言。再加以中國舊家庭婆婆虐待媳婦的襯托，作者把她寫成一個完整無缺的女性典型。

二、把牛丞相作爲一個貴族官吏的代表，極力鋪寫他的奢侈與淫威，同蔡家的貧賤生活遙相對照，使這戲曲的結構更緊密，更有力量。

三、把社長里正作爲小官劣紳的代表，以災荒爲時代的背景，盡力地描寫他們盜竊官糧魚肉平民的罪惡，反映出社會人事的黑幕與大衆生活的痛苦。試看里正自己說：『說到義倉情弊，中間無甚蹺蹊。稻熟排門收斂，斂了各自將歸。並無倉廩盛貯，那有帳目收支。縱然有得些小，胡亂寄在民居。官司差人點視，便羅些穀支持。上下得錢便罷，不問倉實倉虛。』這是當時官紳狼狽爲奸的實情，作者各處爲官，對於當日的社會實況，自必洞然，所以寫得這樣眞切。蔡邕雖是漢朝，所寫全爲作者自己的時代。由此，琵琶記確是一個社會寫實的戲本，而造成他獨有的價值。

琵琶記在藝術上也是成功之作。說白中時有妙文，極能描摹戲中人物的口調與身分，非常生動而有風趣。如第三齣中男女用人的對話，第七齣中窮秀才的對話，第十齣中公婆的對話，十五齣中牛小姐與丫頭的對話，第十七齣中社長里正的對話，都能文雅俚俗，各盡其妙。但因文字太長，不便抄舉。至於曲辭，更是俊語如珠，王國維說：『琵琶自鑄偉詞，其佳處殆兼南北之勝。』是不錯的。糟糠自厭一齣，前人都稱爲全戲的菁華，是大家都知道的。現錄第二十九齣的畫像爲例。

『胡擣練 （旦）辭別去，到荒坵，只愁出路煞生受。畫取眞容聊藉手，逢人將此免哀求。

三仙橋　一從他母死後，要相逢不能彀。除非夢裏暫時略聚首。苦要描，描不就。教我未描先淚流。描不出他苦心頭，描不出他餓症候，描不出望他孩兒的睜睜兩眸。只畫得他髮颼颼，和那衣衫敝垢。休休，若畫做好容顏，須不是趙五娘的姑舅。

前腔　我待要畫他個龐兒帶厚，他可又飢荒消瘦，我待要畫他個龐兒展舒，他自來長恁面瘦。若畫出來眞是醜，那更我心憂，也做不出他歡容笑口。（不是我不會畫着那好的，我從嫁來他家，）只見他兩月稍優游，其餘都是愁。（那兩月稍優游，我又忘了，這三四年間，）我，只記他形衰貌朽。（這眞容呵）便做他孩兒收，也認不得是當初父母。休休，縱認不得是蔡伯喈當初爹娘，須認得是趙五娘近日來的姑舅。

憶多嬌　（對張太公）　他魂渺漠，我沒倚託，程途萬里，教我懷夜壑。此孤墳望公公看着。（合）舉目蕭索，滿眼盈盈淚落。』

此等至情文字，全從肺腑中流出，全是血淚交染而成，絕非那種泛寫閨怨別離的言情文句所可比擬。他的好處，是用最淺的言語，寫最眞最深的感情，作者能深一層體貼，進一層的表現。琵琶記能在傳奇中得到崇高的地位，而成爲典型的作品，實非偶然。

荆釵記　荆釵的作者是朱權，明太祖第十七子，封寧王，他晚年學道，號涵虛子，又號丹邱先生。他精通音律，著太和正音譜，有名於曲壇，曾作雜劇十二種，今無存者。荆釵記，明人傳爲元柯丹邱敬仲撰，王國維考定作者爲朱權，從之。又南詞敍錄有荆釵記兩本，一歸宋、元舊篇，一爲明初李景雲撰，可知用王十朋的故事寫的南戲，已不止一本了。全戲共四十八齣，寫王十朋、孫汝權、對於錢玉蓮的三角戀愛的糾紛。因孫汝權的陷害，逼得錢玉蓮投江自殺，幸遇路人救起，後來經過種種波折，王、錢夫婦得以團圓。篇幅雖長，佳句却少。說白只有受釵一段，頗多趣語，曲辭惟晤婿一齣，較為美妙。當日能流行一時，一面因出自貴族之手，大家不免譽揚，同時因作者精通音律，宜於演唱。吳梅評為『荊釵曲本不佳，實則明曲中之下里，』信然也。今錄晤婿為例。

『小蓬萊（外）策馬登程去也，西風裏牢落艱辛。淡煙荒草，夕陽古渡，流水孤村。（淨）滿目堪圖堪畫，那野景蕭蕭，冷浸黃昏。（末）樵歌牧唱，牛眠草徑，犬吠柴門。

八聲甘州（外）春深離故家，歎衰年倦體，奔走天涯。一鞭行色，遙指賸水殘霞。牆頭嫩柳籬畔花，見古樹枯藤棲暮鴉，遍長途觸目桑麻。

解三醒（末）步隨隨水邊林下，路迢迢野田禾稼，景蕭蕭疎林暮靄斜陽掛。聞鼓吹，鬧鳴蛙，一徑古道西風鞭瘦馬，謾回首，盼想家山淚似麻。（合前）』

這幾支曲，確還有點元代的曲風與情趣。於景物蕭瑟的描寫中，寄以哀感與悲情，加以文字清新，音調響亮，讀去很令人感動。可惜全劇中類此者太少，而損及戲曲整體的完美性。在劇壇的地位，他是遠遜於琵琶了。

元、明之際的傳奇，存於世者，只有上述五種。明初人所作，尚有蘇復之的金印記，及沈壽卿的三元記。金印敍述蘇秦十上不遇至拜相榮歸的故事。作者在趨炎附勢愛富嫌貧的社會心理上，寫得最近俚爲成功。戲情的組織，也很完整。曲品評爲：『寫世態炎涼，曲盡其妙。眞足使人感喟發憤。近俚處，具見古態。』這話是對的。沈壽卿名受先，曾作銀瓶、龍泉、嬌紅、三元四記。前三本已佚，惟三元獨存。南詞敍錄載馮京三元記，爲明初人作，想指此戲而言。戲中敍商人娶妾行善，得子升官的故事，極力鋪寫善惡報應的觀念，曲白中時有市井俚語，確似明初人筆墨。此外還有無名氏的趙氏孤兒記及牧羊記。前者有富春堂刋本，已不易得，後者亦無全本，現有八齣，存綴白裘、醉怡情中。

三　傳奇的古典化

琵琶、荆釵以後，傳奇之作，一時漸趨消沉。推原其故，約有二端。國亂初定，生活未安，文人方在喘息之時，尙無聲樂製作之餘裕，此其一。皇室北遷，雜劇承其餘威，盛行於宮庭藩邸。周憲王朱有燉爲當代劇壇之盟主，作雜劇多至三十餘種。一時幕客文人，投其所好，執筆作戲，必多就北而棄南，此其二。但傳奇體製新起，文人染指者不多，其生命前途，正無限量。只等政治澄平社會安定，民衆又趨於享樂，豪富必入於淫奢。在這樣環境下，傳奇又走上復興之途，而趨於繁盛。因南音悅耳，情節複雜。觀衆喜其繁複之內容，文人可由此展其辭藻，因此傳奇大盛，雜劇由此衰亡。自嘉、隆至於明末，當代劇壇，爲傳奇所獨佔。但這二百年中，作者輩出，作品繁多，一一論列，勢所不許。玆擇其最要者述之，以明明代戲曲發展的大勢。至於細論詳言，只好待於戲曲的專史了。

邱濬　打破傳奇消沉的空氣，首以文人之筆來寫傳奇的，是成化弘治年間的邱濬（一四二〇——

一四九五。）邱字仲深，廣東瓊山人，官至文淵閣大學士，卒於弘治八年。他曾作傳奇四種，投筆記、舉鼎記、羅囊記和五倫全備記。四書今俱不傳。因爲他是一位道學先生，有大儒之稱，他自然要在文學裏載他的聖賢之大道。五倫全備記。他以五倫全五倫備兄弟的孝義友悌的故事，組成一部倫常大道的聖經。文字的迂腐，道學氣的濃厚是不待言的。曲品評道：『大老鉅筆，稍近腐。』王世貞也說：『五倫是文莊元老大儒之作，不免腐爛。』這些批評自然是對的。不過，他雖是腐爛，但影響於戲曲的發展，却有極大的力量。在當代儒家獨尊的社會裏一個做過文淵閣大學士的大儒，一個一天「子曰子曰」的道學先生，不以戲曲爲小道，竟然從事製作，這對於浪漫文人青年小子，在心理上，自然會給予莫大的影響。他當日寫了許多劇本，有人責備他，理學大儒，不宜留心此道。他聽了，大不高興，視爲仇人。可知他的作劇，並不以此娛樂，實因他認識戲曲有教化民衆宣揚倫理的功用。這樣看來，邱濬的作品，縱使藝術的成就很低，但他對於戲曲價值的認識與提倡，是值得我們注意的。

邵璨　承繼着邱濬以劇載道的思想而出現於劇壇的，是邵璨的香囊記。他在家門中說：『今爲古，假卽眞，從教感起座間人。傳奇莫作尋常看，識義由來可立身。』又說：『那勢利謀謨，屠沽事業，薄俗偸風更可傷。……因續取五倫新傳，標記紫香囊。』在這一段話裏，他明明指示觀衆，他的傳奇，不可作娛樂品看，他是感化人民的。香囊之作，是五倫全備的續篇。這樣看來，高明之琵琶，邱濬之五倫，邵璨之香囊，都是建築在同一的思想基礎上。並且這幾個人，都是儒生。這現象似乎奇怪，其實不然。這原因便是他們認識戲曲在民間的力量，知道戲曲的教化作用，確實遠在四書、五經及古文之上。所以他們作戲曲的態度，同那些縱情聲色家蓄歌姬的文人們是兩樣的。

邵璨字文明，宜興人，或作常州人。徐渭說他是老生員，呂天成說他做過給諫，不知誰是。香囊敍宋時張九成、九思兄弟事。梗概可於家門風流子中見之。『蘭陵張氏，甫和兄弟，夙學自天成。方盡子情，強承親命，禮闈一舉，同占魁名。爲忠諫忤違當道意，邊塞獨監兵。宋室南遷，故園烽火，令妻慈母，兩處飄零。九成遭遠謫，持臣節十年身陷胡庭。一任契丹威制，不就姻盟。幸遇侍御，捨生代友，得離虎窟，晝錦歸榮。孝友忠貞節義，聲動朝廷。』戲中的組織，有些是模擬拜月、琵琶的，其中又揷入宋江、呂洞賓故事，頗覺蕪雜。但作者的本意，是要宣揚倫常聖道，他把母慈、子孝、臣忠、弟悌、婦節、友義這幾件美德，由劇中人分擔代表，寫成最高的典型。因爲作者是一個舊學根底的儒家，又有他作戲的中心思想，他自然要避免俚俗，力求雅正。呂天成說他：『調防近俚，局忌入酸。選聲儘工，宜騷人之傾耳，採事尤正，亦嘉客所賞心。』（曲品）王世貞也說：『香囊雅而不動人。』（藝苑巵言）這把他作戲的態度及其作品的特色說盡了。他不僅在曲辭上用盡雕琢對偶的工夫，還亂用典故，同時在說白中，大做駢文，大講經義，讀了確令人頭疼。說到張九成這個名字，他要說：『書曰，簫韶九成，鳳凰來儀。』說到高八座那個名字，他要說：『史記云，尙書六曹並令僕二人爲八座。』再如周易之斷吉凶，春秋之重褒貶，毛詩之道性情，戴禮之正名分，長篇大論，全搬在說白裏，上自伏羲，下至邵雍，一齊搬到。這種戲曲，自非一般民衆所能瞭解。

『山坡羊　（旦）荒涼涼高秋時序，冷蕭蕭淸霜天氣。怨嘹嘹西風雁聲，啾唧唧四壁寒蛩語。這般時節，邊塞征人呵，方授衣，遠懷愁幾許，沾襟淚點空如雨。這個衣服和淚緘封，憑誰將寄。天涯，人迢迢書未歸。傷悲，心搖搖怨別離。

前腔　亂茸茸柔絲分縷，軟撲撲輕綿鋪絮。碎紛紛縫紉故繒，疊層層裝就遮寒褚。看此衣線痕千萬緒，也應把我窮愁綴。只怕緒少愁多，離情難繫。思之，裙釵來舉案時。須知，牛衣中對泣時。』（聞訃）

這是張九成投軍後，他的妻子邵貞娘秋天織補衣服時所唱，因情感眞摯，不失是曲中的上品。但書中此等言語不多，一味藻麗堆積，甚爲減色。徐渭說：『以時文爲南曲，元末國初未有也。其弊起於香囊記。邵文明習詩經專學杜詩，遂以二書語句勾入曲中，賓白亦是文語，又好用故事，作對子，最爲害事。夫曲本於感發人心，歌之使奴童婦女皆喻，乃爲得體。經子之談，以之爲詩且不可，況此等乎。直以才情欠少，未免輳補成篇。吾意與其文而晦，曷若俗而鄙之易曉也。』（南詞敍錄）他在這裏正說中了香囊的病根。但後人却無徐渭的頭腦，不知駢文對子典故爲戲曲之大害，不知戲曲應該是奴童婦女都要懂得的通俗藝術，而一味模擬因襲，演成後日戲曲的辭賦化。香囊本身的藝術成就雖不高，然而他給予明代戲曲界的影響，至爲巨大。自邵璨至湯顯祖這一個長時期的戲曲，幾乎無人不蒙受其影響。如王濟的連環記，薛近兗的繡襦記（或作徐霖），鄭若庸的玉玦記，王世貞的鳴鳳記，張鳳翼的紅拂記，陸采的懷香記、明珠記，梁辰魚的浣紗記，汪廷訥的獅吼記，都是駢儷派的作品。至於梅鼎祚的玉合記和屠隆的彩毫記、曇花記出現，可算是達到駢儷派的最高峯，戲曲完全變爲辭賦，離開民衆日益遙遠，眞是入於魔道了。在上列諸家中，才情最高，作品較勝者，當以梁辰魚的浣紗記爲代表，並且此作之風靡一時，與當日崑腔之流佈，亦極有關。再如王世貞的鳴鳳記，是一個有時代性的政治戲，也值得我們注意。故於下文述之。

崑腔的興起與梁辰魚的浣紗記 南戲先盛行於江南各省，因地域的不同，各處的歌唱腔調，也因之而異。南詞敍錄說：『今唱家稱弋陽腔者，則出江西，兩京、湖南、閩、廣用之。稱餘姚腔者，出會稽，常、潤、池、太、揚、徐用之。稱海鹽腔者，嘉、湖、溫、台用之。惟崑山腔止行於吳中。』由此可知南戲的腔調，極不統一，不僅歌律不同，連樂器也是各異。弋陽腔流行地域最廣，餘姚海鹽二腔，流行江、浙二省，惟崑腔範圍最小，止行吳中一處。但我們知道，江南的聲調，以吳音爲最柔美，字音亦最爲正確。故徐渭說『崑腔流麗悠遠，遠出乎三腔之上，聽之最足蕩人。』他當日不能與弋陽、海鹽諸腔對抗，自然是因爲沒有人出來改良提倡的原故。到了嘉靖年間，得了名音樂家魏良輔的改進與鼓吹，他一面改正崑腔的音律，翻爲新調，一面集合南北戲曲所用的樂器，造成高低抑揚的複音。因此從前盛行各地的弋陽諸腔，漸爲崑腔所壓倒，嘉靖以後，流佈愈廣，於是在南戲的演唱方面，崑腔形成統一的局面了。

魏良輔號尚泉，居於太倉南關，崑山人。關於改良崑腔的情形，余懷的寄暢園聞歌記說得最清楚。『良輔初習北曲，絀於北人王友山，退而縷心南曲，足跡不下樓十年。當是時南曲率平直無意致。良輔轉喉押調，度爲新聲，疾徐高下淸濁之數，一依本宮。取字齒唇間，跌換巧掇，恆以深邈助其淒淚。吳中老曲師如袁髯、尤駝者，皆瞠目以爲不及也。而同時婁東人張小泉、海虞人周夢山競相附和。合曲必用簫管，而吳人則有張梅谷善吹洞簫，以簫從曲。毗陵人則有謝林泉，工擫管，以管從曲皆與良輔遊。』（虞初新志）這樣看來，魏良輔爲改造崑腔，不下樓者十年，可見其用功之勤苦。但如沒有老曲師袁髯、尤駝、張小泉、周夢山簫管家張梅谷、謝林泉諸人的合作，他未必能得到那樣的成就。因此崑腔改造之功，魏良輔固居其首，但那些人合作的功績，我們也是不能忽視的。

崑腔的興起與盛行，一面助長南戲的發展，同時打消各地的雜腔，而直接予北曲以嚴重的壓迫而至於消亡。沈德符云：『自吳人重南曲，皆祖崑山魏良輔，而北詞幾廢。』（顧曲雜言）沈的時代，離良輔的改造崑腔，不過半世紀，而崑腔的勢力，已如此之盛大。崑腔本身，自然有其傳佈流行的優點，但梁辰魚的作品，在這方面却有很大的幫助。辰魚字伯龍，崑山人，身長七八尺，多鬚，是一位風流自賞的浪漫文人。他曾作紅線女、紅綃雜劇，但以浣紗記傳奇爲最有名。他的事蹟不詳，生卒年亦不可考，大約是自嘉靖至萬曆初年的人。他在浣紗記家門中自詠云：『何暇談名說利，漫自倚翠偎紅。請看換羽移宮，興廢酒杯中。驥足悲伏櫪，鴻翼困樊籠。試尋往古，傷心全寄詞鋒。問何人作此，平生慷慨，負薪吳市梁伯龍。』可知他懷才不遇，失意功名，於是過着倚翠偎紅的浪漫生活，而寄情於聲樂，芳畬詩話說他以例貢爲太學生，想是可靠的了。胡應麟筆叢云：

『魏良輔能諧聲律，梁伯龍起而效之。考證元劇，自翻新調，作江東白紵、浣紗諸曲，金石鏗然。譜傳藩邸戚畹，金柴熠爚之家，取聲必宗伯龍，謂之崑腔。』又朱彝尊靜志居詩話云：

『梁伯龍塡浣紗記。王元美詩云：「吳閭白面冶遊兒，爭唱梁郎雪豔詞」是也。又有陸九疇、鄭思笠、包郎郎、戴梅川輩，更唱迭和，流播人間，今已百年。傳奇家別本，弋陽子弟可以改調歌之，惟浣紗不能，固是詞家老手。』

由此觀之，梁辰魚是利用崑腔來寫作戲曲的權威，因其作品的膾炙人口，無形中給與崑腔傳佈的極大助力。傳奇別本，可用弋陽腔調表演，惟浣紗不能，可知浣紗一戲，在音曲上，是崑腔戲曲中的典型，而成爲崑腔興起以後作戲者的楷模了。

浣紗記除音曲以外，在文字的藝術上，也算得是一部唯美的作品。他在那個戲曲駢儷化辭賦化的潮流裏，他的作品，自然也逃不了這種影響。李調元說：『梁伯龍出，始爲工麗濫觴。蓋其生嘉、隆間，正七子雄長之會，詞尙華靡，弇州於此道不深，徒以維桑之誼，盛爲吹噓，不知非當行也。故吳音一派，竟爲勦襲靡詞，如繡閣羅幃，銅壺銀箭，紫燕黃鶯，浪蝶狂蜂之類，啓口卽是千篇一律。甚至使僻事，用隱語，不惟曲家本色語全無，卽人間一種眞情話，一不可得。』（兩村曲話）這話固然說得不錯，但因作者的才情很高，而又沒有儒家那種迂腐的性質，曲白雖寫得研鍊工麗，但尙無堆砌飣餖的惡習，不能不算是一部好作品。戲的情節，是敍述西施亡吳的故事，這是大家都知道的。作者在這戲裏，一面着力於國事的鋪寫，同時又强調范蠡、西施的愛情。最後泛湖一幕，以富貴功名是夢，惟有愛情是眞作結。表面雖是團圓，但比起那些中狀元探花，衣錦還鄉的結構來，眞是充滿着詩情，而悠悠有餘味，這是很可喜的。『人生聚散皆如此，莫論興和廢。富貴似浮雲，世事如兒戲，惟願普天下做夫妻，都是咱共你。』（北清江引）最後范蠡伴着美麗的西施，坐在小小的船上，唱着上面這隻歌，神仙似的海上飄飄而去了。這種濃厚的詩情畫意，曠遠瀟洒的人生哲學，在旁的戲曲中，是不易見到的。

浣紗記中的對白，我舉效顰一齣爲例。

『東施　妹子，聞得你臥病月餘，沒有人說，前日因你寄信與王媽媽，方纔曉得，特去請北威姐與你看脈。

西施　遠勞二位姐姐。

北威　妹子，我且問你，你的病症怎麼起的？如今覺得怎麼？

西施　姐姐，連我也不曉得怎麼樣起。常時溪邊浣紗，身子困倦，昏昏沈沈，自覺沉重。如今日夜心疼，飲食少進。

東施　妹子，你敢遇着標致人，被他哄動春心，日夜相思，做成這場症候。

西施　休得取笑，求北威姐着那脈看一看。

北威　（做看脈介）我的手，東施妹子的口，好笑得差不多。你的病根還是七情上感出來的。你見那春光明媚，風景晴和。翩翩浪蝶狂蜂，陣陣遊絲飛絮。如今又夏來春去，花落鶯啼。千條愁緒撒開來，一點春心拿不住。因此構成心病，不得痊安。你如今咳嗽頭疼，面紅身熱，神思昏亂，魂夢不寧，是這等麼？

西施　姐姐正是！

北威　你如今第一到要排遣，第二方纔吃藥，你若會排遣，不消幾貼藥就好了。你若不肯排遣，只是這等啾啾唧唧，就吃一百丸藥，也是沒用的。

東施　若是這等說，極容易。待我去東村頭西村頭，尋個標致俊俏的妹夫，送將來，這病就好了。

北威　丫頭做媒人，自身也管不全。若有標致俊俏的，你自家用了。到肯送與別人。

西施　休要取笑！

東施　前日王媽媽來說，西施近日因害心疼，捧着心兒，皺着眉兒，模樣一發覺得好了。我不信他，方纔冷眼瞧他，只見滴溜溜的嬌眼，青簇簇的蛾眉，並無病症，越有精神。略不見一些七青八黃，反增出許多千嬌百媚。不要說男子漢見了他歡喜，就是我做女娘家，見了他滿身通廝木了。一些也動彈不得，可惜沒有碗好冷水，我就嚥他在肚子裏去。

北威　妹子，這個却使不得，你若又嚥下這個人兒，你的肚子一發大了。

東施　（捧心皺眉介）姐姐不好了。我也心疼起來了。

北威　你却怎的。

東施　姐姐，我對你說，數年前未分拆之時，我和妹子同在東村住。兩個從小兒一心一意，過得極好。我若歡喜，他也歡喜，他若煩惱，我也煩惱。他如今害心疼，我怎麼不心疼起來？姐姐，沒奈何也把貼藥與我吃。……』

西施因在溪邊浣紗，見了范蠡，便害起愛情病來。這是他兩位女友，走來看病，彼此對談的一節。少女的口吻與心理，在這段文字中，表現得極其活潑生動，而又時帶幽默，情趣甚佳。即偶有文雅之句，亦不可厭。比起當日那些講經義掉書袋的之乎者也的駢文古文來，這眞是難得了。再如思憶中的一段對白，也是絕妙文字。由幾位宮女與內臣的滑稽談話，把西施的美和吳王專寵的情形，很深刻地反襯出來。

浣紗記的曲辭，頗多佳作，遊春的華豔，別施的哀傷，採蓮的清麗，思憶的苦楚，泛湖的沖淡瀟洒，都各有特色。今舉思憶爲例。

『喜遷鶯　（旦）年年重九，尚打散鴛鴦，拆開奇耦。千里家山，萬般心事，不堪盡日回首。且挨歲更時換，定有天長地久。南望也，繞若耶煙水，何處溪頭。

二犯漁家傲　堪羞。歲月遲留，竟病心淒楚，整日見添憔瘦。停花滯柳，怎知道日漸成拖逗。問君早鄰國被幽，問臣早他邦被囚，問城池早半荒丘。多掣肘，孤身遂爾漂流。姻親誰知掛兩頭，那壁廂認咱是個路途間霎時的閒相識，這壁廂認咱是個繡帳內百年的鸞鳳儔。

二犯漁家燈　今投。異國仇讎，明知勉强也要親承受。乍掩鴛幃，疑臥虎帳。但帶鸞冠，如罩兜鍪。溪紗在手，那人何處，空鎖翠眉依舊。只爲那三年故主親出醜，落得兩點春山不斷愁。

喜漁燈　幾回暗裏做成機彀，一心要迎新送舊。專等待時候，又還愁，夜寒無魚，滿船月明空下鈎。贏得雲山萬疊家何在，況滿目敗荷衰柳，教我怎上危樓。他這裏窮兵北渡中原馬，何日得報怨南飛湖上舟。

錦纏道　謾回首，這場功終須要收，但促急未能酬。笑遷延羞覩織女牽牛。斷魂尋行春西儔，飛夢繞浣紗溪口，俺這裏甘追求。正是歸心一似錢塘水，終到西陵古渡頭。』

在這些曲辭裏，把西施的情緒，國難和愛情的矛盾衝突的情緒，和盤托出，寫得很苦楚，又很深情，讀了令人非常感動。浣紗記能在當日風靡一時，固非偶然了。

王世貞與鳴鳳記　其次，在這一個時代的戲曲值得我們注意的，是王世貞的鳴鳳記。前人有疑此戲爲王之門生所爲，這問題倒不重要。鳴鳳記的特色，是一掃當代作家專寫戀愛材料的惡習，他是採用黑暗政治爲題材，暴露貪官汚吏的罪惡，表揚正人君子的義烈行爲，而寫成一本最有時代性社會性的戲曲。作者以嚴嵩父子的專權作惡爲主幹，再鋪敍那些嚴嵩手下的狐羣狗黨的淫威與下賤，再以楊繼盛的忠烈死節，及許多正直書生的事體結合起來，成爲一本四十一齣的長戲。戲中情節，可於家門中見之。

『元宰夏言，督臣曾銑，遭讒竟至典刑。嚴嵩專政，誤國更欺君。父子盜權濟惡，招朋黨濁亂朝廷。楊繼盛剖心諫諍，夫婦喪幽冥。忠良多貶斥，其間節義，並著芳名。鄒應龍抗疏，感悟君心。林潤復巡江右，同戮力激濁揚淸。誅元惡芟夷黨羽，四海賀昇平。』（滿庭芳）

此記曲白亦多駢儷，還流暢可讀。又因事件過繁，故結構極爲鬆懈，這缺點是很顯明的。但如嚴嵩慶壽一齣中的長篇對白，把嚴嵩的淫威與走狗們的醜態，眞是寫盡了。燈前修本，把楊繼盛的忠義情緒，爲國除奸的犧牲精神，表現得熱烈動人。最令人傷感的是夫婦死節的一幕。

『耍孩兒　（旦）看愁雲怨滿天，痛生離死別間。須臾七魄無從見。牽襟結髮今朝斷，牽襟結髮今朝斷，腸裂空山哀月猿，刎不出傷心劍。我那相公本是個飛黃千里，今做了帶血啼鵑。

江兒水　天哪我魂離體，魄喪泉，痛思鴛侶遭飛箭。我那相公你一點丹心明素願，翻成白刃流紅茜。禍比史、蘇尤慘，仇海寃天，對着誰人悲怨。

前腔　再啓吞聲愬，重開血染箋。（懷中出本介）粉身猶要將尸諫。〔此本乃是未亡人代夫明志，尸諫感君之本，煩大人代達天聽，倘得剪除權奸，我夫婦萬剮甘心。（外）咳，楊宜人，椒山且如此，你一女人，濟得什麼事，不如息了這個念頭罷。〕我兩兩哀鳴如鳥怨，人之將死其言善。我苦只苦萬里君門難見，我同到烏江，免使亡夫心眷。（自刎科）』

在從前那種天高皇帝遠的君主專制時代，一旦奸臣得勢，便可任意陷害忠良，魚肉百姓，任你尸諫也好，剖心也好，皇帝總是莫明眞相。所謂「我苦只苦萬里君門難見，」眞把君權政治的黑暗，說得一針見血了。在當日專寫才子佳人的戀愛戲曲的狂潮中，作者別開生面，以現實的政治事件爲題材，暴露朝廷的罪惡，濃厚地留着時代的影子，這是鳴鳳記值得我們重視的地方。

其次如鄭若庸的玉玦記，敍王商與其妻秦氏慶娘悲歡離合的故事，典雅工麗，頗有時名。張鳳翼的紅拂，敍李靖紅拂的故事，曲辭頗佳，流行甚廣。在這一時代中，還是值得一讀的劇本。至於屠隆的言仙說道，梅鼎祚的一味駢詞儷句，眞是內容文采，兩無可觀。我也不必多說了。

四 雜劇的衰落與短劇的產生

明代初年，因去古未遠，元雜劇仍能在當時保持大部分的勢力。太和正音譜列舉元、明之際的作家，有王子一、劉東山、谷子敬、湯舜民、楊景言、楊文奎、賈仲名等十六人。涵虛子自己也曾作雜劇十二種，今俱不存。在上列諸家中，所遺留下來的作品，也不到十種，大都取材神仙釋道，文辭內容，俱不足觀。周憲王朱有燉，是明初一個雜劇的大量製作者。他一生共作雜劇三十一種。不過雜劇到了他，正開始發生變化，漸漸有超出元人規矩的地方，如一劇用五折構成，或一折用複唱合唱的方式，這明明是受了南戲的影響。他的作品，大致音律和諧，文辭並無特色。他是明太祖的孫兒，周定王橚的兒子，他是一個養尊處優的貴族。文學的製作，在貴族文士們，完全是一種娛樂。在他的作品裏，自然沒有什麼正確的中心思想，或是社會問題表現出來。他們一天到晚，除了聲色花草的享樂以外，自然就是想長生不老，升天作神仙。因此他的作品，恰好是這種貴族意識的表現。

一、寫長壽或神化的，有瑤池會八仙慶壽、惠禪師三度小桃紅等八種。

二、寫妓女的，有李亞仙花酒曲江池等六種。

三、寫牡丹花的，有洛陽風月牡丹仙三種。

王九思與康海　我們看了這些題材，便知道朱有燉雖是明代雜劇的大量作家，其作品是實無可取。從他以後，因南戲的復興與繁盛，雜劇漸趨於消沉。在正德及嘉靖年間，只有康海、王九思二人的雜劇，值得我們注意。在雜劇的發展史上，雖說已到了夕陽西下的沒落時期，但王九思的沽酒遊春，康海的中山狼，確在雜劇的最後期，放出一點光輝。此後如梁辰魚的紅線女，梅鼎祚的崑崙奴，葉憲祖的團花鳳，都只略具形體，沒有什麼情趣了。

王九思字敬夫，號渼陂，陝西鄠縣人，弘治丙辰進士，受檢討。康海字德涵，號對山，陝西武功人，弘治十五年狀元，授翰林院修撰。他倆文名很高，同爲前七子的要角。明代的戲曲家，百分之九十以上，都是江南人，他們卽是偶作雜劇，在言語及精神上，總難表達出北方文學的色彩與情調。王、康同爲北籍，故無論辭調與曲情，都有北方的本色與古樸，絕非那些摹擬北方的言語與性質者可比。這是我們必得注意的。王九思的沽酒遊春，是寫杜甫感傷時事，因恨奸權誤國，隱身避世的故事。戲中借着李林甫的專權無道，對於奸臣惡吏，痛加貶責。如『三三兩兩廝搬弄，管什麼皂白青紅。把一個商伯夷，生扭做虞四凶。兀的不笑殺了懵懂，怒殺了天公。……自古道聰明的却貧窮，昏子謎做三公。』這種憤慨激昂的話，表面是駡古人，其實就是指責當時的朝政，這是非常顯明的。據說戲曲中李林甫就是指當時的宰輔李西涯，這或者可信。

康海的中山狼，寫得更有意義。中山狼的故事，是大家知道的，作者在這一個寓言的戲曲裏，痛言不徹底的人情主義的失敗。世上的事，要求眞建設眞進步，只有把陳舊的餘毒，務必要斬草除根，萬不可講一點妥協與敷衍。若因一時的人情，留下半點餘毒，便成爲後來失敗的禍根。以惡報德的負心事件，社會上實在是太多了。戲曲的最後說：

『末　丈人，只都是俺的悔氣，那中山狼且放他去罷。

老　（拍掌笑科）這般負恩的禽獸，還不忍殺害他。雖然是你一念的仁心，却不做了個愚人麼？

末　丈人，那世上負恩的儘多，何止這一個中山狼。

老　先生說的是，那世上負恩的好不多也。那負君的受了朝廷大俸大祿，不幹得一些兒事。使着他的奸邪貪佞，誤國殃民，把鐵桶般的江山敗壞不可收拾。那負親的，受了爹娘撫養，不能報答，只道爹娘沒此掙挫，便待割骨還父，割肉還母，纔得亨通。又道爹娘虧他抬舉，却不思身從何來。那負師的，大模大樣，把師傅做陌路人相看。不思做蒙童時節，教你讀書識字，那師傅費他多少心來。那負朋友的，受他的周濟，虧他的遊揚，眞是如膠似漆，刎頸之交，稍覺冷落，却便別處去趨炎趕熱。把那窮交故友，撇在腦後。那負親戚的，傍他吃，靠他穿，貧窮與你資助，患難與你扶持，纔豎得起脊梁，便顚番面皮，轉眼無情。却又自怕窮，憂人富，剗地的妒忌，暗裏的算計。你看世上那些負恩的，却不個個是中山狼麼？』

這一段對白，不僅文字好，意義也好，眞是借着野獸，駡盡世上一切，痛快淋漓，深刻無比。字字眞深，句句實在，負國家的，負父母的，負師友的，不是到現在，仍充滿着政府家庭與社會嗎？中國的政治家庭與社會的黑暗與腐化，不就是那種打一半留一半，革命一半妥協一半的人情主義作怪嗎？現在任何一個角落裏，不都存在着中山狼式的人們嗎？這樣看來，中山狼雖是寓言，却最現實，表面雖是暗示的諷刺，實際是正面的攻擊，這種富於思想的作品，比起朱有燉那一套牡丹戲神仙戲來，價値自然是要高得多了。他的曲辭，也寫得極爽直古樸，頗有元曲的意境，一掃南戲的詞情與柔媚。如：

『油葫蘆　古道垂楊噪晚鴉，看夕陽恰西下。呀呀寒雁的落平沙，黃埃捲地悲風刮，陰雲遍野荒煙抹。只見的連天衰草岸，那裏有林外野人家。秋山一帶堪描畫，揾不住俺淸淚灑袍花。

鬬鵪鶉　亂粉粉葉滿空山，淡氳氳煙迷野渡，渺茫茫白草黃榆，靜蕭蕭枯藤老樹。昏慘慘遠岫殘霞，疎剌剌寒汀暮雨。騎着這骨稜稜瘦駑駘，走着這樣迢迢屈曲路。冷凄凄隻影孤形，急穰穰千辛萬苦。』

短劇的興起　嘉靖以後，雜劇完全走到了沒落的命運。因爲崑腔風靡一時，傳奇日盛。於是伶工妓女，專習南曲，以投時好。因而北曲的演唱，成爲絕學，即有雜劇作者，亦完全不遵守元人格律，南北互雜，翻爲新體。雖名爲雜劇，已非舊物。如沈泰所輯之明人雜劇數十種，大部分爲南北戲曲之混血兒。這一些作品，我名之爲短劇。沈德符顧曲雜言說：

『嘉、隆間，度曲知音者有松江何元朗，蓄家僮習唱，一時優人俱避舍。以所唱俱北詞，尙得金、元遺風。余幼時猶見老樂工二三人，其歌童也，俱善絃索，今絕響矣。近日沈吏部所訂南九宮譜盛行，而北九宮譜，反無人閱，亦無人知矣。』他又說：

『今南腔北曲，瓦缶亂鳴，此名北曲，非北曲也。只如時所爭尙者望蒲東一套，其引子，望字北音作旺，葉字北音作夜，急字北音作紀，疊字北音作爹，今之學者頗能談之。但一啓口，便成南腔。正如鸚鵡效人言，非不近似，而禽吭終不脫盡，奈何强名曰北。』

由此可知萬曆年間，北曲的歌唱，已成絕響。南人因言語音調關係，强作北曲也只能形似。他所說的北曲南腔，正說明當日雜劇在音律上的混亂。就形式言之，亦是如此。在沈泰編的明人雜劇中，有一折的，如徐文長的漁陽弄、汪道昆的高唐夢、五湖遊、遠山戲、洛水悲、陳與郊的出塞、入塞；沈自徵的簪花髻、灞亭秋、鞭歌妓；葉憲祖的北邙說法。有二齣的，如徐文長的翠鄉夢、雌木蘭。有四齣的，如孟子若的死裏逃生。有五齣的，如徐文長的女狀元，孟子若的桃花人面，陳與郊的義犬。有六齣的，如徐復祚的一文錢。有七折的，如王衡的鬱輪袍。有七齣的，如汪廷訥的廣陵月。以一折比之元雜劇，形式是短的，以二齣或四五齣比之明傳奇，形式也是短的。所以這些作品，都名之爲短劇，是較爲合宜的了。

其次，這些作品，在創作上，也完全離了雜劇傳奇的規律。如王驥德的男王后，形式是四折，曲是用北調，而說白是用的南方語體。他還有離魂、救友、雙鬟、招魂諸作，名爲北劇，而實用南調塡詞。再如葉憲祖的團花鳳，南北合套，任意使用。在歌唱上，完全廢除元劇每折一人獨唱的通例，總是採取複唱合唱的方式。因此這些作品，不能叫雜劇，也不能叫傳奇，這是很顯明的了。王驥德說：『余昔譜男后劇，曲用北調而白不純用北體，爲南人設也。已爲離魂並用南調。……知北劇之不復行於今日也。』（曲律）他在這裏，正好說明了這種新體裁的短劇所產生的環境及原因。不用說，這些作品，已失去了舞臺上的效果，只是文人抒情寫恨之作，變成書桌上的讀物了。

短戲是一種文人即興之作，不像那些長至四五十齣的傳奇，編排故事，塡製曲文，都需要大量的精力與時間。因爲形式很短，其取材都是摘取故事中最精采最悲壯或是最風雅的一片段，加以表現，故在文字上容易見長。至於他的來歷，其源甚古。元人晚進王生的圍棋闖局，可視爲短劇之祖。此劇只一折，敍述鶯鶯、紅娘正在下棋，張生踰牆偷看的故事。但在元劇中，此種體裁，却未再見。到了嘉、隆年間，一面因雜劇的消沉，一面又因傳奇的繁重，於是短劇漸有復興之勢。楊愼有太和記六本，每本四折，每折寫一段故事，實爲二十四個短劇。現太和記諸作不傳，或謂盛明雜劇中所載許潮雜劇八種，即楊愼舊物，或可信也。

徐渭　徐渭（一五二一——一五九三），字文長，號青藤，浙江山陰人。他的才情極高，思想極好，與李卓吾同爲晚明浪漫思想的啓導者。他一生轗軻不遇，又遭難入獄。對於傳統的倫理道德及那些權貴的醜惡，深惡痛絕。因此，在他的戲曲裏，都暗寓着這種思想。他作有漁陽弄、翠鄉夢、雌木蘭、女狀元四短戲，題名爲四聲猿。漁陽弄寫禰衡罵曹，翠鄉夢寫柳翠得道，雌木蘭寫木蘭從軍，女狀元寫黃崇嘏及第得婿。在這些劇裏，他結構嚴密，剪裁經濟，詞曲高爽，幻想豐富，都是很好的作品。漁陽弄他借着禰衡的口，描寫自己對於當代權貴的憤慨，激昂熱烈，痛快淋漓。翠鄉夢他以和尙妓女兩種絕不相同的人物，互相對照，他認爲只要是眞性情眞道德的人，都不管是妓女和尙，能升天得道，僞善者才永遠是天國門外之客。同時在那對照之中，又把『色卽是空，空卽是色』的義理表現出來。雌木蘭與女狀元是兩個尊重女權的劇本，一反那種重男輕女的傳統思想。他覺得女人也有人格，也有才學，也有力量，你把他們拘禁在閨房裏，不許她們去努力創造，不許她們受教育，她們自然永遠不能翻身。譬如木蘭的武藝，可以爲國立功，黃崇嘏的才學，可以爲官理政。他們的能力，都不在男子之下。木蘭最後唱說：『我做女兒則十七歲，做男兒倒十二年，經過了萬千瞧，那一個解雌雄辨，方信道辨雌雄不靠眼。』這意思說得多麼清楚。只靠眼睛，而定其雌雄，於是分出輕重，形成壓迫與被壓迫的兩種階級。這都是受了儒家正名的毒。

四戲的說白，都很流暢，無餖飣駢麗之惡習。曲文亦佳，漁陽弄、雌木蘭中，尤多好言語。

『混江龍　軍書十卷，書書卷卷把俺爺來塡。他年華已老，衰病多纏。想當初搭箭追鵰穿白羽，今日呵扶藜看雁數青天。呼鷄喂狗，守堡看田，調鷹手軟，打兎腰拳。提攜喒姊妹，梳掠喒丫鬟。見對鏡添粧開口笑，聽提刀厮殺把眉攢。長嗟歎自道：兩口兒北邙近也，女孩兒東坦蕭然。

么　離家來沒一箭遠，聽黃河流水濺。馬頭低遙指落蘆花雁，鐵衣單忽點上霜花片。別情濃就瘦損桃花面，一時價想起密縫衣，兩行兒淚脫眞珠線。』（雌木蘭）

『點絳唇　俺本是避亂離家，遨遊許下。登樓罷，回首天涯，不想道屈身軀扒出他們胯。

混江龍　他那裏開筵下榻，教俺操椎按板，把鼓來撾。正好俺借槌來打落，又合着鳴鼓攻他。俺這罵一句句鋒鋩飛劍戟，俺這鼓一聲聲霹靂捲風沙。曹操，這皮是你身兒上軀殼，這槌是你肘兒下肋巴。這釘孔兒是你心窩裏毛竅，這板仗兒是你嘴兒上撩牙。兩頭蒙總打得你潑皮穿，一時間也酹不盡你虧心大，且從頭數起，細心聽咱。

天下樂　有一個董貴人，是漢天子第二位美嬌娃，他該什麼刑罰。你差也不差，他肚子裏又懷着兩三月小哇哇。旣殺了他的娘，又連着胞一搭，把娘兒們倆口破做血蝦蟆。』（漁陽弄）

此等文字，不是那些雕章琢句的庸人所寫得出的。俗語俚言，隨意驅使，嘻笑怒罵，都是文章。字字入情，句句圓熟，而又氣勢雄奇，確是上品。王驥德說：『吾師徐天池先生所爲四聲猿，高華爽俊，穠麗奇偉，無所不有，稱詞人極則，追躅元人。』（曲律）這話是不錯的。

汪道昆　汪道昆字伯玉，號南溟，歙縣人，文名甚著，與王世貞齊名，世目之爲『後五子』。他有高唐夢、洛水悲、遠山戲、五湖遊短劇四種，俱爲一折。高唐夢寫襄王神女事，洛水悲寫曹植洛神事，遠山戲寫張敞畫眉事，五湖遊寫范蠡泛舟事。他所取的題材，都是一些風流韻事，其中思想，自無可言，但曲白硏鍊雅潔，淸逸可喜。因爲全是抒情，自然缺少雄渾之氣。如遠山戲中懶畫眉云：『春風人面畫欄西，紅豔凝香未可持。看他粧成欲罷思依依。憑欄問道人歸未，眇眇愁余淡掃眉。』

陳與郊　陳與郊字廣野，號玉陽，海昌人。有昭君出塞、文姬入塞短劇二種，俱爲一折。出塞文辭平庸，無可取者。入塞則純用白描，將文姬回國時，同兒女離別的那一幕，寫得最眞實，最沉痛。

公義私情的衝突，母愛與國讎的心理的苦楚，在這一短劇裏，完全表現出來，眞可算是一個最好的獨幕悲劇。

『二郎兒慢 （文姬）歸朝者，歎嬰兒向龍荒割捨，我一霎地衷腸亂似雪。這地北天南，可是等閒離別。渺渺關山千萬疊，便是夢魂兒飛不到也。任胡越，手中十指，長短總疼熱。

鶯集御林春 （蔡女）却纔的說得傷嗟，野鹿心腸斷絕。母子們東西生死別。（文姬：你自有你爹爹在哩）父子每覺嚴慈差迭，娘娘腹生手養一步步難離，怎向前程歇。明夜冷蕭蕭是風耶雨耶，教我娘兒怎寧貼。

前腔 （蔡女）我落得哭哭啼啼，你則待閃閃撇撇。娘娘去後呵，那時節兩兩攢眉空向月，爭得似手持衣拽。娘娘，你此去家山那些，把姓名支派從頭說。待刺血寫書兒，倘上林有雁飛越，與孩兒寄紙問安帖。

尾聲 一聲痛哭咽喉絕，蘸霜毫把中情曲寫。便是那十八拍胡笳，還無一半也。』

這種文字，完全出自眞性情。一點不加雕飾，由俗言口語組織而成，更覺眞摯哀楚。比起文姬自寫的悲憤詩，還更要動人。

徐復祚與王衡 徐復祚的一文錢，王衡的鬱輪袍，是兩個諷刺劇。徐字陽初，常熟人。工傳奇，有紅梨、投梭等作。但他的一文錢，却最有意義。戲爲六齣，寫一個叫盧至的土財主，愛錢如命，連妻兒臥病了他也不管，自己還到叫化子那裏去討剩飯吃。後來由一個和尚的法術，把他家幾百萬的穀米財帛，都分給貧民了。王應奎柳南隨筆云：『余所居徐市，徐大司空聚族處也。明季其族有二人，並擁高貲，一豪奢，一吝嗇。吝者爲諸生啓新，其族人陽初作一文錢傳奇以誚之，所謂盧至員外者指啓新也。』可知作者是取材於現實的社會人事，而是有意的諷世之作。曲文雖不甚佳，但說白却多妙語。在那些說白中，把盧至那人的人格和吝嗇卑鄙的行爲，眞是形容盡至，令人捧腹，這一種滑稽喜劇，明人的戲曲中，是極少見的。王衡字辰玉，太倉人。他的鬱輪袍，共七折，寫王維的故事。作者因考試遇謗，終未獲大用，因此抑鬱不得志，乃作此劇。劇中雖寫古事，實諷刺世人熱中功名，卑鄙無恥，同時對於科舉考試制度的弊端，加以攻擊。他借着文殊和尚的口說：『如今末刼澆薄，世上人只爲功名一事，顚顚倒倒的。瞎眼人强做離朱，堂下人翻做堂上，不知誤了多少英雄豪傑。……世人重的只是科目，科目以外，便不似人一般看承。我要二位數百年後再化身，做一個不由科目不立文字，幹出名宰事業的，與世上有氣的男子立個法門，勢利的小人放了寬路。』這便是鬱輪袍的中心思想。兩戲的結尾，都由和尚出來點化，這雖說有點荒唐，但在寓言諷刺劇的製作上，是無礙的。做金錢的奴隸，同做功名的奴隸，一樣是愚笨無聊，都不是人生的正道。有了錢，應該賑濟窮人，有了才學，與其去做權奸的走狗，不如在農村山舍，過點自由的生活，研究點學問，這是劇中和尚們指示給讀者的途徑，也就是作者想要表現的思想。在這種地方，這兩個作品，是自有其特色與意義了。

孟稱舜的桃花人面　短劇中言情之作，當以孟稱舜的桃花人面爲代表。孟字子若，山陰人。桃花人面，共五齣，譜崔護、葉蓁兒故事。這故事全是抒情的，加之用桃花來襯寫女人與春光的美麗，故文辭極其華豔動人。戲中曲辭，全爲佳作。第二齣描寫少女的春情，與戀愛的心理，尤爲出色。

『倘秀才　憶來時，陪笑臉，雙生翠渦。寄芳心，獨展秋波。說甚的人到幽期話轉多，相見情難訴，相看恨若何，只落得淚珠偷墮。

普天樂　有意遣愁歸，無計奈愁何。斷腸荒草，處處成窩。思發在花前，花落眉還鎖，乾相思害得無邊闊，影兒般畫裏情哥。待撇下怎生撇下，待重見何時重見，只落得病犯沉痾。

朝天子　思他念他，這淚臉沒處躲。咱將癡心兒自揣摩，未必他心似我。展轉徘徊，低整衣羅，怕人來早瞧破情多，無那要訴這情兒誰可。

四邊靜　對了些香銷燼火，恨滿愁城，淚點層羅。隻影踟躕，休道慵粧裹。便粧成對鏡誰憐我，且壓着衾兒臥。

上小樓　壓着衾兒臥，夢裏人兩個。猶記的他門兒低扣，話兒調弄，意兒輕模。醒來時還兀自成抛躲，依舊恓惶的我。

么　驀相逢，情意好，恨今朝，空寂寞，悔不的手兒相隨，語兒相洽，影兒相和，與他在花前月下共樂。果道是夢兒裏相會呵，如今和夢也不做。』

反復地寫，直率地寫，一層進一層的寫，總要把那單戀的少女心情，赤裸裸地表現出來。言情之作，雜劇中的西廂，傳奇中的還魂，短劇中的桃花人面，可稱鼎足。孟另有死裏逃生一劇，長爲四齣，描寫和尚們强奸婦女的罪惡。結構完整，戲情緊張，曲文亦生動可喜。短戲中之佳篇，已如上述。其他如沈君庸、葉憲祖諸人，俱有一折之劇，因其無甚特色，想不多說了。再如盛明雜劇二集中，載有許潮所作之一折短劇八種。此爲許潮自作，抑爲楊愼舊物，疑不能明。加以各劇，只寫一點文人名士如陶淵明、王羲之、蘇東坡的風流韻事，沒有什麼特長，所以也略而不談。

五　湯顯祖與晚明的劇壇

戲曲發展到了晚明，正如詞到了宋末一樣，大家都走到格律的路上去。從前那種駢儷辭賦的習氣，雖稍稍斂跡，但接着起來的，是講韻律，講宮調，講字面，講唱法。總而言之，大家都盡力於曲辭方面的研究，對於戲的結構思想以及說白方面，一點不加以注意。於是戲曲的生命漸漸死去，而只剩着詞曲的生命了。一個戲本不管他的內容怎樣荒唐，怎樣腐敗，結構怎樣散漫，只要內面有幾支曲子寫得美麗動人，這戲本便可鬨動一時。他們不懂得戲曲是通俗的大衆文學，他們對於用韻協律方面，斤斤計較，偶一發現前人作品中的超規越矩之處，便加以惡評。如白兎、殺狗的曲白的俚俗，他們看不起，高明說了一句「不尋宮數調，」他們都責備他是戲曲界的罪人，琵琶、金印、紅拂、浣紗諸作中，偶爾發現一兩處韻律通用的地方，他們大不滿意。沈德符讀了張鳳翼的紅拂記，看見他用韻多有通假之處，便譏笑他說：『以意用韻，只便於俗唱。』（顧曲雜言）所謂只便於俗唱，便是不能登大雅之堂的意思。紅拂記的眞實價值，我們不必說，但只以「以意用韻」一句話，作爲批評那個劇本的標準條件，這是極無理的事。然而在這裏，正可以看出晚明劇壇的趨勢，以及當日劇作家與批評家所注重的，不是戲曲之整體生命，而是其中的小節。在這一個環境下，於是講唱法，講用韻，講格律的，批評戲曲的種種作品，都應運而生了。在這些書中，沈璟的南九宮譜、南詞選韻，王驥德的曲律，呂天成的曲品，可爲此中的代表。這些著作，與宋末的樂府指迷、詞源諸書，都在同樣的環境之下產生，有同樣的意義，而都是作詞作曲的人的聖經。有了這些書，於是詞曲中一點自由空氣，全被他們壓死了。於是那些作家都爲那些格律所限，都在協律合調講求字面上用功夫，戲曲的生命，因而更趨微弱，戲作家都變成曲匠了。

沈璟　沈璟字伯英，號寧菴，又號詞隱，吳江人，萬曆甲戌進士。他大概是生於嘉靖末年，死於萬曆末年（一五五五？——一六一五？），與湯顯祖是同時的人。他精通音律，善於南曲。是當日曲匠的宗師，格律派的代表。他有南九宮譜、南詞選韻二書，爲當代製曲家的金科玉律。前者嚴整南曲的調律，說明南曲的唱法，後者所選的作品，不以藝術爲準則，只以合韻與否爲準則。他的作曲主張，是與其曲佳而不合律，不如合律而曲劣。他這種思想，竟能風靡一時，如顧大典、葉憲祖、卜世臣、呂天成、馮夢龍諸人，都受他的影響者，因此演成「吳江派」這個系統。呂天成在曲品中稱沈璟爲曲中之聖。贊揚他說：

『嗟曲流之汎濫，表音韻以立防。痛詞法之蓁蕪，訂全譜以闢路。紅牙館內，謄套數者百十章。屬玉堂中，演傳奇者十七種。顧盼而雲煙滿座，咳嗽而珠玉在毫。運斤成風，游刃餘地，詞壇之庖丁，此道賴以中興，吾黨甘爲北面。』

沈德符在顧曲雜言中也說：

『沈寧菴吏部後起，獨恪守詞家三尺，如庚清眞文桓歡寒山先天諸韻，最易互用者，斤斤力持，不稍假借，可稱度曲申韓。』

可知當代人對於他的推崇，眞是無微不至。在這些文字裏，他們所稱道的功績，也只是講音韻訂曲譜而已，也只是斤斤力持庚清先天諸韻而已。這都是曲匠的事業，不是有天才的大作家的事業。然而他在晚明的劇壇，確實發生過很大的影響。

沈璟著有屬玉堂傳奇十七種，及同夢記一種（還魂記的改本），大都散佚不存。今易見者，只有義俠記，存六十種曲中，敍武松故事。其中如武松打虎，打蔣門神大鬧飛雲浦諸節，在水滸中，已有活潑生動的描寫，戲中則平弱無力，不及遠甚。至如萌奸、巧媾二節，敍潘金蓮、西門慶調情事，正是表現作者才情的好材料，但經他寫來，情趣索然，比起水滸的本文來，黯然無色。可知作者只是音律的專家，而絕非創作家的妙手。才情過弱，眼高手低，故其作品，大多散佚不傳，也非偶然了。其次，沈璟是本色論的提倡者。他看見當代的戲曲，都變成了駢文辭賦，因此他要以本色來挽救這壞風氣，這是他的過人之處。不過，讀他的義俠記，無論曲白，都沒有做到本色俚俗這一點。他的紅渠記，現在雖然看不到了，但據曲品說：『先生自謂字雕句鏤，正供案頭耳。』可知戲曲到了晚明，已走上了格律唯美的大路，在高級文人的筆下，任你有本色俚俗的覺悟，也是寫不出本色語來的了。駢文辭賦的風氣，在晚明雖是稍稍斂跡，所謂「字雕句鏤」，確是當代作家的共同習尚，吳江派是如此，臨川派更是如此。這樣看來，沈璟的作品，雖是多至十八種，曲品雖譽爲曲中之聖，但他在明代的劇壇，實在是不能稱爲大家的。

卜世臣、呂天成是沈璟的嫡派，世臣作冬青、乞麾二記，今不傳。曲律說：『其詞駢藻鍊琢，摹方應圓，終卷無上去疊聲，直是竿頭撒手，苦心哉。』天成號鬱藍生，作曲品，極有名。著傳奇短戲如二窰、雙棲等多至二十餘種，今皆不傳。曲律云：『天成最服膺詞隱，改轍從之，稍流質易。然宮調字句平仄，兢兢毖眘，不少假借。』這兩位私淑沈璟的大門徒，他們的作品，除了斤斤於宮調平仄以外，想必一無所長，因此他們所作的戲曲，也就同沈璟的一樣，全被時代淘汰得一個乾乾淨淨。

王驥德 王字伯良，會稽人，明文叕讀說他是王守仁之姪，不知確否。他雖是徐文長的學生，但却一點沒有他老師的精神與長處。其實他的工作，全是沈璟的說教者，他校訂過西廂、琵琶，作過有名一時的曲律。曲律可算是格律派在理論著作上的代表。他的工作，比沈璟更進一步。我們試看曲律中重要的目錄：

論宮調　論平仄　論陰陽　論章法　論字法　論務頭　論聲調

論腔調　論句法　論對偶　論用事　論險韻　論過曲　論過搭

我們由這些目錄，便知道這本著作，是一種什麼性質的書。正如張炎的詞源，要在宋末才能產生的一樣，曲律也是要在傳奇發展到了高度才能產生。這種著作的產生，便是那種文學趨於僵化趨於沒落的預兆。一種文學的生命力漸漸消失，必得要產生這一種規則方法的書，好留着後人來摹擬製作，遺留着一種殘骸。馮夢龍曲律序說：『詞隱先生所修南九宮譜，一意津梁後學，而伯良曲律一書，法尤密，論尤苛，鼇韻則德清蒙譏，評辭則東嘉領罰，字櫛句比，則盈床無合作，敲今擊古，則積世少全才。雖有奇穎宿學之士，三復斯編，亦將咋舌而不敢輕談，韜筆而不敢漫試。洵矣攻詞之針砭，幾於按曲之申韓。然自此律設，而天下始知度曲之難，天下知度曲之難，而後之蕪詞可以勿製，前之哇奏，可以勿傳，懸完譜以俟當代之眞才，庶有興者。』因爲馮夢龍也是沈璟的門徒，所以對曲律大致譽揚之辭。因爲這種作品，於那些庸才以及初學作曲的人，最有好處，所以能風行一時。他們的價値，也就只在做教科書這一點。

大凡過於拘守音律的人，總不會寫出好作品來的。因爲他太懂得音律，便處處要受音律的牽制，而不容易發展作者的才情與個性。王伯良只作紅葉記傳奇一種，他自己也表示很不滿意。變體雜劇作過四五種，只有男王后一劇尚存。他寫一個男扮女裝的美男子的下賤故事，文辭固不見佳，而內容更是可鄙，他想與徐文長的女狀元相比，那眞是妄想了。眞有天才的作家，是不會困守在這種格律之下的，他情願犧牲他作品的實用性，而不願意犧牲他的藝術性。在晚明的劇壇，持有着這種革命精神的，是浪漫派的代表作家湯顯祖。

湯顯祖　湯顯祖（一五五〇——一六一六）字義仍，號若士，又號清遠道人。臨川人，萬曆癸未舉進士，因爲他不趨炎附勢，只做過幾次小官。官遂昌縣時，因縱囚放牒，不廢嘯歌，致爲人所劾，遂隱居故里，以作劇自娛。他的作品，有玉茗堂四夢：還魂記（一名牡丹亭）、紫釵記（紫簫記的改本）、邯鄲記及南柯記。還魂記寫柳夢梅、杜麗娘人鬼戀愛的故事，紫釵記本蔣防的霍小玉傳，叙詩人李益與霍小玉的遇合。邯鄲、南柯二記，一本沈旣濟的枕中記，一本李公佐的南柯太守傳，描寫富貴功名的虛幻，指點人生最後的歸宿。故四夢中，前二者爲才子佳人的戀愛劇，後二者爲寓言的諷世劇。皆文辭工麗，風行一時，還魂一作，尤爲膾炙人口。

還魂記全戲五十五齣，爲明代傳奇中稀有的長篇。戲的內容，實無足取，人死還魂，更屬荒唐。戲之結局，仍是團圓舊套，亦無新意。第一齣標目漢宮春詞云：『杜寶黃堂，生麗娘小姐，愛踏春陽。感夢書生折柳，竟爲情傷。寫眞留記，葬梅花道院淒涼。三年上，有夢梅柳子，於此赴高唐。果爾回生定配，赴臨安取試，寇起淮、揚。正把杜公圍困，小姐驚惶。教柳郎行探，反遭疑激惱平章。風流況，施行正苦，報中狀元郎。』戲中情節，由此可見大概，同時戲中所表現的，仍是那些點狀元高升發財的舊思想。這樣看來，我們要在還魂記中發現什麼戲劇形體組織的特色，或是什麼有關社會人生的思想問題，那是徒然的。不過，浪漫派的作品，這些條件本不重要。最要緊的是熱烈的情感，文字的美麗，幻想的豐富，與誇張的描寫。這幾點，在還魂記都得到了成功的表現，所以他能夠感動人心，尤爲熱情的少年男女所愛好。

在人類的生活中，力量最大的便是愛情。愛情是一把火，可以把人燒死，同時也可給人光明與幸福。湯顯祖不是那些僞善派的儒家，最懂得愛情的意義與支配人生的力量。還魂記這本長戲，便是着力描寫這一個情字。有人勸他講學，他說：『諸公所講者性，僕所言者情。』他對於當日的假道學派、擬古派以及八股派，都深惡痛絕，抱着反對的態度。要有他這種浪漫的性格，才能把愛情寫得眞，要有他那種才學，才把愛情寫得美。還魂記能夠到現在還能流傳人口，便是他寫的愛情旣眞且美的緣故。杜麗娘爲情而死，後來又還魂復活，這自然是荒唐，但死爲情死，活爲情活，無非是要加重愛情的力量，而加以誇張的描寫。當日困守於禮教下的少年男女們，心中有了愛人不敢公開，沒有愛人的，感着沒有寄託。一旦看了這種作品，覺得只要情眞，夢中可以找安慰，死了可以復活，這對於被禮教所壓制的少年男女，在這一種作品的欣賞上，直可療治他們精神上的傷害，解放出隱藏於他們潛意識中的苦情。因此婁江女子俞二娘讀了還魂，哀感自己的身世，斷腸而死，杭州女伶商小玲失戀後，因演還魂，傷心而死，內江某女子，因愛作者的才華，想嫁他，作者辭以年老，乃投江而死，這便是由作品中的熱情，引動了讀者的熱情的結果，也就是藝術給予人生的情感交流的具體化。

戲中的曲文，眞是美不勝收。驚夢、尋夢、寫眞、拾畫、魂遊、鬧宴諸劇，皆爲佳作。尤以驚夢一齣，更爲上乘。

『遶地遊　（旦）夢回鶯囀，亂煞年光遍。人立小庭深院。（貼）注盡沈煙，抛殘繡線，今春關情似去年。

步步嬌　（旦）裊晴絲吹來閒庭院，搖漾春如線。停半晌，整花鈿，沒揣菱花。偷人半面，迤逗的彩雲偏。步香閨怎便把全身現。

醉扶歸　你道翠生生出落的裙衫兒茜，艷晶晶花簪八寶塡，可知我常一生兒愛好是天然。恰三春好處無人見。不隄防沈魚落雁鳥驚諠，則怕的羞花閉月花愁顫。

皂羅袍　原來姹紫嫣紅開遍，似這般都付與斷井殘垣。良晨美景耐何天，賞心樂事誰家院。（合）朝飛暮卷，雲霞翠軒，雨絲風片，煙波畫船，錦屛人忒看的這韶光賤。……

（旦睡介，夢生介，生持柳枝上。生笑介：小姐，咱愛殺你哩！）

山桃紅　（生）則爲你如花美眷，似水流年，是答兒閑尋遍，在幽閨自憐。轉過這芍藥欄前，緊靠着湖山石邊。和你把領扣鬆，衣帶寬，袖稍兒揾着牙兒苫也，則待你忍耐溫存一餉眠。（合）是那處曾相見，相看儼然，早難道這好處相逢無一言。

（生下，旦作驚醒低叫介，秀才秀才，你去了也。）

綿搭絮　雨香雲片，纔到夢兒邊。無奈高堂，喚醒紗窗睡不便，潑新鮮，冷汗黏煎。閃的俺心悠步嚲，意軟鬟偏。不爭多費盡神情，坐起誰忺，則待長眠。

尾聲　因春心遊賞倦，也不索香重繡被眠。天呵！有心情那夢兒還去不遠。』

王驥德說『湯若士婉麗妖冶，語動刺骨，獨字句平仄，多逸三尺，然其妙處，往往非人力所及。』（曲律）沈德符也說：『湯義仍牡丹亭一出，家傳戶誦，幾令西廂減價，奈不諳曲譜，用韻多任意處，乃才情自足不朽也。』（顧曲雜言）湯作中的亂韻亂律，雖爲格律派的批評家所詬病，但對於他的才華，却一致加以譽揚。並且他的亂韻亂律，他自己也並非不知道。他不願意爲格律的奴隸，而限制傷害他的創作才情與藝術生命。他說：

『不佞牡丹亭記大受呂玉繩改竄，云便吳歌。不佞啞然笑曰：昔有人嫌摩詰之秋景芭蕉，割蕉加梅，冬則冬矣，然非王摩詰冬景也。』（答淩初成書）

『弟在此自謂知曲意，謂筆嬾韻落，時時有之，正不妨拗折天下人嗓子。』（答孫俟居書）

『牡丹亭記要依我原本，呂家改的，切不可從。雖是增減一二字，以便唱，却與我原作的意趣大不同了。往人家搬演，俱宜守分，莫因人家愛我的戲，便過求酒食錢物。』（與宜伶羅章二書）

在這些書信裏，表明作者堅强的性格，大膽的勇氣，和革命的精神。他不能因爲要便於俗唱，就允許人家增減一二字，情願拗折天下人嗓子，不能損害他作品的個性與精神，這種愛惜藝術的良心，是多麼可敬可愛。無奈那些格律派的曲匠們，如沈璟、呂碩園、臧晉叔諸人不懂得此中道理，一心一意，只守着那本曲譜，改作删訂。雖律度諧和，而精神全失，這眞是多事了。紫釵長五十三齣，亦爲言情之作，惟情事組織，稍嫌蕪雜。唐人傳奇，寫霍小玉失戀而死，原爲悲劇，戲中則改爲團圓，反覺無味。但全戲曲文，工麗華豔，極有情趣。折柳、題詩、驚秋三齣，尤爲精警。邯鄲、南柯二記，寓意相同，一歸於道，一歸於佛，那都是作者藉以指示富貴功名的虛幻，對於當日社會人士熱中名利的狂熱的心理，加以諷刺。人生如夢，一切皆空，是二戲中的旨趣。所寫雖俱爲夢境，但夢境中社會的病態，人情的險詐，官場的黑暗，都是當代現實的情形，那兩個夢譬於兩面鏡子，把晚明的官場社會的種種情形，讀書人士的種種心理，一齊反映出來，這是我們必得注意的。若我們只當做一場空夢，草草看過，那就不瞭解這種寓言的諷刺劇的意義了。關於這一點，吳梅氏說得好：『明之中葉，士大夫好談性理，而多矯飾。科第利祿之見，深入骨髓。若士一切鄙棄，故假曼倩詼諧東坡笑罵，爲色莊中熱者下一針砭。其自言曰：他人言性，我言情，蓋惟有至情，可以超生死忘物我通眞幻而永無消滅。否則形骸且虛，何論勳業。仙佛皆妄，況在富貴。世之持買櫝之見者，徒賞其節目之奇，詞藻之麗，而鼠目寸光者至訶爲綺語，詛以泥犁，尤爲可笑。……就表面言之，四夢中主人爲杜女也。霍郡主也，盧生也，淳于棼也。卽在深知文義者言之，亦不過曰還魂鬼也。紫釵俠也，邯鄲仙也，南柯佛也。殊不知臨川之意，以判官、黃衫客、呂翁、契玄爲主人，所謂鬼俠仙佛，竟是曲中之意，而非作者寄託之意，蓋前四人爲場中之傀儡，而後四人則提掇線索者也。前四人爲夢中之人，後四人爲夢外之人也。旣以鬼俠仙佛爲曲意，則主觀的主人，卽屬於判官等四人，而杜女、霍郡主輩，僅爲客觀的主人而已。玉茗天才，所以超出尋常傳奇家者卽在此處。』（四夢傳奇總跋）讀四夢的人，必得有此種見識。

孫仁孺　在晚明的劇壇，一反那些佳人才子的戀愛劇，另成一種作風的，是孫仁孺的東郭記。孫之字里未詳，書刋於崇禎三年，作者大概是萬曆天啓間人。原書題白雪樓主人編，峨眉子評點，卷首有贊語一篇，爲孫仁孺作，想白雪樓主人卽是孫仁孺的別號。或以爲汪道崑、徐復祚作，俱不可靠，因汪、徐的作風，與此作絕不類也。東郭記共四十四齣，以孟子中有一妻一妾的齊人爲主角，再以淳于髡、陳仲子、王驩及一妻一妾爲配角，描寫當代讀書人士，爲求富貴利達的卑鄙下賤的行爲。這劇本值得我們注意的，有三點；一、他的取材的新鮮，二、他對於現實社會的積極態度。三、說白雖採用文言，但曲文全是通俗流暢，一掃駢儷雕琢之風。湯顯祖的南柯、邯鄲，對於當代的社會狀態作了象徵的暗示，但在東郭記裏，却是取着直接的顯明的勇敢的態度，加以攻擊的。本來到了明代末年，讀書人黨派的爭，朝廷官場的爭，眞是「簪紱厚結貂璫，衣冠等於妾婦。」士大夫的卑鄙醜劣，不知廉恥，這時候算是到了極點。作者在劇中所要表現的，就是這一種社會的畫圖。王驩同齊人，代表無恥的文人，陳仲子代表高潔的名士。結果是無恥的文人飛黃騰達，高潔的人，困於飢餓。當齊人乞食墦間時，妻妾號哭於中庭，當齊人用種種諂媚的行爲弄到一個官時，妻妾又大慶其幸運。第二十六齣中，寫陳賈、景丑兩人，想找個官做，知道上司好男色情願拔去鬍子，擦粉塗脂，扮作婦人，送上門去，替上司斟酒唱曲，結果才得到上司嫣然一笑，作者用力寫着士大夫的諂媚與無恥，說明白些就是不要臉。齊人說的『規小節者不能成榮名，惡小恥者不能立大功。』這是無恥文人的自寬自解的口號。十四齣中王驩說的『依小弟愚見，如今做官，不管什麼小百姓的安寧，第一要銀子多的，便是美缺。』這是那些諂媚貪汙的官吏的目標。這種社會，這種官場，這種讀書人，作者深惡痛絕，所以他借着歌者的口說：

『北寄生草　第一笑書生輩，那行藏難掛牙。賤王良慣出奚奴胯，惡蒙逢會反師門下，老馮生喜就趨迎駕。不由其道一穿窬，非吾徒也眞堪罵。

前腔　第二笑，官人輩，但爲官只顧家，牛羊見芻牧誰曾話，老羸每溝壑由他罷。城野間尸骨何須詫。知其罪者復何人，今之民賊眞堪罵。

前腔　第三笑，朝臣輩，又何曾一個佳，諫垣每數月開談怕，相臣每禮幣空酬答。諸曹每供御暫無暇。不才早已棄君王，立朝可恥眞堪罵。

前腔　第四笑，鄉閭輩，更誰將古道誇。盼東牆處子摟來嫁，儘鄰家鷄鶩偸將臘。便親兄股臂拳堪壓，豺狼禽獸都相當，由今之俗眞堪罵。

歌者　近來齊國風俗一發不好，做官的便是聖人，有錢的便是賢者。這是稷下諸儒所度新曲，專一笑罵此輩，你可記熟了唱去。

王驩　領教了，只怕學生後來早被他笑着了。

妓女　好嘴臉，你難道會做官不成？

王驩　你識得甚，做官的正是我輩。

歌者　客官果是個中人。

作者借古罵今，淋漓痛快，把晚明的社會，留下一張分明的圖畫。全戲中充滿着幽默與滑稽。最妙的，是幽默與滑稽，都隱藏在反面，而正面却是嚴肅，令讀者先感着憤慨，而後感着微笑，這是東郭記藝術成功的地方。至於曲文的本色俚俗，也是本戲的一個特點。這樣看來，比起那些紅情綠意的戀愛戲來，東郭記無論在品格上，在文學思想上，都要高明得多了。他不僅是晚明的好作品，在元、明兩代的戲曲史上，也可算的一種名作。可惜無人注意，使他成爲塵沙中的黃金了。

阮大鋮與吳炳　在明朝末年，以美麗的辭藻寫纏綿的豔情，馳名於劇壇的，是阮大鋮與吳炳。阮字集之，號圓海，懷寧人（？——一六四六。）吳字石渠，號粲花主人，宜興人。阮是降滿的奸臣，吳是殉國的烈士。他們的人品雖有不同，但在戲曲上都有相當的成就。阮著有燕子箋、春燈謎、牟尼合、雙金榜、忠孝環、桃花笑、井中盟、賜恩環傳奇多種，後四種不傳，其中以前二種最有名。吳炳著有綠牡丹、畫中人、西園記、情郵記、療妒羹，題爲粲花別墅五種。而以情郵記爲最著。這些戲曲，都是承繼還魂記的餘風，用美文美句，來鋪敍男女戀愛的葛藤，內容大半荒唐，思想亦極腐敗。所以馳名者，無非其中有幾支工麗的詞曲而已。因此，關於戲中情節，也無須多加敍述，只把燕子箋、情郵記的曲文，各舉數首爲例。

『風馬兒　瑣窗午夢線慵拈，心頭事忒廉纖。晴簷鐵馬無風轉，被啄花小鳥弄得響珊珊。

鶯啼序　似鶯啼恰恰到耳邊，那粉蝶酣香雙趣軟，入花叢若個兒郎，一般樣粉撲兒衣香人面。若不是燕燕于歸，怎便沒分毫腼腆。難道是橫塘野合雙鴛。

集賢賓　烏紗小帽紅杏衫，與那人小立花前。擲個香車應不忝，女兒們家常熟慣，恁般活現，平白地陽台欄占。心自轉，自有霍郎姓字描寫雲鬟。

啼鶯兒　烏絲一幅金粉箋，春心委的淹煎。並不是織錦迴文，那些個題紅宮怨，寫心情一紙尖憨，蕩眼睛片時美滿，悶懨懨，又聽梁間春燕語喃喃。』（燕子箋寫箋）

『普天樂　舊亭池，都傾敗，老荷花，開還懈。可爲甚景入秋來，偏則我尙滯春懷。看草色非新艾。那弄影鞦韆，空自在斜陽外。倩嬌扶隱上高臺。（合）好繫住留仙錦帶，怕踏了小鳳新鞋。

傾杯序　拈來，歎金針鐵裏埋，繡線塵籠蓋。半幅長裙，半折兜鞋，未成花朵，未了嬰孩。看殘紅斷線，追思那日，碧紗窗外，趁芭蕉兩人同倚綠分來。

玉芙蓉　鮮花似日裏開，嫩柳在風前擺，這便是他自譜，麗容嬌態，我則道暗風吹雨將他壞，却是我熱淚從心滴下來。人兒在，看纖纖手裁，猛擡頭幾回錯喚眼還揩。』（情郵記問婢）

觀上二段，其文采情意，都與還魂、紫釵相似。晚明劇壇，大都受臨川的影響爲多。而以阮、吳二家最勝。其他作家，擇其要者言之，顧大典有青衫記，葉憲祖有鸞鎞記，徐復祚有紅梨記，許自昌有水滸記，張四維有雙烈記，高濂有玉簪記，王玉峯有焚香記，沈鯨有雙珠記，朱鼎有玉鏡台記，孫柚有琴心記，陳汝元有金蓮記，楊珽有龍膏記，謝讜有四喜記，周履靖有錦箋記，馮夢龍有雙雄記，以及無名氏的金雀記、尋親記、運甓記等作，或守格律，或逞文藻，大都不出沈、湯二家的藩籬，而其成就，都在阮、吳二家之下，因此不一一細說了。

第二十六章　明代的小說

一　明代小說的特質

小說與傳奇，是明代文學的代表，尤以小說在明代的文學史上，有着重要的意義。中國的白話小說，經過了宋、元兩代的長期孕育，到了明代，無論在形式上在藝術上，都達到極高的成就，而表現着蓬勃的生命來。因此，小說的成長在明代文壇重要的意義，我必得先加以說明。

一、白話文學的進展　白話文的應用，在唐末的變文與宋人的話本雖已開始，但除了京本通俗小說那樣極少數的優美的作品以外，其餘的大都是文白夾用，粗劣笨拙，算不得是成熟的白話文學。而用白話寫作的，幾乎全是說話人和書會先生一類人物，把故事記錄下來，作爲實用的工具。到了明朝，文人學士，才有意識的運用白話來寫小說，有意識的來創作白話的文學。這種文體上的改革，這種由文言轉到白話的文學觀念的進展，在中國文學史上，實在是一件大事。我們可以說，明朝是我國白話文學的成熟時代。如三國演義一類的歷史小說，雖還用通俗的文言，那是極少數的，第一流的作品，如水滸、西遊、金瓶梅等，全是用的最純熟最活潑的白話。明朝說話雖不復行，但風氣轉換，從前把許多故事由說話人的口傳給民衆，明朝是由文人寫出來給民衆自己去看了。這便是由說話變成小說的時期，也是白話文學發展的時期。這些小說的製作者，一面接受着話本的白話文體，一面採用着話本中的故事，加以剪裁，加以潤飾，於是白話的長篇短篇小說，產生許多好作品，給與明代文壇以新生命新空氣。從此以後，無人不承認白話是寫小說的最好工具，好的小說沒有不是白話的了。

二、對於小說觀念的改變　我國文學，歷代爲儒家載道的思想所統治，抒情之詩歌詞曲，視爲小道，君子不爲，對於小說，更加輕視，到了明朝，這種觀念，爲之一變。如李卓吾、袁中郎、馮夢龍、凌濛初之流，一致贊美小說文章的優美，同時並瞭解小說與羣治的關係，其感應效果之大，遠過於四書、五經，所謂小說的文學價値與社會價値，第一次在中國文壇爲人認識。馮夢龍編的三本短篇小說，題爲明言、通言、恆言，序中說：『明者取其可以導愚也，通者取其可以適俗也，恆者則習之而不厭，傳之而可久也。』這種透澈的對於小說的見解，是到了明朝才有的。

三、小說與時代　明朝的時代背景與社會意識，在小說中反映極爲明顯。明代因方士僧尼的大盛，報應輪廻之說深入民間，故小說中之思想多言因果，而神魔作品特多。再以晚明朝綱不振，君主臣僚以至社會各界，無不縱慾荒淫，一時成風，恬不知恥，於是小說成爲淫書，男女私事，加意鋪寫。如金瓶梅那一類的作品，便是最確切的時代的反映。再如西遊補的諷刺明末的政治與士風，西洋記、精忠傳一類作品的慕古傷今的情感，時代的背景，社會的意識，都很活躍明顯。那些正統派的古文不必說，就是比起那些雜劇傳奇來，小說是現實得多了。

我敍述明代的小說，以長篇爲主，短篇平話次之。至於那些唐人傳奇式的小說，如瞿佑的剪燈新語，及李禎的剪燈餘話一類的作品，在這一時代，已經失去其重要性，只好從略了。

二　三國演義

三國演義是我國歷史小說中最流行的一部書。歷史小說由宋代的講史演進而來。據李義山驕兒詩云：『或謔張飛胡，或笑鄧艾吃。』可知在唐末，三國歷史，已變爲通俗的故事流行民間了。到了北宋，說話人有說三分的專家，再在金人院本元人雜劇裏，搬演三國史事者特多。據錄鬼簿涵虛子所記，三國戲本，近二十種。但到現在，宋人記三國故事的話本，沒有見過，我們現在所見到的最早的本子，是元朝至治年間（一三二一——一三二三），新安虞氏刊的全相三國志平話，書藏日本內閣文庫，同發現者還有武王伐紂書、樂毅圖齊、七國春秋後集、秦併六國、呂后斬韓信前漢書續集，一共是五種，這都是元代通俗文學的遺產。前二作多雜神怪，後三作多據史實。但文字拙劣，較之京本通俗小說，相差遠甚，近於三藏取經詩話一流，想是元代民間之作，未經文人潤飾者。現只有三國志平話一書，有翻印本行世。書共三卷，分上下二欄，上欄是畫，下欄是文。書的開始，有一段司馬仲相陰間斷獄的神話的引子。而以曹操爲韓信，劉備爲彭越，孫權爲英布，漢獻帝爲漢高祖，報其殺害功臣之冤，造成三人分漢的因果報。開首有詩云：『不是三人分天下，來報高祖斬首冤。』這意思說得極明顯。平話的本文，開始於黃巾賊亂，劉、關、張桃園結義招兵討賊，而終於晉王一統。觀其故事前後的起結，後來的三國志演義，在此已粗具規模。但文字拙劣，語意不暢，人地之名，時有誤寫。如糜竺爲梅竹張角爲張覺‧華容爲滑榮，街亭爲皆庭，此種例證，到處都是。所敘事實，頗違正史，如劉備落草、張飛殺狗等，尤爲無稽。由此看來，三國志平話一書成爲說話人的底本，爲民間傳說的三國故事，未經文人修飾者。這書在文學上雖絕無價值，在三國演義的演化上，却很重要。因爲我們知道了元朝的三國故事在民間流播的形態，同時元代的通俗文學的情形，我們由此也可推知一點。

將元朝的三國志平話加以改編，寫成一本雅俗共賞的歷史小說的，是羅貫中。羅名本，字貫中，是元末明初人，賈仲名續錄鬼簿中云：『羅貫中，太原人，號湖海散人，與人寡合。樂府隱話，極爲清新。與余爲忘年交。』雖只數語，却極重要，因前人於羅氏籍貫年代，時有異說，至此始能確定。據賈仲名所記，羅貫中是一個不得志的江湖流浪者，但他在文學上，却有重要的供獻。他是中國第一個用全力作小說的作家，他又是第一個從事通俗文學的作家。他雖說也做過戲曲（有龍虎風雲會劇目，見元人雜劇選），他幾乎用畢生的精力，貢獻在小說上。相傳他有十七史演義的大著作。其他如水滸傳、平妖傳、粉粧樓諸書，亦傳爲他所作，但他的作品，多經後人增損，其原作遂至湮沒，甚爲可惜。在許多作品中，最能保存他原作的面目的，還只有這本他改編的三國志通俗演義。

三國志通俗演義最早的本子，我們能見到的是弘治甲寅年（西曆一四九四）的刋本。題爲『晉平陽侯陳壽史傳，後學羅本貫中編次。』前有庸愚子序云：前代嘗以野史作爲評話，令瞽者演說，其間言辭鄙謬，又失之於野。士君子多厭之。若東原羅貫中，以平陽、陳壽傳，考諸國史，自漢靈帝中平元年終於晉太康元年之事，留心損益，目之曰三國志通俗演義。文不甚深，言不甚俗，紀其實亦庶幾乎史。蓋欲讀誦者人人得而知之，若詩所謂里巷歌謠之義也。』這裏將羅貫中改編的心思說得最明白。

他要把那些言辭鄙謬，士君子看不起的平話，改編爲『文不甚深，言不甚俗，』又不違背正史的通俗演義，上可給士君子們讀，下可給民衆看的一種雅俗共賞的讀物。羅氏這種工作，是極有意義的。他是有意的要爲民衆製作通俗文學，將那些歷史知識，用演義體裁灌輸到民間去。不管他的作品存在與否，不管他的作品的藝術價值的高低如何，他總是大衆文學的創始者，是我國小說界的開路先鋒，這一點，便是他在中國文學史上應得的地位，值得我們敬重他。

羅編的三國志通俗演義，共二十四卷，每卷十節，每節有一小目，爲七言一句，這是我國長篇小說最早的形式。小說分成多少回，每回的題目，成爲對偶的兩句，那都是後起的事。羅本與平話本不同之處，最要者有三：

一、增加篇幅，改正文字。　如三顧茅廬在平話中只一小段，文字拙劣，生趣索然。羅本則肆力鋪寫，長至數倍。狀神寫貌，個性躍然。文字健勁，生動可喜。

二、削落無稽之談　平話中凡過於荒誕者，一律削去。開卷之因果報棄去，而以史事直起，即爲一例。

三、增加史料　可用之正史材料，羅氏酌量增入。如何進誅宦官、禰衡罵曹操等。再又加進許多詩詞書表，顯得歷史性更加濃厚。

這樣一來，羅氏的書較之元朝的平話本，自然是進步得多。他做到了序上所說的『文不甚深，言不甚俗』的歷史演義，士君子與民衆都一致表示歡迎了。這種本子一出世，那些平話本，自然會湮沒無聞，於是新刊本便紛紛出現，到明朝末年，那些刊本，也不知道有幾十種，都是以羅本爲主，有的加以音釋，有的加以插圖，有的加以批評，有的在卷數回數上加以增損，文字上不過數字數句的增刪。一直到了清康熙年間毛宗崗出來，這本書才再發生變化。他師金聖歎改水滸、西廂的方法，把羅本加以改作，再加上批評，稱爲第一才子書，這就是我們今日讀到一百二十回的三國演義。我們都知道三國志演義是明初的羅貫中所作，但我們讀到的却是清毛宗崗的本子，原因便在這裏。因爲毛本比羅本較爲進步，毛本一出，羅本便又湮沒而不爲人所知了。毛本的卷首，有凡例十條，說明他的改作的意見。約而舉之，有下四端：

一、改正內容，辨正史事。

二、整理回目，改爲對偶。

三、增刪詩文，削除論贊。

四、注重辭藻，修改文詞。

上列諸條，此其大者，細故尙多，不必詳說。總之，那部書經他這麼一改，無論內容文字，都較爲完整，於是三百年來，社會上只知道有毛本的三國演義了。因此我們可以說，三國演義絕非一人一代之作，是一部三四百年來集體的作品。

三國演義在文學上實沒有多大的價値，這是大家都承認的。其原因胡適之歸咎於此書的作者、改者及最後寫定者，都是平凡的陋儒，不是天才的文學家，也不是高超的思想家。這話並不完全對。主要的原因，是文體和性質的問題。三國演義在文學上的失敗，第一因爲沒有採用白話而採用文言的緣故。大凡歷史小說，因爲牽就正史事實，及引用古代文獻，用文言較爲方便，試看明、淸之際的演義小說，大都是如此。然而也就在這裏，減少了文學的價值。試想，如劉、關、張、諸葛、曹、周一類特殊個性的人物，而出以文言，如何能表達他們的神情，又如何能傳達那些人的精神態度。水滸如果也是用文言體，其成就決不會在三國之上。寫那樣內容繁複人物百出的長篇小說，用文言而不用白話，自然不會有大的文學上的成就。其次，便是性質的問題，因爲他是演義的性質，而不是小說的性質，演義體處處以史實爲主，處處爲史事所拘，時代短者數十年，長者數百年，爲所束縛，無法展運作者的想像與穿插。水滸也是取材於歷史，只是取材，而不是演義，因此水滸可以成爲一部好小說。蔡奡東周列國志讀法云：『若說是正經書，却畢竟是小說樣子，但要說他是小說，他却件件從經傳上來。』這便是歷史演義的致命傷。

三國演義雖不能算是有文學價値的書，却是一部在民間最流行最有勢力的通俗讀物，其感應社會的效果，沒有那一部書能比得上。各等各級的人，都在這本書裏取其有用的知識。在前人眼裏，覺得此書無誨淫誨盜之嫌，又有讀歷史讀文章的好處，同時趣味濃厚，文字不深不俗，大家看了，各有所得。我們小時父兄塾師們，禁止我們讀水滸、紅樓，獎勵看三國，原因想就在此。因此幾百年來，這部書成爲民衆處世立身的倫理教科書，成爲民衆作文說話的範本，成爲英雄豪傑的兵書。他對於民衆的影響，遠在四書、五經及其他正統文學之上。由通俗文學的立場看來，三國演義是最成功的了。

三國以外，羅貫中還編了不少的歷史演義，但他的書，俱經後人改作，其原本多不可見。如隋唐志傳，今所見者爲清初褚人穫編的隋唐演義。殘唐五代史演義，書爲二卷六十回，見日本內閣文庫書目。今日所見之五代殘唐，亦非羅本。唐傳演義、說唐傳亦傳爲羅氏所編，今前書已證明爲嘉靖熊鍾谷所作，說唐傳緊接前書，今存者分前傳後傳兩部，亦係後人所託。羅既編有隋唐志傳、殘唐五代二篇，不應再有說唐、唐傳重複之作。因羅編三國風行一時，大家效法。於是有明一代，歷史演義小說，大量產生。一代史事，各有所述，或依正史，或雜野談，書賈爲推廣銷路，作家爲託古存眞，或借羅貫中編纂之名，或託李卓吾、袁中郎、鍾伯敬評點之筆。可觀道人序馮夢龍新列國志云：『自羅貫中三國志一書，以國史演爲通俗演義百餘回，爲世所尙。嗣是效顰日衆，因而有夏書、商書、列國、兩漢、唐書、殘唐、南北宋諸刻，其浩瀚與正史分籤並架，然悉出諸村學究杜撰。』這裏把明代歷史小說發達的情況，說得很明白。因爲那些書都是出自村學究之手，所以不能產生好作品，大都是仿效三國，而其成績也都在三國之下。當日雖盛極一時，不久就全爲時代所淘汰。今所知者，略舉數種。開闢衍繹通俗志傳六卷，題五岳山人周游仰止集，盤古至唐虞傳二卷，有夏誌傳四卷，有商誌傳四卷，大隋誌傳四卷，皆題鍾惺編輯。列國志傳八卷，余邵魚撰（余字畏齋，福建建陽人，）此書後由馮夢龍改編爲新列國志，一百另八回。全漢志傳十二卷，唐書志通俗演義八卷，南北宋傳二十卷，皆熊大木撰（熊字鍾谷，福建建陽人。）此外無名氏所編撰之演義，爲數尙多，大都粗淺無章，不必多舉。

三　水滸傳

水滸傳是我國長篇小說傑作之一，在民間流行的程度，幾與三國相等。但他也不是一人一代之作，也是多少人多少年慢慢兒形成的。他的演化的過程，其繁複遠過於三國，近人胡適之，周樹人等氏俱曾研討，見解雖多，結論不一。今參考諸家所論，再稍加已見，略論水滸傳演化之過程。

一、南宋時，水滸已爲民間流行之故事，宣和遺事所記，已有三十六人，文字雖短，事實已具規模。起於楊志等押運花石綱，而終於征方臘，宋末龔聖與作三十六人的像贊，據周密癸辛雜識引云：『宋江事見於街談巷語，不足采著，雖有高如、李嵩輩傳寫，士大夫亦不見黜，余年少時壯其人，欲存之畫贊。』可知道宋末，水滸故事民間一定非常流行，那些英雄們的面目性情，想必都很特殊，因此當日畫家如高、李之流，畫起他們的像來。曲海總目提要水滸記下說明云：『宋時畫手李嵩輩傳眞其像，士大夫頗不見黜，龔聖與至爲作三十六贊，可證。』龔聖與來作贊，這種情形，表示出流傳民間的水滸故事，開始同文人接近了。文人接近這種故事，是有理由的。周密畫贊跋說：『此皆羣盜之靡耳。聖與既各爲之贊，又從而序論之，何哉？太史公序游俠而進姦雄，不免後世之譏，然其首著勝、廣於列傳，且爲項羽作本紀，其意亦深矣，識者當能辨之。』這意思極爲明顯，宋江們雖爲大盜，如能削平外敵，何嘗不是眞命天子，遺民文人的這種心理，確實是畫餅充飢的悲劇。宣和遺事外，宋代還有沒有水滸傳一類的話本，或許有，現在看不到了。到了元朝，出現了許多水滸故事的雜劇，以寫黑旋風爲多。劇中人物之性格雖與小說頗有不同，但人數已由三十六加到一百零八位了。

二、水滸故事在元代雜劇界這麼流行，一定有人出來寫成小說，材料好，寓意好，像高如、李嵩、龔聖與一樣心境的人是不少的。這一個最初寫成水滸傳的人，我們假定是施耐菴。百川書志云：『水滸傳施耐菴的本，羅貫中編次之。』一百回本及一百二十回本，都寫着施耐菴集撰，羅貫中纂修。金聖歎則說是施耐菴作，金聖歎續。這樣看來，羅貫中之前，有一個施耐菴很有可能。我推想施氏的本子，一定用的是白話，這是與三國志平話不同之處。因爲宣和遺事中的水滸故事，已有濃厚的白話傾向，並且有許多白話句子。施氏決不會改用文言，這是後來的水滸傳能成爲一部好文學的先天基礎。同時我們還可推想，施氏所敍的故事，與宣和遺事的架子全同，招安以後，接着討平方臘，大家做官了事。到了元末羅貫中出來，將施本再加以改造，他作的是所謂編次纂修的工作。他看見宣和遺事最末一段有『因此三路之寇，悉得平定』二句，於是他便加進征討田虎、王慶一段，湊成三寇之數。田、王的故事，或在宋、元之間已有傳說，也說不定。羅本前有致語，其文字面目到現在還有大部分保留在一百十五回本裏。

三、嘉靖年間，是中國長篇小說進步發展的大時代，水滸傳的成爲一部有價値的文學書，也在這時期。沈德符云：『武定侯郭勳在世宗朝號好文，多藝能計數，今新安所刻水滸傳善本，即其家所傳，前有汪太函序，託名天都外臣者。』一百二十回本發凡云：『郭武定本，即舊本，移置閻婆事，甚善，其於寇中去王、田而加遼國，猶是小家照應之法，不知大手筆者，正不爾爾。』郭本之去田、王，而加遼國，想是當時北方外族壓邊，時時告緊，作者以安內換成攘外，聊快人意。在宣和遺事最初一節中，有『童貫巡邊，五月童貫兵與遼人戰，敗退保雄州』的記事，郭本的執筆究竟是誰，雖無法斷定，但那作序的汪太函最爲可能。汪太函是汪道昆，字伯玉，徽州人，是當日與王世貞齊名的文學家。因爲他是文學家，這次改編水滸，大動手術，等於創作，情節的鋪寫，結構的謹嚴，人物個性的刻劃，白話文技巧的熟鍊，使得這一百回的水滸傳，得到了文學上極高的成就。

四、郭本問世以後，因其藝術的優美，立刻得到士大夫的贊歎，如李卓吾、袁中郎、胡應麟之流，都是本書的愛好者。但士大夫歡迎的，未必爲民間歡迎，同時謀利的書賈們（至少是福建的書店，）也不得不在郭本以外，另謀出路，於是取簡略的羅氏舊本，再將郭本的破遼一節改作過，增加進去，成爲四寇，內容最富，以全本向民衆號召，兜攬生意，於是稱爲新刊原本全像揷增田虎王義忠義水滸傳一類的一百十回本，一百十五回本以及一百二十四回本，三十卷本，各家書店爲競爭生意，都紛紛地出版了。這些本子，在本質上說，他們與羅本最爲接近，在文字上說。他們都是簡略的，俱可稱爲簡本。民衆看小說，大都是注重趣味，有幾個懂得鑑賞藝術，他們旣以全本舊本相號召，銷路自然很好，因此引起當日士大夫的憂慮。胡應麟說：『余二十年前所見水滸傳本，尙極足尋味。十數載來，爲閩中坊賈刋落，止錄事實，中間遊詞餘韻，神情寄寓處，一概刪之，遂幾不堪覆瓿。』便可知道簡本在文字上，是比不上郭本了。

五、因爲要顧到全本的名義而又要挽救郭本的散失，天啓、崇禎間有楊定見編的一百二十回的忠義水滸全書的產生（商務有翻印本），他是用的郭本原文，再將簡本中的田、王故事，加以改作，插入破遼之前。這樣一來，又是全本，又是繁本，而文字也都可讀了。可算是一部名副其實的全書。後來金聖歎出來，大概他一面看着水滸傳前七十回的文字好，後面過弱，太不相稱，同時，明末處於流寇的毒害，覺得强盜招安，建功立業的事不可提倡，於是他腰斬水滸，只留用郭本的前七十回，其餘的全部削去，卷首另加引子，於宋江受天書之後，卽以盧俊義一夢結束，把相傳下來的英雄們的功業，化成悽慘的悲劇。三百年來，看水滸者都是看的七十回本，其他的本子，都變爲古董。近二十年來，因研考小說之風甚盛，舊本出世者時有所聞，我們才得稍窺眞相，但上文所述，仍多推論，因文獻不足，頗難確證。

水滸傳的內容，雖根據民間傳說，再加以想像化，然宋江確有其人。宋史徽宗本紀云：『淮南盜宋江等犯淮陽軍，遣將討捕，又犯京東江北，入楚海州界，命知州張叔夜招降之。』又同書侯蒙傳云：『侯蒙上書言，宋江以三十六人橫行齊、魏，官軍數萬，無敢抗者，其才必過人，今淸溪盜起，不若赦江，使討方臘自贖。』又同書張叔夜傳云：『宋江起河朔，轉略十郡，官軍莫敢攖其鋒。』可知梁山好漢，聲勢强盛，招安討賊，俱見信史。但其性質，與演義體的三國完全不同。水滸只取史中一點一滴，開展擴充，自由鋪寫，完全不爲歷史所拘，鋪敍佈局，可獨出心裁，成爲一自由創作的小說，故在文學上的成就，遠較講史爲優。這書的背景，雖是寫的宋朝，其實放到中國任何一個時代，都無不可，遠至漢、唐，近至近代，都是差不多，在過去歷史中，幾乎沒有一個時代，不是政府虐待民衆，小人陷害君子，富人欺凌窮人，男人誘騙女子，壓力過大。自然會大大小小的生出反動來。結果是革命發生。不過他們總是失敗的多，成功的少。於是歷史上對於這一些失敗的黨徒，多稱之爲流寇，水滸傳裏所表現的人物，也是我國歷代所共有的，古今的社會所共有的。如童貫、高俅、蔡京一類作威作福的貪官，張都監，張團練一類魚肉小民的汚吏，過街老鼠張三、青草蛇李四、沒毛大蟲牛二一類的專以敲詐爲生的破落戶潑皮，飛天夜叉、生鐵佛、飛天蜈蚣一類的誘姦婦女的道士和尙，桃花山大盜一類的專奪美女的色魔，蔣門神一類的仗勢欺民佔人財物的惡棍，王婆一類的拉皮條說風情的馬泊六，潘金蓮一類的偸漢子謀親夫的淫婦，還有各種各樣的土豪劣紳都不是宋朝社會的專有品，不要說古代，便是在近代中國的各處，這些貪官汚吏惡棍潑皮，也令人觸目痛心，因爲如此，以宋朝的史實爲材料而經明人的手寫定的水滸傳，他的生命是新鮮的，展開的各種場面，就好像是近代的社會，近代的人物，正如是不久前寫成的一部小說。因此不論在明、淸，不論在近代，這本書能供給各時代各種讀者以種種不同樣的意義。官吏說他是一部强盜流寇的歷史，但在民衆的眼裏，却是一部中國未曾有過的反抗暴虐專制的革命小說。書裏的英雄們所受的以及目擊的苦難，正是民衆自身的苦難。這一些苦難，三千年來，無時不加在民衆的肩上，究竟是屈服忍受的多，奮身而鬭的少，不料這一部書，全是代表民衆向專制政府官吏惡棍壓迫平民的惡勢力的反抗。讀到林冲、武松、魯達、李逵們對於那些惡勢力的掃蕩，晁蓋、吳用們對於貪官們的金銀財寶的刼奪，雖說有時也覺得殘暴一點，然而確實是痛快，似乎他們所殺的所搶的，正是我自己的讎敵。他們的口號是有飯大家吃，倒强扶弱。跳澗虎陳達對同志的宣言，是『四海之內皆兄弟也。』武松所說的『生平只要打天下硬漢不明道德的人。』花和尙說的『殺人須見血，救人須救徹。』宋江的宣言，是替天行道，保境安民。於是這些强人，便成爲保護民衆和弱者的騎士，然而政府官吏的結黨營私，貪汚枉法，更是日盛一日，騎士們都不得不挺身出而反抗，結果是『做下迷天大罪，』不得不到梁山去躱避災難。我們試看林冲、武松、楊志、史進、柴進諸人一步一步地被逼上梁山的歷史，很明顯的都是與惡勢力奮鬬的血淚史。罪過與錯誤究是屬於那一方呢？表面看去，他們是殺人大盜，其實他們都是正直的良民，如林冲、花榮的忠義，李逵，武松的孝悌，其他許多人的言信行果的精神，絕非那些翰林進士觀察孝廉所能及。於是梁山泊的忠義堂，無形中成了民衆的政府，凡是與惡勢力鬬爭而失敗的個人，都集中到那裏去，落弟的舉子、窮教師、軍事敎官、鄉長老爺、風水先生、員外、漁翁、走江湖耍手藝的男男女女，都在同一的目標下集中到那裏去，於是官方與代表民衆的兩大陣營，有了分明的界限。結果造成了以三十六人橫行齊、魏，官軍數萬無敢抗者的大勢力，這大勢力畢竟是短期的，他們沒有眞正革命的計劃，也沒有正確的社會見解，他們的腦筋裏除了反抗惡勢力以外，同時爲神道的淺薄宗敎觀念與招安以後爲朝廷出力的忠君觀念所支配，結果他們爲虛榮的權利所誘騙，而做了暴惡勢力的犧牲品，永遠成爲統治階層眼裏的流寇。這事不管是歷史的或是僞造的，總之是給予歷代被壓迫的民衆一種借題發揮的報復的心情的滿足與愉快。

因此，我們知道，水滸傳決不是少數人的生活的歷史，也不是佳人才子的愛情的表現，他所表現的範圍最爲廣大，時代最爲長久，在中國許多長篇小說裏再沒有其他的一部，能持有這種特色。水滸傳這一部書。在我國民間和三國演義一樣，流傳的很廣。

這書的文學價值，遠在三國演義之上。因爲各種本子不同，其中文字自然有强弱之分，結構也有散漫之弊。但白話的技巧，確已熟鍊。敍事細微曲折，寫人生動有力。如魯提轄拳打鎭關西、林敎頭風雪山神廟、吳用智取生辰綱、景陽岡武松打虎、王婆貪賄說風情、武松醉打蔣門神、張都監血濺鴛鴦樓、黑旋風沂嶺殺四虎諸篇，都寫得有聲有色，確是有骨肉有力量的好文字。此書前有法譯的節本，題名爲中國的騎士（Les Cher Aliers Chinois）。近年美國的賽珍珠女士譯有七十回的英文全本，題名爲四海皆兄弟（All Men Brothers），美人讀了不知作何感想。只要眞是客觀的讀者，由此必可瞭解中國被壓迫的民衆的善良的面目。

平妖傳　與水滸性質相近似的，還有三遂平妖傳，原書題東原羅貫中編次，四卷二十回，敍文彥博討妖賊王則、永兒夫婦的故事。王則正如宋江，亦實有其人，據宋史明鎬傳，王則本涿州人，歲荒，逃至恩州，聚衆起兵，號東平郡王，六十六日而平。但書中所敍，頗多妖法，缺少水滸中的現實性，故同途而殊歸，文字亦遠不如。因當日助文彥博平賊者，有化身諸葛遂智的彈子和尙，又有馬遂與李遂，因三人皆名遂，故名三遂平妖傳。現今通行本，爲馮夢龍所修補，前有張無咎序，於原書前加十五回，始於燈花婆婆的引子，另有五回，則增揷全書中。所演皆鍊法捉怪之道術，妖氣更盛，頗似後日濟公傳一類的讀物。雖無文學價值，頗爲民衆所喜。另有粉粧樓八十回，題竹溪山人撰，亦傳爲羅貫中原編，所述爲羅成後人羅焜之事。此事不見史傳，或爲民間傳說，或爲作者所造，其內容大致不外英雄聚義朝廷招安一套。觀其文字佈局，似爲晚出之書，所傳出自羅氏，想係後人僞託。謝無量云：『此爲羅氏敍述自家先代故事的專書，』（平民文學之兩大文豪）頗無根據。又云禪眞逸史（清溪道人撰）亦出羅氏，然今所見明刋舊本，俱無此說，更難置信矣。

精忠傳　演述岳飛故事的書，在明代也很不少。岳飛時代，一面是奸相當朝，一面是外敵壓境，明代嘉靖以還，人民同樣感着這兩層壓迫，岳飛的武功與寃業的演述，聊可發洩民間的義憤和民衆崇拜英雄的心理。因此這類的書，在民間很爲流行，本子也有好幾種。可考者，一、有熊大木編的武穆演義，始於金人南侵，岳飛抗敵，終於岳飛被殺，秦檜在獄中受報應。後來的說岳全傳，在此已具規模，但文字半文半白，與三國志演義相類。二、重訂按鑑通俗演義精忠傳，一名精忠報國傳，于華玉著，出於熊本以後。他重編此書的主旨，是去其荒誕不稽的小說材料，而要使他變成一部歷史的演義。因此他在凡例上說：『末卷撫入風僧冥報，鄙野齊東，尤君子之所不道。』於是『正厥體制，芟其繁蕪，一與正史相符，爰易傳名曰精忠報國。』雖說他易稿六七次，務期簡雅，結果使這一部傳奇，變成一部死板板的演義，活潑的精神和小說的趣味都沒有了。三、精忠全傳，鄒元標編次。鄒爲萬曆進士，魏忠賢時去官。他編此書，以熊本爲主，而又恢復那種傳奇的精神。四、到了淸朝，將明代所有的岳傳截長去短，重編一次，便是現在最流行的精忠演義說本岳王全傳，簡名說岳全傳，錢彩編次，金豐增訂，全書二十卷，八十回，是岳飛故事書最完備的著作。金豐序云：『從來創說者，不宜盡出於虛，而亦不必盡由於實。苟事事皆虛，則遁於荒誕，而無以服考古之心，事事忠實，則失於平庸，而無以動一時之聽。』這便是他們改編說岳全傳的態度。經他們這樣一改，自然是後來居上，而成爲民衆歡迎的讀物了。此外明代的英雄傳奇，爲數尚多，較顯者有郭武定家所傳的英烈傳，述明朝開國史事，特別宣揚其祖郭英之功業。後又有眞英烈傳，爲前書之反作。另有續英烈傳五卷，題空谷老人編，敍建文帝喪國始末。其他書目尚多，然大都文意並劣，結構亦散漫無條理，可不備論。

四　西遊記與西遊補

西遊記　西遊記是我國神話文學的代表作。我國的文學思想，從孔、孟以來，一向是以現實爲主，缺少浪漫的精神，和廣大的幻想力。屈原的作品裏，稍稍有一點這種光彩，可是也很微弱，自印度文化從漢、魏輸入中土，經了幾百年，到了宋、明總算有了結果，在思想界，產生了浪漫的理學，文學方面，我們可以推舉西遊記爲浪漫文學的代表。西遊記現在雖知道爲吳承恩所作，其實吳承恩也是有所根據，而加以改作的。這一些浪漫文學的故事，正如水滸、三國一樣，從宋、元一直流行於民間，有人傳寫，到了明朝吳承恩將這故事告一結束，寫定了我們現在所讀的西遊記。

南宋已有大唐三藏取經詩話，在講宋代文學時候已經說過了。我們看那些目錄，知道宋朝民間流行的唐僧取經的故事，已脫離眞實的史事，而成爲神話的小說，孫行者也已加入，成爲唯一的保駕弟子，模樣雖是白衣秀才，却已是一隻神通廣大的猴子了。並且途中的妖魔災難，已有了不少。到了元朝，有許多人採用取經的故事來作雜劇，最有名的是吳昌齡的唐三藏西天取經。雜劇雖不能表現這故事的詳情，但無論內容上，人物的個性上，都比宋朝的詩話要複雜得多。在元人用這故事寫雜劇之時，已經有人用這故事寫西遊記的小說了。在北平圖書館一萬三千一百三十九卷的永樂大典鈔本裏，在送韻的夢的條文下，有一條是魏徵夢斬涇河龍，引書標題作西遊記，文字全是白話，是小說無疑。這一種雖只殘留一千二百多字，但在小說史上，確是極重要的材料，一、我們知道元朝已經有西遊記的白話小說，二、我們知道吳承恩的西遊記不是獨創的，是有所本的。我抄一節在下面，看看吳承恩以前的西遊記，是什麼樣子。

夢斬涇河龍（西遊記）『長安城西南上，有一條河，喚作涇河。貞觀十三年，河邊有兩個漁翁，一個喚張梢，一個喚李定，張梢與李定道：「長安西門裏，有箇卦鋪，喚神仙山人，我每日與那先生鯉魚一尾，他便指教下網方位，依隨着一日下一日着。」李定曰：「我來日也問先生則箇。」這二人正說之間，怎想水裏有個巡水夜叉，聽得二人所言，「我報與龍王去。」龍王正喚做涇河龍，此時正在水晶宮正面而坐，忽然夜叉來到言曰：「岸邊有二人都是漁翁，說西門裏有一賣卦先生，能知河中之事。若依着他籌，打盡河中水族。」龍王聞之大怒，扮作白衣秀士，入城中，見一道布額，寫道：「神翁袁守成如斯備命。」老龍見之，就對先生坐了。乃作百端磨問，難道先生，問何日下雨。先生曰：「來日辰時布雲，午時升雷，未時下雨，申時雨足。」老龍問下多少，先生曰：「下三尺三寸四十八點。」龍笑道：「未必都由你說。」先生曰：「來日不下雨，到了時，甘罰五十兩銀。」龍道：

「好，如此來日却得廝見。」辭退，直回到水晶宮。須臾，黃巾力士言曰：「玉帝聖旨道，你是八河都總涇河龍，教來日辰時布雲，午時升雷，未時下雨，申時雨足。」力士隨去。老龍言：「不想都應着先生謬說，到了時辰，少下些雨，便是向先生要了罰錢。」次日，申時布雲，酉時降雨二尺。第三日，老龍又變爲秀士，入長安卦舖，向先生道：「你卦不靈，快把五十兩銀來。」先生曰：「我本籌算無差，却你改了天條，錯下了雨也。你本非人，自是夜來降雨的龍。瞞得衆人，瞞不得我。」老龍當時大怒，對先生變出眞相，霎時間，黃河摧兩岸，華岳振三峯，威雄驚萬里，風雨噴長空。那時走盡衆人，唯有袁守成巍然不動。老龍欲向前傷先生，先生曰：「吾不懼死，你違了天條，刻減了甘雨，你命在須臾，剮龍台上難免一刀。」龍乃大驚悔過，復變爲秀士，跪下告先生道：「果如此呵，希望先生與我說明因由。」守成曰：「來日你死乃是當今唐丞相魏徵，來日午時斷你。」龍曰：「先生救咱！」守成曰：「你若要不死，除非見得唐王，與魏徵丞相行說勸救，時節或可免災。」老龍感謝拜辭先生回也。……』

文字雖不能算是純熟，但比起全像平話五種來，確實要好得多。同時我們又可推想這元人的西遊記規模已經不小。可惜發現的材料，只有這一節，不能窺覽全豹。後來這一節的材料，到了吳承恩的西遊記，便放大爲『袁守誠妙算無私曲，老龍王拙計犯天條。』（世德堂刊本第九回）西遊記正旨本是第十回，題目是老龍王拙計犯天條、魏丞相遺書記冥吏。內容全是一樣，但文字完全改觀了。

根據元人的西遊記，加以擴充，加以組織，寫成一部優美的神話文學的，是明朝的吳承恩。吳字汝忠，號射陽山人，淮安山陽人（西曆一五〇〇——一五八二）。著有射陽先生存稿。淮安府志人物志云：『吳承恩性敏而多慧，博極羣書，爲詩文，下筆立成，淸雅流麗，有秦少遊之風。復善諧謔，所著雜記幾種，名震一時。數奇，竟以明經授縣貳，未久，恥折腰，遂拂袖而歸。放浪詩酒，卒，有文集存於家，丘少司徒匯而刻之。』這寥寥數句，把吳承恩的人物性格，畫得很分明。科場中屢試不利，雖說活到八十幾歲，只能以明經授縣貳，結果過了六十歲，才謀到一個小小的長興縣丞，做了七年，畢竟爲折腰所苦，拂袖而歸。他當日曾與前七子中的徐中行友善，互相唱和。他論文的主旨：『近謂文自六經後，惟漢、魏爲近古，詩自三百篇，惟唐人爲近古。』這似與七子近同。但他又云：『近時學者徒謝朝華而不知畜多識，去陳言而不知漱芳潤，卽欲敷文陳詩難矣。』（陳文燭序引）這見解似乎比何、李要稍稍深刻一點。故其作品，尤其是詩詞，確無擬古不化之惡習。『平生不肯受人憐，喜笑悲歌氣傲然』（贈沙星士）『風塵客裏暗靑袍，筆硯微閒弄小刀，祇用文章供一笑，不知山水是何曹。』（長興作）他個人的胸襟與作文的態度，在這幾句詩裏，表現得最明顯。他這種玩物傲世的態度，形成了他文章上幽默詼諧豪縱奔放的風格，我們讀他的金陵客窗對雪、二郎搜山圖歌、後圍棋歌諸詩，浪漫氣分，何等濃厚，在他的文字裏流露出來。他是一個熟讀三國、五代一類的演義的人，前人評他似靑蓮，確有幾分近似。他自小就是一個愛好通俗文學的人，他在禹鼎志序中說得尤其明顯：『余幼年卽好奇聞，在童子社會時，每偸市中野言稗史，懼爲父師訶奪，私求隱處讀之。比長，好益甚，聞益奇，迨於旣壯，旁求曲致，幾貯滿胸中矣。嘗愛唐人如牛奇章、段柯古所著傳記，莫不模寫物情，每欲作一書對之，嬾未暇也。轉嬾轉忘，胸中之貯者消盡，獨此千數事磊塊尚存，日與嬾戰，幸而勝焉。於是吾書始成，因竊自笑，斯蓋怪求余，非余求怪也。……』這一段自白，是極重要的材料，他自幼歡喜讀小說，尤其歡喜讀神怪小說，正是他後來編寫西遊記的一個說明。如果他長大了果然一帆風順飛黃騰達做大官建大功起來，自然他的趣味會轉變方向，朝另外一方面發揮，恰好他活了那麼大年紀，老是不得意，玩世嫉俗，江湖放浪，造成他一個窮愁潦倒的文學環境，於是一百回的西遊記，便在他的晚年寫成了。

西遊記中雖只寫一個玄奘取經的故事，因其中全是不稽之談，和神怪妖魔的幻境，最容易被人解釋和利用，好像在那些妖怪的肚皮裏，都藏了許多的哲理。於是到了清朝，評議紛出。如陳士斌的西遊眞詮，張書紳的西遊新說，劉一明的西遊原旨，汪象旭的西遊證道書，張逢原的西遊正旨，都是各執一說，或看作大學講義，或看作是金丹妙訣，或看作是禪門新法，雖都能自圓其說，其實是無聊之極。作者的思想中，確實有儒、釋、道三家的成分，如他在四十七回，虎力、鹿力、羊力三個大仙被悟空打殺後，悟空教訓車遲國的國王說：『望你把三道歸一，也敬僧，也敬道，也養育人才，我保你江山永固，』正是作者思想的表現。但是我們不能根據一方面就來論斷西遊記。此書確是吳氏晚年遊戲之作，以元人的西遊記為底本而改編的。雖非語道，而全書中所表現的人生觀，則極為顯明，試看：

『猴王將那跑不動的拿住一個，剝了他的衣裳，也學人穿在身上，搖搖擺擺，穿州過府，在市廛中，學人禮，學人話，朝餐夜宿，一心裏訪問佛仙神聖之道，覓個長生不老之方。』（第一

回）

『唐王問曰：「此意何如？」判官曰：「傳與陽間人知，這喚做六道輪廻。那行善的昇仙化道，盡忠的超生貴道，行孝的再生福道，公平的還生人道，積德的轉生富道，惡毒的沉淪鬼道。」唐王點頭歎曰：「善哉！作善果無災。善心常切切，善道大開開。莫教興惡念，是必少刁乖，休言不報應，神鬼有安排。」』（第十回）

這便是天人感應的輪廻哲學，其思想的幼稚，正與太上感應篇相等。如果你要說明西遊記的中心思想，那就是這一點點。因爲他的輪廻有六道，有忠孝，有行善積德，有公平惡毒，因此儒釋道三教，都各能自成一說。張書紳云：『西遊記一百回，一言以蔽之曰，只是教人誠心爲學，不要退悔，此其大略也。』但民衆知識過淺，未能如張書紳之瞭解正心修身克己復禮之要旨，結果，所得到的，只是那一點天人感應的六道輪廻的人生觀。我要在這裏大膽的說一句，在思想方面這是一本有毒的書，比起前人所說的誨盜誨淫的惡評來，他有更壞的一點，便是無形中灌輸民衆一種淺薄的神鬼思想，因爲牠本身的故事很有趣味，在民間很能流行，牠流行愈廣，統治民衆的力量愈大。

書中的思想，雖是幼稚，在文學上還是有相當的成就。吳氏本來博學多才，文筆淸綺，雖有元人舊本，也只具骨架，經他改編以後，文字風格，頓改舊觀，無異是他自己的創作。本書幻想的豐富，佈局的謹嚴，精力的壯健，如寫猴王的歷史，八十一難的過程，確是我國未曾有過的浪漫文學的偉大收穫。但在描寫方面，總是平鋪直敍的多，似乎不够深刻，即神魔妖怪，只具形相，神情不全。惟孫悟空一人，自是作者傾全力所寫，故富於人性，成就較多。作者賦性詼諧，每於敍述恐怖的場面，雜以滑稽，化緊張爲舒鬆，變神妖爲人性，確是西遊記文字中一種特色。在那些諧言謔語之中，暗寓一點諷世罵人的影子。這一點影子，便是作者懷才不遇的牢騷。信筆寫來，無意吐出，却極有情味。西遊記與普通那些專寫神魔小說的不同，他的價値就在這些地方。

西遊記的續書　西遊記盛行民間，在明季已有續書，如續西遊記一百回，傳本未見，西遊補附記云：『續西遊摹擬逼眞，失於拘滯，添出比邱靈虛，尤爲蛇足。』另有後西遊記四十回，亦不詳作者。述花果石新產一猴，自稱小聖，護唐僧大顚往西天求眞解，途中收猪八戒之子一戒及沙和尙之徒沙彌爲徒弟，途遇種種魔難，加以蕩平的故事。內容發展，倣效西遊，神魔之名，加以改寫而已。在西遊記的續書中，値得我們詳細介紹者：是明季遺民董說所作的西遊補。董字若雨，號俟庵，烏程人（西曆一六二〇——一六八六），博學能文，著作甚豐，合題曰補樵書，今只存七國考、西遊補二種。明亡，削髮入僧，自名南潛，號月函，可見作者人格之高以及胸中禾黍之痛。西遊補共十六回，所謂補者，是欲插入孫悟空「三調芭蕉扇」之後。其實自成局面，並非補作。書中演孫悟空化齋，爲妖所迷，漸入夢境，或見過去，或望未來，忽作美女，忽作閻王，後得虛空主人一呼，復歸現世。此書雖是十六回，却極値得我們重視，贊賞。

一、此書確作在明亡以後。崇禎殉國，董氏只二十四歲，書中文字，絕非少年手筆，一望可知，細觀全書，借悟空夢境，痛貶時事。他所罵的，自稱英雄好漢，連一個弱女子也保不住的項羽，想就是指的吳三桂，特別對於秦檜，痛下針貶，對於岳飛推崇備至，這不是說的魏忠賢、洪承疇一類的姦臣是誰？青青世界自然是指的滿清，所以日曆也是倒的，殺青大將軍，自然是叫漢人唐僧討清的意思，小月王指的定是明朝。十二回中，唐僧與小月王在欲滴閣上看見畫上題的字云：『青山抱頸，白澗穿心，玉人何處，空天白雲。』再他們聽到女人彈唱以後，點頭墮淚，發出思鄉懷古的幽情，這明明是『故國不堪回首』的表現。又第十回中云：『行者道，且莫弄口，我有句要緊話問你，爲何這等臊氣。又不是魚腥，又不是羊羶。新古人道：要臊，到我這裏來；不要臊，莫到我這裏來。這裏是韃子隔壁，再走走兒，便要滿身惹臊。』這罵滿清人，罵得何等明顯。可知他這本書是有爲而爲，絕非只是遊戲之作。也有人說此書成於明亡以前，沒有禾黍之痛，這完全是不可信的。他在全書中最用力描寫的，是築城拒胡的秦始皇，是英雄難過美人關的項羽，是賣國求榮的秦檜，是抗敵受冤的岳飛，作者的心情眞是再明顯也沒有了。比起吳承恩來，董若雨作書的態度，是可貴得多。

二、書中的思想，絕非西遊記那些「求長生，天人感應」那一套東西，他處處在攻擊明末的政治與士大夫的腐敗黑暗。他覺得明朝之亡，一半歸咎於朝臣，一半歸咎於八股老爺。第九回中云：『行者仰天大笑道：宰相到身，要待他怎麼？高總判稟：爺，如今天下有兩樣待宰相的，一樣吃飯穿衣，娛妻弄子的臭人，他待宰相到身，以爲華藻自身之地，以爲驚耀鄉里之地，以爲奴僕詐人之地。一樣是賣國傾朝，謹具是平天冠，奉申白玉璽，他待宰相到身，以爲攬政事之地，以爲制天子之地，以爲恣刑賞之地。秦檜是後邊一樣。行者便叫小鬼掌嘴，一班赤心赤髮鬼，一齊擁住秦檜，已時候掌到未時候還不肯住。』這裏罵的還要如何痛快，所寫的不是萬曆崇禎年間那些飯桶宰相賣國姦臣是誰。試想作者如果沒有國破家亡的深沉的苦痛，爲什麼要還着秦檜一人，罵了又打，打了又刺，刺了又剮呢？其次，我們看作者對於當代的讀書人與八股文是如何的態度：

『行者快快自退，看看日色早已夜了，便道，此時將暗，也尋不見師父，不如把幾面鏡子細看一回，再作料理。當時從天字第一號看起，只見鏡裏一人，在那裏放榜，榜文上寫着：第一名廷對秀才柳春，第二名廷對秀才烏有，第三名廷對秀才高未明。頃刻間，便有千萬人擠擠擁擁，叫叫呼呼齊來看榜。初時但有喧鬧之聲，繼之以哭泣之聲，繼之以怒罵之聲。須臾，一簇人兒，各自走散，也有呆坐石上的，也有去碎鴛鴦瓦硯，也有首髮如蓬，被父母師長打趕，也有開了親身匣，取出玉琴焚之，痛哭一場，也有拔床頭劍自殺，被一女子奪住，也有低頭呆想，把自家廷對文字三迴而讀，也有大笑拍案，叫命命命，也有垂頭吐紅血，也有幾個長者，費些買春錢，替一人解悶，也有獨自吟詩，忽然吟一句，把脚亂踢石頭，也有不許僮僕報榜上無名者，也有外假氣悶，內露笑容若曰應得者，也有眞悲眞憤强作喜容笑面。獨有一班榜上有名之人，或換新衣新履，或强作不笑之面，或壁上題詩，或看自家試文，讀一千遍，袖之而出，或替人悼歎，或故意說試官不濟……不多時，又早有人抄白第一名文字在酒樓上搖頭誦念，榜有一少年問道：「此文爲何甚短？」那念文的道：「文章是長的，我只選他好句子抄來。你快來同看，學些法則，明年好中哩。」……孫行者呵呵大笑道：老孫五百年前，曾在八卦爐中聽見老君對玉史仙人說：「文章氣數，堯、舜到孔子，是純天運，謂之大盛。孟子到李斯是純地運，謂之中盛。此後五百年，該是水雷運，文章氣短而身長，謂之小衰。又八百年，輪到山水運上，便壞了！便壞了」。當時玉史仙人便問：「如何大壞？」老君道：「哀哉！一班無耳無目無舌無鼻無手無脚無心無肺無骨無筋無血無氣之人，名曰秀才。百年只用一張紙，蓋棺却無兩句書。做的文字，更有蹊蹺混沌，死過幾萬年，還放他不過。你道這個文章叫做什麼？原來叫做紗帽文章。會做幾句，便是那人福運，便有人抬舉他，便有人奉承他，便有人恐怕他。……」』(第四回)

這眞是一段千古絕妙的文字。將那些熱中科舉的讀書人，寫得那樣醜態百出，國家大事，一切不管，眞的學問，一點不做，難怪作者罵他們是無耳無目無舌無鼻無手無脚無心無肺無骨無筋無血無氣的秀才，說他們做的文章，是紗帽文章，他們的眞才實學，是『百年只用一張紙，蓋棺却無兩句書。』當日的讀書士子，被作者罵得這麼痛快淋漓，宜乎那隻七十二變的猴王，聽着也要呵呵大笑了。因此我們可以說西遊補表面雖是一部神話書，其實完全是一部人書，並且是一部活躍躍的最富於現實性的明末清初的社會書，時代背境與社會意識，反映得非常明顯。這一點也是牠勝出西遊記的地方。

三、要說到詼諧文學的特色。董若雨在短短十六回裏，處處充滿着詼諧與滑稽，尤能分辨人物的性格，而出以各種適當的口吻。上下古今，信筆書寫，嬉笑怒罵，都是文章，我們只要讀了上面那一段，便知道作者文筆的風趣，清新，尖刻，譏諷，與滑稽，兼而有之。由上所述，西遊補確是一本在文學上極有價值的作品，是一部在神話的掩飾下反映出時代社會的作品，只是篇幅小，內容少，比不上那較爲通俗的西遊記那樣能迎合民衆，因此便湮沒無聞，這是很可惜的。

四遊記為流行民間的神魔小說四種的合集，書中所敍，大都是成仙成佛一類的迷信故事。釋道所流傳，民間所迷信，再由文人加以纂集寫成的東西。書成的先後，亦不同時，東遊記較早，南遊記、北遊記、西遊記爲時較遲，但正確的年代，亦難斷定。第一種東遊記，原名上洞八仙傳，共二卷，五十六回，蘭江吳元泰著（嘉靖、隆慶年間人），敍述鐵拐李、漢鍾離、藍采和、張果老、何仙姑、呂洞賓、韓湘子、曹國舅八仙得道的故事。八仙的故事，在元朝已經有許多人寫作戲曲，馬致遠的呂洞賓三醉岳陽樓，就是很有名的作品，再如紀君祥、趙文敬、趙明遠及無名氏，也寫了這一類的雜劇。不過元朝明初八仙的人名還沒有確定，到了吳元泰的東遊記，才確定了上擧的八仙的人名，從此以後，再沒有什麼更改了。本書絕無藝術的價值，只是一本成仙得道的道教宣傳品。所可貴者，書中還保存一點民間的傳說。第二種爲南遊記，亦名五顯靈官大帝華光天王傳，共四卷十八回，余象斗（隆慶、萬曆間人）編，余爲明末閩南有名的書賈，三國、水滸俱有刋本。演述華光救母事，是一部宣傳佛教的民間讀物。書中所述華光種種鬬爭的歷史，頗似吳本西遊記中的猴王。二書究是誰前誰後，頗難論斷。但在文字上，却比東遊記爲佳，時雜諧謔，令人傾倒。華光之母因食人，因於地獄，華光設法入獄，把母親救了出來，母親一出，又向兒子討人吃。華光聽罷，對娘說：『娘，你住酆都受苦，我孩兒用盡計較，救得你出來，如何又想吃人，此事萬不可爲。』母曰，我要吃，不孝子，你沒有岐娥（人也）與我吃，是誰要救我出來？』這不能不說是最上等的幽默文字。第三種北遊記，亦名北方眞武玄天上帝出身志傳，凡四卷二十四回，亦爲余象斗編。記眞武大帝成道降妖事。

主體爲道教宣傳，而亦時雜佛說，民間傳說，佛道本已混肴，內容荒誕，文字亦拙劣。第四種爲西遊記傳，共四卷四十一回，題齊雲、楊志和編，書中所敍，與吳本西遊記十九相似。玄奘父遇難，及玄奘復讎事，楊本所無。因內容頗繁，篇幅較少，故所敍簡略，文字亦殊笨拙。較之吳本，相差遠甚。想是楊志和及當時書賈爲湊合東南北三種遊記而爲四種，同時那三種篇幅俱不甚多，乃由吳本改削而成，因避免偸竊，文字上亦加更改，但因文筆粗拙，故全無文彩。另有唐三藏西遊釋厄傳十卷，爲廣州人朱鼎臣（嘉靖、隆慶間人）所撰。朱本亦由吳本改編，章次凌亂，草率從事，尤遜楊本。陳志蕊事，爲朱本所獨有，想依吳昌齡雜劇所增入者。吳承恩西遊記世德堂刋本及楊志和本，俱無此回。到了清朝，編刋西遊記，始將此事移植吳本中，即今日通行本之第九回，詳情可參看鄭振鐸的西遊記的演化。

封神傳　封神傳一百回，演武王伐紂，姜太公封神事，許仲琳編。梁章鉅浪跡續談云『林樾亭先生嘗與余談，封神傳一書是前明一名宿所撰，意欲與西遊記、水滸傳鼎立而三。因偶讀尙書武成篇「唯爾有神尙克相予」語，衍成此傳。其封神事則隱捜六韜、陰謀、史記、封神書、唐書、禮儀志各書，鋪張俶詭，非盡無本也。』其實許氏的根據，還是元人的武王伐紂書的平話本。絕非他只看了武成篇中的兩句，便創造了這本書。在武王伐紂書中，已有蘇妲己被狐所魅，誘惑紂王，荒淫作惡，又有仙人進宮除妖的種種描寫。雖爲講史，神魔已多。許仲琳自然是根據這本子改編放大，再加以明代盛行的釋道神仙的穿插，於是便成爲一部虛幻無稽的神魔小說。書中述助紂者爲截教，助周者爲道佛二教，人神鬬法，各逞道術，演成激烈的戰爭，結果截教敗滅，武王入殷，而以封神封國告終。文字雖頗通順，但思想幼稚，實不足稱，比起西遊、水滸來，相差眞是太遠了。

西洋記 三寶太監西洋記通俗演義，題二南里人編次，前有萬曆丁酉（一五九七）羅懋登序，想羅即本書的作者。書共百回，演述永樂年間太監鄭和出使外洋，服外族，三十九國咸入貢中華事。鄭和本是我國明朝一個最大航海家，最遠的地方，到了非洲東部，年代是一四〇六到一四三〇年，比西方的哥倫布的時代還要早。明史宦官傳云：『鄭和、雲南人，世所謂三保太監者也。永樂三年，命和及其儕王景宏等通使西洋，將士卒二萬七千八百餘人，多齎金帛，造大舶。……自蘇州劉家河泛海至福建，復自福建五虎門揚帆，首達占城，以次遍歷諸國，宣天子詔，因給賜其君長，不服，則以武懾之，先後七奉使，所歷凡三十餘國，所取無名寶物不可勝計，而中國耗費亦不貲。自和後，凡將命海表者，莫不盛稱和以誇外藩，故俗傳三保太監下西洋，爲明初盛事云。』這本是一種動人的記事材料，但作者已是明末，並非親歷其境之人，對於外洋全無經驗，加以當日四遊記一類的神怪故事，盛行民間，於是作者一面採用馬歡的瀛涯勝覽及費信的星槎勝覽二書的國外材料，鋪寫誇大，再加以當日流行的神怪，於是妖奇百出，荒誕無稽。所敍戰事，亦多竊自西遊、封神。他序中云：『今者東事倥偬，何如西戎即序，不得比西戎即序，何得令王、鄭二公見也。』作者的意思，是感着當日朝廷的無能，倭寇的緊迫，乃是有感而作，不料寫成一本這麼荒誕的書，文字不佳，結構零亂，中心思想一點沒有反映出來，誠有負其寫作的原意了。

五　金瓶梅

在明代許多的長篇小說裏，大都有所本而加以改作的，如三國、水滸、西遊、封神都是如此，眞能算一人的創作的，只有金瓶梅詞話。同時在那些長篇裏，神魔一類的故事不必說，就是那些寫歷史的寫英雄一類的小說，除水滸一書稍能接觸實際的社會以外，其餘都是虛誕無稽，思想幼稚，眞能描寫家庭瑣事，日常生活，以及社會上種種形態，表現實際社會的，也只有金瓶梅詞話。這一部書在明代的長篇小說中，從純文學的立場看來，實佔有最高的地位。

金瓶梅詞話的作者蘭陵笑笑生，生平不可考，蘭陵今屬山東嶧縣，書中亦多山東方言，故作者之爲山東人自無可疑。前人多傳爲王世貞作，此說起於沈德符之暗示，野獲編云：『袁中郎觴政，以金瓶梅配水滸爲外典，余恨未得見。丙午（西曆一六〇六年）遇中郎京都，問曾有全帙不？曰第睹數卷，甚奇怪。今惟麻城劉延白承禧家有全本，蓋從其妻家徐文貞錄得者。又三年，小修上公車，已攜有其書，因與借鈔挈歸，吳友馮猶龍見之驚喜，慫恿書坊以重價購刻，馬仲良時榷吳關，亦勸余應梓人之求，可以療饑。余曰：此等書必遂有人版行，但一出則家到戶傳，壞人心術，他日閻羅詰始禍，何詞以對。吾豈以刀椎博泥犁哉？仲良大以爲然，遂固篋之，未幾時而吳中懸之國門矣。然原本實少五十三回至五十七回，徧覓不得，有陋儒補以入刻，無論膚淺鄙俚，時作吳語，卽前後血脈，亦絕不貫串，一見知其僞作矣。聞此爲嘉靖大名士手筆，指斥時事，如蔡京父子則指分宜、林靈素則指陶仲文、朱勔則指陸炳，其他亦各有所屬云。』由此我們可以推知者：一、本書作者，是嘉靖時代大名士，二、補作吳語，斥其不當，可知作者必爲北方人，三、指斥時事或可信，此書不是作者自傳，與紅樓夢大不相同，除蔡京父子諸人外，西門慶必有所指。四、袁中郎的觴政成於萬曆三十四年以前，則金瓶梅之成，在嘉靖末，至遲在萬曆初。五、現在的金瓶梅詞話本，上有東吳弄珠客萬曆丁巳（一六一七）年的序，可以說是現存的金瓶梅的最早的刋本，最近於原作的面目。因爲野獲編有成於嘉靖大名士手筆一句話，到了清朝康熙年間，謝頤序金瓶梅時，說這大名士，便是王世貞，因王父死於嚴氏，唐順之也有關係，於是造出金瓶梅來，乃王世貞對嚴氏唐氏復仇而作，什麼苦孝說，什麼清明上河圖，都說得若有其事，這完全只是一些牽强附會。金瓶梅有他本身的價値，作者是否大名士，本已無關。創作的動機，是不是因爲苦孝，更不重要。我們在沒有考出作者眞姓名之前，知道作者是山東嶧縣的笑笑生，也就够了。

金瓶梅在長篇小說中地位的重要，便是因爲牠是一本明代小說中未曾有過的社會寫實的書。作者用他優美的文字，大膽的描寫，把明末那種荒淫放縱腐敗黑暗的整個社會暴露無遺，把那個有錢的官紳階級和那個賣兒鬻女的貧苦民衆的生活形態，暴露無遺。金瓶梅簡直是那個時代那個社會的一面鏡子。他所寫的，雖只是一個暴發戶的家庭，幾個妻妾的生活，但圍繞這個家庭，妻妾的四週，社會上的各種骯髒和罪惡，一幕一幕的展開在讀者的眼前，沒有神魔小說的虛誕性，又沒有戰爭小說的誇張性，他老是一件件實實在在地記錄在那裏，使我們今日讀了，新鮮得活躍得就好像我們自己昨日所經歷的一樣。書中從水滸傳中取出西門慶、潘金蓮通姦以及武松殺嫂一段短短的故事，寫成一百回的長篇巨著，這種創作的雄健的精力，遠在改編水滸、西遊者之上。作者的目的，是用全力來寫一個暴發戶的歷史，寫他的成長發達放縱與滅亡。這個暴發戶西門慶『原是清河縣一個破落戶財主，就縣門前開個生藥鋪，從小也是個浮浪子弟，使得些好拳棒，雙陸象棋，抹牌道子，無不通曉，近來發跡有錢，專在縣裏，管些公事，與人把攬說事過錢，交通官吏，知縣知府都和他往來，近日又與東京楊提督結親，都是四門親家，誰人敢惹他。』破落戶變成了暴發戶，暴發戶變成了西門大官人，他一面交結地方官吏，榨取民間的血汗，一面奴顏婢膝地結納京官，步步爬昇，果然由理刑副千戶做到正千戶提刑官。在這過程中，不知隱藏着多少人的生命財產眼淚與貞操。他乘着自己的財勢，專幹那些拐騙姦淫的勾當，搶奪寡婦的財產，誘騙朋友的妻子，霸佔民間的少女，謀害人家的丈夫，總而言之，社會最黑暗最可怕的犯罪行爲，他都做到，因爲他與上下官府交結得好，無論做了什麼壞事，反而升官發財，行所無事。他既是有錢有勢，自然有一些朋友一些爪牙替他幫閑跑腿。他有九個好朋友，『頭一個喚應伯爵，是個破落戶出身，一份兒家財，都闞沒了，專一跟富家子弟幫閑貼食，在院中頑，諢名叫應花子。第二個姓謝名希大，乃清河衛千戶官兒，自幼沒了父母，遊手好閑，善能踢的好氣毬，又且賭博，把前程丟了，如今做幫閑的。第三名喚吳典恩，乃本縣陰陽生，因事革退，專一在縣前與官吏保債，以此與西門慶來往。第四名孫天化，綽號孫寡嘴，年紀五十餘歲，專在院中闖寡門，與小娘傳書寄柬，勾引子弟，討風流錢過日子。……連西門慶共十個，衆人見西門慶有些錢鈔，讓他做了大哥，每日輪流會茶擺酒。』（十一回）你看這是不是一羣强盜流氓的大結合，一天到晚，捧着他到妓院去飲酒作樂，幫他去找好看的女人。有許多女人，開始爲他的甜言蜜語富貴風流所惑，歡喜他情願跟他，誰知一進門，他便換了魔王一樣的惡毒面孔。高興時，叫你兩聲小淫婦，發起脾氣來，把女人脫得精光，用鞭子打得你皮破血流，孫雪娥、潘金蓮都領教過他的皮鞭。蔣竹山說他是『抱攬訟事，舉放私債，家中挑販人口，家中不算丫頭大小，五六個老婆，着緊打趟棍兒，稍不中意，就令媒人領出賣了，眞是打老婆的班頭，炕婦女的領袖。』（十七回）因爲他有聲勢有錢財，女人仍是一個個地投入他的魔掌，他窮於應付，於是求春藥縱淫慾，結果是因淫樂而送了性命。這暴發戶錦衣武略將軍西門大官人就此告一結束。那些妾婢，死的死，走的走，改嫁的改嫁，所謂樹到猢猻散，眞是不過幾日。又成了一世界。那些幫閑的朋友們，看搖錢樹倒了，自然不免傷心一番，共湊了七錢銀子，買了果品香燭，致祭於西門慶之靈前曰：『……受恩小子，嘗在胯下隨幫，也曾在章台而宿柳，也曾在謝館而猖狂。正宜撐頭活腦，久戰熬場，胡何一疾不起之殃，見今你便長伸着脚子去了，丢下小子如班鳩跌彈，倚靠何方？難上他煙花之寨，難靠他八字紅牆。再不得同席而偎軟玉，再不得並馬而傍溫香。撇的人垂頭跌脚，閃得人囊溫郎當……』這不能不說是中國數千年來第一篇絕妙的祭文。西門慶在金瓶梅這本書裏是死了，但在社會上並沒有死，一直到現在，他仍活着，不僅他，凡圍繞着他的那些人物，都沒有死，尤其在現今的社會裏，不知是有多少西門慶，有多少王婆、薛嫂兒、楊姑娘、張四舅和那些應花子、孫寡嘴一類的幫閑朋友。金瓶梅的價値，便在他能够把這一個黑暗的社會的眞實內形一點不隱藏的寫出來給我們看。旁的人只寫一點正面，他所寫的全是暗面，他一點也不呼號叫喊，一點也不提出革命打倒的口號，他只暴露出眞實的情形，讓讀者自己去判斷，這便是自然主義小說的重要點。我們千萬不要想到這只寫西門慶一人，這只寫西門慶的一家，其實寫的便是全社會。東吳弄珠客序云：『借西門慶以描畫世之大淨，應伯爵以描畫世之小丑，諸淫婦以描畫世之丑婆淨婆。』這幾個類型的人物，無論他們的生活性情言語態度，都刻劃入微，得到了極大的成功。造成金瓶梅在藝術上的崇高的地位。

金瓶梅雖在文學上得到了大的成就，但其本身確是一本不道德的淫書，是一本不能給青年男女閱讀的文學書。他在性慾上的描寫，實在是過於公開，過於大膽，因爲這種種的描寫，使得讀者顧此失彼，忽略了書中對於黑暗社會的暴露。雖有什麼勸世戒世的說明，因果報應的暗示，讀者們究無法抵抗其性力的煽動與情慾的蠱惑，在這種情形中，本書的藝術性，常屈服於性力之下，自終爲情慾所掩。這不僅普通的讀者，即是有相當文學修養的讀者，亦復如此。金瓶梅的藝術性與不道德性的矛盾，也就在此。不過我們要知道，這正是明代末年的社會造成的。那時代朝廷上下，全部沉浸在荒淫的生活裏。成化時，方士們如李孜僧繼曉之徒，俱以獻房中術致貴，嘉靖時道士陶仲元獻紅丸得寵，官至禮部尚書，其他如方士邵元節、王金之流，俱以獻秘方得倖。此風散播，流傳日盛，於是進士儒生亦步釋道後塵，如盛端明輩，因獻秘藥秋石方大貴。因此羣以秘方春藥，乃終南之捷徑，竭智盡力，鍛鍊尋求，於是士子不以談房事爲羞，作者不以寫性交爲恥，羣起效尤，淫風日熾，當日戲曲，亦多淫豔之談，山歌盡是床笫之語。金瓶梅正產生於此時，自亦難免。比起那些專寫性交的荒謬絕倫的繡榻野史、弁面釵、宜春香質一類的書來，金瓶梅又是文雅的了。

另有玉嬌李一書，似爲金瓶梅續作，傳亦出金瓶梅作者之手。據野獲編所載，袁中郎曾知梗概，謂『與前書各設報應因果，武大後世化爲淫夫，上蒸下報，潘金蓮亦作河間婦，終以極刑，西門慶則一騃憨男子，坐視妻妾外遇，以見輪迴不爽。』沈德符並見其首卷，謂『筆鋒姿横酣暢，似尤勝金瓶梅。』今此書已失傳，即有所見，亦係後人僞託，非萬曆原本。

再有續金瓶梅，前後集共六十四回，題紫陽道人編，實山東諸城丁耀亢所作。丁字西生，號野鶴，自號木鷄道人（約一六二〇——一六九一）。書成於淸初，專以因果報應爲主，中亦穿插國家政事。又時引佛道儒義，詳加解釋，動輒數百言，絕無生氣，而總結以感應篇爲依歸。第一回說：『要說佛說道說理學，先從因果說起，因果無憑，又從金瓶梅說起。』本書的中心思想，可想而知了。

六　才子佳人的戀愛小說

用金瓶梅式的書名，而人物形態全不相似，專寫青年男女的戀愛故事，這種青年主角，都是品學兼優，才貌無雙的典型，這一類作品，可稱之爲佳人才子小說。這些書是某公子年少貌美滿腹才學，因擇配不易，二十未娶，某日出遊花園或寺廟，遇一少女，年方二八，沉魚落雁，羞花閉月，驚爲天人。與之語，佯羞不答，然脈脈有情。於是男女心中，都若有所失，此時必有伶俐之婢女一人出而傳書遞簡，或寄絲帕，或投詩箋，兩心相許，私訂終身。此女多爲其父母掌珠，因才貌過人，擇婿不易，尙待字閨中，後因某權臣聞女豔名，設法求爲子婿，女家不許，於是百般搆陷，艱苦備嘗，改名換姓，各奔前程。最後總是公子高中狀元，掛名金榜，秘情暴露，兩姓歡騰，男女雙雙，終成夫婦。所謂佳人才子小說，其內容結構，大都如此，惟因文字清麗，情致纏綿，於戀愛過程中，時點綴以文雅風流功名遇合的種種離奇的穿插，故頗爲知識青年男女所喜。此種小說，篇幅不長，大都是二十回左右，篇中波瀾疊生，最後以大團圓結局。明末淸初以玉嬌梨、好逑傳、平山冷燕、鐵花仙史較顯。玉嬌梨凡二十回，今或改題雙美奇緣，無撰人名氏。書中演述太常正卿白玄之女白紅玉及其甥女盧夢梨與才子蘇友白戀愛的故事。中間雖時迭經患難，結果是一箭雙鵰，有情人終成眷屬。試看白玄最後發表他的意見，『那少年人物風流，眞個是謝家玉樹，我看他神淸骨秀，學博才高，旦暮便當飛騰翰苑。……意欲將紅玉嫁他，又恐甥女說我偏心，若要配了甥女，又恐紅玉說我矯情。除了柳生（蘇友白的假姓），若要再尋一個，却萬萬不能。我想娥皇、女英同事一舜，古聖已有行之者，我又見你姊妹二人互相愛慕，不啻良友，我也不忍分開，故當面一口就都許他了。這件我做得甚是快意。』（十九回）在這裏明顯的反映出當代宗法社會的思想形態。一、兒女的婚姻問題，由父親一手包辦。二、二女同嫁一夫，這種多妻的不良制度，反認爲是聖人的古制。三、在這種男權絕對勝利的時代，青年女子對於這些問題，隨便家長如何解決了，總是唯命是聽，終而至於感激涕零。四、讀書人的人生觀，是飛騰翰苑，娶妻娶妾。所謂佳人才子小說中所表現的思想，大都是知識階級的正統思想。外國人認爲這些作品，正代表中國的人生觀道德觀，以及教育政治社會上的種種形態，青年男女情感交流的影子，因此很早的把這些作品都介紹到外國去。玉嬌梨有英、法譯本，平山冷燕有法文譯本，好逑傳有英、法譯本，因此這些作品爲外國人所熟知，本國人反而生疏了。

好逑傳又名俠義風月傳，書凡四卷，十八回，題名教中人編次。演述才子鐵中玉佳人水冰心經了千辛萬苦而告團圓之故事。書中主旨，表示兒女婚姻須絕對服從父母之命，無論男女有如何熱烈之愛情，亦必須經過應有的禮節，反則情願犧牲愛情，而屈服於道德與風化之下。作者署名『名教中人』，即此四字，可概括此書之中心思想。平山冷燕二十回，題荻岸山人編，大連滿鐵圖書所藏本序云：『順治戊戌立秋月天花藏主人題於素政堂』，書首又有『先朝隆盛之時』的文句，則此書是作於清初。書中敍二才子平如衡、燕白頷又二佳人山黛、冷絳雪的戀愛故事，故書名平山冷燕。又鐵花仙史二十六回，題雲封山人編次，敍王儒珍、蔡若蘭事。序云：『傳奇家摹繪才子佳人之悲歡離合，以供人娛目悅心者也。然其成書而命之名也，往往略不如意。如平山冷燕，則皆才子佳人之姓爲顏，而玉嬌梨者，又至各摘其人名之一字以傳之。草率若此，非眞有心唐突才子佳人，實圖便於隨意扭捏成書而無所難耳。此書則特有異焉。……令人以爲鐵爲花爲仙者讀之，而才子佳人之事掩映乎其間。』作書想在書名上好奇，也並不奇，鐵言古劍，花言玉芙蓉，仙言蘇子宸，合之成爲鐵花仙史。但文字頗拙，夾敍神仙戰爭，更越出戀愛小說的範圍。依其序文，知此書最遲出，想是順康年間的作品。到了清朝，這種小說作者更多，康、乾年間，尤盛極一時，現存者尚有數十種，以玉支璣、畫閣緣、蝴蝶媒、五鳳吟、巧聯珠、錦香亭、駐春園諸作較顯。道光以後，漸趨衰沉，因時勢激變，執筆者都覺得佳人才子故事的浮淺無聊，而羣趨於社會生活的描寫，故造成清末譴責小說的極盛。

七 明代的短篇小說

宋代說話，分爲四科，最要者爲講史與小說。歷史故事，本爲數十年乃至數百年的連續性，故其話本多爲連續性的長篇。而這些長篇的講史，對於明代的小說界的影響，至爲巨大。如各種演義以及封神、水滸諸長篇作品，或直接或間接，無不由講史演化而來，說小說者，內容較簡，人物較少，都是一二次即可完畢的短篇。宋人的小說話本，如京本通俗小說中所載者，雖已有佳篇，但明初對此不甚注意，擬作者亦少。嘉靖年間，因長篇小說風行社會，短篇作品，亦爲人所注意，於是宋、元以來的短篇平話，漸漸爲人收集刋行。萬曆天啓年間，平話集盛行於世，因此文人擬作者日多，明代末年造成了短篇小說極盛的時代。

將宋、元、明初的短篇平話，收刻最早的，是嘉靖年間刋的清平山堂話本。此書僅存殘本三卷，原藏日本內閣文庫，現有影印本，共十五篇。其中十一種的版心上方，皆有「淸平山堂」四字。淸平山堂爲嘉靖時洪楩堂名。書中所收諸作，體例頗不一律，如藍橋記、風月相思二篇，全爲文言，不似話本。又快嘴李翠蓮記一篇，通體韻語，想係彈唱者所爲。簡帖和尚、西湖三塔二篇，曾見也是園書目宋人詞話，自是宋作無疑。其他如陳巡檢梅嶺失妻記、合同文字記、洛陽三怪記、五戒禪師私紅蓮記、刎頸鴛鴦會諸篇，亦有可疑爲宋作的證據。又風月相思開首爲「洪武元年春」句，自是明作無疑，其他諸篇，無年代可考，想都是明人的擬作。

另有雨窗集、欹枕集，亦爲平話叢刻，爲近人馬廉所影印。雨窗集存上卷，共五篇，爲花燈轎蓮女成佛記、曹伯明錯勘贓記、錯認屍、董永遇仙傳、戒指兒記（此篇不全。）欹枕集上卷只話本二篇，爲羊角哀鬼戰荊軻、死生交范張鷄黍，俱不全。下集五篇：爲漢李廣世號飛將軍、夔關姚卞吊諸葛、霅川蕭琛貶霸王，三篇俱全。殘缺者爲老馮唐直諫漢文帝、李元吳江救朱蛇二篇。二書文字俱拙劣，必非出自文人之手，如羊角哀鬼戰荊軻一篇，到了今古奇觀（古今小說亦有此篇），修飾文字，增加描寫，面目爲之改觀。知此二集，時代想必很早，想爲明末擬平話者之底本，但是否亦爲清平山堂刋行，則不可考。據日本長澤規矩也所撰京本通俗小說與清平山堂一文，知道日本內閣文庫的漢籍藏書中，另有平話單行本四種。爲馮伯玉風月相思小說、孔淑芳雙魚扇墜傳、蘇長公章臺柳傳、與張生彩鸞燈傳。四種形式全同，想是一種叢書的零本。由其板式與揷圖觀之，想是萬曆年間刋行的本子。第一種即爲清平山堂話本中之風月相思，第二種者有「弘治年間」字樣，自是明人所作，其他二篇，爲時較早，是宋是元或是明初，亦難推定。

馮夢龍　短篇小說的大量刋行，是天啓、崇禎年間的事。對於這工作貢獻最多的，是稱爲墨憨齋的馮夢龍。馮字猶龍，一字子猶，長洲人。（？——一六四五）崇禎時，官壽寧縣知縣，明亡殉難。他是一個最大的介紹通俗文學的功臣。他改編過平妖傳新列國誌的長篇小說，刋行過掛枝兒、山歌的民間歌曲，編撰短篇小說「三言」，又勸過沈德符刋印金瓶梅。亦喜戲曲，曾作雙雄記、萬事足諸傳奇，又刻墨憨齋傳奇定本十種。還編印過笑府、古今談概一類的笑話書。詩集有七樂齋稿。靜志居詩話評他的詩，『善爲啓齠之辭，間入打油之調，不得爲詩家。』可知在他的詩裏，也加入了通俗文學的色澤和精神，正統者眼中的「啓齠之辭打油之調」，正是通俗文學中的特色。他懂得通俗文學的價值和其在文學上的地位，他在山歌的序上說過，『但有假詩文，無假山歌，……借男女之眞情，發名教之僞藥。』又古今小說序云：『大抵唐人選言，入於文心，宋人通俗，諧於里耳。天下之文心少而里耳多，則小說之資於選言者少，而資於通俗者多。試令說話人當場描寫，可喜可愕，可悲可涕，可歌可舞，再欲捉刀，再欲下拜，再欲決脰，再欲捐金，怯者勇，淫者貞，薄者敦，頑鈍者汗下，雖日誦孝經、論語，其感人未必如是之捷且深也。噫！不通俗而能之乎。』這篇序雖署綠天館主人，自然就是馮氏的意見。通俗文學與羣治的關係最深，給予社會感應的效果最大，欲求文學與民衆發生聯繫，非通俗不可，這些道理，馮氏知道得最清楚。因此，他將畢生的精力，獻之於通俗文學的蒐集、編輯、改作和出版的種種工作，他在小說方面成就最大。今古奇觀的笑花主人序中說：『墨憨齋增補平妖，窮工極變，不失本末，其技在水滸、三國之間，至所纂喻世、警世、醒世三言，極摹人情事態之歧，描寫悲歡離合之致。』可知在明朝末年，他成爲介紹通俗文學的權威。

古今小說收話本四十種，凡四十卷，題茂苑野史編輯。所謂茂苑野史卽馮夢龍早年的筆名，此古今小說也就是「三言」中的「喻世明言」。此書裏面有天許齋廣告云：『小說如三國志、水滸傳稱巨觀矣，其有一人一事足資談笑者，猶雜劇之於傳奇，不可偏廢也。本齋購得古今名人演義一百二十種，先以三分之一爲初刻云。』又書序云：『茂苑野史氏家藏古今通俗小說甚富，因賈人之請，抽其可以嘉惠里耳者凡四十種，俾爲一刻。』可知先刻了四十種，後來警世、醒世再刻八十種，其數恰爲一百二十種。大概初刻時，沒有打算再刻二三集的，只題古今小說一名，後來看見材料多，生意又好，接着刻下去，要表示與初集有別，改爲警世通言、醒世恆言了。在恆言上還題着繪圖古今小說醒世恆言詳細的書目，更可知道，到了刻二三集時，古今小說變成一個公共的名稱，於是再版時第一集不得不在「古今小說」四字下加喻世明言一類的名目。三言之名因而成立。初集的古今小說與喻世明言也就是二而一的一本書。至於現藏日本內閣文庫的一本喻世明言（衍慶堂印本），只有二十四卷，集古今小說本之二十一篇，警世一篇，醒世之二篇合集而成。此決非馮氏原刊，一定是當日書賈取古今小說的殘本，雜湊謀利，欺騙世人，實是一種僞本。

現存的古今小說（喻世明言），共話本四十篇，宋、元、明三代的作品，兼而有之。宋本除張果老種瓜娶文女、簡帖僧巧騙皇甫妻二篇外（也是園書目宋人詞話作種瓜張老與簡帖和尙），其他如新橋市韓五賣春情，文中有說「宋朝臨安府」之句，陳從善梅嶺失渾家卽淸平山堂之陳巡檢梅嶺失妻記，開首便有「話說大宋徽宗皇帝」之句，俱有可信原本爲宋人所作，但明人未必沒有增改。

警世通言亦四十卷，收話本四十篇，天啓四年刊行，原本今不可見。今所見者，有藏於日本的尾州本。另有三桂堂王振華刻本，原書亦未見，其目錄則載於日本的舶載書目中。首卷有王振華題語云：『自昔博洽鴻儒，兼採稗官野史，而通俗演義一種，尤便於下里之耳目，奈射利者而取淫詞，大傷雅道，本坊恥之，茲刻出自平平閣主人手授，非警世勸俗之語，不敢濫入，庶幾木鐸老人之遺意，或亦士君子有不棄也。』此木鐸老人是否馮夢龍呢？無法知道。繆荃孫所刊行的京本通俗小說七篇，錯斬崔寧以外，其餘俱收在通言中，題目稍有改動。另有定州三怪一卷，繆氏所謂「破碎不全」者，亦在通言中之十九卷，題爲崔衙內白鷂招妖。又書中第三十七卷之萬秀娘仇報山亭兒，即也是園書目宋人詞話中之山亭兒。其他如蔣淑眞刎頸鴛鴦會（清平山堂話本作刎頸鴛鴦會）、三現身包龍圖斷寃、計押番金鰻產禍、福祿壽三星度世四篇，俱可信爲宋人之作。其餘或尙有宋、元作品在內，但難確證。再有宿香亭張浩遇鶯鶯、錢舍人題詩燕子樓二篇，全是文言，頗似唐代的傳奇文，此種作品，明人的作者頗多，如剪燈新話、剪燈餘話正是這一類。此二篇，想係明人所爲，開頭加入平話體的引起一二句，變爲話本，而被編入的罷。書前有豫章無礙居士序一篇，對於小說的價値，社會的關係，說得極其透澈。『里中兒代庖而創其指，不呼痛。怪之曰，吾傾從玄妙觀聽說三國志來，關雲長刮骨療毒，且談笑自若，我何痛爲。夫能使里中兒頓有刮骨療毒之勇，推此說孝而孝，說忠而忠，說節義而節義，觸性性通，觸情情出，視彼切磋之彥，貌而不情，博雅之儒，文而喪質，所得竟未知孰贋孰眞也。』小說與羣治的關係，給與人民的直接影響，確實遠在四書、五經之上，就是要宣傳倫理道德以及宗教觀念，自然也遠在那些經典聖人以及和尙道士之上。

因爲文學不是扳起面孔去敎化人，而是用情力去感動人，故其效果，遠在說敎之上。關於這一點，晚明的文人，瞭解的已經很多，這確是文學觀念的大進步。由綠天主人山歌的序，無礙居士的序看來，這種觀念，在當代的文壇，已很普遍，無形中便成爲小說的推動力。我們可以說晚明小說的興盛與這種觀念，實有因果的關係。

醒世恆言，亦四十卷，此書流傳較廣。十五貫戲言成巧禍，即京本通俗小說的錯斬崔寧，金海陵縱慾亡身即繆荃蓀所謂「金主亮荒淫過於穢褻未敢傳摹」者。其他雖有數篇亦可疑爲宋人所作，但證據都很薄弱，大抵明人擬作者多，或亦有馮氏自作者在內。書有可一居士的一篇序，總結「三言」的意義，有云：『六經國史而外，凡著述皆小說也。而尙理或病於艱深，修詞或傷於藻繪，則不足以觸里耳而振恆心。此醒世恆言四十種所以繼明言、通言而刻也。明者取其可以導愚也，通者取其可以通俗也。恆則習之而不厭，傳之而可久，三刻殊名，其義一耳。』恆言的序，可說是三言的總序，把明言解作導愚，通言解作通俗，恆言解作傳久，一面說明了小說的功用，同時又說明牠的性質，這見解確是好的。

凌濛初　馮夢龍的工作，主要是編輯介紹古今的短篇平話，到了凌濛初，才大量以文人的筆來創作平話。凌字玄房，號即空觀主人，烏程人，著有言詩異、詩逆、國門集、雜劇虬髯翁等。他喜刻小說、戲曲及其他雜書，用朱墨套印，亦有用四種彩色套印者，並加附插圖，極爲美觀。他所刻的世說新語、西廂、琵琶、繡襦、南柯諸書，都是精美的刻本。他著的話本，有拍案驚奇初二刻，近八十篇，以量言之，他是一位創作話本最多的作家。在晚明，馮、凌二人確是提倡通俗文學的二大代表，拍案驚奇初刻，存三十六篇，刋於天啓七年，有序云：『近世承平日久，民佚志淫，一二輕薄，初學拈筆，便思汚衊世界，得罪名教，莫此爲盛。有識者爲世教憂，列諸厲禁，宜其然也。獨龍子猶所輯喻世等書，頗存雅道，時著良規，復取古今雜碎事，可新聽睹佐詼諧者，演而暢之，得若干卷。凡耳目前之怪怪奇奇，無所不有，總以言之者無罪，聞之者足以爲戒云爾。』這是說明他創作這些短篇小說的旨趣。但在書中，淫穢的還是不少，如聞人生野戰翠浮庵、喬兌換胡子宣淫等作，其淫慾不在金瓶梅之下，結果拍案驚奇仍成爲一部被禁止的淫書，不過在他每一篇裏，確實都寓一點教訓的意義，或顯以因果，或訓以人倫，實踐他的言之無罪，聞之足戒的宗旨。這樣一來，篇中充滿了做作的文字，教訓的語氣，因此減少文學的價值，短篇平話不能在文學佔重要的地位，其原因在此。

拍案驚奇二刻，刋於崇禎五年，小說三十九篇，最後附宋公明鬧元宵雜劇，共四十回。據其小引云：『初刻支言俚說，不足供覆醬瓿，而翼飛脛走，較撚髭嘔血筆塚硯穿者，售不售反霄壤隔也。賈人一試之而效，謀再試之。』可知他寫作二刻，是因爲初刻銷路好，書賈促他作的，二書體制雖同，題材已異，初刻多述人事，二刻多言神鬼，因爲材料不够，不得不捨人而取鬼。有取前人話本改作者，如神偷寄與一枝梅一回，取材於古今小說中之宋四公大鬧禁魂張是也。有見於初刻，二刻復用者，第二十三回是也。篇目不够時，還附以雜劇，可知此書之成，全因謀利，故近於雜湊，其價値更遜於初刻。

三言、二刻書共五部，收集短篇平話，近二百篇，民間購買不易，其中作品，亦良莠不齊。抱甕老人有鑒於此，於三言、二刻中選出佳作四十篇，成爲一集，號爲今古奇觀，約刊崇禎末年。笑花主人序云：『墨憨齋所纂喻世、醒世、警世三言，極摹人情世態之歧，備寫悲歡離合之致。……卽空觀主人壺矢代興，爰有拍案驚奇兩刻，頗費蒐獲，足供譚麈，合之共二百種。卷帙浩繁，觀覽難周，……抱甕老人先得我心，選刻四十卷，名爲今古奇觀。』編選本書的旨趣，說得很明白。全書從三言中取二十九篇，二刻取十篇，另有念親恩孝女藏兒一篇，另取自他書。這本書，可說是晚明平話叢書的選本，自能得社會人士的歡迎。於是三言、二刻湮沒了數百年，今古奇觀從明末一直流行到現在。

凌濛初外，明末創作短篇者尙多，顯著有天然癡叟、周淸源、東魯古狂生諸人。天然癡叟，不知爲誰，作石點頭，共十四篇，崇禎年刋本。馮夢龍序云：『石點頭者，生公在虎丘說法故事也。小說家推因及果，勸人作善，開淸淨方便法門。能使頑夫倀子，積迷頓悟。浪仙撰小說十四種，以此名編。若曰生公不可作，吾代爲說法，所不點頭會意，翻然皈依淸淨方便法門者，是石之不如者也。』可知天然癡叟名浪仙，但不知其姓，想是馮夢龍的友人。其次，他著書的動機，也是出於勸世。周淸源著西湖二集，書凡三十四卷，每卷平話一篇，倶與西湖有關，崇禎年刋本。此書名爲二集，宜有初集，未見。湖海士序云：『周子間氣所鍾，才情浩汗，博物洽聞，舉世無兩，不得已而借他人之酒杯，澆自己之磊塊，以小說見，其亦嗣宗之慟，子昂之琴，唐山人之詩瓢也哉！觀者幸於牝牡驪黃之外索之。』可知作者懷才不遇，窮愁潦倒，借寫小說來抒發胸中鬱積之感情，但書中仍多誦聖垂訓之語，較之當時那些同樣的作品，氣味較佳，文筆亦較爲流利。東魯古狂生不詳其姓氏，作醉醒石，書十五回，有武進董氏翻本，江東老蟫序云『李微化虎事，見唐人李微傳，他卷又有云屠赤水作傳者，又以孕婦爲二命，上諭所駁，孕不作二命，乃崇禎帝事，此蓋崇禎年所作。大凡小說之作，可以見當時之制度焉，可以覘風俗之純薄焉，可以見物價之低昂焉，可以見人心之詭譎焉。於此演說果報，決斷是非，挽幾希之仁心，無聊之妄念，婦孺皆知，不較九流爲有益乎？況又筆墨之簡潔，言語之靈活，又出於尋常小說者。』繆氏對於此書，似很推重。說筆墨簡潔，言語靈活，確是此書的特色，但傳道勸世之氣味太重，情趣也就差了。

明代的短篇小說略述大概。因爲這些作品，都是摹擬宋人平話而作，故其形式口吻，都是以平話爲依歸。故於寫人述事，寫景言情，俱不深刻細微，只作一說明式的敍述，正如講述一個故事而已。同時作者都想借這些小說來宣傳倫理宗教，作爲教訓勸誡之用，故其中所表現之思想，亦極幼稚無聊。這些短篇作品，數量雖是不少，只能作爲民衆消遣的讀物，不能在小說史上佔多大的地位，故其價値，遠不如同時的那些長篇小說。

第二十七章　明代的散曲與民歌

一　緒　言

明代詩詞，寥落不振，上已言之。惟散曲繼承元代的餘緒，猶能振作精神，頗有收穫。據任中敏散曲概論所載明人著有散曲者，共三百三十人，數目可算不少。可惜作品流傳下來的不多，不能作詳細比較的研究。幸而幾家重要的集子，還可看見，我們由此，得以考察明代散曲發展的趨勢。明初百年，散曲沉寂。涵虛子太和正音譜所錄古今衆英中，明初曲家共列十六人，汪元亨、谷子敬、賈仲明、湯舜民較著。然而他們的作品，百不存一，偶有所見，多爲零篇，很難看出他們作品的特色。此時有聲於曲壇的，只朱有燉一人。朱曲有誠齋樂府，但套語極多，頗少新味。加以他身處貴族，有時故作農夫樵子語，有時又作神仙語，令人讀了，俱覺不自然。不過在那寂寞的初明曲壇，自然也是可貴的了。任中敏云：『明代未有崑曲以前，北曲爲盛。涵虛子所列明初十六家中，惟湯式一人之傳作有五十餘套，餘皆二三篇。未足言派。湯之套數簡短，不病拖沓，惟多贈答應酬之作。端謹之餘，與一二小令，皆豪麗參用。十六家外，士大夫染翰此業者正多，亦多零星，無足數者。惟周憲王朱有燉之誠齋樂府，裒然成帙，足稱一家，而論其文字，乃十九端謹，且庸濫居多。豪麗兩面，均鮮至處。』（散曲概論）明初曲壇，確是如此。

弘治以還，曲風漸盛，作者日多，派別不一。約而言之，可分南北二系。北人氣勢粗豪，頗多本色，猶有關漢卿、馬致遠風度。王九思、康海、常倫、李開先、劉效祖、馮惟敏、趙南星諸家屬之，劉、馮實爲其魁。南人以淸麗勝，修辭細美，風格婉約，喜寫閨情，有張可久風致，其人爲陳鐸、王磐、金鑾、沈仕、梁辰魚、沈璟、沈紹莘輩，而以王磐、沈紹莘爲首。金鑾雖爲北人，因生長南京，其作風成爲南方的，故歸於南派。其他如楊愼夫婦、唐寅、陳所聞、張鳳翼、王驥德、馮夢龍諸人，亦俱以散曲名。

二　北方的散曲作家

康海與王九思　康字德涵，號對山，陝西武功人（一四七五——一五四〇）。弘治十年的狀元，散曲集有沜東樂府。王九思字敬夫，號渼陂，陝西鄠縣人（一四六八——一五五一），散曲集有碧山樂府、碧山續稿、樂府拾遺各一卷。他們和李夢陽、何景明並稱爲七才子，詩文擬古，頗不足觀，但他倆在散曲上，俱有成就。正德初，劉瑾當權，李夢陽得罪，被捕入獄，康海謁劉瑾救之。後劉瑾失勢，康海坐劉黨去職。王九思因與康海同鄉同官，也因此而被廢。廢後，兩人在鄉里談宴同遊，徵歌度曲，寄情於山水聲色之間，生活情感彼此大略相同。胸中滿腹牢騷，外表故作恬淡，發之於曲，粗豪之氣，自然難掩，而憤世樂閑之情趣，常覺不調和，這又是兩人共同之點。

『燒銀燭，泛紫霞，沉醉在海棠亭下。想人生好如亭下花，怎支吾雨狂風乍。』（落梅風）

『數年前也放狂，這幾日全無況。閑中件件思，暗裏般般量。眞個是不精不細醜行藏，怪不得沒頭沒腦受災殃。從今後花底朝朝醉，人間事事忘。剛方，徯落了膺和滂。荒唐，周全了籍與康。』（雁兒落帶得勝令）

『杖藜，步畦，不作功名計。青山綠水遶柴扉，日與兒曹戲。問柳尋花，談天說地，無人事縈胸臆。醜妻，布衣，自有天然情味。』（朝天子）

上面三首是康海的，再看王九思的。

『暗想東華，五夜清寒霜控馬。尋思別駕，一天殘月曉排衙。路危常與虎狼押，命乖却被兒曹罵。到如今誰管咱，葫蘆一任閑玩耍。』（駐馬聽）

『有時節露赤脚山巔水涯，有時節科白頭柳堰桃峽。戴什麼打角巾，結甚麼狂生襪，得清閑不說榮華。提起封侯幾萬家，把一個薄福的先生笑煞。』（沉醉東風）

可知在他倆的曲裏，同樣充滿着牢騷與憤怒。然而豪放與本色，以及北方特有的爽朗的情調，又同爲他倆作品的特色。王世貞以爲王九思的『秀麗雄爽，康大不如也。評者以敬夫聲價，不在關漢卿、馬東籬下。』（藝苑卮言）平心而論，王作確有些是勝於康的，但王集中確也有許多過於粗豪過於做作的句了；實在是一個大缺點。好比他有一首小令，前三句云：『一拳打脫鳳凰籠，兩脚蹬開虎豹叢，單身撞出麒麟洞，』這種全副武行暴牙露眼的形相，那能算是文學。這是做作，粗俗，不可原諒的惡劣句子。王的壞處就在此，康並非無此壞處，但比較起來，要收斂得多。無論怎樣說，他倆爲當代曲壇的宗匠至數十年之久，那是無疑的。

常倫　常倫字明卿，號樓居，山西沁水人（一四九二——一五二五）。正德間進士，官大理評事，因庭詈御史，罷歸。他多力善射，常穿大紅衣，掛雙刀，馳騁平林，想見其北方健兒的氣概。但因過河，馬驚墮水而死，只有三十四歲的壯年。他折桂令中說：『平生好肥馬輕裘，老也疏狂，死也風流。不離金尊，常攜紅袖。』可見其爲人。他散曲有寫情集二卷。像他那樣一個豪放不羈談兵擊劍的疏狂名士，表現於曲中的，自然是奔放與豪邁。

『驚殘夢數竿翠竹，報秋聲一葉蒼梧。迷茫遠近山淺淡，高低樹，看空懸潑墨新圖。百首詩成酒一壺，人在東樓聽雨。』（沉醉東風）

『但得個歡娛縱酒，又何須談笑封侯。拙生涯，樂眼前，虛名譽，抛身後。兩眉尖不掛閒愁，一日深浮三百甌，亦可度天長地久。』（同上）

他自己說他好治百家言，尤歡喜黃老，因此他的曲裏，常多神仙家言，因爲那些作品，過於空洞，佳作不多。像上面兩首，用俊朗的字句，寫曠達的情懷，時人評他有晉人風度，確是不差。

李開先　李字伯華，號中麓，山東章邱人（一五〇一——一五六八。）與王愼中、唐順之諸人，號稱八才子，詩文反對擬古派，有名於時。列朝詩集說：『伯華弱冠登朝，奉使銀夏，訪康海、德涵、王敬夫於武功、鄠、杜之間，賦詩度曲，引滿稱壽，二公恨相見晚也。罷歸，置田產，蓄聲伎，徵歌度曲，爲新聲小令，搊彈放歌，自謂馬東籬、張小山無以過也。』散曲有李中麓樂府、中麓小令與王九思合作的南曲次韻。但他的作品，現在流傳者已不多。就所見者而論，雖有好句，難得全篇。如傍粧臺云：『曲參參，一輪殘月照邊關。恨來口吸黃河水，拳打碎賀蘭山。鐵衣披雪渾身濕，寶劍飛霜撲面寒。驅兵去，破虜還，得偷閑處再偷閑。』這種算他的好作品了。馮惟敏同他友情很厚，在他的集中有辭太平、李中麓醉歸堂夜話十八首，傍粧臺、效中麓體六首，另有李中麓歸田套曲一篇，前有長序一段，對於李開先推崇備至。中有混江龍一曲云：『似你這天才出，眞個是無愧前修。霎時間對客揮毫風雨響，世不曾閉門覓句鬼神愁。……俺也曾夜到明，明到夜，聽不徹談天口，只爲他心窩兒包盡了前朝祕府，舌尖兒翻倒了近代書樓。』這眞把李開先恭維到了極點。

劉效祖 劉效祖字仲修，號念菴，宛平人，嘉靖二十九年（一五五〇年）進士，任陝西按察副使。其外曾孫胡介祉跋詞臠云：『念菴公負才不偶，齟齬於時，宦止陝西憲副，退居林泉，吟咏不輟。翰墨之餘，間爲詞曲小令，以抒其懷抱而寄其牢騷，當時豔稱，至達宮禁，歷世寖遠，散逸遂多，外王父少保公嘗集而傳之，顏曰詞臠，僅百一耳。』這可見他的生活環境，也是一個官場失意人。他的詩文集名雲林稾已不傳，詞臠也只存他的散曲的一部分而已。我們現在讀他的作品，覺得他實在是明代北派一個重要的作家，他唯一的特色，能採用民間的活語言，同俗曲的調子，作成極通俗的白話曲，帶着濃厚的民歌色彩。關於此點，明代所有的曲家，都比不上他。他的作品的生命是活的，是新鮮的。

『我教你叫我聲，只是不應。不等說，就叫我，纔是眞情。背地裏，只你我，推什麼佯羞佯性。你口兒裏不肯叫，想是心兒裏不疼。你若有我的心兒也，如何開口難得緊。

我心裏，但見你，就要你叫。你心裏，怕聽見的向外人學。纔待叫，又不叫，只是低着頭兒笑。一面低低叫，一面又把人瞧。叫的雖然艱難也，意思兒其實好。

俏冤家，但見我，就要我叫。一會家不叫你，你就心焦。我疼你，那在乎叫與不叫。叫是提在口，疼是心想着，我若有你的眞心也，就不叫也是好。

俏冤家，非是我好教你叫。你叫聲兒無福的也自難消。你心不順怎肯便把我來叫。叫的這聲音兒俏，聽的往心髓裏澆。就是假意的勤勞也，比不叫到底好。』（掛支兒）

這才眞是徹頭徹尾的白話文學。掛枝兒本是北方的民歌，他寫得這麼生動可愛，明人曲中何曾有過。還有雙疊翠八首，鎖南枝十六首，都是白話散曲的好作品。據詞臠序中說：劉的散曲集有都邑繁華、閒中一笑、混俗陶情、裁冰剪雪、良辰樂事、空中語等集，到康熙時代都散失了，「惟都人至今猶歌之，」由此我們可以推測，因爲他的曲子通俗的太多，人家保存的少。同時又因爲過於通俗，所以過了幾十年，都人猶歌唱不止，容易爲民衆接受。我們現在讀詞臠，那種清俊高古的作品，並不是沒有。

『東華路塵沙滾滾，玉河橋車馬紛紛。宦高休羨榮，命蹇須安分。靠青山緊閉柴門，閒把英雄細討論，能幾個到頭安穩。』（沉醉東風）

『門巷外旋栽楊柳，池塘中新浴沙鷗。半灣水遶村，幾朵雲生岫。愛村居景致風流，閒啜盧仝茗一甌，醉翁意何須在酒。』（同上）

這種作品，豈在康、王之下，可知他一面能寫極通俗的作品，一面又能寫極騷雅的作品。靜志居詩話稱其『小令可入元人之室，』又說『雜之小山樂府中，不能辨也，』可見對於他的推崇。但他的作風，與其說是似小山，還不如說是近東籬的。在北派的作家中，染指於小曲，而從事於通俗文學的製作的，劉效祖以外，還有一個時代較晚的趙南星。趙字夢白，河北高邑人（一五五〇——一六二七。）在他的芳如園樂府裏，如銀紐絲、鎖南枝、羅江怨、山坡羊之類，都是當日民間最流行的小調，他寫了許多首，但是他雖是盡力倣效民間言語，畢竟脫不了文人氣味，因此他的成就，比不上劉效祖。

『猛然見引動了魂，會見人來不似這人，好教我眼花撩亂渾身暈。他生的清雅無虛，似一幅水墨昭君，非同世上尋常俊。未知他意下何如，俺將他看做個親親。從今交上相思運，憑着俺心坎兒上溫存，憑着俺肐膝下慇勤，咱兩個終須着一陣。』（鎖南枝帶過羅江怨）

『纔成就，又別離，要鴛鴦剛剛兒一霎時，分明是一點鼻涯兒蜜。想的人似醉如癡，想的人夢斷魂迷，枕邊洒盡相思淚。眼睜睜撧斷同心，眼睜睜拆散蓮枝。癡心還想重相會，倘然得再入羅幃，倘然得再效于飛，舌尖兒上咬你個牙廝對。』（同上）

在這些文句裏，我們可以看出作者很用力想寫成民歌式的小曲，但無意中總流露出文人的做作和騷雅的句子。但他在這方面，不能不說是得了很好的成就。

馮惟敏 在北派作家中，能兼有衆長獨成大家的，是馮惟敏。馮字汝行，號海浮，山東臨朐人一五一一——一五八〇?)與兄惟健、弟惟訥以詩文名齊、魯間。嘉靖中舉人，謁選淶水知縣，改鎮江儒學教授，遷保定通判。後來就辭官歸田，過他的田園生活。他的七里溪別墅，風景絕佳。靜志居詩話云：『臨朐冶源，山水勝絕，高梧一林，修竹萬個，泉流其中。酈善長所云分沙漏石者也。世人謂園是海浮所築，緤馬林間，想見東山絲竹之盛。後遊莫再，恆縈於懷。讀先生七里溪別墅二詩，猶不盡神往。』在他的散曲裏，歌詠那地方風景的作品也很多，讀之可想見其盛。他雖做了十幾年的官，官小事雜，很不得意。結果是學陶淵明的歸去來辭，『知足始遠辱，至人貴自全，不羨公與侯，所志受一廛，』而達到『幸茲協初心，歸我汶陽田』了。他歸田的生活，是很愉快的，雖也免不了偶發牢騷，畢竟他洒脫曠達，寄情於山水酒色。他集中寫山水寫酒色的地方固然很多，寫妓女的尤其不少。他的散曲有海浮山堂詞稿。

他的散曲，在北派諸家之上，不僅是明代一大家，實可與元代大家並列而無愧。他的特色有四點。題材廣，內容富，一也。方言土語，用得活潑可愛，二也。北方爽朗性格，發揮無遺，三也。氣度大，意境高，四也。總而言之，他是明朝一個最能表現和保存元曲前期的本色的作家。他在明曲中的地位，確是宋詞中的蘇、辛，元曲中的關、馬。

『打趣的客不起席，上眼皮欺負下眼皮。強打精神掙扎不的，懷抱琵琶打了個前拾，唱了一曲如同睡語，那裏有不散的筵席，半夜三更路兒又蹺蹊，東倒西欹顧不的行李，昏昏沉沉來到家中，睡裏夢裏陪了個相識，睡到了大明才認的是你。』（朏妓南鎖南枝）

寫得又譏笑，又體貼，又淺俗，又深沉，這是散曲中的上品。

『中國有戎狄，遡流傳自古昔。華夷一統承平世，吃的好食，穿的好衣，進門來一陣臊狐氣。細尋思，試虛心勸你，你休發犬羊威。

前腔　暇日會親識，狗西番坐上席。五湯三割全不覷，手托着蛋披，口嘶着蛋喫。蘸白鹽解不了鷄腸氣。有差池，對青天發誓，拍口喫猪脂。

不是路　堪歎囘囘，生不惺惺死着迷。難存濟，不信陰陽不請醫。愛家私，顧不得衣衾不整齊，下場頭只自知。現放着有幫無底千家器，是何家禮。

掉角兒　望西方天遙路迷，在中原看生見死。總不如隨鄉入鄉，早做個子孫之計。再休提塔不剌散不撒，答兒麻哈兒哇，腥膻滋味。淸齋難記，徒勞受飢。最難煞千金一刻，星月圓時。

前腔　讀的是孔聖之書，且收拾梵經胡語，穿的是靴帽羅襴，打疊起纏頭左髻，再休提猪爹爹，狗奶奶，胡姑姑，假姨姨，腥膻遺類，更名換字用夏變夷，勸伊行還同中國，一樣行持。

十二時　移風易俗非虛語，出谷遷喬爾自思。休把良心作戲詞。』（勸色目人變俗）

那時的色目人，好像民國時代的旗人。把他們寫得醜態百出，生活習慣，言語狀態，畫得那麼活現，眞是極有意義的作品，可惜他們的土語，我們有些不能懂了。作者在這裏，寫得又是調侃，又是憐惜，充滿了幽默與詼諧。這種材料施之於詩詞，便不能像曲這麼活潑潑的了。

『罷淸貧一官，受艱辛百般。千里外音書斷。胡塵滾滾路漫漫，急囘首無羈絆，洒淚新亭，

甘心舊疃，不關情長共短。繞東流綠灣，看西山翠攢，覓幾個鷗爲伴。』（解官至舍二十之一朝天子）

『老張，傷腔。豪氣三千丈。少年不住走科場，又早龍鍾樣。腿兒拖拉，腰兒慢仗，甚男兒當自强。面黃鬢蒼，喫胙肉何曾胖。』（六友之一、朝天子）

馮惟敏好的作品太多，不便抄舉，他的套曲小令都佳，如李中麓歸田、徐我亭歸田、邑齋初度自述、聽鍾有感、對驢彈琴、舍弟乞休諸篇，都是套曲中的好作品。聽鍾有感尤爲生色。小令中如東村二十首，家訓四首，病憶山中四首，解官至舍二十首，六友六首，閑適八首，十劣十首，贈田桂芳八首，都是好作品。尤以十劣十首，寫妓院的醜態，描摹刻劃，入木三分，眞是曲中難得的寫實文學。

三　南方的散曲作家

陳鐸　陳字大聲，號秋碧，原籍江蘇邳縣人，世居南京，詩畫俱佳，散曲最有聲譽。著有梨雲寄傲、秋碧樂府諸集。在他的作品裏，充分的表現南方人的性格情調，風格柔媚，喜寫兒女之情。王世貞評他云：『陳大聲、金陵將家子，所爲散套，既多蹈襲，亦淺才情，然字句流麗，可入絃索。』

『鋪水面輝輝晚霞，點船頭細細蘆花。缸中酒似繩，天外山如畫。點秋江一片鷗沙。若問誰家是俺家，紅樹裏柴門那搭。』（閑情、沉醉東風）

『幾遍把梅花相問，新來瘦幾分。笑香消容貌，玉減精神，比花枝先病損，綉被與重裀，爐

香夜夜薰。著意溫存，斷夢勞魂，只恁般睡不安，眠不穩，枕兒冷燈兒又昏。獨自個和誰評論，百般的放不下心上人』（閨情）

前一首是陳大聲集中難得的好作品，第二是閨情作中較爲好些的。可見才情確不甚高，字句又實在是流麗的。

王磐 王字鴻漸，號西樓，江蘇高郵人。著有王西樓樂府一卷，套曲九套，小令六十五首。王磐作品的數量雖不甚多，但在明代散曲上有很高的地位，可算是南派曲家前期的代表。他是一個不愛功名富貴的眞名士，他沒有做過官，只是寄情於山水、文學，幽閑自在的過了一生，不僅曲好，琴棋詩畫俱精。關於他的生活性情，他的外甥張守中說得好：『翁生富室，獨厭綺麗之習。雅好古文詞，家於城西，有樓三楹，日與名流譚詠其間。風生泉湧，聽者心醉，脫略塵俗之故，以從所好。既而藝日精，家日窘，翁怡然不以爲意，逍遙於宇宙，徜徉乎山水，出其金石之聲，寄性於烟雲水月之外，洋洋焉不知老之將至，此其襟度有過人者。故所作冲融曠達，類其人也。』（王西樓先生樂府序）他作品的範圍極爲廣泛，有詠山水的，有譏諷時事的，有說理的，有記事的，有抒情的，樣樣都好。

『平生淡薄，鷄兒不見，童子休焦。家家都有閒鍋竈，任意烹炮。煮湯的貼他三枚火燒，穿炒的助他一把胡椒。到省了我開東道，免終朝報曉，直睡到日頭高。』（滿庭芳、失鷄）

『斜挿杏花，當一幅橫披畫。毛詩中誰道鼠無牙，却怎生咬倒了金瓶架。水流向床頭，春拖在牆下，這情理寧甘罷。那裏去告他，何處去訴他。也只索細數着貓兒罵。』（朝天子、瓶杏爲

鼠所囓）

『喇叭，鎖哪，曲兒小，腔兒大。官船來往亂如麻，全仗你抬身價。軍聽了軍愁，民聽了民怕，那裏去辨什麼眞和假。眼見的吹翻了這家，吹傷了那家，只吹的水盡鵝飛罷。』（朝天子、詠喇叭）

『頂半笠黃梅細雨，攜一籃紅蓼鮮魚。正青山酒熟時，逢綠水花開處，借樵夫紫翠山居，請幾個明月青風舊釣徒，談一會羲皇上古。』（沉醉東風、攜酒過石亭會友）

讀了這些作品，才知道張守中所說：『所作冲融曠達，類其人也，』是不錯的。他不像其他曲家，用大半的作品來寫閨情，來寫性愛。在陳鐸的集中，滿眼都是那些閨情、春情、題情、青樓十詠、香閨十事這些題目。王磐並不如此，他有閨中八詠一題，雖是尖新，並不輕薄。另有題花瞻枝一題，據方悟廣青樓韻語云是王舜耕所作，（亦字西樓）由此可知王磐是一個品格極高的作家，他胸中天地廣闊，題材複雜，或詠山水，或諷時事，或寫人生，或描社會，並非一心一意只想着女人。他的筆致，有南方人的華美清俊，同時又帶一點北人的英爽與古直。有時寫得極正經，有時寫得極詼諧。因此他作品的色彩時有變化，而不單純。喇叭一首，諷刺時事，極有意義。堯山堂外紀云：『正德間，閹寺當權，往來河下者無虛日。每到，輒吹號頭，齊丁夫，民不堪命。王西樓有詠喇叭一首。』（蔣一葵）再嘲轉五方一套，把那些要錢不要命的和尙，刻畫得淋漓盡致，也是佳作。王驥德曲律云：『於北詞得一人，曰高郵王西樓，俊豔工鍊，字字精琢。』任中敏散曲概論云：『西樓善爲清麗，王驥德頗能賞之。於元人之中，兼得喬、張之趣。其麗也不僅工雅，兼能出奇，其清也瀟疎放逸，並好爲遊戲俳諧之作，而不用康、馮之粗豪，一以精細出之。』此數語，西樓當之無愧。

金鑾 金字在衡，號白嶼，甘肅隴西人。他雖爲北籍，因僑寓南京，文筆沾染南風。錢牧齋稱他的詩，『風流婉轉，得江左淸華之致。』不錯，在金鑾的作品中，北方的氣息極淡，倒是濃厚的帶着南方的淸華之致。他的作風淸麗，兼善詼諧，很有點像王磐。他的散曲有蕭爽齋樂府二卷，存小令百餘首，套曲二十餘首。

『煖風芳草徧天涯，帶滄江遠山一抹。六朝隄畔柳，三月寺邊花。離緒交加，說不盡去時話。』（新水令、送吳懷梅）

『海棠陰輕閃過鳳頭釵，沒人處款款行來，好風兒不住的吹羅帶，猜也麼猜，待說口難開，待動手難抬。淚點兒和衣暗暗的揩。』（和西六娘子閨情）

沈仕 沈字懋學，號靑門山人，浙江仁和人。他也是一個棄科舉而以山水終身的人。他的畫極有名，馮惟敏集中有乞靑門畫的曲好幾首，對他的畫，推崇備至，可知他是與馮惟敏同時的人。他的散曲集有唾窗絨，存小令套曲約百首。他的曲專寫閨情、性愛、肉感、色情，開曲中的香奩體一派。題材雖極冶豔淫褻，而以極淸麗尖新之筆出之，故其淫褻常爲文字美所掩。

『爹娘睡，暫出來，不教那人虛久待。一見喜盈腮，芳心怎生耐。身驚顫，手亂揣，百忙裏解了花繡裙帶。』（鎖南枝）

『小帳掛輕紗，玉肌膚無點瑕。牡丹心濃似胭脂畫。香馥馥可誇，露津津愛殺。耳邊廂細語低低罵，小寃家，顚狂忒恁，揉碎鬢邊花。』（黃鶯兒、美人薦寢）

在藝術上講，這些不能不算是好作品。不過集中全是這些，讀了就會令人感着膩，同時對於後人的影響也不好。散曲概論中所說：『後人踵之者又變本加厲，皆標其題目效靑門體，沈氏遂受謗無窮矣。』這話是不錯的。我們可以說，在明代散曲裏，沈仕是色情文學最成功的作家。

梁辰魚與沈璟　崑腔興起，曲風一變，北曲衰亡，形成所謂南詞一派。崑腔創始於魏良輔，首先採用者，爲梁辰魚，傳奇有浣紗記，散曲有江東白紵集，都很有名。梁字伯龍，號少白，江蘇崑山人。精音律，曲名極高，張旭初於吳騷合編內推爲「曲中之聖。」梁曲文辭最美，描摹精細，文雅蘊藉，極嫵媚柔情之能事。南方文學的特性，梁作中表現無遺。造句用字，多參詞法，故曲味少而詞味多，時人評爲「南詞出而曲亡矣，」就是這意思。總之，他的作品，粗豪淺俗的影子，一點也沒有，一步一步走向古典的唯美的路上去。沈璟稍遲於梁，以韻律勝。沈字伯英，號寧庵，江蘇吳江人。與梁齊名，爲崑腔興盛以後明代散曲的兩大巨頭。梁辰魚重辭藻，沈璟重聲律，同爲唯美主義者。『自有崑腔，南曲之宮調音韻，一切準繩俱定，傳奇之法愈密。犯調集曲，日盛一日。沈璟爲南曲譜及南詞韻選二書，楷模大著，學者翕然宗之。龍子猶於太霞新奏中，對沈氏有詞家開山祖師之稱焉。起嘉、隆間以迄明末，將近百年，主持詞餘壇坫者，文章必推梁氏爲極軌，韻律必推沈氏爲極軌，此爲崑腔以後的兩大派。一時詞林，濟濟多士，要不出兩派之彀中也。』（任中敏散曲概論）他說兩大派，其實只有一派，就是唯美派。明代的散曲，到這時期，純粹變爲曲匠的曲了。豪氣野氣，本色語以及方言土語都看不見了。他們歡喜寫閨情，詠物，喜翻宋詞元曲，取前人現成的材料，只求律正與韻嚴，只求音樂的生命，不求文學的生命。因此其作品多流於平庸與陳腐了。沈璟的曲海青冰二卷，尤多此種弊病，王驥德批評他說：『吳江守法，斤斤三尺，不欲令一字乖律，而豪鋒殊拙。』（曲律）可謂知人之論。不過我們不能不知道，他倆在晚明的曲壇，實在有很大的實力。

『萬里濤回，看滔滔不斷，古今流水。千年恨都化英雄血淚。徙倚，故國秋餘，遠樹雲中，歸舟天際。山勢依舊枕寒流，閱盡幾多興廢。』（梁辰魚夜行船、擬金陵懷古）

『一聲杜宇落照間，又寂寞春殘。楊柳簾櫳長日關，正梨花院落初閒。風朝雨晚，芳徑裏落紅千萬。停畫板，又早見牡丹初綻。』（沈璟集賢賓、傷春）

這就是所謂南詞的眞面目。眞是詞味多而曲味少，音律嚴正，文辭工麗，可稱爲南方唯美文學的代表作。

施紹莘　在晚明的曲壇，能擺脫梁、沈的束縛而自成一家的，是稱爲峯泖浪仙的施紹莘。施字子野，松江華亭人（一五八八——一六四〇？）。因應試不第，以諸生終。他於是建園林，買姬妾，每當春秋佳日，與名士美人傲遊於九峯、三泖、西湖、太湖間，飲酒作曲，極一時之盛。他精音律，好聲色，家中蓄有歌童聲伎，作好了曲，便度以弦索簫管，以此自樂。他可算是一個風流名士。散曲有花影集四卷，套曲八十六首，小令七十二首，明人專集中，以他的套曲爲最多。他才情極高，生性浪漫，在散曲上，因此他能擺脫梁、沈的格律，而不爲時習所囿。南詞北曲，俱其所長，故其作風，淸麗蒼莽，兼而有之，實是晚明曲壇的一大家。他的題材甚爲廣泛，他自己序花影集說：『茅茨草舍之酸寒，崇臺廣囿之弘侈，高山流水之雄奇，松龕石室之幽致，曲房金屋之妖妍，玉缸珠履之豪肆，銀箏寶瑟之縈魂，機錦砧衣之愴思，荒臺古路之傷心，南浦西樓之感喟，憐花尋夢之幽情，寄淚緘絲之逸事，分鞵破鏡之悲離，贈枕聯釵之好會，佳時令節之杯觴，感舊懷恩之涕淚，隨時隨地，莫不有拟譜新聲，稱宜迭唱。』因此他集中有許多懷古、贈別、寫山水、詠瑣事的好作品。但是豔曲還是很多，他的豔曲只寫深情，不寫性愛。讀去覺得哀怨悽涼，而不淫褻。

『萍生雪練，堤浪魚吹，畫船簫鼓江南樹。疎還密，東又西，近如避，全無骨力隨紅雨，燕兒多少含糊語，可有長亭痛分離，一杯酒盡銷魂處。』（節節高、楊花）

『只見那流水外兩三家，遮新綠，灑殘花。一陣陣柳綿兒春思滿天涯。俺獨立斜陽之下，猛銷魂，小橋西去路兒斜。』（採茶歌、送春）

『看遊人細馬香衫，幾個東來，幾個西還，滿團團雲山翠滴，溪水斜灣。謝東君分付與春光飽看。呀！雙肩挑一擔，食壘春盤，鋪個青氈，攤個蒲團，只見那花枝下，呵酒猜拳。』（折桂令、淸明）

『嫩雨濕肥田，暗雲堆，欲暮天。平迷四野聞人喚。西村旆懸，東天鷺懸，漁歌哏網垂楊岸。木橋邊，敲門聲裏，蓑笠遠歸船。』（南商調黃鶯兒、雨景）

沈紹莘以套曲見長，不便全篇抄舉，上列之前三例，俱摘自套曲，最後一首爲小令。豔曲佳者極多，如閨詞、懷舊、旅懷、紘索詞、春思、村中夜話、悼亡妓、相思諸套，都寫得極好。紘索詞一篇，尤爲生色。

四　明代的民歌

明代散曲，崑腔以前，猶多本色，在他們的作品中，雖有用白話寫成的曲，但那些究竟是少見的了。當日的曲風，都是以騷雅工麗爲主。崑腔以後，梁、沈興起，一講修辭，一主韻律，於是散曲更趨於貴族古典之途，而成爲一種專門學問，與大衆愈離愈遠，不復再有民間的氣息，而其生命亦漸殭化。舊曲既與民間隔離，民間亦自有其歌辭，自有其新曲，那就是當代流行稱爲雜曲小曲的民歌。不錯，牠沒有舊曲那麼文雅蘊藉，音律也沒有那麼謹嚴，但他們是通俗的、有生命的、新鮮的、大衆的歌。卓人月云：『我明詩讓唐，詞讓宋，曲讓元，庶幾吳歌，掛枝兒、羅江怨、打棗竿、銀鉸絲之類，爲我明一絕耳。』（陳鴻緒寒夜錄引）袁中郎也說過明人可傳之詩，還是那些孩子們所唱的擘破玉、打草竿、銀絲柳、掛枝兒一類的民歌。不要說晚明的浪漫派的作家，就是擬古派的健將李夢陽、何景明之流，看了鎖南枝、傍粧臺、山坡羊之屬，說可以上繼國風，甚爲喜愛（野獲編。）由此我們可以知道小曲的藝術是如何優美，在當日，無論是正統派或是反動派的文學家都在那裏贊美他。關於明代小曲流行的情形，沈德符在時尚小令裏，說得最詳：

『元人小令行於燕趙，後浸淫日盛。自宣、正、至成、宏後，中原又行鎖南枝、傍粧臺、山坡羊之屬，李空同先生初從慶陽徙居汴梁，聞之以爲可繼國風之後。何大復繼至，亦酷愛之。今所傳泥揑人及鞋打釘、熬鬏髻三闋爲牌名之冠，故不虛也。自茲以後，又有耍孩兒、駐雲飛、醉太平諸曲，然不如三曲之盛。嘉、隆間乃興鬧五更、寄生草、羅江怨、哭皇天、乾荷葉、粉紅蓮、桐城歌、銀紐絲之類。自兩淮以至江南，漸與詞曲相遠。不過寫淫媟情態，略具抑揚而已。比年以來，又有打棗竿、掛枝兒二曲，其腔調約略相似，則不問南北，不問男女，不問老幼良賤，人人習之，亦人人喜聽之，以至刋布成帙，舉世傳誦，其譜不知從何而來，直可駭歎。又山坡羊者，李、何二公所喜，今南北詞俱有此名，但北方惟盛愛數落山坡羊，其曲自宣、大、遼東三鎮傳來。今京師妓女慣以充絃索北調，其語穢褻鄙淺，並桑、濮之音亦離去已遠。而羈人遊士，嗜之獨深，丙夜開樽，爭相招致。』（野獲編）

這一段文字很重要，一、他告訴我們明代各期流行的小曲；二、告訴我們各界人士愛好那些小曲的盛況；三、各種小曲都是起自民間，大半爲娼妓所歌唱，牠們的功能是實用的，不是作爲文學給人們欣賞的。同時我們還可知道一件事，有許多小曲在社會上流行，文人學士染指者多，於是那些小曲入了文人的集子，而漸漸喪失其本來面目，如鎖南枝、駐雲飛、傍粧臺之類都是。

據近代專攻文學者之研究，明代最早的小曲，我們今日可見的，是成化間金臺魯氏刋的四季五更駐雲飛、題西廂記詠十二月賽駐雲飛、太平時賽賽駐雲飛、新編寡婦烈女詩曲四種。這裏的調子，都是駐雲飛，與沈德符所說的大略相合。作品平庸，沒有什麼可注意的。其次正德刊本的盛世新聲裏，和嘉靖刊本的詞林摘豔和雍熙樂府裏，可以得到一些小曲，但那些都經過文人的潤飾，民間的氣息很淡了。萬曆刊本的玉谷調簧裏，有「時尚古人劈破玉歌」多首，想是民間流傳的歌曲，其中有許多是演述傳奇中的故事，如金印記的蘇秦，琵琶記的蔡伯喈之類，故事很簡單，文字頗平庸，但民衆的氣味却很濃厚。另有娘女對答一篇，寫得非常生動，是民歌中的上等作品。

『娘罵女　小賤人生得自輕自賤。娘叫你怎的不在跟前？原何諕得篩糠戰？因甚的紅了臉？因甚的弔了簪？爲甚的緣由？甚的緣由兒，揉亂青絲纂？又。

女回娘　苦娘親，非是我自輕自賤。娘叫我一時不在跟前，因此上走將來得心驚戰。搽胭脂紅了臉，耍鞦韆吊了簪，牆角上攀花，牆角上攀花，娘，掛亂了青絲纂。又。

娘復罵　小賤人休得胡爭辯。爲娘的幼年間比你更會轉灣。你被情人扯住心驚戰，爲害羞紅了臉，做表記去了簪，雲雨偷情，雲雨偷情，兒，弄亂青絲纂。

女自招　小女兒非敢胡爭辯，告娘親恕孩兒實不相瞞。俏哥哥扯住諕得心驚戰，吃交盃紅了臉，俏冤家搶去簪，一陣昏迷，一陣昏迷，娘，我也顧不得青絲纂。又。』

這些活動的對話，表現着母女的適合的口吻，一步一步地緊逼着，終於把一段女兒的祕密顯露出來。這一種題材，決不是那些文雅蘊藉的詞曲所能傳達的，在這些小曲裏，得到極好的成就，我們讀了，眼裏好像看見兩母女活活的影子。再在詞林一枝裏，好的民歌更多了。如羅江怨、劈破玉歌、時尙鬧五更哭皇天、時尙催急玉諸曲，都是極好的作品。

『紗窗外，月影斜，奴害相思爲着他。叫我如何丟得丟得下！終日裏默默咨嗟，不由人珠淚如痲。雙手指定名兒罵。罵幾句薄倖寃家，罵幾句短命天殺！因何把我抛撇抛撇下？急聽得宿鳥歸巢，一對對唧唧喳喳，教奴孤燈獨守，心驚心驚怕。』（羅江怨）

『紗窗外，月兒橫，我爲寃家半掩門。綉房鴛枕安排安排定。等得奴意懶心慵，向燈前彈會瑤琴。彈來滿指都是相思相思韻。在誰家貪戀酒花，抛得奴獨守孤燈，淒淒冷冷誰偢問。也不是負義忘恩，也不是棄舊近新，算來都是奴薄奴薄命。』（羅江怨）

『黃昏後，夜沉沉，冷清清，靜悄悄，孤燈獨照，悶殺人。情慘慘，意懸懸，愁聽那窗兒外淅淋淋雨打芭蕉。形單影隻心驚跳，悶懨懨卸倒在床兒，剛合着眼兒做一個夢兒，見我的人兒，正訴着衷腸，又被風鈴兒驚散了，驚散了。』（時尙急催玉）

『憶當初與那人，兩情濃魚水同戲，恨那人折鴛鴦兩處分飛。到如今隔着山隔着水，雁兒杳魚兒沉，不見情書捎寄，幾回間靜掩着門兒，倦抛着書兒，斜倚着屛兒，慢剔着牙兒，冷地裏思量我心肝兒在那裏，在那裏。』（時尙急催玉）

晚明時代，對於民間俗曲特殊感着興趣，加以整理收集而得到很大的成就的，是墨憨齋的馮夢龍。他在文學上的興趣，與金聖歎相似，贊賞通俗的作品。他在民歌方面的貢獻，是由他編輯的童癡一弄的掛枝兒，和童癡二弄的山歌。掛枝兒的原書現在不傳了，今日所見的，只是浮白主人選的四十一首。山歌十卷的原書，現已發現，我們得窺全豹，是非常可喜的事。王驥德曲律云：『小曲掛枝兒即打棗竿，是北人長技，南人每不能及。昨毛允遂貽我吳中新刻一帙，中如噴嚏、枕頭等曲，皆吳人所擬，即韻稍出入，然措意俊妙，雖北人無以加之。』沈德符野獲編則云：『比年以來，又有打棗竿，掛枝兒二曲。』王驥德所說的，掛枝兒與打棗竿是一物二名，沈德符則又說是二曲。再如袁中郎、卓人月諸人的文字裏，也都是看作兩種曲子而分開來對舉的，那又是不同的兩種曲了。打棗竿有寫作打草竿者，掛枝兒也有寫作掛眞兒者，可知原無定字，從北方傳來盛行江南以後，寫得各有不同了。我們現在所看到的掛枝兒，想大都是王驥德所說，是江南人所擬，非出自北方的眞貨。爲什麼呢？送別幾首裏，地點都是丹陽、無錫一帶可知；其次文字情調完全是南音，全無北方的粗豪爽直氣；三、中有噴嚏等曲，恐即是王當日所見者。講到作品，那眞是無篇不佳，袁中郎稱爲必傳，卓人月稱爲明之一絕，確是不錯。

『送情人直送到丹陽路，你也哭，我也哭，趕脚的也來哭。趕脚的，你哭的因何故？道是，去的不肯去，哭的只管哭。你兩下裏調情也，我的驢兒受了苦。』（送別）

『對粧臺忽然間打個噴嚏，想是有情哥思量我，寄個信兒，難道他思量我剛剛一次，自從別了你，日日珠淚垂，似我這等把你思量也，想你的噴嚏兒常似雨。』（噴嚏）

『正二更，做一夢團圓得有興。千般恩，萬般愛，摟抱着親親。猛然間驚醒了，教我神魂不定。夢中的人兒不見了，我還向夢中去尋，囑咐我夢中的人兒也，千萬在夢中兒等一等。』（夢）

『我做的夢兒倒也做得好笑，夢兒中夢見你與別人調，醒來時依舊在我懷中抱，也是我心兒裏丟不下，待與你抱緊了睡一睡着，只莫要醒時，在我身邊也，夢兒裏又去了。』（說夢）

『瓜仁兒本不是個希奇貨。汗巾兒包裹了送與我親哥。一個個都在我舌尖上過，禮輕人意重，好物不須多。多拜上我親哥也，休要忘了我。』（贈瓜子）

這種作品，經過馮夢龍的改作或修飾，很可能的，好像送別那一首，絕非無修養的文學家所能寫出。縱經過改作或修飾，歌中的情感和言語，都是民間的言情之作，寫得這麼曲折深細，體貼入微，然而又是熱辣辣的，正統派的詩文裏何曾見過，何曾見過這些新鮮的眞意的作品。

山歌共十卷，長短的作品，共有三百四十五首之多，已在詩經數目之上。最短的是七言四句，最長的如燒香娘娘，共一千四百餘字。民間歌謠裏這樣的長篇是少見的。山歌有序一篇，說明編者對於俗文學的見解。他說：

『書契以來，代有歌謠，太史所陳，並稱風雅，尙矣。自楚騷唐律，爭妍競暢，而民間性情之響，遂不得列於詩壇，於是別之曰山歌。言田夫野豎矢口寄興之所爲，薦紳學士家不道也。唯詩壇不列，薦紳學士不道，而歌之權愈輕，歌者之心亦愈淺，今取盛行者，皆私情譜耳。雖然桑間濮上，國風刺之，民父錄焉，以是爲情眞而不可廢也。山歌雖俚甚矣，獨非鄭、衞之遺歟？且今雖季世，而但有假詩文，無假山歌，則以山歌不與詩文爭名，故不屑假。苟其不屑假，而吾藉以存眞，不亦可乎？抑今人人想見上古之陳於太史者如彼，而近代之留於民間者如此，倘亦論世之林云爾。若夫借男女之眞情，發名教之僞藥，其功於掛枝兒等，故錄及掛枝兒詞而次及山歌。』

他這種文學的見解，正是晚明新文學運動中浪漫精神的表現。文學的可貴，在於表現眞情。山歌不列詩壇，不入縉紳之口，故其情愈眞，文愈眞。詩文要登大雅，眞的變成假的，山歌不與詩文爭名，故不屑假，不屑假，便是眞，此山歌之可貴也。這種意見，李卓吾、袁中郎早已說過，也不過說說而已，然而能說能行的，還是馮夢龍。山歌十卷，前九卷全是用的吳語，只有最後一卷名桐城時興歌用的官話，因此我們可以說山歌是一部吳語區域的方言文學，全書共三百四十多首，除了破賧帽歌、魚船婦打生人相罵歌、山人歌三首長篇外，其餘的都是詠的男女私情，關於男女性愛方面，無論想的說的，做的感的，吃的穿的，用的看的，都在私情裏表現出來，正如編者所說，是一部私情譜。

這書所收的，雖不能說全是民間的俗歌，但十分七八是來自民間。民歌因地域關係，用意相同，文字大同小異的，時常可舉出好幾首來。山歌中這種例子極多，現舉一則。有一首山歌題目是乾思，詞云：『見郎俊俏姐心癡，那得同床合被時。蟲蛀子蝗魚空白鮝，出銅銀子是干絲。』他在後面註云：『一云：「井面上花開井底下紅……」又云：「郎看子姐姐看子郎……」俱同意。』在一首正文的乾思下，另附兩首，其意也是乾思，可見這三首都是民間歌唱的，地域不同，文字也改了，他都覺得棄之可惜，就作了附錄，這種例子，山歌集中多極了。再如篤癢下注云：『此歌聞之松江傅四，傅亦名姝也。』那些作品，確是來自民間。但也確有改作或是創作的，如捉奸第三首後附註云：『此余友蘇子忠作。』又第一首後附註云：『弱者奉鄉鄰，强者罵鄉鄰，皆私情姐之爲也，因製一歌贈之。』因此可知山歌裏，確實有他自己和朋友們倣民歌的作品。又山歌後附註云：『此歌爲譏誚山人管閒事而作；或云張伯起先生作非也。蓋舊有此歌，而伯起復潤色之耳。』這是改作的證據。這樣說來，山歌一書，確實有文人的擬作與改作了。雖這樣說，山歌畢竟是一本最富於民間氣息的作品，是俗文學中最俗的，他所反映出來的情感意識，是大衆的，所用的言語是大衆的，因此山歌在通俗文學與民俗學的研究上，是極有價值的一本書。

『弗見子情人心裏酸，用心摸擬一般般。閉子眼睛望空親箇嘴，接連叫句俏心肝。』(摸擬)

『姐道我郎呀，若半夜來時沒要捉個後門敲，只好捉我場上鷄來拔子毛。假做子黃鼠郎偷鷄引得角角哩叫，好教我穿上單裙出來趕野貓。』(半夜)

『結織私情弗要慌，捉着子奸情奴自去當。拚得到官雙膝饅頭跪子從實說，咬釘嚼鐵我偷郎。』(偷)

『別人笑我無老婆，你弗得知我破飯籮淘米外頭多。好像深山裏野鷄隨路宿，老鴉鳥無窠到有窠。』(無老婆)

上面幾首，是用意較爲含蓄而技巧特高，設想有趣，所以是民歌中最上之作。另有八九兩卷，俱爲長歌，題下或註：「俱兼曲白」，「曲白兼用」，可知這些都是合樂的歌曲，一定是當日的妓館歌女們所唱的。細看這二十幾篇，文士改作的痕跡，比較濃厚。這種歌大半是民間粗通文字的無名氏的原作，經編者或他人修改過的。破騌帽歌下註云：『遊翰瑣言尙有破氈襪歌，無味故不錄。』這明是抄錄他人之作了。中有山人一篇，譏罵晚明那些附庸風雅裝腔作勢的山人，眞是淋漓盡致，並且牠不是詠私情的，而是一篇譏諷時事的社會性的作品，在山歌中算是絕無僅有了。

民歌的藝術，旣是這樣優美，這麼可愛，開始是流行於民間，後來漸爲文人所注意，愛其嫵媚，喜其新鮮，於是民間的俗曲，漸漸影響於當代的曲家，有取民間小曲而作詞者，上述的劉效祖、趙南星，二人成就最大，卽金鑾、沈仕、梁辰魚、王驥德、施紹莘諸人集中，亦有鎖南枝、駐雲飛、打棗竿諸作。其次，他們小令中，也時常無形中接受小曲的影響，文字語氣，極爲通俗。這種例子，各人的集中都可看見。不過民間起來的東西，一入文人之手，在初期，還能保存一點眞面目，久而久之，便會變爲一個塗脂抹粉的假美人，原來的天眞活潑的眞面目，消失殆盡了。樂府詩是如此，詞和曲也都是如此，這公例是逃不了的。

第二十八章　清代文學在中國文學史上的地位

一　清代文學是中國舊體文學的總結束

在中國過去的歷史中，外族統治漢人，成功最大的是清朝的滿洲人。他們不像蒙古人那樣殘暴，只靠着武力，苛刻地壓迫漢人。他們所採用的，是武力與懷柔雙管齊下的政策。他們瞭解漢人的心理，儘量的保存漢人的社會習慣、宗教儀式以及傳統的文化與道德。滿人的皇族貴籍，自小就受漢人的教育，同樣受孔孟倫理學的薰陶，同樣能寫蒼老的古文和美麗的詩詞。因此，在清代初年，在那些遺民的腦子裏，固然蘊藏着無限的亡國的仇恨與悲痛。但到後來，時光漸漸過去，仇恨也漸淡薄，而終於遺忘，結果漢人全變成了滿洲統治者的忠臣與義僕，在一般人的精神上，只有君臣的名分，幾乎沒有民族仇恨的影子。於是滿洲人建立起來的清帝國，繼續了二百幾十年的壽命，比起蒙古人來，清朝不能不說是得到了大大的成功。

在中國學術史上，清朝是自有其獨特的好地位的。所謂古典學派的樸學，可與先秦哲學、兩漢經學、魏晉玄學、隋唐佛學、宋明理學，前後比美，各爲一個時代思潮的代表。樸學家都是用嚴肅的態度，科學的精神，孜孜不息地努力，在學問上用功夫。無論經學、史學、諸子學、校勘學、小學、地理、金石、辨僞，輯佚各方面，造就了很大的成績。他們從事學問的精神態度，是反對主觀的冥想，傾向客觀的考察，排斥空論，提倡實踐。這種精神的來源，一面是由明末王學末流的空虛浮淺的反動，於是而有黃黎洲、顧亭林、王船山、朱舜水一般人出來，大聲疾呼，攻擊明心見性的空談，提倡經世致用的實學。這些人學問淵博，加以人品道德，能表率羣倫，一倡百和，學風爲之一變。另一方面，是屬於政治的環境，從順治到乾隆，在這一世紀中，滿洲帝王對於漢族的知識階級，是一面用高壓，同時又用懷柔來收拾人心。八股科舉用來吸收青年，山林隱逸和博學鴻詞的薦舉，用來吸收宿儒和遺老。這雖是一種誘奸愚民的工具，然在當日却也網羅了一大批人才。但懷柔政策，畢竟不能全部收效，於是高壓的文字獄，在順、康、雍、乾四朝中，接連着發生，造成了許多悲慘的案件，犧牲了不少的人命。四庫全書的編纂，在文化上自有其意義與價值，然按其實際，實是變態的文化與思想上的統制。在那書編纂的十年間（乾隆三十八年至四十七年），繼續燒書二十四回，燒去的書共一萬三千多部。在這一種文網嚴密思想文化統制的時代，學者的才力，自然是避免與政治發生接觸，於是學術的園地，趨向於古典學的研求。訓詁、校勘、箋釋、蒐補、辨僞、輯佚，都是相宜的工作。在這一種環境下，於是造成了代表清代學術界的古典學派的大運動。梁啓超說：『清代思潮果何物耶？簡單言之，則對於宋、明理學之一大反動，而以復古爲其職志者也。』（清代學術概論）學術思潮是如此，文學思潮亦然。我們看清代二百多年的文學界，無論詩文詞曲，都是走的復古之路。因爲全是走的復古之路，各種作品，都逃不出摹擬與因襲。外表縱是華美可觀，內面總是沒有新奇的生命與創造的精神。作文的擬韓、柳，作詩的擬李、杜，作詞的擬姜、張，作曲的擬張、施，成績最好的，也不過是這般人的影子。在這種地方，我們也不能歸罪於清代人的才力，實際是清代在中國的舊文學史上，是最後的一期，各種文體，如詩文、詞、曲、雜劇、傳奇種種的特色，在各時代，都已發揮殆盡，到了清朝，全變成了舊體與殘骸，任你是大才力的作家，既不能向新文體新形式方面謀發展，只想在那些舊體與殘骸中，灌輸新生命，恢復藝術的青春的力量，實在是不可能的。所以同樣是復古的思潮，在經學、史學、小學及其他各種學問上都有極高的造就，在文學上沒有表現出很大的成績來，那便是文學的生命，賦有一種生命的機能，返老還童，實在不是一件容易的事。因此起於宋、元成長於明代稱爲平民文學的白話小說，到了清代，尙富有青春的生命，其前途還大有可爲。所以小說這一部門，在清代表現了優美的成績，而佔了文學史上重要的地位。我們可以說，代表清代文學的，是那些長篇的白話小說，而不是那些正統派的詩文詞曲。我們在討論這一時代的文學時，是必得注重於小說這一方面的。

梁啓超說：『前清一代學風，與歐洲文藝復興時代相類甚多。其最相異之點，則美術文學不發達也。清之美術，雖不能謂甚劣於前代，然絕未嘗向新方面有所發展，今不深論。其文學，以言夫詩，眞可謂衰落已極。吳偉業之靡曼，王士禎之脆薄，號爲開國宗匠。乾隆全盛時，所謂袁枚、蔣士銓、趙翼三大家者，臭腐殆不可嚮邇。諸經師及諸古文家，集中多亦有詩，則極拙劣之砌韻文耳。嘉、道間龔自珍、王曇、舒位號稱新體，則粗獷淺薄。咸、同後競宗宋詩，只益生硬，且無餘味。其稍可觀者，反在生長僻壤之黎簡，鄭珍輩，而中原更無聞焉。直至末葉，始有金和、黃遵憲、康有爲，元氣淋漓，卓然稱大家。以言夫詞，清代固有作者，駕元、明而上，若納蘭性德、郭麐、張惠言、項鴻祚、譚獻、鄭文焯、王鵬運、朱祖謀皆名其家，然詞固所共指爲小道也。以言夫曲，孔尙任桃花扇、洪昇長生殿外，無足稱者。李漁、蔣士銓之流，淺薄寡味矣。以言夫小說，紅樓夢隻立千古，餘皆無足齒數。以言夫散文，經師家樸實說理，毫不帶文學臭味；桐城派則以文爲『司空城旦』矣。其初期魏禧、王源較可觀，末期則有魏源、曾國藩、康有爲。清人頗自誇其駢文，其實極工者僅一汪中，次則龔自珍、譚嗣同，其最著名之胡天游、邵齊燾、洪亮吉輩，已堆垛柔曼無生氣，餘子更不足道。要而言之，清代學術在中國學術史上價値極大，清代文藝美術，在中國文藝史、美術史上價値極微，此吾所敢昌言也。』（清代學術概論）梁氏對於各家的批評難免稍有武斷之嫌，尤其對於小說方面，更覺苛刻，但其立論的中心，眞是確切不移的。

雖如此說，清代文學，亦自有其特色。在中國整個文學發展的歷史上，清代文學的職能，是三千年來各種舊文學舊文體的總結束，同時展開二十世紀中國新文學的新局面。二百多年間，由許多擬古派作家的努力掙扎，確實造成了一個舊文學結束的光榮場面。無論作詩文詞曲，他們的態度，都非常嚴肅而認眞。但是，不管他們如何努力，舊的總歸是過去了，代之而起的是新文學。我們研究清代文學，就是要知道在這一總結束期間文壇活動的情形。其次，清朝從順治到嘉慶這一百多年中，國勢較爲安定，民生較爲富裕，反映於文學上的色彩，是典雅富麗，一面是對於帝國威權的頌揚，同時又是對於古典文學表示極端的追戀與摹擬。道、咸以降，外國人的壓迫，內亂的蜂起，清帝國的弱點，全部暴露出來，從前不管事的民衆，漸漸注視國家的危機。經過中、日戰爭的失敗到戊戌政變，當日的前進的知識階級，都變成了熱烈的改革份子。辛亥革命起來，清帝國的生命，終於結束。在這晚清的幾十年中，無論學術界文學界，比起前一期來，都起了變化。由龔、魏到康、梁的今文學派，很明顯的表現了學術界風氣的轉變。這一期的文學，也不比從前了，如鄭珍、金和、黃遵憲、康有爲諸人的詩，蔣春霖的詞，吳沃堯、李伯元、劉鶚諸人的小說，或映出時代亂離的影子，或表現着民衆悲苦的感情，或暴露政府的懦弱與黑暗，或諷刺官吏的腐敗與貪汚。總而言之，在他們作品中表現出來的，都失去了從前那種雍容典雅的色彩與情調。無論內容形式以及所用的文字與表現的方法，都漸漸改變，一步一步趨於新方向的發展。這一期的文學，實在是中國新舊文學交界的關口。我們很明顯看着舊的由掙扎而毀滅，新的由努力而誕生。這一種大的變動，大的鬬爭，在中國文學史上過去時期中都是沒有過的。在這裏正表現時代的偉大力量。

二 晚明浪漫思潮的餘波

由公安、竟陵領導而風靡明代末年的浪漫文學的思潮，經了政治上的大變動，漸漸地衰微下去而快要銷聲匿跡了。這一種浪漫派的文學思想家，自然是不能容於當時的政治環境，自然不能容於那些正統派的文人和衞道派的漢學家。但在當日競講宗派高唱復古的文壇空氣裏，我們也還能看出一點晚明浪漫思潮的影子。他們那些反古典、主性靈、攻擊衞道以及提倡通俗文學的文學議論，還值得我們重視。在敍述清代的桐城文派運動之前，對於這繼承晚明浪漫派的動態，實有加以檢討的必要。我們只要翻閱過金聖歎、李漁、袁枚諸人的集子，便可明瞭在他們的作品裏，仍然很明顯地表現着那種活躍的精神。

金聖歎　金聖歎（西曆？——一六六一）吳縣人。性情怪誕，狂放不羈，因爲參加反抗政府的貪汚的書生運動而遭了慘死。他承繼着公安派的理論，對於通俗文學，予以極高的評價。他把水滸、西廂與離騷、莊子、史記、杜詩同列，稱爲六才子書。他說：『天下之文章，無有出水滸右者，天下之格物君子，無有出施耐庵先生右者。學者誠能澄懷格物，發皇文章，豈非一代文物之林。水滸所敍，敍一百八人，人有其性情，人有其氣質，人有其形狀，人有其聲口。夫以一手而書數面，則將有兄弟之形，一口而吹數聲，斯不免再映也。施耐庵以一心所運，而一百八人各自入妙者，無他，十年格物而一朝物格，斯以一筆而寫千萬人，固不以爲難也。』（水滸傳序三）他這種尊重小說的意見，不用說是受了李卓吾、袁中郎的影響。似他這種批評，能從文學的技術上立論，比起李、袁來，確是進了一步。至於他那些給西廂、水滸與唐詩的評解與讀法，並不見佳。魯迅說他：『原作誠實之處，往往代爲笑談，布局行文，也都硬拖到八股的作法上。』（談金聖歎）這話是對的。不過我們不得不知道金聖歎處的是三百年前的古代，在那時的文壇要提高小說戲曲的地位，講義法作法，甚至拖到八股文裏面去，也是一種必要的戰略，只有這樣，才能在正統文壇的時代，收到攻勢的效果。我們用這種眼光去看金聖歎的文字，是較有意義的。同時，他對於詩的意見，也很可喜。他說：『詩非異物，只是人人心頭舌尖所萬不獲已必欲說出之一句說話耳。儒者則又特以生平爛讀之萬卷，因而與之裁之成章，潤之成文者也。夫詩之有章有文也，此固儒者之所矜爲獨能也。若其原本，不過只是人人心頭舌尖萬不獲已而必欲說出之一句話，則固非儒者所得矜爲獨能也。』（與家文昌）又說：『詩如何可限字句。詩者人之心頭忽然之一聲耳。不問婦人孺子，晨朝夜半，莫不有之。……唐人撰律，而勒令天下之人必就其五言八句，或七言八句，若果篇必八句，句必五言七言，斯豈又得稱詩乎？』（與許青嶼）這對於詩的意義與形式，說得多麼透徹，我們必得在這些文字裏，才可認識作爲文學批評家的金聖歎的眞面目。

李漁 其次是號稱湖上笠翁的李漁（一六一一——一六八五）。他是浙江蘭谿人。性愛自由，喜山水，晚年卜居西湖。他對於人生與文學的態度都與公安一派人近似。他追求藝術化趣味化的生活，他對於他的起居飲食，都能獨出心裁的加以處理與設計。蘭谿縣志中說他：『性極巧，凡窗牖床榻服飾器具飲食諸制度，悉出新意，人見之莫不喜悅，故傾動一時。』在他的著作裏，留下許多描寫生活趣味和山水花草蟲魚的小品文。這些都是淸新流麗趣味豐富的文字。他在文學史上的地位，是在他那些對於戲曲的可貴的意見。他自己本來是一個優秀的戲曲作家，中間的曲折艱苦，全都懂得，再加以前人的理論參考比較，因此他的理論，很是透澈而又有條理。他的閒情偶寄卷一卷二，都是戲曲的評論，分爲詞曲、演習二部。詞曲部中，尤其精彩。第一論結構，第二論詞采，第三論音律，第四論賓白，第五論科諢，第六論格局，這確是很有組織的一套理論。如論詞采，他主張貴顯淺，重機趣，戒浮泛，忌塡塞。論賓白，他主張聲務鏗鏘，語求肖似，詞別繁簡，字分南北，文貴精潔，意取尖新，少用方言，時防陋孔。論科諢，他主張戒淫褻，忌俗惡，重關係，貴自然。這些都是他對於戲曲極精到的見解，確是值得我們佩服的。

袁枚　最後結束這明末的浪漫文學思潮的，是乾隆時代的袁枚。金聖歎盡力於批評小說，李漁盡力於戲曲，袁枚則盡力於詩。他是當日性靈詩派的提倡者。他喜山水，愛聲色，三十八歲就辭官不做，過他的自由浪漫的生活。他對於詩的意見，與袁宏道相同。他反對格調派的擬古與雕琢，反對詩歌要受道德的制裁，他主張詩歌要有眞實的情感與個性的表現，他主張文學是進化的，一時代有一時代的特色。他說：『楊誠齋曰：從來天分低劣之人，好談格調，而不解風趣，何也，格調是空架子，有腔口易描。風趣專寫性靈，非天才不辨，余深愛其言。』他又說：『余往往見人之先天無詩，而人之後天有詩。於是以門戶判詩，以書籍炫詩，以疊韻次韻險韻敷衍其詩，而詩道日亡。』（何南園詩序）他又說：『來諭諄諄教刪集內緣情之作，云以君之才之學，何必以白傅、樊川自累。夫白傅、樊川，唐之才學人也，僕景行之，尙恐不及，而足下乃以爲規，何其高視僕而卑視古人耶？足下之意，以爲我輩成名，必如濂、洛、關、閩而後可耳。然鄙意以爲得千百僞濂、洛、關、閩，不如得一二眞白傅、樊川，以千金之珠，易魚之一目，而魚不樂者何也？目雖賤而眞，珠雖貴而僞也。』（答蕺園論詩書）他又說：『孔門四科，因才敎育，不必盡歸德行，此聖門之所以爲大也。宋儒硜硜然將政事、文學、言語一繩捆束驅而盡納諸德行一門，此程朱之所以爲小也。』（答朱石君尙書書）他又說：『三代而後，聖人不生，文之與道離也久矣。然文人學士，必有所挾持以占地步，故一則曰明道，再則曰明道，直是文章家習氣如此，而推究作者之心，都是道其所道，未必果文王、周公之道也。』（答友人論文第二書）在這些文字裏，很清楚地看出袁枚在文學批評上的勇敢態度和那種明末浪漫思潮的影子和精神。但在當日正統文派與古典學派的圍攻的環境之下，明末的浪漫思潮與袁枚的理論，是不得不同歸於盡的。結果是公安、竟陵一派的著作，被判處死刑，燒的燒，毀的毀而成爲禁書了。袁枚也被人罵爲異端而倒下去了。其實這也不全是滿洲君主的主意，而大半是那些衞道的學者文人自己的殘殺。我們試看朱彝尊、沈德潛、紀曉嵐一些正統文人如何攻擊公安、竟陵一派人的著作，劉石庵、王蘭泉、章實齋諸人如何攻擊甚至於陷害袁枚，可知他們對於浪漫思潮是如何的深惡痛絕，那種衞道的精神，又是如何的熱烈。在這種環境下，那種徵聖宗經明理載道的文學理論，自然是蓬勃興起，形成了堅固不拔的壁壘，掌握了文壇的領導權，成爲具體的表現的，便是桐城派領導的古文運動。

三　清代散文與桐城派運動

作爲清代學術的先驅的，是顧亭林、黃宗羲、王夫之諸家，他們都是窮經致用反對虛談的學者。同時他們對於當代的文壇，也給予相當的影響。他們最看不起那些言之無物的擬古的假古董，油腔滑調的應酬文字，和那些反正統倡性靈的浪漫文學，甚至於他們根本就輕視純文學。在他們三人中，顧氏的議論更是激烈透澈。在日知錄裏亭林文集內，再三地發表了他這種主張。他說：『文之不可絕於天地間者，曰明道也，紀政事也，察民隱也，樂道人之善也。若此者有益於天下，有益於將來，多一篇多一篇之益矣。若夫怪力亂神之事，無稽之言，勦襲之說，諛佞之文，若此者，有損於己，無益於人，多一篇，多一篇之損矣。』（日知錄）又說：『宋史言劉忠肅每戒子弟曰：「士當以器識爲先，一命爲文人，無足觀矣。」僕自一讀此言，便絕應酬文字，所以養其器識，而不墮於文人也。』（與人書）在這些文字裏，明末公安、竟陵一派，他們固然是看不起，就是前後七子所標榜的，『文必秦漢、詩必盛唐』的擬古派，他們同樣也是輕視的。至於那些通俗文學小說戲曲之流，無怪他們要視爲妖言野語了。他們要做聖賢，他們理想的文學，是要替聖賢立言的文學，是要明道載道的文學。於是在明代解放過來的文學觀念，又復古到唐朝的韓愈、宋朝的程朱了。

凡是講清初的散文，總是列舉侯、魏、汪三家。侯方域字朝宗，號雪苑（西曆一六一八——一六五四），河南商邱人，有壯悔堂文集。魏禧字冰叔，號勺庭（西歷一六二四——一六八〇），江西寧都人，有魏叔子文集。汪琬字苕文，號堯峯（西曆一六二四——一六九〇，）有堯峯文鈔。他們大都學韓、歐一派的古文，稱爲清初散文界的代表。但現在細看他們的作品，都是內容空洞的虛架子，實在算不得什麼好文章。黃宗羲引陳令升的話說：『侯朝宗其文之佳者，尚不能出小說伎倆，豈足以言名世。』（陳令升先生傳）四庫提要評云：『古文一脈，自明代膚濫於七子，纖佻於三袁，至啓、禎而極敝。國初風氣還淳，一時學者始復講唐、宋以來之矩矱。而琬與魏禧、侯方域稱爲最三。然禧才縱橫，未歸於純粹，方域體兼華藻，惟琬學術最深，軌轍復正。……廬陵、南豐固未易言，要之，接跡唐、歸，無愧色也。』他們的成就，只是唐順之、歸有光一流人物，這批評是極公平的。

方苞　他們在古文運動上，雖沒有建立系統的理論，在創作上雖沒有優美的成績，但因了他們的努力，一掃明末浪漫派小品文的風氣，爲後來的古文復興運動，開啓了一條道路。等到方苞、劉大櫆、姚鼐出來，才正式形成桐城文派的運動，才正式樹立起來桐城派的古文理論。方苞字鳳九，號靈皋，晚號望溪（西曆一六六八——一七四九，）有望溪文集。劉大櫆字才甫，號海峯（西曆一六九八——一七七九），有海峯文集。姚鼐字姬傳（西曆一七三一——一八一五），是劉大櫆的弟子，有惜抱軒文集。他們都是安徽桐城人，都努力提倡古文，因此叫他們做桐城派。

方苞的文學思想，在答申謙居書中說得最清楚。『僕聞諸父兄，藝術莫難於古文。自周以來，各自名家者，僅數十人，則其艱可知矣。蓋古文之傳與詩賦異道，魏、晉以後，姦僉汚邪之人，而詩賦爲衆所稱者有矣，以彼瞑矒於聲色之中，而曲得其情狀，亦所謂誠而形者也。故言之工而爲流俗所不棄。若古文則本經術者依於事物之理，非中有所得，不可以爲僞。故自劉歆承父之學，議禮稽經而外，未聞姦僉汚邪之人，而古文爲世所傳述者。韓子有言：行之乎仁義之道，游之乎詩書之源，茲乃所以能約六經之旨以成文，而非前後文士所可比並也。姑以世所稱唐、宋八家言之，韓及曾、王，並篤於經學，而淺深廣狹醇駁等差各異矣。柳子厚自謂取原於經而掇拾於文字間者，尙或不詳。歐陽永叔粗見諸經之大意而未通其奧，蘇氏父子則慨乎其未有聞焉。比核其文，而平生所學不能自掩者也。……苟志乎古文，必先定其所嚮，然後所學有以爲基，匪是，則勤而無所若。夫左史以來相承之義法，各出之徑途，則期月之間可講而明也。』他又在古文約選序例中說：『蓋古文所從來遠矣，六經、語、孟其根源也。得其支流而義法最精者，莫如左傳史記。』在這些文字裏，我們可以看出他的主張：

一、作文的目的，不僅是做一個文人，同時還要做聖人。唐、宋八家的文章是好的，但是他們所載的道還是不夠，得之於六經的根底還不厚。所以他們的古文，尚未達到最高的標準。程、朱的義理是好的，文章却又不夠。因此他們主張文道合一，於是聖賢文人成爲一體了。『學行繼程、朱之後，文章在韓、歐之間，』正好寫出他們的志願。

二、他們的文統，最高的偶像是六經、語、孟，其次爲左傳、史記，其次爲唐、宋八家，最後是明朝的歸有光。

三、他把古文與稱爲純文學的詩詞歌賦，截然分開，對於小說戲曲更加輕視，使他們成爲正統文學的附庸。

上面是方苞文學思想的重心，也就是桐城派最高的理論。他這些意見，同韓、歐所講，相差眞是有限得很。其次我們要注意的，就是他們所講的古文義法。所謂義法，方苞說：『春秋之制義法，自太史公法之，而後之深於文者亦具焉。義卽易之所謂言有物，法卽易之所謂言有序也。必義以爲經，而法緯之，然後爲成體之文。』（書史記貨殖傳後）這幾句話，表面說得確是不錯，言有物，是說文章要有內容；言有序，是說文章要有條理要有佈局。不過，他們所說的內容，是有關聖道的內容。正如方苞所說：『非闡道翼教有關人倫風化不苟作。』這樣一來，內容仍然是一個空架子，而他們所注重的，只是一個形式。方苞又說：『南宋、元、明以來，古文義法不講久矣。吳、越間遺老尤放恣，或雜小說，或沿翰林舊體，無雅潔者。古文中不可入語錄中語，魏、晉、六朝人藻麗俳語，漢賦中板重字法，詩歌中集語，南北史佻巧語。』（評沈椒園文）又說：『凡爲學佛者傳記，用佛氏語則不雅，子厚、子瞻皆以茲自瑕，至明錢受之，則直如涕唾之令人𪧺矣。豈惟佛說，即宋五子講學口語，亦不宜入散體文，司馬氏所謂言不雅馴也。』（答程夔州書）可知他對於文章最高的理想，是「雅潔」「雅馴。」這樣一來，桐城派所講的義法，變成了有法無義的東西。錢大昕說他，『法且不知，義於何有？』（與友人論文書）王若霖說他：『以古文爲時文，以時文爲古文。』（錢氏跋方望溪文引）這批評都很深刻。

姚鼐 劉大櫆在作品與理論上，雖無重要的建樹，但他在桐城派的系統上，却是重要的橋樑。鼎鼎大名的姚鼐，就是他的學生。姚鼐一面寫作雅正謹嚴的散文，一面發揚方苞的理論。他說：眞正的古文家，『義理考證文章，缺一不可，』他又說：『不能發明經義，不可輕述。』他費了很大的工夫，替學古文的編了一本教科書，那就是一直到現在還在社會上流行的古文辭類纂。這一部古文選本，成爲二百年來青年人學古文的聖經。他在這部書的卷頭，發表他論文的意見說：『凡文之體例十三，而所以爲文者八：曰神、理、氣、味、格、律、聲、色。神理氣味者，文之精也；格律聲色者，文之粗也。然苟舍其粗，則精者亦胡以寓焉。』他說得似乎很抽象，其實也很簡單。神理氣味，是論文章的內容與精神，格律聲色，是論文章的修辭與形式。不過後來的人故意牽強附會，愈講愈糊塗了，至於他在復魯絜非書中所提出來的陰陽剛柔說，那只是因爲作家性格或地方環境的不同，而在作品上表現出不同的風格，這本是很普通的意見，經他一說到什麼『文者天地之精英，』『惟聖人之言統二氣之會而勿偏，』於是又變爲神秘奧妙的東西而令人莫測高深了。

劉大櫆的門徒，除了姚鼐以外，還有王悔生、錢魯斯。王、錢二氏是張惠言作古文的導師。張惠言與其友人惲敬俱以文名，因同是陽湖人，故有陽湖派之稱。張惠言說：『余學爲古文，受法於摯友王明甫，明甫古文法，受之其師劉海峯。』（書劉海峯文集後）又說：『魯斯謂余，吾嘗受古文法於桐城劉海峯先生，顧未暇以爲，子儻爲之乎？余愧謝未能，已而余遊京師，思魯斯言，乃盡屏置往時所習詩賦不爲，而爲古文，三年乃稍稍得之。』（送錢魯斯序）這樣看來，張惠言應該是桐城嫡派，爲什麼另立名目？這原因是他們一面作古文，同時又喜作駢體。其次，他們除取法六經八家外，同時兼取子史雜家。吳仲倫批評惲敬的文章說：『先生之治古文，得力於韓非、李斯，與蘇明允相上下，近法家言。……先生於陰陽名法儒墨道德之書旣無所不讀，又兼通禪理。』（惲子居先生行狀）這顯然與方苞、姚鼐是大不相同了。因此他們的文章，筆勢較爲放縱，詞意較爲深厚，但不及方、姚的雅正，我們可以認作是桐城派的旁流。

到了姚鼐，桐城文派確實形成了一個有力量的運動。他晚年主講鍾山書院，蔚然爲一代文宗。名弟子有管同、梅曾亮、方東樹、姚瑩諸人，各地傳授師說，加以姚氏的友好，隨聲倡和，展轉稱譽，於是江南諸省，都散佈了他們的勢力。不過徒衆雖多，文章旣無特色，學問亦不深厚，所以他們在這方面，並沒有多大的成績。使桐城派的力量更加雄厚，理論更加發揚光大起來的，是咸豐年間的曾國藩。

曾國藩　曾國藩字滌生，號伯涵（西曆一八一一——一八七二），有曾文正公全集。他在清代正統文學的歷史上，正如他在政治史上一樣，是一個中興的功臣。他的學術思想是調和漢、宋兩派，文章是繼承方、姚，詩喜黃山谷，爲晚清宋詩派的倡導者。曾氏天資雖非傑出，但用工勤，學力深，在他軍事連延的十幾年中，從未一日離開書本。他性情誠篤，言行合一，更加以學問根底的深厚，發之於文，內容充實，淵雅閎潤。姚鼐雖以義理、考據、詞章三者並重之說，號召徒衆，其義理旣淺，考據所得亦不甚多，取其術者僅僅是那一點作文的義法。展轉相傳，難免流於膚淺。曾國藩出，超絕流俗，桐城派爲之一振。薛福成說：『桐城派流衍益廣，不能無窳弱之病。曾文正公出而振之。文正一代偉人，以理學經濟發爲文章，其閎歷親切，迥出諸先生上，早嘗師義法於桐城，得其峻潔之旨。平時論文，必尊源六經、兩漢，故其爲文，氣清體閎，不名一家，足與方、姚諸公並峙。其尤嶢然者，幾欲誇越前輩。』（寄龕文存序）黎庶昌也說：『循曾氏之說，將盡取儒者之多識格物，博辨訓詁，一納諸雄奇萬變之中，以矯桐城末流虛車之飾。……本期文章，至曾文正公，始變化以臻於大。』（續古文辭類纂序）在這些文字裏，一面可以知道曾氏復興桐城派的功績以及他在清代散文界的地位；同時，也可以看出曾氏論文的範圍大爲擴展，其取精用宏之態度，遠非方、姚所能及。曾氏自己說得好。『聞此間有工爲古文詩者，乃桐城姚郎中鼐之緒論，其言誠有可取。於是取司馬遷、韓愈、歐陽修、曾鞏、王安石及方苞之作，悉心而讀之。其他六代之能詩者，及李、杜、蘇、黃之徒，亦皆泛其流而究其歸。……於漢、宋二家構論之端，皆不能左袒，以附一鬨，於諸儒崇道貶文之說，尤不敢雷同而苟隨。……僕竊不自揆，謬欲兼取二者之長，見道既深且博，而爲文復臻於無累。』（致劉孟容書）

這樣看來，曾氏再振的桐城文派，已全非昔日之舊。見識的宏通，範圍的廣濶，決不是那些抱殘守缺津津於義法之徒所可比擬的了。在曾選的經史百家雜鈔一書中，很明顯地反映出他對於聖賢與文學的觀點的轉變。古文辭類纂的編者把經書不敢看作文章的，他現在大膽地也選進那一部古文教科書中了。至於他在復陳太守寶箴書所說的那些不摹擬，不誇張，佈局謹嚴，字句通順的戒律法度，那只是一些作文的經驗之談，並不是宣傳什麼義法。黎庶昌說他『自歐陽氏以來，一人而已，』可見當代文人推崇之盛。

曾氏督師開府，前後二十年。文章既爲一代之冠，又態度謙虛，招攬才學，一時爲文者，幾無不出曾氏之門。薛福成敍曾文正公幕府賓僚，共八十三人，除十數人不以文學見稱外，其餘皆爲知名之文士。此輩文士，或爲其友人，或爲其弟子，或爲其幕僚，振頹起衰，豪彥從風。當年盛況，可想而知。在這一大羣人中，吳南屏、莫友芝、郭嵩燾、李元度、俞樾、吳汝綸、黎庶昌、張裕釗、薛福成諸人俱有名。但他們的才學，遠不如曾，不能在這方面，建樹多大的成績。於是曾氏一死，中興起來的古文局面，也就趨於衰微。雖說衰微，其影響仍及於季世。如嚴復、林琴南之受古文法於吳汝綸，固是桐城嫡派，其他在當日稱爲新思想家如梁啓超、譚嗣同諸人，在初期亦無不感染其影響。一直到新文學運動起來，這一勢力才宣告了死刑。

桐城派的古文運動，在淸代的文學思潮上，自然是主流。但在那復古的潮流中，駢體的風氣，也很流行，名家也出了不少。如陳維崧、吳綺、章藻功諸人，爲初期的代表，陳名尤著。乾、嘉之際，胡天游、汪中以外，有袁枚、邵齊燾、劉星煒、孫星衍、吳錫麒、洪亮吉、曾燠、孔廣森八大家之稱，汪中尤爲傑出。到了晚淸，此風仍盛，如皮錫瑞、李慈銘、王闓運諸人，俱是駢文作手。這些人對於文章的見解，大都與桐城派的議論相反。如汪中、李兆洛、曾燠、孔廣森之流，都主張駢散並重，並無上下輕重之分。阮元父子，則主張文筆分立，只有駢文才是美文，才能算是文學。淸末的王闓運也贊成這種意見，說：『複者文之正宗，單者文之別調。』這明明是宣佈只有駢文才是文章的正統。不過無論從文學的生命上，或是從文章的應用上講，比起桐城派所提倡的散文來，駢文是更無前途的，因此，關於這一方面的情形，不必講述了。

第二十九章　清代的詩歌與詞曲

一　清代的詩

清代詩人喜言宗派，在當日的復古潮流中，作者大都取法前代，好尚不同，取舍各異，遂有門戶派別之分。各家所說不同，舉其大要，唯有尊唐、宗宋二大流而已。主唐者言神韻，言宗法，言格調，言肌理，而又有初唐、盛唐、晚唐之分。宗宋者，反流俗，排淫濫，以文入詩，又有蘇、黃、劍南之別。然亦有自抒胸臆，試創新體，不爲唐、宋所囿者，但爲數不多。以時代言，亦有差異：道、咸以前，國勢穩定，詩人或尙典雅，或寫性靈，各家所作，俱與現實社會無關；及於世亂，詩風一變，作者身經艱苦，頗多憤世哀時之音。較之那些專講格調聲律的古典詩來，無論形式內容，都起了很大的變化。

錢謙益、**吳偉業**　清初詩壇，首推錢謙益、吳偉業二家。他倆同是遺民，又同是清初詩壇的領導者。吳氏宗唐，錢氏尙宋，故其成就影響各異。錢字受之，號牧齋（西曆一五八二——一六六四），江蘇常熟人，有初學集及有學集。他的文學思想，頗近公安一派，他反對明代王、李所標榜的詩必盛唐說，對於他們那些摹擬形似的作品，加以激烈的攻擊。他提倡宋、元的詩，他推崇蘇東坡、元好問。馮班說：『牧翁每稱宋、元人，以矯王、李之失。』（鈍吟雜錄）錢氏這種見解，給與當日詩壇很大的影響。到了康熙年間，吳之振編的宋詩鈔，顧嗣立編的元詩選，都先後在這潮流中問世了。宋犖說：『近二十年，乃專尚宋詩。』（漫堂說詩）納蘭性德也說：『人情好新，今日忽尚宋詩。』（淥水亭雜識）這一種尙宋的風氣，實由錢謙益開其端。至於他的作品，集中頗多應酬之作，自然難免蕪雜處。在各體中，確實也還有些好詩。

吳偉業字駿公，號梅村（西曆一六〇九——一六七一，）江蘇太倉人，有梅村集。他的詩，才華豔發，辭藻美麗，尤長於七言歌行。及乎國變，身經喪亂，詩多激楚蒼涼之音。所記多明末史事，尤爲難得。四庫提要評其詩：『格律本乎四傑，而情韻爲深。敍述類乎香山，而風華爲勝。』所論極確。他的長歌如圓圓曲、永和宮詞、短歌、楚兩生歌、悲歌贈吳季子等篇，都是他的代表作品。他身事二朝，後人多病其名節。在他過淮陰有感詩中云：『我本淮王舊鷄犬，不隨仙去落人間。』便知道他心中所感到的苦痛了。

宗唐詩派 錢、吳以後，詩崇盛唐而能領袖騷壇者，爲王士禎。王字貽上，號阮亭，又號漁洋山人（西曆一六三四——一七一一），山東新城人，有精華錄。他曾從錢牧齋學詩，却不歡喜宋、元一派，他接受錢氏最反對的嚴羽論詩的理論，創爲神韻一派，而以詩的神情韻味爲詩的最高境界。他反對重修飾、掉書袋、發議論、無生氣的詩，他最愛古澹自然淸新蘊藉的情調。他欣賞司空圖詩品中所標舉的，『不着一字，盡得風流；』『采采流水，蓬蓬遠春』的意境。他爲實踐他這種理論，選了唐賢三昧集，以王維、孟浩然的作品爲主，作爲學詩的範本。他說：『吾疾夫世之依附盛唐者，但知學爲九天閶闔、萬國衣冠之語，而自命爲高華，自矜爲壯麗，按之其中，毫無生氣。三昧集之選，要在剔出盛唐眞面目與世人看。』（然燈紀聞）他有論詩絕句云：『曾聽巴、渝里社詞，三閭哀怨此中遺。詩情合在空舲峽，冷雁哀猿和竹枝。』其論詩的旨趣，由此可見。在當日宋詩流行的風氣中王氏之說出，一時天下奔走，翕然相應。於是漁洋山人，便成爲一代詩壇的盟主。我們現在讀他的作品，覺得眞能實踐他的理論，表現神韻的特色的，是他的七言絕詩。其他各體，雖不無佳作，但仍然犯了他所厭惡的掉書袋用僻典的弊病。因爲專從神韻，只宜於短詩，長篇並非所宜。趙翼也說：『專以神韻勝，但可作絕句。元微之所謂鋪陳終始，排比聲韻，豪邁律切者往往見絀。』規模過小，確是神韻詩派的缺點。

『吳頭楚尾路如何！煙雨深秋暗白波。晚趁寒潮渡江去，滿林黃葉雁聲多。』（江上）

『青草湖邊秋水長，黃陵廟口暮煙蒼。布帆安穩西風裏，一路看山到岳陽。』（送胡耑孩赴長江）

『危棧飛流萬仞山，戍樓遙指暮雲間。西風忽送瀟瀟雨，滿路槐花出故關。』（雨中渡故關）

這些都是他的好詩。他所講的言外之意，味外之味，他所愛的古澹自然清新蘊藉的風致，在這些詩中，都可領略得出。在清代詩史上，王漁洋的絕句，確是重要的收穫。

在尊唐的主流中，與王士禎同時，或稍後，尚有施閏章、宋琬、朱彝尊、趙執信、沈德潛、翁方綱諸家，俱有詩名。施字尚白，號愚山（西曆一六一八——一六八三），安徽宣城人，有愚山全集。

施五古善寫自然，有王、孟風致。近體宗杜，以規矩工力見長。漁洋詩宗神韻，佳者自然高妙，至其末流，多成虛響。愚山乃以繩墨學問救之。一主虛悟，一主實修，兩家得失，由此可見。宋琬字玉叔，號荔裳（西曆一六一四——一六七三），山東萊陽人，有安雅堂集。詩與愚山齊名，時稱爲南施北宋。荔裳尊杜、韓，七律七古時有佳作，音節蒼涼，恰好表現北方人那種雄健的氣質。

朱彝尊是清代古典詩人的代表，與王士禎抗衡，其詞名尤著。詩宗初唐，亦喜北宋，至於少作永嘉諸小詩，頗富王、孟自然之趣。他學問淵博，工力深厚。作詩喜誇耀才學，爭奇鬥勝，掉書袋，用險韻。作者以此自喜，其實有傷詩的情趣。趙執信云：『王才美於朱，而學足以濟之，朱學博於王，而才足以舉之。朱貪多，王愛好。』（談龍錄）寥寥數語，把王、朱二家的異同得失和他們的性情，說得極爲確切，所謂貪多愛博，正是古典文人通有的弊病。

趙執信字伸符，號秋谷（西曆一六六二——一七三四），山東益都人，有飴山詩集。他是王漁洋的甥婿，初甚相得，後以小怨互相詬病，至終身不和。其聲調譜，得之王氏，再觀其談龍錄、對漁洋所不滿意的，都是一些小節。論詩以『簡澹高遠興寄微妙爲最可貴，』亦與漁洋所論不遠。惟王詩以才情勝，其流弊傷於膚廓，秋谷矯以深刻，故詩宗晚唐。四庫提要說：『王以神韻縹緲爲宗，趙以思路劖刻爲主。』正是這個意思。沈德潛字確士，號歸愚（西曆一六七四——一七六九），江蘇長洲人，有歸愚詩鈔。他論詩主盛唐，倡格調，在乾隆一朝，聲譽極隆。所作雍容典雅，歌功誦德，實爲臺閣詩人的典型。所選古詩源、唐詩別裁、明詩別裁、國朝詩別裁諸書，風行一時。洪亮吉評其『從之遊者，類皆摩取聲調，講求格律，而眞意漸漓。』（西溪漁隱詩序）這話說得很眞切。翁方綱字正三，號覃溪（西曆一七三三——一八一八），順天大興人，有復初齋詩集。翁氏爲經史考據及金石的專門學者，故其詩實質充厚，缺少性靈。論詩頗喜神韻一說，但容易流於膚淺，故別倡肌理說以補救之。所謂肌理，想用學問做根底，增加實質，增加骨肉，使詩能走到外表空靈、內容質實的地步。但翁氏的作品，並未能實踐他的理論，金石考證，雜錯其間，眞變爲一種學問詩了。洪亮吉說：『有誤傳翁閣學士方綱卒者，余輓詩云：「最喜客談金石例，略嫌公少性靈詩。」蓋金石學爲其專門，詩則欲入考訂也。』（北江詩話）本來在當日樸學正盛時期，作詩喜言學問，正是一種時代的風氣。錢大昕、孫星衍諸人的詩，都有這種傾向。不過翁方綱發爲理論，自成詩說，而成爲一派的代表。

上列諸家，雖論見不同，立場各異，但尊唐這一大目標是相同的。在這一主流中，就地位與成績而論，王漁洋實爲領袖。他有許多好詩，確能表現他特有的個性與風趣，非他家所能到。這便是他過人的地方。

尊宋詩派 錢謙益而後，正式標榜宋詩者，有宋犖、查愼行、厲鶚諸家。宋犖字牧仲，號漫堂（西曆一六三四——一七一三），河南商邱人，有西陂類稿。池北偶談記其嘗繪蘇軾像，而己侍立其側，可見對於東坡之愛好。論詩意見，具見漫堂說詩中。所作縱橫奔放，刻意生新，一時與漁洋爭名。查愼行字初白（西曆一六五〇——一七二七），浙江海寧人，所著有敬業堂集。詩崇蘇、陸，曾補註蘇詩五十二卷。四庫提要云：『觀愼行近體，實出劍南。核其淵源，大抵得諸蘇軾爲多。觀其積一生之力，補註蘇詩，其得力之處可見矣。明人喜稱唐詩，自康熙初年，窠臼漸深，往往厭而學宋，然粗直之病亦生焉。得宋人之長而不染其弊，數十年來，固當爲愼行屈一指也』。可見查愼行在宋詩派的地位。厲鶚字太鴻（西曆一六九二——一七五三），浙江錢塘人，有樊榭山房集。他如朱彝尊一樣，詩詞俱算大家。他著有宋詩紀事百卷，爲研究宋詩有名的學者。他的才學極高，但他喜用冷字僻典，容易流於餖飣撏撦的弊病。袁枚說：『吾鄉詩有浙派好用替代字，蓋始於宋人而成於厲樊榭。』（隨園詩話）這就是宋派詩人主新奇反流俗的惡果。但在樊榭山房集中，並不是沒有蒼涼清麗的好作品，如晚過梁溪有感最後四句云：『三面看山暝色催，舊遊零落使人哀。依稀第二泉邊路，半在蒼煙落葉堆。』這可愛的意境，只可於東坡詩中見之。

其次我們要論到的是趙翼。趙字雲松，號甌北（西曆一七二七——一八一四），江蘇陽湖人，著有甌北詩集。他對於王漁洋的神韻說，深表不滿。他論詩雖沒有正式標榜宋詩，但他的文學精神，却是從宋詩中得來。他在詩中歡喜發一點小議論，表現一點諷刺與詼諧，不裝腔作勢，不講什麼格調宗法，只是像講話作文一般，隨意抒寫出來，然而又不浮淺，令人領略到一點言外之音。最能表現這種特色的，是他的五古，如閒居讀書、後園居詩、偶得、雜題諸篇，都很有趣味。如閒居讀書之一云：

『後人觀古書，每隨己境地。譬如廣場中，環看高臺戲。矮人在平地，舉頭抑而企。危樓有憑檻，劉楨方平視。做戲非有殊，看戲乃各異。矮人看戲歸，自謂見仔細。樓上人聞之，不覺笑歕鼻。』

這一種平鋪直敍作詩如說話的語氣，似嘲似謔的情調，確是他的特色，在清人詩中是少見的。

性靈詩派　性靈詩說，倡於袁枚，與其態度情趣大略相似者，尙有鄭燮、黃景仁、張問陶諸家。乾、嘉時期，詩壇上宗法格調之說，風靡一時。袁氏以性靈號召，耳目一新，使詩歌的生命，得一解放。他在文學上的理論，我在上一章裏，已有介紹。但是他的作品，並不能實踐他的理論，好處自然是清新流麗，壞處便是浮淺與油滑。故其詩品不高，正與其人品相似。因此歡喜他的，給他極高的讚美；不歡喜他的，給他無情的譴責。

鄭燮號板橋（西曆一六九一——一七六四），江蘇興化人，有板橋集。他做過短期的縣官。因病乞歸，寄居揚州，賣畫度日。他有一首寄弟的四言詩云：『學詩不成，去而學寫。學寫不成，去而學畫。日賣百錢，以代耕稼。實救困貧，託名風雅。免謁當途，乞求官舍。座有淸風，門無車馬。』這裏正好表現他的眞性情、好品格。他的文藝，正如他的生活一樣，奔放自由，處處表現一個眞實。他固無古典文人的典麗氣，也無袁枚式的名士氣，他只有一個天眞的浪漫主義者。他的詩詞、道情、題跋以及信札一類的文字，都表現這天眞和浪漫。同時因爲他出身貧苦，瞭解下層社會的實況，對於勞苦民衆，持有豐富的同情。在他的作品裏，充滿着人道主義的色彩。如思歸行、逃荒行、還家行，都是很好的社會文學。

黃景仁字仲則（西曆一七四九——一七八三），江蘇武進人，有兩當軒集。他是一位典型的落魄江湖懷才不遇的才子。他因爲身世淒涼，貧病交迫，養成一種多愁善感的氣質。這一種氣質，佈滿他的作品。『十年挾瑟侯門下，竟日驅車官道旁，』是他的落拓生活的表白。『獨立市橋人不識，一星如月看多時，』是他的寂寞無依的心情的表現。『全家盡在寒風裏，九月衣裳未剪裁，』正寫出了他可憐的窮愁。他的詩能得到多數情感豐富的青年們的共鳴，正在這些地方。他作詩尊崇太白，但在那些雄放的句子裏，總缺少太白那種曠達飄逸人生觀，而隱藏着無限的悽愴和不平的哀怨。因此，他的詩不暇講求格調聲律，只是眞性眞情的流露。也就因爲如此，他的作品，有許多覺得平淺無味，令人發生一種個人主義色彩過於濃厚的感覺。大抵七古七絕，最能代表他的個性，七律意味多不深厚，即爲畢沅所歎賞的都門秋思四首，也很平常。

張問陶字樂祖，號船山（西曆一七六四——一八一四，）四川遂寧人。有船山詩草。他論詩的意見，與袁枚相同。『文場酸澀可憐傷，訓詁艱難考訂忙。』（論文）『寫出自身眞閱歷，強於飣餖古文書。』這是他對於當日那些講學問喜堆砌的古典詩人的諷刺。他又說：『詩中無我不如刪，萬卷堆床亦等閑。』（論文）『文章體製本天生，祇讓通才有性情。模宋規唐徒自苦，古人已死不須爭。』（論詩）他的態度很明顯，他反對學詩標榜唐、宋，他反對講格調宗法，反對掉書袋用奇典冷字，他主張詩中要有我，要有眞性情。他自己雖聲明沒有學隨園，但其理論，實是隨園性靈說的宣揚者。他的作品，七律較勝。比起鄭板橋、黃仲則二家來，才華聰明有餘，個性表現不足，其缺點正與袁枚相同。

乾、嘉以迄道光，以詩名者，尚有蔣士銓、舒位、王曇、龔自珍諸人。蔣士銓與袁枚、趙翼齊名，稱江左三大家。蔣以戲曲見長，詩詞較遜。舒位有瓶水齋詩集，詩才縱橫，思路深刻。於格調性靈之外，卓然自立。趙翼跋他的詩集說：『無一意不奇，無一語不妥，無一字無來歷，能於玉溪、長吉之外，自成一家。』對他的推崇，可謂備至。我們細看他的作品，並不能使人感到多大的滿意。王曇有煙霞萬古樓集。性好遊俠，喜弓矢，兼通兵家言，一反南方文人婉約溫和的氣質。慷慨悲歌，不可一世，其詩風雄健，時有佳篇。龔自珍有定盦全集，較諸家爲晚出。龔氏深通經學，清代學術之轉變，實開其端。與湖南魏源齊名。其文故作拗格，愛之者歎爲新奇，惡之者譏爲僞體。詩亦有盛名，其七絕七律，尤多膾炙人口之作。

晚清詩人 道、咸以降，作者又喜言宋詩。曾國藩、何紹基、鄭珍、莫友芝、金和倡之於前，所謂同光體者如沈子培、陳三立、鄭孝胥之徒繼之於後。於是宋詩運動，遂成爲晚清詩壇的主流。還有王闓運提倡漢、魏、盛唐的詩，但其成就，在於擬古。至於清末，潮流漸變，作者守舊無術，競言新體，遂有黃遵憲、譚嗣同、康有爲、梁啓超新派詩的產生。由鴉片戰爭到辛亥革命的數十年中，社會生活與人民心理，都起了空前的變化，但當代詩人，多輕視現實，作詩的目的，仍不外是陶養性情，自求典雅。較能替當日的時代社會留下一點影子而可作爲當日詩壇的代表的，只有鄭珍、金和、黃遵憲數人。至於王闓運，雖望重一時，實在是一個假古董，用他來作爲中國舊詩壇的結束人物，眞是最適當的了。

鄭珍與金和 鄭珍字子尹（西曆一八〇六年——一八六四），貴州遵義人，有巢經堂全集。他因科舉不利，困處窮鄉，生活潦倒，心境惡劣。他哭弟詩中有『半生惡命』『長餓何由』之歎，可見其境遇之苦。發之於詩，故能自成一種悽愴沈鬱的風格。到了晚年，太平天國的變亂，貴州首當其衝，給與他生活上的影響與打擊，更是厲害。他不是高官巨富，他同現實社會發生密切的聯繫。因此由他個人的悲苦，擴展到社會的悲苦。他自己說：『遭時世之亂，極生人之不堪，流離轉徙，致於窮且死。』因爲這一種現實生活的環境，使他的詩，更趨於寫實的嚴肅的境地，比起那些古典的唯美的性靈的詩人來，他的作品，是大增其社會的價值了。陳衍評他：『歷前人所未歷之境，狀人所難狀之狀。』（石遺室詩話）這一面固然要依賴他的才學，同時，要在於他所體驗的實際的社會狀況人生經驗，以及和旁人不同的作詩態度。

金和字亞匏（西曆一八一八——一八八五），江蘇上元人，有秋蟪吟館詩鈔。洪、楊圍攻南京時，他陷在城中。他結合一些同志，想在城中作官兵的內應，結果官軍無能，以致失敗。他有這些生活的經驗，和對於官軍與社會心理的觀察，寫了許多極有價值的敍事體的社會詩。他的詩最大特色，是打破前人一切的束縛，用說話體、散文體、日記體來寫作。關於這一點，在當代的詩壇，任何人都比不上他。他自題椒雨集說：『是卷半同日記，不足言詩。如以詩論之，則軍中諸作，語言痛快，已失古人敦厚之風，尤非近賢排調之旨。』他又在詩中說明他的態度云：『所作雖不純乎純，要之語語皆天眞。時人不能爲，乃謂非古人。』不錯，他的作品，確實缺少敦厚之風，缺少典雅之氣，然而是大膽的、天眞的、新鮮的、有生命的。有時是諷刺，有時是詼諧，更令人感着一種特殊的風趣。

黃遵憲　用鄭珍、金和代表洪、楊，用黃遵憲代表甲午，都是最適宜的。這兩個激變的時代的種種畫圖，在他們的作品裏，活活地反映出來。黃氏字公度（西曆一八四九——一九〇五），廣東嘉應州人。著有人境廬詩草。他做過外交官，到過日本、英、美。論詩最反對拜古擬古，好的詩要有個性，要有自我的面目。他說：『我手寫我口，古豈能拘牽。即今流俗語，我若登簡編，五千年後人，驚爲古斕斑。』（雜感）他又說：『各人有面目，不必與古人同。吾欲以古文家抑揚變化之法作古詩。』他在詩的創作上，極富於解放的精神，因爲他不反對流俗語，不反對土語方言，所以他能欣賞他的故鄉和日本的民歌，而能寫作山歌、都踊歌那一種民歌新體詩。他的作品，有兩個特色：一、是在取材方面，他能正視現實，抓住時代，甲午前後政治社會上的種種實情，都收在他的詩裏。如悲平壤、東溝行、哀旅順、哭威海、馬關紀事、降將軍歌、臺灣行、度遼將軍歌、初聞京師義和團事、外國聯軍入犯京師等作，都是詩的歷史，也都是歷史的詩。在這地方，比起鄭珍、金和，甚至杜甫來，他更實踐了社會詩人的任務。二、在表現方面，他能在舊體詩裏，注輸新言語、新思想，生出一種新的意境來。梁啓超說：『近世詩人能鎔鑄新理想以入舊風格者，當推黃公度。』（飲冰室詩話）正是指的這一點。

王闓運　字壬秋，號湘綺（西曆一八三二——一九一六），湖南湘潭人，有湘綺樓全集。他論詩說：『古人詩以正得失，今之詩以養性情。古以教諫爲本，專爲人作；今以託興爲本，乃爲己作，』這是他論詩的意見。不過他作詩卻一意擬古，時代同詩人離得很開，那一個激變的社會，並沒有在他的作品裏，留下深刻的影子。現在我們翻讀他的詩集，他認爲滿意的，都是一些摹擬的古董。但是他的工力深厚，在古典詩人的範圍裏，他仍掌握着詩壇的權威。汪國垣作光宣詩壇點將錄，請他坐了頭把交椅。他的五古學漢、魏，近體宗盛唐，在摹擬這一點上講，成績是不錯的。也就因爲如此，他喪失了自己的個性和自己的時代，他的個性和時代，都埋藏於曹子建、鮑明遠這一些人的骸骨中了。陳衍說：『湘綺五言古，沉酣於漢、魏、六朝者至深，雜之古人集中，莫能辨正，惟其莫能辨，不必其爲湘綺之詩矣。蓋其墨守古法，不隨時代風氣爲轉移，雖明之前後七子無之過。』這些話說得極好。明、清以來，所謂古典派的詩人，大都犯了這種弊病。但用王湘綺來結束中國兩千年來的舊體詩，實在是最適當的人物。

二　清代的詞

詞在清代二百餘年中，其發展的過程，雖與詩文同樣是走的復古擬古的路，但其成就，確在詩文之上。我們現在細讀清人的作品，知道他們對於詞的製作，對於詞的中興運動，實在是盡了很大的心力，無論審音守律，修辭用字，都非常認眞，態度的嚴肅，遠非明人可比。詞學的研討，詞集的校刊和整理，俱留下了很好的成績。故論詞者，對於清代，或有振衰之稱，或有極盛之譽。不過無論如何，詞的生命是結束了。從晚唐發展起來的詞，到了清朝，經過多少作家的最後努力，作了一個光榮的結束。

一、納蘭性德及其同派的作家

敍述清代詞人，當以納蘭性德爲始。他原名成德，字容若（西曆一六五四——一六八五），滿洲正白旗人，太傅明珠之子。他出身貴族，聰敏好學。十七歲補諸生，二十二年成進士，官侍衞。後因出使北方，盛夏得病死，年只三十一歲。著作有通志堂經解、淥水亭雜識、飲水詞與側帽詞。詞最有名，爲清代詞人之冠，有人稱他爲清朝的李後主。在風格上，在生活上，在藝術的成就上，他倆人都有相似之處。他們都是貴族，物質生活絕無半點缺陷，但是在他們的作品裏，同樣充滿了哀愁和悽怨，粗眼看去，似乎是無病呻吟，其實在一個人的生活過程中，除了物質一部份，精神上同樣使你感到無法排解的悲痛，生死無常，人生如夢，家國之感，悼亡之情，這一些因素，造成這兩位貴族青年的藝術的心境與靈魂。他們都是入世不深的主觀的殉情的青年，唯其如此，才能在他們的作品裏，表現那一種非老年人非懂得人情世故的人們所能表現的天眞和最沉痛的詩句。不用說，他們表現在文學上的精神，是貴族的、浪漫的，但是那種情感，却是最眞誠、最有生氣而能引起任何人的同情與喜悅。他們缺少社會人生的經驗，甚至不瞭解實際的社會，他們只盡情地把心中所蘊藏着的情感歌唱出來，而成爲最美麗的作品。他們沒有派別，也無意於聲律、於典故、於修辭以及其他的講求，只是信口信手地抒寫自己的性靈，所以形式是短小的，詞句是淺顯的，但在那些作品裏，包裏着赤子的天眞，活躍的生命以及纏綿的情感。我們試看納蘭性德對於其愛妻的悲悼與對於朋友的信義以及對於一花一草的歌詠，在那裏同樣充滿着對於大宇宙大自然的愛好與同情。他沒有做作，沒有虛僞，只是實實在在地吐露出自己的聲音。這才是眞實的詩，美麗的歌，納蘭性德的詞的價值，全在這地方。

『問君何事輕離別？一年能幾團圓月。楊柳乍如絲，故園春盡時。　春歸歸未得，兩槳松花隔。舊事逐寒潮，啼鵑恨未消。』（菩薩蠻）

『又到綠楊曾折處，不語垂鞭，踏遍清秋路。衰草連天無意緒，雁聲遙向蕭關去。　不恨天涯行役苦，只恨西風，吹夢成今古。明日客程還幾許，霑衣況是新寒雨。』（蝶戀花）

飲水詞以小令見長，佳作俯拾可得，上舉二章，其風格約略可見。他作詞主情致，專宗後主。曾說：『花間之詞如古玉器，貴重而不適用，宋詞適用而少貴重。李後主兼有其美，更饒煙水迷離之致。』陳其年評飲水詞云：『哀感頑豔，得南唐二主之遺。』顧梁汾云：『容若詞一種悽婉處，令人不能卒讀，人言愁我始欲愁。』由這些批評，我們可以知道飲水詞在清代詞壇的崇高的地位。天才的詩人，大概都是要短命的，因此，我們對於這一位三十一年生命的短促，也就不表示什麼惋惜了。

清初詞人，其風格近似納蘭性德者，尚有王士禎、毛奇齡、彭孫遹、佟世南、顧貞觀諸人。王漁洋爲清代大詩人，所塡小令，似其七絕，神韻甚佳。有衍波詞，唐允中評爲『極哀豔之深情，窮倩盼之逸趣。』毛字大可，蕭山人，舉鴻博，官檢討，本經學家，詞頗有名，長於小令，有當樓詞。近人邵瑞彭稱其詞，『雅近齊、梁以後樂府，風格在晚唐之上。』彭孫遹字駿聲，號羨門，海鹽人，舉鴻博，官侍郎，有延露詞。嚴繩孫云：『羨門驚才絕豔，其小詞啼香怨粉，怯月悽花，不減南唐風格。』與飲水詞風格最相近者，爲佟世南。佟字梅岑，滿洲人，有東白堂詞。他長於小令，意境之深厚，修辭的婉麗，情感的蘊藉，態度的天眞，可與納蘭性德相比。在清代詞壇，這兩位滿洲詞客，可稱爲小令的雙星。今擧佟世南的阮郎歸一首作例。

『杏花疏雨灑香堤，高樓簾幙垂。遠山映水夕陽低，春愁壓翠眉。　芳草句，碧雲辭，低徊閑自思。流鶯枝上不曾啼，知君腸斷時。』

最後我們必得一提的，是納蘭性德的好朋友顧貞觀。顧字梁汾，無錫人，有彈指詞。顧氏的作品，重白描，不喜雕琢和典故，這些地方，與容若相近。他最著名的作品，爲寄吳漢槎的兩首金縷曲。二詞全出眞情，全無做作，一字一句，切實動人，自是有內容有生命的上等作品，但其作風是奔放的，直率的，缺少飲水詞那種悽婉沉着的情致。但其小令，風格特佳。如菩薩蠻云：『山城夜半催金柝，酒醒孤館燈花落。窗白一聲鷄，枕函聞馬嘶。　門前烏桕樹，霜月迷行處。遙憶獨眠人，早寒驚夢頻。』情致與飲水詞相似，惟集中此類作品，並不多見。

二、陳維崧及其同派的作家　清代詞壇，效法蘇、辛而其才力卓越成就較大的，是前人稱爲陽羨派的領袖陳維崧。陳字其年，號迦陵，宜興人（西曆一六二五——一六八二），擧鴻博，授檢討，有迦陵詞。陳氏學問淵博，才氣縱橫，詩文俱佳，詞尤爲一代之勝。長調小令，任筆驅使。他用過的詞調，計四百一十六，得詞一千六百餘闋，詞量之富，幾乎無人比得上他。因爲他寫得過多，其中難免有遊戲應酬之作，但細讀他的集子，他那種驚人的創造力，超人的雄渾的氣魄，確實令人佩服。他當日與朱彝尊齊名，一時未易軒輊。後人每喜揚朱抑陳，其理由是朱尊南宋，奉白石、玉田，得詞之正統；陳崇蘇、辛，任才逞氣，過於粗豪，究非正格。這批評未必公允。推其原因，乃朱彝尊領導的浙西詞派，在清代詞壇得居於領導地位者百餘年，在這潮流中，揚朱抑陳，自無足怪。陳氏在詞的製作上，其成就最爲廣泛。壯柔並妙，長短俱佳，時人譽爲清朝的蘇、辛，誠不爲過。所作長調，將近千首。吳梅氏稱其『氣魄之壯，古今殆無敵手。滿江紅、金縷曲多至百餘闋，其他詞家有此雄偉否？雖其間不無粗率之處，而波瀾壯闊，氣象萬千，即蘇、辛復生，猶將視爲畏友也。』可謂推崇備至。前人每作壯語，多用長調，而其年能在數十字之小令中，高歌豪語，寄其雄渾蒼涼之情，不覺牽強，此乃其過人之處。如好事近云：『別來世事一番新，只吾徒猶昨。話到英雄末路，忽涼風索索。』又云：『我來懷古對西風，歇馬小亭側。惆悵共誰傾蓋，只野花相識。』又點絳唇云：『趙、魏、燕、韓，歷歷堪回首。悲風吼，臨洺驛口，黃葉中原走。』又云：『斷壁殘崖，多少齊、梁史。掀髯意，笛聲夜起，燈火瓜州市。』這種小令的境界，確是陳其年所獨有的。同時他又能寫最出色的清眞雅正的南宋詞，集中時有用白石、梅溪韻塡的詞，如琵琶仙、閶門夜泊、喜遷鶯、雪後立春、沁園春、題徐渭梅花圖、齊天樂、遼后妝樓，以及月華清諸篇，一掃豪放蒼涼之氣，無不婉麗嫻雅，幾疑出自另一人手筆。在這種地方，正表示作者的高才，抒寫自如，絕不爲形式所限，這決不是以模擬見長的詞人所能做得到的。

作風與陳維崧相近，在當日詞壇，有相當地位的作者，是曹貞吉。曹字升六，安邱人。順治進士，官禮部員外郎，有珂雪詞。曹詞在當日頗負盛名，一時名賢如陳其年、王漁洋、朱彝尊交相稱譽。

在珂雪詞裏有一種是壯語高歌，蒼涼雄渾，如懷古諸作；另一種是刻畫細密，如詠物諸篇。因此，讀他的作品，愛蘇、辛者取其前，愛姜、張者取其後。朱彝尊評其詞云：『詞至南宋始工，斯言出未有不大怪者，惟實庵舍人意與余合。就詠物詞觀之，心摹手追，乃在中仙、叔夏、公謹諸子之間。』這是取其後者的實例，想把他歸於南宋詞派。其實詠物詞只是他擬古之作，並不是珂雪詞的代表，眞能表現作者北方的本色和他那種豪爽的個性的，不得不求之於那些意興淋漓氣勢雄渾的懷古一類的作品，所以我將他歸之於迦陵詞一派。如德水道中、滿江紅詞云：『滿目凄其，又是亭臯葉下。憶當日披裘過此，六花飛灑。秋水一灣波寫雁，青煙幾點星分野。問長驅下澤爾何人，悠悠者。　荒林畔，寒鴉話。老柳上，漁罾掛。更濃煙衰草，迷離堪畫。客路驚看沙似雪，奚奴慣使車如馬。問玉河冰底聽流澌，歸來也。』這詞的意境，高遠可喜，決非那些擬古式的詠物詞所可比擬的。還有孫枝蔚字豹人，三原人，有溉堂詞。尤展成評他，『以飛揚跋扈之氣，寫嶔崎歷落之思，其品格在東坡、稼軒之間。』但孫詞見於諸家選本者，仍以婉約之小令見勝，長調亦不甚佳。再如尤侗、蔣士銓亦偶有豪放之詞，成就不大，故不細說了。

三、朱彝尊與浙派詞人　朱彝尊與陳維崧齊名，爲當日詞壇的雙柱。因標榜南宋，自成派別，後人尊爲浙派詞人之祖，因此他對於詞壇之影響，遠在陳上。朱字錫鬯，號竹垞，秀水人，舉鴻博，授檢討。詞集有江湖載酒集、靜志居琴趣、茶煙閣體物集、與蕃錦集四種。他對於詞的主張，在其所輯詞綜發凡中云：『世人言詞必稱北宋，然詞至南宋始極其工，至宋季始極其變。姜堯章氏最爲傑出。』

又自題詞集云：『不師秦七，不師黃九，倚新聲玉田差近。』又評曹溶的詞云：『倚聲雖小道，當其為之，必崇爾雅，斥淫哇。極其能事，則亦足以宣昭六義，鼓吹元音。往者明三百年詞學失傳，先生搜輯遺集，余曾表而出之。數十年來，浙西塡詞者家白石而戶玉田，春容大雅，風氣之變，實由於此。』（靜志居詩話）這裏可以看出浙西詞派的起源。朱氏工力深厚，學識淵博，不僅徒事理論的鼓吹，其創作的淸麗雅正，實為元、明以來所未有者，故能領袖騷壇，成為一派的宗匠。

『橋影流虹，湖光映雪，翠簾不捲春深。一寸橫波，斷腸人在樓陰。遊絲不繫羊車住，倩何人傳語青禽。最難禁，倚遍雕欄，夢遍羅衾。　重來已是朝雲散，悵明珠佩冷，紫玉煙沉。前度桃花，依然開滿江潯。鍾情怕到相思路，盼長堤草盡紅心。動愁吟，碧落黃泉，兩處難尋。』（高陽臺）

這種詞可說是做到了「句琢字鍊，歸於醇雅」的地步，這正是南宋古典唯美詞派的特徵。唯其如此，朱氏的作品，缺少高遠的境界與風格。蕃錦集中的集句詞，固不必說。茶煙閣體物集中那許多詠物詞，都不能算是好作品。浙派詞人在詠物詞這一個領域裏雖是大顯身手，結果是造成飣餖柔弱的惡習，這種惡習，在南宋史達祖、吳文英、王沂孫諸家的作品裏，已經走到無可救藥的地步。因此，朱氏的好作品，應於江湖載酒集和靜志居琴趣二集中求之。自朱氏之說與，其同里友人互相倡和，一時成風。龔翔麟字天石，仁和人，有紅藕山莊詞。李良年字武曾，嘉興人，有秋錦山房詞。李符字分虎，良年之弟，有耒邊詞。沈皥日，字融谷，平湖人，有柘西精舍詞。沈岸登，字覃九，皥日從子，有黑蝶齋詞。與朱彝尊共稱爲浙西六家。其他如汪森字晉賢，桐鄉人，有碧巢詞。錢芳標字葆華，華亭人，有湘瑟詞。丁澎字飛濤，仁和人，有扶荔詞。皆與朱氏互通聲氣，於是浙派風靡一世，而成爲清代詞壇之主流。譚獻云：『自錫鬯、其年出，本朝詞派始成。顧朱傷於碎，陳厭其率，流弊亦百年而漸變。錫鬯情深，其年筆重，固後人所難到。嘉慶以前，爲二家牢籠者十居七八。』朱、陳二人之得失，說得很是中肯。不過，陳其年從未標榜宗派，故他在清代詞壇的勢力，遠比不上朱彝尊。

厲鶚 朱彝尊爲浙派的創始者，後得厲鶚崛起，於是浙派之勢益盛。厲詩詞俱佳，詞名尤著，有樊榭山房詞。朱彝尊以後，卓然爲詞壇之領袖，時人亦推許至高。徐紫珊云：『樊榭生香異色，無半點煙火氣，如入空山，如聞流泉，眞沐浴於白石、梅溪而出之者。』（清詞綜）又淩廷堪云：『朱竹垞專以玉田爲模楷，自在衆人上。至厲太鴻出而琢句鍊字，含宮咀商，淨洗鉛華，力除俳鄙，清空絕俗，直上摩高、史之壘矣。』（梅邊吹笛譜目錄跋後）一面可以看出時流對於浙派的推崇，同時也可以看出當日詞壇的風氣。樊榭詞審音守律，詞藻絕勝。字句的清俊，聲調的和美，是其特長。在擬古一點上講，譚獻說他『可分中仙、夢窗之席，』可知他在這方面所用的工夫。不過他的作品，只具有形式上的音律美與辭藻美，缺少內在的生命與寄託，高者可稱雅正，低者則流爲委靡堆砌，而給青年詞人以飣餖摹擬的惡習。譚獻批評浙派云：『浙派爲人詬病，由其以姜、張爲止境，』又云：『樂府補題，別有懷抱，後來巧構形似之言，漸忘古意，竹垞、樊榭不得辭其過。』（篋中詞）這是很公允的。

『秋光今夜，向桐江爲寫當年高躅。風露既非人世有，自坐船頭吹竹。萬籟生山，一星在水，鶴夢疑重續。櫓音遙去，西巖漁父初宿。　心憶汐社沉埋，清狂不見，使我形容獨。寂寂冷螢三四點，穿過前灣茅屋。林淨藏煙，峯危限月，帆影搖空綠。隨風飄蕩，白雲還臥深谷。』

（百字令、月夜過七里瀨）在樊榭山房詞集子裏，這算是好的作品。

項鴻祚　厲鶚以後，有吳翌鳳，吳縣人，有枚庵詞；郭麐，吳江人，有浮眉樓詞；皆尊奉浙派，有名於時。吳詞高朗，郭詞清疏，而其成就，俱在厲鶚之下。至嘉慶、道光間，浙派漸衰，得項鴻祚出，爲之一振。項字蓮生，錢塘人，有憶雲詞。蓮生天資聰俊，情感獨厚，故出語無不古豔哀怨，沁人心脾。且守律極嚴，故其詞都是律度諧和，音調極美。譚獻贊美他說：『蓮生詞有白石之幽澀而去其俗，有玉田之秀折而去其率，有夢窗之深細而化其滯，殆欲前無古人。』（篋中詞）這推崇未免太過。平心而論，項蓮生在清代詞壇確是名家，憶雲集中，有不少好作品。但他喜作聰明，時有儇薄油滑之調，故其詞品不高，意境亦弱。

『脫葉辭螢，臨波送雁，繫船野岸疏林。望重城靜鎭，聽斷續寒砧。且隨分江湖落拓，二分明月，閒到而今。慢多情，紅袖琵琶，彈破愁吟。　竹西舊館，太荒寒休去登臨。縱畫舫垂燈，朱欄喚酒，都是傷心。我亦風流秦七，青樓遠有夢難尋。剩隋堤楊柳，染得秋深。』（揚州慢、廣陵舟次）

與項鴻祚同時的，還有周之琦，頗負詞名。周字稺圭，祥符人，有心日齋詞。集中時有佳作。如三姝媚、海淀集賢院、瑞鶴仙、小憩盧溝橋、一枝春諸闋，皆雄渾深厚，最見工力。惟應酬社課特多，殊覺無味。至悼亡詞專錄一卷，作者本欲彰才，讀者實覺詞費。所選十六家詞集，去取極嚴，頗爲倚聲家所稱許。其他同派詞人，爲數尙多，因成就不大，不再多說了。

四、常州詞派　浙派詞人，一味擬古，寄興不高，格調日弱。至其末流，委靡不振，大爲時人所詬病。嘉、慶年間，張惠言、周濟乘浙派衰頹之際，以風騷之旨相號召，反庸濫淫靡之聲，攻無病呻吟之作，一時從風，遂有常州詞派的興起。張惠言字臯文，武進人（西曆一七六一——一八〇二，）嘉慶進士。深於經學，工駢體文。有茗柯詞。其論詞之旨趣，見其所輯之詞選一書。自序云：『傳曰：意內而言外謂之詞。其緣情造端興於微言，以相感動，極命風謠里巷男女哀樂，以道賢人君子幽約怨悱不能自言之情，低徊要眇以喩其致。蓋詩之比興變風之義，騷人之歌則近之矣。然以其文小，其聲哀，放者爲之，或跌蕩靡麗，雜以昌狂俳優，然愛其至者，莫不惻隱盱愉感物而發，觸類條鬯，各有所歸，非苟爲雕琢曼辭而已。』他的理論，詞必以比興寄託爲主，而又有溫柔敦厚的感情。要提高詞格，以防淫濫之失。在當日浙派盛極一時之詞壇，張說自能一新耳目。故譚獻云：『茗柯詞選出，倚聲之學，日趨正鵠。』茗柯詞只四十六首，可知其創作的態度極爲嚴肅，這一點在詞人中是很少見的。今讀其詞，格調確高人一等。水調歌頭五章，尤爲俊逸。今舉一首。

『長鑱白木柄，劚破一庭寒。三枝兩枝生綠，位置小窗前。要使花顏四面，和着草心千朵，向我十分姸。何必蘭與菊，生意總欣然。　曉來風，夜來雨，晚來煙。是他釀就春色，又斷送流

年。便欲誅茅江上，只怕空林衰草，憔悴不堪憐。歌罷且更酌，與子繞花間。』（水調歌頭）

周濟字保緒，號止庵，荊溪人，有止菴詞。周學詞於張甥董士錫，得張惠言之理論，更推廣其說，著有介存齋論詞雜著。於是常州詞派益顯。他反對浙派，專宗南宋，更不應該以白石、玉田爲止境。他有宋四家詞選，標舉周邦彥、辛棄疾、吳文英、王沂孫四家。敍論中云：『問塗碧山，歷夢窗、稼軒，以還淸眞之渾化。』這是常州派的詞統。在範圍方面說，較之浙派，他們是稍稍擴展了，其內容實在仍然沒有解脫古典派的範圍。因爲他們鼓吹寄託，所以對吳文英、王沂孫諸家詩謎式的詠物詞，大加讚歎，甚至用漢儒說詩的方法，在碧山、夢窗詞中，去尋微言大義，豈不可笑。嘉、道以降，常派盛行，幾奪浙派之席。然其作品，同樣陷於擬古之病。所高唱的比興與寄託，結果是詞旨隱晦，莫知所云，幾成爲詩謎了。

其他如張琦、董士錫、惲敬、黃景仁、左輔、錢季重、李兆洛、丁履恆、陸繼輅、金應城、金式玉、鄭掄元諸家，俱有詞名。最後三家爲皖人，其餘俱常州籍，對於張惠言的詞論，都表同情，可稱爲常州詞派的跟從者。

五、蔣春霖與晚淸詞人　道、咸年間，內亂外患疊起，國勢危急，而尤以洪、楊之亂，連亙十數年，地遍大江南北，人民的苦痛貧乏，社會的紊亂動搖，造成了淸代未有的衰微。在這時的詞壇，能不爲常、浙二派所囿，卓然自立、最可貴的，是放棄花鳥的吟咏，個人情感的排遣，能直視現實，眞實地反映出時代的影子的，是蔣春霖。蔣字鹿潭（西曆一八一八——一八六八，）江陰人，有水雲樓詞。蔣氏一生落拓，而情感又極銳敏，對於時代的所見所聞，對於民衆所受的流離顚沛的苦楚，一一發之於詞，蒼涼激楚，備極酸辛。譚獻說：『咸豐兵事，天挺此才，爲倚聲家杜老，』(篋中詞)在時代反映這一點上說，以蔣比杜，實是正確的。他創作的態度，極爲嚴肅，從不把他的作品浪費於無病呻吟與無味的應酬。幾乎每一首，都表現出社會的暗影，與民衆的哀傷。在他筆下所出現的一草一木，明月楊柳，與小閣茅亭，俱一一蒙掩着一層離亂的情趣。他不標榜比興寄託，而自有其比興寄託，他不標榜白石、玉田，而其長調眞可與姜、張比美。他不倡言南唐，其小令眞得二主之神韻。我們可以說，蔣春霖不僅是淸代的大詞人，並且是中國整個詞史上一個大詞人。吳梅云：『嘉慶以前詞家，大抵爲其年、竹垞所牢籠。臯文、保緒標寄託爲幟，不僅僅摹南宋之疊，隱隱與樊榭相敵，此淸朝詞派之大概也。至鹿潭而盡掃葛藤，不傍門戶，獨以風雅爲宗，蓋託體更較臯文、保緒高雅矣。……鹿潭律度之細，旣無與倫，文筆之佳，更爲出類。而又雍容大雅，無搔頭弄姿之態，有淸一代，以水雲爲冠，亦無愧色焉。』(詞學通論)他這批評，我完全同意。

『楓老樹流丹，蘆華吹又殘。繫扁舟同倚朱欄。還似少年歌舞地，聽落葉，憶長安。　哀角起重關，霜深楚水寒。背西風歸雁聲酸。一片石頭城上月，渾怕照，舊江山。』(唐多令)

『野幕巢烏，旗門噪鵲，譙樓吹斷笳聲。過滄桑一霎，又舊日蕪城。怕雙燕歸來恨晚，斜陽頹閣，不忍重登。但紅橋風雨，梅華開落空營。　劫灰到處，便遺民見慣都驚。問障扇遮塵，圍棋賭墅，可奈蒼生。月黑流螢何處，西風黯鬼火星星。更傷心南望，隔江無限峯青。』(揚州慢，癸丑十一月二十七日，賊趨京口，報官軍收揚州。）

水雲詞中，佳作俯拾卽是，上列二章，可見其藝術的成就，在詞史的最末期，竟能產生此大詞人，實是可喜之事。蔣春霖以後，以至清末，詞壇並不寂寞，尊常州派者，有莊、譚。莊棫字白石，丹徒人，有蒿庵詞；譚獻字仲修，號復堂，仁和人，有復堂詞，皆標比興，崇體格，並稱於同、光間。朱孝臧望江南詞云：『臯文後，私淑有莊、譚，』（彊村語業）可知二家爲常州嫡派。莊、譚而後，近於常派者有王鵬運，廣西人，有半塘定稿，與文廷式江西人，有雲起軒詞。另有鄭文焯，滿洲人，有樵風樂府，與朱孝臧二家，（浙江人，有彊村語業。）一奉白石，一奉夢窗，作風頗近浙派。他們都用全力作詞，確實也留下一點成績。比起創作來，他們較大的功業，是對於詞籍的校刋。他們都是篤學之士，在罷官退隱的歲月中，集合同好，以校刋經史的方法與努力，從事於詞籍之整理，如王鵬運之四印齋彙刻詞及宋元三十一家詞，朱孝臧之彊村叢書，江標之靈鶼閣彙刻宋元名家詞，吳昌綬之雙照樓刋影宋元詞等集。其搜輯之勤，校刋之精，皆超越前人，爲學者所愛好。因爲他們對於詞學熱心的研討與提倡，造成晚淸數十年間詞風的大盛。但無論如何，在整個詞的發展史上，畢竟是到了總結束的時期，但這結局是光榮的，是有力量的。

三　淸代的曲

盛於元、明的雜劇傳奇，到了淸朝，俱成餘響。作者雖不寂寞，大都摹擬前人，絕少新意。從事傳奇占，以玉茗堂爲偶像；寫短劇者，宗徐渭、汪道昆；至於雜劇，則一蹶不振。吳梅云：『清人戲曲，遜於明代。推其緣故，約有數端。開國之初，沿明季餘習，雅尚詞章。其時文士，皆用力於詩文，而曲非所習，一也。乾、嘉以還，經術昌明，名物訓詁，研鑽深造，曲家末藝，等諸自鄶，二也。又自康、雍後，家伶日少，臺閣諸公，不喜聲樂，歌場奏藝，僅習舊詞，聞及新著，輒謝不敏。文人操翰，寧復爲此，三也。又光、宣之季，黃岡俗謳，風靡天下，內廷法曲，棄若土苴，民間聲歌，亦尚亂彈，上下成風，如飲狂藥，才士按詞，幾成絕響，風會以趨，安論正始，四也。』（中國戲曲概論）由吳氏所言，我們知道了清代戲曲衰落的原因。

一、清人的戲曲　清人言雜劇者不多，較著者有吳偉業、尤侗、蔣士銓諸家。梅村一代才人，詞華最勝，雜劇有臨春閣、通天臺二種，另有秣陵春傳奇，皆以史事抒寫亡國之痛，所謂借人酒杯，自澆塊壘者是也。尤侗雜劇有讀離騷、桃花源、吊琵琶、黑白衞四種，又有短劇清平調及傳奇鈞天樂各一種。尤氏才調縱橫，其曲辭皆雄健豪放，有元人風味。蔣士銓雜劇有一片石、第二碑、四絃秋三種，而以四絃秋爲最勝。其他如王夫之、鄒式金、車江英、裘璉、孔廣林、黃兆魁等，亦有雜劇之作。

一折之短劇，因其形式之方便，最利於文人之抒寫懷抱，故自徐文長、汪道昆以來，作者頗多，至於清朝，流行益盛。順、康之際，有徐石麒、嵇永仁、洪昇、張韜諸家；雍、乾之世，有桂馥、曹錫黻、楊潮觀諸家。及於嘉、咸，舒位、石韞玉尚稱作手。此後繼承無人，幾成絕響。徐石麒有買花錢、大轉輪、浮西施、拈花笑四種。嵇永仁有續離騷四折：一爲劉國師教習扯淡歌，一爲杜秀才痛哭泥神廟，一爲癡和尚街頭笑布袋，一爲憤司馬夢裏罵閻羅。洪昇有四嬋娟四折，寫謝道韞、衞茂猗、李易安、管仲妃四女人之韻事。張韜有續四聲猿：一爲杜秀才痛哭霸亭廟，一爲戴院長神行蘇州道，一爲王節使重續木蘭詩，一爲李翰林醉草清平調。桂馥作後四聲猿：爲放楊枝、題園壁、謁府帥、投圂中四種。曹錫黻有四色石：一爲張雀網廷平感世，一爲序蘭亭內臣臨波，一爲宴滕王子安檢韻，一爲寓同谷杜老興歌。楊潮觀作短劇三十二種，爲淸代短劇之代表作家。舒位有瓶笙館修簫譜四種，石韞玉有花間九奏九種。以上所舉，乃當日較著者。

一折短劇在當日已成爲案頭之劇本，文人借此發牢騷洩情恨，故其題材多取文學家及才子佳人之風流韻事，如王子安、李太白、白居易、陸放翁、卓文君、李易安之流，成爲作者最歡喜之對象。因此這一些作品，都是高級文人自抒懷抱的個人情愛的表現，完全離開了社會和民衆，而成爲文人學士私人的欣賞品了。

傳奇作者較多，舉其著者有李漁、洪昇、孔尚任、萬樹、周稚廉、張堅、夏倫、董榕、蔣士銓、黃燮淸諸家。李、洪、孔、蔣四家留待下面較詳介紹外。萬樹的作品，據宜興縣志載有二十餘種之多，風流棒、念八翻、空青石三種，較爲有名。周稚廉所作，據傳有數十種之多，今只傳珊瑚玦、雙忠廟、元寶媒三種。張堅有夢中緣、梅花簪、懷沙記、玉獅墜，稱爲玉燕堂四種。夏倫有無瑕璧、吉花村、瑞筠圖、廣寒梯、花萼吟、南陽樂六種。董榕有芝龕記、黃燮淸有倚晴樓七種曲。其他不重要的作者尚多，這裏不必再舉了。

在上面所舉出的許多作家中，可稱爲雜劇傳奇以及短劇的代表的，有李漁、洪昇、孔尚任、蔣士銓、楊潮觀五人。

李漁字笠翁（西曆一六一一——一六八五），浙江蘭溪人。作曲十六種，以奈何天、比目魚、蜃中樓、憐香伴、風箏誤、愼鸞交、凰求鳳、巧團圓、玉搔頭、意中緣十種爲最著。其他萬年歡、偷甲記、四元記、雙錘記、魚籃記、萬全記六種，知者較少。李漁的戲曲，實爲明末古典戲曲之一大改變。因明人戲劇，不論那一種作品，無不追逐詞藻，務求典雅，於是賓白亦尚駢文，錯采鏤金，內容空洞，只可作文士案頭的欣賞品，不適合舞臺，亦不接近民衆。李漁一反古典唯美的作風，用淺顯通俗的曲詞，參以富於風趣的賓白，少用典故，不尙辭藻。故其作品，最宜於扮演，而又適合觀衆的心理。他自己在比目魚中說：『文章變，耳目新，要竊附雅人高韻，怕的是抄襲從來舊套文。』這是他作劇的態度，是他在戲曲上創新的表示。他的個性與生活，本來是一個澈底的浪漫主義者，他在文學思想的系統上，繼承着明末浪漫思潮的遺風，正與金聖歎、袁枚他們取着同一的道路。因此，在他的作品裏，充分地表現他那種浪漫的風格，使他的每一個戲曲，帶着輕微的嘲噓與詼諧，濃厚地呈現着喜劇的風趣，這是旁的作家們所沒有的。當代那些古典派的作家和衛道式的批評家們，自然是看不起的，罵他『卑鄙，』評他『淫穢，』也沒有什麼可怪了。其次，他對戲曲中的賓白，特別注意。他認爲只注重曲文而不注重賓白，這是最不合理的。他在這一方面，留下許多可寶貴的意見。自元、明以來，戲曲作家，俱以曲辭爲能事，大家都不注意到賓白，實在是中國古代戲曲的一大缺點。李漁獨能見到這一點，並且在他的作品裏，都有很好的對白，這是値得我們特別提出來的。在他的閒情偶寄卷一卷二裏，還有許多論劇的好見解，我們無法在這裏多加介紹。我們可以這樣說，李漁即使沒有戲曲的創作，只以他的戲曲的理論而言，在中國舊戲的歷史上，也是一個有見解有經驗的好批評家。

洪昇字昉思，號稗畦（一六五〇？——一七〇四），浙江錢塘人。從王漁洋、施閏章學詩，曲名尤著。所作有四嬋娟雜劇，及長生殿、迴文錦、迴龍院、錦繡圖、鬧高唐及節孝坊諸傳奇。長生殿共五十齣，最負盛名，爲其代表作。此本初名沉香亭，後改爲長生殿，取材於長恨歌、長恨傳、太眞外傳諸篇，鋪敍唐明皇、楊貴妃的情愛故事。寫作經十餘年，三易稿而始成。曲成，趙秋谷爲之製譜，吳舒鳧爲之論文，徐靈昭爲之訂律，故能盡善盡美。謹嚴簡潔，雖不如白樸之梧桐雨，敍事寫情，俱遠過之。因情事旣佳，加以曲辭淸麗悽絕，故能傳誦一時，與孔尙任之桃花扇，稱爲淸代悲劇之兩大傑作。後以國忌日上演，爲大不敬，多人得罪，詩人趙秋谷、查初白俱受牽累，作者因此被廢，終生不遇，後路過吳興，失足落水而死。其命運眞是悲慘極了。

孔尙任字季重，號東塘（西曆一六四八——一七一五？），山東曲阜人，孔子六十四代孫。以傳奇與洪昇齊名，世稱南洪北孔。所作有桃花扇、小忽雷二種。桃花扇共四十二齣，最負盛名。作者自序云：『族方訓，崇禎末爲南部曹，得聞宏光遺事甚悉，證以諸家稗記無勿同者。香君面血濺扇，楊龍友以畫筆點成桃花。』此桃花扇之所以作也。曲中於南朝政事，文人生活皆確考時地，全非虛搆。即小小科諢，亦有所本。過去作歷史劇者，從未有過這麼認眞的態度。桃花扇與長生殿雖同樣是寫生死情愛的歷史悲劇，所不同者，長生殿寫的是『今古情場，問誰個眞心到底。但果有精誠不散，終成連理』的浪漫情緒。桃花扇則富於現實性，在男女的戀愛中，反映出國破家亡的慘影，無恥的士大夫們的臉譜，以及風塵中熱血女人的正義感。桃花扇上的血，是李香君殉情的血，同時也就是反奸臣、反封健、反强暴而流的血，就在這種同樣是戀愛的故事裏，楊貴妃、李香君變成了兩個完全不同的典型。作者在表面是鋪寫才子佳人的遇合，暗中充分地暴露了明末政治的腐敗，奸臣的陰謀誤國，同時在那些美麗的文字中，又襯托出人生虛幻富貴如浮雲的哀愁。讀者所感到的，是憤慨，哀悼，同時又是纏綿，所以餘味不盡，而能得到無限的共鳴。

蔣士銓字心餘，號苕生（西曆一七二二——一七八四），江西鉛山人，有忠雅堂集。他的詩詞俱有名，其成就仍在戲曲，一生所作有十數種之多，較著者有一片石、第二碑、四絃秋三雜劇，及空谷香、桂林霜、香祖樓、臨川夢、雪中人、冬青樹六傳奇，共稱藏園九種曲。其中以白居易琵琶行爲本事的四絃秋及以湯臨川的生平歷史爲題材的臨川夢二劇，爲其代表作。蔣氏在詩文戲曲中，喜言節義倫常，成爲一個名教的擁護與宣揚者。他自己說：『安肯輕提南、董筆，替人兒女寫相思。』又香祖樓自序云：『曾氏得螽斯之正者也，李氏得小星之正者也，仲子得關睢之正者也。發乎情，止乎禮義，聖人勿以爲非焉。』這一種倫常觀念，實在是藏園戲曲的缺點。但惟有四絃秋及臨川夢二劇，能擺脫這一觀念，故文學的情趣好得多。蔣氏的詞曲，本以豪放見稱，四絃秋一劇，尤能發揮這一種特色。

楊潮觀字宏度，號笠湖，著冷風閣，共四卷，收短劇三十二種，可稱爲清代短劇的專家。自序云：『夫哀樂相感，聲中有詩，此亦人事得失之林也。士大夫詩而不歌久矣。風月無邊，江山如畫，能不以之興懷。惟是香山樂府，尚期老嫗皆知，安石陶情，不免兒輩亦覺矣。』他作劇的旨趣，如此可見。他一面是以戲曲抒寫性靈，同時也適應管絃，宜於排演，因此他不得不注重趣味與通俗。他的作品，比起那些專作爲案頭的欣賞品來，是稍有不同的。一、他注重賓白，二、文字中充滿着詼諧，引人入勝，一反古典的莊雅，三、曲辭雄健豪放，音能感人。李笠、蔣士銓的特色，楊潮觀兼而有之。

二、崑曲的沒落與花部的興起

代表中國舊戲的雜劇與傳奇，到了蔣士銓，算是告了一個結束。此後雖說仍然有人從事這方面的寫作，那只是餘響尾聲，不能在戲曲史上引起多大的注意了。這原因在乾隆年間，稱爲雅部的崑曲已趨衰頹，代之而起的是花部。花部是各地土戲腔調的總稱，也有稱爲亂彈者。有漢調，有京調，有徽調，有川調，有二黃調，有弋陽腔，高陽腔，山西有梆子，陝、甘有西皮，這些各地的土戲，曲文固遠不如崑曲，但其聲調的和美，曲文的通俗，扮演的滑稽，內容的複雜，都可吸收統治階級的欣賞與夫民衆的歡迎。夢中緣傳奇（乾隆初年作品）序中云：『所好惟秦聲囉、弋，厭聽吳騷，聞歌崑曲，輒鬨然散去。』乾隆末年的燕蘭小譜也說：『崑曲已非北京人所喜。』可知在乾隆年間，崑曲已趨於衰頹，花部已步入興盛之途了。後來花部中，能吸收諸腔之長而成爲舊戲的正統，完全代替了崑曲的地位，佔領了一百餘年的戲壇，到現在仍風行於社會各階層的，是稱爲京戲或平戲的皮黃。皮黃始於湖北之黃岡、黃陂，而流行於安徽，遂與徽調相混。後由四大徽班入京，由京戲鼻祖程長庚的整理創建，『脫胎於崑曲者，十居七八，而摹倣變化於徽、漢、秦腔者十居二三。』其創始之過程，雖難詳述，但皮黃至程長庚而大成，是無可置疑的事。因程主三慶班時，有藝術精深學術豐富之盧勝奎代爲編劇，如全本三國志，全本列國志，俱出其手。兼以名角如林，一劇有演至半年者。於是皮黃鬨動京城，膾炙人口，後來更受皇后貴族的提倡，進展益速，便成爲劇壇的正統，其他各腔只能居於附庸了。

皮黃戲在曲辭的典雅上，雖遠不如雜劇與傳奇，但在戲曲的性質上講，確是進步的。一、材料雖取自古劇，文字變爲通俗，適合民衆的心理，故能增加排演的效果。二、戲的長短不受幾折幾齣的限制，變爲自由，連臺的長戲固然不少，也常常有很精采的短戲。三、佈景音樂及腔調方面配置得較爲複雜，沒有崑曲那樣單調，增加觀衆的興趣。由這幾點看來，京戲能代替崑曲的地位，風行南北的各社會階層而不衰，並不是偶然的了。

三、清人的散曲 自明末梁、沈以來，曲體日益殭化，作者專主韻律，務求辭藻。至於清代，更形衰疲，大都以摹擬爲能，極少新意。較傑出者：如徐石麒之黍香集，朱彝尊之葉兒樂府，厲鶚之北樂府小令，吳錫麒之有正味齋集南北曲，許光治的江山風月譜，俱以小令見稱。他們都是尊崇張小山、喬夢符，而以雅潔清麗爲主。朱、厲二家，以詞人之筆，發清雅之音，故其作品，最具張、喬之風格，後人評爲『詞人之曲』，甚爲確切。在當日的曲壇，稍能表現一點元人的本色味而出以豪放爽辣的風格的，只有一個趙慶熺。趙字秋舲，浙江仁和人，有香消酒醒曲一卷，套數十一，小令九，其數量雖是不多，但其成就確實不壞。任中敏氏云：『趙氏以詠月套中江兒水一曲名於時。大概其作能融元人北曲之法入南曲，故雖爲南曲，而不病萎靡，有若明人施紹莘，曲之風格必如此始完全投合，斯乃曲人之曲也。』（淸人散曲提要）以朱、厲之曲爲詞人之曲，以香消酒醒爲曲人之曲，一面可表示雙方風格之不同，同時也可看趙氏作品之特色。他的作品，雖也重修飾，但不萎靡，不柔弱，雖也發牢騷，但不裝腔作勢，在豪爽蒼涼的音調中，顯得自然本色，這正是他過人之處。他的套曲，幾乎篇篇都是佳作，今舉泖湖訪舊圖一套爲例：

『四面靑山眞如畫，好個江鄉也。生綃太短些，寫出湖光，欲買偏無價。何日再浮家，剪寒燈且說江南話。

醉扶歸　一灣兒綠水分高下，一條兒紅橋自整斜。一天兒詩酒作生涯，一蓬兒風月都瀟洒。乾坤何處有仙槎，舊遊人重把蒲帆卸。

皂羅袍　最好水楊柳下，蓋三間茅屋，紫竹籬笆。沿溪雨過響漁叉，夕陽破網當門掛。遙天一抹，朝霞暮霞。遙山一煞，朝鴉暮鴉。更夜深蟹火有星兒大。

好姊姊　澹疏疏秋蘆著花，小烏蓬半橫溪汊。船唇吹火，勺水自煎茶。鱸魚鮓，白酒提瓶沿路打，好不過漁弟漁兄是一家。

尾聲　水天一部新奇話，笑指那鳳凰山下，忘不了舊夢尋來何處也。』

道情與民歌　如果我們感着這些擬古的散曲，過於凝固而沒有新精神，我們無妨欣賞一下鄭燮、徐大椿的道情。道情本是來自散曲，所言多爲閒適樂道之語，故名爲道情。到了清朝『久失其傳，僅存時俗所唱之耍孩兒、清江引數曲。』（洄溪道情自序）鄭、徐諸氏出，復活了這種體裁，替古典化的散曲，擴充其內容，開一條新生路。鄭板橋所作共十首，所寫都是富貴人生的無常，而歸於漁樵農牧的閒適生活，最與道情的本旨相近。如『老漁翁，一釣竿，靠山崖，傍水灣，扁舟來往也牽絆。沙鷗點點輕波遠，荻花蕭蕭白晝寒，高歌一曲斜陽晚，一霎時波搖金影，驀抬頭月上東山。』文字清新，意境高遠，絕無迂腐庸俗的惡習，所以新鮮而有情趣。

徐大椿的道情，範圍更是擴大了。徐氏字靈胎，號洄溪（西曆一六九三——一七七一），吳江人。他是一個有名的醫生，作道情三十八首。其中如勸孝、勸葬親、戒爭產、戒酒、戒賭諸篇，自然都是勸世之作。但他却又用作哀祭、賀壽、題跋、悼亡、遊山水、贈朋友以及諷刺社會之用。他自己說的『廣道情之體，一切詩文悉以道情代之，』算是做到了。他自序又云：『半爲警世之談，半爲閒遊之樂，總不離於見道之語。若古人果如此，則此音自我續之，若古人不如此，則此意自我創之。』可知他創作道情的態度。在他的作品裏，確實有創造的精神，一面擴大道情的內容與形式，成爲一種新詩的體裁，同時他又注輸民歌的情調，因此文字格外生動可喜。如戒爭產、讀書樂、戒酒歌、時光歎、時文歎、田家樂、壽吳復一表兄六十、哭亡三子爆等篇，都寫得極通俗，極眞實，又極天眞，沒有一點故作典雅的弊病。今舉壽吳復一表兄六十一首爲例：

『我的姨娘，是你親娘；我的親娘，是你姨娘。姊妹雙雙，單生着你和我兩個兒郎。你今日六十捧瑤觴，要我一句知心話講。你從來瀟灑襟懷，不曉得慕勢趨榮，問舍求田伎倆。注幾卷僻奧經書，作幾首古淡文章。常只是少米無柴，境遇郎當。你全不露窮愁情狀。終日笑嘻嘻，只向親知索酒嘗。不論黃白燒刀，千杯百盞無推讓。憶當年外祖父母在江鄉，與你隨母拜高堂。寄讀在母舅書房，千家詩、百家姓齊呼迭唱。轉眼光陰，俱是白頭相向。從今後願歲歲年年，同你對秋月春花醉幾場。見你時如見我姨娘，轉念我親娘。』

由於這些文字，可以看出作者完全擺脫詞曲的形式和規律，在試驗着一種新詩體，自由自在地說話，一般地歌唱自己的情懷，他這一種大膽的解放的精神，是值得我們重視的。此外，如金農、曾斯棟、沈逢吉諸人，也都有道情一類的作品，因爲沒有什麼特色，所以不多說了。

除了道情，作者能運用民歌的精神作俗曲的，還有招子庸的粵謳。招字銘山，嘉慶舉人，廣東南海人。他善畫，尤精音律。粵謳存曲一百二十餘首，多爲言情之作，在廣東非常流行。珏甡序中說：『招子庸閒作冶遊，特工情語。』因此粵謳一卷，大都以妓女爲題材，有言情愛的，有言離別的，或寫其生活之苦，或寫其被棄之哀，因他有豐富遊妓的經驗，而又有長於寫情的文筆，同時又不爲古典詞曲所束縛，故能充分發揮民歌的精神。

最後，我想略略介紹一點淸代的民歌，作爲此節的結束。民歌大都是用當日民間流行的曲調，抒寫情愛。晉代的子夜歌，明代掛枝兒、山歌都是如此。他們的好處，是描寫的天眞與大膽，以及文字的尖新可愛。壞處是意境不高，內容總是千篇一律。清朝最早的民歌集是乾隆時代的時尚南北雅調萬花小曲，各種曲調共一百餘首，其中小曲三十六首，最爲可貴。其次爲乾隆末年刊行的霓裳續譜，書中有西調二百十四首，雜曲三百三十三首，共五百四十七首。雜曲中所收極爲廣泛，有秧歌，有揚州歌，有蓮花落，有北河調有邊關調，有馬頭調，有嶺頭調，有南詞彈簧調，還有長篇問答體劇本式的岔曲。可知霓裳續譜所收之廣了。此書編訂者爲王廷紹，字楷堂，金陵人。盛安序云：『先生制藝詩歌而外，偶寄閒情，撰爲雅曲，纏綿幽豔，近步花間。』由此看來，書中必有王氏自己的作品。

較後於霓裳續譜的，有道光年間刊行的白雪遺音。編訂者爲華廣生，字春田。因他住在濟南，所收歌曲，以山東爲中心，南方歌曲，亦收入不少。馬頭調及南詞較多。又有八角鼓、湖廣調數十首，此爲他書所未見者。在這些民歌俗曲中，題材多寫情愛，間亦有寫田間生活與鄉村風味的，其體裁大都短小，似散曲中之小令。偶然也有長似套曲，或有加入對白，而近似戲曲的。其作風有極粗俗處。也有極尖新處。但他有天眞的美與赤裸裸的眞。至於這些民歌對於正統的詩歌詞曲的影響如何，我在前面，早已詳細地說過了。

第三十章　清代的小說

在清朝，如詩文詞曲一類的舊體文學都步入總結束的階段，惟有小說正保有壯健的生命，顯示着光輝的前途。雖在那一個樸學全盛重經典考據而不宜於小說發展的環境裏，小說仍能表現着優良的成績。由蒲松齡、吳敬梓、曹雪芹三大作家的作品，替清代的整個文壇，增加了不少的光彩。到了晚清，小說受了時代環境的影響，更趨於繁榮，展開了前此未有的熱鬧的場面。在那短短的期間裏，創作翻譯，竟在一千五百種以上，那情形眞可以想見了。

一　蒲松齡與醒世姻緣

談到清朝的小說，我們首先要注意的，便是蒲松齡。

一、蒲松齡與聊齋誌異　蒲松齡字留仙，號柳泉（西曆一六四〇——一七一五），山東淄川人。天資聰明，學識淵博。科場不利，到七十二歲才補歲貢生。因此一生不遇，在家教書爲業，著作甚豐。除小說雜曲以外，有文集四卷，詩集六卷，及省身錄、懷刑錄、歷字文、日用俗字、農桑經等作。然蒲松齡在中國知識階級中得享盛名者，是由於他的短篇小說聊齋誌異。聊齋誌異凡四百三十一篇，大都是描寫妖狐神鬼的奇形怪事。但作者文筆簡鍊，條理井然，所述雖說都是神鬼妖魔，然都懂得人情世故，和靄可親。化爲美女，無不賢淑多情，化爲男子，都是誠厚有禮。因此，在這一神鬼世界裏，一樣有倫常道德，一樣講富貴功名，一樣有忠孝，一樣講因果，於是這一部人情化的神鬼小說，比從前一類的志怪書大不相同。是用唐人傳奇之筆墨，寫人世陰陽之怪異。讀者置身於鬼魔之間，不覺可怕，反覺可親。加以文筆古鍊，可作散文的範本，因此大爲知識人士所歡迎。相傳王漁洋激賞此書，欲以重金購之而不可得，聲譽益高。三百年來，讀中國舊小說的，言神鬼者無不知有聊齋，言愛情者無不知有紅樓夢，此書的普遍，由此可見。

作者在題辭中云：『才非干寶，雅愛搜神，情同黃州，喜人談鬼。閒則命筆，因以成編。久之，四方同人又以郵筒相寄，因而物以好聚，所積益夥。』作者這樣歡喜搜神談鬼，實在因爲他對於神鬼有了信仰，從而表揚其因果報應之說。所以他多方收集材料，寫了四百多篇這一類的東西。由知識份子的吸收與傳播，在過去兩世紀間的中國社會，對於助長神鬼的迷信，這本書實有很大的幫助。由這一點說來，聊齋誌異是一部有毒的書。

性質與聊齋相近者，有袁枚的新齊諧（初名子不語，）沈起鳳的諧鐸，和邦額的夜譚隨錄，浩歌子的螢窗異草，管世灝的影談，馮起鳳的昔柳摭談等作，俱不脫聊齋的範圍。性質與聊齋相近而風格稍有不同者，爲紀昀之閱微草堂筆記。紀字曉嵐，河北獻縣人，學問廣博，總纂四庫全書，一生精力，傾注於四庫提要及目錄，故其他的著述不多。閱微草堂筆記五種，內容雖爲志怪，但對於聊齋那種專尚辭華鋪張揚厲之文筆與態度，深表不滿。自序云：『緬昔作者如王仲任、應仲遠引經據古，博辨宏通，陶淵明、劉敬叔、劉義慶簡淡數言，自然妙遠，誠不敢妄擬前修，然大旨期不乖於風教。』

可見作者的旨趣，是想排除唐人傳奇之浮華，而想追蹤晉、宋人的質樸。一時風行文壇，竟與聊齋爭席，風氣爲之一變。後日如許元仲的三異筆談，俞鴻漸的印雪軒隨筆，俞樾的右台仙館筆記諸書，其體式大略與閱微草堂筆記相近。

二、醒世姻緣傳 蒲松齡以聊齋誌異得盛名，然而他的代表作品，却不是聊齋，而是一百萬字的長篇小說醒世姻緣傳。因了這一部書，使他在中國的文學史上，得到了穩固的地位。醒世姻緣傳原題西周生輯著，書中的事蹟，是寫的明朝英宗到憲宗時代一個家庭的故事。三百年來，對於作者的年代與眞正的姓名，極少有人注意，因此這一部書也就湮沒無聞。一直到十幾年前，經胡適氏的考證，才確定西周生就是蒲松齡，於是這部長篇小說，引起讀者的重視，大家都承認這是一部極有文學價值的作品（胡氏有醒世姻緣傳考證長文一篇，刋於胡適論學近著中，讀者可參閱。）

醒世姻緣傳這大規模的小說，鋪敍一個兩世的惡姻緣的果報，尤其着重寫出幾隻雌老虎的眞面目。作者用盡了淋漓酣暢的筆墨，描寫那夫婦寃家幾乎是不近人情的種種事態。故事是很簡單的，說前生的晁源射死了一隻狐，並且把狐皮剝了。他寵愛他的妾珍哥，虐待其妻計氏，因此計氏被逼自縊而死。到了今生，晁源託生爲狄希陳，死狐託生爲他的妻薛素姐，計氏託生爲他的妾童寄姐。於是寃寃相報，素姐、寄姐這兩隻雌老虎，把狄希陳虐待得慘無人道。狄的父母，也被她們氣死了。她們虐待丈夫的方法，說來眞有些可怕。有時把丈夫綁在床脚上，用大針刺他；有時用棒椎，關起門來，痛打六百四十棒，打得只剩了一絲油氣；有時晚上不許上床，把他綁在一條小板櫈上，一動就毒打，有時關在牢監裏，故意餓他；有時把鮮紅的炭火倒在丈夫的衣領裏，讓他的背部燃得焦爛，幾乎燒死。最奇怪的，狄希陳這一個男子漢，生來就是怕老婆的，看見那兩隻雌老虎，不僅不敢反抗，只是發抖唯唯聽命而已。在這種痛苦生活無法忍受的時候，來了一位叫胡無翳的高僧，向狄生指出前生今世的因果：『這是你前世種下的深仇，今世做了你的渾家，叫你無處可逃，才好報復得茁實。如要解寃釋恨，除非倚仗佛法，方可懺罪消災。』狄希陳聽了他的話，念一萬遍金剛經，果然銷除了寃業。在這一連串可怕的故事裏，男人們讀了，眞有點毛髮聳然。世上怕老婆的男子固然不少，世上的妒婦潑婦固然也很多，怕得這麼厲害，妒得潑得這麼毒辣的，如狄希陳、薛素姐、童寄姐之流，無論走遍中外，眞要算是空前絕後了。這故事的發展，自然是不近人情的，如果用精神分析學者佛洛伊特的眼光看來，倒是說明婦女變態性慾的絕好材料。三百年前的蒲留仙，自然絲毫沒有這種感覺，他一心一意的要用因果報應來說明人生不可抵抗的命運哲學。他在書中的引起裏說：

『大怨大仇，勢不能報，今世皆配爲夫妻。……那夫妻之中，就如頭項上癭袋一樣，去了愈要傷命，留着大是苦人。日間無處可逃，夜間更是難受。……將一把累世不磨的鈍刀在你頸上鋸來鋸去，教你零敲碎受。這等報復，豈不勝那閻王的刀山劍樹，碓擣磨挨，十八重阿鼻地獄？』

唯一解救這因果報應的方法，便是倚仗佛法，懺罪消災。最後出現的那位高僧胡無翳，自然便是蒲松齡自己。就在這地方，表現作者思想的幼稚淺薄，使這一部大規模大氣魄的醒世姻緣，喪失了穩固的思想基礎，而不得不自貶其身價。胡適解釋這一點說：『他的最不近情理處，他的最沒有辦法處，他的最可笑處，也正是最可注意的社會史實。蒲松齡相信狐仙，那是眞相信；他相信鬼，也是眞相信；他相信前生果報，那也是眞相信；他相信妻是休不得的，那也是眞相信；他相信家庭的苦痛除了忍受念佛以外，是沒有救濟方法的，那也是眞相信。這些都是那個時代的最普遍的信仰，都是最可信的歷史。』我們用這一種歷史的眼光去讀這一本書，如果把作者的個性與地位，一齊掩沒在這一部書裏，同時也把他當作當日一種社會現象的話，那末，醒世姻緣確是那一時代的社會寫生了。

醒世姻緣在文字的技巧上，是非常成功的。他的白話文寫得極其漂亮，細緻深刻，新鮮而沒有套語。善於描寫人物的個性，尤長於變態心理的表現。同是悍婦，薛素姐是薛素姐，童寄姐是童寄姐，晁源、狄希陳同是糊塗蟲，各有各人的糊塗方式。書中的幾位老太太、幾位老頭子，都寫得活靈活現，令人看了，眞有啼笑皆非之感。蒲留仙就在這一方面，眞正的顯露出他文學的天才。

三、蒲松齡的曲詞　蒲松齡除了醒世姻緣傳與聊齋誌異以外，還寫了十幾部長長短短的曲詞。這些曲詞最大的特色，完全用的是白話韻文，演成通俗的小曲與傳奇，這是給予散曲一個極大的解放。他現存的作品，有下面的十七種。

一、問天詞　　二、東郭外傳
三、逃學傳　　四、學究自嘲
五、除日祭窮神父　　六、窮神答文
七、和先生攬館　　八、俊夜叉曲

九、牆頭記　　十、幸雲曲
十一、蓬萊宴　　十二、寒森曲
十三、慈悲曲　　十四、姑婦曲
十五、翻魔殃　　十六、富貴神仙
十七、禳妬咒

上面的曲本，除最後的禳妬咒一種爲戲劇體之外，其餘各種都是鼓詞。他們有的敍故事，有的寫感想，這是一種與道情彈詞相近的東西，和着鼓音唱起來，勢必悅耳可聽，而又文字通俗，老嫗可解，實在是一種雅俗共賞的作品。這些鼓詞，當日究竟演唱過沒有，就無從知道了。

用純粹的白話寫曲，蒲留仙要算是最成功的。他一掃那裝腔作勢的典雅的語氣，用自然的語言，自然的音調，繪聲繪影的把人物的個性姿態表現出來，詼諧諷刺，兼而有之，給予曲體文學一種新空氣新生命。如禳妬咒中裝妓的一節，寫江城責其丈夫嫖妓云：

『〔蝦蟆曲〕 哄我自家日日受孤單，你可給人家夜夜做心肝。（强人呀）只說我不好，只說我不賢。不看你那般，只看你這般，沒人打罵你就上天。（强人呀）你那床上吱吱呀呀，好不喜歡！

過來，跟了我去，不許你在沒人處胡做。

〔前腔〕 我只是要你合我在那里羅，我可又不曾叫你下油鍋。（强人呀）俺漫去搜羅，你漫去快活，今日弄出這個，明日弄出那個，這樣可恨，氣殺閻羅（强人呀）俺也叫人家「哥哥呀哥哥，」你心下如何？』

寫得這麼直率，這麼天眞，又這麼自然活潑，眞是絕妙文章。宜乎胡適讚歎的說：『蒲松齡有了這十幾種曲本，即使沒有更偉大的醒世姻緣小說，他在中國的活文學史上，也就可以佔一席最高的地位了。』

二　吳敬梓與儒林外史

其次，我們要討論的，是吳敬梓和他的傑作儒林外史。

一、吳敬梓生活與性格　吳敬梓字敏軒，一字文木（西曆一七〇一——一七五四），安徽全椒人。他有一個很闊的家世：高祖吳沛，是一位理學大家，道德文章，爲東南學者宗師。曾祖吳國對，順治戊戌年探花，由編修做到侍讀。祖父吳旦死得很早，但其伯叔祖吳昺、吳晟，一爲榜眼，一爲進士，都很有聲譽。眞是『五十年中，家門鼎盛。子弟則人有鳳毛，門巷則家誇馬糞。緣野堂開，青雲路近。』（移居賦）這是吳敬梓自己所描寫的他家世的盛況。到了他父親吳霖起，是一個拔貢，人品高尚，對於富貴功名看慣了，不以爲奇，一心一意要在聖賢學問上安身立命。做贛榆縣教諭時，捐產興學，教育子弟，後來不得意，辭官回家，不久便死了。儒林外史的作者，便生在這個無論是精神的或是物質的文化都是極其優美的家庭裏。他從小是過的錦衣玉食的富貴生活，受了良好的教育基礎。生性聰敏，讀書過目成誦。學問辭章，根柢俱深。他的朋友程晉芳說他：『文選詩賦，援筆立成，夙構者莫之爲勝。晚年亦好治經，曰：此人生立命處也。』（吳敬梓傳）他的學問愈廣博，對那些淺薄無聊的八股文試帖詩，更是看不起，思想愈深閎，覺得那些翰林進士的科舉功名，封官拜爵的威嚴聲勢，都是虛僞無聊。於是他的人生觀，從他祖先的八股世家裏解放出來，從他父親的聖賢道學裏解放出來，保存着儒家的人倫，加入道家的逍遙曠達的浪漫思想，再滲入一點孟嘗君一類的富貴公子的豪俠精神。於是他便成爲一個古典的、浪漫的、豪放的混合型的人生，半是儒林、半是文苑、半是聖賢、半是異端的眞名士。一面講倫理，治經學，景仰古代的聖賢，一面又在秦淮河上嫖妓飲酒，結友交朋，蕩盡祖業，過着那狂浪不羈的浪漫生活。因爲他的性格內容有如此複雜，所以有的人愛他，有的人罵他，有的人利用他，欺騙他。結果，使他在家庭中社會上遭到絕大的失敗。他在外史裏，借高老先生的口，畫出他自己的面貌來。

『他這兒子就更胡說，混穿混吃，和尚道士，工匠花子，都拉着相與，却不肯相與一個正經人。不到十年內，把六七萬銀子弄的精光。天長縣站不住，搬在南京城裏，日日攜着女眷上酒館吃酒，手裏拿着一個銅盞子，就像討飯的一般。不想他家竟出了這樣子弟。學生在家裏，往常教子姪們讀書，就以他爲戒。每人讀書的桌子上寫了一紙條貼着，上面寫道：不可學天長杜儀。』

（第三十四回）

這裏的天長杜儀，自然就是儒林外史的作者吳敬梓。他這樣眞實的寫出自己的面影。在高老先生雖算是痛快地罵了他一頓，然而他的好處，他的人生的價值，正在這裏。所以遲衡山聽了，臉皮一紅，說道：『方才高老先生這些話，分明是罵少卿，不想倒替少卿添了許多身分，衆位先生，少卿是自古迄今難得的一個奇人。』社會上如遲衡山一類能認識他是奇人的人，畢竟是少數，多的是高老先生一類的假道學，臧三爺、張俊民、王鬍子、伊昭一類的壞人。所以他說：『田廬盡賣，鄉里傳爲子弟戒。年少何人，肥馬輕裘笑我貧。』（減字木蘭花）他處在這樣一個善惡不分明的社會裏，自然是責罵他利用他欺騙他的人佔大多數，於是他的輕財仗義的豪俠精神，給他的報酬，是最大的貧窮，使他的物質生活陷於破滅。他開始痛恨他本縣的風俗澆薄，人心不正，他痛罵社會的墮落與黑暗，於是遷家到南京，不料南京的社會，一樣使他失望。伊昭罵他說：『他而今弄窮了，在南京躲着，專好扯謊騙錢，他最沒有品行。』（第三十六回）這是南京知識人士給吳敬梓的莫大侮辱。此後他的生活愈來愈窮，最後就這麼寂寞地死了。在他的生活的過程中，呈現出一個善良者犧牲的悲劇。

『安徽巡撫趙公國麟聞其名，招之試，才之，以博學鴻詞薦，竟不赴廷試，亦自此不應鄉舉，而家益以貧。乃移居江城東之大中橋，環堵蕭然，擁故書數十冊，日夕自娛。窮極，則以書易米。或冬日苦寒，無酒食，邀同好汪京門、樊聖謨輩五六人，乘月出城南門，繞城堞行數十里，歌詠嘯呼，相與應和，逮明，入水西門，各大笑散去。夜夜如是，謂之暖足。余族伯祖麗山先生與有姻連，時周之。方秋，霖潦三四日，族祖告諸子曰：比日城中米奇貴，不知敏軒作何狀，可持米三斗，錢二千，往視之。至，則不食二日矣。』（程晉芳吳敬梓傳）

這一段文字，把吳敬梓晚年的窮困，寫得極其眞實動人，今日讀了，還感着無限的同情與感慨。一位這樣天才的作家，社會上對他冷淡無情，結果是窮死在揚州，連殯殮的費用，還靠窮朋友來料理，這眞是人生途中最悲慘的結局。不過，吳敬梓畢竟是一個非常的人，他絕不因窮困而改變他的觀念，向科舉投降，向社會屈服，他能在旁人不能忍受的窮困裏，絲毫不怨恨，不後悔，把握住自己生命的力量與興趣，用他過人的筆墨，表現他經歷過的人生經驗和他觀察到的醜惡社會，同那窮困的飢餓生活搏鬪。就在這種搏鬪中，他完成了他的傑作儒林外史。在這裏，正表現出作者偉大的精力和藝術的良心。在二百多年前，在那一個科舉教育的環境裏，吳氏竟能選擇白話小說的體裁，來作爲他在文學上所表現的偉業，更顯出他的文學見解的高超，絕非那些桐城派的古文家和衞道的理學家所能比擬，所能瞭解。程廷芳感慨地說：『外史記儒林，刻畫何工妍。吾爲斯人悲，竟以稗說傳。』在當日正統派的文壇以說部傳名，確實是可悲的，甚至於是可恥的。但到了現在，人人都承認吳敬梓以這部小說在中國文學史上，得到了同屈原、陶潛、李白、杜甫一樣的輝煌的地位。他當日的窮困和努力，總算得到了他應有的代價。

二、儒林外史所表現的思想及其文學上的價値　上面我略略說明了吳敬梓的生活和性格，這一點於他思想上的瞭解及作品上的賞鑑，都很有用處。儒林外史值得我們推崇，是除了藝術的價值以外，還有其思想的價值。我國過去的小說，大都有一個共同的缺點，便是其中所反映出來的思想，多是正統派的禮教倫常，封建社會的宗法觀念，神鬼迷信的因果輪回的報應，還往往加以和尙道士的穿插。

只有儒林外史這一本書，才一掃那些淺薄荒誕的渣子，表現出前進的在當日甚至於可說是革命的高超的人生觀。他用客觀的態度，描寫他熟知的當日的知識份子和他體驗最深的黑暗的炎涼的社會。是的，他不是一個浪漫主義者，沒有少年人的熱情和美麗的夢，因此書中留給我們的，全是黑暗，傷痕，諷刺與悲憤。儒林外史實在是一本最不愉快的社會寫實的書。

一、吳敬梓最反對的，是八股文的考試制度。他覺得八股文試帖詩，絕不是選考人才的辦法，只是皇帝的愚民政策，政府困死人才的毒計。但數世紀來，科舉制度，不僅是一種朝廷的盛典，社會人民都把牠看作是無上的光榮，深深地統制我國全民衆的心理。只有進學中舉會進點翰林，才是人生理想的教育制度，才是升官發財的捷徑。否則你只有窮死賤死，誰也瞧不起你。所以儒林外史中的馬二先生半認眞半嘲笑的態度說：

『舉業二字是從古及今人人必要做的。就如孔子生在春秋時候，那時用「言揚行舉」做官，孔子只講得個「言寡尤，行寡悔，祿在其中，」這便是孔子的舉業。講到戰國時，以遊說做官，所以孟子歷說齊、梁，這便是孟子的舉業。到漢朝，用賢良方正開科，所以公孫弘、董仲舒舉賢良方正，這便是漢人的舉業。到唐朝用詩賦取士，他們若講孔、孟的話，就沒有官做了。所以唐人都會做幾句詩，這便是唐人的舉業。到宋朝又好了，都用的是些理學的人做官，所以程、朱就講理學，這便是宋人的舉業。到本朝用文章取士，這是極好的法則。就是夫子在而今也要念文章做舉業，斷不講那「言寡尤，行寡悔」的話，何也？就日日講究「言寡尤，行寡悔，」那個給你

官做，孔子的道也就不行了。』（第十三回）

這段文字，表面是推崇舉業，其實却是攻擊舉業，這便是吳敬梓諷世文學的好成績。他因爲痛恨這種惡制度，因此他決心不從科舉裏求功名，友朋中會做八股文試帖詩的，他就討厭。程晉芳說他：『嫉時文士如讎，其尤工者則尤嫉之。』但是當日的知識人士，如何能瞭解他這種思想。十歲左右的小孩子以至六十歲的老頭子，無時無刻不將全部精力放在舉業上，他慨歎地說：『如何父師訓，專儲制舉材？』他是要提倡青年研究眞學問，造就眞人才，在儒林外史的卷首，他借着有學問有品格的王冕，作爲人生的理想，再借着他的口，說出自己的意見來。『此一條之後，便是禮部議定取士之法。三年一科，用五經四書八股文。王冕指與秦老看道，這個法却定的不好，將來讀書人既有此一條榮身之路，把那文行出處都看輕了。』因此，他在書中儘量暴露那些八股先生的醜態以及人民對於科舉功名的虛榮與豔羨的心理。這一點，吳敬梓是大大的成功了。

二、理想的人生　吳敬梓因出於世家，對於富貴功名見多了，不以爲奇。他的理想的人生，不是高官，不是巨富，是一種品學兼優、淸閒自在、自食其力、享受自由的人生。這一種人生觀，他的太太自然是不會瞭解的。所以娘子笑道：『朝廷叫你去做官，你爲什麼裝病不去？杜少卿道：你好獃！放着南京這樣好頑的所在。留着我在家，春天秋天。同你出去看花吃酒，好不快活。爲什麼要送我京裏去？……逍遙自在，做些自己的事罷！』他理想的人生，就是要逍遙自在，做些自己要做的事。『隱居以見其志，行義以達其道，』正是吳敬梓的人生態度。然而他決不是那種身在江湖、心懷魏闕的假隱士，他不做官，不是以此爲高，政治過於黑暗，人心過於惡劣，他不願意去同流合汚。他願意做些自己願做的事，獻身學問的研究，努力文藝的創作，雖在極度的窮困裏，得到了逍遙的樂境。因此在儒林外史中，把那幾個半工半讀自食其力的王冕、倪老爹、荆元、于老者寫得多麼有身分，多麼可愛。這些人在社會上都是被人輕視的，其實這種半工半讀自食其力的生活，才是人生的幸福者。比起那些假名士臭山人來，要高尙得多，那些聲勢赫赫的官紳，沒有他們那種高貴的人品，也不如他們的自在安閒。

三、反對迷信　我國過去的小說，或多或少，總要表現一些神鬼的迷信和因果報應的思想。儒林外史一掃這些不合理的觀念，所描寫的，所表現的，全是理性的、現實的、健全的見解。貫通着全書的脈絡，都是我們耳聞目見的實際的日常生活，和知識階級以及各種人士的心理狀態和種種活動的如實的描寫。沒有過份的誇張，也沒有超人的奇蹟，如洪道士一類的鍊金，張鐵臂一類的欺世，都在作者的筆下現了原形，加以無情的譴責。對於風水的邪說，作者尤爲痛恨。在第四十四回中，對於講風水遷墳墓的事，他發表了『應該凌遲處死』的激烈議論。書中雖也有寫扶乩的事，這並不是說作者信仰扶乩，他不過把牠作爲社會上的一種現象一種風氣加以描寫而已。如果將這看作是作者一種迷信的證據，那是不妥的。

四、男女問題　吳敬梓對於女人的見解，也與時人不同。沈瓊枝是一個獨斷獨行的女子，因爲不願做妾，逃到南京去賣文爲生。一般人對她的觀感，大都是輕視她。遲衡山道：『這個明明借此勾引人，她能做不能做，不必管她。』武書道：『我看這女人實有些奇。若說她是個邪貨，她却不帶淫氣，若說她是人遣出來的婢妾，她却不帶賤氣。』就是沈瓊枝自己也說：『我在南京半年多，到我這裏來的，不是把我當作倚門之娼，就是疑我為江湖之盜。』（第四十一回）古代男人眼裏的女子，大都是這種認識。但是吳敬梓却不同了，借着少卿的口說：『鹽商富貴奢華，多少士大夫見了就銷魂奪魄，你一個女子，視如土芥，這就可敬的極了。』以鹽商起家的宋為富，娶妾是娶慣了的，這次碰見了沈瓊枝不肯屈服，他憤怒地紅着臉說：『我們富商人家，一年至少要娶七八個妾，都像這麼淘氣起來，這日子還過得？』後來沈瓊枝畢竟在杜少卿的敬重和援助之下，得到了解放。吳敬梓主張一夫一妻制，『夫唱婦隨，便是人生的幸福，快樂的家庭。』因此當季葦蕭勸杜少卿娶妾時，少卿回答說：『豈不聞晏子云：今雖老而醜，我固及見其姣且好也。況且娶妾的事，小弟覺得最傷天理。天下不過是這些人，一個人佔了幾個婦人，天下必有幾個無妻之客。』這是吳敬梓反對娶妾的最澈底的見解。

儒林外史沒有豐富有趣的內容，沒有一個引人入勝的浪漫故事，沒有完整的巧妙的佈局，因此有許多人批評儒林外史的結構上有缺點，不能算是一部眞實的長篇小說。其實，寫實派的作品，只重在觀察的細密，描寫的深刻，而達到暴露人生社會的效果。和那些以有趣的內容與巧妙的結構誇耀的浪漫派作品，是完全不同的。儒林外史以文字技巧的高超，描寫刻劃的深刻，達到了諷世文學的最高效能。故其結構的鬆弛，故事的平凡，絕無傷損其文學的價值。我們讀完了這本書以後，看他用力的描寫周進、范進、嚴貢生、胡屠戶、王舉人、張鄉紳、馬純上、牛玉圃、匡超人、洪憨仙、權勿用、楊執中這一羣人的嘴臉，是多麼的活動和分明。一舉一動，一言一笑，是多麼靈巧，多麼適合他們的身分。在寫實文學的技巧上，無疑的得到了極高的成就。閑齋老人序云：『其書以功名富貴爲一篇之骨。有心豔功名富貴而媚人下人者；有倚仗功名富貴而驕人傲人者；有假託無意功名富貴自以爲高被人看破恥笑者，終乃以辭却功名富貴品地最上一層爲中流砥柱。篇中所載之人，而其人之性情心術，一一活現紙上，讀之者無論是何人品，無不可取以自鏡。』這評語確實是說得好極了。

其次，書中無淫穢之言，無神鬼之論，故品質極高。他所用的文字，全是普通的官話，不雜各地的野語方言。修辭造句，簡潔有力，可稱爲白話文學的範本。錢玄同氏說：『水滸是方言的文學，儒林外史是國語的文學。可以列爲現在中等學校的模範國語讀本之一，』這是不錯的。但是，儒林外史沒有浪漫，沒有神怪，沒有俠義，沒有戀愛，只是社會黑暗的暴露，知識份子的刻劃，因此這本書並不爲一般青年們所愛好。他們歡喜的是水滸、西遊、金瓶梅、紅樓夢。青年人的思想情感與人生經驗，幾乎無法瞭解這一本書，青年人拿他去消遣，是沒有不失望的。我們可以說，儒林外史是一本不愉快的書，是一本中年人的書。

三　曹雪芹與紅樓夢

我們現在要討論的，是曹雪芹的紅樓夢。紅樓夢是近二百年來我國最流行的一部愛情小說。在知識階級的青年男女階層，他具有他種作品未曾有過的感染的效果。書中幾個重要的女主角，在舊社會上成爲青年男女理想的羨慕的美人的典型。這一部偉大的作品，袁枚雖已指出是曹雪芹所作，但二百年來，對於這位作者的生活歷史，從未有人加以介紹。王國維在紅樓夢評論裏，也曾慨歎地說：『吾人於作者之姓名，尚未有確定之知識，豈徒吾儕寡學之差，亦足以見二百餘年來吾人之祖先，對此宇宙之大著述，如何冷淡遇之也。』在正統派勢力統制的文壇中，小說本爲人所輕視，作者自己亦不願表露其姓名，卽作者之友朋知其事者，亦不願代爲宣揚，金瓶梅、醒世姻緣都是如此。自新文學運動以來，確定了小說在文學上的價值，於是這些小說的作家的考證，便成爲文學史家的重要課題。在這一方面成績最大的，自然是胡適之。我們依賴他的論文，對於紅樓夢的作者的生活歷史，有了很詳細的認識。

一、曹雪芹的生活環境　曹雪芹名霑，漢軍正白旗人。生於康熙末年（約爲西曆一七一七——一七二二年之間），死於乾隆二十七年除夕（西曆一七六三。）他的朋友敦誠挽他的詩有，『四十年華付杳冥』之句，知道曹雪芹死時，還是四十左右的壯年。他是八旗世家子弟，祖先幾代，都在江南做內府的織造官。這一個江寧織造的肥缺，簡直成了曹家的世襲職。從曾祖曹璽到他的父親曹頫，一共做了五十幾年。在那些人裏，他的祖父曹寅最有名，是一個風雅的貴族名士。他工詩詞，善書法，當時的文學家朱彝尊、姜宸英輩，俱與交往。曹家藏書極富，善本有三千餘種之多。他校刊過多種極精的古書，世稱爲曹楝亭本，到現在仍爲藏書家所寶貴。因爲他錢多，物質生活極其優裕，飲食的藝術尤爲一般人士所稱譽。曹寅在這一方面，也留下一點成績。他編撰過一部居常飲饌錄，將前人所著述的飲食一類的作品合成一書。由此我們可以知道曹家對於飲食的講究，這些便成爲後來賈府飲食的基礎。曹家當日在官場的地位，眞是烜赫一時。康熙六次南巡，五次駐蹕在織造官署。在此五次中，曹寅就接了四次駕。在當日的君權時代，這不能不說是最大的光榮，曠古的盛典。鋪陳張設之精，飲食房屋之美，禮物之貴重，排場之闊大，我們是無法敍述的，不過我們也還可以看到一點影子，這一點影子，就留在大觀園裏。

曹雪芹就生在這樣一個富貴而又有藝術環境的家庭裏。他耳聞目見以及薰陶感染的，都是那些文化藝術的空氣和那些常人不容易接觸的貴族家庭的金玉一般的物質生活。他可以在那優裕的環境裏，自由的吸取精神上的糧食，培養他學問的根柢和文學的天才。但這種富貴生活。並沒有使曹雪芹繼續下去，在他的少年時代，他家起了突變，不知犯了什麽大罪，而至於抄家沒產，五六十年建設起來的一個顯赫的家世，歸於毁滅，後來在南方無法容身，只好遷徙到北方去。那時候，曹雪芹只是十幾歲的少年。他到了北京，生活的狀態雖不詳細，總之，一天一天的窮困下去，幾乎無以爲生，就這麽貧窮的死了。他那可憐的生活，在他好朋友敦誠、敦敏的詩裏，還留下了一點影子。

『勸君莫彈食客鋏，勸君莫扣富兒門。殘盃冷炙有德色，不如著書黃葉村。』（敦誠寄懷曹雪芹）

『尋詩人去留僧壁，賣畫錢來付酒家。燕市狂歌悲遇合，秦、淮殘夢憶繁華。』（敦敏贈曹

雪芹）

『滿徑蓬蒿老不華，舉家食粥酒常賒。』（敦誠贈曹雪芹）

『四十年華付杳冥，哀旌一片阿誰銘？孤兒渺漠魂應逐，新婦飄零目豈瞑！』（敦誠輓曹雪芹）

敦敏、敦誠兄弟，是清朝的宗室，能詩善文，也是八旗中的名士。由上面這些詩句裏，一面可以看出他們深厚的友誼，同時可以知道曹雪芹的生活窮困，房屋破壞不堪，全家吃粥，酒錢也付不出，在這一種悲慘的境遇裏，對於往日的富貴生活，自然會引起難堪的回憶，『秦淮殘夢憶繁華』的這一種情感，我們完全體會得到。最可憐的，結婚不久，幼兒又死了，因此成病，而至於死，這實在是人生的悲劇。他的朋友勸他克服困難，在貧窮中著書，這書想必就是紅樓夢。

二、紅樓夢與作者的關係　我們知道了曹雪芹的生活環境以後，便很容易瞭解他寫作紅樓夢的動機以及這本書與作者的關係。前人因在缺少對於作者身世的認識，因此對於紅樓夢的解釋，發生許多穿鑿附會的笑話。王夢阮的紅樓夢索引，說此書『爲清世祖與董鄂妃而作，兼及當時的諸名王奇女。』蔡元培的石頭記索隱，說此書是清康熙朝的政治小說，『書中本事在吊明之亡，揭清之失，而尤於漢族名士仕清者寓痛惜之意。』還有說紅樓夢是納蘭性德的故事。賈寶玉是納蘭性德，金陵十二釵是他交遊的名士。現在我們對於這些紅學的附會，也沒有申辯的必要了。因爲既然明瞭了作者的生活環境，最好是相信作者自己的意見。他在書中的卷頭說：『風塵碌碌，一事無成，忽念及當日所有之女子，一一細考較去，覺其行止識見，皆出我之上，我堂堂鬚眉，誠不若彼裙釵，我實愧則有餘，悔又無益，大無可如何之日也。當此日欲將已往所賴天恩祖德，錦衣紈袴之時，飫甘饜肥之日，背父母教育之恩，負師友規訓之德，以致今日一技無成，半生潦倒之罪，編述一集以告天下，知我之負者固多，然閨中歷歷有人，萬不可因我之不肖，自護己短，一並使其泯滅也。』作書的態度與動機，作者在這段文字裏，說得多麼明顯。又脂硯齋本的凡例中又云：『此書是着意於閨中，故敍閨中之事切，略涉於外事者則簡。不得謂其不均也。此書不敢干涉朝廷，凡有不得不用朝政者，只略用一筆帶出，蓋實不敢以寫兒女之筆墨唐突朝廷之上也，又不得謂其不備。』這不是明明說着紅樓夢所寫只是一些家庭男女的葛藤，決不是一部諷世罵時的政治書。這一些家庭男女的葛藤，自然就是曹家和作者周圍的生活歷史。這一些歷史，不是平凡的，不是一般人所能有的，他的本身，已經是一部好小說。正如曹雪芹所說：『浮生着甚苦奔忙，盛席華筵終散場。悲喜千般同幻渺，古今一夢盡荒唐。謾言紅袖啼痕重，更有情癡抱恨長。字字看來皆是血，十年辛苦不尋常。』這詩的情感最沉痛，最眞實，表現他的文學衝動，也最强烈，在這一種懺悔、悲痛、回憶、哀傷各種情感的交織下，作者自然是要走上自傳式的表現的。他過去的生活，眞是層層的血淚，眞是一篇不尋常的詩。關於這一點，曹雪芹與吳敬梓實在非常相像，所異者，曹的情感是浪漫的主觀的，故着重於寫情，全書集中於男女與家庭。吳的情感是理智的客觀的，故着重於寫世，全書集中於社會。他倆同樣對於生活的盛衰與社會上的冷熱的種種變換，得了深刻的認識與豐富的體驗，表現於文學的態度，吳敬梓用的是諷刺與憐憫，而曹雪芹所用的是懺悔的回憶。因此，儒林外史成爲社會的寫生，紅樓夢變爲個人的自傳了。『富貴不知樂業，貧窮難耐淒涼。可憐辜負好時光，於國於家無望。天下無能第一，古今不肖無雙。寄言紈袴與膏粱，莫效此兒形狀。』這是書中的寶玉，每一字每一句都是曹雪芹。在這詞裏最沉痛的，對於自己加以譴責，又最眞切的寫出了晚年貧窮時代的懺悔的心境。因爲他有這種懺悔，所以他才回憶秦淮的舊夢，發思古之幽情，把他晚年苦痛的心境和情感，全部寄託在美麗的回憶。紅樓夢一書，便成了他回憶的象徵。吳敬梓的人生態度和他大不相同。儒林外史的主人公貧窮困苦的時候，他表兄歎道：『老弟，你這些上好基礎，可惜棄了。你一個做大老官的人，而今賣文爲活，怎麼過的慣？』吳敬梓回答說：『我而今在這裏，有山水朋友之樂，到也住慣了。不瞞表兄說，我也無什麼嗜好，夫妻們帶着幾個兒子，有布衣蔬食，心裏淡然。那從前的事，也追悔不來了。』因爲吳敬梓能有這種心境，所以儒林外史中的社會人生，能够與作者自己的生活離開，描寫時是用的理智的客觀的態度。曹雪芹沒有他那樣的心境，因此書中的社會人生與作者混成一片，時時流露出來悔恨與哀傷，而帶着濃厚的浪漫的情調。

最不幸的，由貧窮與傷感造成了無可挽回的病症，襲擊着曹雪芹的壯年，使他的傑作紅樓夢只寫成了八十回便遺恨的死去了。後面的四十回爲高鶚所續。高鶚、乾隆乙卯進士，也是旗人。他以極大的同情與瞭解，以及美妙的文筆，完成了曹雪芹未竟的工作，而得到了很好的成就。據胡適氏的研究，曹雪芹在早年已有了全書的大綱，在八十回以外，寫了一些尚未完成的零稿。這些文稿，曹雪芹死後，散到外面，很可能的爲高鶚所得。因此，他四十回的續作，大體沒有違背作者的原意，一反中國小說戲曲的先例，把紅樓夢寫成了一個大悲劇。這一點，我們不能不稱讚高鶚的文學天才，比起後來那一批寫續紅樓夢的人來，眞是有雲泥之差了。

三、紅樓夢的文學價值　曹雪芹對於小說的創作，自有其見解。這見解固然非古文家所能瞭解，就是當日的小說家們，也還沒有這一種覺悟。當日的小說作家，都覺得小說最重要的目的，是作爲娛樂品，同時應當是名教倫理的宣傳，因此他們的取材，都是離開作者的社會時代，而遠託先前的朝代。明代的小說大都是如此，晚明的短篇小說家們，更是這樣明白的宣言。曹雪芹則不然，他以爲一部好的小說，應當與作者的生活社會打成一片，不要專門做那種倫理名教的宣傳工具，或是千篇一律的戀愛的娛樂文學。他在第一回裏，借空空道人與石頭的問答，表明他這可貴的意見。空空道人說：『石兄，你這一段故事，據我看來，第一件無朝代年紀可考；第二件並無大賢大忠理朝廷治風俗的大政，……我縱然抄去，也算不得一種奇書。石頭答道，我想歷來野史的朝代，無非假借漢、唐的名色，莫如我這石頭所記，不借此套，只按自己的事體情理，反到新鮮別致，況且那野史中，或訕謗君相，或貶人妻女，姦淫兇惡，不可勝數。更有一種風月筆墨，其淫穢汚臭，最易壞人子弟。至於才子佳人等書，則又開口文君，滿篇子建，千部一腔，千人一面，且終不能不涉淫濫，在作者不過要寫出自己的兩首情詩豔賦來，故揑造出男女二人名姓，亦必旁添一小人撥亂其間，如戲中小丑一般。更可厭者，之乎者也，非理卽文，太不近情，自相矛盾，竟不如我半世親見親聞的這幾個女子，雖不敢說强似前代書中所有之人，……其間離合悲歡興衰際遇，俱是按跡循蹤，不敢稍加穿鑿，至失其眞。』他這意見眞是可貴的。在二百年前發表這種議論，更顯出他的意義與價值。他一面批評過去小說中的種種缺點，同時再强調他自己的合理的小說觀念。

紅樓夢的結構，是完整而細密的，就現在一百二十回的情狀看來，確實成爲一個很好的悲劇的結構。由事體的發展變化而達到最高潮，終於破滅，這徑路不能不說是合理的。在長篇小說的形式上講，這一種結構實優於儒林外史的小組式。至於比起那些大團圓的喜劇式的作品來，紅樓夢更是有動人的力量和悲劇美的價值。其悲劇的形成，最可貴者不是宗教的，不是命運的，而是人事性格的無可避免的結果，一步逼一步，眼看那悲劇愈來愈近，終於無可挽回，結果一切歸於毀滅，而應了秦可卿的『樹倒猢猻散』的預言。如果把這一悲劇看作是賈寶玉、林黛玉倆人的戀愛，那是錯誤的。最重要的，是由寶、黛這一線索，表現出賈府那一個貴族的封建家庭的全部毀滅，主子和奴才的命運，一齊崩塌在這一個大悲劇裏。明乎此，才能眞瞭解紅樓夢悲劇的意義與價值。

紅樓夢最成功的地方，是在於君主時代外戚的貴族家庭豪華奢侈的生活的暴露，以及生長於那家庭中的男男女女的生活的寫眞。那一家庭和那些人物的種種形態，絕不能出於想像，而必得有豐富的體驗，細微的觀察，要再加以成熟的文學技巧，才能把那些形象刻畫出來。曹雪芹恰好有這一種資料和才質，因此賈府那一家庭，眞是富麗堂皇的展開在讀者的眼前。排場設備飲食衣服以及種種派頭，幾乎使讀者爲之昏眩。作者在正面盡力的鋪敍這驕奢淫佚的貴族家庭，同時在反面映出在經濟方面支持這一家庭的莊園與農奴的窮困。他們經濟的來源，一面是盜用公款，一面是剝削農民。第十六回趙嬤嬤說的：『別講銀子成了糞土，憑是世上有的，沒有不是堆山積海的，……也不過拿着皇帝家銀子往皇帝身上使罷了。』再看第五十七回，描寫黑山村的佃戶烏莊頭到賈府來納租的一幕，很明顯的顯出一幅剝削農民的圖畫。在那裏寫出來的，僅是黑山村一處莊園而已，像這一類的莊園，賈府還不知有多少。在那一個荒年裏，烏莊頭貢獻給主子的物資，已經不算少了，而主子竟大不滿意。他的經濟哲學，是『這幾年添了許多花錢的事，不和你們要，找誰去？』這態度眞是明顯極了。農民得不到貴族的歡心，受不了貴族的壓迫，結果是出賣兒女，變賣產業，都成了犧牲品，連自己心愛的幼女，大都變了賈府的丫頭。這些女孩子們，無法反抗，只怨恨自己的奴才命。寶玉看見襲人的妹妹，生得漂亮可愛，想把她弄到家裏去。襲人冷笑道：『我一個人是奴才命罷了。難道連我的親戚都是奴才命不成？』這話說得多麼沉痛。讀紅樓夢的人，如果只注意鶯鶯燕燕的熱鬧場面，甚至於羨慕平兒、襲人那一批丫頭們的穿戴飲食，而忘記她們精神上的苦痛和可憐的奴才的境遇，那是極不應該的。我們試想，金釧、晴雯、鴛鴦、尤二姐、尤三姐這些可愛的女孩子們，是不是全成了那些少爺們的犧牲品，他們的生命，究竟得了什麼代價？如果在這裏，還說什麼『公子情深女兒命薄』一類的言辭，簡直是給死者以侮辱，凶手以贊歎。這一點我們是必得注意的。

紅樓夢的價值，就在作者無意中暴露了貴族家庭的種種眞相。那些公子小姐，不瞭解農民的生活，不知道一粒米一尺布的艱苦的來源，不知道耕牛犂鋤的功用，於是農村的代表劉姥姥便成爲賈府少爺小姐們的新奇人物和玩具式的偶像了。生長在這環境中的男女青年，有錢有勢，不做一件正當的事，只知道勾通官府，包攬詞頌，强姦民女，重利盤剝，結果是陷於抄家沒產，歸於破滅。在這一方面，賈珍父子，賈璉夫婦，成爲賈家最重要的角色。有了這一批角色，賈家的衰敗和滅亡，其命運是註定了的。因爲內部過於腐敗，正如焦大所說：『那裏承望到如今，生下這些畜生來，每日偷雞戲狗，爬灰的爬灰，養小叔子的養小叔子，我什麼不知道，咱們肐膊折了往袖子裏藏。』賈府上下四五百人，只有焦大是一面鏡子。這一面鏡子，照着那家庭的榮華的前景，照着那家庭奢淫腐爛的種種變態，最後照着那凄涼的毀滅，在這裏給讀者們多麼明顯的一個印象。這印象便是君權時代剝削農民的貴族家庭的興衰的歷史，以及生活在那家庭中各種人物可憐的或是惡毒的形態。其次，作者的文學技巧，也是超人的。他最大的成就，是人物性格描寫的成功。寫賈母的姑息，寫王夫人的平庸，寫王熙鳳的奸狠，寫秦可卿的風流，寫賈政的迂腐，寫賈璉的荒唐，寫湘雲的瀟洒，寫寶釵的沉着，寫黛玉的嬌癡，寫寶玉的陰陽怪氣，寫焦大的憨直，寫襲人的深沉，寫平兒的機警，作者在極難分辨的界限裏，一一寫出他們不同的性情面貌和嗜好，他們一開口一走路，便顯出特殊的形態，而個性分明。這一點，在中國的舊小說裏，是無可比擬的。賈寶玉、林黛玉那一對嬌弱的身體，傷感的性格，聰明的頭腦，美麗的面孔，形成舊時代東方人最高理想的美男美女的典型。一百多年來，不知道有多少男女，以寶玉、黛玉自比。『多愁多病』與『傾國傾城』成了才子佳人不可分離的聯繫。就在這地方，紅樓夢在過去青年男女的心中，成爲一部戀愛的寶典，言情的聖經了。

四　鏡花緣及其他

李汝珍與鏡花緣　比起儒林外史與紅樓夢來，鏡花緣實在是一部沒有多大文學價值的書。我們仍然在這裏加以介紹的原因，因爲在這作品裏，作者還表現了一點思想，這一點思想在封建社會舊傳統的教育環境裏，不能不算是一點值得我們重視的光輝。鏡花緣的作者，是李汝珍，字松石，河北大興人。生於乾隆中葉，死於道光十年左右（約爲西曆一七六三——一八三〇），年近七十歲的高齡。他生性豪爽，不喜時文，故於科舉功名，一無成就。精通音韻，性喜雜學。著有李氏音鑑一書，頗爲讀者所重。李汝珍的時代，正是淸朝漢學全盛時期，故鏡花緣一書，深受此時代學術思想的影響。在其小說中，大賣弄其經學考據及小學的成績。他自己覺得這樣寫作，可以解人睡魔，令人噴飯。實際，讀者所感到的，只有沉悶乾枯，甚至發生厭惡，覺得這不是一本文學的書籍。

鏡花緣一百回，以武則天女皇爲背景，寫百花獲譴，降爲才女，百人會試赴宴的故事，兼寫秀才唐敖遨遊海外，多遇奇人怪物，後食靈草，遂成神仙，最後以文芸起兵武家崩敗作結。末回後段云：『以文爲戲，年復一年，編出這鏡花緣一百回，而僅得其事之半。若要曉得這鏡中全影，且待後緣。』可知現在的一百回，只是前半部，並非全璧。因爲作者自己承認是以文字爲遊戲，所以鏡花緣只是一部遊戲的書，其中全無血肉，比起儒林外史和紅樓夢那樣從生活的苦痛的經驗裏表現出來的作品，那價値眞是不可同日而語了。

值得我們注意的，是李汝珍在鏡花緣裏提出了中國知識份子一向輕視的婦女問題。數千年來在男性中心的社會裏失去了一切權利的中國女子，除了給予名教上的精神上的壓迫以外，同時還給予肉體上的纏足一類的非人道的壓迫。鏡花緣作者的可貴，是有見如此，他主張女子應和男人有同樣的待遇，受同等的教育，解脫肉體上的束縛，而參加一切同等的政治與社會的活動。他眼看在中國的封建社會裏，他這種理想，永遠無法實現。故他另創一個世界，那就是唐敖、林之洋所遊歷的國外，如君子國、女兒國、黑齒國一類的理想世界，來實現他的新社會、新人生、新男女以及新制度。他在書中盡力宣揚女子的才學，伸張女權，實現男女平等的新天地。他明知道在那一個時代，他這種理想是空虛的，因此他以水中月鏡中花來比他的烏託邦，而作爲他的作品的題名了。

在思想方面說來，鏡花緣是一部理想主義的文學。但他除了婦女問題這一點較爲前進以外，其他的，仍是一貫的封建社會的傳統，他非常强調的是那一套禮教倫常的舊觀念。無論如何，在一百多年前君權與道統勾結最牢的時代裏，李汝珍那一點對於婦女解放的前進思想，已是可貴的了。

鏡花緣以外，以小說誇學問者，有夏敬渠之野叟曝言。以小說見辭章者，有屠紳之蟫史，陳球之燕山外史。

夏敬渠字懋修，號二銘，江陰人。學識廣博，通經史，旁及諸子百家禮樂兵刑天文算數之學。他以才學自負，而終生落拓。於是屏絕上進，發憤著書。除了經史餘論、全史約編及學古編諸作以外，還寫了一百五十四回的長篇小說野叟曝言。其內容正如凡例所言：『敍事說理，談經論史，教孝勸忠，運籌決策，藝之兵詩醫算，情之喜怒哀樂，講道學，闢邪說，』眞是包羅萬象，無所不談，由此亦可見其思想之迂腐與其內容之龐雜。人物以文素臣爲主。文素臣是一個文武雙全、才學蓋世、富貴風流的好漢。自命兵儒，尊奉名教，宗正學，擊異端，爲本書之主旨。大體說來，第一、他受當時理學的影響，不免思想迂腐；第二、犯了誇大的毛病；第三、昧於世界大勢，一味夜郎自大；第四、必以孔學爲孔教，並且要消滅全世界宗教，而尊敬孔教，更屬癡人說夢；第五、著者以幾回篇幅，描寫文素臣的功成名就，富貴壽考，聊以發洩胸中不平，未免太長，這是此書可以疵議的地方。

屠紳字賢書，號笏巖，江陰人。天資敏慧，二十成進士。爲文喜古澀，力擬古體，義旨沉晦，作者頗以此自矜。以此種體裁用之於小說，其失敗乃爲必然。蟫史二十卷，即作者於小說中勉用硬語而成詰屈之文章，欲以表彰其才藻之美。書中言桑蠋生海行墮水得救，乃投甘鼎合力平苗之故事爲主幹，妖奇百出，實爲神魔小說之末流。中又時雜淫語，故作風流，頗染明末豔體小說之習氣。全書惟以辭章耀世，絕無意義，其成就更在野叟曝言之下。

陳球字蘊齋，浙江秀水人。善畫，工四六文。燕山外史八卷，即以駢體文寫成者。張鷟游仙窟以來，此爲獨見的駢文體的長篇小說。小說不宜於古文，尤不宜於駢體，其失敗自不待言。作者獨出心裁，欲以此耀其詞華，並且很得意的說：『史體無以四六爲文，自我作古。』其心境可知。書中本馮夢楨之竇生傳加以鋪揚，其中雖多曲折，實遠祖唐代之傳奇，近與明末之佳人才子小說無異。加以因駢文之拘束，故敘事狀物，絕無生氣，在小說中要算是最低劣的了。

五　平話小說

儒林外史、紅樓夢及其那些誇才學耀辭章的長篇小說，只能流行於文人士子，普通民衆所嗜好者，內容是『揄揚勇俠，贊美粗豪』的俠義和公案的故事，而體裁是文體通俗的平話式的民衆文學。清朝的平話小說，可舉爲代表者，是兒女英雄傳和三俠五義。這些作品，內容豐富，極合民衆口味，繪聲狀物，可供說書人講述。如三俠五義爲石玉崑原稿，得之其徒，可知石玉崑乃當日的說書人。兒女英雄傳亦爲作者擬說書人的口吻所爲，與平話無異。這些俠義小說，正接續着宋人話本的正脈，而使平民文學再爲興盛起來。

兒女英雄傳　兒女英雄傳的作者是文康，姓費莫，字鐵仙，滿洲鑲紅旗人。他有一個極闊的家世，他的祖先和他自己都做過大官。馬從善序云：『以貲爲理藩院郎中，出爲郡守，洊擢觀察，丁憂旋里，特起爲駐藏大臣，因病不果行，遂卒於家。先生少受家世餘蔭，門第之盛，無有倫比。晚年諸子不肖，家遂中落。先時遺物，斥賣略盡。先生塊處一室，筆墨之外無長物，故著此書以自遣。其書雖託於稗官家言，而國家典故。先世舊聞，往往而在。且先生一身親歷乎盛衰升降之際，故於世運之變遷，人情之反覆，三致其意焉。先生殆悔其已往之過，而抒其未遂之志歟？』在這裏，可以看出作者的生平和作書的意旨。

出身貴族，晚年落拓，於是執筆寫書，其經歷，文康與曹雪芹甚爲相近。所不同者，曹雪芹是寫貴族家庭衰敗的歷史，而兒女英雄傳却是寫一個『作善降祥』的家庭的發達的歷史。一個是寫實的，一個是理想的，並且文康的理想，恰好代表那一個快要過去的時代的名教與榮華的眷戀與憧憬。因此在這書裏所出現的人物，沒有一個不是舊觀念舊道德的封建社會的典型。他筆下的理想英雄十三妹，也不過是一個飛簷走壁身敵萬夫的女魔術師，後來同安公子結了婚，便成爲一個含羞的賢淑的少奶奶，同張金鳳倆人不妒不忌的合事一夫，成爲男性中心社會裏最理想的女性。在思想這一點講，兒女英雄傳中所表現的，只是淺陋庸俗。夫榮妻貴，二女一夫，怪力亂神，科場果報以及升官發財等等，腐舊的思想，貫通了這書的全部。然而這些東西，作爲平話小說的內容，在民衆的鑑賞力上，眞是再適當也沒有了。再加以漂亮的國語，通俗流利的文筆，更增了兒女英雄傳吸引讀者的力量。因此後人還有一續再續的，那文意是更差了。

三俠五義　三俠五義原名忠烈俠義傳，是由明人的包公案改作的。共一百二十回，爲石玉崑述，出於光緒初年。石玉崑爲咸豐間說書人，此書想卽爲說話的底本。書中初述宋眞宗時劉妃之狸貓換太子，繼述包公斷案，後以包公忠誠之行，感化豪俠，於是南俠展昭，北俠歐陽春雙俠丁兆蘭、丁兆蕙以及五鼠等一律投誠受職，人民大安。書前狸貓換太子及包公斷案的小部分，雖稍加穿插與組織，但多因襲前人，到了三俠五鼠的故事，才寫得活躍生動。最重要的，前面雜着許多怪力亂神的迷信，到了後邊，竟能一掃而光，把鬼話變成人話，怪鼠奇物，都變成俠客義士的傳奇而寫得虎虎有生氣。胡適之先生的三俠五義序也說：『三俠五義本是一部新龍圖公案，後來才放手做去，撇開了包公，專講各位俠義。……包公的部分，因爲是因襲的居多，俠義的部分是創作的居多。……石玉崑翻舊出新，把一篇誌怪之書變成了一部寫俠義行爲的傳奇，而近百回的大文章竟沒有一點神話的蹤跡，這眞可以算是完全的「人話化」，這也是很値得表彰的一點。』

此書出版後十年，爲俞樾所見，歎其『事蹟新奇，筆意酣暢，描寫已細入毫芒，點染又曲中筋節。……如此筆墨，方許作平話小說，如此平話小說，方稱得天地間另是一種筆墨。』（重編七俠五義序）但以第一回狸貓換太子爲不經，於是『援據史傳，訂正俗說，』改作第一回。再以書中已有四俠，再加艾虎，智化及沈仲元，共爲七俠，因改名爲七俠五義，序而傳之，盛行於江、浙之間，於是三俠五義便很少人注意了。

俠義小說除了表現一點除暴安良的思想以外，其餘都一無可取。作者無學問，無見解，但是他們有口才，有技巧，寫出來的作品，最能迎合民衆的心理，因此很能得到民衆的歡迎。所以這一類的小說，當日出世的很多。除小五義、續小五義之外，尙有永慶昇平、萬年青、英雄大八義、英雄小八義以及劉公案、李公案、施公案、彭公案等作。大抵文字惡劣，結構鬆懈，凡俠皆神鬼出沒，全爲超人。所謂『善人必獲福報，惡人總有禍臨，邪者必遭凶殃，正者終逢吉庇。報應分明，昭彰不爽。』這是當日俠義小說及公案小說共同的思想。

六 倡優小說

如以平話的俠義小說爲民衆所愛好，那以妓院伶人爲題材的倡優小說，正好爲有閒階級與知識人士所歡迎，所喜讀。紅樓夢一類的言情小說，讀得多了，漸漸感着興趣厭倦，同時那些改造紅樓夢的作家們翻案百出，也覺得途窮興盡，不得不以寫才子佳人的筆墨，另尋材料，於是倡優豔跡，頓成新篇。如品花寶鑑、花月痕、青樓夢、海上花列傳等書，正是這一類的作品。其摹繪柔情，敷陳恩愛，內容雖異，精神實同。

品花寶鑑 品花寶鑑六十回，陳森所作。陳號少逸，江蘇常州人。久寓北京，出入戲院，尤熟悉名伶故事。因以見聞，寫成此書，刋於咸豐二年。書中敍述名伶名士的風流韻事，而以名旦杜琴言與名士梅子玉爲骨幹。二男相戀，故作柔情，恩愛百端，時雜淫穢。現在讀來，固然感着惡劣不堪，但在當日的封建社會裏，這一種事態，並不是沒有。玩弄倡優的故事，到現在我們還時有所聞。不過，在普通的讀者看來，總覺得一切都是做作，無論哭笑，都是不近人情。

花月痕 花月痕五十回，題眠鶴主人編次，實魏子安作。魏字秀仁，福建侯官人。書中敍述韋癡珠、韓荷生與妓女秋痕、采秋的悲歡離合的故事。癡珠、秋痕落拓而死。荷生一帆風順，封侯賜爵，采秋封爲一品夫人。其佈局以升沉離合相對照，而强調各人的命運，文字務求纏綿，言語多帶哀怨，詩詞短簡，滿書皆是。大概作者自以詩詞爲其專長，藉此以誇才學，洩愁恨。蓋作者因科舉不利，漫遊四方，落拓無聊，以此自況。癡珠、荷生的結局，正是作者理想中的窮達二面。此書品不甚高，然在品花寶鑑之上。再有青樓夢六十四回，題釐峯慕眞山人作，實即兪吟香，江蘇長洲人。青樓夢全書以妓女爲主題，所寫不外爲『才子多情，落拓遊北里，佳人有意，巨眼識英豪』一套，而其文筆風格，可與品花寶鑑同觀。

海上花列傳　妓女的生活，在文學上本也是現實的題材，不過前人所作，都成爲遊戲式的描寫，結果是作者借此以表白其懷才不遇的身世，而造成一種極其低級的氣氛。眞能將妓院生活的經驗，加以眞實深刻的暴露，一掃倡優小說的濫調的，是用蘇州語寫成的海上花列傳。海上花列傳的作者，爲花也憐儂，眞姓名是韓邦慶，字子雲，號太仙，江蘇松江人。科舉屢試不利，遂淡於功名，移居上海，爲申報作論說。喜作狎遊，所有筆墨之資，盡歸北里。經驗既富，觀察亦密，而其文筆又極犀利，故成就甚佳。此書爲一合傳體，爲許多故事的集合，然其組織與穿挿，却費作者一番心思，比起儒林外史的結構來，較爲緊湊而有生機。作者自己也說：『全書筆法，自謂從儒林外史脫化出來，惟穿挿藏閃之法，則爲從來說部所未有。』（例言）書中那種一波未平一波又起的穿挿，前後事實夾敍的藏閃，確是儒林外史所不及的。海上花本來各人有各人的故事，經作者加以組織，弄成一個有機體的總故事，在那裏同時進行發展。雖以趙樸齋、趙二寶兄妹爲主幹，其中很活動的挿入羅子富與黃翠鳳，王蓮生與張蕙貞、沈小紅，陶玉甫與李漱芳、李浣芳諸人的故事。因爲作者要使得這些故事聯合緊密，用兩個善於牽線的人物洪善卿與齊韻叟，因此，一切都能活動的聯繫起來，而成爲有機體了。

其次，作者也很用力於人物個性的描寫。他在另一條例言中說：『合傳之體有三難：一曰無雷同，一書百十人，其性情言語面目行爲，與彼稍有仿，即是雷同。一曰無矛盾，一人而見後數見，前與後稍有不符之處，卽是矛盾。一日無掛漏，寫一人而無結局，掛漏也，敍一事而無收場，亦掛漏也。知是三者，而後可言說部。』這眞是經驗之談。無雷同無矛盾，確是描寫人物應當注意而又極難做到滿意的地方。不雷同卽能個性分明，躍然紙上，不矛盾，始能人格一致，而能形成人物事件的統一性。在中國過去的小說界，像作者這樣自覺的注意到創作小說的技術，實在是難得的。作者在這一方面，得到了很好的成績。在他筆下出現的那幾個妓女如黃翠鳳、張蕙貞、周雙玉、李漱芳、趙二寶之流，都是個性分明。因爲他是用蘇州語寫蘇州妓女，故能繪聲繪影，刻劃入微，那些妓女們的脾氣語調和態度，都能活躍紙上，這正是方言文學的特色。再如趙樸齋、洪善卿一流人物，也寫得很成功。海上花列傳能成爲一部名作，其地位遠在同流之上，並不是偶然的。清代末年，此類小說所出甚多，如警夢癡仙的海上繁華夢，李伯元的海天鴻雪記，漱六山房的九尾龜等，都是以吳語寫妓院生活，除海天鴻雪記寫作的態度較爲嚴肅以外，其餘的都無文學的價値，正如胡適所說『只够得上算爲嫖界指南』而已。這些書的本身，在文學上雖無大的價値，但在其反面，正映出帝國資本主義在中國幾個大都市造成空前的繁華，與妓院的發達，使許多巨賈名流，離開了家庭，都趨向於北里勾欄，尋找快樂，經濟本質的變動，正是這一類小說的骨幹。在海天鴻雪記的卷首云：『上海一埠，自從通商以來，世界繁華日新月盛。北自楊樹浦，南至十六舖，沿着黃浦江，岸上的煤氣燈電燈，夜間望去，竟是一條火龍一般。福州路一帶，曲院勾欄，鱗次櫛比。一到夜來，酒肉薰天，笙歌匝地，凡是到了這個地方，覺得世界上最要緊的事情，無有過於徵逐者。』這話是說得明顯極了。

七 清末的小說

一、清末小說的繁榮及其特質 清朝最後二十年的小說，在中國的小說史上，是一個極其繁榮的時代。涵芬樓新書分類目錄收錄這一時期的作品，翻譯與創作，共五百多種，而實際更遠在這數目之上。在這短短的時期中，小說能造成空前繁榮的局面，其原因：『第一、因爲印刷事業的發達，沒有從前那種刻書的困難，由於新聞事業的發達，在應用上需要多量的生產。第二、是當時的知識份子受了西洋文化的影響，從社會的意義上，認識了小說的重要性。第三、是清朝屢挫於外敵，政治又極窳敗，大家知道國事不足有爲，寫作小說，以事抨擊，並提倡維新與愛國。』（阿英晚清小說史）他所說的雖待稍加補充，大體上是完全正確的。

清代末年，因上海及各大商埠的新聞事業的興起，小說增加了需要。有的認識小說的社會功用，而創辦小說雜誌，有的因小說可以賣錢，把他當爲一種職業。如梁啓超辦的新小說雜誌，除了梁氏自創的作品以外，吳趼人的重要作品，如痛史、二十年目睹之怪現狀、九命奇寃，都在這刋物上連載。李伯元創辦的繡像小說半月刋，他自己的文明小史、活地獄諸作及劉鶚的老殘遊記，都發表於此。吳趼人也辦過月月小說，登載着自著的兩晉演義和刼餘灰。曾樸也辦過小說林，有名的孽海花就發表在這刋物上。這一類的雜誌，當時還不知道有多少，可見其繁華的景象了。

其次，便是知識階級對於小說的社會功用及其文學價值的認識。從前把小說看作是消閒的讀物，到了這時，有識之士，都能認識小說的功用，知道小說可爲轉移風氣、開導民心，抨擊政治、宣傳革命的工具。在這方面的理論，可作爲代表的，是梁啓超的小說與羣治的關係，載在新小說雜誌上。用他最鋒利的文筆，從社會人生政治的種種意義上，大膽的說明了小說的重要性。再如松岑的論寫情小說與社會之關係，天僇生的論小說與改良社會之關係，都是這一類的文字。其次，對於小說的文學價值加以發揚的，是王國維的紅樓夢評論。王氏用最嚴肅的態度，從文學批評的原理上，給與小說以最高的價值，而以悲劇美來分析紅樓夢的內容，承認這一本小說，爲中國文學的傑作。這種批評，完全是受了西洋哲學文學的影響，在中國過去的批評界，無論其態度其精神，都是未曾有過的。再如楚卿的論文學上小說之位置，夏穗卿的小說原理等篇，也是很可注意的。一面提倡小說的社會功能，一面提倡小說的文學價值，在這一種空氣裏，從事小說創作的人，自然是更多起來了。

庚子前後，已經到了革命的前夜，外國的思想文化以及物質如潮一般的湧進來，襲擊着中國知識份子的頭腦，再加以從鴉片戰爭以至聯軍入京幾十年來的外患內亂連連的壓迫，造成了國內空前的動搖。同時當時的政府，仍然驕奢淫侈，苛歛橫征，小民的憤慨，知識份子新舊思想上的衝突，外國人的種種怪現象，這些社會上政治上未曾有過的種種形態，一齊映入小說家的耳目。如庚子事變，立憲黨革命黨的活動，買辦階級的生活，官吏的貪汚，婦女解放問題，反迷信反封建等等，都成爲小說家的好題材。並且那些作者都意識的以小說作爲工具，對於政治社會的黑暗面，加以暴露和抨擊。在技術上講，那些作品幼稚的居多，但那種暴露現實譴責世俗的精神，却是非常可貴的。

最後我們要說的，在這時期，不僅創作小說發達，翻譯小說的數量更在創作之上，這也是這一時期文學界的一個特色。說到西洋小說的譯印，乾隆時代已經有過，或是根據聖經故事，或是根據西洋作品的內容，改造一番，當爲己作，算不得翻譯，並且爲數也極少。大規模的翻譯，却在中日戰爭以後。在梁啓超的譯印政治小說序裏，宣揚外國小說的重要性，他自己在這方面並無什麼成就。成績最大的是福建的林紓。林氏雖不懂西文，但經人口譯以後，再以桐城派古文筆調，轉譯了不少歐、美名家的作品。在民國以前，他譯成的大概在五十種以上。當日也還有不少從事翻譯的人，不過成績都比不上林紓了。

上面所說的，一面固然是晚清小說繁榮的原因，同時也就顯示出來當日小說的特質。無論其內容精神，作者的態度，以及時代的環境，晚清的小說都與從前是不同了。當日小說數量之富，作者之多，欲一一介紹，勢所不能，僅選出代表作家李伯元、吳趼人、劉鶚、曾樸四家論之。

二、李伯元　李伯元名寶嘉，別署南亭亭長（西曆一八六七——一九〇六），江蘇上元人。因科舉不利，一生從事新聞事業。先後辦過指南報、遊戲報、繁華報及繡像小說，因此有大量創作小說的機會。所作有官場現形記、文明小史、活地獄、海天鴻雪記以及庚子國變彈詞、醒世緣彈詞等書，其他用筆名而不可考者尚多。其中當以官場現形記、文明小史爲其代表作。

從題材方面說，清末小說以暴露官場醜態者爲多。寫得最好的是這一部官場現形記。全書六十回，連綴許多官場中的笑話趣聞及其種種貪汚醜惡的故事而成。他自序說：『南亭亭長有東方之諧詭，與淳于之滑稽，又熟知官吏之齷齪卑鄙之要凡，昏聵糊塗之大旨，』於是他『以含蓄蘊藉存其忠厚，以酣暢淋漓闡其隱微。』又在書中說：『這不像本教科書，倒像部封神傳、西遊記，妖魔鬼怪，一齊都有。』作者寫書的宗旨及其內容，由此可以想見。在這一本書裏，我們可以看出清末的政治社會腐敗到了什麼程度，大官小吏卑鄙齷齪昏聵糊塗到了什麼程度，在他筆下刻劃出來的這一套臉譜，眞是牛鬼蛇神，無奇不有。雖說在那裏面，也有誇張失實的地方，也有過於淫惡的地方，但對於官吏的痛恨與譴責，最能得到讀者的同情。

文明小史是更廣泛的描寫着那新舊交替時代的全社會。官僚們對於洋人的畏懼與獻媚，維新黨的投機與欺騙，洋商教士們的趾高氣揚，以及洋兵的酗酒傷人，侮辱婦女，大多人士對於西洋知識的幼稚，以及善良民衆的樸質，眞是交織着一幅色彩分明的圖畫，有深刻的描寫，有大膽的攻擊，有富於趣味的穿插，有幽默的諷刺，使讀者看到那一個新舊文明不調和的全社會的全面目，眞是啼笑皆非。在反映清末社會這一點上，文明小史與官場現形記是有同樣的意義與價值。

李伯元雖是痛恨當日的官僚政治而想有所改革，却沒有激烈的革命思想。他是一個溫和主義者，主張潛移默化。書中借姚老先生的口說明他的態度：『我們有所興造，有所革除，第一須用上些水磨工夫，叫他們潛移默化，斷不可操切從事，以致打草驚蛇，反爲不美。』因此，在他看來，維新黨絕無生路。那些穿洋裝剪頭髮滿口新名詞的維新派的投機份子，他寫得醜惡非凡。其實，這些份子在今日的社會裏，仍是很多，其面目之醜惡，與李伯元所寫者，似乎並無兩樣。

吳趼人　吳趼人名沃堯，別署我佛山人，廣東南海人。二十餘歲至上海，賣文爲生，以雜誌與報紙相終始。所作小說極多，有痛史、九命奇寃、二十年目睹之怪現狀、瞎騙奇聞、電話奇談、恨海、劫餘灰、新石頭記、兩晉演義等書，而以二十年目睹之怪現狀與九命奇寃最有名。

怪現狀共一百零八回，連載於梁啓超主辦之新小說。全書以九死一生者爲主角，描寫此人二十年來在社會上所聞所見的奇形怪事，範圍極爲廣泛。對於政治社會的暴露與譴責，與李伯元之態度相同。作者經驗豐富，觀察細密，而其文筆生動暢達，故此書出世，深得讀者的歡迎。作者一生落拓，因而厭世。他說他二十年來所見的只有三種東西：第一種是蛇蟲鼠蟻，第二種是豺狼虎豹，第三種是魑魅魍魎。他所寫的怪現狀，就是這些東西的面目。總之，他對於當時的政治、家庭、社會等等都有深刻的批評，合理的建議。我們不僅可當小說看，並可爲研究我國清末社會的絕好材料。

九命奇寃三十六回，初亦發表於新小說，演述雍正年間發生於廣東的一件大命案。他根據舊小說安和所著的梁天來警富新書，而加以改作。用很嚴密的佈局，動人的描寫，有趣的故事，寫成了一本很優秀的作品。胡適在五十年來的中國文學裏，對於這一本書，大加讚賞。他說：『九命奇寃受了西洋小說的影響是無可疑的。開卷第一回便寫凌家强盜攻打梁家，放火殺人。這一段事本應該在第十六回裏，著者却從第十六回直提到第一回去。使我們先看了這件燒殺人命的大案，然後從頭敍述案子的前因後果，這種倒裝的敍述，一定是西洋小說的影響。但這還是小節，最大的影響，是在佈局的謹嚴與統一。……九命奇寃用中國諷刺小說的技術，來寫强盜與强盜的軍師，但他又用西洋偵探小說的佈局，來做一個總結構。繁文一概削盡，枝葉一齊掃光，只剩這一個大命案的起落因果，做一個中心題目。有了這個統一的結構，又沒有勉强的穿插，故看的人的興趣自然能自始至終，不致厭倦。故九命奇寃在技術一方面，要算最完備的一部小說了。』

劉鶚　劉鶚字鐵雲，別署洪都百鍊生，江蘇丹徒人。著有老殘遊記。劉氏崇泰州學派，倡儒佛道三教合一之說。而又留心歐、美之科學，故能成爲一與正統道學全不相容的前進的思想家。他提倡修鐵路，開鑛產，利用外資，開發富源，使中國入於富强之道。在當日那種青黃不接的過渡時代，在那些黑暗勢力的守舊時代，這一位保皇黨的維新運動者，不得不冒着漢奸的罪名而流犯於遼遠的新疆了。他的學博而雜，理學佛道金石文字以及醫算占卜等等，都有造就。詩文也寫得很不壞。一生著作頗富，小說僅老殘遊記一種，而竟以此傳名，眞是作者所沒有料到的。其後人劉大紳云：『此記之作，是一時興到筆墨，初無若何計劃宗旨，亦無組織結構。當時不過日寫數紙，贈諸友人，不意發表後，數經轉折，竟爾風行。』（關於老殘遊記）雖說是一時卽興之作，作者並非全無主旨，其自序云：『吾人生今之時，有身世之感情，有家國之感情，有宗教之感情，其感情愈深者，其哭泣愈痛，此洪都百鍊生所以有老殘遊記之作也。棋局將殘，吾人將老，欲不哭泣也得乎？』作者的態度與心情，由此可見。他所要寫的，是着重於國家社會的觀感，而非個人的身世。他雖然沒有跨進革命那一階段，但他却已意識到清朝已走到了不可挽回的殘局，更預料到東北一帶，將來會落到外人的掌握中。要挽救危亡，唯有提倡科學，振興實業，才有希望。否則的話，這個希望就渺茫了。他在第一回的楔子裏，所寫那隻破船及其周圍的情形，正是當日中國的全貌。

老殘爲書中主人，述其行醫各地，由其所見所聞，描寫當日政治民生社會的實況。着重之點，在指出那些酷吏清官的傷財害命，實有過於貪官。他在書中對於那些號爲清官如王佐臣、剛弼之流的政績，大加譴責。作者說：『贓官可恨，人人知之。清官尤可恨，人多不知。蓋贓官自知其病，不敢公然爲非，清官則自以爲不要錢，何所不可，剛愎自用。小則殺人，大則誤國，吾人親目所見，不知凡幾。』老殘遊記對於政治上的指責，主要是集中於此，在其反面，則暴露民衆所受的壓迫的痛苦。不用說，老殘就是作者自己，然而老殘只能代表作者的正面，更深一層代表作者的靈魂與理想的，是璵姑與逸雲那兩個見識超倫的青年女性，那是融合着儒釋道三種精神爲一體的女性。曾有過高遠的理想與狂熱的感情，曾體驗過悲歡苦樂的人生滋味。老殘是現實的，璵姑與逸雲是超現實的，是作者人生哲學的理想的表現。因爲這一點，在現實性很强的老殘遊記裏，加進了一點清新的浪漫精神。

老殘遊記因爲是遊記式的記事體，自然沒有什麼緊嚴的結構與有趣的內容，但在描寫的技巧上，得到了優美的成就。他的文字清潔簡鍊，在描寫人物個性山光水色時，能一掃陳語濫調，獨出心裁，而非他書所能及。如大明湖的風景，白妞、黑妞的說書，桃花山的月夜，黃河的冰雪，高陞店的掌櫃，翠環的悲史，吳二浪子的賭博，逸雲的身世，都是極深刻極生動的好文字，因爲這些，增加了老殘遊記在文學上的價值。

老殘遊記初編二十回，先發表於繡像小說，續登於天津日日新聞，後合刊成爲單行本。又二編六回，於民國二十三年刊載上海人間世半月刊，翌年由良友書局印成單行本。二編作於一九〇六——〇七年間，亦載於天津日日新聞，至十四卷因事中斷。劉大紳云：『良友所印，係因從弟剪存者只有六卷，故以爲斷耳，』（關於老殘遊記）可是二編的六回，也不是完璧。至於坊間刊行之四十回本，那後二十回之屬於僞造，是無須辨明的了。

曾樸　曾樸字孟樸，別署東亞病夫，江蘇常熟人。清末創辦小說林書社，編輯新學書籍。關於他的生平，讀者可看曾虛白所撰的曾孟樸年譜。曾氏精通法文，創譯小說甚豐，其中以孽海花最著。孽海花原定六十回，寫至二十四回而止，至民國十六年，加以改作，而成爲眞美善書店刊行之三十回本。此書以名妓傅彩雲、狀元洪鈞的風流韻事爲主幹，普遍的描寫清末三十年間的政治外交及社會的各種情態。作者自己說：『這書主幹的意義，祇爲我看着這三十年，是我中國由舊到新的一個大轉關，一方面文化的推移，一方面政治的變動，可驚可喜的現象，却在這一時期飛也似的進行。我就想把這些現象，合攏了他們的側影或遠景和相連繫的一些細事，收攝在我筆頭攝影機上，叫他自然地一幕一幕的展現，印象上不啻目擊了大事全景一般。』（修改後要說的幾句話）關於孽海花的歷史的社會的意義，作者說得極爲明白，無須再加一詞了。可惜的全書並沒有寫完，並沒有做到他自己所說的那三十年歷史的描寫。無論在政治上或是在人物上，後半最精采的也是最緊張的幾幕，都沒有寫到，實在是美中不足。

因爲作者這樣忠於暴露現實，加以他那活動的文筆，難得的實際的政治知識與官場習慣的熟悉，使他在這書的文學價值上，得到了成功。出版不到二年，再版十五次，銷行至五萬本以上，決不是偶然的：本書中關於傅彩雲的刻劃，雖覺得時時有點過於誇張，但當日那些官僚名士的內外生活的描寫，確是入木三分，活躍紙上。最可注意的，他的思想還在李伯元、吳趼人之上，甚至也超越了老殘。他們只是消極的暴露黑暗，然一致嘲笑立憲黨革命黨的絕望的前途。但孽海花的作者，通曉外國文學思想，更能瞭解世界政治的大勢，故其表現在思想方面者，是一種强烈的革命傾向。書中對於孫中山、陳千秋、史堅如一般人，都寄以深切的同情。同時對於君主政體的黑暗，外族統制的罪惡，都儘量的加以攻擊，而暗示着他同情革命傾向共和的思想。在清末許多歷史的或是社會的小說裏，從沒有這種明顯的前進的精神。

中華語文叢書

中國文學發達史（上o下冊）

作　　者／本局編輯部　編著
主　　編／劉郁君
美術編輯／中華書局編輯部

出 版 者／中華書局
發 行 人／張敏君
行銷經理／王新君
地　　址／11494 台北市內湖區舊宗路二段181巷8號5樓
客服專線／02-8797-8396　　　傳　　真／02-8797-8909
網　　址／www.chunghwabook.com.tw
匯款帳號／兆豐國際商業銀行　東內湖分行
067-09-036932　中華書局股份有限公司

法律顧問／安侯法律事務所
印刷公司／維中科技有限公司　海瑞印刷品有限公司
出版日期／2015年11月台十六版
版本備註／據1995年9月台十五版復刻重製
定　　價／NTD 1,200（平裝：一套）

國家圖書館出版品預行編目（CIP）資料

中國文學發達史 / 中華書局編輯部編著 . —
臺十六版. — 臺北市 : 中華書局, 2015.11
冊 ; 公分. — (中華語文叢書)
ISBN 978-957-43-2867-3(全套 : 平裝)

1.中國文學史

820.9　　　104020198

NO.H1001-1 H1001-2
ISBN 978-957-43-2867-3（平裝：一套）